教育部人文社会科学研究青年项目资助：《中国童谣的价值谱系研究》（17YJC751010）

中国童谣的价值谱系研究

韩丽梅　著

人民出版社

序

　　书桌上有一本同事前几天到绍兴出差带回来的《越歌百曲（五编）》（绍兴鲁迅纪念馆前馆长裘士雄先生编注），收录绍兴民歌、童谣和谚语，读来很觉有味，也感到亲切，因为从中感受到鲁迅所生长地区的文化氛围。书中有些歌谣曾经出现在鲁迅的著作中，例如《群玉班》："台上群玉班，台下都走散。连忙关庙门，两边墙壁都爬塌，连忙扯得牢，只剩下一担馄饨摊。"《准风月谈》中的《偶成》引用过；还有一首《五怕》："摇船怕风暴，讨饭怕狗咬，秀才怕岁考，厨司怕缸灶，裁缝怕雕破皮袄。"鲁迅在《〈阿Q正传〉的成因》中引用其中的两句，描述自己作为报刊连载小说作者每周被编辑催稿的窘态："俗语说：'讨饭怕狗咬，秀才怕岁考。'我既非秀才，又要周考，真是为难……。"书中有些歌谣经周作人整理，收入他的著作《童谣研究》。该书手稿本曾影印出版，释文刊登在《鲁迅研究月刊》2000年第9期上。裘先生编辑这套书，跟他长期从事鲁迅研究有关，收集、整理、研究民歌童谣，是"越学"的一部分，也是"鲁迅学"的一部分。

　　事情就是这么巧。不几天，我就收到韩丽梅博二寄来的《中国童谣价值论》书稿。研究童谣，当然要追溯其悠久的历史，探检其在民间的丰富宝藏，而现代学者自觉的理论建设更不容忽视，因为这些理论思考中体现着"价值论"。

　　鲁迅早年在北京时就开展过搜集歌谣工作。他的童谣观念、儿童文学思想、儿童教育理念起源很早，他在教育部工作时期，翻译了日本学者上野阳一的论文《社会教育与趣味》《儿童之好奇心》《艺术玩赏之教育》和高岛平三郎的论文《儿童观念界之研究》，他担任社会教育司第一科科长期间负责筹办全国儿童艺术品展览会。他的文学作品中时时出现民谣儿歌，例如小说《白光》结尾的"白篷船，红划楫，摇到对岸歇一歇，点心吃一些，戏文唱一出。"甚至还让村童们据此编派新词，对反抗世俗的勇士加以嘲笑："白篷船，对岸歇一歇。此刻熄，自己熄。戏文唱一出。我放火！哈哈哈！火火火，点心吃一些。戏文唱一出。"鲁迅一生翻译了多部儿童文学作品，晚年写过《从孩子的照相说起》《玩具》《上海的儿童》《上海的少女》等论述儿童教育的文章。

北京大学开展的民歌运动，注重的是平民教育和民众的启蒙。当时北京大学的教授们热心搜集民歌。鲁迅也加入这个行列，同时也配合二弟周作人这方面的工作。在1914年的一封家信中，他记录了刚收集到的北京、河北、江西、安徽等地的6首儿歌，并加上注文。如北京的"羊羊羊。跳花墙。花墙破。驴推磨。猪挑柴。狗弄火。小猫儿上坑捏饽饽。"河北的"风来了。雨来了。和尚背了鼓来了。这里藏。庙里藏。一藏藏了个小儿郎。儿郎儿郎你看家。锅台后头有一个大西瓜。"信中还特别提醒说，其中一首安徽的不像童谣——实际上是一首黄色小调。一个操着南方口音的中年政府官员，向北京本地人询问童谣歌词，让河北高阳籍同事齐寿山哼唱儿歌，今天想起来仍然让人忍俊不禁。

北大同事、河北籍的李大钊也积极支持这项工作。他为刘复（半农）编订的《歌谣选》提供了几首家乡的民歌：

不剃辫子没法混，剃了辫子怕张顺。注：入民国来，乡间盛传此谣。张顺殆张勋之讹。复案，剃字当是薙（今作"剃"——引者注）字之音转。

瘦马拉搭脖，糠饭秕子活。注：直隶乐亭一带，地主多赴关外经商，农事则佣工为之。此谣乃讽地主待遇工人不可太苛。言地主以糠饭食工人，则工人所作之活，亦秕子之类也。

春鳖秋鲈，白眼割谷。注：乐亭滨海产鱼。鳖、鲈、白眼，皆鱼名。春时最肥美者为鳖，秋时为鲈，割谷时则为白眼。

童谣是文学的源头之一，是"三千年的老小儿"。其实，童谣主要是成人的创作，不乏具有迷信色彩的占验之歌，更多黄色小调。童谣与日常生活接近，涉及民俗、时令、礼节、美食、服饰等项，语词采自民间，具有鲜明的地方特色，尽管每个地区文化各异，但不同地区和民族之间的童谣也有交融与汇通。古代童谣中散见于历史典籍，因与各个朝代的历史事件相连而得到保护与记载，成为追踪溯源的历史学家考察史实的参考。中国自明代以后，童谣逐步向儿童本位、自然本性、现实生活回归，逐步摆脱成人的价值观，焕发出自然、清新、率真、灵性的本色。历史的传承，民间的生长，延续了童谣文学的生命力。

童谣文字虽然简单通俗，但也使用反复、顶针、夸张等修辞手法，生动风趣。童谣是有韵的"诗"，追求音乐性，偏重于听觉艺术，诗句语音的强弱、长短和轻重以及诗句的押韵、顿歇，都是形成童谣音乐美的重要因素。正如周作人所说："盖童谣重在音节，多随韵接合，义不相贯，如一颗星，及天里一颗星树里一只鹰，夹雨夹雪冻杀老鳖等，皆然，儿童闻之，但就一二名物，涉想成趣，自感愉悦，不求会通，童谣难解，多以此故。"有时候，一些童谣甚至只注重音韵和谐，而忽略语言意义，但也不妨碍趣味，就是"无意义"的意义。

童谣是儿童教育的良好工具，即便是不识字的母亲也能认识到它的重要性。即便是没有意思的小曲，至少也有韵味，有声调，对儿童都是一种愉悦的启发。但童谣绝不迎合低级趣味，总是孕育着人生智慧。童谣是一种"语言游戏"，儿童天性喜玩好乐，充满游戏精神的童谣恰能"以遂其乐"。很多童谣作品的主题都是具体的游戏，吟诵童谣本身便是一种审美体验，真实又不为其所累，自由而又纯粹。

童谣对我们现在的儿童教育也有启示价值。当下童蒙教养，提倡吟诵，注重韵律，摇篮曲儿歌自不必说，唐诗宋词更渐成主调。这里却有分教：人生早期阶段的文学和音乐教育，应该分年龄、分类别进行，特别要避免成人化。童谣活泼有趣，贴近生活，通俗易懂，很受儿童欢迎；唐诗宋词当然是文学珍品，但大多词句深奥，不一定都适应幼儿吟唱。鲁迅少年时代，他的祖父教他们兄弟几个读唐宋诗，特别叮嘱要多读陆游，因为陆诗"多越事"，本地人读到家乡的人情风俗，感觉亲切，理解起来就少隔膜。

本书在介绍了新文化运动一代先贤在童谣民歌研究的贡献后，对朱自清的"童谣学"也做了充分研究，更让读者觉得中国现代研究和提倡童谣存在一个传承有序的统系。朱自清也有绍兴渊源，他是鲁迅妻子朱安的本家，也就是说，他对绍兴不仅不陌生，而且对蔡元培和鲁迅兄弟等几位绍兴同乡从事的歌谣工作有追随的自觉。这个传承系统充分说明了新文学与现代童谣学研究的紧密联系。研究中国现代文学出身的丽梅博士，正是主要从现代文学这个切入点来研究童谣价值的。众多文学家的收集整理和研究充分肯定了童谣的价值，也大大提高了童谣的地位。

本书抓住中国现代童谣自觉时代的特点，总结几位先驱者的理论和实践，表彰他们的站位之高和视角之独特，有助于扭转和弥补人们认识的偏狭和不足，对促进儿童文学的创作将大有裨益。后一点尤为重要。现代文学家研究和提倡童谣，在社会的、历史的、伦理的视角之外，更有文学的视角，其着眼点正在于创作新童谣儿歌，以满足新时代的需求。

写到这儿，我又拿起《越歌百曲》翻看，读到一首《排排坐坐》："排排坐坐，荠菜莪莪，太阳晒晒，草绳搓搓。"编者注释说，这是小朋友们"一字儿坐在沿阶石或长门槛上，一边唱这首歌唱劳动的儿歌，一边按节拍晃动身子，双手还做出搓绳子、拣荠菜的样子。"这场景现在是难以见到了，但这让我联想起别的地方类似的童谣"排排座，吃果果"，心中总是增添了些喜悦。

谨此祝贺丽梅博士完成这部著作。

黄乔生

2020 年 12 月 17 日于北京官园

目　录

前　言

　　童谣，是指儿童歌讴之词，从总体上隶属于民间歌谣。追溯童谣发展的历史，便可查到人类文明初始的足迹。人类自从有了语言便在劳动中进行口头创作，成为最原始的歌谣，借以记录他们的劳动成果，表达他们征服大自然的愿望，交流相互间的思想情感。童谣研究学者高殿石曾引用一首现代流行歌曲形象地描述童谣的诵唱形式与历史作用，我们也可借助这首歌曲阐释中国童谣的几层内涵：

　　　　童年的歌谣，孩子的歌谣，能把嗓子喊哑的歌谣，可爱又可笑……。
　　　　长久的歌谣，古老的歌谣，一部一样重复的歌谣，永远不会老。
　　　　传说的歌谣，车轮似的歌谣，从很远很远的过去驶上立交桥……。

一

　　童谣在中国古已有之，是儿童文学中有着悠久历史的文学样式。有人认为《吴越春秋》中的《勾践阴谋外传》所载的《弹歌》："断竹，续竹，飞土，逐宍(古"肉"字，指禽兽)"是黄帝时代的歌谣。虽无法确认其年代，但无疑是一首比较原始的猎歌，反映了原始部落的人民用削尖的竹器，飞尘激扬地追逐野兽的情景。

1

世人所知，明代之前童谣被披上封建迷信色彩，封建文人把谶纬学说与童谣捆在一起，扭曲了童谣天真烂漫、直抒胸臆的形象，甚至把童谣说成是荧惑星的降临。《全唐文·唐僖宗南郊赦文》中阐述："近日奸险之徒，多造无名文状，或张悬文榜，或撰造童谣，此为弊源，合处极法。"这段文字道明了童谣有些是出于某种政治目的所为，隐瞒了作者的名姓，而最终诵之于孩童之口。因此，在古人心目中，童谣是语好懂意费解的一种谶言，像荧惑星那样隐现不明，时明时暗，常常事后才知其险。但尽管童谣身背谶纬、晦涩难懂的玄文之说，明代之前的童谣并未因"诗妖"之说的可怕名目而消亡。

明代之后的童谣，随着通俗文学的新发展，出现了繁荣景象。明代大众文化的流行以及刊印技术的发展，大大增进了童谣的传播范围与传播深度；外部环境的繁荣，更加促动了内在本质的脱缰，也正是在明代相对宽松的政治文化环境以及刊印技术极大发展的形势下，童谣逐步摆脱了谶纬的束缚，而最终实现了儿童本性的回归。据当时人记载："不问南北，不问男女，不问老幼良贱，人人习之，亦人人喜听之，以至刊布成帙，举世传诵，沁入心腑，其谱不知何从来，真可骇叹！"（见沈德符《野获篇》）明代文人把民歌作为明代文学艺术的"一绝"称著于世。

清代以后，清代文人继续明代文人的遗习，搜集民间通俗歌谣的风气更盛，保存下来的童谣更多，像清人郑旭旦辑的《天籁集》一卷和悟痴生辑的《广天籁集》是古往今来少有的儿歌专集。清人杜文澜《古谣谚》则第一次较为系统地把谣和谚从诗歌、民歌中剥离出来，集成一部较为完备的记录古代民间口头创作的谣谚专集。

二

在传统的历史、文化研究中，对于童谣虽时时提及，但尚未引起足够的重视。阐说童谣，常泛谈其表现民众情志，但与其一般民谣的差异，却辨析不够，更无法谈及童谣起源的文化背景、价值内涵以及流变的规律了。从历史记载来看，童谣虽被《汉书》所关注，然而始终将童谣看作是阴阳谶纬五行学说的一个分支。据现有的资料显示，我国童谣的搜集在《左传》《战国策》等古代史书中略有记载。但明代以前的童谣多与历史事件相关，大多有浓厚的政治色彩。在童谣研究方面，东汉的王充第一次从儿童本位的角度谈及童谣："性自然，气自成，与夫童谣口自言，无以异也。当童之谣也，不知所受，口自言之，口自言，文自成，或为之也。"（《论衡·纪妖编》）王充指出，童谣是诵唱者的自然表达，童谣的传播具有"不知所受"的集体性。

明清时期，学者们对旧的童谣观进行了批判，才逐渐拂去了童谣身上浓厚的政治、巫术色彩，开始有了独立的文体品格。最先对神学童谣观进行批判的是明代学者杨慎，其在《丹铅总录》卷二十五中阐述："童子歌曰童谣，以其言出自胸臆，不由人教也。"由此可见，他已经认识到童谣不像成人诗歌，是由儿童无知无虑而成的。

20世纪初随着白话文运动的兴起，民间歌谣的搜集和整理进入学者的视野。20世纪童谣研究者，既有传统文化根基，又富有现代学术方法，视野更为开阔，对童谣的定义、分类、性质、内容、形式等都做了探讨。1913年，在绍兴县教育会月刊上刊登"绍兴儿歌征集启事"，随之出版了《儿歌之研究》，该文摒弃人们对童谣的传统偏见，从"儿童的""艺术的"两个基本立场为童谣正名，肯定其为儿童教育的重要文学功能。随后的三篇有代表性的研究文章：《读〈童谣大观〉》（1923）、《吕坤的〈演小儿语〉》（1923）、《读〈各省童谣集〉》（1923）系关于童谣的专论，却以对当时可见的童谣书籍的批评为切入点，记叙对童谣文学属性的匡正。总之，20世纪童谣研究的系统性胜于前人，朱自清、朱介凡、蒋风、雷群明、叶春生、李慧芳等理论家的著作中，均可见到从起源、语言特点、内容、历史背景、社会文化等方面对童谣的分析，这些理论对研究者的工作都有较大帮助。

尽管大量文献对童谣的性质、内涵、价值等问题的研究超越了前人，但是遗憾的是，这个曾经历经千年浓墨重彩、影响人类思维发展的文学样式，时至今日并没有多少人进行较为系统地深度研究与反思，甚至没有形成相应的研究气象，零星的文章散见于不同著作的部分章节中。中国童谣的当代价值如何体现？中国童谣丰富的艺术价值是什么？通过童谣的文学化描述，表达了怎样的道德伦理观念、审美形态与审美取向？这些问题都是亟待深入挖掘的。

三

　　童谣是民俗的一种，民俗之与儿童教育有着天然的联系。当代美国民俗学家阿兰·邓迪斯认为："民俗具有各种不同的功能，最普通的功能包括对青年的教育。"① 钟敬文在谈及民俗文化功能时指出："在传统与现代社会中，每个人的成长都离不开民俗文化的教化和熏陶。从孩提时代到成人，人们从民俗文化中学得一系列知识、技能和道德，甚至是祖先留下的成见。"② 作为民俗的一部分，童谣的教育作用毋庸置疑。同时，童谣是所有儿童文学体裁中最早出现的文学样式。不论是作为民俗文化还是儿童文学，童谣都应该是儿童生活中最为亲切自然的教育资料。这种判断基于民俗文化和儿童文学功能的界定。在漫长的中国古代社会中，童谣既是家庭教育的一种方式，又是社会教化的工具。当然，童谣在乡土中国产生的教育影响或许比我们想象的更为广泛而深远。

　　地方童谣蕴含着丰富的文化密码、心理内涵，这种密码、内涵不仅揭示了过去人们生活民俗的理念，同样也预兆着未来人们的文化心理结构。江苏泰县流传着这样一首童谣：

　　　　正月正，家家人儿门口挂红灯。二月二，家家人儿行船代女儿③。三

---

① ［美］阿兰·邓迪斯（Alan Dundes）编：《世界民俗学》，陈建斌、彭海斌译，上海文艺出版社 1990 年版，第 389 页。
② 钟敬文：《民俗学概论》，上海文艺出版社 1998 年版，第 14 页。
③ 代：带，带着。

月三，赏牡丹。四月四，大麦芒儿好拔刺①。五月五，洋糖粽子送丈母。六月六，瓜儿茄儿水绿绿。七月七，买个西瓜斷上切；你一口，他一口，这个西瓜本不丑；你一拳，他一拳，这个西瓜买得圆；你一脚，他一脚，这个西瓜买得嚼。八月八，穿钉靴，走宝塔。九月九，大家人儿饮杯重阳酒。十月中，梳头吃饭工②。十一月朝，早些砍草晚上烧。腊月腊，家家人儿吃守岁饭。（江苏泰县）

——朱天民《各省童谣集》

　　这首童谣是否有游戏相伴已未可知，但其文字的缝隙里蕴含着深厚的文化内涵。正月挂红灯，二月船家带女儿，三月赏牡丹。四月拔麦芒，五月过端午，六月……每个月根据不同的时令，都有不同的习俗。正月是一年的开始，欢庆活动从初一开始到十五结束。二月二，民间有龙抬头之说，船家的女儿行船，大人小孩还念唱："二月二，空抬头，大仓满，小仓流。"预示来年的好兆头，预祝当年五谷丰登，仓屯盈满。三月三，五月五 每个月都有文化传说故事，当然我们相信，儿童身处在这种浸润着文化风俗的童谣中，为其精神成长与终身发展打下了"民间文化"的底子。借助童谣的传唱，抓住儿童难得的短暂成长期，充实填充其文化心理，建筑深厚的文化底蕴，为我们的民族储蓄重要的文化力量。

　　童谣在民间广为流传，各地有各地不同民俗特色的童谣，是现代儿童打通地方传统文化的桥梁，是他们了解、认知中国传统历史的重要窗口，是现代儿童不可或缺的精神食粮。因此，重新认知童谣与传统文化的互动关系，关注优秀童谣在儿童间的正向传播，提升其在儿童间的兴趣。使童谣这种集历史、传统、文化、知识、乡情等多重素材的优秀文学形式能在新型传播环境中得到重生，是目前亟待思考与研究的问题。

---

① 大麦芒儿好拔刺：意思是大麦芒儿已长得挺硬，常常扎进人的皮肤中。
② 极言昼短。

四

童谣是儿童的专属门类，尽管童谣与歌谣、民谣、谣谚有着千丝万缕的联系，但是童谣终于还是在众多谣谚种类中分离出来。历代谣谚中，童谣是一枝绚丽的花朵，它和民谣性质相同，但更适合儿童唱念。歌词简洁精炼，语句活泼清晰，涉及政治、军事、风情、祈神、生活习俗、自然知识、儿童嬉戏等，内容广泛庞杂。童谣发生在成人与儿童以及儿童之间的传唱过程，尽管童谣的创作主体是成年人，但童谣始终离不开儿童听觉与感觉的筛选。童谣之于儿童却是不可分离，也不应分离的。因为儿童是童谣的听众，更是裁判，童谣是活跃在"儿童"口头上的艺术，脱离了儿童之口的歌谣则不被称为童谣。反之，童年期儿童的成长也离不开童谣的熏陶。童谣对于儿童的语言成长、思维认识的提升、认知能力的增长、音乐感觉的创建等都有十分重要的作用。儿童对于童谣的喜爱是发自内心的，儿童的游戏生活与童谣的游戏精神浑然天成，二者是决然的特征相似与气质相投。儿童诵唱童谣的过程是乐此不疲、忘乎所以的旅行。

我国是一个童谣十分丰富的国家。童谣在中国历史悠久，内涵丰富，形式完美，是文艺艺术宝库中一枝独放光芒的奇葩，是一笔亟待挖掘的宝贵财富，是文化软实力的体现。随着历史的发展，由于电子时代和信息浪潮的到来，大众文化的兴起，作为一种民间口头文学，由于其存在形式的单一性、存在载体的少变性和传承方式的特殊性，童谣文化的传播与传承也面临着新的挑战与困境，如不采取及时有效地抢救和研究，可能有濒临消亡的危机。

由此，童谣本是一份值得重视而且应该加以研究的文化遗产，它不仅是一种人类精神生活的美好结晶，更在儿童的童年精神生活、实践活动中发挥着重要作用。儿童的文化成长如果断然地斩掉过去，意味着苍白的未来。童谣是一种具有某种灵性与活力的文学样式，它的出现与形成，不受文字孕育的影响，不受庙堂文学的束缚，而是自然而然地走进儿童的视野，活跃在儿童口头，而且是至今仍保持鲜活生命力的文体之一。对于中国童谣来说，还蕴含着少数民族的风俗人情、民族特色、地方语言，是一种不可多得的民族精神教育范本。对于童谣的现代价值的深入研究，必将引领中国学界对童谣内涵价值的深刻认识，挖掘童谣丰富多彩的人文价值，深入开掘童谣所蕴含的本土历史内涵与意识形态价值，积极引导童谣在思想教育、科学教育、人文教育等多个儿童教育的领域发挥其拥有的作用，甚至上升到家国命脉的探索高度，融进中华民族复兴的中国梦，因此更具有积极而实际的价值。

2020 年 5 月 1 日于狮城

第一章　中国童谣概念传播与价值述列

在中国，没有哪部文字作品，包括那些经典蓍作，能够像儿歌那样妇孺皆知。不管是识字的还是不识字的，不管是皇帝的孩子还是乞丐的孩子、城里的孩子还是乡下的孩子，他们全都能理解并传唱这些儿歌，这些儿歌在他们的心中打下相同的印记。孩子们都会嘲笑"母牛"，同情"小孤儿"，从"小老鼠"那里受到教育，在"小蜗牛"的歌声中甜甜入睡。

——[美]泰勒·何德兰，[英]坎贝尔·布朗士：《孩提时代：
两个传教士眼中的中国儿童生活》

中国歌谣隶属于中国俗文学的一部分。"俗文学"就是通俗的文学，就是民间的文学，流行于大众，于民间。属于俗文学内容，其范围相当广泛，童谣即属之。本书欲先经过释名，将童谣由歌谣中析出，以作区隔。

第一节　歌谣与童谣之辨

《诗经·魏风·园有桃》中有："园有桃，其实之肴。心之忧矣，我歌且谣。"《诗经毛传》将"我歌且谣"解释为："曲合乐曰歌，徒歌曰谣。"（见《诗经毛传》，第208页）从《诗经》中的解释，"歌"与"谣"皆为人情动于中，而咏歌之，是心中所抒唱，但"谣"与"歌"的差异在于只能徒歌，即可唱不合乐曲、不合琴瑟。

《尔雅·释乐》旧注："谣，谓无丝竹之类，独饮之。"（阮元《经籍纂诂》）桂馥《说文义证》引《一切经音义》二十："《尔雅》：'徒歌为谣。'《说文》：'独歌也。'""谣"除了不合乐曲外，《尔雅》和《说文义证》更进一步强调独歌，使意义更为突显。

《古谣谚·凡例》也说："谣与歌相对，则有徒歌合乐之分，而歌字究系总名；凡单言之，则徒歌亦为歌，如《毛传·园有桃》，故谣可联歌以言之，亦可借歌以称之，如《孟子》述孔子闻孺子歌，又如《史记·灌夫传》载颍川儿歌。"（清人杜文澜《古谣谚·凡例》）由上说法可知，若要将歌与谣就性质上加以区别细分，二者的确仍存有差异性，有合乐，徒歌之辨，如《诗经》所录，全是乐歌在意义的界定上较为狭义。相对的，所谓"广义"就是歌谣联名，二者在性质上也相互包含，如杨慎《古今谣谚》、杜文澜《古谣谚》则以广义的诗来辑录歌谣，但也造成了民间歌谣与个人诗歌不分的结果。

前文释义"谣"，知晓了谣的定义。名之曰"童谣"，表示徒歌、独歌、行歌者是儿童，因此儿童歌讴之词，古言童谣。儿童在学语唱时，都是先由音乐性强烈者（文意短浅、易读、有节奏、有押韵）产生兴趣。戴侗云："歌心有度曲节。谣则但摇曳永诵之，儿童皆能为，故有童谣也。"（见《国语·晋语》（卷四）《赵文子冠》注，第92页。）言外之意，即使儿童对讴歌之词未解其意，但对儿童而言，反复诵读就是游戏的一部分，因为有乐趣蕴含其中，因而乐此不疲，且在游戏中衍为口耳相传的功用：由此传彼，由近传远。

杜文澜在《古谣谚·凡例》中指出，谣之名目甚多，就大纲而言，约有数端。如下：

或称尧时谣、周时谣。如《列子》载尧时谣、《国语》载周宣王时谣。或称秦时谣、汉时谣。如《述异记》载秦始皇时谣及汉末谣。此以时为标题者也。或称长安谣、京师谣、王府中谣。如《汉书·石显传》载长安谣。《后汉书·黄琬传》载京师谣。……此以地为标题者也。或称军中谣、诸军谣。……或称民谣、百姓谣。……或称童谣、儿谣、女谣、小儿谣、婴儿谣。如《左传》载童谣、《史记·晋世家》载晋国儿谣。《魏书·高车国传》载北方女谣。《旧唐书五行志》载元和小儿谣。《战国策》载齐婴儿谣。此以人为标题者也。今遇凡称谣者，悉行采录。若夫谣字有或作讹字者，今定从谣字。如《风俗通·皇霸篇》载赵王迁时童谣。《史记·赵世家》载童谣作民讹言，今从《风俗通》。谣字有误作讹字者，今亦改谣字……。

杜文澜是依据谣的不同主题加以区分，分为以时间为标题的谣、以地点为标题的谣和以人为标题的谣，而且这不同的主题也标记出童谣产生与传播活跃的时间、地点以及人群，从而从整体上涵盖了中国古代谣的全貌。

第二节　童谣的历史演变

一、童谣的起源

童谣既然属于歌谣的一种，今论及童谣的产生，则先论歌谣的起源。《诗经》属于广义的歌谣，在《毛诗大序》里有论及诗歌的起源，"诗者，志之所之也。在心为志，发言为诗。情动于中而形于言，言之不足，故嗟叹之，嗟叹之不足，故咏歌之，咏歌之不足，不知手之舞之足之蹈之也。"将心中之情感表现在语言、在音乐、在动作，即说明了诗、乐、舞三种艺术的合一，而且这一经典的解释似乎从最本根上解释了诗、乐、舞产生的本源。歌谣究竟始于何时？有资料显示《史记·五帝本纪》记载："舜曰：'然。以夔为典乐……直而温，宽而栗，刚而无虐，简而无傲；诗言意，歌长言，声依永，律和声，八音能谐，无相夺伦，神人以和。'夔曰：'于！'予击石拊石，百兽率舞。"（见司马迁《史记·五帝本纪》第一，第39页。）这是当时舜命夔掌乐，以教育贵族子弟之士，且道出自己对音乐的要求，夔非但附和，甚而使百兽为之起舞。又《史记·夏本纪》中亦有一段舜和皋陶对唱的歌："帝用此作歌曰：'陟天之命，维时维几。'乃歌曰：'股肱喜哉！元首起哉！百工熙哉！'皋陶拜手……乃庚载歌曰：'元首明哉！股肱良哉！庶事康哉！'又歌曰：'元首从脞哉！股肱惰哉！万事堕哉。'帝拜曰：'然，往钦哉！'"（见司马迁《史记·夏本纪》第二，第81页。）此二文《史记》皆收录，所以尧舜时候的歌谣，可说是目前最可信的且最早的歌谣，至于尧舜之前是否尚有更早的歌谣产生，因为资料上不能证明，故而截至目前，歌谣只能自尧舜开始。

中国古代童谣由何而起？如何开端？就目前所能看见的历代童谣中，有一个共同点，即历代童谣多被史家收录在正史之《五行志》当中，这也明显地透露古代童谣的特殊点，"童谣"虽有称其名，理应以儿童为主要抒发对象，与儿童生活密切关系，然其名实不副，非但与儿童没有太大的直接关系，甚而都是属于政治性，与儿童产生关联处，大概是这些童谣产生之后都由儿童传唱。既然童谣能被保留至今，多靠正史之收录，要了解童谣的产生背景，理应由此寻出答案。《春秋左传》杜预注："……已上皆童谣言也。童龀之子，未有念虑之感，会成嬉戏之言，似若有凭者，其言或中或否，博览之士，能懼思之人，兼而志之，以为鉴戒，以为将来之验，有益于世教。"（见《春秋左传》杜林合注卷九，第15页。）如果君王的政令有误，为了警告君王，上天会命令火星变成小孩子来到人间，编造童谣，让孩子们唱诵。所以，儿童口传的童谣中，或隐藏个人吉凶的暗示，或包含国家兴衰成败之内容。童谣常被视为包含某种信息的天来之作，其中隐藏着神秘的语言。究其原因在于，人们认为儿童唱诵童谣时，基本上没有分辨能力，因此上天会将事情的发展及其设定的结果编成童谣，传给儿童，儿童被看作神意的传声筒。孩童的天真无思虑向来直接表现，只要有趣的诗歌，孩童不会理会内容如何，在传唱中，居然能引人鉴戒，被有心人加以利用，毕竟童谣的传唱，且透过童稚之口，易令人深信，相信之理由应是起于中国古代荧惑传说。

童谣的源头可追溯到西周末年。《国语·郑语》云："宣王之时有童谣曰：'实亡周国。'""檿弧箕服"指的是山桑木做的弓和箕草做的箭袋。这短短的两句话是说：那卖桑木弓和箕草箭袋的，就是使周灭亡的人。有人将这首童谣看作是中国传统童谣的"始祖"，但是这首宣王时的童谣与儿童毫不相关，而是将王朝的兴衰更替寄托在上面，且充满了神的某种信息，有一种原始的恐怖。关于这首童谣的前后始末，《国语·郑语》及《史记·周本纪》都有叙述。据说周宣王的父亲周厉王暴戾无道，被国人流放到彘这个地方，后死在那里。周宣王即位后，西周有了中兴的气象，但是整个西周王朝的腐败已成无法挽回的局面。宣王时听到这首童谣（其意是执山桑弓，挂箕草编织成箭袋的人，是灭亡周国的人），就下令凡有卖山桑弓和箕草服的人，要立即抓获处死。一时令下，无辜受死者不计其数。这时王府中有位婢女生了一个女孩，抛弃宫外，被卖山桑弓和箕草服的夫妇二人捡到，抱起女孩逃奔到褒这个小国家里。后来这个小女孩就是褒姒，嫁给周宣王的儿子周幽王。最后周幽王以千金一笑失信于诸侯，终遭灭国。这首童谣真实指意毫无考查，然被封建文人们附会在褒姒身上，将西周灭亡的原因归罪于她，是贬低妇女，掩盖封建帝王昏庸无道的托词，这是不可取的。但在周宣王时代，人们口头流传的歌谣，已经对周宣王失去了信赖，认为周王朝就要灭亡，不会太久，这是人民意志的体现。《国语·郑语》说："天之命之久矣，其由何可为乎？"将童谣与天命捆绑在一起，使得传统童谣从一开始就呈现出一种异样的面貌，彻底背离了儿童自身的生活，并赋予其传唱主体一种莫测的力量，致使本来与兴亡大事毫不相干的黄口小儿却成了蛊惑政局的预言家。

《列子·仲尼篇》中记载："尧治天下五十年，不知天下治欤，不治欤？不知亿兆之愿戴已欤？不愿戴已欤？顾问左右，左右不知。问外朝，外朝不知。问在野，在野不知。尧乃微服游于康衢，闻儿童谣曰：'立我蒸民，莫匪尔极。不识不知，顺帝之则。'尧喜问曰：'谁教尔为此言？'童儿曰：'我闻之大夫。'问大夫，大夫曰：'古诗也。'尧还宫，召舜，因禅以天下。舜不辞而受之。"这首童谣的大意为：谷粒养着众多的人民，莫不是您的大德。您不管不问，顺其自然的准则。歌颂尧清静无为，不以主观意志治理国家，而是顺其自然。此谣很明显地记载为童谣，其时童谣多采用古诗的结构形式，与诗经的体例大致相同，四言句为主体，句式规整，理应押韵合辙，朗朗上口，深得儿童的青睐。但是孩童在吟唱之时，是否理解童谣与尧的统治以及禅位于舜的历史史实相关则不为可知，关键在于其实已经具备了孩童喜欢的最本质条件。

此外，再如南朝宋时刘敬叔《异苑》卷四中记载了《秦世谣》："秦始皇，何（僵）[强]梁。开吾户，据吾床。饮吾酒，唾吾浆。飧吾饭，以为粮。张吾弓，射东墙。前至沙邱当灭亡。"《异苑》是一部志怪小说集，此谣后有一段文字说明："始皇既坑儒焚典。乃发孔子墓。欲取诸经传。圹既启，于是悉如谣者之言。又言，谣文刊在塚壁。政甚恶之。乃远沙丘而循别路。见一群小儿辇沙为阜。问云沙丘。从此得病。"这段话虽系子虚乌有，但秦世谣歌却反映了当时人民痛恨暴君秦始皇的情绪，预示了他的灭亡。如果从《秦世谣》的本身来看，童谣的内容集中反映了人民的心声，表达了人民的集体愿望，实际上就是一种诗言情。更重要的是从此谣的形体结构来看，全谣前十句均以三言为主体，唯独最后一句为七言。其中偶数句以及最后一句句尾分别是"梁""床""浆""粮""墙""忘"，为异声同韵字，押"江阳辙"，其中第三、四、五、六、七、九句均为"*吾*"句式，因而自然产生韵律。其节奏基本保持在两拍（三言）与四拍（七言），句式整齐而韵律和谐，加之其反映了民间疾苦与民生哀怨，真实真切，因而自然有其广泛的传唱空间以及流传基础。

东汉时期《后汉书·马廖传》中记载了一首《城中谣》："城中好高髻，四方高一尺；城中好广眉，四方且半额；城中好大袖，四方全布帛。"有人认为这是东汉时的马廖用这首童谣劝谏皇帝要注意节俭，用心良苦。但是封建帝王奢侈糜乱，上行下效，给社会风气造成恶劣的影响。这首童谣描述的是西汉时的社会风尚，正所谓："上行下效"，京城里的人好梳高髻，京城以外逐此风尚，发髻高至一尺；京城里的人喜欢将眉毛描得宽宽的，城外的人就将眉毛画到半个额头；京城流行宽大的袖子，城外的人就用整匹布做衣袖。此谣为五言，基本采用了"城中好**，四方***"的句式，相对规整，同时童谣深刻地揭示了一个道理，城中流行什么，四方就会流行什么。而这个道理一经认定就是几千年都没有改变过的深刻。果戈理曾说："歌谣不是手里握笔，根据严格的计算写在纸上的，而是在旋风中，在忘情的境界中创作出来的。"① 也就是说，严肃的哲理也可以通过浅显的说理来实现。总之，童谣整齐、押韵，念起来顺口，听起来悦耳，既合乎儿童的兴趣，又符合儿童学习心理的需要，孩子的性情喜欢游戏，害怕拘束，好像草木刚刚萌芽一样，无论童谣是否有政治的附会，儿童与具有音乐美的童谣之间就是一种最好的天作之合。

再看《左传·僖公五年》："丙之晨，龙尾伏辰。均服振振，取虢之旂。鹑之贲贲，天策焞焞。火中成军，虢公其奔。"此谣事件发生在鲁僖公五年（公元前655年）八月，晋献公率军保卫了虢国的都城上阳，问掌管卜筮吉凶的大夫偃：我何时才能打败虢国？卜偃对曰："童谣云'～'。其九月十日之交乎。丙子旦，日在尾，月在策，鹑火种，必是时也。"（《春秋三传》卷五）果然这年冬十二月丙子朔，晋灭虢。虢公败逃到京师去了。但是问题在于虢国是个小国，晋军大兵压境，在兵力上占有绝对优势，所以虢国的灭亡是难免的。正因为此，所以才有童谣传出，非神明之暗示也。此谣袭用《诗经》体例，基本为四言句式，句句押韵，从形式上看比较适于当时儿童吟唱。但是观其内容，就不是那么一回事了，童谣预言了一场侵略战争的胜利。更神奇的是，连胜于何时都言之凿凿，毫厘不爽。以今天的眼光看，我们当然不相信童谣有如此玄妙的力量，会以一首周宣王时的童谣定乾坤，情形大概不外如此。此童谣开了中国传统童谣之先河，虽与儿童及儿童生活毫不相干，却为传统童谣打上了一层抹不去的底色，以至于到魏晋时终形成了完备的"荧惑"之说。

荧惑是古人对火星的称呼。因其色呈金红，荧荧如火，亮度常有变化，而且运行轨迹无定，令人迷惑。"荧惑"，一说炫惑；一说火星别名。"荧惑"之说始于何时，历来是学者专家考察的核心所在，但至今仍未能考定。不过王充（27—约100）为我们提供了一条线索。《论衡·订鬼篇》中有一段奇幻的文字：

　　天地之气为妖者，太阳之气也。妖与毒同，气中伤人者谓之毒，气变化者谓之妖。世谓童谣，荧惑使之，彼言有所见也。荧惑火星，火有毒

---

① 果戈理、满涛：《论小俄罗斯歌谣》，《世界文学》1959年第4期。

荧。故当荧惑宿，国有祸败。火气恍惚，故妖象存亡。……《鸿范》五行二曰火，五事二曰言。言、火同气，故童谣、诗歌为妖言。言出文成，故世有文书之怪。世谓童子为阳，故妖言出于小童。

从上面这段话可知，至少在王充生活的时代已经有了童谣是荧惑使之的说法，而且他认为这种流行的说法也很有见地。关于"荧惑传说"，陈仁锡《潜确类书》二引张衡云："荧惑为执法之星，其精为风伯之师，或儿童歌谣嬉戏。"①《晋书·天文志》云："凡五星盈缩失位，其精降于地为人。……荧惑降为童儿，歌谣嬉戏。……吉凶之应，随其象告。"这是将"荧惑说"最终理论化了。此后史书中关于"荧惑"之说引述不绝，荧惑是火星，故而书中若有说"红衣小儿"即指荧惑。

《东周列国志》云："周宣王时有红衣小儿作'檿弧箕服'之谣，为褒姒亡周之兆。"中国人一向敬天、畏天，以为老天爷乃一具有意志、喜恶、握有至高无上的权威之主宰者，因而，面对一切自然现象的变化，人们赋予天命说，对天降灾祸亦对于人的惩戒之说法，全然信服，自然地成为掌权者借此巩固权力；夺权者借此传播君权神授、天命转移的最佳造势传播方式。

还有一种说法叫"诗妖"。《汉书·五行志》第七中之上云："君炕阳而暴虐，臣畏刑而柑口，则怨谤之气发于歌谣，故有诗妖。"（见《汉书·五行志中之上》，第1376页。）由此可知，诗妖的产生是人在面对上位者的暴虐，在无可奈何之下，只能将怨恨、诅咒、指责之言，借童谣而发，且含预示吉凶祸福之兆。这股风气由目前保留下来的童谣中发现，多产生在政权更迭、末世动荡之时。如《史记·晋世家》记载：晋献公五年时，因伐骊戎，得骊姬，造成晋国内乱，太子申生自杀，其他公子（重耳、夷吾）出亡，且又相继得秦力返国执政，这当中所产生的带有预测性的童谣。在《汉书·五行志》第七中之上云："《史记》晋惠公时童谣：'恭太子更葬兮，后十四年，晋亦不昌，昌乃在其兄。'是时，惠公赖秦力得立，立而背秦，内杀二大夫，国人不悦。乃更葬其兄恭太

---

① 杨家骆主编：《中国歌谣·中国俗文学概论》，台北世界书局1965年版，第22页。

子申生而不敬，故诗妖作也。"这首童谣起源于政权兴替，由上位者晋惠公在国家治理上的不当，因而引起民怨，透过史籍记载，约略知晓整个历史事件的始末，而对于最初制造这首童谣者是谁？有何动机，则语焉不详。但是可以做如下两种臆测：一种是纯粹民意的表达，认为晋惠公夷吾不适宜任晋国国君，人民将希望寄托在另一位尚流亡在外、颇得人心的公子重耳身上，故而将此愿望表现在童谣中，以期达到预测的效果；二则有可能是晋惠公的反对者（秦穆公、公子重耳或其他人）刻意捏造此童谣，达成反对目的，顺利夺取政权。①

二、童谣的历史演进

童谣传唱于儿童之口，但是许多时候简直与儿童生活和理解力毫不相干，几乎是纯粹政治斗争的反映与产物。从性质上看，它应该列入"低幼读物"，但其内容的深奥程度，以及其隐含的政治意图，几乎超过了所有成人文学。也许正因为如此，历来对它的研究如凤毛麟角。纵观中国古代童谣发展的历史，可以捕捉到一个很明显的发展轨迹：在明代之前，所有的童谣几乎都是政治童谣，不同程度地都是政治斗争的工具，它们与儿童生活简直毫无联系；从明代开始，在继续发展政治童谣的同时，产生了一批真正反映儿童生活的童谣，或者说，这时人们才逐渐地有了一种意识，开始创作与搜集真正意义上的童谣。我们可以大胆地设想，在明代以前，大概也有非政治性童谣活跃在民间，活跃在儿童的口头之上，但由于无人搜集记录，最后消失湮灭了；即使记录下来的童谣也往往会被附会到政治中去，成为某个政治事件的预言。

童谣毕竟是活跃在儿童口头上的艺术，排除掉制造者牵强附会的政治意

---

① 谈及童谣制造者的问题，就等于谈及童谣的作者。口传文学原本就有一问题存在，即作者都不可考。雷群明在《中国古代童谣赏析·前言》中提及，童谣制造当时，即使作者署了名，但几经流传，也可能被遗忘了。传唱者是儿童，他们对作者是谁，一般不感兴趣，更何况许多童谣涉及政治批评，作者也未必会署名。

图，其本身的艺术性始终都难以磨灭。无论是最早的《康衢童谣》："立我蒸民，莫匪尔极，不识不知，顺帝之则。"① 还是《卜偃引童谣》："丙之晨，龙尾伏辰，均服振振，取虢之旂。鹑之贲贲，天策焞焞，火中成军，虢公其奔。"② 都是借用《诗经》中的四言体例，合辙押韵而朗朗上口，好记易诵。即使到了唐代，童谣尽管没有摆脱政治的束缚，但是这种语言朗朗、节奏明快的童谣依然存在。如《新唐书·五行志二》中记载了《朱泚未败前童谣》："一只箸，两头朱。五六月，化为蛆。"此谣虽未真正摆脱预兆朱泚到五六月便死，身上要生满蛆的"荧惑之说"，但是从童谣的形式上来看，三言句式贯穿始终，所选取的意象通俗浅白，已经有了很明显的现代童谣的影子，尽管其尚未摆脱与朝政的关系，但是已经完成了一种民意的表达，实际上也表现了童谣最终走向通俗易懂、回归儿童生活的过程。再比如《旧唐书·五行志》中记载《元和小儿谣》："打麦打麦，三三三，舞了也。"这首童谣从言词看，是一首典型的小儿边歌边舞的儿歌，内容应该是庆祝小麦丰收的。当然被文人们附会，便成了预兆武元衡之死了，而且还把"三三三"解释为武元衡死的准确日期为六月三日，未免有些滑稽可笑。

自西周至明，两千年时光悠悠而逝，童谣在经历了岁月沧桑之后，终于踏上了回归之旅——走出与儿童背道而驰的悖论，向儿童生活靠近。童谣从一开始的谶谣阶段逐步走向了接近儿童生活、体现童趣的道路。

（一）童谣本身透露的讯息

在明之前，童谣虽未摆脱占验的悖论，但已经开始走在逐步回归的方向。唐代《酉阳杂俎·卷十七·虫篇》中记载一首《秦中儿童戏为颠当语》，煞有意思："颠当颠当牢守门，蠮螉寇汝无处奔。"这首童谣的政治色彩相对薄弱，

---

① 今译：帝尧为了我们广大的老百姓，没哪一件事不是做得好到了极点。因此，我们不用自己动脑筋、出主意，也不要揣度尧的意图，只要照着尧帝的老规矩办就行了。

② 今译：丙子这天的清晨，当尾星消失在天边时，阵容整齐的晋国军队，夺取了虢国的军旗。鹑火星亮耀眼明，天策星暗淡退隐；鹑火星居中时晋军到，虢君只得匆匆逃出城。

生活知识的总结充斥其中。意思是颠当虫①啊，颠当虫，你要紧守住门，细腰蜂来侵入，让它无处奔。据《酉阳杂俎》载："成式书斋前，每雨后多颠当（秦人所呼）。窠深如蚁穴。网丝其中，土盖与地平。大如榆荚。常仰捍其盖。伺蝇蠓过，辄翻盖捕之。才入复闭。与地一色，并无丝颣可寻也。其形似蜘蛛。《尔雅》谓之王蛛（一作蛛）蝐，《鬼谷子》谓之蛛母。"此谣选取了日常常见的昆虫作为咏唱对象，取材平实，接近儿童生活，全谣句末押韵，节奏朗朗，堪称有意味的歌谣。这首童谣也是为数不多的传唱在民间的童谣，弥足珍贵，它之所以能够在民间流传，并在历史典籍中记载，本身说明了一个问题：只有那些真正切合儿童特点、反映儿童生活、充满童真童趣的童谣才能最终为儿童所接受，而那些急就的"五行志派"的童谣则仅可流传一时，然后就只能变作史料静默地保存在典籍里。

　　当然在隋唐，这类几乎找不出政治素材的童谣还是比较少见的，大多数都是有某种政治附会的，但是有一点值得肯定就是童谣始终都是通过儿童的念唱进行传播的，尽管年幼的孩童并不真正了解其所包含的政治用意。从这个角度上讲，童谣自开始就走在合辙押韵、易于吟唱的路线　适合于孩童拍手吟唱。换句话说，童谣因为合辙押韵、易于唱诵、内容短小等特点迎合了正在成长中的儿童，因而始终没有离开过儿童的口头。但是童谣是如何与政治含义联系在一起的，应该是一个相对复杂的问题。一方面童谣的创作者体现统治者意图，有意创作，故意而为，这种成分还是非常明显；另一方面，童谣是浑然天成，在儿童的念唱过程中无意识地迎合了当时的某种社会事件，或者后人意会为与某件社会事件相吻合，因而产生某种神秘的谶言效果。但是，童谣与孩童之间并没有政治意会的联系，孩童是童谣的直接受众者，童谣无论其创作者是来自统治阶级，还是来自民间，无论其创作目的是某种预言还是传递社会文化知识，总之都会归结为孩童这个受众群体这里，孩童才是童谣的传播者，因此，适合孩童传诵是童谣最核心的意义。

---

① 　虫名，土蜘蛛的别称。亦称蛛蝐，蛭蚏。

那么为什么会在明代出现和较多地保留了非政治性的童谣，而出现了接近儿童生活的童谣，这种现象背后的因素是比较复杂的。明代是我国资本主义因素大量产生的时期，当时有一批人冲破宋元理学的束缚，思想比较解放而扩大到了前所未有的诸多领域，因而在印刷业兴盛的前提下，童谣创作与搜集工作也就有了很好的表现。实际上，早在宋元开始，教育事业得到长足发展，提升了读书士子的地位。宋代文教政策的基本指导思想是加强中央集权制的封建统治，吸引庶族地主参政，扩大统治基础，加强政治思想控制、伦理道德的教育。宋代教育事业在唐代高度发展的基础上有了进一步的提高，官学制度进一步完善，书院制度勃兴，形成中国封建社会独具特色的教育组织形式，官学与私学均异常活跃，内容丰富。受比较重视儿童教育的影响，明代非常重视蒙学教材的编写工作，蒙学教材既注意封建的伦理品德教育，也注意日常应用的内容；既注意扩充儿童的知识领域，也注意陶冶儿童的情操，因而蒙学教材的内容也逐渐多样化起来。

其后的童谣表现能捕捉到相对明显的发展轨迹。明代地方志《帝京景物略》中记载了一首祈雨歌：

> 风来了，雨来了，禾场背了谷来了。

这是一首祈雨仪式之后儿童念唱的童谣，表达了人们久逢甘霖之后的欣喜若狂，是人们真实情感的表达，因而成为传唱至今的经典童谣。邓云乡《燕京乡土记》中说：

> 夏天雷阵雨来了，又是风，又是雨，小小的三合院、四合院似乎都是一个避风港，每间屋子似乎是一条小木船，在风浪中震撼着。母亲抱着孩子，从窗眼里望着外面的雨，唱着儿歌道："风来了，雨来了，老和尚背着鼓来了。"至于为什么是"老和尚背着鼓来了"，却没有人注意，只是这样说。后来看到老先生们的写的儿歌的书，说是"背着谷来了"，这可能是南方的说法，而北方仍然是读"鼓"的。①

---

① 邓云乡：《燕京乡土记》，上海文化出版社 1986 年版，第 129 页。

其实童谣之由"禾场背了谷来了"到"老和尚背着鼓来了"再到后来的"王八背着鼓来啦"的不同版本体现的是传唱过程中的变异，我们所关注的是此谣简短易学，早在明代产生并逐渐定型，为儿童所接受，流传至今。由此还证明一点，早在明代就出现了"三三七"句式，因其节奏明快，音韵铿锵，而受到儿童的喜爱。

《帝京景物略》载下面一首童谣则说的全然是儿童自己的事：

> 杨柳儿活，抽陀螺。杨柳儿青，放空钟①。杨柳儿死，踢毽子。杨柳发芽儿，打拔儿②。

每年春日伊始，儿童就会沉浸在这种游戏当中。这首童谣每句均以"杨柳儿"开头，正符合顾颉刚当年研究歌谣时所得出的结论：徒歌中章段回环复沓的极少，和乐歌是不同的。他在《论〈诗经〉所录全为乐歌》一文中指出，徒歌中的回环复沓，只限于练习说话的"儿歌"、依问作答的"对山歌"③。童谣中的复沓一方面能引起儿童吟唱的兴致，更重要的是能让他们练口齿。由此可见，从明代开始，出现了童谣创作与传播出发点的下移，开始考虑儿童的口语练习，吸收儿童接受者的特殊性，从而满足儿童口语练习的需要以及特殊心理需求。

再看一首明代的童谣，来自朱国祯的笔记《涌幢小品》：

> 塘下戴，好种菜。菜开花，好种茶。茶结子，好种柿。柿蒂乌，摘个大姑，摘个小姑。

据《明诗综》注云："台州太平县塘下戴某与方谷真婚。戴氏将败，童谣云：'塘下戴，好种菜。菜开花，好种茶。茶结子，好种柿。柿蒂乌，摘了大姑摘小姑。'及洪武末，戴氏竟籍没，惟二女出嫁存焉。"这首童谣是预示台州太平

---

① 空钟，即空竹。

② 北京旧历习俗，农历二月二为"龙抬头"，每到这时分孩子们会玩这种游戏，叫作"打拔拔"。所谓"打拔拔"，就是用木头做个拔儿，二寸长短，状如枣核，放在地上，用木棒挥击，第一次击打令拔儿直立，第二次击打则尽量使之落到远处，距离近者为负。

③ 顾颉刚：《古史辨》（第三册），上海古籍出版社1991年版，第608—609页。

县塘下有个姓戴的豪门，后被查抄财产，只有两个女儿因出嫁而幸免的事，以此说明人们对戴氏的败落早有预测。童谣开头的"塘下戴"以及"摘了大姑摘小姑"似乎与塘下的戴氏有一定关联，但从整体而言，这首童谣纯粹是一种文字游戏，并无任何实质意义。它主要采用连锁调的模式，每两句换韵，语句轻快。这种连锁调的特殊性体现在它是随韵生字，不考虑文字的具体方向，不求意思贯通，因而在某种程度上适合了儿童跳脱的思维方式。

前面所引的几例表示，童谣开始走上了逐步摆脱政治的阴霾、不断走进日常生活的趋向。这些童谣贴近儿童，走进儿童，开始显示出一种方向性的脉络，在沉闷的传统童谣的阵营中，逐渐地吹进了些许轻松的风，而这种轻松的风又逐渐扩大，最终走向松绑与自由。

（二）童谣的回归与王守仁的"童子之情"

传统童谣发展到明代时，展现出了一片新气象。这自然不是偶然的现象。包括之前，我们所捕捉到了明代经济生活的变化，在政治文化环境方面也发生了变化。明清时期，学者们对旧的童谣观进行了批判，童谣逐渐拂去了童谣身上浓厚的政治、巫术色彩，开始有了独立的文体品格。最先对神学童谣观进行批判的是明代学者杨慎，其在《丹铅总录》卷二十五中阐述："童子歌曰童谣，以其言出自胸臆，不由人教也"。由此可见，他已经认识到童谣不像成人诗歌，是由儿童无知无虑而成的。

最早的童谣集是由明代吕坤于1593年所编的《演小儿语》，目的是"教子婴孩，蒙以养正"，是其父以《小儿语》所收"未备"而命其续作。《续小儿语》与《小儿语》内容详尽，体例相同，均以四言、六言和杂言为序。但两相比较，《续小儿语》较《小儿语》更文雅一些，在鄙俚通俗方面，《续小儿语》不如《小儿语》，换言之，由于作者刻意要求通俗鄙俚，难免会有一些雕琢的痕迹，语句也不如《小儿语》自然。"余为儿语而文，殊不近体，然刻意求为俗弗能。故小儿习先君语，如说话，莫不鼓掌跃诵之。虽妇人女子，亦乐闻而笑，最多感发。习余语，如读书，謇謇悟悟，无喜听者。拂其所好，而强以所不知，理固然也。"① 从整体而言，吕坤所编《续小儿语》也是编得很成功的，此后这方面的专集才逐渐增加。

明代教育家王守仁② 认为，儿童教育必须顺应"童子之情"。他指出：

> 大抵童子之情，乐嬉游而惮拘检，如草木之始萌芽，舒畅之则条达，摧挠之则衰萎。今教童子，必使其趋向鼓舞，中心喜悦，则其进自不能已。③

这里说到了王守仁的心学，他认为万事万物从本性出发，因势利导，则无往而不利，应用到教育方面，则应该先考虑孩子的本性，然后再有应对之策。王守仁认为孩子的本性是"乐嬉游而惮拘检"，他们爱动爱玩，不爱受约束，就好像草木刚开始发芽一样，如果有合适的土壤，它自己生的根就四通八达，长得飞快，但如果担心长不好，今天拉一下明天扯一下，揠苗助长，反而适得其反。所以教育孩子，必然要顺着他的天性，使他心中喜悦，这样才进步得快。

王守仁基于"良知"的儿童教育思想自成体系。他在提出儿童教育当依据"童子之情"的同时也拟定了相应的教学内容和方法，"歌诗"是其中极为重要的组成部分。他认为"诱之歌诗者，非但发其志意而已，亦所以泄其跳号呼啸于咏歌，宣其幽抑滞于音节"，以唱歌吟诗的方式来教学，这样不仅可以激发他们的志向，而且还能消除他们的顽皮，使其多余的精力有发泄的机会，还可以消除儿童内心的忧闷，使他们开朗活泼，并能适度表达情感。王守仁创造的"歌诗"，是一种有严格要求的教育活动，体现了严肃的教育理念。"凡歌诗须要整容定气，清朗其声音，均审其节调，毋躁而急，毋荡而嚣，毋馁而慑，久则精神宣畅，心气和平矣。"这里从仪容到精神都提出了要求，一方面要"审

① （明）吕坤：《续小儿语》（序言），中华书局1985年版。
② 王守仁（1472—1529），浙江余姚人，字伯安，号阳明子，世称阳明先生，故又称王阳明。明朝中叶的著名哲学家、教育家，他生活的年代是明王朝由稳定开始进入衰败的转变时期，也是程朱理学日趋僵化和空虚的时期，他继承和发展了陆九渊的哲学、教育思想，形成了与程朱理学相径庭的"心学"体系，对封建社会后期以致近代的教育思潮发生了重要的影响。
③ 吴光、钱明、董平等：《王阳明全集》，上海古籍出版社2014年版，第88页。

其节调"，一方面要"心气和平"，在不急躁、不放荡、不胆怯中认真学习歌诗，领会其内容，依照其韵律，体会其感情，"久则精神宣畅，心气和平矣"，歌诗要有旋律和节奏，儿童喜欢学，愿意参与，还能有美的享受。这种歌诗不仅仅是一种学习的手段，更是学习的最高境界。

王守仁反对把孩子当小大人，指出儿童教育应依循儿童性情，顺应其年龄和身心特点。由此出发，他提出了栽培涵养儿童当"诱之歌诗""导之习礼""讽之读书"。系列关于儿童教育的论述，是其整个教育思想的精华，不仅当时在反对传统教育方面有明显的积极意义，而且在很大程度上符合儿童教育的规律，"自然教育论"的提出，比西方最早以表达自然教育思想而著名的法国卢梭的《爱弥儿》（1762 年）早了 200 多年，实属难能可贵。

现在我们回过头来看，辑《古今风谣》的杨慎在正德年间试进士第一，与王守仁是同时代的人；吕坤《演小儿语》成书于 1593 年；朱国祯《涌幢小品》终稿于 1621 年；刘侗、于奕正《帝京景物略》成稿于 1635 年，均在王守仁之后。非常明显，王守仁的儿童教育理论在明朝儿童教育思想上发挥了重大作用。

在明朝特殊政治经济文化环境的共同影响下，童谣从政治阴霾中逐渐松绑，明代的童谣有一部分生动鲜活，符合儿童认知能力，抛开所谓的政治附会，儿童乐意接受，并传唱。应该说王守仁的"童子之情"在为童谣拨开阴霾的过程中起到了至关重要的作用，同时期童谣就有了向好的表现。

《明诗综》中记载童谣《正统中京师群儿连臂谣》云：

群儿呼：正月里狼来咬猪未？一儿应：未也。群儿呼：二月里狼来咬猪未？一儿应：未也。群儿呼：三月里狼来咬猪未？一儿应：未也。群儿呼：四月里狼来咬猪未？一儿应：未也。群儿呼：五月里狼来咬猪未？一儿应：未也。群儿呼：六月里狼来咬猪未？一儿应：未也。群儿呼：七月里狼来咬猪未？一儿应：未也。群儿呼：八月里狼来咬猪未？一儿应：来矣，来矣！

此谣选自《明诗综》卷一百《京师童谣》："正统中，京师群儿连臂呼于途曰：正月里狼来咬猪未？一儿应曰：未也。循是至八月，则应曰：'来矣，来矣。'

皆散走。时方旱，又有群儿歌于途云云。既而有狼山之难。"这是明正统年间京师一带小儿做的一种游戏，嬉笑逗趣，率性自然，毫无政治羁绊。

《明诗综》记载童谣云：

狸狸斑斑，跳过南山。南山北斗，猎回界口。界口北面，二十弓箭。

此谣据《明诗综》卷一百，原注，载《静志居诗话》云："此予童稚日，携闾巷小儿联臂踏足而歌者。不详何义，亦未有验。"这首童谣完全是小儿们游戏的歌词。或许童谣开始也有所指，随着时间的久远，其义渐不为人知，这种可能也是有的，但这种传统的游戏却代代相传下来。据《静志居诗话》云，此谣唱时群儿作联臂踏足动作，因此判断为游戏谣。

儿童教育发展到宋明时，经王守仁"童子之情"的点拨，童谣也挣脱了"荧惑说"的枷锁，逐渐显露出它本来的清新面孔。故此，传统童谣由被困于"荧惑说"到向"童子之情"的回归，绽放了童谣原本的耀眼光辉，以不同于以往的面貌活跃在儿童的生活中，并发挥着独特的传播价值。

（三）清代后期童谣的真正回归

童谣在明代虽踏上了回归之旅，但其发展并非一帆风顺。清中前期，童谣一度又变得比较沉寂，这与清廷的高压政策不无关系。真正打破了沉寂的局面，让童谣获得应有的面貌的是中国历史上第一部童谣集《天籁集》。

中国古代第一部民间童谣集由清代郑旭旦编辑。郑旭旦，浙江钱塘人，生卒年不详，家境贫寒，因不满现实，见憎于权贵，郁郁无所遇，借童谣"寄寓其精神"，编《天籁集》。《天籁集》成书于康熙初年，书中收吴越童谣48首（2首有目无歌），尤以杭州地区居多。作品分两类，一类反映儿童生活和儿童心理情趣，这类童谣既有成人创作，也有儿童随口编唱的，其中用于游戏，如"摇哎摇，摇到外婆桥"；有的重在训练儿童的语言能力，如"一颗星，挂油瓶；油瓶漏，炒黑豆"，它们一般能有助于儿童的健康成长和增添童年的乐趣；有的重在道德教育，如"推搓过，慕才郎。正值哥哥上学堂"；但也有少数作品不足取，如以讽刺人们生理缺陷为乐的"腊莉腊"等。另一类作品以成人社会生活为题材，如表现甥舅等家庭矛盾、社会生活的艰辛、儿女感谢父母养育之恩、庸医误人、对懒汉的批评等。其中关于妇女生活的最为多见。如盼嫁好丈夫、希望嫁妆丰盛、诉说婆家生活难熬等。这类歌多半是奶奶、妈妈或其他成人在向儿童教唱时自己情感的自然流露。郑旭旦更加肯定了童谣的价值，称之为"天地之妙文"，犹如自然界发出的音响——天籁。

但是编辑于康熙年间的《天籁集》一直"不甚流传"，它重见天日是在二百年后。继《天籁集》之后，又有清代吴越地区的童谣集《广天籁集》问世，它的取名也包含了"续而广之""广前集之未备"的含义，其编撰思想与前集是一脉相承的，主要还是体现在忠实于童谣的原貌，如实记录。《广天籁集》的编者书名悟痴生，浙江山阴人，真实姓名和生卒年不详。据其自序，写成于同治十一年(1872)，共收吴越童谣23首，每首童谣前后均有评语和按语。《广天籁集》的作品，除少量是儿童随口编唱外，多数为成人特别是女性长者所教唱。半数左右作品以反映儿童游戏生活情趣等为内容，如"排排坐，吃果果"、"萤火虫，夜夜红"等，是配合儿童游戏的；"老鸦告状，告着和尚，和尚念经，念着观音"一类歌词，是侧重训练儿童语言能力。另一类以反映成人生活为内容，尤以女性爱情婚姻家庭生活的居多，这与教唱的大人多为女性分不开。如姐郎相恋、哥娶嫂嫂、姐妹争出嫁、乡下娘娘拜菩萨等。作品内容类别和形式各方面，都与《天籁集》相似。评语、按语中，也有民主思想的表述，但主要是与童谣有关的社会风俗人情的介绍和评论。编者还在按语中赞美了童谣出于自然之音的"天籁"美。

《广天籁集》中记载童谣《亮呀亮谣》：

> 亮呀亮，家家门里好白相①。拾只钉，打管枪，戳煞娘娘无肚肠，肚肠戳在枪头上，老鸦衔去做道场。道场阿好看？好看个！城里娘娘骑了马来看。乡里娘娘骑了狗来看。

这首童谣趣味风生，滑稽浪漫，反映了热热闹闹做道场的情景，惊动了城

---

① 白相：玩耍。

里和乡里的娘娘，她们骑马的骑马、骑狗的骑狗，真是热闹非凡。

又有童谣云：

> 排排坐，吃果果，爹爹回来割耳朵。称称看，二斤半。烧烧看，两大碗。吃一碗，剩一碗。门角落头斋罗汉。罗汉不吃荤，豆腐面筋囵囵吞。

——清·悟痴生《广天籁集》

这首童谣是逗小儿嬉戏的歌谣，歌词很有风趣，活泼欢快，表达了爷爷对孙辈的亲昵感情。

《天籁集》与《广天籁集》的编者注意从民间现实生活中采录童谣的文艺事件是值得肯定的，两书作为中国较早的民间童谣集，在民间文学史上有它一定的地位。光绪四年（1878）范寅[①]著成《越谚》一书，主要记录当时越地（绍兴）方言，兼及民歌童谣。《越谚》为绍兴方言集大成之作。全书分为上、中、下三卷，卷上著录"语言"，卷中著录"名物"，卷下著录"音义"，还有附录。《越谚》记录的是当时的绍兴方言，记录了不少当时口头流传的民歌童谣，对研究越语音、词汇、语法、文化很有价值，可以说是一本绍兴方言的"辞海"。

《越谚》记载童谣《嬉子窠》云：

> 嬉子窠，扁椭椭，椭到城隍庙里有官做；官吃酒，部叹科，新妇房里吹哼罗，哼罗吹得叭叭响，弄堂花猫赶老鼠，赶到山里山，湾里湾，萝卜开花结牡丹。牡丹姊姊要嫁人，石榴姊姊做媒人。金轿来，弗起身，银轿来，弗起身，到得花花轿来就起身。一番金，一番银，三番鼓手来娶亲，陶家院里发行嫁，倪家院里结重亲。

这首童谣据原书注："此谣有讽刺，故有难解语，疑明季时童谣，然好嫁之风可见。"实际上这首童谣就是描绘了热闹的娶亲场面，并没什么费解之处。

---

① 范寅（1827—1897），语言学家。名广济，字仰川，榜名寅，又字虎臣，号（啸）风，别署扁舟子。浙江会稽（今绍兴）皇甫庄人。其始祖是北宋名宦贤臣范仲淹。范寅是他的二十八世裔子孙。范寅少年孤贫，但好学，且兴趣广泛，每有领悟，便欣然忘食。范寅虽科举坎坷，但实属博学多才。著有《越谚》。《越谚》为绍兴方言集大成之作。范寅对童谣等民间文学极为推崇，他与周作人的舅父有旧，周作人幼年时常听到有关他的逸事。

童谣活泼起伏跌宕，把一场热热闹闹的娶亲迎亲场面写得活灵活现。

以上三书均为吴越地区的童谣。1896 年意大利人韦大利（BaronGuido Vital）编《北京歌谣》（*Pekingese Rhymes*）出版，内有中英文对照的歌谣 170 首。韦大利认为：

> 这些歌谣没有明确的著者；其中有些或是母亲在床沿上看着她的孩子的时候所作，别的或是淘气的学童当教员正在大哲学者的书本上假寐的时候所作的。无论怎样，都好像野花一样，没有人知道他们怎样地，又在何时生长起来，也就这样地凋谢死灭了。①

《北京儿歌》有两个版本，一是民间无名氏抄本，另一个是意大利人韦大利编，共收北京地区童谣 170 首；1900 年《孺子歌图》由美国人何德兰收入中国童谣 140 首在纽约印行。1906 年，伍兆鳌的《下里歌谣》刊行问世，主要是他创作的童谣（也有几首是改编），共 81 首。以上版本对开启清代民间童谣搜集工作影响深远。

真正从儿童文学意义上去看待和解释童谣，是在 20 世纪初叶。随着白话文运动的兴起，民间歌谣的搜集和整理进入学者的视野。中国现代的歌谣搜集与研究，发端于鲁迅。1913 年，鲁迅提出搜集、整理各地歌谣的意见和办法，在《拟播布美术意见书》②中说："当立国民文术研究会，以理各地歌谣、俚谚、传说、童话等；详其意谊，辨其特性，又发挥而光大之，并以辅翼教育。"这个意见概括说明了三点意思：（1）搜集整理歌谣，要建立像"国民文术研究会"这样一个组织机构司其事；（2）整理歌谣的方法是"详其意谊，辨其特性"，并加以发扬光大；（3）歌谣的作用是"辅翼教育"。这是中国现代歌谣史上最早提出搜集、整理和研究歌谣的意见。

同年 12 月《儿歌之研究》刊于 1914 年 1 月《绍兴县教育会月刊》，但由于当时风气未开，鲁迅的意见书和启事并没有引起大家的注意，也就没有引起

---

① ［意］Victale：《歌谣论集·〈北京的歌谣〉》（序），常惠译，上海书店 1992 年版，第 425 页。
② 鲁迅：《拟播布美术意见书》，教育部《编纂处月刊》1913 年第 12 期。

较大反响，钟敬文指出，"中国的有意义地计划地而且科学地搜集歌谣，是开始于民国七年北京大学的歌谣征集处，后改为歌谣研究会"[①]。1918年2月，北京大学成立歌谣征集处，1920年冬，歌谣征集处改为歌谣研究会，北大师生分赴全国各地，深入到民间百姓中搜集歌谣作品，开展了一个声势浩大的歌谣运动，领袖人物有刘半农、沈尹默、胡适、常惠等。1922年12月开始至1925年，陆续征集、筛选出来的儿童歌谣冠以"儿歌"的名称在北京大学的《歌谣》周刊上发表，从此，儿歌作为儿童文学的体裁名称沿用至今。

北京大学征集歌谣开始于1918年，是在蔡元培倡导下发展起来的，他以校长的名义在1918年2月1日的《北京大学日刊》上刊登启事，号召全校教职员、学生帮同搜集全国近世歌谣，并将简章登载在同日的纪事栏里，要求大家介绍内地的各处报馆、学会和杂志社的名称、地址给主持人刘复，以便邮寄简章。由于这次歌谣征集工作是在北京大学校长蔡元培的倡导下开展的，得到了广泛的响应，三个月就征集到1000多首歌谣。取得这样的成绩，固然是由于时代的形势和蔡元培先生的登高一呼有关，也和鲁迅的提议有关，再到1922年《歌谣周刊》创刊，一时间形成了一股民歌搜集的热潮。魏建功回忆当时的情况说："发表在《北大日刊》的歌谣虽然篇幅很小，可是引起全校师生员工的浓烈兴趣，踊跃搜集，源源投稿。"[②]从此以后，新期刊继《北大日刊》之后而发表歌谣，就成为一种风气。

《歌谣》周刊在全国征集到了13000多首歌谣，其中不乏大量童谣，据此，冯国华、褚东郊等撰写了一系列研究童谣的文章[③]。分析了童谣的起源、分类、特征及其在儿童文学中的作用，特别指出传统童谣"音韵流利，趣味丰富""思想新奇"，"不仅对于练习发音非常注意，并且富有文学意味，迎合儿童心理，

---

① 钟敬文：《江苏歌谣集》（序），《民众教育季刊》1933年第3卷第1期。
② 《〈歌谣〉四十年》（上），《民间文学》1962年第1期。
③ 如周作人的《儿歌之研究》《读〈童谣大观〉》《读〈各省童谣集〉》等，冯国华的《儿歌底研究》，褚东郊的《中国儿歌的研究》等。

实在是儿童文学里不可多得的好材料"①。由此，这些长期被"载道"的"旧读物"排挤在舞台之外的传统童谣，作为"好材料"第一次被全面整理了出来，很快，朱天民编的《各省童谣集》、葛成训编的《儿童谣百首》、潘伯英编的《儿童歌谣》、林兰编的《小朋友山歌》，以及《广州儿歌甲集》等出版发行。可以说，自五四以后，重新对童谣的整理和认识，使国人看到了童谣这个我国自古就有的未受重视的文化宝库。

第三节　童谣的个性辨识

童谣是儿童的诗。从儿童的心性、生活、童话世界意象、游戏情趣，以及儿童语言的感受出发，比起成人的山歌、民谣更加体现出句式自由、结构奇变、善用比兴、声韵活泼、富有童趣、意境清新、言语平白、顺口成章的特点。童谣随意唱来，其旨意、结构的发展，常出人意表。一句一句快乐地唱，下一句究竟唱出什么内容来，让人匪夷所思，叫人难以推理。童谣所涉及的事物，宇宙人生，事无巨细；辞章千变万化，但并不杂乱，它充分显示了儿童生命成长的活力，从婴孩到少年——心灵的嬉游。

一、句式自由

童谣的句式，以整齐而又有变化、活泼而无定式的句子为最多。

（一）齐言句式

作为齐言句式，指的是童谣从头至尾，句式统一整齐，节奏规整。从一

---

① 褚东郊：《中国儿歌的研究》，王泉根：《中国现代儿童文学文论选》，广西人民出版社 1989 年版，第 584 页。

字、二字、三字到多字句都有，但常见的是三字、四字、五字、七字句。

有三言句童谣：

> 过新年，搭戏台，先生去，媳妇来。新年过，拆戏台，媳妇去，先生来。（河北蠡县）

> —— 《中国二十省儿歌集》

此谣通篇以三字句式组织全篇，用最简洁的语词表现了年节前后热闹与冷清的对比。过年时，搭戏台，教书先生放假，远嫁的女儿回娘家，一家人欢天喜地；过年后，拆戏台，出嫁的女儿回婆家，教书先生复课，儿童开始私塾学习。此谣语句齐整，所述事物完全一致，表达的情感真实动人，爱憎分明，堪称奇作。

有四言句谣云：

> 小鸡格打，要吃黄瓜；黄瓜有子，要吃牛腿；牛腿有毛，要吃仙桃；仙桃有尖，要吃狗肝；狗肝有血，要吃蝴蝶；蝴蝶上楼，扒狗磕头。（黑龙江）

这首童谣以"小鸡格打"起兴，采用连锁调的形式，随物生韵，以四字句为结构，节奏均齐，语词活泼，符合儿童的认知规律。

有五言句谣云：

> 大雪霏霏下，柴米要涨价，娃娃要吃饭，俩口要打架。（云南昆明）

此谣主要讲述了一个贫贱夫妻的悲惨生活：大雪封门，柴米涨价，大人不能外出谋生，孩子嗷嗷待哺。通篇五言，句式规整。

《北京儿歌》记载童谣《年年有个三月三》为七言句：

> 年年有个三月三，王母娘娘庆寿诞，各洞神仙来上寿，蟠桃美酒会群仙。

这是神话传说中王母娘娘三月三日要举行蟠桃大会，宴请各路神仙的童谣。整谣七言，韵律和谐。

除了以上所理解的三言、四言、五言、七言童谣，我们还能见到六言童谣：

月亮出来圆圆，里面有个龙船；龙船出来摆摆，里面有个奶奶；奶奶
出来烧香，里面有个姑娘；姑娘出来梳头，里面有个小牛；小牛出来喝水，
里面有个小鬼；小鬼出来点灯，烧你鼻子眼睛。（江苏淮安）

此谣不仅每句六个字，在句式结构方面，还体现了"** 出来 &&，里面
有个 ##"相类似的表述方法，更在童谣内部增加了协同性。

（二）杂言句式

其实，童谣多以杂言为主，节奏错落有致，更加体现了灵动活泼的特
征。其形式多样，多以三言、五言、七言等句式的综合应用，整齐中稍有
变化。比如：

枇杷花，开满杈，小小娜妮定人家。今年定，明年嫁，后年生个小娃
娃。（浙江）

此谣通篇押"发花辙"，一韵到底，气势连贯；上下两段分别采用了
三三七句式。三三七句式加韵脚是典型的民歌手法，句式参差错落，音节自然
响亮，韵律优美和谐，儿童易学。又如：

排排坐，吃果果，爹爹买的好果果，弟弟妹妹各一个。（浙江）

这首童谣也是一韵到底，句式为三三七七言，读起来朗朗上口。

童谣有相对复杂的句式也非常常见，比如：

燕子乌，尾巴长，舂谷舂米养姑娘。姑娘不吃米，打你二十几，姑娘
不喝茶，打你二十八。蒜黄蒜割，气死尧婆①；尧婆打鼓，气死老五；老
五敲梆子，气死刘家一巷子。（陕西长安）

此谣包含了三言、四言、五言、七言四种句式，从第四句开始每两句换一
韵，节奏依然很和谐。再如：

小大姐，将十七，一心要吃肥母鸡；肥母鸡下个蛋，一心要吃炸面；炸
面糊嘴，一心要吃牛腿；牛腿有毛，一心要吃樱桃；樱桃有渣，一心要吃

---

① 尧婆：陕西俗语称后母为尧婆。

他妈；他妈瞪眼，多吃两碗。（辽宁）

此谣乃儿童嬉戏情趣之作，非真有"吃他妈"之贪馋意愿。这首童谣前三句为三三七句式，节奏相对固定，中间加两句六七句式，中间部分固定为四六句，最后两句为四四言，如将"小大姐，将十七"看作是一句连贯的语句，那么全谣为每两句换韵，换韵灵活自由，开放式的说辞。结局饶有趣味，如果不是加上"他妈瞪眼，多吃两碗"的话，应该还可以无限地讲下去。

（三）句式变化，无有定式

这类童谣，例子也是举不胜举。比如：

歇歇，凉凉，掉个枣子下来尝一尝。（广东）

原本二言句就比较少见，二二八字句更为少见，但还能制造如此的韵律，实属奇作。又比如：

姑娘别哭啦，擦擦眼泪上车吧。（辽宁）

此谣有可能可以延伸阅读为"姑娘姑娘别哭啦，擦擦眼泪上车吧！"这样的话就是七七句式，当然原童谣中的五七句式也是广泛成立的。再如：

大姊缉① 麻妹纺纱，哥哥，你去看花，我去泡茶。（广东开建）

此谣表面看由七二四言组成，但其内在押韵让这首童谣并不突兀。"大姊缉麻妹纺纱"中"麻"与"纱"押"发花辙"，最后两句"你去看花"与"我去泡茶"中均押"发花辙"，因而产生了内在韵律。此谣虽短，但颇有功夫。

二、结构奇变

童谣的结构，形式多样，灵活自由，由于接受对象的特殊性与口耳相传的传播方式，童谣与重叠的表现法有了最好的结合。清水在《谈谈重叠的故事》里指出：

妇人与儿童，都是很喜欢说重叠话的，他们能于重叠话中每句说话的

---

① 此处从朱介凡《中国儿歌》中摘录，为保持原文原貌，不做改动。凡书中此页以下所有引用的原文均保持原貌，不再另注。

腔调高低都不同；如唱歌吟诗般的道出来，煞是好听。①

妇女与儿童善于讲重复的话，用不同的语调，而乐此不疲。有学者论述这类重叠现象："一般民歌都有重章叠句，这极像是因民众保存而发展的结果，不是各歌的本形……重章易于记忆，且极便民众参加歌唱。"② 从广义上理解，童谣属于民歌，也具有这类重叠的格式。

童谣之重章叠句的结构方法使用最多，最广泛，可以说童谣是在重章叠句中建立韵律，实现强化印象的目的。因此，重章叠句是童谣最重要的章法，也是最得意、运用最娴熟的章法，更是其结构童谣的精神核心。顾颉刚在《论诗经所录全为乐歌》（上）里说："对山歌因问作答，非复沓不可。……儿歌注重于说话的练习、事物的记忆与滑稽的趣味，所以也有复沓的需要。"③ 复沓的形成来自于需求的强烈。钟敬文对童谣的重章叠句也做过论述，他指出："这种歌每首都有两章以上重叠的，全部几乎没有例外。……这种歌的回环复沓，不是一个人自己的叠唱，而是两人以上的和唱，我又想到对歌合唱，是原人或文化半开的民族所必有的风俗"④。一般的童谣都有重章叠句，重章易于记忆，便于儿童参与传唱。长此以往，童谣保留了复沓的章法。童谣的结构基本上都可以从重叠的格式加以论述，主要分为无意义重叠与有意义重叠。

（一）无意义的重叠

最早及最简单的童谣，多系此种重叠；全以声为用，大约只用极少几个字，反复成篇。开封有一首童谣云：

腰呀，腰呀，腰呀，梅。

——《歌谣》第三十号

---

① 清水：《谈谈重叠的故事》，《民俗周刊》1928 年第 21、22 期合刊。

② 钟敬文：《民间文艺丛话》，"国立中山大学"语言历史学研究所 1928 年版，第 135 页。

③ 北京大学研究所国学门：《北京大学研究所国学门周刊》，北京大学研究所国学门周刊社，1925 年。

④ 钟敬文：《民间文艺丛话》，"国立中山大学"语言历史学研究所 1928 年版，第 145 页。

大约应该是游戏歌，但如何玩法已无从详考，这种歌词以及节奏用来帮助支持游戏的玩法，节制动作，所以全然不注重意义。

（二）有意义的重叠

这又可以分为如下几类：

1. 复沓格

这完全是从声的角度，依据声的关系，为重叠而重叠，别无旨趣可言，此类甚多。童谣沿用此格，却不会完全与整齐。往往几句中只复沓一两句，其余的则不重叠，只开头或者结尾处有重叠的表现，这只能算是叠句了。如《孺子歌图》中记载童谣云：

> 拉拉黑豆，拉拉黄豆，点灯没日头。

这首童谣前两句只有一字之差，属于复沓的手法。第三句没有复沓，因而只算是叠句。

又有童谣云：

> 玲珑塔，塔玲珑，玲珑宝塔十三层。

> —— ［美］何德兰《孺子歌图》

前两句式颠倒的重叠（非回文），后一句仍重叠前两行，但加了些意思，将句子拉长了。从整体上吟唱效果而言，还是构成了复沓的效果。

2. 递进式

递进是指程度的深浅、次序的进退而言。这种结构每一句或每一段字数呈现有规律地递进或缩减的状态，由句式决定。一般这一种童谣重叠到最后，一定会有一种终极的表示作为极点或转机作为童谣的结束。

《歌谣》中记载的童谣云：

> 蒲龙子车，大马拉，哗啦，哗啦，到娘家。爹出来，抱包袱；娘出来，抱娃娃；哥哥出来抱匣子；嫂嫂出来一扭搭。"嫂子，嫂子你别扭，当天来，当天走，不吃你饭，不喝你酒。"

> ——《歌谣》第八号

这首童谣从"爹出来"开始，一直到"嫂嫂出来"都是递进式复沓，到"嫂子，嫂子"这句复沓结束，童谣语义方面也获得了升华。又有童谣云：

> 新娘子，摆架子，蚂蚁抬轿子，苍蝇分帖子，蜜蜂吹笛子，蝴蝶照镜子，一抬抬到新房子，咪哩唔哩吹一吹，停轿子，出娘子，原来是只金铃子。（浙江兰溪）

这首童谣自第一句开始至"一抬抬到新房子"止，以及最后两句"出娘子，原来是只金铃子"，每句都以"子"字结尾，一方面是押韵的需要，一方面也构成了复沓的效果，回环往复，一脉相承。

又如童谣云：

> 萤火虫，夜夜红，公公挑担卖胡葱，婆婆劈篾糊灯笼，儿子搭脉做郎中，媳妇织布忙裁缝，屋里米桶吃勿空。（浙江）

童谣叙述的是一家老少勤劳致富不愁吃穿的故事，描述完每一个家庭成员所从事的行业，童谣就结束了，增强了表达效果。

《孺子歌图》中记载童谣：

> 我儿子睡觉了，我花儿困觉了，我花儿把卜了，我花儿是个乖儿子，我花儿是个哄人精。

此谣为母亲哄睡时哼唱的，自没有多深刻的道理，但那种长辈对于婴孩的宠爱却真切地表现无疑。此谣属并列结构，每句之间呈递进关系，意在逐步地叠加与渲染情感。

再如童谣云：

> 豌豆糕点红点儿，瞎子吃了睁开眼儿，瘸子吃了丢下拐，秃子吃了生小辫儿，聋子吃了听的见，老老吃了不掉牙。

—— [美] 何德兰《孺子歌图》

这首童谣是北京童谣中非常有地域特色的歌谣，主要用来夸饰"糕"的好吃。围绕糕点的好吃，于是产生了"瞎子"睁开眼、"瘸子"丢下拐、"秃子"生头发、"聋子"听得见、"老老"不掉牙等效果。这类结构被称为童谣的重叠。这首童谣以"糕"好吃，有效果为"中心叙述点"，围绕这一中心叙述点，接连进行了五次穿插：瞎子、瘸子、秃子、聋子、老老　从多层面上渲染，实现表达的最大化。再有童谣云：

> 大秃子得病，二秃子慌。三秃子请大夫，亖秃子熬姜汤。五秃子抬，六秃子埋。七秃子哭着走进来。八秃子问他"哭什么？""我家死了个秃乖乖，快快儿抬，快快儿埋！"（北平）

这是递进的数字童谣，从"大"开始，一直表述到"八"，这类童谣用数字的序列来结构全篇，往往有相对固定的结构，数字念完，童谣基本结束。

数字结构童谣的比较常见，多以三、四、五、十、十二来组织。比如浙江童谣有云：

> 一，一椅子，二，二板凳，三，三脚马，四，四脚床，五，五人轴，六，六母机，七，七石缸，八，八仙桌，九，九莲灯，十.十棂窗。

十个数字分别介绍了十种事物。每提出一个数字序列时让其重复一下，即产生增强记忆的效果。

《孺子歌图》记载童谣云：

> 正月里，正月正，天将黑了点上灯。二月半，人若饿了就吃饭。三月长，人要盖房就垒墙。

因有了自然的数字，以数字为结构，所以构成了叠句。但是"正月里""二月半""三月长"之间制造了重叠。再比如：

> 大儿大，说实话；不扯谎，不乱骂。二儿二，会扯锯；锯得光，做只箱。三儿三，不好玩；冒得事，好扯淡。四儿四，晓得事；不靠人，自照自。五儿五，常习武；是好汉，打战鼓。六儿六，栽淡竹；淡竹多，笋子足。七儿七，学做笔；卖了钱，买饭吃。八儿八，喂鹅鸭，粪肥田，肉好吃。九儿九，善走路；走一天，还能够。十儿十，把布织；织一天，几十尺。

> ——《童谣大观》三册第十六页

这首童谣也是依靠从一至十的数字结构全篇的，因而构成一种重叠。

3. 问答式

问答式即有问有答的童谣，像民间的"对山歌"。这种歌因问作答，便成了重叠的形式。有一问一答的；有连锁调或递进式问答的，蝉联而下，可至无穷。童谣中这类"对句"也非常常见。如童谣云：

> 外婆我要豆，啥噶豆？罗汉豆，啥噶罗，三斗箩。啥噶三？破雨伞。
> 啥噶破？斧头破。啥噶斧？状元斧。啥噶状？油车撞。啥噶油？芝麻油。
> 啥噶芝？白花猪。啥噶白？柏籽白。啥噶柏？老婆舅。啥噶老？花脸老。
> 啥噶花？葱草花。啥噶葱？屋楼葱。啥噶屋？萧山屋。啥噶萧？门闩销。
> 啥噶门？两头门。啥噶两？诸葛亮。啥噶诸？白花猪……（浙江嵊州）

这首童谣属于开放型结构，既可以无限地延伸下去，又可以循环起来。从字面呈现的情况来看，自第二句"啥噶豆？罗汉豆"开始，一直到最后一句"啥噶诸？白花猪"是随韵结合，线性发展的。形式上是有问有答，实则连锁调的一种经典运用，逐句蝉联而下，自然回环。省略句后代表游戏继续进行，连绵不绝。

北京儿歌有一首云：

> 拍！拍！"谁呀？""张果老哇。""你怎么不进来？""怕狗咬哇。""你胳肢窝夹着什么？""破皮袄哇。""你怎么不穿上？""怕虱子咬哇。""你怎么不让你老伴儿拿拿？""我老伴儿死啦。""你怎么不哭她？""盆儿呀！罐儿呀！我的老蒜瓣儿呀！"

此谣如神来之笔，原本无实意，仿佛是日常的对话，问句也无问的必要，答话也无答的必要，但是有问有答之后就产生了一种复沓的意义，童谣内容饱含着生活的艰辛。

4. 对比式

对比式即反复说正反两个意思的童谣。如闽南童谣云：

> 人喊你也喊，人嫁娘，你嫁简，人坐轿，你坐粪斗，人抱婴孩，你抱个狗，人得笑，你得哭，人烧香，你烧草，人吃面，你在毛厕里翻筋斗。

—— 《孩子们的歌声》

这首童谣以正反两个方面组织全篇，一句一重叠，两句一换内容，共七组，只有最后一组"人吃面，你在毛厕里翻筋斗"不同，童谣也就此结束。

5. 铺陈式

铺陈式重叠，又是童谣的句式中也有先后之序列之分，但并无进退可言，自然与递进式分别出来。有的童谣常以自然的数目为叠数，自然有了限制。我们从例证中来看。在铺陈式结构一般为叙事性结构，由叙事的内容决定，叙述的事情结束，或者人物形象（某一细节）刻画完毕，童谣结束。如：

> 弹粮鸟，滴滴音，买花线，穿花针，做花毡，送母亲。母亲会打铁，打把扇，送姐姐；姐姐会铰花，铰把叉，送亲家；亲家会叉鱼，叉了一只大塘鱼，公吃头，婆吃尾，中间段，藏上楼；猫儿拖上屋，鸟儿拖上天，公问爻，婆抽签，儿子媳妇叫皇天。（安徽婺源）

这首童谣从"买花线，穿花针"说起，一直说到"亲家会叉鱼"的下半截，也是来的出人意表。

（三）接麻 [1]

接麻，即连锁调，也作为一种结构方式，也是构成重叠，还实现押韵。童谣中以连锁调作为结构方式的童谣非常多，随宜连句，字数不拘，敏捷自然。

1. 接一字式

《孩子们的歌声》中记载童谣云：

> 节节糕，糖炒。牙排锣鼓抬敲；敲，敲，敲烟囱；囱，囱，葱管糖；糖，糖，糖货摊；摊，摊，摊膏药；药，药，岳先生；生，生，生梅毒；毒，毒，读文章；章，章，章鼓板；板，板，板鲤鱼；鱼，鱼，鱼肚肠；肠，肠，长竹竿；竿，竿，赶洪水；水，水，数番饼；饼，饼，烧饼店；武松打虎跳，姆妈吃些呀！（杭州）

---

[1] 朱自清《中国歌谣》指出，浙江有种游戏，叫"接麻"。如甲说"灯"，乙说"灯亮"，甲说"亮光"，乙接说"光面"。甲更以谐音字说"面白"，乙接"白纸"，可至无穷。以敏捷自然为胜，字数不拘。"接麻"，实从搓麻线的情态取喻。朱氏认为，连锁性的童谣从这种游戏而产生。

——男女孩唱

这首童谣虽只接一字，但每字均重叠三次。所接的字，有时用谐音字，如"岳"与"药"便是，所接之字，皆在句尾，接它之字，皆在句头；惟"饼，饼，烧饼店"，第三"饼"字在句中，稍异。从节奏来看，如"敲，敲，敲烟囱"，前两个字"敲，敲"为两排，后一句"敲烟囱"也为两个字，这样实际上，每一组句子，都实现了两排的均衡节奏，加之由重叠构成的内韵，成为这首童谣存在的重要基础。

上句尾字重叠后再为下句头字，改变节奏形式的童谣。如：

> 天浪一只鸡，掉落三根毛。毛，猫过桥，桥，桥神土，土，土地堂，堂，糖塌饼，饼，饼过张，张，张三老，老，老寿星，星，新娘子，子，猪八戒，戒，阶沿石，石，石宝塔，塔，塔尖头，头，豆腐干，干，肝白肠，肠，长生果，果，古老钱①，钱，甜如蜜，蜜，蜜腊橘，橘，橘子皮，皮，皮老虎，虎，火里逼，逼，逼到园里打屁股。（苏州）

上句"掉落三根毛"的尾字"毛"重叠后，再作下句"猫过桥"的头字，其实记上还是一种加重儿童记忆的方式。

2. 接二字式

即二字的重叠。二字的重叠里又有顺接法和倒接法之分。如浙江童谣《月亮贝贝》云：

> 小母鸡，格格搭，爱吃老黄瓜；老黄瓜留作种，爱吃香油饼；香油饼不香，爱吃面汤；面汤不粘，爱吃鸡蛋；鸡蛋有皮，爱吃牛蹄；牛蹄有毛，爱吃仙桃；仙桃有尖，爱吃牛肝；牛肝有血，爱吃老鳖；老鳖告状，告着和尚；和尚念经，念到三星；三星八卦，拔到癞蛤蟆；癞蛤蟆浮水，浮到老鬼；老鬼把门，把到二人；二人射箭，射到老院；老院放炮，放到大道；大道冒烟，冒到诸天。（辽宁）

这是接二字的顺接式的，还有倒接式的，如闽南童谣云：

---

① 钱，读作钿，与甜字沾接。

青盲①！青盲！行路到淡②；日愿昧③暗，先去煮蛮④；蛮煮昧熟，赶去煮肉，肉煮昧烂⑤，就去拍唉；去食，拍唉昧完，跑去关门；关门昧密，逐去摄贼；捉贼，摄贼伏着，仗去抱石；石抱不起，乞⑥贼拍死。（闽南）

——《孩子们的歌声》

其中"蛮煮""肉煮""石抱"均是倒接法。以上都是句尾句头相接式，称为"衔尾式"，还有一种句尾句腹相接法，也可以理解为隔字跳接。如童谣云：

小红孩，也怪好，倒被稀泥滑倒了。稀泥稀泥也怪好，出一颗太阳晒干了。太阳太阳也怪好，来片云彩遮住了。云彩云彩也怪好，一阵大风刮散了。大风大风也怪好，筑起墙头挡住了。墙头墙头也怪好，老鼠把他钻透了。老鼠老鼠也怪好，狸猫把他捉住了。（云南昆明）

——《孩子们的歌声》

下句头字来自上句的句腹，这种重叠格外显得句去活泼。

（四）回文

一般都是在童谣中出现，比如苏州的童谣：

矮，矮子，子矮。矮子肚，肚子矮。矮子肚里，里肚子矮。矮子肚里膈，膈里肚子矮。矮子肚里膈，膈里肚子矮。矮子肚里膈膌，膌膈里肚子矮。矮子肚里膈膌多，多膌膈里肚子矮。

——《歌谣》第五十三号

这里所谓"往来读"的回文歌，又是宝塔歌，每多一句递加一字。此谣不仅回文，而且叠字兼复沓与递进，堪称奇文。又有数字歌云：

一。

---

① 青盲：瞎子。
② 淡：何。
③ 昧：未。
④ 蛮：晚饭。
⑤ 烂：熟。
⑥ 乞：被。

一二,二一。

一二三,三二一。

一二三四,四三二一。

一二三四五,五四三二一。

一二三四五六,六五四三二一。

一二三四五六七,七六五四三二一。

一二三四五六七八,八七六五四三二一。

一二三四五六七八九,九八七六五四三二一。

一二三四五六七八九十,十九八七六五四三二一。①

这类童谣将一至十的数字,从两位开始,在下文中完全颠倒过来,产生首尾回环的情趣。

三、善用比兴

童谣的前两句,少有不以起兴来引发的。一般研究者容易忽视这一点,还责备儿童莫名其妙,为什么老把不相干的词句拉扯到童谣里。殊不知童谣若无起兴,就难于唱出口来,也大大减低了嬉戏的意趣。

"比兴"在中国诗歌中广为运用,属于传统表现手法。其意义评说者甚多,《周礼·郑玄注》引郑众云:"兴者,托事于物。"刘勰《文心雕龙·比兴》云:"兴者,起。……起情者,依微以拟议。"宋代朱熹在《楚辞集注》中指出:"兴则托物兴辞。""比者,以彼物比此物也""兴者,先言他物以引起所咏之辞也。"通俗地讲,比就是譬喻,是对人或物加以形象的比喻,使其特征更加鲜明突出。"兴"就是起兴,是借助其他事物作为诗歌发端,以引起所要歌咏的内容。"起"——即开头。因此,"兴"是歌谣、诗歌用他物开头的一种方法,也可作"兴趣"解,即先讲别的事物,引起听众的兴趣,然后说正题。比兴手法最早

---

① 此谣特意按照诗的格式排列,是为了更好的表现其在形式方面的创造特色。

出现于中国第一部诗集——《诗经》，首章《关雎》就有"关关雎鸠，在河之洲。窈窕淑女，君子好逑"的句子，以河洲上和鸣的鸟兴起淑女是君子的好配偶，而二者之间多少有一些意义、气氛上的关联处。顾颉刚从歌谣中悟得兴诗的意义，他说"数年来，我辑集了些歌谣，忽然在无意中悟出兴诗的意义"。童谣中运用比兴的例子非常常见。如以下几首童谣：

（1）高田水，低田流，叔姆伯姆当曙上高楼。高楼上，好望江。望见江心渡丽娘①。丽娘头上金钗十八对，脚下花鞋十五双②。金漆笼，银漆箱。青丝带儿绾鸳鸯，向鸳鸯。嫁着一个腊瘌郎③，只图腊瘌生得好，不图腊瘌藏金宝④。

——清·郑旭旦《天籁集》

（2）摇大船，打大鼓。阿娘嬉：讨新妇。新妇新妇舍时归？初四归。担得舍⑤子归？担得糍糕塌饼归。公一分，婆一分，姑娘小叔合一分。大也争，小也争。拿棒来，打畜生。畜生打不着，打了新妇好小脚。三尺布，摊膏药。

——清·郑旭旦《天籁集》

（3）杜梨儿树，开白花，养活丫头作甚么？拿起剪刀瞎嘎搭，嘎搭会了给人家，爹也哭，娘也哭，女婿过来劝丈母，"丈母丈母你别哭，我家还有二斗谷，碾小米儿，熬豆粥，饿不死你的秃丫头。"

——清·[意]韦氏《北京儿歌》

（4）树叶儿黑，呀呀哟子煤，小黑儿长的象李逵，呲着牙儿瞪着眼儿，手里搦着个黑鞭杆儿，骑着黑牛儿，吃着个黑面饼儿，一上上在山顶儿。

——清·[意]韦氏《北京儿歌》

---

① 丽娘：长相漂亮的少妇。
② 脚下花鞋十五双：这两句指嫁妆，并非指脚上穿花鞋十五双。
③ 腊瘌郎：长相丑陋的男子。
④ 本句含有讽刺意味，腊瘌郎怎会生得好呢？分明是说腊瘌郎长得虽丑，但家中很富有。
⑤ 舍：同"啥"。

（5）红花轮车就地滚，我是舅舅的亲外甥。舅舅让吾家里坐；舅母见吾黑忿忿。不吃你茶，不喝你酒；拿起马鞭就是走。走在小路上，逢著小姊姊。小姊姊，切豆腐，切破手，告舅舅。舅舅不是好舅舅，鼻梁洼里炒豆豆。（直隶宣化）

——朱天民《各省童谣集》

（6）羊，羊，跳花墙，抓把草，喂你娘。你娘不在家，喂你奶妈妈。（河北）

（7）小驴儿，跑得快，一张桌子八碗菜。叫小三，提酒来，你一钟，我一钟，咱两拜成干弟兄。（河南叶县）

（8）瓦雀儿，飞过江，轿来等，船来装，金子簪儿十八双。哪双好？双双好，一双送姑婆，一双送表嫂。（江西安福）

（9）棘针树，棘针多，俺娘养我招事多，我是哥哥小妹子，我是嫂嫂搅局花，搅东家，搅西家，搅的邻家不说话。（山西晋城）

在这九条中，我们很可能看出来起首的一句和承接的一句是没有关系的，例如例（1）"高田水，低田流"与新妇嫁人之间似乎没有直接关联，之所以它们会构成无意义的联合，也不过是"流"与"楼"同韵。如果开首就唱"叔姆伯姆当曙上高楼"，觉得太突兀，站不住；不如先唱一句"高田水，低田流"用以比喻美妙的女子在封建社会婚姻不自主，像高田中的水向低田流那样，身不由己被迫嫁给那些家有万贯但长相丑陋的郎君，结成千古遗恨的婚姻，于是得了陪衬，有了起势了。由上可见，兴的作用有二：一方面是抒发感情的需要。创作传播歌谣的目的，就是要抒发歌者、吟诵者的思想感情。二是从语势上、韵脚上引起下文。上例都有与下文韵脚一致，以及在语势上引起下文的作用。总之，"兴"不是取义的，而起兴之句，又大都是即事的。

所谓从韵脚上、从语势上引起下文，并非截然区分的两件事，而是浑然一体的一种意义，但仅这两个方面似乎仍不能说明起兴在童谣中应用的迫切与普遍，我们还可以从这样的角度来理解，一方面，我们常说的童谣是以声为先的，所以为了集中人们的注意力，从韵脚上引起下文来下功夫就有了从源头上的意义。二是一般民众的思想境域很小，即事起兴，从眼前事物指点，引起较远事物的歌咏，理应是较容易入手的路子。换句话说，让听众听着不觉得突兀，还能继续舒服地听下去。俗语常说，"山歌好听口难开"就是指的这个意思，可见这类困难是很普遍的。比兴的手法可以证明一般民众思想力的薄弱，在艺术上是很幼稚的。

起兴的事物，大都"因所见闻"，像草木、鸟兽、山川、日月、舟车等都是常见之物。起兴之物可以是指眼前的东西，也可以是指远方的东西。如下几例：

（1）火萤头（萤火虫），夜夜红，阿公担菜荟胡葱，阿婆劈篾糊灯笼。儿子开店做郎中，媳妇背袋捉牙虫，一缸米桶吃勿空。（浙江慈溪）

（2）月光光，秀才郎，骑白马，过莲塘，莲塘背，种韭菜，韭菜花，结亲家，亲家门前一丘田，弯弯曲曲好种烟，两皮烟叶盖只（间）屋，两枝烟梗架枝桥，千人过，万人过，满姑行嫁踏断桥。（广东汕头）

（3）月光光，月光光，骑竹马，到九江，九江鬼子（日本兵）心胆寒，打得鬼子无处藏。（江西）

（4）小白鸡，咕嘟嘟；谁来啦？俺姑父。做啥饭？打鸡蛋。烙油旋，肉饺子，盛两碗。（河南）

（5）菱角仔，角弯弯，大姊嫁去菱角山；老妹骑牛等大姊，大姊割禾唔得闲。（广东兴宁）

（6）小麻雀，叫喳喳，我和姐姐拾棉花。棉花白，纺成纱，织成布，做套棉衣给爸爸，再作一套给妈妈。（安徽颍上）

从这几首童谣中，不难看出：童谣的起兴句所讲到的，往往是儿童在自己的生活中所熟悉的种种事物，有时是动物（如萤火虫、小白鸡、小麻雀之类）；有时是植物（如菱角仔之类）；有时是自然现象中某种事物（如月光光之类），等等。此外，像那些常见的家具（如小板凳）之类，也常作为起兴句则不再赘述。

童谣起兴的根源来自现实生活中的事物。这种事物常常就是儿童眼前即景的某种东西。它们只要能够和正意有某种意义上的联系，往往被用到起兴句中，这是十分自然的事。不过，后来由于传唱得久了，它已然成为人人熟知的一种表现手法，唱者不一定明显地察觉到就是了。无疑地，起兴是作品中的一个有机的组成部分。在内容上，它便于从眼前事物引入正意；在艺术上，也便于从它的韵脚字徐徐引入正文的韵脚字，使后者有水到渠成之妙。这就是它和作品中其他部分的内在联系。自然，在某些拙劣的童谣中，硬套或滥用起兴句的情况也是有的。

起兴一般是触景生情，在这里笔者想单独以"月光光"起兴的童谣作为分析的主角，借以分析起兴在童谣中的独特作用。"月光光"童谣，是南北各地最普遍流传的。由于夏天的月夜，孩子们多在户外游戏，月光之下，处处都蒙上一层轻纱似的美。这类童谣之前没有深究，以为是单纯的赞美月亮的歌谣，把它统归于"月歌"——其实，它只是借月起兴罢了。

《天籁集》中记载童谣云：

> 月亮光光，女儿来望娘。娘道："心头肉。"爷道："百花香。"哥哥道："亲姊姊。"嫂嫂道："搅家王。""我又不吃哥哥饭，我又不穿嫂嫂嫁时衣。开娘箱，着娘衣。开米柜，吃爷的。"

——清·郑旭旦《天籁集》

吴越一带的"月光光"童谣，起首几个字一般都这样。以后才逐步发生意思的变化。如以下童谣云：

（1）月光堂堂，照见汪洋。汪洋水漫过方塘。方塘莲子香。

——清·郑旭旦《天籁集》

（2）月亮荡荡，大姐嫁在上塘，二姐嫁在下塘，三姐无人要，一顶花花轿，抬到关王庙，前头有狗叫，后头老虎咬，六甑馒头六甑糕。

——清·悟痴生《广天籁集》

（3）月、月、亮、亮，家家囡囡出来白相相，拾著铜钱买爆仗，放到大天亮。公公起来算账，婆婆起来摆样，姐姐起来梳头，奶奶起来添油。打碎油罐头，敲煞臭花娘。

——清·悟痴生《广天籁集》

（4）月光光，树头背：鸡公砻谷狗踏碓。狐狸烧火猫炒菜，田鸡食饭

脚懒懒，老虎上山拗苦柴。（广东大埔）

——朱天民《各省童谣集》

（5）月光光，晒地堂。年卅晚，摘槟榔。槟榔香，买紫姜。紫姜辣，买蒲达。蒲达苦，买猪肚。猪肚肥，买牛皮。牛皮薄，买菱角。菱角尖，买马鞭。马鞭长，顶屋梁。屋梁高，买张刀。刀切菜，买箩盖。箩盖圆，买只船。船没底，浸死蛋家仔。（广东番禺）

——朱天民《各省童谣集》

（6）亮月白丁当，贼来偷酱缸。酱缸打碎只；聋子听见只！哑子喊出来！折脚①追出来！支手②捉住只！（江苏无锡）

——朱天民《各省童谣集》

（7）月亮叮当！打扮大伯小叔③上学堂。学堂空，捉相公。相公矮，捉只蟹。蟹嘴箝，捉神仙。神仙呆一呆，上山摘青梅。青梅苦，跌落绍兴府。斧头快，斫柴卖，卖到宁波街。买壶酒，请娘舅。娘舅不动手，外甥前动手。一脚头，踢出台门口。擅起三个大馒头。拍拍开来三只花小狗。（浙江新昌）

——朱天民《各省童谣集》

以上所举之例，均为吴越、广东之地童谣，这种开口"月光光""月光堂堂""月光亮亮"，里面应有深意。一方面月亮为世人所见，乃日常事物，并无地域之分，南方童谣吟唱开口即为"月光光"约定俗成之意。同时"光光""堂堂""荡荡"开口响亮，在语势上有气势，因此，借用"月光光"可以顺利地引起下文和作一个起势，同时也可以借用"光"字为童谣起"江阳辙"，韵脚朗朗，便于吟唱。在长期的传唱过程中，"月光光"之类的起兴句逐步发展为套句、熟句，又多少有些取其容易入耳的特点，则人们更加熟悉，越来越愿意接受这类起句了。

---

① 折脚：跛脚。

② 支手：手卷曲的人俗称支手。

③ 大伯小叔：妇女称丈夫的兄为大伯，弟为小叔。

不仅吴越之地以及南方好唱"月光光",甚至大江南北都有"月光光"起兴的童谣,起兴开口就与"月"有关,之后才安排不同的童谣内容,除"江阳辙"之外,还从不同的辙韵上起兴,用韵十分广泛,例如:

(1)月亮亮,家家亮,小姑婆前说短长。吾劝小姑莫这样,将来出嫁也离娘。

——胡云翘《胡谚外编》

(2)大月亮,明晃晃,骑住大马去烧香;大马缚到小树儿上,小马缚到柏枝儿上。庙门儿对庙门儿,里头坐个虞美人儿,白脸蛋儿,红嘴唇儿,看见小脚儿笑死人儿。

——白寿彝《开封歌谣集》

(3)大月亮,黑谷东,树叶儿不动刮大风,水泡儿沉沉底儿,石头水上漂;都来看,都来瞧,老鼠咬个大狸猫。

——白寿彝《开封歌谣集》

(4)月光董董,挑担水桶。水桶半斤重,挑到广东。广东买面锣,打到泰和。泰和买面鼓,打到汀州府。汀州府买包盐,吃到盐店前。盐店前买管笔,做官做不出。(江西瑞金)

——朱天民《各省童谣集》

(5)月光月,光华华,保佑爷爷。爷爷赚钱,买肉买鱼来过年。年又过得好,娶个大嫂。大嫂会管家,二嫂会绣花。日里绣个团团圆,夜里绣个牡丹花。

——《农村歌谣集·儿歌》

(6)月光光,姊妹妹,遮把伞子看丈人。丈人没在家,两个丫头倒杯茶。你是什么茶?我是芝麻豆子茶。你的芝麻豆子就在吃,我的芝麻豆子还没有开花。推开园门看一看,看见一条大黑蛇,吓得滚的滚,吓得爬的爬。回家去告诉大老爷,大老爷说不怕,留得养得特特大。拿到省城去卖,卖到半升米,放到婆婆箱子里。左一摸,右一摸,摸得三朵金子花。娘一朵,爷一朵,这朵留得做什么?留得嫁妹子。妹子妹子几时嫁?本月初一初二嫁。谁来抬？十八罗汉抬。谁来送？矮婆子送。一送送到半路，打一铳。吓得妹子肚子痛。妹子妹子你不要吓。前面那人便是你的老爸爸。你家的鱼，扁担长。你家的肉，白篮大，你的房，间间角角是你的房。你的郎，白公公，便是你的郎。

——《农村歌谣初集·儿歌》

（7）月光光，地光光，婆婆起来烧夜香，夜香暗，跌下岸。岸下一包针，针有眼，换把伞。伞好遮，换朵花。花好戴，换丝带。丝带红，换条龙。龙会走，换条狗。狗会嚎，换把刀。刀又快，换韭菜，韭菜香，换酒缸。

——《农村歌谣初集·儿歌》

（8）月光光，秀才郎，骑白马，过南塘。马贤跑，踢着狗；狗仔狺狺吠，一个老伙仔①偷捋稻穗。捋几穗？捋三穗。一穗挨，一穗曝，一穗鸟仔食落腹。公仔围，婆仔缚，公仔食一碗，婆仔食一碟，公仔断手，婆仔断舌。（台湾）②

借"月"起兴，"月光光"的童谣是南北各地最普遍流传的童谣，除"江阳辙"外还出现了其他韵脚，如"月光董董"押"中东辙"。之所以出现这种韵脚多样的情况，主要源于童谣的传播特质。月亮是民众耳熟能详的事物，而且"月"与"光"、"亮"连接，自然而顺畅，因而约定俗成，广为传颂。

值得关注的是，一般俗称太阳与月亮有阴阳之分，月亮为阴性，其性质是阴性的、寒冷的、潮湿的，看似其本质是柔软的、平滑的、思虑的。月亮代表情绪、需要、情感，以及与生俱来的熟悉感、多愁善感与情感依附。因此在童谣中多地出现"月奶奶""月婆婆"的称谓，如童谣云：

（1）月婆婆，点着灯来供罗罗，罗罗供浮渊样大，扛得游州卖③，卖咧不值钱，扛得家里过个年，年又过得好，娶个大嫂。大嫂会管家，

---

① 老伙仔：即老头子。
② 传说此歌头四句，是郑成功在台湾时所流传的。台湾的这类童谣，头四句大多是这样的，以下的句子，则起了变化。
③ 扛得游州卖：扛着到各地去卖。

41

细嫂①会插花，一日插得七八朵，朵朵送人家。人家留我住，我要归家栽橘树，橘树澎澎倒，打冽妹妹脑，妹妹莫啼，带你去捉泥，妹妹莫哭，带你去看花花屋。

——《农村歌谣初集·儿歌》

（2）月婆婆卖馍馍，卖不了，往家跑，门槛儿高，拌倒了！一窝小狗都抢了。

（3）月婆婆明朗朗，俺家有个花大娘，也会走也会扭，也会插花绣枕头。

（4）月奶奶，明晃晃，开开铜门儿洗衣裳，读诗书，念文章，看看排场不排场？（河南西华）

多地尊月为"月婆婆""月奶奶"，赞美月亮来为童谣的起兴，不必都唱"月光光"，如童谣：

老母儿爷，亮堂堂，开开门，洗衣裳，洗的白，浆的白，寻了个女婿不成材，又喝酒，又耍牌，气得老母起不来。（河北保定）

浆洗衣裳分明是譬喻，隐指一个很能干的女子，可惜女婿不成材，因而此首童谣比、兴、赋都有了。爷是神佛尊称，如老天爷、佛爷、关老爷，但是用在月亮身上，就又不必有男女、阴阳的区别，因而男性称谓也可以用在"月亮"身上，如童谣：

（1）月亮爷，明煌煌，骑着大马去烧香，大马栓在梧桐树，小马栓在庙门儿上。

——清·［意］韦氏《北京儿歌》

（2）月公公，畀把头毛我梳鬃，梳大髻，插花红，插起花红郁郁公；着起红袍拜月公。你亦拜，我亦拜，拜到出年好世界。谷米又平仔又大，讨齐新妇嫁亚丽②；亚丽唔肯嫁，拉佢来撬灶蟳。（台山）

---

① 细嫂：年龄小的兄嫂。

② 亚丽：人名。

——朱雨尊《民间歌谣全集·滑稽歌谣集》

（3）月亮爸爸，踩着瓦楂①；一跤跌倒，怪我打他。回去告诉妈妈，妈妈不在屋，跪在后门哭。（广西）

——刘兆吉《西南采风录》

（4）月光佛，光亮亮，读书女儿望亲娘：娘好！爷好！捣担蔴糯请阿嫂；阿嫂踏一脚，踏做扁嘴鸭；鸭什用？鸭养卵；卵什用？卵客吃；客什用？客打油；油什用？油点灯；灯什用？灯陪月；月什用？月上山；山什用？山抽草；草什用？草牛吃；牛什用？牛耕田；田什用？田种谷；谷什用？谷人吃；人什用？人作种。（温州）

——周乐山、汤增扬《小学生歌谣》

（5）月光公公，担担水桶，水桶耳上一根葱，拿到广东。广东一包盐，拿到县前，县前一只鼓，打到吉安府。〔江西吉安〕

（6）月亮爷，丈丈高，骑白马，拿大刀。刀儿快，切青菜，青菜青，买个弓。弓没弦，买个剑。剑没刃，买个匦。匦没底，洒了谷子漏了米，张家娃子回来打死你。（陕西长安）

（7）月亮哥，满天梭，打铜雀，唱广歌②，不是爷娘告诉我，是我聪明会唱歌。（湖北汉阳）

称公，称爷，称佛，称爸，称哥，这又都有男性的色彩，称谓的不同，或由于当地语词的差异，也由于儿童童话世界的情趣，把月亮看成具有任何身份的形象都有可能。

四、声韵活泼

在儿童听摇篮曲的阶段，婴儿尚不能听得懂长辈们所哼唱的字眼，单只是

---

① 瓦楂：瓦碎片。

② 江汉地区，凡经营外来的百货业，称"广货店"，则广歌应指南方的歌腔。

接受那歌唱呵哄、抚慰的声音，充满了疼爱的、有韵律和节奏的催眠。当他饥渴、大小便、身体不舒服，甚至有害怕、需要见到熟悉面孔的时刻，这种声音的陪伴，孩子马上就可以得到满足、舒适与安全的感受。怀抱中的婴儿是如此，渐渐儿童长大以及成长的过程中，等到他们自己能哼唱的年纪，必得是声调活泼，韵脚相应的歌谣，他们才会觉得有意思，唱得顺口，屡试不爽。

我们确实可以说，声韵不叶的童谣，几乎没有，或有极少数的童谣，没有押韵脚，但也会押头韵，或押中韵——句中之韵。更有部分童谣头韵、中韵、尾韵都没有押，但字句的排列，却显着韵律与节奏，因而依然制造吟唱起来的特殊节奏感。如童谣云：

（1）鸦鹊鹊，白肚皮；黑乌屎，泻我衣，我家没有妻，啥人替我洗？（浙江）

（2）摇呀摇，摇到西湖桥，白米饭，肉汤淘，酸菜子咽，肚里嘈，咸鱼子咽，好吃得熬。（湖南长沙）

（3）人背时，鬼推磨，黄鼠狼爬到鸡笼上坐。（湖北保康）

（4）白菜叶，薄得多，十个手指拈埋，都不够一搓。天光到黑，搓了白菜叶，丢下菜篮见哥哥，哥哥唤我食碗饭，嫂嫂话我食得多。嫂嫂眼睛瞧我，白白下，还要噜噜苏苏。（广东曲江）

——朱天民《各省童谣集》

以上几首都是一韵到底的童谣。换韵的也有。如：

正月半，二月半，家家人家放少火①。别人家的菜铜钱大，我家的菜盘篮大，别人家菜烂去了，我家的菜卖去了。（江苏南通）

这首童谣头两句末字相同，第三句不押韵。四五句末字，六七句末字，分别相同，也不押韵。全谣共七句，四个"菜"字，七个"家"字的贯串，使得声韵活泼。

又有童谣云：

---

① 少火：弄人每逢元宵傍晚，以草束为把，燃烧为戏，名之曰"少火"。

小黑驴，跑得快，拉下桌子摆上菜，小妮啊！装酒去，请你姑父俩口去。（山东济南）

此谣上下两段分别押韵，上半段中"快"与"菜"，押"怀来辙"；下半段用了"去"的同字，因而也构成了押韵，声韵活泼。又如：

拜，拜海棠，海棠跪，月牙对。黄金伞，绿包被；绿线粘着，棉线连着，大哥疙瘩缠着。缠的谁家？缠到马家，马家的闺女要出嫁，爹赔箱，娘赔柜，嫂赔送花鞋十二对。（安徽宿县）

此谣的韵脚可谓变换灵活。从全谣的整体押韵来看，从"跪""对""被""柜""对"延续的是"灰堆辙"，期间穿插了"着"和"家"的同字韵，因而声韵变化，轻盈自然。

再如童谣云：

摇橹咿呀！撑船河下，河下涨水，装担糯关，带袋麻棻，看看丈母，丈母不在家，两个姨姐洒杯茶。甚么茶？花生豆子茶。切冬瓜，切西瓜，切到婆婆手指杈，梳不得头，戴不得花，抱不得孙儿，走不得人家。（江西南昌）

这首童谣出奇的地方是，第三句至第六句不押韵，但是前六句句式整齐，而已经连接以后的同韵句子，况且头两句与后半截是句句押韵，因此不会因为中间四句的不押韵而带来押韵的不和谐。

五、富于童趣

儿童想象力丰富，他们会用一切为材料，来造就一切。不管现实世界如何，他们只管运用天马行空的想象力和自由活泼的精神把脑海里所藏着的丰富印象构成种种复杂的事物，尽管在成人看来这些童谣毫无逻辑可言，但一切又显得自然流利，毫无精确的计算、严密的推理。"儿歌重在音节，多随韵结合，义不相贯，如'一颗星'，及'天里一颗星，树里一只鹰''夹雨夹雪，冻杀老鳖'等皆然。儿童闻之，但就一二物，涉想成趣，自感愉悦，不求会通。童谣难解，多以此故。"①童谣的这一涉想成趣、不求贯通的特质，主要体现在对于接麻手法的熟练运用上。如北京儿歌：

> 咱们俩玩儿，打火镰儿。火镰儿花，卖甜瓜。甜瓜苦，卖豆腐。豆腐烂，摊鸡蛋。鸡蛋，鸡蛋磕磕，里头住着哥哥。哥哥出来买菜，里头住着奶奶。奶奶出来烧香，里头住着姑娘。姑娘出来点灯，烧了鼻子眼睛。

这首童谣如接龙游戏一般，演绎出了一段妙趣横生的故事情节。就全文接麻的句式来看，可分为两部分：第一部分以三个字的短语来续麻顶真，第二部分以六个字的句子往复循环。乍一看没有什么意味，不过稍微换了几个名词、几个动词，但接麻的真谛恰恰在于此。趣味性、敏捷性很好地迎合了儿童的心理，至于所接之字其间则毫无逻辑关系可言。

瞬变是童谣的一大特色，儿童的心境处于流动的状态，心思转换极快，不稍粘滞于物，随事拓展的童谣刚好适应了这一心理特点。如以"月光光"为母题的童谣：

> 月亮光光，骑马烧香，烧死马大姐，气死豆娘娘。娘娘脚，拐豆角；豆角空，嫁济公；济公矮，嫁螃蟹；螃蟹过沟，踹死泥鳅；泥鳅告状，告着和尚；和尚看经，看着观音；观音挑水，遇着小鬼。

以月亮起兴，情节主要分为两段，前段讲故事，后段则采用"连珠体"——接麻的重叠格式，辗转蝉联而下，联想的链子也就随之展开。每一个开头的小联想是产生思想的契机，由螃蟹联想到泥鳅，泥鳅联想到和尚，和尚联想到观音，再由观音联想到小鬼，场景变换跳转，波澜迭起，却无断裂之痕，着实令人眼花缭乱，目不暇接。仔细研究便会发现其构思脉络与儿童思维方式相对应：童谣画面转接既纷繁复杂，又环环相扣，联结它们的正是儿童飘忽不定的想象力，而这种想象力又是通过具体形象变化展开的。"有意无意，无意有意，最是童谣的神妙处"②。

---

① 周作人：《儿童文学小论》，商务印书馆 2018 年版，第 38 页。
② 郭沫若：《儿童文学之管见》，《民铎杂志》第 2 卷第 4 号。

六、言语平白

作为民间文学的一种，童谣来自于民间，创作于民间，流传于民间，故其所述之事乃民间常见之事，所述之情乃人之常情，所用之语言乃平民百姓之口语。童谣的具体创作者虽不好具体详考，但有一点需要明确，由于童谣是在民间传播，所以所有传唱者都参与了创作，包括儿童。由此童谣的创作者是一个民众群体。从创作者的角度，其所传唱的童谣一定会从自身的创作水平出发，从自身的理解能力出发，从自身的认知水平出发，由此，在语言的运用上，必定走上能够满足民众抒发情感的要求，满足民众能够理解的程度。童谣的传播方式为口耳相传，传播目的是表达与抒发民众情感，而非写入典籍，其语言表现出"俗"的特征。童谣语言的形成是一种集大成，其受到各地方言表达的直接影响，也受到正统文学发展的影响，在修辞、用韵等方面，童谣也吸收正统文学的优秀成果，同时结合自身表达的需要，具有独特的语言特色——平实浅白。从接受者的角度而言，童谣的主要受众对象是儿童，这是一个最重要的先决条件，因此，作为孩子们口头传唱的歌谣，语言一定是寻常的、简单的、朴素的，甚至每一句唱词都要显现出笑意，脱不了儿语的口气，也关联着日常的生活。童谣语言来得真诚，没有花言巧语，自不会咬文嚼字了，有童谣为证：

牵梭罗，卖果果，果果甜，吃黄连，黄连苦，吃豆腐，豆腐一包渣，吃打打哈哈。（湖南汉寿）

这首童谣的取材，从"果果""黄连"到"豆腐"都是日常之物，末句"吃打打哈哈"为吃了打哈哈之意，完全是儿语口语。

又有童谣云：

红公鸡，绿尾巴，一天到晚不归家，晚上家来，还要吃个牡丹花。（江苏镇江）

其中"晚上家来"，就是口语的简捷语法。再如：

（1）小牛犊，跑得快，拉上桌子摆上菜，你一盅，我一盅，咱俩拜个小弟兄。（河北束鹿）

（2）咪咪猫，上高窑，金蹄蹄，银爪爪，上树树，捉雀雀，仆辘轳都飞了，把老猫气死了。（陕西三原）

（3）大狸猫，你别叫，水也你不喝，饭也你不要，一心想吃大家雀，再不就抓大麻耗。（黑龙江）

例（2）中"蹄蹄""爪爪""雀雀"均是儿童口语。例（3）中"大家雀""麻老鼠"，以及六句话都是纯白话。

童谣语言浅白，流传于街头巷尾，是普通民众包括儿童都能一听就明白的浅语俗语，这些有韵律、有节奏的纯白浅语，复杂程度不高，包含了丰富的社会生活与儿童生活，虽艺术性方面稍微欠缺，但毋庸置疑，童谣的终极目标永远不是登入文学的大雅之堂，而是活跃在儿童的口中。从这个角度而言，浅白的童谣语言既是其保持生命的本领，同时更是其活跃生命力的体现。

第四节　童谣的教育情怀

中国童谣依仗着与传统文化的恒久联系，走红历史以及当下儿童的思想舞台。它以诚信友爱的人性之光、平实质朴的动人情怀、浪漫天真的洒脱风格、清纯诙谐的语言风貌和自然和谐的梦想激励等传统、科学、理性、形而上学的文学特质，体现了中华民族文化大背景下纯净的思维力度与永恒的智慧资源，集体意识与自由情怀是其长久以来普遍的精神气质与智力反响。

一、诚信友爱，人性之光

中国童谣涉及精神层面的各种领域，勤俭、善良、友爱、诚信、知礼、讲礼都是童谣永恒的真理追求。这些貌似正经严肃的道德教化经童谣艺术的重铸、开掘，转化为形象化、可操作、易接受的智慧之花。优秀的童谣成为生命、伦理、道德修养的恰切表达，这种独创的符号涵摄了哲学文本的永久变异，集体意识是童谣的自然延伸与执着追求。中国童谣承载着中华民族朴素的价值判断：诚信友爱、勤劳坚毅、同情弱者、惩恶扬善。摒弃时代政治的束缚，最大限度地还原普通民众的心理诉求，书写征服自然与历史的宏大精神，这是童谣感人的精神气质，更是童谣对生命意识的肯定。

朱天民《各省童谣集》载童谣云：

> 鹞儿放得高，回去吃年糕。鹞儿放得低，回去叫爹爹。

这首童谣虽是小儿放风筝时所唱，但其隐而不显的"原始动意"或"基本隐喻"，在于鼓励儿童养成竞争意识，在竞争中相互砥砺。

又有《童女谣》云：

> 月亮光光，女儿来望娘。娘道："心头肉。"爷道："百花香。"哥哥道："亲姊姊。"嫂嫂道："搅家王。""我又不吃哥哥饭，我又不穿嫂嫂嫁时衣。开娘箱，着娘衣。开米柜，吃爷的。"

——清·叟梦兰《古今风谣拾遗》卷四

这首童谣虽短，但不同身份与态度的差异却在简洁的话语中灵活展现，塑造了"出嫁女"自信、刚毅与倔强的性格特征，其稚气果敢的性格表达呈现为"苦难的扬弃"与意志的坚定。

《中国二十省儿歌集》载童谣云：

> 一个小孩不可夸：偷鸡蛋，换麻花，他爹打，他妈掐，他奶奶气的挠脚丫。

这首童谣既劝诫幼儿崇尚仁义忠信的人文精神，同时又委婉而含蓄地鞭笞了不仁不义、不择手段、不讲功德的人格劣质，并演绎了以最小容量包容最博大训诫目的之神话。

童谣的传播实现了品德教育与人格提升的功效，其以单纯活泼的形式、朗朗上口的音节，让儿童在日常诵读中得到善与美的熏陶。童谣被看作是中华传统文化原始激情的投射，其拓宽了传统文化的原始意义，为文化传承奉献了不可征服的创造性动力。

二、兼容并包，心接地气

兼容并包就是放开胸怀，网罗众家。无论是时间的、空间的；官方的还是民间的；理想的还是生活的；成人的还是儿童的，童谣都以宽大包容的胸怀网罗入诗。"儿歌所涉及的事物，宇宙人生，钜细无遗"，[①] 汇聚全新多样性内涵是童谣与生俱来的精神气质。法国批评家丹纳曾说：

> 作品的产生取决于时代精神和周围的习俗。……要想了解一件艺术品，一个艺术家，一群艺术家，必须正确地设想他们所属的时代的精神和风俗概况。这是艺术品最后的解释，也是决定一切的基本原因。[②]

童谣是民间智慧和民间文化的集中体现，是历史文化的积淀，呈现一种复杂的集体意识。各族童谣中所蕴含的内容，既有时令更迭的追述，也有童言无忌的嬉戏；既有社会生活的沉思，也有真挚友情的歌颂；既有劳动生活之赞美，也有苦行岁月之救赎；既有民族生活的忧患，更有人间美丽的诉求，容地上能容之事，包天下能包之理。

《小白菜儿谣》云：

> 小白菜儿地里黄。七八岁儿离了娘，好好儿跟着爹爹过，又怕爹爹娶后娘。养了个兄弟比我强；他吃菜，我泡汤，哭哭啼啼想亲娘。
>
> ——清·无名氏《北京童谣》

这首童谣叙说了遭受继母虐待孩童的苦难心情，提供了生命个体寻求生存价值过程中的苦难精神与人间伦理的沉思。

童谣产生于民间，日常生活是其表现的重要母题，日常的一花一草、一事一物、一山一景都是童谣取材的源泉，其所捕捉到的生活场景更接地气，其所反映的生活场景更具亲切感与生命的力量。《儿歌之研究》中指出："……人事之歌。其数最多，举凡人世情事，大抵具有，特化为单纯，故于童心不相背

---

① 朱介凡：《中国儿歌》，（台北）纯文学出版社有限公司 1977 年版，第 27 页。

② ［法］丹纳：《艺术哲学》，傅雷译，人民文学出版社 1963 年版，第 7 页。

决。如婚姻之事，在儿歌童谣游戏中数见不鲜，而词致朴直，妙在自然。"①童谣往往摄取日常生活中最常见的事物，描述的是一般生活情境，包括田间劳作及各种节日及喜庆仪式。

如《蟢子窠》云：

> 蟢子窠，扁楠楠，楠到城隍庙里有官做：官吃酒，部叹科，新妇房里吹哼罗，哼罗吹得叭叭响，弄堂花猫赶老鼠，赶到山里山，湾里湾，萝卜开花结牡丹。牡丹姊姊要嫁人，石榴姊姊做媒人。金轿来，弗起身，银轿来，弗起身，到得花花轿来就起身，一番金，一番银，三番鼓手来娶亲，陶家院里发行嫁，倪家院里结重亲。
>
> ——清·范寅《越谚》卷上

这首童谣描绘了热闹娶亲的场面。童谣语词活泼，情节跌宕起伏，语义跳跃欢快，把一场热闹的娶亲迎亲场面描绘得活灵活现。

《硫硫磷磷谣》云：

> 硫硫磷磷马来哉！隔壁大姊归来哉！"舍个炒虾？""茭白田鸡炒虾。"田鸡踏煞老鸦。老鸦告状，告着和尚。和尚念经，念着观音。观音卖婆，卖着姐夫。姐夫关门，关着苍蝇。苍蝇扒灰，扒着乌龟。乌龟撒屁，撒得满地。
>
> ——清·悟痴生《广天籁集》

童谣富于联想，往往把一些不同类的事物串联在一起，既浪漫又趣味盎然，从而引起孩童们的欢笑和对生活现象的粗浅认识。这首童谣虽短，但各具特色的人、神、动物都跃然纸上，时而老鸦，时而和尚，时而乌龟，起伏跌宕，充分表现了孩童们的天真烂漫之态。童谣惯常的做法是将世间宇宙的各种无关联的事物联系在一起，不一定包含定规的教育意旨，但却在理性与非理性之间建立一种模糊的力量。

童谣的听众不是一个简单的受众群体，而是集合了心理、审美、需求等多

---

① 周作人：《儿童文学小论》，商务印书馆2018年版，第40页。

种要素与要求的儿童，并共同对童谣进行集中梳理与筛选，对背离了要求的童谣，或者淡忘、或者淘汰、或者更改，这样才体现童谣特殊受众对象的价值与功用。童谣是灵性的、有恒久价值的艺术，其凝结着民间的情感、精神和生命，具有深邃旷远的精神超越。语言营造的文化空间，在精神层面形成的辐射力与穿透力，在开放与澄明中抵达最深远的彼岸。

三、浪漫天真，自由洒脱

夹带着各民族不同愿望与理想表达，童谣体现了创造者观察社会生活的独特眼光与时代特征。与传统文学可以进入文学典籍而世代流传不同，童谣的传播受历史、地域、民风的影响，相同的故事原型呈现不同的艺术效果。但即使如此，童谣随时代变迁而发展，随情景变化而变异，通过自然灵活的语言形式，自由表达普通民众的情绪，使其具有浪漫自由、洒脱天真的特质。

《老鸦谣》云：

> 老鸦哑哑叫！爹爹出门赚元宝，妈妈添弟弟，哥哥娶嫂嫂，姐姐坐了花花轿，囡囡一年到头喜酒吃不了。

> ——清·悟痴生《广天籁集》

爹爹赚大钱、妈妈做月子、哥哥结婚、姐姐出嫁、吃喜酒、赴宴席都是欢喜时刻。此童谣通篇热情洋溢，表达了儿童天真、活泼、纯真的精神狂欢。童谣将极浅近的文字写成韵文，构筑了一个自由率真的灵魂，其语言风格干练、简洁，直线条抒发情感，毫不拘束，豪放洒脱。

童谣传播的不稳定性，无论在内容、主题、形象、结构等要素始终处于不断变化中。童谣特殊的流传方式奠定了特殊的自由与开放。"瞎话，瞎话，无根无把，一个传两，两个传三，我嘴里生叶，他嘴里生花，传到末尾，忘了老家。""一样话，百样说。"同一种故事，不同场合，不同地域，不同的心理状态，呈现不同的审美效果。尤其是这种以听赏念唱为主要审美手段的口头艺术，有趣味、有娱乐性的童谣，即兴发挥的空间则更广阔。

《筛螺螺》云：

> 筛螺螺，打堂堂，一斗麦看姥娘，姥娘不在家，喜得妗子呱哒哒。
>
> ——清·郑旭旦《天籁集》

这首童谣带有浓厚的生活气息，反映了世态炎凉与人情浅薄。这类直接反映舅母不亲的童谣不仅豫北农村有，浙江地区也流传着类似的童谣。

又有童谣云：

> 黄花儿，着地生，我是外婆亲外孙。外公出外叫请坐。外婆出来叫肝心。舅舅出来不做声，舅姆出来努眼睛。一碗饭，冷冰冰。一双筷，水淋淋。一碟菜，二三根。打碎舅姆莲花碗，一世不上舅姆门。
>
> ——清·郑旭旦《天籁集》

再如《亲外甥》：

> 花红轮车就地滚，我是舅舅的亲外甥。舅舅让吾家里坐；舅母见吾黑念念。不吃你茶，不喝你酒；拿起马鞭就是走。走在小路上，逢着小姊姊。小姊姊，切豆腐，切破手，告舅舅。舅舅不是好舅舅，鼻梁凹里炒豆豆。（直隶宣化）
>
> ——朱天民《各省童谣集》

这首童谣是描写舅母不亲热，引起小外甥的反感，就连舅舅也不成为好舅舅了，竟要在鼻梁凹中炒豆豆。这类童谣以舅母为诽谤的对象，并非全指舅母不亲，而多是引逗小儿发笑。其与冀中民谣中的"糊涂姥娘瞎帐姨，明白是他大妗子"如出一辙，充分表现出异地民谣与童谣的主题趋同性，是一种具有民俗特色的事象。

从中国古代童谣与神话传说产生的历史条件和实际情况看，童话与神话传说同植根于民间文化的沃土。神话传说是童谣产生与发展的本源，神话传说独特的艺术形态影响了童谣的生成与发展。童谣包含着神话传说的元素，采用拟人、夸张、重复等修辞方法，制造童话般的意境与审美效果。

童谣虽历史悠久，但因博采众长而活力四射。前人曾经对谣、谚这种文艺形式给予了较高的评价。像清人刘毓崧在《古谣谚》序中说："谣谚皆天籁自鸣，直抒己志，如风行水上，自然成文，言有尽而意无穷。可以达下情而宣上德，其关系寄托，与风雅表里相符。盖风雅之述志，著于文字；而谣谚之述志，发于语言，语言在文字之先。"①这段文字精辟地论述了谣谚是人民群众的口头创作，是先于文字之前人类最初始的文艺创作，是一种直抒胸臆不加任何艺术润饰的较为通俗的文艺形式。

四、幽默诙谐，精神愉悦

德国哲学家伽达默尔指出："儿童是自为地游戏，尽管他们进行表现活动"、"游戏是一种自行运动，它并不通过运动来谋求目的和目标，而是作为运动的运动"② 伽达默尔认为，游戏就是具有魅力吸引游戏者、使游戏者卷入到游戏中、使游戏者感到舒服的东西。童谣是一种儿童"语言游戏"③，将语言当作游戏的对象，通过语言这一强大符号载体，展露人类生活的动态画面，使之拥有强劲的内在传播力。儿童在自发念唱童谣时获得精神的审美愉悦，是无功利性的主观愉悦，是生理上与心理上的合一。童谣是儿童释放身心压力的一种手段，是儿童游戏过程的最好伴侣，童谣将游戏精神作为存在的前提与美学品格，其所呈现的感知愉悦、释放快乐的精神内核与游戏精神高度一致。

《拉大锯谣》云：

拉大锯，扯大锯，锯木头，盖房子。姥姥家唱大戏，接姑娘，请女婿，小外甥儿你也去。

——清·无名氏《北京儿歌》

---

① （清）杜文澜、周绍良：《古谣谚》，中华书局 1985 年版，第 1 页。
② ［德］伽达默尔：《真理与方法》，上海译文出版社 1999 年版，第 140 页。
③ ［英］维特根斯坦：《哲学研究》，三联出版社 1992 年版，第 36 页。所谓"语言游戏"实际上是把语言比作游戏的比喻。维特根斯坦在《哲学研究》第 7 节中指出，"我将把由语言和动作交织成的语言组成的整体称为'语言游戏'。"全书中，他始终将语言和游戏作比来揭示语言用法之多样性和实践性。"语言游戏"强调了语言活动的意义，主张不要把语言看作鼓励静止的描述符号，而要看作体现生活的动态人类活动。

这是一首外祖母逗着小外甥发笑的歌谣。"拉大锯，扯大锯"是互相拉扯着，边拉边唱的。这类游戏歌增加了游戏的娱乐成分，儿童边唱童谣边做游戏，因节奏轻快，内容诙谐，令儿童深感愉悦。

同样一类童谣的特殊艺术形式叫颠倒歌。它的创作风格类似于打油诗体，其特点是运用"故错"手法，偏把事物往反了说，有意识地违反既定的现实逻辑关系。如湖南的《倒唱歌》，内容诙谐：

> 倒唱歌，顺唱歌，河里的石头滚上坡。参娶亲，我打锣。打到家家门前过；家家睡摇窝，舅舅摇家婆。（湖南常德）

——刘兆吉《西南采风录》

再如《太阳起西往东落》：

> 太阳起西往东落，听我唱个颠倒歌。天上打雷没有响，地上石头滚上坡，江里骆驼会下蛋，山上鲤鱼搭成窠，腊月苦热直流汗，六月爆冷打哆嗦，姐在房中头梳手，门外口袋把驴驮。（直隶）

此谣在民间流传甚广，语言通俗，引发儿童的好奇心，培养儿童的想象力与幽默感。童谣中的颠倒世界正与儿童思维中的逻辑持点相对应。儿童都有把头倒过来看世界的经验，透过反逻辑的视角展现了一种理性与非理性、真实与幻想之间的奇妙景象。每一首颠倒歌里无不蕴含着深意、满溢着哲思，传递比现实更为真实的哲理，投射亦真亦幻的美学意义。

还有一类童谣的特殊艺术形式叫绕口令，或叫'拗口歌'，即"发生相近的字，收韵相同的字"组合到一起，"或同一字音，而有四声之异"，或者"句子里一连串的字眼，同声异韵，同韵异声的驳杂"[1]，读起来绕口但又妙趣横生的语言形式。

《玲珑塔》云：

> 玲珑塔，塔玲珑，玲珑宝塔十三层。塔前有座庙，庙内有老僧。老僧当方丈，徒弟有六名。一个叫青头楞，一个叫愣头青，一个是僧僧点，一

---

[1]　朱介凡：《中国儿歌》，（台北）纯文学出版社有限公司1977年版，第311页。

个是点点僧，一个是奔葫芦把，一个是把葫芦奔。青头楞会打磬，愣头青会捧笙，僧僧点会吹管，点点僧会撞钟，奔葫芦把会说法，把葫芦奔会念经。

——清·[意] 韦氏《北京儿歌》

这首童谣用绕口令的形式编了六位徒弟稀奇古怪的名字，且各有所长，念起来朗朗上口，听起来引人发笑。

优秀的童谣具备审美游戏的功能，整个阅读过程将是畅快愉悦，精神饱满，阅读接受后，除获得故事情节所赋予的"快乐感受"，还融合着丰富的想象与情感、细腻的生命体验等。陈伯吹说："一般说来：新奇，活动，惊险，美丽的色彩，亲密的友谊，热闹的场面，有节奏的声调，有趣味的重复，成功而又快乐的结局，等等，都是幼童文学作品中酝酿兴趣的酵母。"[1] 酝酿兴趣的酵母，就是构成童谣作品的兴奋剂。鲁迅十分强调儿童读物既要"有益"，又要"有趣"，"趣"指的就是趣味。童谣的传唱是一种审美游戏，而不是功利性审美表现，童谣对游戏精神的追寻彰显了童谣自身的审美力量。童谣的游戏精神的提出对童谣的创作与传播带来了释放性的关键影响。

五、自然和谐，激励梦想

心理学家认为，婴幼儿对音乐的敏感几乎是本能的、先天的，和谐的音节、韵律会引起他们的愉悦感，这也是童谣能够带给儿童"人之初意义"的文学熏陶的原因。童谣的生命力来源于自然和谐，其在自然和谐中孕育并滋养。正如刘勰在《文心雕龙·物色》中所说："山林皋壤，实文思之奥府"[2]，"自然和谐"是童谣"根系"中最本源的"根"。在初始化教育中，童谣自觉严格的道德坚守，包容的心态和宽宏的气度，不断更新与自我完善的和谐目标，公平

---

[1] 郑光中：《幼儿文学ABC》，四川少年儿童出版社1988年版，第6页。
[2] 刘勰著：《文心雕龙》，范文澜注，人民文学出版社1958年版，第693页。

公正的价值取向，充满诚信与友爱的品格，在儿童是精神层面产生直观的连锁效应，增强儿童对社会的价值认同。

童谣的自然之韵要和谐。儿童语言的发展过程中有一种"语言结构的敏感性"。童谣具有不同的节奏、韵律，短促有力的节奏构成明朗向上的音乐感，缓慢肃静的节奏形成平淡或悲哀的音乐效果；押韵响亮的童谣令儿童乐于吟唱，而仄声下降的韵脚又有一种滑稽诙谐的效果。童谣相对于中国古代诗来讲，童谣的语言更口语化，所以童谣在儿童的口中更有市场。

童谣传播不借文字，全凭口授，必须有和谐的音调，以便易于记忆。中国古代诗歌的押韵与节奏有严格的规定，这种规定在运用到童谣中，虽没那么严格，但是在内在精神上大致相同。童谣的形式与韵律的要求是在继承了古代诗歌成熟的诗体形式的基础上形成。童谣的诗句虽未遵循严格的押韵与节奏的规定，不去严格执行平仄押韵的要求，但其创作形成了不成文的约定，即童谣必须押韵。童谣几乎都押韵，无韵不童谣。没有韵律美的童谣是没有生命力的，不体现音乐美的童谣是不会得到儿童的青睐。

童谣是一种听觉艺术，是大自然的天籁之音，其诗句中语音的强弱、长短和轻重有规律地交替，以及诗句的押韵与停顿都是构成童谣音韵节奏的重要因素，而这些要素都直接来自对中国古代诗歌形式美技法的借鉴。它的听众主要是儿童，其审美知识和对语言的理解能力有限，这就要求童谣将生活口语与音乐美结合起来，要有音乐般的美感。通过音韵和节奏体现出来的韵律艺术是童谣区别于其他幼儿文学样式的最显著的特征。有学者认为"盖童谣重在音节，多随韵接合，义不相贯，如一颗星，及天里一颗星对里一只鹰，夹雨夹雪冻杀老鳖等，皆然，儿童闻之，但就一二名物，涉想成趣，自感愉悦，不求会通，童谣难解，多以此故。"①此言道出了童谣注重音韵和谐，而忽略语言内涵的本质特点。

浙江杭县有一首童谣：

---

① 　周作人：《儿童文学小论》，商务印书馆 2018 年版，第 38 页。

天上一颗星，地下一块冰，屋上一只鹰，墙上一排钉。抬头不见天上的星，乒乒乓乓踏碎地下的冰。啊嘘啊嘘赶走了屋上的鹰，息列息列拔掉了墙上的钉。

此童谣每句的末一字选用了"星""冰""鹰""钉"等相似的字，韵脚和谐，极具诙谐与和谐之美。

押韵是构成童谣音韵美的重要方面。这种韵律的去而复返、奇偶相谐和前呼后应，使儿童产生鲜明的节奏感，从而收到特殊的听觉效果。童谣的押韵形式多样且富于变化，按童谣的用韵方法大致可以分为两种：一种是句末押韵，一种是句首和句末交互换韵。句末押韵又可以分为换韵和一韵到底两类。

《蹊蹊跷》：

蹊蹊跷，换把刀，刀不快，切青菜，菜儿青，换把弓，弓没头，换个牛，牛没用，换匹马，马没鞍，上南山，南山一窝兔儿，剥了皮儿穿条裤儿。

——清·[意] 韦氏《北京儿歌》

这首童谣属于句末押韵中的换韵。从"蹊蹊跷"开始，用顶真、拈连等的修辞方法，加上随韵黏合，从而环环相锁，连续写下去，增强了童谣的音韵和谐，丰富了童谣的感染力。

句首和句末交互押韵的童谣，初看好似无韵，但仔细研究仍有韵，不过它的押韵不全在句末罢了。

又有童谣云：

小孩子，你在哪里来？我在外婆家里来。吃的什么菜？吃青菜。什么青？井水青。什么井？麻石井。什么马？大头马。什么大？天大。什么天？黄沙天。什么黄？鸡蛋黄。什么鸡？尖嘴鸡。什么尖？犁头尖。什么犁？耕田犁。什么耕？糯米羹。什么糯？红壳糯。什么红？月月红。什么月？中秋月。什么中？碓桩！

——《农村歌谣初集·童谣》

这首童谣的押韵很奇，如第四句的末字（菜）与第五句的末字（菜）为一韵，同时第五句的中字（青）与第六句的末字（青）为一韵，第六句的末字（青）与第七句的末字（青）为一韵。这种首末交互押韵下去，如连锁调一般。这首童谣用问答的形式趁韵杂凑，基本上不追求实际意义，但在儿童念唱的过程中，锻炼了儿童的思维、想象和语言的表达能力，在问答中感受到孩子的天真烂漫。

童谣的节奏之自然和谐。节奏是语言艺术的一种重要手段。语言艺术的节奏美，与音乐、舞蹈等艺术形式中的节奏美一样，可以调节旋律，通过语言音响的音乐性给人美的体验。严格地说，"语言音响是离不开节奏的，语音只有经过节奏的梳妆，才会优美动听。语言若是有了节奏的点缀，就会更加迷人"①。童谣是一种比较独特的语言艺术形式，拥有韵文色彩与格调的童谣，富有节奏感和音乐美。一般来说，童谣的节奏更多地反映在由诗句的停顿而构成的节拍上。童谣常见的节拍大致有三种情况，一是节拍字数一致，二是节拍一致字数不一致，三是节拍不固定。童谣的口耳相传的流传方式决定了童谣的语言具有口语化、节奏感，具有音乐性的特点。童谣在遣词造句时讲究音节匀称平稳，在搭配和音感上，体现出明显的音节节奏均衡的特点。儿童通过这种音节匀称享受的是其所带来的强烈的乐感，而这种音乐美的吸引胜过语义带来的刺激。

一般三言句式为两拍，五言句式为三拍，七言句式为四拍。两言句式利用标点符号的划分，自成节奏。三言句式一般为两拍，但是有一种特殊的杂言形式就是三三七句式，这是一种古老的歌谣形式，其特点是每节由三句构成，每节第一、二句为三言句，第三句为七言句。由于句式有规律的变化，在长期的流传过程中逐渐定型，这种句式本身表现出较强的节奏。

童谣是让人类感动的文字，是从人类心底流出来的诗，是人类与自然的和谐交流。经时代流传而保留下来的童谣无不蕴含着人类巨大的创造力与想象力，为儿童编织了色彩斑斓的生命梦想。人类"梦的内容是在于愿望的达成，

---

① 田文强：《浅谈文学语言的节奏美》，《新疆大学学报（社会科学版）》2000 年第 4 期。

其动机在于某种愿望"，而且"就愿望达成的观点来仔细推敲，则每一细节均有其意义"①。弗洛伊德已经意识到：有某些共同的构造存在于人的脑中，里面储藏了所有的人类体验和行为，用这种集体无意识来称呼人类的这种共同的思维基础。童谣中传达的理想生活是人类共同梦想的生活，这种生活表达了普通民众的共同愿望，这种愿望也通过童谣深深植根于儿童的心灵，成为一种梦想预设的精神现象。待儿童成长之后，虽这种梦想未必清晰，但在现实中采取了一种迂回的方式得到实现的快乐。这种预设与梦想也成为他们行为的不竭动力与奋斗源泉。

童谣思想跟随时代旋律，爱心传递正能量，表现真善美，编织民族梦。童谣梦想蕴藏着巨大的自尊、自强、自信的民族精神，成为激励儿童自小萌生追求梦想的源动力。童谣中传达着人与自然的和谐、韵律的和谐、节奏的和谐、人类追求梦想的和谐具有巨大的牵引与激励作用。儿童传唱童谣，了解知识，体味人生，丰富内涵，激励梦想。

童谣虽属俚俗不文的民间诗歌，随兴所至，不拘格律，但这种出处不明、全凭口传的诗歌，乃是人类灵魂忠实、率真和自发的表达。童谣确是一种有灵性的文学，它是集体智慧和个人生命体验的结晶，是一种活的传统，一种与生活、与时代、与生命相互依存的动态艺术，一种充满了生命气息与自然气息的艺术。童谣具有民间文学与儿童文学的双重性质，具有不朽的艺术魅力和独特的心灵信息，是文学大家族中诞生最早、生命最活跃、内涵最丰富、影响也最久远的一支。

集体意识与自由情怀构成了中国童谣哲学内在的精神气质，这种哲学因此不仅具有了不竭的动力，而且表现出了跨时代的雄心与选择文化前途的努力。童谣中蕴含着世世代代传承的传统文化，凝聚着民族的性格、民族的精神、民族的真善美。它是古老的文学，是人类生命过程中吟唱的一首绵绵不断的心灵之歌，释放着民族情感，传承永恒的精神力量。

_____

① ［奥］弗洛伊德：《梦的解析》，国际文化出版公司1998年版，第31页。

第二章　中国童谣游戏精神的娱乐价值

　　幼稚教育务在顺应自然，助其发达，歌谣游戏为之主课，儿歌之诘

屈，童话之荒唐，皆有取焉，以尔时小儿心思，亦尔诘屈，亦尔荒唐，乃

与二者正相适合，若达雅之词，崇正之义，反有所不受也。由是言之，儿

歌之用，亦无非应儿童身心发达之度，以满足其喜音多语之性而已。童话

游戏，其旨准此。迨级次递进，知虑渐周，儿童之心，自能厌歌之诘屈，

话之荒唐，而更求其上者，斯时进以达雅之词，崇正之义，则翕然应受，

如石投水，无他，亦顺其自然之机耳。

——《儿歌之研究》

　　游戏作为人类一个普遍现象和人生存在方式之一，其重要性不言而喻。著
名的荷兰学者赫伊津哈在谈及游戏与文化的关系时曾这样认定："文化乃是以
游戏的形式展现出来，从一开始它就处在游戏当中。"[①]至今，许多思想家、哲
学家、文学家都非常注重对游戏的思考和研究，如席勒、斯宾塞的"剩余精力
说"，格鲁斯的"前练习说"，霍尔的"复演说"，弗洛依德的"精神分析说"，
皮亚杰的"认知发展说"等，"游戏"理论在西方更是形成了系统性的学说。
梳理游戏理论，并对中国童谣进行关照时发现，无论从艺术起源说还是艺术本
质论层面进行阐述，"游戏性"都是中国童谣这种特殊的儿童文学样式的核心

---

① 　[荷兰] 约翰·赫伊津哈：《游戏的人》，中国美术学院出版社 1996 年版，第 49 页。

所在。胡君靖指出，"论述这一问题的时候决不能忘掉一个最基本的问题，一个最重要的前提，那就是：幼儿念诵儿歌时不管是配合以相应的游戏动作也好，完全没做动作也好，这念诵儿歌本身就是一种游戏活动。这是一种任何幼儿都想做且会做的游戏，一种能给他们带来极大愉悦与快感的游戏。"[1] 在这里，儿童念诵童谣，并配以游戏动作，是从艺术本质论层面肯定了童谣的游戏性特征。

"游戏，几乎就是童年的象征。"[2] 在游戏中，儿童的自主性很大，并在其中得到快乐。有学者曾概括游戏本质和特性："游戏是人类生存、活动的基本方式，更是儿童发展的重要元素。从本质上讲，游戏是一种主体性活动，具有自发性、自主性、积极性、欢娱性、虚幻性、体验性与非功利性，并能带来情绪体验。"[3] 对于儿童而言，生活就是游戏，而他们的游戏就是生活。游戏是儿童的一种本能需求，没有游戏的童年就不是真正的童年，游戏元素如生命体遗传编码一般植根于每一个儿童的体内，使之保持着内在的狂热与需求，而游戏对于儿童而言，不是一种剩余精力的简单耗费，而是包含了学习、创造和娱乐层面的多重意义。处于游戏中的儿童，避免了现实的约束，因为游戏与现实是脱离的，儿童可以通过自我的宣泄和补偿来调节现实与理想之间的矛盾。按照弗洛依德的理论，游戏的这种调节功能主要体现在两个层面：（1）通过游戏，儿童能够实现现实中无法实现的愿望，以此补偿儿童的心理需求；（2）经过游戏，儿童能够控制现实中无法控制的创伤性事件，比如狼吃羊的事件，贫富的差距等等。而从儿童聆听、接受、传播的接受心理而言，儿童对于童谣的接受期待通常首先是"好玩"、"有意思"，而这种"好玩"与"有意思"第一反映是他们能够听得懂，其次是能够领会其中的乐趣。有一种理念根深蒂固即"童蒙养正"，有人依然强烈地认为创作与传播童谣的主要目的是对儿

---

① 胡君靖：《儿歌研究的若干问题》，《鄂州大学学报》1998 年第 1 期。

② 班马：《中国儿童文学理论批评与构想》，湖北少年儿童出版社 1990 年版，第 43 页。

③ 周镇邦：《游戏的魅力与大脑的发展·第一届亚洲儿童游戏与玩具国际研讨会论文汇编》，中国学前教育研究会游戏与玩具专业委员会和香港智乐儿童游乐协会，2008 年版，第 8 页。

童的教育，为了对儿童进行道德的、品质的、精神的规正，念诵童谣的过程就是儿童被动接受训诫的过程，而童谣本身所具有的活泼、动感、有趣、好玩等特质不过是它的最佳糖衣包装。其实成人大可不必如此严肃与紧张，从接受者角度而言，他们能够发自内心地迎头赶上，传唱念诵童谣的最根本兴趣在于"有趣"，儿童并不顾及道德训诫的问题，"有趣"是吸引儿童听赏吟唱最主要的内驱力。这里的"好玩"包含了对于童谣游戏性特征的一种朴素认识。

童谣是口头上"玩"出来的文学，或者说童谣从语言、体式到内容以及内在精神，都体现了一种与儿童生活密切相关的游戏性。童谣艺术始终与游戏特有的快乐、自由的愉悦相联系，从某种意义上说，童谣是一种特殊的语言游戏。游戏性是一切儿童文学的本质属性，童谣文本尤其如此。《儿童的书》里对儿童文学与教育及其艺术高下进行论述时说过：

> 其实艺术里未尝不可寓意，不过须得如做肉汁、冰酪一样，要把果子味混透在酪里，决不可只把一块果子皮放在上面就算了事。但是这种作品在儿童文学里，据我想来本来还不能算是最上乘。因为我觉得最有趣的是有那无意思之意思的作品……我说无意思之意思，因为这无意思原自有他的作用，儿童空想正旺盛的时候，能够得到他们的要求，让他们愉悦的活动，这便是最大实益，至于其余观察、记忆、言语练习等好处即使不说也罢。①

面对空想正盛行的儿童而言，"让他们愉悦的活动"便是儿童文学最大实益，即使要传达寓意，也应该是寓教于乐，从这个角度上而言，最上乘的儿童文学作品应为充满了儿童趣味的作品，而不是充满儿童教义的作品，也就是说，"游戏性"才是儿童文学最具魅力与艺术感染力的本质所在，只有高扬游戏精神的儿童文学作品才能是穿越时代、超越阶级、超越国别的作品。

游戏精神是一种先验的存在，它深深地根植于人类的基因之中，童谣是人

---

① 周作人：《周作人自编文集》，河北教育出版社 2002 年版，第 57 页。

生最早接触到的文学样式，童谣与游戏先天有缘，从童谣中我们可以窥见人类最原始、最古老的游戏精神。①

第一节　杂言游戏构建天然志趣

童谣与其他儿童文学样式所不同之处在于，其游戏性的外在形式上的指向非常明显，主要表现为一种语言的游戏性。众所周知，童谣的传播是依靠儿童的口耳相传，童谣是活在孩子们口头上的艺术，如果经不起儿童口头检阅的话，那么童谣就不是优秀的童谣，更谈不上历经时代的冲刷与历史的考验了。童谣是有韵律的诗，是语言上的游戏。童谣文本的游戏性，对于儿童而言，首先提供给他们的是一个游戏，这个游戏的特殊性在于语言素材，语言是作为最基本的承载物，其游戏内容的开展主要是从语言的层面上进行，然后才逐步演变为一种游戏。童谣这种语言的游戏是一个综合的概念，其中既包含杂言的快乐，也包括音韵的和谐，以及内容的怪诞，实现游戏精神的传递。

一、杂言的快乐

中国童谣描述的事象具有极大的跳跃性与随意性。有些童谣似乎信口开河，从一个事物唱到另一事物，从另一事物又唱到其他事物，而且事物之间貌似没有逻辑关系，常常是天上飞的、地上走的、水里游的，混杂其间。这类童谣往往难以捕捉明显的主题内涵或教育寓意，表面看只是随心所欲，简单地将合韵的词语连缀在一起，制造快乐、轻松的语言效果，实际上就是毫不做作的语言游戏。比如温州童谣《月光光》：

---

① 　陈黎恩：《生命的欢歌——对儿歌游戏性的研究》，《中国儿童文化》2004 年第 12 期。

月光光，佛上堂；芝麻盐，配天光；紫带豆，配日昼；红粉茄，配接力；乌菜干，配黄昏。

从"月光光"到"佛上堂"，再到"芝麻盐，配天光"，一看内容，大有南辕北辙之感，事物之间没有必然的因果联系，儿童在吟唱时应是随心所欲，想到哪便唱到哪，因此所描述的事物具像之间具有极大的隔离感，从而体现一种杂言所带来的任意恣肆的自由。有学者曾言，一些儿歌："前后趁韵接续而成，绝无情理，而转换迅速，深惬童心"①，再一次论证了童谣各种组合之间未必有必然的联系之说。再如《谁跟我顽》：

谁跟我顽儿，打火镰儿，火镰儿烧，卖甜瓜，甜瓜苦，卖豆腐，豆腐烂，茶鸡蛋，鸡蛋鸡蛋壳壳，里头坐着哥哥，哥哥出来买菜，里头坐着奶奶，奶奶出来烧香，烧了鼻子眼睛。

——清·[意] 韦氏《北京儿歌》

此谣为儿童们邀集同伴来玩时唱的歌谣。童谣经常将一些不相类的事物，按照某种层递关系，运用拈连、回环等多种修辞手段交织在一起，有动有静，活泼异常地再现各种生活现象，制造一种杂语的游戏。这种杂言带来的游戏，很难连缀成一个固定的合乎逻辑的故事情节，也很难提炼出一个高大上的教育意义，但其中所孕育的语言之快乐又是板起面孔的训诫故事很难实现的。再比如童谣《天上一颗星》：

天上一颗星，屋顶上一只鹰，墙头上一枝钉，板凳上一盏灯，地下一枚针；弯着腰，去拾针，一个不留心；打翻灯，碰掉钉，吓走鹰，抬起头来——得而而满天好繁星！

——周乐山、汤增扬《小学生歌谣》

① 周作人在《知堂杂诗抄》中的"儿童杂事诗卷三"中，专有一首《歌谣一》讲一颗星："夏夜星光特地明，儿歌嘲哳剧堪听。爬墙蝘蚁寻常有，踏杀绵羊出事情。诗下有注：'儿歌一颗星最通行，前后趁韵接续而成，绝无情理，而转换迅速，深惬童心。'末句，蝘蚁会爬墙，踏杀两只大绵羊。末句有各种异说，此为其雅驯者也。"周作人说得没错，绍兴一代这首《一颗星》的末句，在绍兴城里是踏杀绵羊的，因而在童谣中属于雅驯类了。

此谣中分别将"星""鹰""钉""灯""针"等不同的事物联系起来，通过一个小意外的设置，有意制造混乱，实际上是将这类读音易混的词再次做一个组装。这类中国童谣是一类无意义童谣，因为所选取的事物之间没有必然的联系，故无法连贯成一定的故事情节以及形成某种固有的意义，乍听起来似乎没有固定的内容，因而变成了天然的凑趣。再如：

> 小板凳，坐——坐！上头是个大哥。哥哥起来买菜，上头是个奶奶。奶奶起来烧香，上头是个姑娘。姑娘起来磕头，上头是个皮猴。皮猴起来作揖，上头是个白鸡。白鸡起来孵蛋，上头是个大雁。大雁起来札札，上头是个蚂蚱。蚂蚱起来耸耸，上头是个豆虫。豆虫起来爬爬，上头是个娃娃。娃娃起来哄孩子，一头滚到下崖子。（安徽宿县）
>
> ——朱天民《各省童谣集》

此谣网罗了不同层面的人物，包括"哥哥""奶奶""姑娘""皮猴""白鸡""大雁""蚂蚱""豆虫""娃娃"，做了不同的动作，包括"买菜""烧香""磕头""作揖""孵蛋""札札""耸耸""爬爬""哄孩子"，人物与人物之间，动作与动作之间均无实际的联系，但重要的是不同的人物与动作频繁交替，随意跳跃，符合儿童认知事物的自然规律，而这种语言的交替跳跃之间形成了一种杂言凑趣的效果。

中国童谣在外在表现形式方面，受到多重的影响，比如人类歌唱发音、运气、念字的基本规律的影响，国风、楚辞以来的诗词的影响，南北各地戏曲的影响等等，大体上以三言、四言、五言、七言为基本句式，有的地方个别童谣完全采用着诗的形式，五言绝句或者七言绝句，而尤以七言绝句为多。但是童谣究竟与诗不同。它用不着受那些诗词格律的约束，必须是这样那样的方为合适，它有可能完全凭借某种意趣的指使，想象力的奔放，与其内心情感的自然流露，而创造出极活泼极自由的篇章。因此，有一定数量的童谣，可以说，没有一定的形式，由此，我们也将此看作是一种杂语的快乐。如：

（1）水牛，水牛，先出犄角，后出头儿。你爹，你爹，给你买的——烧肝烧羊肉啊。（第一、二、五、六句为二言句）

（2）小老鼠，上灯台。偷油吃，下不来，叫猫姐，抱下来。（湖北武昌）① （三言句）

（3）排门儿，见人儿，闻味儿，听声儿，食饭儿，下扒壳儿，胳肢胳肢儿。（[美] 何德兰《孺子歌图》）（前五句为二言句，后两句为三言句）

（4）一排鸭子，个子矮矮，走起路来，屁股歪歪。翅膀拍拍，太阳晒晒，伸长脖子，吃吃青菜。一排鸭子，个子矮矮，走起路来，屁股歪歪。（[中国台湾] 谢武章）（四言句）

（5）奇奇夹古怪，苍蝇咬破碗，尼姑要花戴。（浙江绍兴）（五言句）

（6）老鹰老鹰抓抓，回去埋你妈妈，你妈死在河底下，红头绳，绿尾巴。（陕西安康）（六言句）

（7）麻野雀，就地滚，打的丈夫去买粉。买上粉来她不搽，打的丈夫去买麻。买上麻来她不搓，打的丈夫去买锅。买上锅来她嫌小，打的丈夫去买枣。买上枣来她嫌红，打的丈夫去买绳。买上绳来她上吊，急的丈夫双脚跳。（朱天民《各省童谣集》）（七言句）

（8）铃铃沧浪浪，一步走到王家庄，三家庄一窝狗，把我咬的没处走。张爷婆，王爷婆，开门来！谁呀？我呀。不吃你的饭，不喝你的茶，但捉你的花花狗。我的花花狗，走她外家去喝豆子米汤去了。（陕西邻阳）（杂言句）

以上举例，重在说明中国童谣从二言句到七言句都有涉猎，除了比较常见的三言、五言、七言句之外，还有四言、六言，甚至二句对话体、杂言句等形式，单从中国童谣外在句式的形式来看，就充分体现了其自由、不拘一格的特征。从童谣产生的源头来看，正是由于童谣的这种民间性，才使得童谣具有这种极活泼跳动的形式，以及其不拘形式的本质品性。

---

① 小老鼠谣，各地均有此谣，并涌现有各种不同版本，到底其大约从哪个年代开始产生并流传，流传到哪些省份，这是个很大的难题，暂不在本节中叙述，留在其他章节统一论述。

二、音韵的和谐

童谣格外重视语音上的韵律感，音乐和谐是童谣的生命，尽管有些古代童谣在现代人看来，既不押韵，似乎节奏也不明显，其主要原因在于古代汉语与现代汉语之间的差别。同样受童谣口语传播方式的要求与约束，童谣格外重视语音上的韵律感，本身就指向着某种游戏的特性。对于儿童而言，他们总是在理解一首童谣的意义之前，先爱上它所带来的声音游戏。这些结构工整、排列有序、高低顿挫、抑扬谐和的歌谣，在形式上包含了很多语言游戏的成分。比如《六合县歌》：

> 六合县，有个六十六岁的陆老头，盖了六十六间楼，买了六十六篓油，堆在六十六间楼，栽了六十六株垂杨柳，养了六十六头牛，扣在六十六株垂杨柳。遇着一阵狂风起，吹倒了六十六间楼，翻了六十六篓油，断了六十六株垂杨柳，打死了六十六头牛，急煞六合县的六十六岁的陆老头。

——朱自清《中国歌谣》

此谣的分析：整首童谣一共十四句。以七言为基本，掺杂着九言，又点入八言和十言，而以三言起首，十四言收束。其中十四句共一百一十二个字，最多同音字是"六、陆"，共计二十八个字。其次同音字为"十"，计十二字。"楼"与"篓"同音，同时"楼"、"篓"与"六"、"陆"是同声异韵字，"有"、"养"与"油"也是同声异韵字。"盖"、"买"与"栽"，"堆"与"吹"，"翻"与"断"是三组同韵异声字，"头"与"楼"，"油"与"柳"，"牛"与"楼"又是两组同韵异声字，这几个字都在每一句的收束里，也夹杂一两字在每句的起伏处。从意境上第八句前为前段，是静态的，自第九句以下为后段，是动态。第九句，头一个字为"遇"，与末尾字的"起"，因为是意境变迁的关键，所以字眼的声韵发生了变化，转而进入下一个韵。从童谣的形式方面看，以第九句将童谣断然截开，前段为叙述的前段，慢慢展开，自第九句转韵后的几句急读下来，形势逐渐加紧收束。整体的童谣中，"了"字一线相承，回环往复，前后应和，言简意赅，集中凑趣，相得益彰。中国童谣中有一大部分是这种虚构故事，文字之间没有必然的联系，但起伏跌宕间，数字与名词贯穿其中，念诵起来颇富情趣。从传播形式与传播群体来看，童谣凭口耳相传，所用字句须是十足的口语，受儿童这种受众对象听觉感知能力的限制，其语言的通俗性、戏剧性效果则尤为突出，字句声调上呈土语化，本色纯真，音韵上自然与情趣无限。

童谣的传统艺术形式绕口令是一种民间的语言游戏，又叫"急口令""拗口令""吃口令"，是游戏歌中的特殊艺术形式与语言艺术形式。绕口令有意识地将声母、韵母、声调极易混同的字反复、交叉、重叠、组合在一起，读起来很绕口或拗口，往往在念诵的过程中不经意间出错，因而产生诙谐幽默的效果。这种绕口令是由语言文字的相似、易混的原因，造成在念诵过程中的情趣化，也是产生游戏性的一种外在形式。比如：《出大门走七步谣》：

> 出大门，走七步，碰见鸡皮补皮裤，是鸡皮补皮裤，不是鸡皮不把皮裤补。

> ——高殿石《中国历代童谣辑注》

绕口令与一般儿童文学作品不同的是，尽管都是语言艺术，绕口令有特殊的功能，即语言艺术所带来的特殊趣味，概括起来：绕、拗、咬、急。"绕"就是绕着弯子说话。本来几个字，一句话就能说明问题的，它偏要颠来倒去、绕几个弯子才算完。如日常常见的童谣："吃葡萄不吐葡萄皮，不吃葡萄倒吐葡萄皮。"按照常理应为"吃葡萄吐葡萄皮，不吃葡萄不吐葡萄皮。"这里有意违反生活常识将事理颠倒，因而显得俏皮有趣。"拗"就是拗口，有意将若干双音、叠韵词汇或发音相同、相近、易混的词汇集中在一起，组成简单、有趣的韵语，成为一种"语言拗口的歌谣"，将初读起来有点别扭的语言拗口的歌谣，读出兴趣，听起来幽默，感受到风趣来。"咬"就是紧紧咬住几个关键的字词和音不放，一贯到底。如"铁钉钉铁板，铁板钉铁钉，钉钉板，板钉钉"，这几句钉来钉去"咬"得很紧，即要求诵读者紧紧咬住这几个字的发音，才不会出错。"急"是要去一口气地念下来，还要念得快，念得准，字音念慢了就失去了口齿训练的作用与艺术趣味了。

童谣的押韵（会专节论述），这里单独要提出的是由于童谣的押韵，才能制造一种读来顺口，听起来悦耳，能诵能唱，易背易记的效果。如童谣《穷太太儿谣》：

> 穷太太儿，抱着个肩儿，吃完了饭儿，绕了个弯儿，又买槟榔，又买烟儿。

——清·无名氏《北京儿歌》

这首童谣运用了句尾字儿化音，用口语化的语言描摹京城里的市井人生百态，生动形象，音韵和谐，风趣俏皮。童谣中既有讽刺，又有京城口语油滑的特征，预示着某种调侃、逍遥的人生态度。儿化音的作用就体现出来了，试比较一下这首童谣《燕儿》：

> 燕儿，燕儿，飞过殿儿。

这首童谣是描写燕子的，童谣中用"燕儿"这个词来代表燕子的概念，是个双音节词语。相对地，对句"大殿"的概念也用双音节词"殿儿"来表示，双音节对双音节，音节匀称，形成儿化韵，节奏感也强。如果改为"燕子，燕子，飞过大殿"，这样就完全没有美感了。从押韵的角度说，没有了统一的韵脚，从音乐俏皮的角度说，原来的版本中充满了对燕子的喜爱。

三、内容的怪诞

中国童谣在言说场地上也体现了随心所欲的特点，在内容上表现出所描述的事物具象有极大的跳跃性与随意性，童谣往往采用颠倒、夸张、夸饰等修辞方法，从而制造看似荒唐、怪异、虚幻和非现实的描写，而这种非现实的状貌又恰恰是建构儿童健全的"人性"所需要的，是他们极富想象力的游戏心理决定的。此外，儿童的游戏心理体现在一些故意颠倒是非黑白的童谣中，比如颠倒歌，也会体现在看似非现实的运用夸张手法加以表现的童谣中。

在童谣的传统特殊艺术形式中的颠倒歌，又称滑稽歌，即所表现的都是现实中不会有的反常事情，其特点是运用大胆的想象、极度的夸张有意颠倒事物的正常关系与逻辑，把自然界或社会生活中不可能发生的事情渲染得活灵活现，造成荒唐、古怪的感觉与诙谐、滑稽的意趣，达到以反衬正的目的。山东省曹县有这样一首童谣：

> 颠倒话，话颠倒，石榴树上结樱桃。蝇子踢死马，蚂蚁架大桥。丫丫
> 葫芦沉到底，千斤秤砣水上漂。我说这话你不信，老鼠衔个大狸猫。
>
> ——朱介凡《中国歌谣论》

它把多组事物放到一起颠倒着唱，思路非常活跃，所选取的事物都是儿童生活中较为常见的，但是每种事物之间却地道的是风马牛不相及，却就在这种颠倒的逻辑状态下，就产生了特属于童谣的游戏与快乐。颠倒歌并非儿童在逆反心理的驱使下所为，而是他们为了新奇、有趣、惹人发笑，于是传唱这种颠倒是非的诙谐幽默的童谣，无疑是受到游戏精神的驱使，这是从艺术起源的角度分析。从艺术本质的角度来看，颠倒歌也体现了游戏精神的内核。山东省日照莒县民间流传着这样一首童谣：

> 说你讹，你就讹，大年五更立了秋。天地棚子①蝈子叫，喝了咸汤
> （春节的饺子汤）②打黑豆。五月十五发洪水，冲了一地秫秫头③。捞着小
> 的打八石④，捞着大的打一斗。秫秫头上抱（孵）燕子，燕子窝里抱马猴。
>
> ——朱介凡《中国歌谣论》

此谣主要是利用时间节令与生产规律之间的矛盾反差制造童谣的情趣，获得游戏效果。全谣一共十一句，几乎每一句都有一种所谓不正常的自然现象，

---

① 天地棚子是沂蒙山区仍然保留的一种过年时的习俗，即"挂门笺"，又称"挂门钱""门吊子""凿画"属于民间刻纸，是中国民间工艺"三绝"之一。是我国传统的年节门（窗）楣吉祥装饰物，起源于北朝时期，距今已有1500多年的历史。民间有"挂门笺，落门笺，落到地上都是钱"，从而表达了普通人民对门笺的美好寄托。
② 旧时百姓生活疾苦，只有到年夜饭才能吃到一顿纯面的饺子。因此，这里的"咸汤"特指的是过年吃饺子。
③ 秫秫头：高粱。
④ 10斗为1石。

第三至第六句主要表现时间与自然现象之间的不对称：刚过了大年五更就立了秋，刚贴过挂门笺蝈子就叫了，刚喝过饺子汤就收黑豆，都是违背节令规律的。第七句至第十一句所反映的自然现象就更加离谱：五月十五居然发了洪水，而且冲了原本不应该在这个时节长在地里的高粱。捞到小的高粱能打八石之多，捞到大的才打一斗粮食。高粱头上能孵燕子，燕子窝里孵马猴。如此说来，这首童谣牛头不对马嘴，颠倒错乱矛盾之至，只有在卡通动画电影片里，才能显现此种时令错乱的状貌。虽在成人眼中看作宇宙分裂，但在孩子心眼里，想来可笑。再如流传于山东的一首颠倒歌《说胡拉》："说胡拉，就胡拉，寒冬腊月种棉花。锅台上头撒种子，鏊子底下发了芽，拖着几根葫芦秧，开了一架眉豆花，结了一个大茄子，摘到手里是黄瓜，舀到碗里是芝麻，吃到嘴里是豆腐渣。"应该说从种、发芽、生长到收获再到品尝，每经历一种形态上的变化就会出现一种意想不到的结果，全部是事理的颠倒，内容的荒诞，充满着游戏的意味。再如北京一带流传着一首童谣《高粱树高粱树》："高粱树高粱树，高粱树上结花椒，蠓虫下了一个天鹅蛋，耗子叼着梨花猫。"此谣是典型的反语逗乐谣。高粱树与花椒之间，蠓虫与天鹅蛋之间，前因后果反差极大，耗子反叼梨花猫的幻想，估计美国迪士尼动画片《猫和老鼠》也要相形见绌。

"颠倒歌"属于一类反常叙事，"颠倒歌"的叙事是故意在超逻辑、无意义的语境里呈现的，因而产生浓厚的游戏意味。如：

月亮皎子①，有侬②偷市。盲眼侬看着，聋耳朵听着，疙舌③去学，跷脚④追着，绝手抓牢，哑口来讲和，呆头来妥事。

——浙江永康《月亮皎子》

从颠倒歌叙述事理的方式看，是颠倒的；从其给人的感觉和美学意味上

① 皎子：明亮。
② 侬：人。
③ 疙舌：口吃。
④ 跷脚：瘸腿。

讲，是滑稽的。颠倒歌的叙事规则是："颠倒事物与事物之间的正常逻辑关系，把一些普通的生活常识内容夸张到荒诞的境地。同时规则本身也传达着意义，它表明制造者或念诵者的智力程度——儿歌（指童谣，引者注）的原则就是故意违反语法与语义原则。因此，只有在懂得什么是正确语法的情况下，才能做出与正确相反的错句。它创造着一种明知故犯的反叛的快乐。"① 这里的"正确语法"指的是"正确的事理"、生活的常理。只有当儿童懂得了正确的事理时，再诵唱这类违反正常事理的歌谣时，才能收获其中深层次的乐趣，否则，就无法产生滑稽的效果。如这首童谣，在一个还不懂得小偷大多是在暗夜行窃、瞎眼是看不到的、聋子是听不到的……等等这类日常事理的时候，小孩子就不会觉得滑稽，也不会感到快乐了。

童谣中属于嘲谑讽刺类的不在少数，1936 年 4 月 25 日出版的第二卷第四期《歌谣》周刊，以显著的位置发表了吴世昌的论文《打趣的歌谣》，阐述了打趣歌谣在民间文学中的地位以及它的种类和影响。吴世昌认为：

"打趣"在人类的生活中，要占很大的一个位置。不必说在我们日常快乐平安的生活中，即使在艰难悲苦的环境中，它也是生命力的维持者，即所谓生趣。没有它，生活会立刻失去平衡，轻则精神失常，或郁抑而成心理的变态；重则自杀。在平静快乐的生活中，生命力充实而闲暇，无须顾虑到生存问题；对于目前的事物，除了满足以外，还要想法子美化它，以求感情上弛散——本来已经弛散的，或者故意使它紧张一下，再让它弛散。在艰难悲苦的环境中则以打趣来暂时忘却目前，重现生命中在某种态度下可能的欢乐。……这些歌谣的特色是全无"恶意的嘲弄"，只在唱唱好玩。（他如嘲人赖学，或形貌丑拙，必使受者难堪。）这是一般家庭里最好的游戏，被打趣者虽然有时也觉得吃了点亏，被人讨了便宜，但那是无伤大雅的，反而因此又可以使人在感情上更为融洽，因为有时给人占一点便宜可以使他对自己更加亲热。……中国人是一个很富有风趣（Humour）

---

① 陈黎恩：《生命的欢歌——对儿歌游戏性的研究》，《中国儿童文化》2004 年第 12 期。

的民族。我们只要看看红楼梦这样一部大悲剧,但是书中几乎无时无地没有风趣,大观园里到处可以听见互相打趣的笑声。乡下的牧童野老,也莫不自有个人的谐趣。曰乐天,曰旷达,曰天真,曰傻不期期,却只是一种风趣的不同的表现。①

吴世昌首先谈及打趣歌谣的功能,在日常生活中,尤其艰难悲苦的环境中,则以打趣来暂时忘却目前。重现生命中某种态度下可能的乐观——生命力的维持者,即所谓生趣。因为这个缘故,他在搜集众多打趣童谣的同时,对自己家人苦中作乐的打趣也毫不掩饰,因在家中排行老六,他的兄姊经常唱起这首歌:"阿六,阿六,淘米烧夜粥。烧得弗熟,打杀阿六来过夜粥。"这种打趣,用吴世昌来说"有趣""好玩""天真无邪""以求感情上的弛散",他个人不把这种唱当作一种嘲讽,反而觉得极富人情味。由此这类颇具风趣的童谣在民间流传广泛,而且极富市场。再如童谣《大槐树》:

大槐树,开大花,十个闺女叫俺夸:大姐丑,二姐麻,三姐流嘴水②,四姐长包牙,五姐打板儿③,六姐拍吧④,七姐围围⑤,八姐擦擦,九姐烂眼儿,十姐双瞎。

——白寿彝《开封歌谣集》

这首童谣在结构、风格,都毫不平常,"丑""麻""流嘴水"都是老百姓常见的污秽之语词,但此谣正话反说,其想象夸张的情趣历历在目。人常说,女大十八变,十三四岁的女孩子正值豆蔻年华,风光无限,如果真的"夸"起来,那就是闭月羞花、倾国倾城之貌,然而一向喜欢调侃、处事低调、苦中作乐的中国百姓而言,正话反说,幽它一默不妨也是一种打趣与"情感弛散"的方式。越好的却要往坏里说,于是就出现了童谣中夸闺女的结果,名为夸,

---

① 吴世昌:《打趣的歌谣》,《歌谣》1936年4月25日。

② 流嘴水:流口水。

③ 打板儿:大脚片之意。

④ 拍吧,亦指大脚。

⑤ 围围:行动不便。

实在扒，丝毫不会产生厌恶之感，反而平添了对十位大姐美貌与高洁品质的期待。

褚东郊在《中国儿歌的研究》中说：

> 滑稽意义的儿歌也很多……滑稽过分，很容易流于轻薄，往往以嘲笑他人为乐事。儿歌中这种不道德的词也很多。儿童们以其歌词俏皮可喜，都乐以相互传授。为父母者，亦以调戏之辞，无伤大雅，不加禁止。①

滑稽戏谑要有一个"度"的拿捏。传统童谣确有滑稽过头的，在追求趣味的同时，如褚东郊所言，流于轻浮。当年何德兰就曾指出：

> 遗憾的是，并不是所有的中国儿歌都像这样富有教育意义。许多儿歌对和尚很不恭敬。虽然歌中这部分内容本身并不是针对和尚而来的，只是为了增加歌的趣味性，但这种做法无疑会对孩子们产生潜移默化的影响。在歌中，和尚们总是受到嘲笑，说他们的光头像个葫芦，或者被看做被捕获的猛兽。……中国人总是喜欢给人起外号，从最高层的达官贵人到沿街要饭的叫化子都无一例外。人们给堂堂的清朝宰相、皇帝的亲密朋友刘墉起了个外号叫"刘罗锅"。类似"斜眼王"、"跛脚张"、"秃头李"一类的外号很普遍。任何生理上的缺陷或心理上的怪癖都可能会使人得到一个外号。甚至外国人也深受其害。②

何德兰认为，这些浅薄的教育意义的儿歌重在追求趣味，但歌中那些令人不愉快的内容难免对孩子造成潜移默化的影响。甚至从一个外国人的视角中，审视中国人的绰号叙事，不免对于针对某种突出身体缺陷特征的外号之不理解。在中国，尤其在大众群体中民众在劳作的线下，时而会以游戏的态度看待世事世情，难免会产生这类没有过多嘲讽内容的外号叙事，"这里有面对滑稽世象的戏谑与作乐，也有豁达中透出无奈的自嘲与幽默"。大体上而言，民众的自嘲与嘲弄别人是不存恶意的玩笑。"正是在这些口头游戏里，民众得到了

---

①　褚东郊：《中国儿歌的研究·中国文学研究》，商务印书馆 1927 年版，第 8 页。

②　[美] 泰勒·何德兰、[英] 坎贝尔·布朗士：《孩提时代：两个传教士眼中的中国儿童生活》，群言出版社 2000 年版，第 18—19 页。

精神上的愉悦和心理上的放松。"① 对这类以滑稽、戏谑为主色调的童谣而言，权且可以做如是理解。

有一类中国童谣，依靠语言的夸饰制造童谣的趣味。比如：

> 走洛阳，到洛阳，洛阳有个富家庄，富家庄里富员外，有个大脚二姑娘，做鞋的缎子使了两船半，绒线使了两大筐，针线费了两抽屉，三年的功夫才做上，穿上试试大和小，金莲觉着挤的慌。（山东莱阳）

> ——朱介凡《中国歌谣论》

此类童谣主要目的在于将事物的大、多或者少的特征进行夸饰，而其夸饰的范围往往主要指向外部形象的夸张，其夸张的维度往往超出了日常生活的逻辑，由此产生童趣。在此谣中，核心目标是夸饰富家女的大脚，这里既没有贬斥之意，也无赞美之情，目的就在"夸"，为了描述其脚大做鞋，通过描写用了多少缎子、绒线、针线以及时间，即使如此在穿鞋的时候仍然觉得紧的结果，产生让人忍俊不止的效果。又如《大脚娘》：

> 大脚娘，一步跨过九片墙，踏死十猪九头羊。前屋叫赔猪，后屋叫赔羊。大脚娘，真伤心，双双眼泪落地上，扭②晓得，水满田垟成灾殃。大脚娘，真悲伤，大脚跳进海中央。心想这下会浸死，扭晓得，海水只满脚跟上，一脚踢倒了海龙王的外婆娘。（温州）

一位妇女的脚竟然大到一步能跨过九片墙，踏死十头猪、九只羊，这里运用夸张手法，使童谣一下进入到一种幻想的氛围中，同时大脚娘因为脚大，不仅踩死了猪和羊，被要求赔偿，甚至流泪都会造成田埂发水遭殃，最后连死都死不成，反而一脚踢倒了海龙王的外婆娘。这样一个悲剧的角色，通过极度的夸张，使之具有了某种喜剧色彩。这首童谣通过运用修辞手法向我们讲述了大脚女子的艰辛。无独有偶，浙江等地流传着这样一首同样关于大脚嫂的童谣《一个大脚嫂》："一个大脚嫂，抬来抬去没人要；一抬抬到城隍庙；两个和尚抢

---

① 田涛：《百年记忆：民谣里的中国》，山西人民出版社 2004 年版，第 6—8 页。

② 扭：哪里。

仔要。"(朱雨尊《民间歌谣全集·规讽歌谣集》)童谣中所唱全然没有《大脚娘》中的风趣了，在旧社会妇女都要缠足，缠足陋习是对女子身心的巨大伤害，但在社会上女子缠足已成风气，并渐渐地成为一种约定俗成的规矩，凡不缠足的女子，反而认为是没有教养的表现，找不到好婆家，甚至嫁不出去，而且成为被嘲讽的对象。

夸张是中国童谣常见的表现手法，它是从民间儿童生活的基础出发，根据某一事物的本质特点，给以夸大性的描绘，以收到某种艺术效果的。如温州童谣《外婆娘耳朵聋》：

> 外婆娘，你洗衣裳？唷，我养猪娘哪。外婆娘，你耳朵背？养猪娘介姆会不会？外婆娘，你耳朵聋？唷，十头猪儿九头雄。（温州）

这首童谣以问答的形式夸张地表现了外婆耳朵聋。但是最传神的是，由于外婆耳朵有点背，所以问话与答话完全不在一个频道上，问则问之，答则答之，问你想问的问题，而答我想作的回答，答非所问。问话之人，关心的是外婆的行动及身体状况，而答话之人，痴迷于她养的母猪以及猪仔。这首童谣由于夸张用得好，借外婆耳背听不清问话，因此阴差阳错，产生幽默效果，让人产生善意的笑声。童谣通过人物形象、具体物象的刻画来展现情趣。如《阿奶叫你买酱油》：

> 阿奶叫你买酱油，你偏走去打球；阿奶叫你买米，你偏走去讲城底；阿奶叫你买咸鱼儿，你偏走去摆摆盘儿；阿奶叫你买柴爿，你偏走去讲闲谈。（温州）

童谣以其纯真可爱的视角，着眼于日常生活中喜闻乐见的事物。正如此首童谣所述，小孩子故意违背成人的意愿，让做的事不做，不让做的事偏做，因此，儿童和阿奶对着干的荒诞行为产生的幽默感，平添了饶有情趣的生活色彩。从而，一个调皮捣蛋却又活泼可爱的儿童形象跃然纸上。再看以下几首童谣：

（1）肚里饿，心里潮：瓜州买米镇江淘，扬子江心挑担水，紫金山上打柴烧。（江苏丹徒）

（2）老太婆，年纪八十多，食饭三淘箩，讲话啰啰啰。（浙江新昌）

（3）顺唱歌，倒唱歌，河里石头滚上坡。先养我，后养哥，爹娶妈，我打锣，爷爷抓周我捧盒，我在家婆门前过，舅爷还在摇家婆。（湖北武昌）

（4）花喜鹊，叫喳喳，粗心嫂嫂回娘家。一说回家心欢喜，转身回房抱娃娃。走过瓜地不小心，踢着瓜藤跌一下。起来抱了小娃娃，连走带跑到娘家。外婆来看乖外孙，啊呀，原来是个大冬瓜！嫂嫂忙去瓜地找，只见枕头不见娃；抱起枕头回家去，娃娃还在床上喊妈妈。（木家搜集整理）

（5）一个大姐本姓焦，嫁个女婿四指高，在屋里怕老鼠咬，在院里怕公鸡叨。小女婿担桶去打水，蛤蟆上去搂着腰；不是大姐跑得快，蛤蟆把他吃掉了。（木家搜集整理）

（6）闲着没事上村西，碰见两个蝈蝈吹牛皮。大蝈蝈说："我在南山吃了只鸟。"二蝈蝈说："我在北山吃了只鸡。"大蝈蝈说："我在东山吃了个狗。"二蝈蝈说："我在西山吃了头驴。"大蝈蝈说："我到山上吃老虎。"二蝈蝈说："我下海吃鲸鱼。"它俩吹得正起劲，来了一只大公鸡。两个蝈蝈干着急，想蹦蹦不动，想飞飞不起，"得儿喽"，喂了鸡。（阳子搜集整理）

例（1）所讲，事物之间的跳跃、联想，艺术效果不同凡响。例（2）表现老婆婆虽年事已高，但仍保持超好的食量，讲话条理，语言丰富，夸耀老婆婆身体超棒。例（3）如此颠倒胡说，岂非指驴为马，导人于知识的误认？不会的，正是这种"好像世界翻倒过来"的情趣，引得孩子们认清现实，虽然儿童心里免不了会有这样的臆想。例（4）描述了一位生动鲜活的冒失大嫂形象。童谣前后分为两个部分，第一部分写大嫂抱娃仓皇回娘家，途中经过瓜地，等到娘家发现抱来的却是一个大冬瓜。前面埋下的悬念，问题到底出在何处？到第二部分给出了答案。瓜地里只见枕头，回家看娃娃还在家里，结果真相大白，产生难以复制的意趣。例（5）运用夸饰的手法表现小女婿的身材矮小，不仅明确表示只有四指高，还怕老鼠咬，公鸡叨，更重要的是担桶打水，被蛤蟆搂腰,险些被蛤蟆吃掉。此童谣语言简洁,形象朴实,想象乖张,奇趣频现。例(6)利用蝈蝈个头虽小却爱吹牛,吃遍天下所有见都未见,听都未听过的生物,但蝈蝈吹牛到忘乎所以与现实中被公鸡吃掉的结局之间瞬间翻转,制造童趣,获得游戏效果。

第二节 修辞手段营造诙谐效果

文学作品都会运用恰当的修辞手法,如顶真、设问、反复以及夸张等,它们在不同程度上以不同的方式增强了表达效果。在童谣简短的文本中,恰当巧妙地运用修辞手法可以产生恰如其分的娱乐效果,比较常见的修辞手法还有比喻、比拟、排比、对偶、反问、引用、借代、反语、对比等,借助修辞手段有效地产生游戏性意味。

首先,在童谣中经常出现的顶真手法。顶真,又称为连锁调,陈望道在《修辞学发凡》中对顶真有如下的定义:"顶真是用前一句的结尾来做后一句的起头,使邻接的句子头尾蝉联而由上递下接趣味的一种措辞法。"在童谣中的运用可以增加歌谣的韵律与节奏,在这里我们想强调的是其对游戏意味的作用。顶真有直接顶真和间接顶真两和,直接顶真即顶真部分的相同文字直接递接,这类顶真最典型,数量也最多。如浙江龙泉童谣《天上星,光灵灵》:

> 天上星,光灵灵,油漆棒,打油瓶,油瓶漏,好炒豆,豆末香,好栽姜,姜无芽,好栽茄,茄无籽,栽黄柿,黄柿甜,好过年,全家老少乐连连。

这是顶真的标准用法,下句头字接上句尾字。顶真的这种用法虽语义跳跃,但尚有迹可循,内容如走马观花,移步换景,从"打油瓶"开始到"炒豆"、"栽姜"……一直到"过年",有一条若明若暗的线相连接。整首童谣念唱起来流畅淋漓,如行云流水,虽无明显逗趣的词汇,但这种顺畅的一线串珠的形式本身就能给儿童带来一种难以言表的快乐。再如：

> 硫硫磷磷马来哉！① 隔壁大姊归来哉！②"舍个炒虾?"③"茭白田鸡炒虾。"田鸡踏煞老鸦。老鸦告状，告着和尚。和尚念经，念着观音。观音卖婆，卖着姐夫。姐夫关门，关着苍蝇。苍蝇扒灰，扒着乌龟。乌龟撒屁，撒得满地。

——清·悟痴生《广天籁集》

此谣前半部分交代事件的由来，形容马蹄踏踏的声音是隔壁大姐回娘家了，必然会引来娘家的一番好饭招待。有邻居就问了，用什么炒虾？那就是茭白配田鸡炒虾。后半部分由田鸡踏煞老鸦开始，循环往复，明珠相连，将一些不同类的事物串起来，即浪漫又趣意盎然，从而引起孩童们的欢笑和对生活现象的粗浅认识。这首童谣虽短，但人、神、动物都跃然纸上，时而老鸦，时而和尚，时而乌龟，时而婆娘，起伏跌宕，充分表现了孩童们的天真烂漫之态。

间接顶真即顶真部分的相同文字之间，有其他文字间隔，这种顶真出现得较少，如温州童谣《打玟杯》：

> 姆姆打玟杯，玟杯打勿准，担去卖茭笋，茭笋皮剥皮，担去卖雪梨；雪梨满肚子，担去卖"餐"柿，"餐"柿墨恁墨，担去卖乌贼，乌贼单粒板，担去卖江蟹，江蟹十只脚，担去卖喜鹊，喜鹊飘飘飞，担去卖胭脂，胭脂急急藏，担去卖猪脏，猪脏底翻出，担去卖蟋蟀；蟋蟀弹琴，弹到朔门；朔门擂鼓，擂到乡下；乡下吹班，吹到大街；大街打钹，打交二三粒；你一粒，我一粒；烂头分勿着，走归叫阿爸；阿爸勿相信，阿爷密密惯；阿奶打臀顿，阿娘走出寻。

整首童谣一共三十四句，除了最后七句没有用顶真修辞格外，其余二十七句均采用。而且如果诗篇有多句的话，一般儿童是很难记忆，甚至会产生畏难情绪，但是这首童谣，孩童诵读几遍就能背诵，因为全文非常连贯，上下句之

---

① 硫硫磷磷：马踏的蹄声。

② 归来哉：回娘家。

③ 舍个炒虾：用什么炒虾。

间都有联系，极易背诵。尤其是"弹""擂""吹""打"这几个字都运用了顶真格，只是并不是紧密相连，而是两字中间隔了格外的词。作为口头艺术，又略带几分游戏的表述，因此，童谣变成既是一种有魅力的韵律语言，更是一种近乎纯熟的文字游戏。

更有一种不着痕迹的是顶真的另一种用法，下句尾字接上句尾字和下句尾字接上句头字连用，这是比较复杂的顶真，念诵起来产生另一种语言的乐趣。如：

> ……啥格屋？新楼屋。啥格新？稻草芯。啥格稻？黄岩稻。啥格黄？鸭子黄。啥格鸭？萧山鸭。啥格萧？门闩销。啥格门？嵊县两头门①。
>
> ——绍兴县《啥格豆》节选

从韵律角度讲，顶真就是产生韵律的手法；从游戏精神的角度讲，是制造语言游戏的常用手段。从上面这首童谣的节选中，我们能够感受到一种语言的变化与新鲜感。顶真这样用，语义几乎并不连贯，唯一的连接纽带是下句尾字和上句尾字、下句尾字和上句头字的语音。如这首童谣中的"新"和"芯"、"萧"和"销"，虽然字形、字义完全不同，但语音相同，只要语音相同或相近，就无所不可。这样的童谣，看似零碎松散，其实自成体系，不过它的体系不在语义，而在语音。从语音上讲，它的体系是严密、连贯、甚至完整的。要知道，对于不识字的儿童来说，他们根本就不在乎语义的概念，他们喜好的就是语音的一致性。美国心理学家加登纳在《艺术与人的发展》中提到："幼儿最迷人也最显露的行为，是他们戏耍语言的倾向"，当孩子懂得了语言中所允许的声音组合，就会"发明恰当的和不恰当的声音组合，用他所想到的各种方式去处置它们"②。加登纳指出，不识字的幼儿对语音有天生的灵感，其最擅长和最乐意为之的是对语音的把握，他们可以按照自己发明的组合方式随意地去想象语音所带来的乐趣。因而，连接语音对于幼儿来说，不仅是一种乐趣，而且是一

---

① 两头门：地名，现嵊州市甘霖旧称两头门。

② ［美］H·加登纳：《艺术与人的发展》，兰金仁译，光明日报出版社1988年版，第181页。

种创造。

宁波慈溪流传着一首童谣与之相仿：

> 姆嬷喂，要豆吃。啥格豆？罗汉豆。啥格笋？三斗笋。啥格伞？破雨
> 伞。啥格派？斧头派。啥格府？绍兴府。啥格兆？芝麻兆。啥格籽？白菜
> 籽。啥格白？柏子白。啥格舅？老婆舅。啥格佬？花狗佬。啥格花？葱罩
> 花。啥格葱？屋楼葱。啥格屋？阿拉三间大楼屋。（宁波慈溪）①

与上一首童谣类似，全谣通篇都是采用了"循环式"顶真手法，下句尾字和上句尾字、下句尾字和上句头字的循环交替螺旋式行进，但从语音的角度看，就是孕育着一种活泼动感的旋律。正所谓"儿歌（指童谣，引者注）重在音节，多随韵接合，义不相贯……但就一二名物，涉想成趣，自感愉悦，不求会通……"②。常惠所说的"联响"，主要指的是这类童谣。这类童谣"语义跳跃，不具备现代意义上的叙事逻辑，文本的整体重心无可怀疑地朝着环环相扣的连缀技巧倾斜，造成念诵时滑行的气势和流畅度"③。这类童谣的整体中心不在语义的连贯与赋予逻辑性，以及语义所带来的娱乐与趣味，而是将文本的重心放置在语音的流畅上，因而，其并不是一种语义的放弃与丧失，而是一种单纯的音乐层面上的选择。只能看作是一种不同的选择，但是也不枉乎是一种有意味与有趣味的选择。

其次，反复手法创造意趣。

"用同一的语句，一再表现强烈的情思的，名叫反复辞。人们对于事物有

---

① 类似的童谣，在宁波慈溪还有这样的版本："姆妈喂，要吃豆。啥格豆？罗汉豆。啥格罗？三斗笋。啥格三？破雨伞。啥格破？斧头破。啥格斧？绍兴府。啥格绍？油车槽。啥格油？鸡冠油。啥格鸡？白雄鸡。啥格白？舅子白。啥格舅？老娘舅。啥格老？花杆老。啥格花？葱草花。啥格葱？屋烟囱。啥格屋？高高大楼屋。屋来那里？头上抬起。哈哈，想吃天屁！"此谣与上文所引童谣稍有差异。但其节奏与格调是一致的。造成这种差异的原因主要是在流传的过程中因口耳相传容易产生语音上的偏差，另外是加入了传唱者个人的某些改编。此类谣主要采用三言的结构形式，在一问一答之间，运用连锁调的手法，制造了一种天然的意趣。

② 周作人：《儿歌之研究》，《周作人民俗学论集》，上海文艺出版社1999年版，第133页。

③ 陈恩黎：《生命的欢歌》，《中国儿童文化（第一辑）》，浙江少年儿童出版社2004年版，第36页。

热烈深切的感触时，往往不免一而再、再而三地反复申说，而所有一而再、再而三显现的形式，如街上的列树，庆节的提灯，也往往能够给予观者以一种简纯的快感，修辞上的反复就是基于人类种种心理作用而成。"[1] 反复修辞，是为了强调某种意思、突出某种情感，特意重复使用某些词语、句子或段落的等，包括词语反复、句子反复和语段反复。大量运用反复的手段来凸显作者思想情感的手法，具有极强的修辞效果。反复的手法在中国童谣中的运用是相当普遍的，在同一首童谣中，在一定的距离内使用着某一相同的词和短语从而形成了反复，起到了很好地结构篇章、和谐音节的作用，使作品具有诗歌的韵律和意趣。如：

> 吉咕咙，磨豆腐。磨起哪侬[2]吃？磨起家里吃。豆腐水，请新妇；豆腐娘，请姑娘；豆腐花，请老嬷；豆腐渣，请亲家；豆腐生，请外甥；豆腐碎，请娘舅；豆腐涟，请娘妗；豆腐衣，请娘姨；豆腐皮，请你贪吃的囡囡宝贝敆[3]脸皮。（浙江）

全篇以"豆腐"为结构线索，"豆腐"一词反复出现了十次，不仅如此，全谣大部分都是以"豆腐＃，请＃＃"的句式，居然反复了九次，重复中有变化，变化中又有规律可循，节奏鲜明，韵律和谐。然而这种反复的形式或许在大人那里十分无趣，但在低幼儿童那里却非常喜欢。儿童对反复有一种特殊的爱好，只要是他们喜欢的，反复再多也乐此不疲。这时他们的兴趣点不在于吸收多少新奇的信息，而是为了在这个过程中反复感受念唱的乐趣，满足节奏性的心理期待，得到更多的精神愉悦。

顾颉刚曾说：儿歌注重于说话的练习、事物的记忆与滑稽的趣味，所以有复沓的需要。[4] 其实妇人喜说重叠话，有很大一部分原因是为了顺应儿童的需要。幼儿初学语言时，发出的多为叠音，如"汪汪""帽帽"等。成人反学幼儿说话的腔调，以便儿童更易于理解说话的内容，在心理学上这叫"乳母语"

---

[1]　陈望道：《修辞学发凡》，上海教育出版社 2001 年版，第 199 页。

[2]　哪侬：谁。

[3]　敆：不要。

[4]　中国社会科学院科研局编：《顾颉刚集》，中国社会科学出版社 2001 年版，第 141—142 页。

或"儿室语",俗称"妈妈话"。在儿童学习语言的过程中,"妈妈话"扮演着异常重要的角色,它是幼童由"听"后理解,到理解了能"说"出来的重要桥梁。"妈妈话"通常相对简短,多使用重复的字眼,强调某些关键字,并利用音调的起伏来引起幼童的注意。童谣特别是母歌正有这一特质。再如《打灯笼》:

> 打灯笼,接家婆;过河去,吃早饭。什么饭?绿豆饭。什么绿?蝴蝶绿。什么湖?洞庭湖①。什么洞?老鼠洞。什么老?生虼蚤②。什么戈?华阳戈?什么花?荞麦耙。什么桥?国桥。什么果?白果。什么白?鱼白。什么鱼?鳊鱼③。什么鞭?马鞭。什么马?抬头马。什么台?戏台。什么稀?棉花希拉利④。(湖北武昌)

——朱天民《各省童谣集》

反复往往和问答、顶真联合使用,如上例《打灯笼》就是,将反复与问答、顶真联系在一起,从分类的角度讲,既可以称为"顶真歌",也可以称为"问答歌"。其反复手法的运用属句式的反复,"什么*?"的句式反复使用,既有规律可循,又富有变化。反复的手法在口头文学中得到了真正的发挥与发扬,尤其是面对不识字的孩童而言,有效与有意味的反复能够产生似曾相识的阅读感受,同时带来畅快淋漓的愉悦意趣。

温州童谣《送松糕》:

> 松糕松糕高又高;我请阿叔吃松糕。松糕厚,送娘舅;松糕薄,冇棱角;松糕实,迎大佛;松糕松,送舅公;松糕烫,务好藏;松糕冷,务好打;松糕烂,送阿大;松糕燥,拜镬灶;松糕粉,送阿婶;松糕末,务好端;阿叔越吃越口渴。

此谣中的某些同一词汇"松糕"有间隔的反复出现,像导线一样把整个诗

---

① 洞庭湖:在河北省北部、长江南岸,是我国第二大淡水湖。

② 虼蚤:即跳蚤。

③ 鳊鱼:鱼名,亦称"窄胸鳊"。体侧扁,银灰色。为淡水经济鱼类之一。

④ 希拉利:形容稀薄。

篇贯穿起来，不仅可以分清结构层次、衔接段落和篇章，还有助于记忆，适于儿童阅读。现代心理学研究表明，用同一信息对一人进行反复刺激，能达到使哀者更哀，乐者更乐的艺术效果。如上谣中，反复以"松糕*"的句式开启整句话的新语义，是对一种传统美食的"细致"刻画与描述，从松糕的"厚""薄"，再到它的"实""松"，还有它的"烫""冷""烂""燥"以及"粉""末"，包含了松糕的十种状貌，能够唱进儿童的心灵里，因此深受儿童喜爱。

再如童谣：

(1) 虎蚁哟哟，外公门头杀大猪哪，虎蚁哟哟，早来爬到吃精肉哪，虎蚁哟哟，迟来爬到啃骨头哪，虎蚁哟哟。(温州)

(2) 雾露关关，大虫拖困；雾露关关头，大虫拖黄牛；雾露关关脚，大虫拖跛脚；雾露关中央，大虫拖奶奶；雾露关松毛，大虫拖细。(浙江)

反复无论是连接反复还是间隔反复，所采取的都是一种追加式的信息传递方式。那些被反复的词语或句子，如上谣(1)中的"虎蚁哟哟"，并无实在意思，但并非孤立简单的反复，而是组合成一种强大的信息网，一起作用于信息接受方，这样使信息传递者的情感得以强化并让信息收者牢牢地记忆所传递的信息。而由反复词格所制造的复沓的美、回旋的音律、扬快的阅读感受，则基本上形成于语言信息传递的惯性。童谣(2)中全篇以"雾露关**，大虫拖##"，句式完全相同，词语重复多，变化少。"如专论意义，这种叠床架屋的堆砌似太冗沓，但是一般民众爱好它们，正因为冗沓，他们仿佛觉得这样圆转自如的声音有一种说不出的巧妙。"[1]这虽然是民谣的专论，但是一般民众对歌谣的冗沓都如此痴迷，更何况儿童对童谣冗沓的喜爱呢？朱光潜借用斯宾塞的见解说，艺术和游戏有几分是余力的流露，是富裕生命的表现，因此把这种纯粹表现声音魅力的表达看作是文字的游戏。

最后，设问手法实现诙谐效果。

一首童谣经常采用一种或者几种修辞手法，修辞三法的共用成为童谣产生

---

[1]　钱冠连：《美学语言学》，海天出版社 1993 年版，第 50 页。

游戏精神的重要手段。自问自答，是设问的表现形式，俗称对口，问答间逗趣。如：

> 蛙蚂蜒，歇停停。你妈呢？我妈大溪洗碗甄；你爸呢？我爸温州做客；你公呢？我公菜园拔葱；你奶呢？我奶佛堂吃斋；你大哥呢？大哥松阳籴白米；你姐姐呢？姐姐楼上挑花，挑一针，拔一针。（浙江丽水）

问答歌一般会就事物的特性、习性等关键点展开提问，吟唱此类童谣能吸引孩子们的注意力，满足儿童的好奇心，激发他们的观察力和思考力，激励他们参与思考的激情与热情，学会分辨事物及现象的相关知识，形成一种认识和情感的互动与共鸣。此问答歌有智力游戏的成分，也可以发展为脑筋急转弯。如下童谣：

> 丈夫亲？不是亲，同床合被两条心。儿子亲？不是亲，身长六尺是闲人。女儿亲？不是亲，三箱四箧还嫌轻。女婿亲？不是亲，三声闲话不上门。媳妇亲？不是亲，三言两语面皮青。拐棍亲？嫡嫡亲，日日伴我不离身。（苏州）

人常说丈夫、儿子、女儿、女婿、媳妇都是家庭中的重要成员，理应是亲情呵护，有福同享，有难同当，但是这首谣中却要硬硬地将这位既不能言语，也没有情感的"拐棍"看作是不离不弃的真亲人，令人忍俊不禁。

再如：

> 你为什么不点灯？外面刮大风。为什么不梳头？无有桂花油。为什么不洗脸？无有胰子碱。为什么不戴花？丈夫不在家。为什么不关门？外面尚有人。（吉林亿通）

——朱天民《各省童谣集》

此谣用来讽刺懒惰的女人，不知自己过失，还要强词夺理来掩饰，同时也起到教育儿童认识诸多事理的作用，诵来还是有一定韵味在里面。

任何文学作品都会采用修辞手法，中国童谣受口耳传播形式的集中影响，在历史的冲刷下，保留与传承了几种"经典"的修辞手法，比如顶真、反复、问答，又通过这几种"经典"的修辞完成与孕育着游戏的意味。当然不是所有的常用修辞手法的频繁使用都一定能带来游戏的意味，但是在童谣这里，文本简洁、故事情节简单、语言超逻辑呈现的文本中，游戏精神是其永葆鲜活生命的法宝，因而，一定修辞手法的运用，在童谣这里是制造愉悦感觉的手段。"事实上，所有的儿歌(指童谣，引者注) 文本都是以整合的态势显示出游戏性的，音韵、节奏、形式和意义相互作用，共同构成一个游戏性的文学文本。"①童谣中修辞手法并非简单运用，也不是简单作用于某种单一的方面，而是综合影响童谣整体游戏性的艺术效果，使其具有某种自由、活泼的状态。

第三节　游戏本质孕育天真童稚

一、内容上的游戏性

童谣一般短小，除了音韵上的语言游戏之外，也往往包含一个含有游戏内容的小情节、小故事，在精炼的语词中，也制造一个有趣味的故事内容，让儿童读者阅读后产生心理愉悦。这里的游戏性可以理解为理想化的，充满着童稚，童谣往往借助一定的修辞方法来实现或者创设故事情境，而这类故事情境应该是从儿童的视角观察、感受、辨识宇宙人生，为人类营造充满着童趣与志趣以及理想化的世界。这种理想化的情境在儿童理解起来是孩子式的"天真""好玩""可爱""有趣"，因此，这一类童谣中有孩子与动物之间的互动，有动物世界的幻想故事，也有成人生活逻辑的儿童式追问，统一理解为以儿童的视角来观察成人的世界。这类童谣在内容上体现了灵动、活泼、充满幻想，虽然描写的还是儿童日常生活中常见的动物以及事物，但是往往将其带入幻想的、游戏的世界而暂时忘却现实。拟人化手法作为一种艺术表现手法，经常被运用到选取描写对象与人的某种精神、作风、行为有相似之处的那一点上，于

---

① 陈恩黎：《生命的欢歌》，《中国儿童文化》(第一辑)，浙江少年儿童出版社 2004 年版，第 38 页。

是使得童谣既让人感觉到有一定的现实依据，同时又使孩子们的联想朝着某种正确的方向发展。在童谣中，营造童话世界的主题者特别多，运用拟人手法，制造童话意境的最多。比如《高高山上一棵麻》谣：

　　高高山上一棵麻，两个蝍蟟儿往上爬，我问："蝍蟟儿扒怎的？""嗓子干了要吃茶。"

——清·无名氏《北京儿歌》

此童谣一共四句，第一、二句是写景述物，从第三句开始，儿童形象的"我"开始发问，发问的对象是蝍蟟。昆虫与人之间本不能语言沟通，蝍蟟理应听不懂人的语言，但是"我"作为一个有着通灵感的儿童就可以自然地向一种昆虫发问，畅然地与昆虫说话本身就是一种天然的童趣，符合儿童天真好问的特点。第四句是"蝍蟟"的回答最传神："嗓子干了要吃茶"，蝍蟟煞有介事地回答儿童的疑问，这回答既中肯，又含蓄，富含无限的童趣。童谣运用拟人化的手法将儿童带入童话情景，孩子们的心智与感情皆得到了发展，因而对万事万物充满了无限的爱与美。再如：

　　青草窝里小螳螂，一心要娶纺织娘，先请蜜蜂去说媒，再请蚕娘缝衣裳，萤火虫双双来高照，金铃儿奏乐娶新娘，蚊子唱的文星曲，苍蝇吹箫引洞房，多小蛇虫蚂蚁来贺喜，都来恭贺小螳螂。

——朱介凡《中国歌谣论》

童谣一共七十四个字，描写了十种昆虫，营造了一派繁忙喜庆的气氛。核心事件是小螳螂要娶纺织娘，围绕这中心事件，小昆虫们不辞辛苦促成好事，蜜蜂、蚕娘、萤火虫、金铃儿，甚至蚊子、苍蝇、小蛇、蚂蚁，也成为好事者队伍中的一员，全然营造了一个童话的世界，在这个世界里，所有的动物都成为向善的动物，符合童谣向善的意识走向。在童话世界里没有可怕与可恶的动物，每一种昆虫都心地善良，乐善好施，并且发挥各自特长，虽为拟人，必然是这个对象所具有的属性或特征，才会使拟人手法有了现实的根据，于是就出现了蜜蜂酿蜜嘴甜所以去说媒，蚕娘吐丝所以缝嫁衣，萤火虫发光所以要照亮洞房，金铃儿发出铃儿一般的响声为婚礼奏乐，蚊子在日常生活中主要扮演令人厌恶的角色，发出嗡嗡声，吸叮人血，此情此景却唱起了文星曲，甚至苍蝇、小蛇虫、蚂蚁等也都来贺喜了。拟人手法的充分运用让童谣从第一句开始就进入一种童话世界，营造出浓郁的童话氛围。这种只有在童话中才能实现的昆虫大聚会，从内容到形式都是带来无限愉悦的事情。无独有偶，吴城编著的《河北传统儿童选》中也搜集到类似的版本《看新娘》："青草窝里小螳螂，一心要娶纺织娘，先托蜜蜂来说合，再请蚕娘织衣裳，萤火虫提灯来高照，金铃子奏乐好悠扬！蚊子唱的文星曲，苍蝇吹箫入洞房，多少蛇虫蚂蚁来贺喜，都来恭贺小螳螂，宾朋济济堂前坐，喝酒奏乐真快乐，'看新娘！看新娘！好一个娇娇滴滴的纺织娘！'"《看新娘》在前首童谣的基础上有改编与再创造的痕迹，语言更趋于合理，用字更讲究，用拟人的手法，通过描绘小螳螂和纺织娘结婚的热闹场景，也介绍了各种昆虫的特性，颇具童话色彩，奇趣异光，妙至毫巅。类似的童谣还有很多，或者说不胜枚举，再如童谣《红蟑螂做新娘》：

> 红蟑螂做新娘，老鼠做媒人，虎蚁抬轿，火萤光光挑灯，飞丝拉网儿织布帐，老鼠皮翼儿扇风凉。猫妲当厨长，吃谷与儿肚撑胀。米丝绳端矮凳，端到水缸边，跌倒叫皇天。（温州）

此谣中谈及的动物有"蟑螂""老鼠""虎蚁""萤火虫""蜘蛛""猫"等，这种看似荒唐、怪异、虚幻和非现实的描写，在儿童看来确是朴实而不失其真的，"儿童没有一个不是拜物教的，他相信草木能思想、猫狗能说话正是当然的事。"[1]应该说这类极富想象力的童谣，体现了淳朴的游戏精神，正是建构儿童健全的"人性"所需要的。这类将动物拟人化而产生的游戏精神是非常普遍的，如《姥姥到我家》：

> 姥姥做客到我家，弟弟磨刀把鸡杀。鸡说："嘴又尖，皮又薄，杀我不如杀只鹅。"鹅说："腿又短，脖又长，杀我不如杀只羊。"羊说："四只金蹄往前走，杀我不如杀只狗。"狗说："看家叫的嗓子哑，杀我不如杀只鸭。"鸭说："下的蛋儿大又圆，杀我不如杀只燕。"燕说："我捉害虫本领大，

---

① 钱理群：《周作人传》，十月文艺出版社 1990 年版，第 267 页。

杀我不如杀匹马。"马说："又能拉车又能骑，杀我不如杀头驴。"驴说："套上碾子咕噜噜，杀我不如杀头猪。"猪说："光能吃，不能做，拿把小刀宰了我。"大刀切得棋子快，小刀切得柳叶长；拌上葱，配上姜，姥姥吃得喷喷香。

——吴珹《河北传统儿歌选》

有的童谣不是简单的介绍动物，而是通过故事情节，引出动物的不同特点，本首童谣就是借用招待姥姥的过程，介绍了不同动物的不同特性与用途，比如鸡的嘴尖皮薄，鹅的腿短脖长，羊的四只金蹄往前走的特性，以及狗看家、鸭下蛋、燕捉虫、马拉车、驴碾磨，只有猪最可爱，自觉承认"光能吃，不能做"，主动承担做肉食的任务。在这里笔者还想表示，招待姥姥原本鸡、鹅、羊，甚至狗、鸭、燕、马跟驴都能完成，都可以做出美味佳肴来招待姥姥，但是祸到临头，这些动物各自摆出自己的功用而成为不杀的理由，而非一味的推诿，实则展示动物的各自特性。同时猪又是勇敢地表现出主动承担肉食菜肴的责任，由此使这首童谣产生了不同凡响的效果。同类童谣也见过这样的版本：

(1) 墙头上，一株草。风吹两边倒。今日有客来，舍子好？① 鲫鱼好。鲫鱼肚里紧愀愀，为舍子，不杀牛？牛说道：耕田犁地都是我。为舍子，不杀马？马说道：接客送客都是我。为舍子，不杀羊？羊说道：角儿弯弯朝北斗。为舍子，不杀狗？狗说道：看家守舍都是我。为舍子，不杀猪？猪说道：没得说。没得说，一把尖刀戳出血。（清·郑旭旦《天籁集》）

(2) 小蚂蚱，肚皮黄，客来了，搬板凳，先装烟，后倒茶，问问小鸡杀不杀？小鸡说："嘴又尖，皮又薄，杀我不如杀个鹅。"那鹅说："腿又短，脖又长，杀我不如杀个羊。"那羊说："四只金蹄向前走，杀我不如杀个狗。"那狗说："看家看的喉咙哑，杀我不如杀个马。"那马说："西地东

---

① 舍子好：江浙方言，意思是什么好？

地净我犁，杀我不如杀个驴。"那驴说："粗面细面净我拉，杀我不如杀个鸭。"那鸭说："我的蛋，又中吃，又中看，杀我不如杀个雁。"那雁说："在那天空南北飞，杀我不如杀只猪。"那猪说："喝你的泔水，吞你的糠，拿过刀来见阎王。"大刀切的棋子块，小刀切的柳叶长，加上葱，配上姜，吃的喷喷香。（河南）

（3）新年到，磨刀霍霍把鸡杀。鸡说："公鸡能打鸣，母鸡能生蛋，你咋不杀那匹马？"马说："套上鞍子我就走，你咋不杀那头牛？"牛说："犁地耕田我辛苦，你咋不杀那条狗？"狗说："白天黑夜我看家，你咋不杀那只鸭？"鸭说："我吃杂草水上漂，你咋不杀那只猫？"猫说："我逮老鼠不剥皮，你咋不杀那头驴？"驴说："我推磨来又拉车，你咋不杀那口猪？"那猪好吃懒做养得皮嫩肉白，正好过年请客一刀杀。（安徽）

（4）黄狗汪汪，眼朝对门路，主人忙扫地，客人走进屋。杀啥来待客？杀花猫。花猫听了咪咪哭："主人主人莫杀我　留我帮你捉老鼠。"主人点点头，"留你捉老鼠。"杀啥来待客？杀鹞子。鹞子听了泪成河："主人主人莫杀我，留我帮你捉麻雀。"主人点点头，"留你捉麻雀。"杀啥来待客？杀鸭子，鸭子听了呷呷呷："主人主人莫杀我，留我帮你捉孑孓。"主人眯眯笑，"留你捉孑孓。"杀啥来待客？杀公鸡，公鸡听了哭得凶："主人主人莫杀我，留我帮你挖蝇蛹。"主人哈哈笑："留你挖蝇蛹。"别样都没有，杀啥来待客？眼望天花板，吊个大冬瓜，冬瓜懒得很，光靠人养大。主人要动刀，客人说该杀，冬瓜没理由，主人客人笑哈哈。（侗族）

（5）小针查，亲家婆子你坐下，我向南地逮鸡杀。那鸡说：俺的脖子矬，你怎不杀那只鹅？那鹅说：俺的脖子长，你怎不杀那个羊？那羊说：俺的脖子粗，你怎不杀那个鳖？那鳖说：俺从河里才出来，你怎不杀那个猪？那猪说：你杀俺不怪，俺是阳间一刀菜。（安徽涡阳）

（6）小针扎，插梅花，亲家婆，来到家，搬个板凳你坐下，俺上南园捉鸡杀。那鸡说：我的脖子矮，怎么不杀鹅？那鹅说：我的脖子长，怎么不杀羊？那羊说：四个蹄子往前走，怎么不杀狗？那狗说：白天夜里把门把，怎么不杀马？那马说：背着鞍子向前游，怎么不杀牛？那牛说：白天耕地夜里歇，怎么不杀鳖？那鳖说：水里登，水里跑，怎么不杀猫？那猫说：捉只老鼠不退皮，怎么不杀驴？那驴说：推套磨，薄套麸，怎么不杀猪？那猪说：杀俺的肉，东一块，西一块，不杀俺，客来怪。（江西）

所举几例与《姥姥到我家》谣类似，均以用拟人的笔法，通过招待客人时家中几种动物的对话，介绍日常家禽的生长特性及功用，其比单纯平铺直叙地将特征进行描述要风趣幽默得多，同时加入了动物之间的对话以及生活，给儿童以深刻印象。禽兽是人的食品，唯是牛、马、狗，都为人类助手，参加了生产劳动，用童谣的形式引导儿童认识各种家畜的用途，颇富有情趣。

动物入歌在童谣是非常常见的，比如：

小老鼠，上谷穗，掉下来，没有气，大老鼠哭，小老鼠叫，一群蛤蟆来吊孝，呱呱好热闹。

——民国·河北《景县志》卷六录

此首童谣动物模仿人类活动的痕迹非常明显，勾画了一幅小老鼠去世，一群动物吊孝的场景。岂止是昆虫、花草、鸡鸭鹅小动物进入童话，宇宙万事万物都是孩子心目中可亲近的朋友。再如：

月太太，下来吃夜饭！无啥小菜，萝葡干咾臭咸蛋。

——民国·江苏《川沙县志》卷十四录

这与一般的"月光光"，但为人们向上天祈福的那种歌唱，大异其趣。动物入歌，莫不充满了天真烂漫的游戏心理，对日常生活常见的动物进行拟人化的书写是见怪不怪的。在儿童世界里，动物们是儿童忠实的伙伴，于是类如蚰蜒吃茶、小螳螂娶纺织娘、蛤蟆来吊孝、月太太等这类将动物拟人化的语言便大量出现了。儿童通过这样的表述向人们展示了他们在游戏过程中对成人世界的模仿，看起来似乎是简单性的复制，但对儿童而言却是一种开拓性的工作。这种类似于"过家家"的游戏活动，模仿与创造，反映与超越总是结合在一起。弗洛伊德说："儿童们在游戏中重复每一件真实生活给他们留下深刻印象的事情，在这样做时，他们发泄印象的力量，并且，如有人会认为的那样，使自己成为这种事情的主宰。"①因此，童谣中动物的拟人化处理并不仅仅是一种修辞行为，而是儿童以其纯真但不失"严肃"的游戏心理将自己常见的动物当作独立的甚至具有人格特征的东西来对待了。童谣中的这种处理方式与儿童的游戏心理产生了最天衣无缝的结合。

二、操作上的游戏性

童谣的游戏性还体现在另外一种传统艺术形式——游戏歌，在传统童谣中，至今仍然保存着大量幼儿游戏歌谣，这些歌谣是伴随各种游戏活动而不可或缺的"唱词"。游戏在儿童最初的学习活动中占据重要地位，皮亚杰说过："我们不要忘记，儿童年龄越小，游戏和工作的分界线就越不清楚。"②对于低幼儿童而言，游戏就是学习的一部分，游戏无时不在，无处不在，游戏童谣与游戏的结合，使得童谣获得了深层生机。尽管这个儿童故事里没有传达什么特别的生活知识或育人道理，只是包含了一个滑稽、好笑的游戏，但这个游戏里蕴含着游戏精神，给一代又一代的孩子带来难忘的快乐。比如下面的台湾地区作家林芳萍的《捉迷藏》：

捉迷藏，哪里藏？绿草丛里藏一藏。伸出头，望一望，头上一只绿螳螂。

本首童谣所描写的就是孩子最喜欢的一种游戏——捉迷藏，整个过程充满了情趣，同时它不仅描述了游戏的过程，还让游戏产生了一个意想不到的结局，由于"藏"在"绿草丛里"，所以出来张望时，像"一只绿螳螂"身上披满了绿草。因此，童谣与其他儿童文学所完成的游戏使命是一致的，通过创编具有某种游戏情节，而产生游戏性。

---

① ［奥地利］弗洛伊德：《弗洛伊德后期著作选》，上海译文出版社1986年版，第14—15页。
② ［瑞士］让·皮亚杰：《儿童的语言与思维》，付统先译，文化教育出版社1980年版，第298页。

（一）母歌

游戏歌成为伴随儿童游戏活动的语言伴生物，游戏歌又被分为两种，一种是"母歌"，一种是"儿戏"，母歌是指大人在哄婴幼儿或和他们戏耍时唱的歌，即逗弄婴儿之谣，弄儿歌。"儿未能言，母与儿戏，歌以侑之"①，既包含摇篮曲，又包含长辈与婴儿戏耍之谣，同时伴有各种抚儿的动作与表情，这就是最经典的亲子活动。如："我儿子睡觉了，我花儿困觉了，我花儿把卜了，我花儿是个乖儿子，我花儿是个哄人精。"（[美]何德兰《孺子歌图》）摇篮曲相对常见，不需要真正有文字，但仅优美舒缓的曲调都是一种很好的摇篮曲。长辈与婴儿嬉戏童谣，"弄儿之歌""体物之歌"以及"人事之歌"，主要先就儿童本身，指点为歌，渐及于身外之物、天然物象以及人情事理。如之前所载《孺子歌图》中的北京歌云：

> 排门儿，见人儿，闻味儿，听声儿，食饭儿，下扒壳儿，胳肢胳儿。

按照何德兰在《中国儿童》（*The Chinese Boy and Gird*）里说父母或乳母唱此歌时，先以手点儿之前额，次眼、鼻、耳、口、颊，最后二语时，则呵儿之颈，这种游戏动作的加入增加了单纯诵唱童谣文本的活力，此谣完全是伴随各种亲子的游戏活动，增进长幼之间情感的童谣，从而提升幼儿的语言能力以及感知世界的能力。

"虫虫飞"这首歌版本也很多，《孺子歌图》就又记载：

> 虫虫虫虫飞，飞到南山喝露水。露水吃饱了，回头就跑了。

幼童对虫儿等小东西有好奇心，童谣抓住幼儿的心理特点，用语浅近，采用拟人手法，短短几句话勾画出了一幅虫儿吃露水的生动画面。配合捉儿手指互点这简单的游戏，嬉笑声中既训练了幼儿手眼协调的能力，也有助于儿童良好情感的培养。

足戏歌也有涉及，如《这个小牛儿吃草》：

> 这个小牛儿吃草，这个小牛儿吃料，这个小牛儿喝水儿，这个小牛儿

---

① 朱自清：《中国歌谣》，吉林出版集团有限公司 2016 年版，第 131 页。

打滚儿，这个小牛儿竟卧着，我们打它。

——［美］何德兰《孺子歌图》

这是逗弄小儿的"足戏歌"，将脚指头比作小牛儿，还各自分了工，足以引起幼儿兴味。游戏方式极简，不过是用手轻拍轻点小儿的光脚丫，却能带给幼童极大快乐。体物歌再如《呵痒》：

一掬金，二掬银，三掬不笑是好人。

——朱天民《各省童谣集》

民间还流传着"一抓金，二抓银，三抓不笑是好人"。此谣单唱也是一首完整的歌谣，但按照原书注，这首歌谣是大人和小儿玩耍时所唱。唱时，令小儿臂膊伸直在他脉息上轻轻搔痒，引逗小儿发笑。有的也在膝关节上抓搔。整首童谣确无明显的教育寓意，这里的"好人"也非劝善之意，同时运用最简洁实用的三三七句式，配以"三抓"的动作，因而产生无限童趣。

幼儿稍长，可以坐卧，亦可玩"拉大锯"式游戏　如童谣《打罗儿筛》：

打罗儿①筛，曳罗儿筛②，麦子熟了请你的伯，你伯爱吃肉儿的，你叔爱吃豆儿的。

——清·［意］韦氏《北京儿歌》

这首童谣与至今冀鲁豫仍流传的"筛罗罗，打堂堂谣"相似，均为模仿日常生活中的生产动作产生的童谣。念诵的时候，是长辈拉扯着孩子的手，推拉着唱的童谣。同样也为成人拉着小孩两手，来往推动动作的歌谣，如："打箩箩，为箩箩，外婆家场上阿舅多，阿舅阿舅，鞍子借到后头，你骑哩，它跳哩，一下摔到夹道里。"（青海）再如《拉大锯》："拉大锯，扯大锯，姥姥家，唱大戏，接姑娘，请女婿，小外孙儿也要去。没有好的给你吃：白米干饭炸里脊，撑得没地方儿拉屎去。"（北平）此谣即大人和小儿对坐，双手拉住，前后俯仰，作二人拉锯形状时所唱。

---

① 罗儿，指的是磨面时用来筛面的器具。
② 打罗与曳罗指的是筛面时将罗儿来回推拉筛面的动作。

在儿童成长过程中，需要长辈的语言肢体的抚慰，更需要长辈与孩子共同游戏与陪伴，因此，一边念诵游戏谣，一边伴以亲子游戏，这是历经了时代洗礼流传下来的最和谐、最本真、最朴实、最上乘的游戏。钟敬文说："儿童仿学人事的游戏，在中国比较普遍，如摇船、进城门等，类多附有歌词。"一般儿歌言摇船者，都是手拉着手宛若摇船之状时所唱。比如"摇大船，摆渡过。大哥船上讨新妇，讨个新妇会打面，打个面来细绢细。下拉锅里团团转；捞拉锅里荷花片；吃拉嘴里香窜窜；撒拉坑里乌深深。乡下人弗晓得，捞起来，晒晒干；拿转去，骗骗小团团。"此类童谣若不知晓其为游戏歌以及游戏方法的话，将其视为一般的童谣，则全然失去了它的意义。如今北方仍有"拉大锯""翻饼烙饼""碾磨""糊狗肉""敦老米"等戏，皆有歌佐之，儿童听闻此类歌谣，"涉想成趣，自感愉悦，不求会通"①。又有"翻饼烙饼，油煮馅饼，叽哩轱辘一个"。其游戏玩法为幼儿躺着，成人边念歌词边把幼儿的身体翻来翻去，是为"翻饼烙饼"。童谣多半有伴随着的游戏动作，有一小部分是大人逗着孩子们玩的儿歌，绝大部分，自是孩子们自己游戏所唱的儿歌。儿童游戏多以游乐为目的，品种繁多，大多有童谣相伴，且游戏谣的唱念节奏与游戏相匹配，适合儿童唱念玩耍的特点，易于表现儿童天真烂漫、朴素无华、爱说爱动、行动自由的情态。

（二）儿戏

另外一种叫儿戏，儿童在做各种游戏活动时，辅之以的童谣，儿戏中的游戏谣就是指以儿童为主要参与对象的童谣，比如拍手谣、跳绳谣、跳皮筋谣、打沙包谣等。这类游戏歌直接指向了游戏的外在形式，童谣与游戏之间的结合，造成了童谣的游戏效果。古有儿童游戏的记载，《北齐书》云："童戏者好以两手持绳拂地，而却上跳，且唱曰高末"，即今世之跳绳。又《旧唐书》云："元和小儿谣云，打麦打麦三三三，乃转身曰，舞了也。"此类童谣是配合游戏

---

① 朱自清：《中国歌谣》，吉林出版集团有限公司 2016 年版，第 133 页。

而吟唱的游戏歌，具有双重功能，一是作为一个完整的游戏环节，从开始到结束的标志，二是增加游戏的趣味性。再如《狸狸斑斑》："狸狸斑斑，跳过南山；山南北斗，猎回界口；界口北面，二十弓箭！"（《歌谣》第十号）据《古谣谚》引此歌，并《静志居诗话》中文云："此余童稚日偕闾巷小儿联臂踏足而歌者，不详何义，亦未有验。"又《古今风谣》载元至正中燕京童谣云："脚驴斑斑，脚踏南山。南山北斗，养活家狗。家狗磨面，三十弓箭。"由此可知此歌自北而南，由元至清，尚在流行，但形式逐渐不同了。《儿歌之研究》中记载："越中小儿列坐，一人独立作歌，轮数至末字，其人即起立代之。歌曰：'铁脚斑斑，斑过南山。南山里曲，里曲弯弯。新官上任，旧官请出。'"[1] 按照朱自清的解释，将这类童谣定义为"抉择歌"，凡游戏需要竞争对手时，需一人选出就会采用抉择歌，以末字所中者为定，其歌词大多率性隐晦难喻，大抵是趁韵而成。除此之外，此类童谣还有可能为判断恶命运的意思，比如在儿童游戏期间，忽闻屁臭，但无人承认，于是采用这歌而点，点到末一个字时，就定为放屁之人。《歌谣》中记载贵州等地流传着类似的童谣，版本已经变为："斑斑点点，梅花绣脸。君子过街，小人蒙练。指指夺夺，开门取药。药不在家，一把拉倒主人家。"原注：此歌为孩童捉迷藏戏之先，以手作拳相叠，口唱此歌，且唱且数；数着谁，便以作被迷者。虽最后这首与之前"狸狸斑斑"诸首差别较大，但是从整体童谣的韵律节奏以及功能来看，属于同一类别。另外随着时代的推移，抉择点数也可以成为一种游戏本身来进行，将抉择就作为一种完整的游戏来进行，由此依然产生情趣。童谣的吟唱直接指向了某种游戏，如果没有了童谣的陪伴，那么单纯游戏则产生不了应有的味道与效果。还有一类童谣属于点数点出谣，比如《点点窝窝谣》：

　　　　点点窝窝，油炒肢锅。羊儿吃草，马儿过河。新官到任，旧官请出。

——清·郑旭旦《天籁集》

这首童谣是一种游戏的伴唱童谣，边点边念，字词之间并没有实质意思，

---

[1]　周作人：《儿童文学小论》，商务印书馆 2018 年版，第 38 页。

比如"油炒肢锅"与"羊儿吃草，马儿过河"以及"新官上任，旧官请出"之间没有实质的联系，但是正好合辙押韵。从"点点窝窝"开始，每点一下，应点重一个物体，直到"旧官请出"中的"出"字，落在谁家，谁就退出，余下的继续点。这类童谣直接指向了某种类型的游戏，与游戏相伴相生。同样也是点数歌，又见清代无名氏的《北京儿歌》中收录的《点油眼谣》："点、点、点油眼，油眼花，一根皮条两条瓜；有钱的买着吃，没有钱的去了他。"同样也是一种游戏歌谣，童谣增强了游戏的趣味性。这类点数点出谣在民间流传甚广，至今在京津地区仍有《盘脚童谣》传唱。

儿童的游戏有千多种，伴以童谣的游戏也是千奇百怪，由此还有一首如今仍在流传的非常简洁的童谣：豆豆，豆豆，飞！此童谣要求小儿两手各伸出一只手指，念"豆豆"的时候，两只手指准确地并在一起，念"飞"的时候，分开做飞状。此首童谣只有五个字，但是对于刚刚站立，并初步确立大脑对手指支配作用的婴儿来讲，也不乏是一个高难度游戏。但是在这一并一分之间，就能让儿童产生一种游戏所带来的快乐，配以这首同样简洁明快而又语词响亮的童谣，不乏也是一种天作之合。再如《胶泥瓣儿》：胶泥瓣儿，使劲儿摔。刻了爷爷儿，刻奶奶儿。爷爷儿戴着一顶困秋帽，奶奶儿戴着一枝凤头钗。（清·[意] 韦氏《北京儿歌》）童谣中描写的是一种民间男孩喜欢玩的游戏——摔胶泥，用特殊的土活成泥，再将其做成空碗状，凭空将其摔在地上，由于用力较大，胶泥碗会在巨大的冲力之下冲出一个大洞，并发出"嘭"的巨响。而由于用力的不同，以及胶泥的状态所致，每次摔出的形状都会有差别，由此，就产生了"刻"了爷爷，"刻"奶奶的语句。这里并非儿童对于长辈不敬，而是由于爷爷奶奶等长辈在儿童的生活中出现频率较大，对儿童较为熟知，颇有戏谑之意。同时，这种铿锵有力的语句配以掷地有声的摔泥巴动作，应该是非常有趣、有阳刚之气的体验。

儿童游戏中常见的是拍手谣，配以各种不同的节奏，做不同的拍手动作。如《打荞麦》：

一箩麦，二箩麦，三箩打荞麦。劈劈啪！劈劈啪！

——朱天民《各省童谣集》

据原书注，此谣要两个小儿对坐着同唱。唱"一箩麦，二箩麦，三箩麦……打荞麦"时，甲乙两儿的手，互搓三次。唱"劈劈啪"时，不限句数；甲乙两儿的手掌，先自拍一下，然后两儿同伸掌擎高；甲儿的左掌，拍乙儿的右掌；乙儿的左掌，拍甲儿的右掌；如果拍错，唱便停止。随着拍手遍数的增加，加之拍手的变化复杂无序，童谣念诵重复几遍之言，拍手的速度与正确率就大大下降，由此极容易出错，从一开始非常熟练到手臂僵硬，艰难维持，到最后拍错，整个过程体现了童谣的游戏功能。这是一类"儿童游戏歌"，被誉为"最简单，最特别，容易记忆；历代相沿，传讹最少"①的一类歌谣。再如："一抓金，二抓银，三抓四抓抓菜叶，五抓六抓抓个人。"（湖南长沙）此谣伴随游戏为先由一人伸出手，向下张开五指；其余的，每人伸出一指头，顶在他的手心下，大家同时唱歌，歌到末句，张手的人迅速向下抓，抓住哪个，便该哪个站出来。

又有：

> 上去，下来，萝卜要卖，水壶要拿，咱们瞧咯！天上瞧什么？月亮星星。地里瞧什么？水井。井里瞧什么？蛤蟆。蛤蟆说什么？起来，起来。格尔瓜格尔瓜。

——［美］何德兰《孺子歌图》

玩游戏时，两儿背靠背，手臂向后伸出互挽，交替将对方背起，再用力放下，一边玩一边念诵童谣，加入问答，更见趣味。与此相似又有《橛老米》谣："橛，橛，橛老米。开了锅，煮老米。你不吃，我喂你。"边橛老米，边唱此歌。

还有一种游戏叫"跳锁"，群儿手牵手，高唱歌云：

> 希拉花拉跳锁来。什么锁？金钢打的黄花锁。什么开？笤帚疙瘩钥匙开。开不开，铁棍打。打不开，石头抗。抗不开，希拉花拉关城来。

——［美］何德兰《孺子歌图》

---

① 朱自清：《中国歌谣》，吉林出版集团股份有限公司 2016 年版，第 128 页。

唱至末句时，一端儿童牵手列队自另一端两人手臂底下钻过，则最靠边的儿童变成"锁"。继而再唱，直到所有儿童都成为"锁"，游戏结束。如《孺子歌图》中所绘，一列儿童牵手，一端两位儿童手臂抬起，其余小儿鱼贯而过，童谣配合游戏，使游戏更富有节奏感与情趣。如朱自清的《中国歌谣》中记载，云南昆明一带的儿童常玩一种游戏，聚集十多个同伴，分为甲乙两队，甲队儿童两手高举，作城门状，乙队儿童鱼贯而前，与甲队互相回答而唱道：

"城门城门有多高？""八十二丈高。""三千马兵可过得去？""有钱只管过，没钱要大刀。""什么刀？""春秋刀。""什么春？""草儿春。""什么草？""铁线草。""什么铁？""锅铁。""什么锅？""尺八锅。""什么尺？""官定尺。""什么官？""啄木官。""什么啄？""鸡屎两大撮。""什么鸡？""红冠大眼鸡。""什么红？""山红。""什么山？""泰华山。""什么泰？""波罗泰。""什么波？""池饭波。""什么池？""北门望着莲花池。""什么连？""衣裳裤子一把连。"

回答完毕，两队儿童即合唱道：

打鼓打鼓进城门。

于是乙队儿童便从甲队儿童的手下钻过去。这类游戏适合三人以上儿童共同完成，且演且歌，不仅游戏本身带来了愉悦，歌与戏的融合产生了新的效果。燕赵之地流行已久的歌谣与之类似，叫《一网不打鱼》："一网不打鱼，二网晒晒网，三网打了一个大鲤鱼。"做游戏时，两小儿两手高举，作网状，其余小儿鱼贯而过，小儿共同念唱童谣，待到唱道"大鲤鱼"时，两小儿将手臂落下，有目标地抱住其中一位小儿，并作为被网住的"大鲤鱼"，由此他将替代高举手做渔网的小儿之一，继续开始念唱与游戏。游戏的开始也可以说是喜剧的起源，带给儿童的是语言与游戏的双重快乐。

传统童谣通常崇尚自然，极为简易可行，随时随地信手拈来。一般而言，游戏方式也不甚激烈，尤其需要童谣助兴，有学者曾言：

近北方犹有拉大锯、翻饼烙饼、碾磨、糊狗肉、点牛眼、敦老米等戏，皆有歌佐之。越中虽有相当游戏，但失其词，故易散失，且令戏者少有兴会矣。①

无童谣相左，游戏自然少了趣味，而且容易散失。对于儿童而言，童谣与游戏相伴，快乐自然翻倍。然而，童谣之于游戏不仅是相佐的关系，也不是单纯的相加，而应该是相乘的关系，童谣是游戏的一部分，童谣与游戏的有机合成，创造最和谐的游戏形式，游戏一般是动的，手、脚、身体的各种部位的协调能动，从而带动脑力活动，其在促进儿童身体生长方面的作用自不待言，而童谣的加入，提升了游戏的实质内涵，增加了儿童认只生活、改变生活的手段与能力，这是儿童游戏区别于动物游戏的部分。动物游戏或充沛精力的宣泄，以及生存模仿，这些儿童游戏均具备，但所不同的是，配以童谣的儿童游戏，增加了智力的支持。如上述儿戏时的问答，"天上瞧什么？月亮星星。"就可以充分说明，单纯游戏仅限于肢体生长方面的"动"，而童谣其所表现的这种儿童认识世界的初始表现与游戏之间虽没有必然的联系，但无形之中满足了儿童社会性发展的需要。从童谣的内容角度而言，既有天文，又有地理，还有人事风俗，童谣念唱本身就增加了游戏的社会性，同时一般游戏都是长辈与儿童，一位或者几位儿童之间进行，增加了游戏的合作性，"游戏是幼儿人际交往需要形成与发展的重要途径，也是这种需要寻求满足的途径"②。如上述弄儿歌相佐的亲子游戏，是幼儿与成人最初交往的一种形式。在此基础上，幼儿逐步有了与同伴交往的兴趣，"儿戏"成了他们交往的最好媒介。在游戏过程中，幼儿获得成就感，收获快乐。

第四节　自由书写彰显娱乐本质

游戏是儿童的存在方式，在其常态的生命发展中贯穿始终，不曾离开。它

---

① 周作人：《儿童文学小论》，商务印书馆 2018 年版，第 37 页。
② 陈帼眉、刘焱：《幼儿园以游戏为基本活动的理论思考·学前教育新论》，北京师范大学出版社 1996 年版，第 159 页。

要么以具象的游戏形式滋养着儿童的身心，让他们享受生活的快乐；要么用审美内化的方式，通过某种象征符号传播与根植于儿童的内心，使之获得精神的愉悦，不管是何种呈现方式，游戏都是儿童的本能需求，都是关乎儿童身心健康的关键因素。但在现实中，我们也注意到，游戏的呈现形式、价值取向和思维蕴涵确实处在一种动态的发展中，并非一成不变。不同的题材表达，不同的结构形态和审美向度都会指向不同的游戏精神。但通观中国童谣的价值趋向与审美蕴涵，那就是分别对自由、和谐、公平、勇气、超越、创造、乐观、宽容、幽默、快乐、机智、荒诞等审美价值元素的一种认同与推崇。中国童谣在形式、内容、操作等层面所具有的游戏元素，以及从这些元素中所体现出来的与游戏相关的深层内韵，就是童谣的游戏精神。这种游戏精神似乎仍然可以理解为无所依傍、无所羁绊、自由率性、想象超拔的生命品性。

一

童谣纯粹以表现儿童游戏为主，以"游戏"来表现"游戏精神"，写儿童摸爬滚打、自由玩耍、无拘无束，超脱于现实的各式各样的游戏，体现儿童鲜活的生命本能，游戏精神则表现为儿童心灵自由、洒脱的象征，精神解放的表达，属于幻想的游戏或纯粹的"有意味的没有意思"的作品。

元朝时期，燕京一带流传着《元至正中燕京童谣三首》：

其一

牵郎郎，拽弟弟。打破碗儿便作地。

其二

阴凉阴凉过河去，日头日头过山来。

其三

脚驴斑斑，脚踏南山。南山北斗，养活家狗。家狗磨面，三十弓箭。上马琵琶，下马琵琶。驴蹄马蹄，缩了一只。

——明·杨慎《古今风谣》

这三首童谣是儿童一边念唱一边游戏的歌谣。其一，从"牵郎郎，拽弟弟"语中可以得知，应为成人与孩子双手合握，手臂伸展，相互拉伸时所唱，而"打破碗儿便作地"以生活习俗为主要内容，应无冥意。其二，为音韵铿锵、节奏鲜明的童谣，孩子们一边念诵童谣，一边手脚并用做各种游戏动作，边唱边舞，且歌且舞。其三，为孩子们围坐将双脚伸出，边唱边点，唱落缩脚。孩子们喜爱一边做游戏，一边唱童谣，其中影响较大的就是拍手谣，如《正月儿正》：

> 正月儿正，大街小巷挂红灯；二月二，家家摆席接女儿；三月三，蟠桃宫里去游玩；四月四，男女老幼游塔寺；五月五，白糖粽子送姑母；六月六，阴天下雨煮白肉；七月七，坐在院中看织女；八月八，穿"自由鞋"走白塔；九月九，大家喝杯重阳酒；十月十，穷人着急没饭吃；冬月中，公园儿北海去溜冰；腊月腊，调猪调羊过羊啦。

——雪如《北平歌谣续集》

这种游戏的形式是两个小孩相对，先自己拍一下手，然后再和面对小孩双手左右对拍，边拍边数这首童谣，和谐音韵，有节奏的对拍，乐此不疲。这种游戏与童谣结合的方式，和无趣呆板的文字训诫、上课等活动相比较起来，不知道对孩子的吸引力会有多大。再如：

> 太阳出来一点红，师傅骑马我骑龙，师傅骑马沿街走，我骑蛟龙水上游。

——［美］何德兰《孺子歌图》

此谣以"太阳出来一点红"起兴，之后交代游戏的方式以及过程，如果单从童谣文本角度分析的话，经时代与场景的变化，容易让人产生并非游戏歌的错觉，但在原书中配有儿童骑长矛替代"马"跟"龙"的意象，在吟唱童谣时，既有游戏的快乐，同时又有童话的情趣，因此视为游戏与童话结合的佳作。

童谣的游戏精神不仅体现在将纯粹的游戏活动镶嵌在童谣中，还表现在时刻以游戏的方式完成成人所认为的非游戏活动，将游戏因素渗入童谣的字里行间，这种游戏因素表现为以游戏的方式与整个世界建立关系，以游戏的目光看

103

待一切。处在游戏中的人，就是处在享乐情境中的主体，这类主体倾向于一种陷落的、沉迷的存在，恰如伽达默尔所说的"游戏无主体"，言外之意是忘"我"的。任何游戏都是一种虚构的活动，有一个假想的情景，必然与日常生活有着一定的界限和距离。游戏中的做饭、吃饭、洗漱与日常生活中的做饭、吃饭、洗漱在外显的形式、蕴含的意义与价值上都是类而不同的。而游戏是一种"内在的真实"（纽曼），这种内在的真实有着一定的关联性：它是游戏者真正自愿的活动，不屈于外部压力；它给了游戏者以愉悦和满足；游戏者在游戏中经历着十分真切的体验。因此，游戏才会让游戏者着迷，才会真情投入，才能体验到一种忘我的亦真亦幻的状态。童谣中绝大多数都蕴含着一种具体的游戏，蕴含着游戏因素，吟诵童谣的过程本身更像是一种审美体验，他可以在游戏和现实之间游离，既真实又不为其所累，有着自由和纯粹的特性。

二

童谣通过语言的变形和非逻辑组合，形成荒诞感与滑稽感，构成一种富于趣味和内涵的"语言游戏"，游戏精神表现为机灵鬼怪的语言编码，上天入地，奇趣联想与想象，荒诞机智的情感宣泄。

如童谣《一支山歌乱说多》与《三岁伢，会栽葱》：

一支山歌乱说多，油煎豆腐骨头多，太湖当中挑野菜，大尖顶①浪摸田螺，摸格田螺笆斗大，摆勒摇篮里向骗外婆。（吴县东山）

——《吴歌》第五辑

三岁伢，会栽葱，一栽栽到路当中，过路的，莫伸手，尽它开花结石榴。石榴肚里一壶油，乡里大姐梳油头：大姐梳的盘龙髻，二姐梳的走马楼，三姐不会梳，一梳梳个狮子盘绣球，一滚滚到黄鹤楼。（湖北武昌）

凡属童谣，都有这样上天下地的奇趣、联想、童心与诗趣。像这类描写三

---

① 大尖顶：即莫厘峰，为东洞庭山主峰，俗称"大尖顶"。

姐手笨不会梳头的歌谣比比皆是，这里的狮子盘绣球一定是既不平整，又无看点的头，这里自然没有尖刻的嘲讽，而只有戏谑的调侃，因此，自然成趣。再如：

> 小孩好，小孩好，休教稀泥滑跌了；稀泥好，稀泥好，休教老爷晒干了；老爷好，老爷好，休教云彩遮住了；云彩好，云彩好，休教大风刮散了；大风好，大风好，休教墙头堵住了；墙头好，墙头好，休教老鼠掏透了；老鼠好，老鼠好，休教狸猫逮住了；狸猫好，狸猫好，休教麻绳勒死了；麻绳好，麻绳好，休教小刀割断了；小刀好，小刀好，休教小孩弄缺了。（河南辉县）

——朱介凡《中国歌谣论》

此首童谣的意义在于，多种意象以孩子的心性自然连缀，从地上泥土到天上云彩，又从天说到地。以"好""了"为韵脚，洒脱而明快。流传在四川合江有一首童谣《鸦雀尾巴长》：

> 鸦雀尾巴长，下河接姑娘。姑娘脚拐，嫁跟螃蟹；螃蟹脚多，嫁跟鹦哥；鹦哥嘴尖，嫁跟梨渊；梨渊拱背，嫁跟桃魁；桃魁逃走，嫁跟毛狗；毛狗蚤臭，嫁跟么舅；么舅嫌她，嫁跟田家；田家笑死！扯根头发来吊死！

——周乐山、汤增扬《小学生歌谣》

此谣"鸦雀尾巴长"起兴，从脚拐的姑娘嫁人写起，分别结合"螃蟹""鹦哥""梨渊""桃魁""毛狗""么舅"等的"脚多""嘴尖""拱背""逃走""蚤臭""嫌她"等理由，最终嫁给田家，而田家扯根头发来吊死的结局更是令人心寒。和大人不同，孩子做事情常常是"跟着感觉走"的，并没有明确的目的性，当然，这种"无目的"性的行为往往给他们带来额外的、意想不到的"收获"。比如说上面的这首童谣中，拐脚的姑娘所嫁之人通过无目的性连缀，自然有一种语言的快感。当然在成人世界中有"女怕嫁错郎，男怕入错行"之说，言外之意是婚姻对于女子而言就相当于走到了生命的岔路口，一旦走错就没有悔改的机会了。童谣中，脚拐的女子几经周转，遭到拒绝后嫁给田家，而田家却用根头发来吊死，可见拐脚女的命运之悲惨。有一首童谣《黄麻雀》与之类似："黄麻雀，尾巴长。剪掉尾巴嫁和尚；和尚冒有屋①，何不嫁叔叔。叔叔耳朵聋；何不嫁裁缝。裁缝针线慢；何不嫁只雁。雁会满天飞；何不嫁只鸡。鸡会满地走；何不嫁只狗。狗会乱咬人；何不嫁猫人②。猫人会跳墙；打死老鼠狼。"（《农村歌谣初集·儿歌》）其语义与之前的稍有不同，语言逻辑似乎是女子有某种选择的权利，对象从没有屋的"和尚"、耳朵聋的"叔叔"、针线慢的"裁缝"，到满天飞的"雁"、满地走的"鸡"、乱咬人的"狗"、会跳墙的"猫"。以姑娘嫁人为由头，如果说没有屋的和尚和耳朵聋的叔叔以及针线慢的裁缝还是姑娘可以嫁的"人"之外，像雁、鸡、狗、猫，这些都是来凑趣的。此类童谣并没有完全局限在成人世界中的某种悲哀，而是由儿童心理般转换得那么快，转向了他们熟悉亲近的动物身上，不再独守在孤独与悖论之中。这种持续不断性来自游戏因素内在的理论，内部的各介质在平衡与不平衡之间作用和对话，不断酝酿新的结构，这是一种生命性的结构，具有生长的力量。童谣中的游戏精神是一种开放性的，不断重复往返又不断更新性的创新型的游戏精神，它既像无底棋盘上永远下不完的棋，又像一种持续运动的罗盘，具有自我更新的能力与力量。这是游戏精神所赋予童谣的创新精神，以及灵魂所在。

三

　　童谣描写儿童生活常态下的悲苦或安乐的生命场景，写与生活各种不公正现象的斗争与戏谑。游戏精神表现为作品人物活跃的行为、想象、昂扬的情绪，对生活、对成长乐观、豁达、自信的超脱与坦然，面对困难的勇气、达观、无畏，以及不屈不挠的精神状态。

　　游戏精神就是儿童心灵自由的象征，是他们精神解放的表达，是儿童生活中压抑、委屈、无奈等不良情绪的缓释剂、透气窗。如童谣《狮狮帽》：

---

① 冒有屋：没有屋。
② 猫人：猫儿。

狮狮头，虎虎枕，我孩儿大了打头阵，杀了鞑子不抵命。（通行静乐）

——《歌谣》第八号

此谣应为长辈哄睡谣，二三岁小儿，所唱大多出自他们的母亲之口，用以催眠止哭，末句出现"鞑子"词汇，但并非真正战事，乃明代明军与鞑靼人常有战事流传下来。"鞑子"或"鞑虏"的最初称呼专指鞑靼人，大明军民对于对手的称呼从蒙古人改为鞑靼人，甚至故意叫成具有强烈贬义色彩的鞑子，久而久之，鞑子这个词就成为蒙古人的代名词了。小儿啼哭不肯止者，其父母以此恐吓之，并使其不多出声响而入睡。类似童谣如："倭倭来，倭倭来，阿拉团团眠熟来。"（浙江宁波）乃明代倭奴入寇，流传下来。在童谣中，如此嚇唬着孩子，又呵哄着他，使儿童既不敢大声的喧闹，同时又乖巧地安静下来，从而容易入睡。江浙一带的童谣多与倭奴有关："宝贝不要叫，当心烧炭老，宝贝不要哭，当心烧炭客，妈妈疼疼小宝宝，快快睡觉觉。"江浙一带，叫烧炭工人为烧炭老，他们生活苦，勇敢好斗，乡人惧之，因有此催眠曲。除此之外，还有这类内容的如："别哭，别哭，看看，来喽——红眼睛，绿鼻子，长着四个毛蹄子，走路拍拍响，专吃哭孩子。"据记载，这种"红眼睛，绿鼻子，长着四个毛蹄子"的是一种叫麻胡子的怪物，这种怪物专门要拐小孩子，捉小孩的话头，因此，只要一提麻胡子要来，一定会起到恐吓小孩子的目的，让他们从原本肆无忌惮、张牙舞爪的状态中恢复回来，进入到一种安静的状态中，最后极容易在母亲的呵护中熟睡。这种假意的嚇吓不会给孩子留下威吓的印记，好在有亲人的陪伴，有温暖的胸怀呵护，这类童谣不会给小孩子心理上留下什么负面的印记，反而随着儿童年龄的逐渐增长，他们慢慢明白那只不过是母亲口头上描述的一种假设的怪物，因此心理上就更没有怕的概念了，反而越来越适应有一种怪物来哄入睡的习惯了。

童谣并不是依据严格意义的文学规范与心理要求打造出来的精神产品，远非是一种精致和成熟的艺术。就文学存在的角度而言，它能够在民间儿童的口头上传唱从久远的过去到今天，主要有一点是毋庸置疑的，它从日常生活中撷取片段的生活，表达着人民某种真实的愿望，满足了某种特定的情绪需求，因此，童谣的民间性与真实性、普及性与趣味性是其他文学样式难以取代的。如童谣《大月亮》：

> 大月亮，小月亮，照着哥哥念文章。嫂子起来煮白米，姑子起来绣鸳鸯。（通行定远）

——《歌谣》第二号

此谣开头"大月亮，小月亮"交代时间之义，大小月亮轮回预示无论月初还是月末，每天如此。顶着月亮，哥哥苦读文章，嫂子起来做饭，小姑子绣鸳鸯。一家人起早贪黑做着各种事，哥哥要求取功名，嫂子伺候家人，小姑娘忙着绣女红，期待嫁一个好人家，嫂嫂就是小姑子的未来。此首童谣虽只有几句话，却包含着整个人生。男人追求事业，求取一世功名，女人相夫教子，保佑平安一生。再如童谣《诺诺睡》：

> 阿妹诺诺睡，阿爹，阿妈，去舂碓。舂得三斗，三升糠，缝给阿妹一件花衣裳。阿妹肚肚疼，请个师娘来跳神。师娘吃酒醉，跌倒鸡窝睡：鸡蛋做枕头，鸡毛做棉被，鸡骨头搭床睡。（通行蒙化）

——《歌谣》第十号

这类童谣虽无平常意义上的谐趣，但饱含了面对困难、面对生活的勇气与乐观，童谣中虽没有只言片语谈及生活的艰辛，但却渗透着生活的艰难。阿爹与阿妈辛苦劳作，舂得三斗粮食，三斗糠，作为丰收的喜悦给女儿做得一件花衣裳。阿妹生病不得不请并无医术的师娘来跳大神医治，会诊后还要以酒相谢。但是字里行间没有人生苦难的表达，反而体现了一种亲情和美好。吃醉酒的师娘跌倒在鸡窝里，与鸡蛋、鸡毛、鸡骨头为伍，又产生一和轻松愉快的感觉。当人们头顶的天空阴霾重重时，恰恰是这种游戏精神的深层次表达——直面困厄，一往无前，不屈服于外在的藩篱与羁绊，乐观向上，积极主动，以不懈的行动把定自我的命运与人生。这是游戏精神赋予生活的另一种亮色。

四

童谣写儿童与大自然其他生命形式的沟通、交往，主人公在特定场景中的变异，让本属于生活里的真实故事移位于幻想世界，通过幻想人物在幻想空间中的无所不能，来释放压抑的情感。游戏精神常常是物我一体、万物平等、天人合一的情怀中对生命的交融与和谐。

如童谣：

> 石榴花儿的姐，茉莉花儿的郎。芙蓉花的帐子挂满床，芝兰花儿的被，绣球花的枕头闹嚷嚷；秋香海棠来扫地，虞美人的姑娘进绣房，一走走到门帘帐。脸擦银花儿香，嘴点莲花瓣儿香，走一步，万花儿香，走两步，玫瑰露香；走三步，进花园儿，指甲草儿串枝莲儿。（北平）

　　　　　　　　　　　　　　　　——朱介凡《中国歌谣论》

此谣动用了各种花型、各种花香，甚至不同季节开放的花儿做了一个花香满园的童话故事，既有情节，又有味道，还有人性，物我合一，和谐而美好。再如：

> 小毛虫，枝上留，蝴蝶一见便回头。毛虫骂道："不害羞！你的小时候，容貌和我一样丑！"（陕西邻阳）

　　　　　　　　　　　　　　　　——朱介凡《中国歌谣论》

此谣虽短，但将蝴蝶变化之前也是毛虫模样的自然现象融入其中，同时用毛虫与蝴蝶之间拟人化的对话来完成。小毛虫全然是一个情感率真的儿童形象，因为它的语言、语气都是出自一位儿童之口。儿童期是人在整个生命过程中最自然的生命形态，是人与自然最为贴近、最以融合的时期，这与童谣所体现的自然、拙朴、本色与和谐的审美特质是要相呼应的。实际上，这也是童谣不自然中所表现与反映的主题之一。再如：

> 上鼓楼台，下鼓楼台，张家妈妈倒茶来，茶也香，酒也香，十八个骆驼驼衣裳，驼不动，叫麻螂，麻蛐麻螂喷口水，喷到小姐花裤腿。小姐小姐你别恼，明天后天车来到，什么车？红轱辘轿车白马拉。里头坐着俏人

家，灰鼠皮袄银鼠褂，对子荷包小针扎。巴着车辕问阿哥，阿哥阿哥你上哪？我到南边瞧亲家，瞧完亲家到我家。我家没别的，达子饽饽和奶茶，许你吃，不许你拿，烫你小狗儿的大门牙。（北平）

——朱介凡《中国歌谣论》

本谣"上鼓楼台，下鼓楼台"起兴高朗，茶香、酒香表示待人殷勤热诚。家中生活富足，十八个骆驼都驮不动衣裳，但转而叫小昆虫"麻螂"来驮，未免不合逻辑，但也正由于此，体现出童心纯朴的情思。末句为嘲谑语，出自阿哥之口。此谣情节多变，既有人情世故，又有自然风物，综合起来其所表现的情感却是恣意畅快。由于童谣来源于民间，因此保持着民间语言的口语化与民间性，其中不乏痛快淋漓的语言表达，动物、景物、人物都可以自由的在童谣中穿梭。如：

金银花，十二朵，大姨妈，来接我；猪拿柴，狗烧火，猫儿煮饭笑死我。（湖北武昌）

——朱介凡《中国歌谣论》

此谣末三句分别描述了三种日常所见的动物仿照人类的生产生活进行活动，所采用的是"三三七"句式，演绎了一个动物与人的和谐相处，也正好体现了童谣中游戏精神与自然法则的融合。像此类依然流传着类似的童谣：

（1）排排坐，请媒哥，媒哥格家里笑话多：猫烧火，狗推磨，老鼠端凳客人坐，你勿坐，我勿坐，拿起尖刀割耳朵。（江苏武进）

（2）天上星，地下钉，丁丁当当挂油瓶，油瓶破，两半个。猪衔草，狗牵磨，猴子挑水井上坐。鸡淘米，猫烧锅，老鼠开门笑呵呵。（四川）

（3）排排坐，吃果果。猪拉柴，狗烧火，猫儿端凳姑婆坐，阿崩吹箫送姑婆。（广州）

（4）烟子烟，烟上天，红罗裙，紫罗边，大姐采花边；花边破，菱角糯。猪打柴，狗推磨，猫猫挑起桥上过；猪拉柴，狗烧火，猫儿煮饭笑死我。

（5）点点呵呵，田少屋多，猫儿吃饭，老鼠唱歌。（湖南新化）

（6）公鸡推硙母鸡簸，鸡娃跟上吃麦颗，狗做饭，猫烧火，老鼠开门吓死我。（陕西白水）

（7）狼打柴，狗烧火，猫子洗脸蒸馎馎，鸭子挑水蹩啦脚。（山东）

以上所选七首童谣，加上之前的《金银花》排比起来，使人看到，无论是鸡、鸭、猫、狗、老鼠、猪，甚至狼这类日常生活中常见的动物，按照儿童通灵论的理念，全部进入到人类生活的各种活动中来，既无隔膜感，反而觉得顺畅自然。对于儿童而言，亲近大自然可以有助于恢复被理性腐蚀、扭曲的人性，同样亲近美，亲近为美所侵染、感化，可以帮助人不为物所奴役，不为理所束缚。根据这样的观点来分析，既然儿童期是游戏期，因此，儿童的生命存在是一种游戏的形式存在，因此，游戏精神的冲动就是一种广义的美的冲动，一种美与自然和谐的融合，起到恢复人性的作用。

五

童谣表现在儿童生活中功利主义盛行下，教训三义猖獗的现实境遇中，游戏精神表现为"为游戏而游戏""无意味而意味"，对功利教育和实用思维的反驳，体现了"无用之大用"的超脱。

在中外儿童文学发展史上，一直存在着一种消极的创作力量，就是功利主义儿童文学的思潮。一种以成人为本位的儿童文学，其精神实质就是儿童文学的创作是成人创作，用来教育、引导、训诫儿童的，儿童是"成人的预备"，这种儿童文学的创作样态与"游戏精神"是完全背道而驰的，也自然会受到儿童的厌恶与唾弃。那些自然来自童年、代表童年的文学实践才会产生难以抗拒与颠覆的本真艺术力量。且看以下童谣《十希奇》：

一希奇，一只麻鸟抱雄鸡；二希奇，二梗蚯蚓甩田鸡；三希奇，三只黄狗拜天地；四希奇，四个鸭子爬道地；五希奇，五个烧镬妈妈翻在灶床里；六希奇，六个上灶姊姊翻落在汤罐里；七希奇，七岁妹妹生弟弟；八希奇，八十岁老太婆坐在火车里；九希奇，九头黄牛伏在蟹洞里；十希奇，十只老虎捉来当猫戏。

——周乐山、汤增扬《小学生歌谣》

毫无疑问，上述文字在"功利主义""教训主义"观念看来，都是有些离经叛道的，不仅在现实生活中不曾出现，即使有此现象，也应该是早就被训诫、被禁止了。儿童口头上津津乐道的滑稽歌、颠倒歌，甚至是小孩子顺口胡诌的内容在卫道士那里早就应该喝令其闭嘴与禁止了，这种稀奇古怪的理论似乎与师道尊严、人生伦理规范相去甚远。可是恰恰就是这些"有悖常理、常态"的举动、语言，甚至是歌谣，却唱出了儿童之间的一种理解与尊重，唱出了只有儿童的成长内心中才生长与存在的愿望与渴望。正是基于一种儿童本位的遵从与理解，这类童谣所带给孩子的是规则之内的自由与快乐，是他们按部就班、耳提面命、循规蹈矩的成人化生活中难以享受的意外惊喜与恣意之乐。这种童谣带给孩子的是一种原生态的自由与快乐，是一种民间性天真的想象。

总而言之，游戏是儿童身心的一种整体性参与活动，包含了真、善、美的整体性价值，现实与理想、个人与社会、理性与非理性、严肃与轻松、模仿与创造等对立范畴在游戏活动中得到了完美的融合。"游戏是儿童发展的最高阶段"①，游戏是超功利的生命活动，游戏精神是富有人情、人性的，也最能体现人本质的无功利的审美状态。儿童与蝼蛄可以真诚地对话，小螳螂真心要娶纺织娘，蜜蜂、蚕娘、萤火虫、金铃儿等这些原本生活在不同时空轨道上的小昆虫都可以被编织在一个网络中生活，甚至自然界中的时间节令与生产规律都可以发生大转移。由以上例证可以看出，游戏精神的确具有多种蕴含，但究其源头是基于"自由、快乐、和谐、创造、探索、超越"等价值元素之上的精神变异与思维衍生②。因此，游戏精神具有宽广的文化背景和心理蕴涵。"游戏精神"不仅是童谣内在的精神内核，更是童谣生存的密钥，换句话说，因为童谣具有游戏精神的内在品质，因此才幻化出生命的重要密码。童谣的最高追求是"无

---

① 张焕庭：《西方资产阶级教育论著选》，人民教育出版社1979年版，第323页。
② 李学斌：《儿童文学与游戏精神》，二十一世纪出版社2011年版，第92页。

功利的愉悦"为存在方式，并将"力的崇拜""美的追求""爱的释放""善的感动""创造力的发挥"等人类文明核心价值之实践方式凝结在自己的结构磁场中，从而形成了统摄人类文明进程、涵容一切文化创造的价值体系。

游戏精神已然成为童谣的价值向度，尽管游戏精神在童谣中的具体表现千差万别、五花八门，具体到童谣中，游戏精神更是成为童年生命审美表达的对象和构成物。正是由于具有极为丰富与活力的游戏精神赋予了童谣以往返重复、推陈出新的精神品质，所以童谣才具有了百变出新的生命形态，正是由于童谣具有的游戏精神，所以童谣才这样如吸铁石一般地吸引儿童读者，游戏精神是童谣的生命密钥。失去了游戏精神的童谣是没有生气的文字垃圾，只有具备了游戏精神的童谣才会是经历时间与历史冲刷而不会消亡的文字活化石。实现了游戏精神的童谣自然会产生极为丰富的精神蕴涵和多元的情感想象，作为一种审美结构，游戏精神如同游戏本身，始终处于往返重复、不断发展之中，而这种美学特征，反过来也造就了其作为审美结构不断推陈出新、无限扩展、融合的多元性和开放性。

童谣最大的特质就是其经久不衰的游戏精神。儿童天性喜玩好乐，充满游戏精神的童谣恰能"以遂其乐"，二者可谓一拍即合。这正是童谣长盛不衰的生命力所在。如果我们一味强调童谣的教育功能，则势必会让本来有趣的童谣变成一个"枯燥的话题"[1]，也势必会步入某些人所说"对儿童将一句话，睐一睐眼，都非含有意义不可"的那派"实用主义"教育势力的后尘。[2] 但是反过来，如果我们太过专注于童谣的游戏精神，以娱乐性消解了其宽广深沉的教育意蕴，则又不免矫枉过正，陷入平庸，似乎更加得不偿失了。事实上，儿童对

---

[1]　1949 年，英国教育家林塞（Alexander Dunlop Lindsay）为怀特海（Alfred North Whitehead）的论文集《教育的目的及其他论文》写的序言中论述到，由于某种原因，教育常常是一个枯燥的话题，但怀特海教授的论述却使人兴奋不已。他理应如此，因为他不断追寻的主题就是，教育应该充满生气和活力。"成功的教育所传授的知识必有某种创新……陈旧的知识会像鱼一样腐烂。"（参阅［美］怀特海（Alfred North Whitehead）：《教育的目的》，徐汝舟译，生活·读书·新知三联书店 2002 年版，第 186 页。）

[2]　周作人：《儿童文学小论》，商务印书馆 2018 年版，第 57 页。

于童谣，对于游戏是一种模糊的选择，我们在考察童谣的价值时，也应该把持一条原则，就是尽量展现出它本身所具有的丰富性，切忌死抱一隅，这样才能更好地理解与保护童谣深远厚重的价值。

第三章　中国童谣社会叙事的伦理价值

　　五四时代，人们以新的眼光治理中国歌谣，得到一共通认识，儿歌十之七八，是代妇女们申诉其一生苦情：为人女，为人妻，为人母，为人婆……皆有述说不尽的辛酸苦痛，而由孩子们待她唱出来。低声下气为婢妾者，以及那堕落风尘的，人生可悲情境，更是不必说了。为了不损伤幼小心灵，这情境，则少有进入歌谣，只在俗曲亘传唱。

　　这种题材的辨识与去取，倒是值得教我们注意的，乃是文学上"主题原则"的把握，可别以为儿歌只是随随便便，顺口打哇哇啊。

——朱介凡《中国儿歌》

　　从社会学的观点来看，社会是交往的产物，是人们经过长期的生活，通过积累和选择而形成的生活共同体，它是各种关系构成的体系。作为生物体的人要融入社会生活必须经历社会化的过程，交往正是完成社会化必不可少的一个组成环节。家庭是最基本的社会构成单位，对于儿童来说，家庭也是其进行社会化重要的场所。① 由家庭延展，至于亲戚邻里之间，儿童见闻交往所及，基本离不开这个范畴。对此，有学者在谈及童话的功用时说：

　　人事繁变，非儿童所能会通。童话所言社会生活，大旨都具，而特化以单纯，观察之方亦至简直，故闻其事即得憭知人生大意，为入世之

---

① 　王思斌：《社会学教程》（第二版），北京大学出版社 2003 年版，第46—47页。

资。①

上文说道，人事繁杂多变，人在儿童阶段是很难了解融汇的，于是在童话中所表现的社会生活加以简化，儿童也了解相关的社会生活，作为将来步入社会的资本。用这些类似的论调似乎可以借喻关于社会交往生活的童谣。这类反映"人事之歌"的童谣，其数最多，有学者曾言："举凡人世情事，大抵具有，特化为单纯，故于童心不相背戾。如婚姻之事，在儿童歌谣游戏中数见不鲜，而词致朴直，妙在自然。"② 言外之意，各种人情世故在童谣中大都具备，"特化"为与童心不相"背戾"的方式传唱，唱词质朴可爱，妙不可言。

有北京童谣云：

> 檐蝙蝠，穿花鞋，你是奶奶我是爷。

此谣虽短，但是寓意深刻。蝙蝠虽貌相丑陋，夜晚出没，但在民间有多子多福之义。当然蝙蝠靠飞行，脚上自然不会穿上人类之鞋，更别提新娘子出嫁才会穿的花鞋，同时花鞋在这里犹然平添了婚礼所带来的喜气。最后一句"你是奶奶我是爷"为儿童过家家之语，全无淫词秽语的龌龊，只有淳朴稚嫩的童谣本色。童谣中舒畅的语义，既来自人世，但又有本质上的不同，童谣与俗歌本同源而枝流，儿童性好模仿，诵习俗歌，渐相错杂，观其情思句调，自可识别。不仅中国童谣有此特点，国外的童谣也是如此，如英国歌云都是极佳的表现：

> 白者百合红蔷薇，我为王时汝为妃。迷迭碧华芸草绿，汝念我时我念若。③

这类"我为王时汝为妃"在童谣中表现了儿童特殊的模仿性，成人世界中颇含有意味的语言，去伪存真，在童谣中真实地再现，减去了情话的味道，增加了纯真质朴的色彩。再如《天籁》卷一所载，"石榴花开叶儿稀"，又"姐在房里笑嘻嘻"皆是如此。盖童谣之中，虽间有俚语，而决无荡思也。

---

① 周作人：《儿童文学小论》，商务印书馆 2018 年版，第 23 页。
② 周作人：《儿童文学小论》，商务印书馆 2018 年版，第 40 页。
③ 周作人：《儿童文学小论》，商务印书馆 2018 年版，第 40 页。

　　童谣中反映世事，重要的方面是成人社会生活思考的结果。传统童谣口耳传播于民间，其创作、改编以及传播都承载着民间老百姓的情感，反映的是老百姓的社会生活。童谣通过儿童之口加以传唱，正好是儿童融入社会生活，尤其是家庭生活，接触成人生活体验、情感表现的重要窗口。但是有一点需要澄清的是，童谣与民谣之间绝对有受众群体的本质区别，因此两者在内容方式、艺术展现上是有一定差异的。传统童谣与社会家庭生活有直接联系，童谣在某种程度上承担着成人，尤其母亲的情绪传达。因而，童谣内容里包含着诸多女性话题。在儿童的成长过程中，儿童与女性家庭成员的关系尤为紧密，母子传唱童谣，童谣委婉表达女性长辈的委屈与无奈是再正常不过的了。这类童谣几乎清一色以女子为主角，并多由女性自己创作，所以它们反映的实则是女性的生活。而在整个传统社会中，女性生活变化不大。她们的活动空间有限，精神生活枯窘，往往只能借由童谣来倾吐心声，对象则是与自己最为亲密的小小孩童。儿童在这些童谣的陪伴和濡染中成长，也在童谣勾画反映的以女性为主体的人际关系的实际场景，最终完成自身社会化的过程。对他们而言，童谣发挥的作用在很大程度上是潜在的，而对于女童来说，这些与交往有关的影响当更为深远。在童谣众多的社会生活的反映中，姑嫂关系与婆媳关系是最为突出的，数量也最大，表现的情绪也比较激烈，反映的社会问题也最鲜明。

第一节　以姑嫂关系为题材的童谣

　　所谓姑嫂，指妇人和她丈夫姐妹的合称（嫂兼者弟妇），姑嫂关系在传统社会中是广泛存在的，是家庭伦理关系中的一个重要窗口。虽然在不同时期姑嫂地位各有不同，但地位转换的共同特点是处于适婚年龄的小姑在出嫁前处于优势地位会欺负嫂子，出嫁之后则反之。当然也有一些不太常见的情形，其一是小姑年纪太小，容易受到嫂子欺负；其二是未到适婚年龄的小姑欺负嫂子。姑嫂矛盾的原因有经济因素，也有心理因素。回归到童谣中，各个不同时期，不同心理状态的姑嫂关系都在童谣中均有所体现。

一、年幼未嫁，孤女受欺

杨向奎在《歌谣中的姑嫂》谈到，母亲去世，其哥嫂就是小孩子的唯一监护人，正所谓"老嫂为母"。但在传统观念盛行的旧社会，嫂嫂能否拿出真爱给小叔或小姑呢？小叔尚可还好，也许不用渴求嫂嫂的爱，可以成天在街上和邻居儿童野马一般地跑，小姑则不然，七八岁以后就要跟着嫂嫂学女工不出闺门，因此就必须看嫂嫂的脸色了。

有童谣为证：

> 天上星，颗颗黄，地下幺妹无爷娘。无爷无娘靠哥嫂，堂屋洗脸哥要骂，房里梳头嫂又嫌。哥呕哥，你莫骂，嫂呕嫂，你莫嫌，慢慢带我三五年。一顶花轿四人抬，抬出去幺妹总总不回来。问声姑，几时回？等你鸡蛋煮熟抱成儿。问声妹，几时回？等你铁树开黄花，幺妹回娘家。（武昌）
> ——《歌谣》第二卷六期

无爹无娘的"幺妹"，没有遇到好哥哥好嫂子，哥哥又骂，嫂嫂又嫌，实在没有盼头，只得盼望早日找到婆家，有了去处离开娘家，远离苦地。这首童谣还包含着孤女失去父母关爱而感受悲苦的主题，孤女将这种生命悲苦的源头转嫁给了哥哥嫂子，单方面地认为造成这种命运悲剧的主要原因就是她们能够直接感受到的哥嫂的虐待。"出嫁"是待字闺中少女的终极想象，与在现实生活中受哥嫂的虐待相比，"出嫁"是改变生活的转折点，是改变悲苦命运的唯一赌注，出嫁后的生活是少女们向往美好幸福生活。有志气的姑娘将所受到的哥嫂虐待刻在心上，并发出了离家后再也不返家的誓言，甚至还扬言要还哥嫂的饭钱，用出嫁时夫家给的礼金作为返还哥嫂养育之资。

如童谣所唱：

> 苋菜红，根也红，韭菜开花丛数丛，手揎米，脚跐碓，扯起襕裙揩眼泪。走到灶下嫂也嫌，走到房里哥也骂；哥也不要骂，嫂也不要嫌。耐烦

等过三五年，礼金银子还饭钱。（萍乡）

——《歌谣》第二卷六期

这是一首反映家庭中姑嫂关系的歌谣。在这首童谣中，弱小无依的小女儿受哥嫂抚养，但由于家境贫寒，自小劳苦做活，哥嫂动辄打骂，这给小女儿带来巨大的心理创伤。由于年幼无靠，只得寄希望于出嫁，但殊不知也许等待她的是更加凄苦的婚姻生活。像歌中所唱"三五年，礼金银子还饭钱"的悲壮誓言不知是否能够真正实现，令人可悲的是，小女儿将生命由原来寄托于以哥嫂为指代的父母，进而转向了寄托于夫家，实际上，没有改变依附男子、寄托于第三方力量的生命本质。由这首童谣我们仿佛看到了一部旧社会女子家庭婚姻痛苦史。家庭间姑嫂的不和睦，亲情的缺乏既是社会的原因，也是人类发展的历史原因，如何调和大家庭中姑嫂间不和睦的空气，的确是一个棘手的现实问题。

钞本北京儿歌和《孺子歌图》都收录了下面这首童谣：

红葫芦轧腰儿，我是爷爷的肉娇儿，我是哥哥的亲妹子，我是嫂子的气包儿。爷爷爷爷赔甚么？大箱大柜赔姑娘。奶奶奶奶赔甚么？针线笸箩儿赔姑娘。哥哥哥哥赔甚么？花布手巾赔姑娘。嫂嫂嫂嫂赔甚么？破坛子烂罐子，打发那丫头嫁汉子。

——清·无名氏《北京儿歌》

旧有称父为爷者。而据何德兰译文，此处"爷爷""奶奶"即指父母亲。如古乐府《木兰诗》云："军书十二卷，卷卷有爷名。阿爷无大儿，木兰无长兄。愿为市鞍马，从此替爷征。"[①]童谣开头即点出女孩与父母、哥哥的亲昵，相比之下，和嫂子的关系就很紧张，这一句"气包儿"反映了小姑子因家务故意气嫂子的生活事实。继而小姑以自身出嫁一事设想，父母和哥哥都有相应嫁妆赠送，可谓倾囊而出，但嫂子却仅以破坛烂罐相送，且恨不得即刻将这小姑子扫地出门。应该说，出嫁对于一个女孩子而言是人生口的一件大事，关乎小女儿

---

① 《乐府诗集》卷二十五。

的婚姻幸福，而"嫁妆"则是体现小女儿家庭经济条件以及家庭地位的重要指标，有的小女儿出嫁还会依靠嫁妆的奢华富有而荣耀一生，但在这个具有关键性意义的问题上，嫂嫂的表现不禁不令人满意，而且是颇令人计较与忌恨，从一个侧面表现出姑嫂之间水火不容的矛盾状态。

类似反映嫁妆多寡、姑嫂不和的童谣，版本比较多见：

> 大麦秸，小麦秸，里面住着花姐姐。花姐姐，十几啦？十五哩，再等二年该娶哩。妈妈，妈妈，赔我啥？大绿横，小绿横，赔你丫头十二对。爸爸，爸爸，赔我啥？大绿箱，小绿箱，赔你丫头十二双。哥哥，哥哥，赔我啥？红荷包，绿穗子，大烟袋，赔妹子。嫂子，嫂子，赔我啥？破盆子，烂罐子，打发丫头寻汉子。（丰润）

—— 《歌谣》第二卷六期

童谣的好处就是言简意赅，爱憎分明，不是说小姑子对嫂子的爱恨，这里表现的是嫂子对小姑子的嫌恶。按常理说，小姑子的嫁妆做嫂子的没有太多义务，即使姑嫂之间再不和，也不会出现嫂子赔送破盆子烂罐子的，这里有夸张的嫌疑。爸爸妈妈在姑娘的嫁妆问题上都很大方，十二对箱、柜；哥哥虽显小气些，终究有些嫁妆的；唯独嫂子简直是骂了，破盆烂罐，就是打发讨饭的了。

姑嫂言语不和的另一种表现是小姑出嫁。《天籁集》载童谣《豇豆儿谣》云：

> 豇豆儿，开紫花。大姑小妹嫁人家。娘哭的，娇娇女。爹哭的，一枝花。阿哥哭的赔钱货，不哭得①，意不过。

按照思维惯例，小姑出嫁，在表达了爹娘、哥哥的态度之后，这句"不哭得，意不过"应该是表现嫂嫂的态度。与其他同一题材童谣相类似，表现最各色的，最令小姑子心寒的就是哥嫂的表现。小姑出嫁，正应该是小姑不舍娘家的养育之恩，娘家人表达不舍之情的时候，但是，爹娘的表现正常，而哥嫂的表现就很不给力。哥哥哭的是"赔钱货"，嫂嫂不想哭，又觉得过意不去。但

---

① 不哭得：不哭吧。

这些都深刻地看在小姑的眼睛里，印在她心上，也为今后回娘家时哥嫂的表现埋下了伏笔。这全是哥哥嫂嫂的不好吗？哥哥经济利益的考虑超过了亲情的记挂，尚有情可原，而媳妇的言语行为表现得极其冷漠，甚至在小姑出嫁这件终身大事上却表现得如此不尽如人意，只能说明一个问题，那都是在婆家受欺的结果。

二、适龄未嫁，借势得势

小姑在适婚年龄的未嫁之年处于优势地位，父母健在，小姑子理所当然能够享受特权，此时小姑比嫂子更有地缘、血缘的优势，因此多出于争斗的上风，经常出现小姑欺负嫂子的现象。1946 年，巴玲转载的《姑嫂歌》描述道：

> 长烟袋，短荷包，我是妈妈惯娇娇，我是爹爹宠宝贝，我是哥哥亲妹妹。嫂嫂说我不下田，能在家中过几年？嫂嫂说我不栽葱，能在家里过几冬？拿过戥儿戥一戥，我在家中二年整；拿过算盘算一算，我在家中二年半。

作者就此评价道："这是一首大家庭中姑嫂间的歌谣。这首歌谣里，我们可以看出中国家庭间姑嫂间不能合作，和互相仇视的情形来。"①正如杨向奎在《歌谣中的姑嫂》中所说："在我国旧式家庭中，青年妇女在婆家往往不见容于婆母及小姑，而在娘家则又多不见容于嫂嫂了。这也是互为因果的，当一个年青的女人在家里当小姑时，谁又不是她父母掌上珠，她的阿哥也在她的手下，慢说嫂嫂！谁又能永远不嫁呢？今日之小姑正他日之嫂嫂，向日之欺人者今又不免被人欺。然而这也仅限于青年初嫁的妇女，再等几年，她的婆婆老了，小姑嫁了，自己也快当婆婆了，这时的小姑再住娘家就未免受嫂嫂的气。大约是这样的一个公式：初嫁的媳妇受婆婆和小姑气；媳妇来久，婆婆已老，小姑出

---

① 巴玲：《姑嫂歌》，《申报》1946 年 4 月 18 日。

嫁来归时，就要受嫂子的气。"①

文中杨向奎还记载了这样的童谣：

> 小小葫芦窪窪腰，我是妈妈惯娇娇，我是爹爹能宝贝，哥哥小妹妹，嫂子小姑娘。嫂子说我不舂碓，还能在家过几岁？嫂子说我不下田，还能在家过几年？（涟水）

——《歌谣》第二卷六期

爷娘在世，未出阁的小姑子不禁得到了爷娘的宠爱，同为青年女子，同为爷娘的孩子，出嫁到夫家的媳妇与小姑之间境遇就有巨大的差异，如童谣中所唱，小姑子可以不舂碓，嫂嫂就要干活，小姑子可以不下田，嫂嫂就必须去。为什么会出现这样悬殊的区别呢？小姑子除了年龄小，理应得到爷娘的宠爱外，实际上是由于小姑在娘家享受的特权，由此充分显示了姑嫂之间在家庭中的悬殊地位。而这些悬殊的差别是一定会被弱势方——嫂子看在眼里，而记在心上。从另一个层面上讲，姑嫂的关系是婆媳关系的变体，婆媳不和是姑嫂不和的诱因与导火线，姑嫂不和是婆媳不和的具体体现，小姑对待妇人的态度实际上演绎的是婆婆对待媳妇的态度，姑嫂关系一定程度上就是婆媳关系的晴雨表。小姑子作为娘亲身边的人，应该比较真切直接地了解母亲对媳妇的态度，甚至母亲也会跟女儿交流对媳妇的认识与态度，小姑也更容易假借母亲的权威来向没有血缘关系的嫂子或者弟妹施压，小姑子的得势就是顺利假借母亲的势力来对待媳妇。

由此，未到适婚的小姑欺负嫂子在地方志中也有记载，如《新河县志·民间语言》载道：

> 小姑多，舌头多，大姑子多，婆婆多。

此谣以过门媳妇的口吻，描述了婆家姑子辈的女性与媳妇之间的紧张关系。如此姑嫂不和，不仅仅是血缘不通的问题，更重要的是站位立场的不同。小姑大姑的立场是爹娘的立场，那么仰仗爹娘的威望在家庭中就是拥有了一定

---

① 杨向奎：《歌谣中的姑嫂》，《歌谣》1936 年第 2 卷第 6 期。

的权威。拥有了权威的小姑大姑子们，不管是"舌头多"，即在爹娘面前多进谗言，还是"婆婆多"，需要媳妇多家孝顺的对象，而且优势方又肆意地挥霍其权利，因此造成了过门媳妇的种种怨言。

有童谣云：

> 黑布衫，紫托肩，俺当媳妇真艰难。蒜臼确，升子量，俺小姑只怕偷给俺亲娘。俺亲娘不是穷家户，金打门楼银打墙，上房前头卧对金狮子，屋里铺那象牙床，象牙床上更鸡叫，娘想闺女。哥来到，闺女想娘谁知道？叫老张，抱姑娘，叫老董，抱相公，叫丫鬟，提红毡，问问奶奶住几天？天又热，路又远，住那一月四十天。（卫辉）

——《歌谣》第二卷六期

小姑唯恐嫂子偷给娘家送东西，因而媳妇夸娘家富有，同时历数在夫家的种种难处，正如童谣中所唱，"俺当媳妇真艰难"。姑嫂不和的原因是多方面的，引发姑嫂矛盾的原因首先在于经济和财产方面，"女儿出嫁后，在日常与娘家的往来中，会涉及娘家的财产，而嫂子往往以自家财产所有者的和卫维护者的面目出现"。其次，姑嫂矛盾又往往与婆媳矛盾纠葛在一起，总之，自私心和容忍心是形成姑嫂不和的根由。姑嫂不和有经济原因，也有娇惯、嫉妒等因素。

又有童谣云：

> 青萍儿，紫背儿，娘叫我，织带儿。带儿带儿几丈长？三丈长。把娘看："好女儿。"把爷看："一枝花。"把哥哥看："赔钱货。"把嫂嫂看："活冤家。""我又不吃哥哥饭，我又不穿嫂嫂衣。开娘盒儿搽娘粉，开娘箱儿着娘衣。"

——清·郑旭旦《天籁集》

未出阁的女儿"织带儿"，织得三丈长，娘看了夸赞"好女儿"，爹看了夸赞"一枝花"，哥哥嫂嫂的态度有变化，哥哥视妹妹"赔钱货"，嫂嫂视小姑子"活冤家"。小姑子仰仗爹娘的势力，无比骄傲而大胆地宣布："我又不吃哥哥饭，我又不穿嫂嫂衣。开娘盒儿搽娘粉，开娘箱儿着娘衣。"小姑子未成年，但可以肆无忌惮地与哥哥嫂子叫板。这首童谣非常真实而直白地表现出家庭中各种人物之间的利害关系，以及利益冲突。小姑子在爷娘眼中就是眼中宝，哥哥作为成年人，考虑的是妹妹成人要花钱，出嫁要赔嫁妆，因此，妹妹是他口中的"赔钱货"。嫂嫂考虑到婆媳之间的关系，考虑到小姑子在家庭和睦方面所起到的负面作用，因此，小姑子成为她口中的"活冤家"。这里还有一层内涵，哥嫂的态度里隐藏着的道理——男性中心论，男子是这一家庭中的主角，嫁给男子的媳妇拥有了在家族中的位置，而出阁的女孩无论是否得势，终将成为人家之人，而不应在这个家庭中获得子女应享受的权利，而一切违背了这一原则的现象都成为悖论。

女子出嫁后到夫家做媳妇，一方面要面对婆婆与小姑子，另外还要面对娘家人，人物关系越来越复杂。从夫家说，又是新一轮的婆媳关系，姑嫂关系，从娘家说，当年在家的小姑子变成了出嫁女，泼出去的水，与当年在家未嫁女时的状态全然不同了，于是就有了系列表现嫂子冷脸，继续延续姑嫂不和的母题。

三、适龄既嫁，姑嫂不和

嫂子处于优势地位，小姑出嫁之后，嫂子的地位多超过了小姑。这方面的民间记载很多，内容主要是小姑回娘家遭受嫂子的冷遇。丁世良与赵放主编的《中国地方志民俗资料汇编》中收录了大量的相关歌谣。其中民国二十年（1931年）铅印本的《卢龙县志》记载童谣：

> （1）车咕噜菜，列一列，南山住个花大姐，梳油头，戴金花，坐着小车回娘家。爹爹出来拴牲口，哥哥出来背包袱，嫂子不肯出房屋，一见面儿把脸扭。哥哥说打壶酒，嫂子说钱没有，哥哥说割斤肉，嫂子说钱不够，哥哥说借碗盐，嫂子说没法还。这样嫂子真难缠。嫂子嫂子别作难，看看爹娘把家还。①

---

① 丁世良、赵放：《中国地方志民俗资料汇编》（第1册），国家图书馆出版社2014年版，第120页。

民国二十二年（1933 年）铅印本《高阳县志》记载：

（2）小轿车，大马拉，系铃呱啦到娘家。哥哥出来抱箱子，爹娘出来笑哈哈，嫂子出来一扭搭。嫂子嫂子你别扭，不吃你的茶，不喝你的酒，当天来的当天走。①

民国二十四年（1935 年）石印本的《晋县志料》记载：

（3）小轿车，白马拉，叽哩莴登到娘家。爹出来，搬包袱。娘出来，抱娃娃。嫂子出来一扭搭。嫂子嫂子你别扭，当天来的当天走。不吃你家的饭，不喝你家的酒。爹娘在世多来趟，爹娘去世两分手。爹死了，烧金钱。娘死了，烧银钱。嫂子死了，坟头拉上屎一摊。②

这三首童谣表达了几乎同样的意思，从公婆、小姑子与媳妇之间的地位对抗上来讲，媳妇的地位已经逐渐上升，小姑子回来，连面上的工作都不做，甚至搭拉着脸，扭搭着走出来，从行动上已经表示出内心的不情愿以及情绪上的反抗。童谣（1）媳妇在对付丈夫关于打酒、割肉、借盐等待客要求时，居然可以用无礼之理由加以搪塞，由此让小姑子明显感觉到这位嫂嫂的情绪变化。童谣（2）、（3）中，出嫁了的小姑坐着车，带着娃，回娘家，不得不瞧的是嫂子难看的颜色。此处童谣尤其使用了对比的手法，有血缘关系的娘家人与媳妇对小姑回门在态度上存在巨大反差，也体现了事态的炎凉。在众多家庭人物关系中，唯独嫂子与小姑之间是没有亲缘的，而且尤其之前姑嫂不合的心理基础上，出嫁后的小姑回到娘家自然不会得到嫂子这个没有血缘关系的娘家人的礼遇。可见，在势力地位的权衡来看，在娘家嫂嫂的地位已经得到了逐步的提升。因此，同样在夫家经受公婆欺凌的出嫁女，在娘家没有得到未出阁之前所享受的待遇，因而产生心理失衡。

仿佛是呼应，《天籁集》载童谣又云：

① 丁世良、赵放：《中国地方志民俗资料汇编》（第 1 册），国家图书馆出版社 2014 年版，第 350 页。
② 丁世良、赵放：《中国地方志民俗资料汇编》（第 1 册），国家图书馆出版社 2014 年版，第 99 页。

月亮光光①，女儿来望娘。娘道："心上肉。"爷道："百花香。"②哥哥道："亲姊姊。"嫂嫂道："搅家王。③""我又不吃哥哥饭，我又不穿嫂嫂嫁时衣。开娘箱，着娘衣。开米柜，吃爷的。"

此谣描绘已嫁女儿"省亲"事，人情如绘。"月亮光光"起兴，出嫁女回娘家。母亲视女儿为"心上肉"，父亲视女儿为"百花香"，哥哥称妹妹为"亲姊姊"，嫂子称小姑子为"搅家王"。女儿不看嫂子的脸色，忿忿表示穿的是娘家的衣服，吃的是娘家的饭。此谣带有儿童般童稚而率性的色彩，"我又不穿嫂嫂嫁时衣。开娘箱，着娘衣。开米柜，吃爷的。"从小姑的角度而言，依然可以看作是一种权力的象征，小姑不穿嫂嫂嫁时衣，但可以享有"着娘衣"以及"吃爹的"的特权，而这种特权大多数媳妇在婆家是不能享有的。同时小姑的语言又包含了一种无奈与躲避，姑嫂之间的矛盾是在小姑未出嫁时就结下了，即使小姑出嫁后返家，期间的冲突依然不减。简短童谣背后包含了一代代婆婆、公公、小姑子与媳妇之间的多少旷日持久的心理矛盾，反映了女性时代承受着多少难以排解的精神折磨，与心底埋藏下了多么沉重的精神负累。

又有童谣云：

枣子核儿两头尖，爹娘留我过秋天。一天两天留不住，一顶花轿到堂前。爹说："去了亲生女"，娘说："去了肉和心"，哥说"去了同胞妹"，嫂说："去了抄家精，吵得猫儿不捕鼠，吵得狗儿不看家，吵得桃树不结果，吵得柳树不开花。"④

此谣是以出嫁女的口吻，叙述亲娘心疼女儿在夫家吃苦受累，想留她在娘家多住两天但留不住（媳妇在娘家多留而不能，"一顶花轿到堂前"，绝不是因为丈夫想念妻子，更多的是因为一时缺少干苦力伺候婆婆的"仆人"），但在娘家亲人对于小姑的返回有不同的反映，甚至态度截然相反，爹娘哥哥的不舍与

---

① 原注：月亮光光：十五的月亮光亮无比。
② 娘看女儿是心头肉，爹看女儿是花朵。
③ 搅家王：搅乱家庭和睦的魔王。
④ 一非：《儿歌中小姑眼里的嫂嫂》，《城市民教月刊》1934年第3期。

嫂子的咒骂形成鲜明对比，嫂嫂的一句"去了抄家精"，这个词很有深意。"抄家精"而非"吵架精"，在媳妇的眼里，小姑回娘家不仅带来了各种问题的纷争，更重要的是"抄家"，小姑为了自己的既得利益，回娘家还要抄家一般搜罗娘家的物品，比如之前童谣中描述的那样"开娘箱，着娘衣，开米柜，吃爷的"，而这些物品原则上已经不再属于出嫁后的小姑子了。俗话说得好，"嫁出去的姑娘泼出去的水"，娘家的物品千万好，已经不再属于出嫁女了，但是往往按照出嫁女的行为惯例，按照娘亲疼女儿的常识，出嫁女只有在娘家才可以获得又吃又拿的特权。母亲的天平从内心自然更向亲生女儿这边倾斜，而这一系列微妙变化，都会引来媳妇心理的严重不满。更重要的是，基本上以家庭生活为主要活动范围的女子们，每天眼见的就是家中的这些事务，加之生活条件的困苦以及经济利益的趋势，让这些媳妇很难有更阔达的胸怀，眼睁睁地看着小姑子拿走原则上属于自己的财物。由财物、利益、心理不平衡上起的纷争，媳妇对于小姑子的这种怨言无法在现实生活中得以发泄与排解，这类童谣的传唱就油然而生了。

杨向奎之文《歌谣中的姑嫂》也记载了类似的童谣：

曲曲芽，开紫花。从小住老家，长大找婆家。一找找到哪？找到北山河，又有马来又有骡。套着白马住妈家，套着红马住婆家。大哥出来解白马，二哥出来解红马，妈妈出来抱孩子，嫂子出来不搭撒。下次多会儿来？嫂子死了吊纸来。（丰润）

——《歌谣》第二卷六期

按照童谣中所述，小姑出嫁之后在婆家的生活还是很优越的，"又有马来又有骡""套着白马住妈家，套着红马住婆家"，家庭貌似和睦，还添了娃娃，应该说已经逐步奠定了家庭地位，因而坐着马车回娘家，万事皆好，唯有当看到嫂子"出来不搭撒"的样貌后，就无形中平添了心中烦恼。原本皆大欢喜的家庭聚会，因为嫂子方的冷脸而瞬间变得没有了滋味。由于嫂子的不理会，不开心，当问到出嫁女啥时候再返家时，就发了"嫂子死了吊纸来"的毒誓，以表示姑嫂之间的势不两立。嫂子方从内心角度就不愿意见到小姑子回娘家，更不愿意见到婆婆公公甚至丈夫远接近迎欢欢喜喜的样子，实际上也从侧面反映出嫂子地位上被边缘的倾向。而这里小姑子的毒誓，也引发了强烈的后果。娘亲问女儿"下次多会儿来？"一定是娘亲不舍女儿，要殷勤地问话，但是小姑子赌气一般的泄愤话，只能带来更深层的家庭矛盾与家庭隔阂。娘亲的心肝肉被嫂子的冷脸所气，赌气再也不回娘家了，这在娘亲的心目中又会烙下阴影，因而新的矛盾与祸根加剧婆媳之间的矛盾。

上述两种情形具有普遍性，当然也有其他不太常见的情形。涉及姑嫂不和题材的童谣暂时搜集到了几首，如下：

（1）花红花，发芽芽，先拜爹，后拜妈。妈妈养个小冤家，给在对门判官家。判官出来骑白马，小姐出来戴银花。八抬灯笼八抬酒，八个轿夫抬着走。走在舅舅门前过，舅舅问我是那个？我是舅舅亲外甥。舅舅留我床上坐，舅母留我地下蹲。舅舅切肉一大片，舅母切肉一丝丝。舅舅添饭一大碗，舅母添饭一灯盏。舅舅死了那里埋？高高山上搭花台。舅母死了那里埋？茅厕隔拉埋。（宣威）

——《歌谣》第十号

（2）厚底儿鞋，帮儿窄，我到娘家走一百①。哥哥说炕上坐，嫂嫂说炕不热。哥哥说搬板凳，嫂子说搬不动。哥哥说搬椅子，嫂子说没腿子②。哥哥说给妹妹点儿钱，嫂子说还半年③。哥哥说给妹妹点米，嫂子说还不起④。我也不吃你们的饭，我也不喝你们的酒，瞧瞧亲娘我就走。出门儿遇见个大黄狗，撕了我的裙儿，咬了我的手，忍心的哥哥出来打打狗。

——清·[意] 韦氏《北京儿歌》

（3）豌豆开花紫兜兜，姊妹二人上扬州。扬州说我好朋友；苏州说

---

① 走一百：走一百趟。
② 没腿子：指椅子没有腿。
③ 还半年：意思是还得等半年。
④ 还不起：指妹妹今后还不起米。

我好丫头。跑到厢房唤爹爹，爹爹说我乖巧女儿家来了！跑到厢房唤妈妈，妈妈说我乖巧女儿家来了！跑到厨房唤嫂嫂，嫂嫂说我狡吵姑儿家来了！跑到书房唤哥哥，哥哥写字不抬头；抬起头来骂我鬼丫头。哥哥拿钱去打酒，嫂嫂说两个牢钱①那块有？哥哥拿钱去打肉，嫂嫂说两个牢钱那块殼②？姑娘一听冲冲怒，打起包袱就要走：妈妈送到大门西，掠起手来揩眼泪；爹爹送到柳树行，捧起柳树哭三场；哥哥送到角树湾，问声小妹几时来？一尺布，一尺缣，哥哥嫂嫂好合心。有娘有爷常常走，无娘无爷没家来。（江苏丹徒）

——朱天民《各省童谣集》

（4）月亮弯弯，因来望娘；妈妈话我③心肝肉来哉！爸爸话我一瓶花来哉！爸爸④话我点烟管火来哉，娘娘⑤话我蔽背姥来哉；哥哥话我赔钱货来哉，嫂嫂话我吵家精来哉⑥。我不吃哥哥分家饭，不穿嫂嫂嫁时衣；吃爸饭，着娘衣。（浙江上虞）

——周乐山、汤增扬《小学生歌谣》

（5）月亮弯弯，因来望娘，娘话心肝肉居来哉，爹话一盆花居来哉，娘娘话穿针个肉居来哉，爷爷话拷背个肉居来哉。吾嬷见我归，拴起罗裙揩眼泪；爹爹见我归，拔起竹竿赶市去；娘娘见我归，驮得拐枝后园赶雄鸡；爷爷见我归，挑开船篷外孙抱弗及；嫂嫂见我归，镲笼镲笼镲弗及，哥哥见我归，关得书房假读书。

——朱自清《中国歌谣》

（6）秫秸裤儿，打滑稽，新娶的媳妇想娘家。想着想着哥哥来接，四

---

① 两个：是几个的意思，不是一定说两个。牢钱：极贫窘的时候手中有几个钱，俗称牢钱。
② 殼（gòu）：同"够"。
③ 话我：说我。
④ 爸爸：这里指爷爷。
⑤ 娘娘：这里指祖母。
⑥ 吵家精：指在家中时常吵闹的人，甚碍家庭和睦。来哉：是浙江上虞方言的语尾，无实际意义。

套骡子蒲龙车。大绿袄，花云肩，红缎裙子锦镶边。指使了头抱红毡，问问婆婆住几天。婆婆说："天又冷，地又寒，给你日子你作难，爱住几天住几天。"爹见了，接包袱，娘见了，抱红匣。嫂子见了一扭捏①。什么扭？不吃你家的酒，看看爹娘俺就走，有俺爹娘来几趟，没了爹娘略过手②。俺娘送到大门外，哭哭啼啼拜两拜。爹爹送在大门西，哭哭啼啼作两揖。哥哥送在枣树行，背着哥哥记一张。先写爹，后写娘，再写嫂嫂不贤良。爹死了，金棺材；娘死了，银棺材；哥哥死了油漆板，嫂子死了拿席卷。爹坟头，烧金子；娘坟头，烧银子；哥哥坟头烧纸钱，嫂嫂坟头拉泡屎。（北平）

——朱雨尊《民间歌谣全集·叙事歌谣集》

（7）蔷薇花开白沉沉，生的女儿不算人，亲娘说是"连连补"③，亲爹说是"歇脚墩"④，哥哥说是"赔钱货"，嫂嫂说是"是非根"。（南通）

——《江苏传统歌谣》

如童谣（1）中所述，外甥回家理应是出嫁女返家的另一种方式，母亲不能回娘家看看，外甥就可以全权代表，但是舅舅与舅母的礼遇上的差别也被外甥看在眼里了。童谣（2）至（7）主要以新妇回娘家，嫂嫂的种种冷遇引发的小姑内心的不满情绪。据设想，童谣大多通过母亲之口在儿童中间传递，母亲自然为出嫁女，童谣传达了出嫁女对娘家嫂嫂种种冷遇的不平，但是仅仅通过母亲与儿童之间的传唱，并不能真正改善姑嫂之间不和的现状，由于女人以家庭为主，家庭中所发生的各种细节上的变化都在女人心目中演变，因而，姑嫂之间的各种伎俩不会在短时间内消失，也不可能完全消失，但随着社会的变化，家庭结构的变化，以及经济基础的变化，文化层次的提升，姑嫂之间矛盾应该会得到一定的缓解。

---

① 扭捏：急匆匆打个照面。
② 略过手：意思是摆摆手拉倒。
③ 连连补：缝缝补补的意思。这句意思是妈妈认为女儿只是帮助做做针线活的助手。
④ 歇脚墩：爸爸认为女儿出嫁以后，只是出门多了个歇脚的地方。

第二节　以婆媳关系为题材的童谣

"家庭关系可以简单地概括为两种基本类型的关系：一种是横向关系，包括同辈之间的各种关系，如夫妻关系、兄弟姐妹的关系；一种是纵向关系，包含代际之间的各种关系，如父母子女、婆媳翁婿之间的关系。"① 其中婆媳关系，就是家庭中最特殊最重要的一组关系，它是伴随着婚姻关系的产生而产生的，以婚姻为基础和纽带，由于婆媳之间缺乏血缘情感基础，所以就成为家庭关系中最难把握的一种。此外由于婆媳关系的发展对家庭、社会的稳定至关重要，所以人们历来重视对媳妇的规训，如《礼记·内则》："子妇孝者敬者，父母舅姑之命勿逆勿怠。若饮食之，虽不奢，必尝而待。子妇未孝未敬，勿庸疾怨，姑教之。若不可教，而后怒之；不可怒，子放妇出而不表礼焉。"② 可见古代社会对妇女的规训是多么严格。所以古代文学作品中，婆媳形象虽然进入文学创作中，如《秋胡戏妻》《窦娥冤》等，但这些作品中的婆媳形象不够丰满和真实，作家们对婆媳形象及其关系的描写并没有站在女性本体的立场上去做客观描绘，没有深入女性真实的生存状况和心理世界，而更多的是通过婆媳间和谐美好的图景教化世人，通过对妇女的教化约束，对妇女思想的毒害和捆绑来宣传传统家庭伦理道德，美化封建传统文化，从而维护男权社会稳定，维护男权文化牢固的统治地位和阶级利益。究其原因，"在男性中心社会，女性是长期被排斥于公众生活之外的，她们只能囿于家庭这个狭隘的小圈子里，而没有向外舒展的机会，所以出现很多问题，如婆媳之间的矛盾"③。童谣恰恰不是荣登大雅之堂的正统文学，它产生于民间，流传于民间，表达民间最接地气的情感，因此，它可以直接地表达率真的、拙朴的精神诉求，包括家庭生活的、爱情生活、社会生活，因此那一层被正统文化所屏蔽掉的，来自群众最朴实的

---

① 郑桂珍、邱晓露：《女性与家庭》，上海教育出版社 2003 年版，第 19 页。
② 曾亦、陈文嫣：《礼记·内则》，中国国际广播出版社 2009 年版，第 229 页。
③ 陈顺馨：《中国当代文学的叙事与性别》，北京大学出版社 1999 年版，第 79 页。

声音在民间文学中，甚至童谣中得以真实的释放。

从成人文学发展的角度，到五四文学思潮兴起和发展之后，文学中对"人的觉醒"，"人"的发现，有了越来越多的关注和书写，尤其是"五四"时期鲁迅倡导的改造国民劣根性的启蒙话语，文学才开始在一定程度上关注深受家庭社会压迫的底层妇女命运的关注，童养媳、恶婆婆、苦媳妇等家庭题材一时成为作家们热衷书写的对象。殊不知，这类题材一直都没有停止反映与表现的步伐，始终在民间潜层次流传，往往默默流传在那些媳妇、儿童的口中，诉说反叛的情绪在民间激荡。

在婆媳形象的表现上，与传统的成人文学相比，童谣等民间文学在产生、传播与传诵的过程而言，表现出一种新的文学范式。作为一种民间文学形态，民间文学成为传统成人文学的重要补充，但二者在很多方面又有很大的差别。民间作家在价值取向、叙事话语、叙事功能等方面表现出创作的差异性。从价值取向上而言，民间文学带来的大众文化参与的是一种乡土社会背景下产生的文化，具有世俗性，拥有很大的愉悦性和刻度性，一般不以解释社会责任和历史使命为宗旨，也不以艺术形式的孜孜探索为追求，他们的创作主要是一种"劳者歌其事，饥者歌其食"的率性而为，一种和自我实现相联系的成就感和表现欲。与民间文学创作的价值取向不同，传统文学创作有着严格的创作范式，作家有着强烈的知识分子精英意识和贵族意识，他们自觉地有强烈的社会责任感、人文关怀和美学追求。

从叙事话语而言，中国传统文学一直是单一的男性文学，男性掌管与操纵着对女性的建构权，童谣作为流行传播于民间的文学样式，作为生存和活跃于儿童口头上的艺术，在一定程度上实现着女性真实诉求的再现与表达，因此，通过童谣的创作与传唱，中国女性开启了女性性别主体的建构之路。从叙事功能的角度，在童谣文本中，逐步摆脱女性的他者、被言说的文化处境，变沉默与被动地接受为情感的主体：从女性的情感体验出发，从底层劳动妇女的构想与叙述中，展现她们在男权压迫下真实的生存状态，在苦难与不幸中开掘她们潜藏的主体能动性，对女性的生存意义进行重新的审视。当然，通过童谣的创作与传唱，尤其是这类反映女性题材童谣的传播，在某种层面上使得女性获得了某种言说的权利和能力，也让这些女性们参与了对自我的再现与建构，这一种转型或者转变在童谣的语言诉说中是难能可贵的。

在朱介凡的《中国儿歌》中早有著述，"像'小白菜'、'可怜的三姐'、'娶媳忘娘'，皆为中国儿歌的特题，乃是千百年来，一代一代的母亲、祖母、曾祖母所教给孩子们唱的。"[①] 这一类童谣不同于政治生活的勾连，也不同于社会生活的联络，更不是单纯儿童生活的表现，它们是承载着人类无数辈，尤其是女性的辛酸苦辣，通过童谣的传唱聊以慰藉。1925 年春，刘经庵《歌谣与妇女》据《歌谣周刊》全国采集，以及刘氏自编河北歌谣的材料，把关乎中国妇女生活的歌谣，例述了十大部分的主题：她的父母——父母轻视女儿的歌，打骂女儿的歌，卖送女儿的歌；她的媒妁——恨骂媒妁的歌，媒妁不负责任的歌，女儿向媒妁要求交换条件的歌；她的公婆——公婆打骂儿媳的歌，儿媳怨恨公婆的歌；她的小姑——受小姑排斥的歌，受小姑监视的歌；她的兄嫂——在家受兄嫂恨骂的歌，归宁被兄嫂拒绝的歌，兄嫂代为订婚的歌；兄嫂贤良的歌；她的丈夫——嫌丈夫幼小的歌，嫌丈夫丑陋的歌，嫌丈夫荒荡的歌，被丈夫打骂的歌，为丈夫守节的歌；她的儿子——嫌母爱妻的歌，娶媳忘娘的歌；她的舅母与继母——受舅母恨恶的歌，受继母折磨的歌；她的情人——男子怀念女子的歌，女子爱慕男子的歌，男女互相爱慕的歌。此外的杂题是——要老婆，想女婿，新婚与于归，想娘家，想象中的未婚妻，心目中的丈夫，多妻的家庭，怕老婆的丈夫，不满人意的妻子，大脚与小脚的妇女，妇女的装饰，妇女的独身思想，姊妹与妯娌，姐夫与小姨等 [②]。刘经庵"想从这民间风诗中间看出妇女在家庭社会中的地位，以及她们个人身上苦乐"[③]，以此看出"民间女儿的心情"、家庭社会的"种种情状"。

譬如家庭间，儿子爱妻嫌母，老奶奶就必会有意无意间让小孩儿学会"娶

---

① 朱介凡：《中国儿歌》，（台北）纯文学出版社有限公司 1977 年版，第 67 页。
② 刘经庵：《歌谣与妇女》，商务印书馆 1925 年版，第 3 页。
③ 刘经庵：《歌谣与妇女》，商务印书馆 1925 年版，第 2 页。

了媳妇忘了娘"的歌。即使婆媳和睦，也仍然喜欢唱这首歌，一家老小就更显得和乐，大可安慰了。何况还隐潜着未有明说的警告："孩子，记得哟，你长大了可别这样。"也因为歌谣的普遍性，人人难于置之度外。

> 大姐嫁，金大郎，二姐嫁，银大郎，三姐嫁，破木郎。大姐回来杀只猪，姐回来杀只羊，三姐回来，炒一个鸡蛋，还要留着黄。大姐回，坐车回，二姐回，骑马回，三姐回，走路回。走一会，哭一会，望着天边流眼泪。天也平，地也平，只有我爹娘心不平。
>
> ——朱介凡《中国歌谣论》

童谣表现了不同排行的女娃子在家庭中不同的境遇，大姐与二姐的待遇总比三姐要好，大姐二姐嫁金大郎、银大郎，三姐嫁破木郎；大姐二姐回娘家杀猪宰羊，三姐回娘家就变成了炒个鸡蛋，还要留着黄；大姐二姐回娘家坐车骑马，三姐自己走回来。总之，三姐的境遇处处不及大姐、二姐，童谣唱出了排行靠后的女娃子在家庭中受排挤、受歧视的现状。孩子生活于童谣的世界里，不管怎样的一首童谣，他总是认定自己乃是歌中的主人公，为三姐悲欢，为三姐哭笑，一唱三叹，唏嘘不已。传统童谣与民间生活的近距离接触，使得它所表现的内容虽琐碎，却因传递表达了老百姓真实而动感的情感而具有鲜活的生命力。同为社会文化题材，民间文学尤其是童谣中还塑造着婆媳之间剪不断，理还乱的情感纠葛。

一、童养媳难为

媳妇难为，做童养媳，尤其苦痛。童养媳，又称"待年媳""养媳"，就是由婆家养育女婴、幼女，待到成年正式结婚，也称童养媳婚姻。童养媳在清代几乎成为普遍现象。由于社会生活的进步，童养媳的风俗现在不多见了。童养习俗常发生在女方家穷困养不起孩子或无力出嫁，或者家庭变故如父母亡故无人抚养，就或送或卖幼女做童养媳；领养的家庭也多因家贫娶不起媳妇而收童养媳，也有公婆有病收童养媳"冲喜"的，也有收养弃婴童养的，官宦上层家庭也有因外地求学做官将女儿送人童养的。"这种婚姻形式带有极大的剥削性和强制性，未成年养女多为廉价买来的女劳动力，在家长的控制下，从童养阶段开始，幼女便担负繁重的家务劳动，往后同时遭受体罚摧残。"①货物交易的童养婚俗就决定了媳妇在夫家被压迫、被剥削、任人宰割的悲惨地位，先在地决定了婆媳之间的关系就是奴隶与奴隶主之间的关系，当然，婆婆本身也是夫权社会的奴隶、囚犯，但在童养媳身上她又暂时获得了家庭狱吏的地位。这是包办兼有买卖性质的畸形婚姻形态。

据史料记载，周代所实行的媵制，其中妇人之妹与织女往往年龄尚幼即随同出嫁；秦汉以后，帝王每选贵戚之幼女进宫，成年后为帝王妃嫔，或赐予子弟为妻妾，皆为童养媳的一种表现。童养媳婚姻制度到宋代就开始出现，明清渐成习俗，南方比北方更普遍；北方有"豚养"（像小猪一样贱养）、"小妾"（幼小即被男家接过去）、"孩养媳"等别称，南方有"养媳妇""小媳妇""新妇仔"等诸多名称。元明清时，童养媳从帝王家普及于社会，小地主或平民，往往花少许钱财买来，以节省聘礼。元代关汉卿《窦娥冤》第一折中唱道："老身蔡婆婆……不幸夫主亡逝已过，只有一个孩儿，年长八岁……这里一个窦秀才，从去年问我借了二十两银子，如今本利该银四十两，我数次索取，那窦秀才只说贫难，没有还我。他有一个女儿今年七岁，生得可喜，长得可爱，我有心看上他，与我家做个媳妇，就准了这四十两银子，岂不两得其便？"因此得知，年幼的窦娥即因其父负债，而入蔡婆婆家为养媳妇。

童养的女孩年龄都很小，有的达到了清代法定婚龄，也待在婆家，则是等候幼小的女婿成年。之所以盛行童养婚俗，主要原因就是当时的社会非常贫穷落后，老百姓的生活十分低下。贫民家里收养的童养媳，大部分都是从外地或灾区抱养来的，还有的是从街上插草标卖儿卖女的灾民手中用贱价买回的幼女。如遇恶婆，就要经常遭到百般打骂，受尽虐待，过着极其悲惨的生活，所以这些童养媳，从小就被迫扮演了一个小媳妇的角色。

---

① 　乌丙安：《中国民俗学》，辽宁大学出版社1990年版，第228页。

由于童养婚俗在旧时普遍存在，因而反映童养媳生活题材的童谣也很常见。有童谣为证：

（1）小红草，傍花树，七岁上人家做媳妇，公公打，婆婆骂，掉下黄河淹死了罢。（江苏阜宁）

（2）天上星，颗颗匀，地下小媳妇难做人，一升大麦磨两斗，还说小媳妇赶人情。（湖北武昌）

（3）养媳妇，苦弗过，倒拖鞋片嘎刮婆，隔壁大姆看弗过，做双鞋子送送我。天天摇纱要到半夜多，肚里饿不过，偷根腌菜垫垫肚，巴巴望到年夜过。过仔年来，搭我们大阿大，两支小床并着铺，三年养个小阿大，三六九岁无关节，十二岁上领个童养媳。我做婆婆，弗看我婆婆样，随你吃来随你做。（浙江）

如童谣所唱，童养媳七岁上到人家做媳妇，但在"夫家"，受到婆婆公公的暴打辱骂，真真地不如掉进黄河淹死痛快。在这里我们又可以引用之前的童谣中诉说，"无爷无娘靠哥嫂，堂屋洗脸哥要骂，房里梳头嫂又嫌。哥呕哥，你莫骂，嫂呕嫂，你莫嫌，慢慢带我三五年。一顶花轿四人抬，抬出去幺妹总不回来"。无爷无娘的幺妹在娘家受哥哥嫂子的气，将命运的改变寄托于出嫁，但是如果年幼的女儿不幸被转入童养媳的生活轨道里，那就只有"掉进黄河淹死了罢"的苦海了，即使能够"如期"地嫁做人妇，在夫家的生活也是无法实现自我驾驭的。

如童谣（2）、（3）中所述，身为童养媳，受尽虐待，即使起早贪黑的劳作，仍得不到认可，甚至没有衣服鞋子穿，竟穿着"倒拖鞋片"。每天都要"摇纱"到半夜，肚子饿得受不了了就拿腌菜充饥。一年盼一年，盼到圆房生个小阿大，十二岁也领个童养媳。再不看婆婆的脸色，可以随意吃，随意做。被卖为童养媳的女子文化水平不高，她们尽管能够深切地体会到做童养媳吃的苦，甚至善良地想让自己家的童养媳改变命运，但她或许永远都不可能意识到让她受苦的不是某一两个人，而是童养媳习俗的存在，女子婚姻上的不自由才是最灾难深重的，才是这些女子的悲哀。

再有童谣云：

> 小花鸡，挠柴垛，童养媳妇不好过。跟娘睡，娘打我；跟姐睡，姐拧我；跟狗睡，狗咬我；跟猪睡，怪暖和，小猪卖了俺咋过？

——吴珹《河北传统儿歌选》

纵观中国历史，女子的地位一直都是比较低下的，在社会地位中她们是处于从属地位，没有办法决定自己的命运。在古代，早婚早嫁的童养媳更没有家庭地位。童养媳在婆家的生活一般都不好过，就算是从小养着，但是毕竟不是亲生的女儿，若遇到的公婆比较好也算是一种天大的幸运，万一遇到恶公婆，那就是真的有苦说不出，公婆动辄打骂童养媳，过得猪狗不如，和以前的奴隶没有两样。通过童谣的传唱，发泄积压在内心深处的凄苦，以及无法摆脱的苦闷与无奈，因此，童谣的传唱便成为一种情感宣泄的必然途径。这首《童养媳妇不好过》就再现了童养媳的现实生活状况。同样还是孩子的所谓"媳妇"，本应该得到长辈的呵护，当夜深人静时，婆婆、姐姐却不会给她些许的温暖，连狗都很难相容，唯独猪圈里的猪还能带来温暖。类似的童谣很多，再如《有个大姐正十七谣》：

> 有个大姐正十七，过了四年二十一，寻了个丈夫才十岁，她比丈夫大十一。一天井台去抬水，一头高来一头低；不看公婆待我好，把你推到井里去。

——清·无名氏《北京儿歌》

这种封建婚姻制度给青年女子带来极大的精神痛苦，因此这类童谣反映了新媳妇的苦闷。十七的姑娘，过了四年二十一时，却寻了一个小十一岁的丈夫，青春女性的爱情之火无法在"丈夫"那里得到释放，虽然童谣欲言又止，二十一岁的青年女子与十岁男孩之间的婚姻反差巨大，童谣一方面控诉了童养媳的制度，一方面将批判的矛头指向了包办的婚姻。这类童谣与以往童谣所不同的是，媳妇具有了某种与童养媳制度抗争的微弱意识和自觉，童谣中有一句说，"不看公婆待我好，把你推到井里去"表明媳妇能在潜层次上意识童养媳制度的不公平，媳妇已经有了一定的新思想与觉醒，从而推及到对自身幸福的影响，碍于公婆对媳妇的真切的关爱与宽容，才委曲求全。此谣媳妇没有将生命痛苦的根源归结于婆媳之间的关系，而是将婚姻生活的苦楚投向了小丈夫的真实上，表现出她们的烦闷、忧郁和悲哀。

沈从文笔下的小说《萧萧》中的萧萧也是童养媳，12 岁便嫁给了刚断奶的丈夫，嫁过去就带着尚且年幼的丈夫。15 岁时，被比她大十多岁的长工花狗引诱失身，并怀了孕。萧萧因此犯下了伤风败俗的"弥天大错"，后又因人性美避免了"沉潭"或被"发卖"的命运，生下一个儿子，等到小丈夫十多岁时，与丈夫圆房，后来这个儿子又娶了一个童养媳，命运就这样重复着。在中国古代，女性的命运书写都是由男性来操控的，女性的身影很难寻觅，她们的存在史、她们的挣扎与奋斗、她们的快乐与苦痛都被压抑在黑暗之中，像暗潮涌动的大海，像无法喷发的地下之火。甚至偶尔出现的女性叙事，也是以三纲五常、忠孝节义的封建礼教的载体而呈现的，女性的生命与意识被严重的扭曲与戕害。

在家庭生活中，童养媳干在前吃在后，有时动不动还要遭到公婆的打骂。在封建社会的家长制度下，再高贵娇惯的闺女，到了婆婆家也得处处受气。为此，清朝时期有一首童谣《滴滴滴谣》这样唱到：

> 滴滴滴，上草垛，他妈养活他独一个，金盆里洗，银盆里卧。一聘聘
> 到山东客，十个公八个婆，十个小叔子管着我。叫她井台去打水，勒的小
> 手儿怪疼得；树上鸟儿喳的叫，受苦受难谁知道？

——清·无名氏《北京儿歌》

女儿在娘家自然受到父母的娇养，一旦做了童养媳，十个公八个婆的管，十个小叔子也在列，年幼力气弱小，却要操持成人的活计，这番滋味只有她们才能感同身受。童谣就是这样，虽未能走进正统的文学殿堂，但因其直白真诚地表达了在中华民族传统中，民间女子，尤其是童养媳的民生疾苦，而使得这类题材的童谣在民间的传诵变得更容易产生共鸣，更有人气。

二、新媳妇难做

再看那寻常媳妇的难处，有童谣云：

> 梁山头上挂小篮，新做媳妇多少难，朝晨提水烧早饭，夜中提水烧浴汤，姑娘净浴娘拖背，嫂嫂净浴泼浴汤。一双花鞋子，踏水塘，眼泪汪汪哭进房，丈夫话勤哭哉，廿年媳妇廿年婆，六十岁以后做太婆。（江苏昆山）

旧时期的婆媳关系人常说："多年的媳妇熬成婆"，下一句为"当了婆婆再把媳妇磨"。所谓旧时期，是指中国封建社会时期，作为女子是依附于夫家的，婆婆是主内的，所以婆婆在家里是媳妇的直接领导，处于强势地位，加上婆媳关系中固有的容易引发矛盾的共性元素，这就决定了他们的关系具有普遍性的矛盾状态。传统文化中对于婆媳关系，家庭单方面地对儿媳有严厉而苛刻的要求，如《礼记·大戴礼》曰："妇有七去。不顺父母，云；无子，去；淫，去；妒，去；有恶疾，去；多言，去；盗窃，去。"意思是要孝顺公婆，否则将受到休弃的处罚。它不仅反映了旧时期封建伦理道德的权威性，同时也反映了旧时代妇女没有独立人格，没有人权保障，没有经济地位而不得不依赖于夫家的现实。

实际上，我们知道婆婆和媳妇的身份及关系并非都是那种状态，被世人视作难点的婆媳关系不是一成不变的。在不同时期，不同年龄段以及不同经济状况的地区，其表现形式是多样而富有变化。尤其在旧时期，婆媳之间的关系还是有一定特殊性的，在很多历史文献中都有反映。清代著名学者纪昀撰写的《阅微草堂笔记》对于那些遭受婆婆迫害的女性，作了很大篇幅的记录和描绘，并表达了一定的同情，但对暴戾婆婆没有明确的批评，只是偶尔表现了对于婆婆专制的怀疑和否定，相反，作品却用奇闻逸事来加强婆婆的威望，如《滦阳消夏录五》中农妇在冰雹袭击时意外获救的故事。作品要读者明白，婆婆的尊严甚至超过了天地鬼神，即便是婆婆错误决定、无理要求，子妇也要忍气吞声服从。《滦阳消夏录一》中的一个女子只是因为在背后指责遭受婆婆的无礼打骂，背地里偷偷咒骂，其亡夫托人捎口信以地狱治罪之惨状力劝。《滦阳消夏录四》

更是明确表示"姑虐妇死，律无抵法"，就是说，子妇无论是生是死都无法动摇婆婆的绝对权威。

一曲《孔雀东南飞》唱了几千年，之所以能有这么长的艺术生命力，除了诗歌本身的艺术魅力外，很大程度在于这个题材的共性特征。焦仲卿是个孝子，他因为对寡母的顺从而送掉了自己的爱情和生命，无疑是一个悲剧人物。他的妻子刘兰芝更是一个牺牲品。《孔雀东南飞》的盛行反映出来，婆媳关系一直是中国文化和文学中备受关注的一个问题，有童谣为证：

高秣稭，摇三摇，新做媳妇好难熬，走哩紧了说张狂，走哩慢唠说拿糖①，吃哩多唠逞强哩，吃哩少唠想娘哩。（河北邢台）

棱子芽，开白花，娶个媳妇不看家，串门子，数板搭，有了空儿还是打哈哈，公公打，婆婆骂，女婿过来说好话。（河北满城）

——民国、河北《满城县志》卷八

在中国古代，把侍奉公婆作为衡量妇女是否遵守孝道的标准，媳妇在做事时没有一点自由，在婆婆面前必须毕恭毕敬，不能有半点差错，因此才有了歌谣中所唱"新做媳妇好难熬"之说，一切行动做派都必须在礼法约束的范围之内，既不敢走得紧了，也不能走得慢了，既不能吃得多了，还不能吃得少了，连吃饭行动都要做严格的要求，可想这新做的媳妇在婆家有多艰难。婆婆对媳妇有绝对支配的权利。婆婆命令媳妇做什么，媳妇就不能违抗婆婆，要毕恭毕敬地去做，这样做或许会得到婆婆的赞赏，也不至于落到被婆婆奚落的地步。但是一旦坏印象在婆婆那里定了型，媳妇的命运就更难了。由歌谣中所见，在古代媳妇对婆婆只能是服从，婆婆拥有很高的地位，而媳妇则毫无地位可言。从深层的角度而言，媳妇对婆婆的愚孝是男权社会严格等级观念的缩影，婆婆是公公的夫人，而媳妇的丈夫是公公的儿子，在"君君臣臣，父父子子"的时代，臣对君要绝对服从，君让臣死，臣不得不死；子对父要绝对服从，父亲的话是绝对正确的。因此，在家庭中，婆婆站位于有绝对权威的公公身边，因

---

① 形容女子行动扭捏，谓拿糖。

此在家庭女性地位方面拥有了至高无上的地位；而媳妇在三从四德的约束要求下，又要绝对服从于丈夫，因此，媳妇要绝对地"听从，顺从"婆婆，哪怕婆婆的决定是错误的，哪怕长辈的理论是偏见。

1934 年的一位署名"一非"的作者在他的文章中对童谣的记载：

> 大娘大娘你且听，俺家有个败家精，日高三丈她不起，黄昏闹笑到五更；婆媳吵，姒娌争，小姑是她眼中钉！常咒公婆早些死，挖坑埋了称她心！①

童谣以男方家人的口吻，向外人叙述自家过了门的媳妇的种种不是，日高三丈还不起，黄昏闹笑到半夜，与婆媳吵架，与姒娌争吵，与小姑子闹不和，经常诅咒公婆早死才称心，因此称之为"败家精"。媳妇的种种罪行可以说是在夫家难以容忍的，甚至符合"七出"的诸多条款，具体是否如夫家所唱是媳妇单方面的不对，还是夸张的情绪使然尚未可知。但是有一点我们应该有所共识，其虽为童谣传唱，但描述的不应是普遍现象，在以男性所规立的社会规范中，妇人要在诸多地方理应做到符合"要求"，但凡有不符合之处就应该横加指责。比如女子在夫家要早起，不能睡到"日高三丈"，早起后，要向长辈请安，做早饭，或者早起干活计，等等，总之不可以无所事事，也不可以"黄昏闹笑到五更"，女子的行走坐卧都要仪态端庄，笑不露齿。这类嬉笑怒骂的行为是与端庄贤淑的妇人的要求有很大差距的；更不可以"婆媳吵，姒娌争"，姑嫂不和睦，搞不好家庭团结，尤其是对婆婆不孝顺的这类行为是直接被休掉的主因。

创作传播此类童谣的终极目的是传统社会教育女子的一种方式，告诉她们，媳妇的这种行为是为夫家所不能容忍的。这类有关女性的历史叙事大多担当着伦理道德的规约与警示作用，女性形象不外乎妖孽祸水、节妇烈女和慈母女神等几大类。童谣中所塑造的女性形象，无形中蒙上了历史女性的厚重尘埃，尤其是男权中心社会"泼"在女性身上的污泥浊水，揭示了"女人祸水"

---

① 　一非：《儿歌中小姑眼里的嫂嫂》，《城市民教月刊》1934 年第 3 期。

的魔咒。欧阳予倩的《潘金莲》是为《水浒》《金瓶梅》等小说中著名的"荡妇"潘金莲申冤之作，作品批判了封建婚姻制度的野蛮性和残酷性，批判摧残欺压妇女的封建伦理道德观，将以往文本中用墨很少的张大户推向舞台的中心，通过他的家庭关系和他对女性的态度来展现封建社会不平等的男女关系和不人道的婚姻制度，展现女性悲惨无助、完全被物化的生存状态。欧阳予倩消除了武松杀嫂"惩恶扬善"的正义性，指出以扶弱抑强自居的武松，他的杀嫂之举也是一种恃强凌弱的卑劣行为，欧阳予倩让潘金莲道出了武松所持的女性节烈观的虚伪性与荒谬性："本来，一个男人要折磨一个女人，许多男人都帮忙，乖乖让男人折磨死的才都是贞洁烈女，受折磨不死的就是荡妇，不愿意受男人折磨的女人就是罪人，怪不得叔叔是吃衙门饭的，也跟县太爷一样只会说一面的理。"在欧阳予倩的话剧中潘金莲不是可怜无助的受害者，而是一个激烈甚至有些变态的反抗者，虽然其形象不在本文的考察之列，但在封建专制时代，女性的命运完全由男性来操纵，人生的选择非常有限，大多只能被动地承受社会和家庭施加于她的角色规范，在各种伦理道德的囚笼中奔突，红颜薄命几乎成为女性无法逃遁的宿命。

北京儿歌有曰：

> 王家女，李家郎，长大了配凤凰，吹吹打打入洞房。三朝后，拜公婆。公公说："好儿妇。"婆婆说："悍娘婆。"公公说："好好过。"婆婆说："坏事多。"悍婆不在你家住，坏事不在你家做，写张休书去了我。

——清·无名氏《北京儿歌》

此谣虽语言简洁，但刻画出了婆媳之间势成水火的态势，从而演绎了另一场刘兰芝与焦仲卿的悲剧。童谣以女子为主角，笔墨主要着重于婆媳关系的描摹以及媳妇的心理体验及变化，写出了生活中琐碎却又切实的人与人之间的烦恼。童谣反映的幼童心思毕竟简单，不合则散，感觉自己不受欢迎即赌气休书返家。这句"悍婆不在你家住，坏事不在你家做，写张休书去了我"的语句，体现了出嫁女既然不受欢迎则离开的义气，同时也暗含了对社会生活无奈的逃避，同时还包含了一种对现实生活的幼稚理解。熟知，传统社会女子活动范围极其狭窄，基本局限于家庭这一小天地之中，未成年时，"养护深闺"；嫁做人妇后，扮演的是相夫教子的角色。农家女子或许有所不同，那就是需要下田劳作，但依然是围着家庭打转。活动范围的局限也使得其面对的人事比较有限，同时也正因为交往生活的单一，反而在这有限的范围内生出了无数细碎的矛盾。如童谣：

> 我哭！天也平，地也平，只怪爹娘心不平，将我说在苦竹林。我要柴，山又高；我要水，水又深；公婆打骂最无情，丈夫也欺凌。（湖北）

> ——张正藩《湖北民歌集》

童谣中头一句"我哭！"不禁让人联想到《乐府诗集》中的《上邪》："上邪，我欲与君相知，长命无绝衰。山无陵，江水为竭，冬雷震震，夏雨雪。天地合，乃敢与君绝。"诗中表达了主人公对爱情至死不渝的追求，而开头"上邪！"的一声叹息，对老天的表白振聋发聩，又坚定决绝，还有向天发誓的毅力与决心，上天呐！我想和你相知相爱，此情绝不改变。只有山再无峰角，江河都干涸，冬天打着雷夏天下着雪，天与地连为一体的情况出现，我才会和你断绝往来。然而这些都是不可能发生的事情，也只有如此，才能显得主人公情感的真与深。而童谣开头的"我哭！"就是要在一开始就表达出内心的极度悲痛与最直接的哭诉。整首童谣以女子的亲身体验为蓝本，用哭天抢地的行动表现对痛苦婚姻生活的控诉。婚后的女子婚姻生活极其不幸，无力改变，因此发出了这种怨言与哭声。怨爹娘包办婚姻，将自己嫁在了"苦竹林"，此后叫天天不应，叫地地不灵，没有经济基础的家庭妇女，在苦海愁深的家庭中难以摆脱公婆的无情打骂，以及丈夫的欺凌，此谣反映了旧制社会妇女婚姻不自主，地位得不到保障，身心健康得不到保护的婚姻现实，因而家庭生活的不幸在心灵上造成了刻骨铭心的创伤。

童谣作为民间文学未登上正统文学的殿堂，中国文学文本中所能看到听到的底层劳动妇女的声音、形象都是被修饰的、加工过的，其与来自民间的童谣中所呈现的底层劳动妇女的生活状态并非一致。很显然在中国古代，底层劳动妇女被话语霸权强行地置于"盲点"之中，但是"沉默的他者"在历史和现实中也拥有自己的世界和自我的历史，被压抑的她们也在努力建构自己的人生主体，有着自己的存在本体。她们在质朴的生活中要走出失语的沉默状态而发出自己的声音，对沉重的记忆加以整理，对那一个不被尊重、不被认可的生活境遇加以控诉，在时代话语和历史无意识的夹击中努力地发出来自底层劳动妇女微弱但是却不容忽视的声音。有童谣为证：

> 地茗菜①，开白花，妈妈养我说刘家，刘家刘家真正苦，一天给我三餐烂豆腐，公也骂，婆也骂，说我一天到晚翘嘴婆娘不讲话。（湖北）
>
> ——张正藩《湖北民歌集》

这一类歌谣虽有民谣的特征，但是有一大类童谣是母亲或者其他女性在与孩子玩耍嬉戏哄睡时伴唱的歌谣，是母歌的一部分。遥想在那夜深人静的时日，苦大仇深的女性们借用此时机，将淤积在心中的怨恨通过儿童的口耳加以传播与宣泄，聊以慰藉，作为抒发内心情感的重要通道。尽管年幼的儿童并不真正理解母亲们的精神苦难，也难以真正体味她们的哀婉感伤，但是母亲们面对那一双双稚嫩而懵懂的眼睛，似乎能够看到未来的希望，似乎能够排解内心的忧伤，或者对于母亲们也只有通过这类委婉表达的通道，作为展示她们矛盾痛苦的情怀与撕裂挣扎的灵魂。如童谣所云：

> 摘豆角，上南坡，南坡有二亩好豆角，公一碗，婆一碗，案板底下藏一碗。倒了案板砸了碗，公也打，婆也骂，大伯上来扯头发。一根头发值四马，大风吹到她娘家，她娘听到心疼死，她爹听到告了他。（苏北）

女儿—妻子／媳妇—母亲／婆婆是传统宗法社会中女性拥有的三种合法的社会身份，这三种身份又被"在家从父，出嫁从夫，夫死从子"的道德戒律规限在对男性的从属与依附的地位上，女性在其人生的不同时段都要承受着男性——父亲、丈夫、儿子的调控，其人生利益和权利的获得与维护都跟家庭中的男性紧紧捆绑在一起。然而，中华民族又是一个将孝道塑造为人的第二天性的民族，一直把孝道作为一种宗教来崇拜，因而，母亲／婆婆在被压抑的从属

---

① 地茗菜：野生的地菜，为做春卷的主要蔬菜，清香鲜嫩。

身份中又获得了压迫儿女、媳妇的特权，但是由于女儿最终是要出嫁的，儿子又有相对开阔的生活空间和不可逾越的男性特权，母亲 / 婆婆的权力行使对象，大多落实在与她朝夕相处、生活在同一狭小空间的媳妇身上，婆媳之间的冲突与争斗其实是不可避免的。与正统成人文学不同，童谣中频繁展现婆媳冲突场景取代婆媳和谐图，占据了童谣文本婆媳写作领域的大部分版图，童谣文本更多关注的是作为社会底层妇女的苦难命运，非人的社会地位和生存状态，因此，婆媳关系中的弱者——媳妇成为被叙述的中心。媳妇的苦痛，尤其是肉体上所遭受的非人摧残，是童谣文本竭力渲染的内容。有童谣为证：

　　青粗布鞋白里子，不比娘家做女子，在娘家睡得饭时起，在婆家不等晓鸡啼，喔喔叫，即梳头，手拿簪子眼泪流。离了亲娘叫假娘，丢了明镜照水缸，笤箕捞饭甑儿蒸，哥哥看我正来临，想要留哥吃顿饭，堂上公婆不作声，眼泪汪汪送出门。（湖南）

此谣以出嫁女的口吻将娘家与婆家生活境遇作为对比，突出表现婆家非人道的生活。尤其联系到娘家哥哥来家探望，连饭都不敢留的尴尬境地，充分表明了媳妇在夫家地位低下的真实。童谣文本依然保持着单纯哭诉的单方面叙事模式，用以表现在夫家生活的各种委屈与不平，从而宣泄家庭生活的苦闷与悲苦。表现此类主题的童谣最多，如：

　　骨头簪，戴满头，我去井沿喂花牛。井沿低，井沿高，瞧见娘家柳树梢，柳树稍上公鸡叫，受气挨打谁知道？娘想我，哥来叫；我想娘，谁知道？攀住柳枝吊死了。（河南辉县）

此谣表述媳妇因在夫家受气挨打，借井边喂牛之际，寄托迫切回到曾给她家庭温暖的娘家之想法，因思念过度所以吊死在往娘家的柳枝上。尽管它是一首童谣，但是这里寄予了多少深处家中、默默忍受着家庭矛盾的媳妇之苦楚，其连续用了"谁知道"的反问句，充分表达了媳妇们吃苦受累又无处诉说的痛苦。

农耕时代，体力劳动是主要劳动方式，男性凭借体力优势确立了其在政治、经济上的领导权，女性作为"他者"则被置于附属地位。在中国传统社会，

145

女性的天职就是相夫教子、婚姻美满、当好贤妻良母是女性人生价值的最终体现。千百年来，中国遵循传统的男权制，风行男尊女卑，和男性相比，女性处于被动地位，男性凌驾于女性之上，女性处于男性的凝视之下。女性服从于公婆的管制，实际上仍是男权至上的一种变体，传统"孝道"观是僵化婆媳关系的导火线。《尔雅》中对"孝道"的解释为，"善事父母为孝"，古人云"百行孝为先"，可见中国人对"孝"的重视，孝道这一传统美德作为文化积淀，是家庭中在处理长辈的关系时首先应该具有的道德品质和行为规范。在孝文化的钳制下，男子必须尊敬孝顺父母亲，听从父母亲的调遣，无条件地服从与顺从，无论父母亲的决定是否是有科学依据的，无论是否是偏见；而必须完全依存于男性的妻子因此也必须无条件地服从于公婆，无论公婆的决定是否科学有依据的，无论是否是偏见。对于出嫁在夫家的媳妇而言，从血缘论的角度来讲，只有媳妇是与公婆、丈夫没有任何血缘关系的，在君君臣臣、父父子子三纲五常条律的约束之下，公婆对待媳妇也并没有当作自家的亲人看待，从媳妇的视角看，自然公婆与娘亲相比的话，或存在巨大反差，因此会引发时代的来自做媳妇的强烈不满，而这种不满有没有一个正常的途径可以发泄，或者淤积在心中，或者通过不谙世事的孩子之口传递心中的不平。

　　　　丝瓜儿，两头环，做了媳妇难上难，冰冷水，晚秋天，淘米在井边，

　　　小叔子，钢钻眼，瞪眼把人看，看我偷米不偷米？偷盐不偷盐？（河北）

　　如童谣所述，冰冷的水，晚秋的天，媳妇在井边淘米。小叔子一副不信任的眼睛死盯着她，看她偷米不偷米，偷盐不偷盐。这里所隐藏的社会生活更加复杂。媳妇娘家与夫家的贫富有差距，就隐含着"门不当户不对"而导致的婆媳冲突。媳妇尽管一步登天嫁到富裕家庭，但其背后所带来的家庭内部的歧视更会在媳妇心中留下深刻的烙印，女性所遭受到的心理创伤也是刻骨铭心的。当现实条件已经不能发生变化的时候，这种被监视、被怀疑的处境依然是一种难以让人接受的非人礼遇。

　　"门当户对"在旧时指男女双方的社会地位和经济情况相当，除此之外还包括思想价值观念的相当。这一习俗反映的不仅仅是婆媳双方因为门第的高低

而引发的歧视，更反映出由于婆媳的生活观念差异、地域文化差异、身份地位差异以及所受文化教育的差异而导致的婆媳冲突。《礼记·昏礼》叙述，"婚礼者，将合二姓之好，上以事宗庙，而下以继后世也，故君子重之"①。由此可见婚姻的社会意义之重大，相对而言夫妻间的感情就被看得很轻，加之我国传统社会对儿女的婚姻向来都是"父母之命，媒妁之言"。因此，在旧社会，传统"门当户对"的观念对婆媳关系中的影响是异常深重，并加剧了婆媳间的冲突和对立。

再如童谣：

（1）盹睡佛，盹睡佛，盹睡起来没奈何。几时熬的公婆死，一觉睡个大晌午。盹睡神，盹睡神，盹睡起来不由人，若是没有公婆管，还算一个什么人？（河北完县）

年轻媳妇，生儿育女（不断地怀孕、授乳，耗伤精力），侍候丈夫，家事辛苦，长日劳作不息，加之精神郁郁，怎能不常打盹睡呢？上下两截，一面是由公婆管束的因过度劳累而盹睡不断，一面是熬做婆婆，可以睡倒自然醒。怨恨、信崇意念，两相对照，苦不堪言。

（2）清晨起，冷呵呵，挽起袖子就刷锅，大锅刷个明细净，小锅刷个赛堂锣。叫声小姑子凑把火，我到上房问公婆，头一句，没作声；二一句，生气了，今天有我你问我，明天无我你奈何？——鼓靠鼓，锣靠锣，新娶媳妇靠公婆，二龙取水靠天河。（辽宁潘阳）

（3）长的真拙！长的真拙！不会拿针去穿线，不会拿帚去刷锅，一顿吃了八个大窝窝，比着汉子还吃得多的多。会吃会穿不会做，比我女儿差得多，全是妈妈不会养，偏偏留下这个没奈何。（北平）

婆母嫌媳疼女，偏心可见。

（4）妈妈夸女不是夸，好女赛是一枝花，世间夸女家家有，那有婆婆夸媳佳。（江苏江宁）

---

① 曾亦、陈文嫣：《礼记导读》，中国国际广播出版社 2009 年版，第 383 页。

同为女子，均为母亲手心里的宝，为身份的不同，原来的关爱荡然无存了呢？

　　（5）锥帮子儿，纳底子儿，挣了二升小米子儿，推推捣捣，给他婆婆，吃顿犒劳。（河北顺义）

　　　　　　　　　　　　　　　——民国、河北《顺义县志》

　　（6）婆母烧火媳做饭，远看丈夫转回还。问婆母："穿红还是穿绿？"心里恍惚，将片片糊在婆母娘上，你说恍惚不恍惚？（山东荣成）

　　　　　　　　　　　　　　　——张玉芝《山东省渔民歌谣集解》

渔夫离家，往往二三月难归，渔妇在家，望穿秋水。偶见丈夫意外归来，情不自禁，哪有心神不恍惚之理？

　　（5）天上的星数不清，一升糯米炒八升，大娘教我浮浮炒，二娘教我炒过心，三娘说我偷了大半升。我的娘屋里也不富，也不穷，金锅盖，银灶门，不踏车，水也流，不种芝麻也吃油，白田①种了八百亩，水田种了万万丘。（湖北）

如上所举都是以控诉出嫁女的苦难生活，尤其是表现婆媳关系的写作，力透纸背。在刘经菴《歌谣与妇女》的序中说：

中国妇女向来不但没有经济政治上的权利，便是个人种种的自由也没有，不能得到男子所有的几分，而男子自己实在也还过着奴隶的生活，至于所谓爱的权利在女子自然更不必说了。但是这种不平不满，事实上虽然还少有人出来抗争，在抒情的歌谣上却是处处无心的流露，翻开书来即可明了的看出，就是末后的一种要求我觉得在歌谣唱本里也颇直率的表示着；这是很可注意的事，倘若有人专来研究这一项，我相信也可以成就一本很有趣味更是很有意思的一部著作。②

所幸世人已经清晰地看到当前人类背负的不同的压力，并清楚地认识到歌

_____

① 白田，也为水田的一种。

② 刘经菴：《歌谣与妇女》，商务印书馆 1925 年版，第 2 页。

谣在反映民众心中郁结情感的价值与意义，如果有人加以细致地梳理与研究，相信可以"成就一本很有趣更是很有意思的"著作。

由此这类童谣具备下面几种特点：首先，童谣文本虽未登正统文学的大雅之堂，但同样作为一种民间文学的研究文本，在处理与再现婆媳冲突的叙事过程中，实现了正统成人文学婆媳关系表现"盲点"上的突破，从而也促进了文学表现的主题的丰富性。其次，这类童谣文本无论是单方面展示婆媳矛盾冲突的残酷，以及由此带来的非人道生活，还是控诉那暗无天日的世道，基本上保持的是以真实的心理情感体验为基础，表现弱势女性——媳妇的悲苦、奔突、挣扎，以及获得人格尊严、价值认可的终极心愿。最后，童谣文本尚未超越古代文学中的好人/坏人二元对立、简单处理关照婆媳矛盾的叙事模式，以人道主义立场或者古朴的世俗理性、民间理性来关照婆媳矛盾，对所有女性当事者以及自身都寄予了无限的同情与深厚的关爱。

三、甥舅关系

童谣中还有一类表现舅舅舅母与外甥之间关系的家庭描写，由于这类题材与儿童生活极其接近，因而成为具有普遍性意义的主题。同时这类童谣是姑嫂关系、婆媳关系的延伸，依然带有深刻的社会文化内涵。此外，由于童谣文体面对儿童的特殊性，还有一种调侃与戏谑的成分，如以下童谣：

> 黄花儿，着地生，我是外婆亲外孙。外公出外叫请坐。外婆出来叫肝心。舅舅出来不做声，舅姆出来努眼睛。一碗饭，冷冰冰。一双筷子，水淋淋。一碟菜，二三根。打碎舅姆莲花碗，一世不上舅姆门。

> ——清·郑旭旦《天籁集》

此谣与之前所引的出嫁女回娘家的情景大同小异。此时的外甥，也就是出嫁女的子嗣所感受到的外祖父、外祖母、舅舅以及舅母的不同态度，约等于出嫁女回娘家时的情形。外甥在某种程度上可以替代母亲的角色，比如外祖父母在见到外甥时，宛如见到亲生女儿，在旧制时代，随着年龄的增长，出嫁女已

149

不像当年有较为充沛的体力与精力可以自由往返娘家了，于是代为行使特权和探望母亲的职责就由"儿子"来承担。一方面是儿子长大成人，已经可以替代母亲实施探望之责，更重要的是，在以男性为中心的社会中，儿子理应具备母亲的形象与义务，由儿子来行使母亲的职责，更是一种荣耀的体现。由此，外甥代母回家，原则上理应受到礼遇，然而也有可能会遭受到娘所体悟的遭遇。歌谣中就有此内容的体现。当然，越是被人理解与共识的事情，如舅母是在大家庭中，唯一与出嫁女及外甥没有血缘关系的人，原则上是不可能发自内心的关爱外甥，但越是这种共识，越有可能成为童谣中加以调侃与慰藉的内容。如下一首童谣：

> 花红轮车就地滚，我是舅舅的亲外甥。舅舅让吾家里坐；舅母见吾黑忿忿①。不吃你茶，不喝你酒；拿起马鞭就是走。走在小路上，逢著小姊姊。小姊姊，切豆腐，切破手，告舅舅。舅舅不是好舅舅，鼻梁漥里炒豆豆。

> ——朱天民《各省童谣集》

这首童谣是描写舅母不亲热，引起小外甥的反感。因此，小外甥率性而为，"不吃你茶，不喝你酒；拿起马鞭就是走"，就连舅舅也不成为好舅舅了，竟要在鼻梁漥里炒豆豆。这类童谣南北方都有，以舅母为谤毁的对象，并非全指舅母不亲，而多是引逗小儿发笑的。童谣毕竟包含着儿童天真率性的一面，或许妗子的黑脸让他一时不快，但很快就忘掉，瞬间想起那些让人开心的事情了。

如以下童谣：

（1）小老鸹儿，黑顶顶，俺去姥姥家住一冬。姥姥看见怪喜欢，妗子看见瞅两眼；"妗子妗子，你hoou瞅②，茄子开花儿俺就走。"小搁瓜儿，圆周周，锤儿打，手甲抠；肉儿吃，皮儿丢，掉下瓜儿子儿送朋友；西瓜皮做袄啊，甜瓜皮做袖儿啊，茄子开花儿打扣儿啊。

---

① 黑忿忿：满脸怒气的样子。
② hoou瞅：你不要瞅的意思。

——白寿彝《开封歌谣集》

（2）黄瓜棚，着地生，雪白圆子①请外甥。外甥吃仔三两个，舅妈面浪气膨膨，娘舅跑到房里掼家生。外婆话："阿喂，阿喂勿要实梗②，同胞妹妹看娘面，千朵桃花一树生。"外公跷起仔胡子勿管帐③，外婆盘④勒角落里哭一场。（吴县东山）

——《吴歌》第五辑

（3）摇啊摇，摇到外婆桥，外婆留我吃糖糕，糖蘸蘸，多吃块；盐蘸蘸，少吃块。外婆留我堂前坐，舅母留我竈前蹲，蹲啊蹲，一碗饭儿冷冰冰，一双筷儿水泠泠；煎勒鲞，尾巴焦，一块肉儿肥拖拖。（杭州）

——朱介凡《中国歌谣论》

（4）小枣树，上芃芃，在俺老娘家住几冬。老娘看见好喜欢，妗子看见瞅两眼。妗子，妗子，你不要瞅，荞麦开花咱就走！（直隶完县）

——《歌谣》第三号

（5）摇摇摇，摇到昆山水磨桥。水磨桥浪跌一跤，又买团子又买糕，外甥吃仔快点摇；一摇摇到外婆桥。娘舅出来请吃茶，舅母出来请吃饭。盛碗饭，冷冰冰，拔双筷，水淋淋，掼碎外婆家一只毛粗碗，三年不上外婆格老大门。（吴县）

——《吴歌》第五辑

综上所举几例，主要表现外甥回祖母家的遭遇，仍然延续出嫁女回娘家境遇不平的体例。在以亲属关系为整个社会结构重要基础的社会中，甥舅联系是母系亲属权利在娘家建立联合、增加外援、壮大力量的重要方式，而甥舅关系的断裂，成为出嫁女儿放弃对女性母家的所有权利，因而在某种程度上无法保障女儿在丈夫家族中的权利和地位，即使出嫁女儿利益受损时也无法得到支

---

① 圆子：即丸子。吴俗家家户户岁朝隔年搓的糯米粉丸子。

② 实梗：这样。

③ 勿管帐：不管不理的样子。

④ 盘：躲。

151

援，甚至补偿，这甚至是对出嫁女儿本群利益的一种损失。出嫁女在夫家的最大、也是最后的一道支援军就是舅舅家，这里的舅舅家自然是父母亲之后必然产生的一支生力军，因此，"舅父是援助的强力"。在很多的文学作品和传说故事中，都有讲到，人们最敬重的人莫过于自己母亲的兄弟——舅父，人若没有舅父，就会过着任人欺凌的艰难日子。甥舅的关系看似复杂，其情感纽带是母亲与舅舅之间的姐妹同胞情，但实际上是男权社会下对女子的规范"在家从父，出嫁从夫，夫死从子"的变体，舅舅是出嫁女在娘家的男性支柱，外甥是她在夫家的男性"靠山"，而一旦外甥与舅舅之间的联系因其他家庭成员的出现而解体，毁掉的是出嫁女在娘家的外援，也更大大折损了她在夫家的实力。外甥在外祖家的遭遇又会不打折扣地反映在出嫁女的身上，因而还是一场女性的悲剧。

然而这类童谣还有一重游戏与调侃的成分，由于是说讲给儿童的歌谣，歌谣中即会拿最关键和最重要的生活内容加以调侃，表面上外甥没有遭到那种待遇，但是会在童谣中加以假设与突出，有故意夸张与凸显舅母不亲之嫌，有故意调侃之意。

第三节　以男女婚嫁为题材的童谣

中国诗歌文学中，从来都不缺乏对爱情的大胆追求和坦率表达，或描写幽期密约的兴奋与邂逅的喜悦，或描写真诚的相爱与刻骨的相思，或描写失恋的痛苦与爱情受阻的哀怨。可以说，爱情婚姻的全过程，是贯穿婚恋歌谣的永恒主题。在童谣中，这类主题的表现尽管受到接受主体年龄以及领会能力的某些限制，但其总体走向依然展现了民众的普通人性和丰富的民俗风情。

一、"看见她"

小女婿去丈人家，看见未婚妻，倾慕得不得了，急巴巴的要娶她。此类歌谣南北各地都有，其起兴、结构，描画的境界，纷杂多姿，而主题归一，旨在表达情窦初开的少男少女内心的动荡。最先开启"看见她"歌谣研究的是《歌谣》周刊的编辑常惠先生，他在《歌谣》周刊创刊号上发表文章《对于投稿诸君进一解》，引用了一首叫作《隔着竹帘看见她》的歌谣在北京、北地、京兆、河北、安徽绩溪和旌德、江西丰城、江苏镇江、夏口、陕西 10 个省份和地方的不同变体，并写道："我们征集了几年的歌谣：现在差不多二三千首，再拿地方来说也有 22 省。本应出书了，但是为什么又出周刊呢？因为有二层问题：一层还是材料太少（因为许多谚语混在里面），二层就是整理的困难。现在关于这两层问题：我们要同时下手，一方面还要各处征集歌谣，一方面设法整理。……就拿一首《隔着竹帘看见她》作例。韦大列辑的《北京歌谣》上说：'沙土地儿，跑白马，/一跑，跑到丈人家。/大舅儿往里让，/小舅儿往里拉，/隔着竹帘儿看见她：/银盘大脸黑头发，/月白缎子棉袄银疙瘩。'……"又写道："从一首歌谣脱出十几首来，地方到占了八九省，几乎传遍了国中。但是各有各的说法，即便相隔很近的地方，说法也都不同；很有研究的价值。并且我不相信只有这几首，还希望有的多。我更怕有一层：若是有人见了我们报上登的无论那一首，'说这首与我们家乡的简直差不多，或者是几乎完全一样。'因此没有把它写来，那真可惜了。"① 常惠的文章对于稍后到《歌谣》周刊作编校的董作宾是一个启发，他便从歌谣研究会当时已收集到的一万多首歌谣中筛选出 45 首同一"母题"的《看见她》歌谣，并对这些流传于不同地区而又大同小异的歌谣作了认真深入地考订和研究。

受提倡白话文学、关注民间文学胡适的影响，他在一篇名为《歌谣的比较的研究法的一个例》的文章中第一次将"母题"这个民俗学上的术语引荐了中国的民间文学研究学苑。胡适写道："研究歌谣，有一个很有趣的法子，就是'比较研究法'。有许多歌谣是大同小异的。大同的地方是他们的本旨，在文学的术语上叫做'母题'（motif）。小异的地方是随时随地地添上的枝叶细节。

---

①　常惠：《对于投稿诸君进一解》，《歌谣》1922 年 12 月 17 日。

往往有一个'母题'，从北方直传到南方，从江苏直传到四川，随地加上许多'本地风光'；变到末了，几乎句句了，字字变了，然而我们试把这些歌谣比较看看，剥去枝叶，仍旧可以看出他们原来同出于一个'母题'。这种研究法，叫做'比较研究法'。"① 胡适的比较研究法不仅给民俗学以及文艺学提供了一种研究方法，甚至还提供了歌谣传播方式的一种认识。

1924年10月在《歌谣》周刊第62、63、64共三期上连载的一篇董作宾②关于歌谣"看见她"母题研究的长文——《一首歌谣的整理研究的尝试》，共选出四十五首各地方的这类童谣作比较研究，迅速引起了歌谣研究界的关注与重视，并引发了学界对此的讨论。在《一首歌谣整理研究的尝试》刊登后的十三年间，董作宾"常常注意到'看见她'母体歌谣的采辑，无论是在拿着粉笔或者肩着锄头的时候"。因此，他在又搜求到二十三首此类母题的歌谣的基础上，于1937年3月续写成文为《〈看见她〉之回顾》，打算"把新旧材料，重新整理一番，再作为一篇专论"。1970年12月，朱介凡写《为看见她集稿》，另举出十首，最后结集成书，仍命名为"看见她"，收为国立北京大学、中国民俗学会民俗丛书之第二十三种，于1971年春由台北东方文化书局出版。各地各种均抽取几例加以分析：

（1）东边来了一个小学生，辫子拖到脚后跟，骑花马，坐花轿，走到

① 胡适：《歌谣的比较的研究法的一个例》，《努力》周刊第31期，1922年12月4日。后收入《胡适文存》二集，亚东图书馆1924年11月初版。

② 董作宾（1895.3.20—1963.11.23），中国现代民俗学家，原名作仁，字彦堂，又作雁堂，号平庐，河南省南阳温县董阳门村人。1915年春，考入县立师范讲习所，毕业后留校任教。1919年冬，与同学筹办《新豫日报》，任编辑、编校，兼实业厅调查委员。1922年入北京大学旁听语言学家钱玄同的课程，闲暇时对罗振玉的《殷墟书契前编》进行摹印、研究。1923年，被吸收为北大研究所国学门研究生，学习语言学、考古学、人种学和历史学，师从王国维。在北大期间，他参与了《歌谣》周刊的编辑工作，还先后参加了北大考古学会、风俗调查会、方言调查会，并于1924年，兼在甲子报主编社会新闻和每日评论。1925年春，离北京大学赴福州就任福建协和大学国文系教授。1927年，到中山大学历史语言研究所筹备处，结识筹备负责人傅斯年。1949年去台北，任历史语言研究所所长，台湾大学教授，香港大学教授。出版有《看见她》歌谣研究小丛书等。

丈人家。丈人丈母不在家，篾背后看见她，金簪子，玉耳挖，雪白脸，淀粉搽，雪白手，银指甲，梳了个元宝头，戴了一个好翠花，大红棉袄绣蘭花，天青背心蝴蝶花。我回家，告诉妈，卖田卖地来娶她，洋攒手圈就是她。（江苏）

（2）白纸扇，手中拿，亲哥听见走人家，黄家门前跕一跕，大舅子扯，二舅子拉，拉拉扯扯吃盃茶，吃了清茶吃换茶，八把椅子是摆家，红漆桌子拭布拭，十二碟，摆下他，风吹隔眼瞧见她：漂白袜头枝子花，青丝头发糯米牙，还缓三年不接她，摇窝扁担挑娃娃。（湖北汉阳）

——《歌谣》第六十二号

（3）燕雀燕，双屹岔，你骑骡子我压马，看谁先到丈人家。进的门磕一头就走呀！大姨子留，小姨子拉，拉拉扯扯就坐下，油漆棹子搌布摸，乌木筷子斤哩川，四个菜碟单摆下，坐煎酒，泡桂花，风摆门簾看见她：白白脸，黑头发，包包嘴，糯米牙，白白手，红指甲，银镯子，十两八，银筒箍，珐琅花，缎子鞋，打子花，还是奴家亲手扎，步步走路踩莲花。走路好像风摆柳，立下就像一股香，坐下就像活娘娘。我回去，先与爹娘夸一夸，卖房卖地要娶她。娶回来莫当人看待，一天三根香，三天九根香；后来三天下了炕，扫脚地，腰吊腿长，尻子跟著捞摅。（陕西东南部）

——《歌谣》第六十二号

（4）三葉三，两葉两，三葉底下跑竹马，散开鞭，跑开马，一跑，跑到丈人家。大姨出来拴大马，小姨出来拴小马，大马拴在梧桐树，小马拴在石榴花，掉下鞭子没处挂，挂在丈母门头下。大马吃黑豆，小马吃芝麻，隔着门簾看见她：通红舌头雪白牙，青丝头发黑黝黝，两鬓还插海棠花。耳戴金耳环，手戴戒指忽喇喇；高底鞋，錾梅花，左梳头，右插花，俊死她来爱死我，典房卖地娶过她。（山西晋城）

（5）小花孩，骑花马，花马不走使鞭打，一走，走到丈人家。大舅子出来接着鞭，二舅子出来拢着马。大姨子扯，二姨子拉，羞羞答答到她家，大马拴在梧桐树，小马拴在后园一枝花，马鞭挂在小姐楼底下，隔着

薄簾望见她：梳油头，带翠花，脸上又使官粉擦，再等三年不来娶，老了莲蓬谢了花。（河北）

——《歌谣》第六十二号

（6）小二傻，骑之骡子牵之马，东庄就是他丈人家，大舅子看见往家让，二舅子看见往家拉，三舅子看见搬把椅子你坐下，四舅子看见紧筛酒，漫筛茶。小二傻，上马棚里拴马去，窗户棂里瞧见她：沙白的脸，官粉搭，漆黑的头发红绳扎，红绸子裤晒大晒裆，绿丝带，一搭拉，红绫子小鞋拉线花，看个日子娶打了罢。（山东泰安）

——《歌谣》第六十二号

（7）张相公，骑白马，不走大路踏泥巴，一踏，踏到丈人家。丈人丈母不在家，大舅子扯，二舅子拉，拉拉扯扯才坐下。红漆桌子揩布抹，四个菜碟忙摆下，一壶酒，来谈话。风吹门簾看见她：粉白脸，黑头发；倒丫角，插翠花；八宝耳环三钱八；步步走的是莲花。回去拜上爹和妈，卖田卖地来接她。（四川成都）

——《歌谣》第六十二号

（8）初一十五跑人家，一跑，跑到丈人家。大舅子扯，二舅子拉，拉拉扯扯吃盅茶。吃了粗茶换细茶。十二个碟子摆梅花，头饮酒，头看花，风吹门簾瞧见他：红头绳，紧紧扎，金扁簪，拦腰架；金耳挖，当头插；金耳环，二面挂；金镯头，四两八；金戒指，配指甲；缎子背心洒菊花；红绸裙，牡丹花；红绸鞋，满面花；回去拜上爹和妈，择个日子去取她。再隔三年不取她，老了莲蓬谢了花。（湖南沅陵）

——《歌谣》第六十二号

（9）月光光，通通明，撑把伞，看丈人；丈人丈母不在家，掀开门簾看见她：粉红脸，赛桃花，小小金莲一拉抓。等得来年庄稼好，一顶花轿娶到家。（江西丰城）

——《歌谣》第六十二号

（10）大相公，骑白马，一骑，骑到丈人家。丈人丈母不在家，大姨扯，小姨拖，拖拖扯扯来坐下：便吃酒，便说话，风吹帘幕瞧着他：瓜子脸，糯米牙，弯弯眉毛，黑头发，回家卖田卖地亲讨他，讨回家，歪嘴萝葡花。（安徽绩溪）

——《歌谣》第六十二号

（11）太阳出来一点红，人家骑马我骑龙，骑真龙，过海东，海东有我丈人家。大舅子看见往里让，小舅子看见往里拉。丈母娘下炕就烧茶；一碗茶，没喝了，隔着竹帘瞧见她：青缎中衣裤涌扎，月白小襖狗牙掐，小红鞋儿，二寸八，上头绣着喇叭花，等我到了家告诉我参妈：就是典了房子，出了地，也要娶来她！（北京京兆）

——《歌谣》第六十二号

"看见她"的大致结构情节分为五个部分，即因物起兴、到丈人家、招待情形、看见她了、非娶不可。但综合起来，五段中第二、四段最为重要。第二段是"到丈人家"，第四段是"看见她"，本题的精华就是这两段。第一段"因物起兴"有的长、有的短，有的童谣则全然省略此段。第二段"因何而起"颇有些形形色色：有"骑花马，坐花轿，走到丈人家"（江苏）——路过；有"你骑骡子我压马"（陕西）——比赛；有"一跑，跑到丈人家"（山西、湖南）、"一走，走到丈人家"（河北）、"一踏，踏到丈人家"（四川）、"一骑，骑到丈人家"（安徽）、"撑把伞，看丈人"（江西）——串亲戚。第三段"招待情形"唱的人可以随口改词。有"大舅子扯，二舅子拉"（湖北、四川、湖南）、有"大姨子留、小姨子拉"（陕西、山西），到了山东泰安就又加倍了，平添了三舅子、四舅子两位招待员，河北又出现了大舅子、二舅子、大姨子、小姨子的招待员团队。第四段"看见她"是全题的主脑，所以无论哪一首以"看见她"为主题的童谣都有，不过形式不同罢了。第五段一般童谣都表示非娶不可之意，以"卖田卖地要娶她"为最多。

"看见她"题材的歌谣出现的区域极其广泛，同一个母题随各处的情形而字句上必有变化，而变化之处就是地方的色彩，也就是采集风俗的师资，所以歌谣中一字一句的异同，甚至于别字和伪误，在研究者而言都是极其珍贵的。

157

就像本题所采撷的那样，简单一百余字的歌谣，到一个地方就染上了一层深深的新颜色，以前他处的颜色，同时漫漫的退却，因而从所举之例而言，分别可以从女子的装束、婚姻的态度、待客的情形，器物等四个方面加以阐发。

第一，女子的装束。

叙述女子的装束和容貌的美丽，是"看见她"主题歌谣中最精彩的部分，这一段叙述小学生眼中标准的未婚妻，其实代表了那个时代以及那个地区民间女子衣帽服饰、容貌妆容的审美标准，也可以说是青年心目中理想的美人。比如北京的（参用武清）：青缎子做的中衣在裤筒里紧紧地扎着，干净利索；月白色的小棉袄，掐着"狗牙"一般的纽扣，明亮得体；小红鞋，只有二寸八，娇小玲珑，鞋面上还绣着喇叭花，端庄秀丽。如湖南美女的描绘：头发是红头绳紧紧地扎着，黄橙橙的扁簪，耳挖都是金的，耳上挂着金的耳环，手上戴着金镯头，足有四两八，指上戴着金指甲，配着金戒指，穿的是洒满菊花的缎子背心，绣着牡丹花的红绸裙子和扎满了花的红绸鞋。再如陕西的美女：黑黑的头发，白白的脸，包包的嘴，糯米的牙，白白的手，红红的指甲，手上戴着的银镯子足有十两八，银筒箍儿带珐琅花；脚上穿的缎子小鞋绣满了花，是姑娘亲手做成的，每走一步脚踩莲花一般。走起路来如风摆柳一般优美，停下能闻到清香，安坐下来犹如活娘娘。江苏的美女标准是：头上戴的是金簪子，玉耳挖，雪白的脸上搽的白粉，手儿纤细白皙，配着银指甲，头上梳了个元宝头，戴了一朵大翠花。身上穿的大红棉袄上绣着兰花，天青色背心上绣满了蝴蝶花。由此观之，可以知道古代中国女子一般统一的装束都是黑头发梳起来，粉白的脸，头上戴有簪子、耳挖或者鲜花，身上穿着绣有各种图案的棉袄、棉背心，走起路来仪态端庄。由此观之，北方多穿高底鞋，南方则否，北尚朴素，南多奢靡，此其大概。

第二，婚姻的状态。

中国的婚制是父母包办式的，这类歌谣就是它的小影。对慕生的男女从不曾会见一面，两地的怀想定是少不了的。此歌绝不是出自男子所作，大都是年长的妇女替儿童描写想象中未婚妻的作品，一方给儿童一个婚姻的观念，一方抒发她们文学的天才，才产生出来的东西；多少带有一点自况的意味。

11 个地区的《看见她》文本，都众口一词地描绘了从晚清到民国这段时期里农村流行的婚姻状态，即婚制、婚俗：

（1）早婚。从各地歌谣中所说的"小学生"（江苏：东边来了一个小学生，辫子拖到脚后跟）、"小花孩"（河北：小花孩，骑花马　花马不走使鞭打）、"小二傻"（山东：小二傻，骑之骡子牵之马，东庄就是他丈人家）、"大相公"（安徽绩溪：大相公，骑白马，一骑，骑到丈人家）、"张相公"（四川成都：张相公，骑白马，不走大路踏泥巴），可以看出，主人公都是年纪很小的少年。至于大相公（绩溪）、张相公（成都），或者年龄稍长，但都是预约婚姻，与儿童订婚娶亲是一样的。

（2）中国人订婚早，都有一种预约的婚姻，但这班青年男女的终身大事一定是由父母之命、媒妁之言决定的，而当事人却不曾有见面以及裁决的权力和自由，而仅在年幼的心灵中，冥冥之中知晓婚姻这桩大事。订婚自然是父母代办，结婚也须禀请父母批准，婚费也要花不少，因此，非等年成好了（南通），或卖田、卖地、卖房（陕西三原），不能操办；甚至有的爹妈不答应娶亲，或就礼金不凑手，便要寻死上吊的（直隶唐县等），真是可怜。从歌谣所描写的婚制婚俗，概括如下思想：中国的婚制是父母包办式的。

第三，待客的情形。

女婿是丈人家的座上宾，款待自然十分讲究。待客情形，以山西、陕西、河南、四川为例，都要有四个菜碟，酒和茶，湖北、湖南却又格外排场，一桌摆了十二个茶碟，并且讲究清茶、红茶、粗茶、细茶等。真到招待的时候，大舅子、二舅子远接近迎，拴马、拿鞭，甚至大姨子、小姨子、大姈子、二姈子等女眷也热情地拉拉扯扯往里让，往里请，让座、请茶、劝酒，好不热闹。虽是作者的滑稽态度，故意开玩笑，然而也足以想见，平民老百姓将儿婚女嫁看作是家庭中一件可以开玩笑、休闲娱乐的机会，民间男女可以公开交际的思想也进行了展露。

第四，器用的一斑。

由于准女婿的到来，举家热情高待，所以所用器物既体现了日常用具的特色，比如江苏的歌谣展示的女婿骑"花马"，坐"花轿"；湖北汉阳歌谣里出现了八把椅子、红漆桌子和十二碟的习俗；陕西歌谣中出现了油漆棹子、乌木筷子、四个菜碟等器物与风俗；四川成都歌谣中出现了红漆桌子、四个菜碟的器物等。

"看见她"题材的童瑶，因出现的地域、风俗不同，而呈现了诸多细致的差异，但中国大江南北、城市乡村，此类男孩子看见"她"的童谣还是呈现了一种主旨意识——当男女青年适宜婚嫁的年纪，总会产生这种朦胧的情愫，因而，男女青年自由恋爱的理想是历代各地反复咏叹的主题。

二、人生婚嫁

婚姻家庭是社会构成的基本单位，也是其所处社会情形及状况的缩影和反映。我国婚姻风俗源远流长，并且极尽丰富，因此其在童谣中的反映也是五花八门的。单说孩子们关于婚姻题材传唱时表现的高兴、愉悦的样子，好像似乎领略了那两性间神秘意味似的，实际上，从某种角度而言，我们可以知道当人们尚未成年时，已经有了婚姻的观念，或者婚姻思想在逐步形成。

人生婚嫁的事，儿童所说唱的都是站在妇女方面来代言。诸如：望嫁的心理，嫁给谁呢？要嫁妆的问题、出嫁、女婿不成材、丈夫太幼小的痛苦、妇女婚姻不满、骂媒人等。至于站在男性方面的代言，则应有：看见她、望娶、娶亲的兴高采烈、小两口的甜蜜。这些情景，孩子们都可以看在眼里。

（1）哎哟我的妈，我今年快十八，人家都用轿子娶，我还怎么不拿马来拉？（北平）

（2）姑娘姑娘起来吧，婆家送对花来啦，姑娘说的我不要，只要婆家一顶大花轿。（江苏泰州）

（3）喜鹊叫，尾巴傪，拜上媒人拜上他，拜上公公老王八，成箱衣服上了徽，枕头烂了半边花。再过三年不来娶，怀抱娃娃到他家。（湖北）

（4）大姑娘，十几了？婆婆家，要娶了。六箱大柜给你了：一对儿龙，一对儿凤，小花鞋儿，蝴蝶儿梦①。花红彩轿满天星，金瓜钺斧朝天镫，一路吹打花得胜②。（北平）

很难说歌谣的作者是表达自身"望嫁"的心理，还是借儿童之口，表现青年人的同感——随着年龄的增长，那种渴望爱情与婚姻的愿望越来越迫切，于是乎直白而毫不回避地梦想着花轿上门的时刻。吹吹打打，喜气洋洋，全歌描绘出望嫁所想的醉心情景。俗言道："男大当婚，女大当嫁。"又言："谷老不可留，留来留去掉了头；女大不可留，留来留去变成仇。"因为"食色性也（荀子：不事而自然者谓之性）"；"饮食男女，人之大欲存焉"。儿女已长大时，生理既充足，情欲亦发达，倘不嫁不娶，至少要发生多梦寐幻境。有童谣为证：

日头出来照西坡，小二姐哭的泪如梭，歪倒做了一个梦，梦见婆家来娶我：头抬一乘花花轿，一下落到东南坡。爹爹拱拱手，让到客厅坐，先上点心后上馍，四碟咸菜也不错，娶客进到小房来催我，面向西南上了轿，一下抬到东南坡。手把轿门往外看，娶女客骑的高头马，新女婿骑的大青骡，头上红缨有四两，实纻马褂外套着；漫长脸，尖下壳，碎白麻子也不多，面向西南下了轿，两个嫂嫂来扯我，一扯，扯到小房里，小姑拿了三个小蒸馍，叫声："嫂嫂你吃吧，再迟三天吃窝窝。"（河南荥阳）

自两汉社会起，主流婚姻形态就是早婚，但仍然存在"过时不嫁"的现象。据传世文献与西北汉简所见女性的初婚年龄集中在15—20岁，超过此年龄段者即可视为"过时"。"过时不嫁"现象对女性身心健康、社会秩序安定和人口增值等都有一定的影响。因此，自汉朝民间百姓就明白了要及时婚嫁的道理。男子渴望自然年龄婚嫁尚可理解，而女子一般深居闺中，其渴望美好爱情与婚姻的愿望则更加迫切。如以下童谣：

对门山上一口缸，姑嫂二人去烧香，嫂嫂烧香求儿女，姑姑烧香去找

---

① 蝴蝶儿梦，绣鞋上的花色，也隐喻着婚期好事近。
② 花得胜，是带花点的得胜令，曲牌名，昔日北平迎亲，都吹打这一鼓乐。

郎；你有郎，我无郎，背起包袱跑他的娘。（湖北）

吴歌中同样情境的句子："你有郎勿晓得我无郎苦，大熟年成也有隔壁荒。"这是情歌，少有教孩子唱的，但一般过时不嫁类童谣诵唱时少有成人情歌中的色情味道。

　　橘子皮，桂花香，打开城门嫁姑娘。我的姑娘不嫁的，留在屋里涉骂的；我的姑娘不走的，留在屋里喝酒的；我的姑娘不抬的，留在屋里抹牌的。（湖北武昌）

此谣有可能是待嫁女儿望嫁不得嫁，因而口称不嫁的歌谣，反映的是待嫁女儿的心理，正话反说，自反面来喻说的，抑或是母亲难以割舍出嫁女的情怀，表达不愿接受女儿出嫁的事实，因而留女儿在家。男子的待娶与女子的望嫁还有差别，一般女子出嫁原则上是嫁到男方，女方家庭是出人的；而男子是迎娶新娘，理论上是入人的，所以在此问题上，男方与女方的欢喜程度有本质上的区别。同时女方在出嫁当天一般有"哭嫁"之说，一来表示离开家庭的悲伤，二来对未来陌生家庭生活的恐惧。从另外一个层面上讲，哭嫁已经成为一种风俗，一般大家闺秀，受过大家庭教育的女子在婚嫁之时，一般会落泪以表示难过，这也是大家风范的表示。相反，男方则喜气洋洋，张灯结彩。俗语说，人生的四大喜指的是：久旱逢甘霖，他乡遇故知，洞房花烛夜，金榜题名时。这四大喜除久旱逢甘霖之外，其他约等于男子的大喜事。他乡遇故知，女子不可以吗？在旧社会，女子一般外出较少，以"女子无才便是德"的社会规律加以约束。当年祝英台也是女扮男装才得以有读书学习、与梁山伯做同学的机会。女子们，尤其是大家闺秀，一般深居简出，接触的是丫鬟、仆人等家中之人，想让她们在他乡遇到故知，一来她们很少出门，二来她们很少有故知，实难实现。而洞房花烛夜与金榜题名时则更是男人最得意、最风光的时刻了。因而拘束在较小生活空间中的女子在生理成熟的年龄，在父母包办婚姻的制度约束下，"望嫁"的心理渴望郁结在内心，过时不嫁的怨恨较男子更加强烈。

普通的女子都是：嫁汉，嫁汉，穿衣吃饭。男子倒不算什么，只要有穿的戴的全成。然而对于早熟的女孩子而言，梦想里就包含着一世的愿望，一看童谣便知：

> 金竹桠，苦竹桠，对门对户打亲家；张家儿子会写字，李家姑娘会绣
> 花；大姐绣的灵芝草，二姐绣的牡丹花；只有三姐不会绣，天天坐起纺棉
> 花。纺一首，哭一声，叫你哥哥去砍柴，柴又远，水又深，说你哥哥没良
> 心。（四川）

——《歌谣》第五十七号

类似的将重要的事情加以调侃的表现手法在文学作品中经常出现，童谣也是如此，最典型的是将女子出嫁一事加以调侃。人常说，男怕入错行，女怕嫁错郎。对于男子而言，事业是一生的立身之本，没有了正确的行业选择，就会导致终身失败；而女子怕嫁错郎，实际上隐藏的意思是，女子的一生理应寄托在男子的身上，如果男子不争气或者对女子不好的话，那么将会带来一生的不幸。那么由"女怕嫁错郎"引发的童谣就应运而生，同时还颇带有游戏调侃的味道。

女孩子结婚男方要给礼金，并以礼金的多少来衡量女方在男方家庭中的地位，如童谣云：

> 姑娘生得白，嫁给江西客，银子五十两，爹娘舍不得；再加五十两，
> 倒还可以得，只要有银子，亲生也舍得。（江苏江宁）

礼金的丰富是体现男方经济实力以及女方在男方家庭中重要地位的依据与表现，而陪嫁的丰厚是显示女方家境实力、帮助女方实现与巩固在婆家地位的重要标志。这是关联婚姻生活实质的作为。由于这个原因，女儿从内心里还是希望娘家能够多陪送一些。现代北方依然保留一种嫁女风俗，娘家准备一些硬币让女儿带走一部分，留下一部分。但在拿走时，不能不拿，也不能多拿，寓意为娘家陪送了银钱了，女儿如多拿了，意味着带走了娘家过多的财富，这是不懂礼节的表示。因此，朱门大户疼女、夸富，也有心散财，"过嫁妆"常有一两百抬的招摇过市，不仅一切生活器皿，大大小小都设想到，而还要加上房屋、田地、铺店，甚至用黄金做成小棺材，做女儿女婿百年偕老、送终的准备。女孩子要陪嫁，乃多见于童谣。

（1）妈呀妈，我要枕头两面花，嫂呀嫂，我要红裙配绿襖，哥呀哥，

我要骑马上高坡。(广西)

(2) 爹妈问我那里来？我在楼上绣花鞋，爹一双，妈一双，哥哥嫂嫂共一双。哥哥骂我赔钱货，我问哥哥赔几多？哥哥说：八匹猪，八只羊，吹吹打打过汉阳，汉阳出来姊妹多，又打哈哈又唱歌。哥啊哥，枕头花被窝，嫂啊嫂，红裙配绿袄，妹啊妹，金花银花十二对，姐啊姐，胭脂水粉问姐姐。(湖北武昌)

如以下一组童谣：

(1) 一只鸟仔哮挨挨，哮要嫁。嫁那位？嫁树尾。树尾无火烟，嫁烟鹑。烟鹑无鸿豆，嫁水鱼。水鱼水里泅，嫁榭榴。榭榴要结子，嫁老鼠。老鼠要挖孔，嫁与钓鱼翁。钓鱼翁要钓鱼，嫁蟑蟋。蟑蟋要蛟蛟，嫁与酒桶。酒桶要激酒，嫁与扫帚。扫帚要扫地，嫁与什细。什细要玲珑，嫁与司公。司公要读经，嫁与乳。乳要噴，嫁与蛋。蛋要啄，嫁与猪子鹊。

——《歌谣》第九号

(2) 山喳，山喳尾巴长，嫁给隔壁李三娘。李三娘矮又矮，嫁给螃蟹。螃蟹脚多，嫁给梨鸢。梨鸢拱背，嫁给桃妹。桃妹逃走，嫁给毛狗。毛狗骚臭，嫁给么舅。么舅嫌他，扯一根头发吊死他。(成都)

——《歌谣》第十号

(3) 穿针接花带，打锣，打鼓上皮鞋。鞋有样，袜有样，师公，师靶造和尚。和尚就会喃无，不如嫁竹坡。竹坡被人斩，不如嫁乌榄。乌榄被人磨，不如嫁秤砣。秤砣被人称，不如嫁米升。米升被人量米煮，不如嫁老鼠。老鼠会吠谷，不如嫁百足。百足会拑人，不如嫁老人。老人会写字，不如嫁崩鼻。崩鼻生个仔，两头亲家就嚟睇，睇得眼乜乜。门角落有只死鸡仔，捅开人都有一唻；门角落有只死鸡婆，通开门人都有麦箩。(高要)

——《歌谣》第十号

(4) 曲曲，抱驴驹；驴驹长大啦，闺女出嫁啦。出嫁那啦？出嫁老木树克杈啦；老木树克杈不要啦，嫁给胡桃啦；胡桃窟缩啦，嫁给木梳啦；木梳梳头啦，嫁给驴蹄啦；驴蹄拐弯啦，嫁给小三啦；小三放屁啦，呜嘟

嘟散戏啦。（河南新乡）

——《歌谣》第十三号

以上所举童谣没有实意，但均以"嫁谁"为主要思维架构，同时以嫁出的主体带有各种毛病，因而凑趣。然而，这种嫁人为主旨的童谣，其出发点还是源于女子出嫁世代相因的经典事件为蓝本的，同样寄予了社会文化传承的内容。

表现男子待娶的童谣中又是另一番味道。

（1）小白鸡儿，上柴禾垛，没娘的孩儿，怎么过：跟猫睡，猫抓我；跟狗睡，狗咬我；娶个花花娘，搂搂我。（北京）

（2）小小子儿，坐门墩儿，哭哭啼啼要媳妇儿。要媳妇儿干什么？点灯说话儿，吹灯作伴儿，到明早晨，梳小辫儿。（北京）

以上两首童谣为例作为分析，一般念诵这类童谣包含了几种意思：谣中唱诵的都是男孩子望娶的内容，同时表达了儿童对结婚事项的理解，尚不包含望娶的成分，但是结婚、娶亲这种成人眼中的大事理立在儿童的心目中留有重要的印记，尽管他们并不知道其中包含的真实内容以及复杂的社会意义。另外，一般这类童谣是长辈唱给男孩子听的，又包含着一种调侃、戏弄之意，将男孩子望娶的心理念唱出来，人们往往有将这类婚姻的喜事拿来调侃当事人的做法，撩拨男孩的心性，同时也以此作为玩笑之资。

童谣传播对最朴素的民间立场的寻求：首先应该肯定的是"平民意识"，是对世代民众价值追求的表述智慧，值得世人对其反复揣摩与认真研究。童谣尽管其传播领域有其特殊载体，但在"代表人民"的定位上，"用老百姓的思维来思维"的意义上，笔者认为是一种全新的理解。这种理解不仅带有身份的降解，还代表了一种醒悟，一种精神的自省与自律。因为在多数情况下，"为人民"或"代表人民"的文学往往被架空，而隐晦不明。这一文学的"民间伦理原则"事实上在童谣中一直显形与寻找。"童谣"的叙事核心结构就是"民间"，是民间社会和民间的生活，尤其包含的是民间的情感。当然这类男女婚嫁、家庭关系的矛盾处理等生活，过去一直处于"被改造"的边缘地位，在现代的透视镜下，成为需要重新审视的"主体"。

第四章　中国童谣生活叙事的科普价值

> 幼儿知识初启，索隐推寻，足以开发其心思，且所述皆习见事物，象形疏状，深切著明，在幼稚时代，不啻一部天物志疏，言其效益，殆可比于近世所提倡之自然研究欤。
>
> ——《儿歌之研究》

人类认知世界的通道有千万条，而童谣无疑是所有通道中充满乐趣的一条：唯其有趣而特别有效。儿童在自己或与他人（父母、老师或伙伴）或念、或唱、或玩童谣的过程中，自觉不自觉地走进了这个原本陌生的世界，展开了对世界人情物理的认知与感受。认知的第一步就是为世界命名。对于儿童而言，他们的首要任务不是建立自己的一套命名体系，而是更好地融合到他所处的语言系统中，识记早已被命名了的世界。而这个世界对于儿童更好地融入这个世界、更顺畅地理解世界、恰当表达思想有着至关重要的作用，因而童谣之于儿童的早期启蒙教育是非常关键与必要的。

儿童在认知世界的过程中，需要通过自身的活动以及成人的积极引导，逐步感知周围世界，发现问题，需求答案，开展探索活动，当然，这种激发儿童对科学探索的兴趣，让儿童掌握科学的方法不能完全依赖于童谣，但从儿童认知世界的角度而言，童谣具备了指导儿童认知的"科普价值"。所谓的科普，即"科学普及"，指的是目前人类所掌握和获得的科学知识与技能进行传播的过程。科学知识是人类世世代代积累和传递下来的宝贵遗产，是增加生物科学素养的重要保障，是形成科学能力、进行科学探索、孕育科学发明的基础。科技术语因其专业性、抽象性对于还在处于初步认知世界的儿童而言显得难以理解和识记，而童谣在有限的篇幅里运用生动有趣的对话、语词将儿童吸引到富有动感的科学王国里去，使儿童不仅收获科学知识，在无限的遐想中生成科学理想。

我们从如下童谣来看：

斗斗虫，嘟嘟飞，飞得麻雀要肚饥；小麻雀　管屋里，大麻雀，含食起。含来给小麻雀吃，刮洁哩！刮洁哩！（浙江舟山）

通过这首童谣的念唱，儿童可以认知一些最基本的动物命名（如"麻雀""虫"……）、动作命名（如"飞""管""含""吃"……），还包括形态命名（如"大麻雀"的"大"和"小麻雀"的"小"等）以及声音命名词（如"嘟嘟""刮洁哩"等）。由此来看，一首看似简短的童谣却包含了诸多认知内容，童谣的好记易诵自不待言，其对于儿童认知系统的教育引导意义确实深刻。通过童谣的念诵，儿童立刻展开了认知操作，构拟本首童谣所描绘的故事：飞来飞去的斗斗虫惹得麻雀肚子饿，大麻雀为小麻雀抓来斗斗虫，小麻雀吃的不亦乐乎。再进一步讲，儿童分明感受到这首童谣所分泌出来的浓浓亲情——尤其是最后小麻雀"刮洁哩，刮洁哩"的欢叫，是一种温饱之后的感情表达——我们有理由相信，儿童在这种"刮洁哩，刮洁哩"的声音中能够感受到满足与亲情。

再如童谣：

什么尖尖尖上天？什么尖尖在水边？什么尖尖街上卖？什么尖尖姑娘前？

宝塔尖尖尖上天，菱角尖尖在水边，粽子尖尖街上卖，缝针尖尖姑娘前。

什么圆圆圆上天？什么圆圆在水边？什么圆圆街上卖？什么圆圆姑娘前？

太阳圆圆圆上天，荷叶圆圆在水边，烧饼圆圆街上卖，镜子圆圆姑娘前。

什么方方方上天？什么方方在水边？什么方方街上卖？什么方方姑娘前？

风筝方方方上天，鱼网方方在水边，豆腐方方街上卖，手帕方方姑娘前。

什么弯弯弯上天？什么弯弯在水边？什么弯弯街上卖？什么弯弯姑娘前？

月儿弯弯弯上天，藕儿弯弯在水边，黄瓜弯弯街上卖，木梳弯弯姑娘前。

——柳一青《儿童歌谣》

这首童谣简直就是神来之笔，尽管其内容都是日常常见，但也不能说是顺口胡诌，还是有其理论根据。全谣以相同的句式循环往复，巧妙地融入"尖""圆""方""弯"等事物形状特征，对应天上、水边、街上、姑娘等地点方位，在十六次的问答中，帮助儿童了解十六种事物的特征，以问答方式加以串联，一语冠珠，浑然天成。从中可以看出民众对于宇宙现象与起源、植物界、动物界以及个人、社会活动等各种层面的知识和解释。当然，这些见识不过是乡下人的看法，但是包含了人类最原始、最本真的认识。

再有童谣云：

说天圆，道天圆，唱个盤歌请你还。泸州起火那一年[1]？那只城角先起火？那只城角后燃完？

什何[2]烧得连天爆？什何烧得爆连天？什何烧得爬壁走？什何烧得喊皇天？只有什何烧不过，留在世上管万年？

说天圆，道天圆，这个盤歌我来还。泸州起火乙卯年，东只城角先起火，西只城角后燃完。

---

[1] 经查，早在宋代孝宗淳熙元年［1174年］，泸州大火，焚烧民房千余家，知州李焘被贬秩。之后的几百年里，未有记载泸州大火。但1174年并非乙卯年。据此童谣中所唱乙卯年的泸州大火有可能有误，或者并未在泸州大事记中体现，也有可能所记年份不详。

[2] 什何：什么。

桷子①烧得连天爆，瓦片烧得爆连天，耗儿烧得爬壁走，鸡公烧得喊皇天，只有石滚烧不过，留在世上管万年。

歌师傅，老先生，唱个盘歌跟你听。什何出来高又高？什何出来半中腰？什何出来连盖打？什何出来棒棒敲？

桃子叶，李子枒，看我唱来差不差：高粱出来高又高，包穀出来半中腰，豆子出来连盖打，芝麻出来棒棒敲。（四川）

此谣在一问一答间，既有事理逻辑，又有意趣。问得蹊跷有趣，答得合理有智。遥想当年泸州城墙失火，自然木质的桷子烧得连天爆，连瓦片也不得保全，耗子与鸡公等生物自然在火情中被烧得鸡飞狗跳，难以逃生，只有不怕烧的石滚可以在烈火中永生。这其中自然界的生存道理就解释清楚了。另外在第二部分中，更加符合情理，自然界的生产生活知识孕育其间：高粱穗要长在高高的高粱秸上，而包谷却成熟于半中腰，豆子、芝麻成熟后要连着秸一起收回，精细敲打后方能得到成熟的果实。可惜现代远离农业生产生活的城市里的孩子，从小到大不曾见识过农作物的生长收割过程，也就自然无从了解这类知识了，就更应该通过各种途径弥补这一缺失。

当然，识记命名的任务仅是儿童认知系统中的基础性工作，童谣之于儿童还在于在更加广阔的天地里，逐步扩大他们的认知圈，增添他们的认知量，实现认知范围的扩充、认知能力的提升以及资源的丰厚的作用，激发儿童探索世界、了解世界的动力，童谣自然成为儿童认知宝库的巨大资源。

尽管童谣传播处于一种无目的性、无固定路径的状态，尤其在民间童谣传播过程中，并没有人或媒介去思考童谣传播如何且益儿童的成长和学习，但是大量认知科学研究表明，各类基于实证的游戏，包括语言游戏可促进儿童的社交、认知和运动能力的发展。从认知和发展科学的角度，首先，童谣这种"语言的游戏"可以提供来自不同领域的学习裨益的知识体系，如果加以设计与利

①　桷子：桷子和檩子是瓦屋修建中的承重木料，檩子一般是粗而直的圆木（也有用方木的），起承重作用；桷子一般厚1至1.5厘米，宽12厘米左右，长若干。用铁钉固定桷子于檩子之上（桷子与檩子垂直，桷子间间隔适当小于瓦的宽度），瓦则一正一反铺于桷子上。

用，能够最大程度通过语言游戏促进儿童学习；其次，我们可以梳理与捕捉到相关富有挑战性和模糊性的认知科学证据，潜意识中促进儿童的学习和探索性行为以及创造力；第三，这种探索性行为在儿童的社交学习中至关重要，为儿童进行社交活动创造了机会。现实社会中，通过创设童谣游戏空间或引入童谣游戏范式，最大程度地激发更大与更多的社会学习活力。

传统的"学习"（learning）一般发生在学校的教室里，从这个意义上讲，童谣传播的认知科学与学习有着非常直接的联系。如果童谣传播较广，认知面宽，那么学校学习的可操作性就强。但是认知科学告诉我们，学习不仅限于学校教育。儿童在上学之前就开始学习语言，就已经开始了社会认知与自然界认知，并且人类大脑最为深刻的变化也发生于学龄前时期。学校并没有明确教给孩子"朋友""敌人"或其他复杂社会角色的概念，也没有明确教导孩子如何在生活中发挥创造力以及培养适应能力，那么孩子们要在哪里学习此类重要的生活知识与生活技能呢？

有确切证据表明，儿童是在游戏中学习到这一切的。有语言相伴的游戏似乎是儿童为了好玩而进行的自由活动，但是这类由童谣传播而进行的游戏对于儿童社交、情感和认知的各个方面发展都是非常必要与有意义的。拥有在玩耍中童谣传播中的孩子，在语言发展、动植物认知、数字知识、自然界生产生活技巧及情绪控制方面都会有很好的表现。作为儿童成长过程中的重要一环，童谣游戏作为一种对儿童有益的游戏，其发生对儿童的学习大有裨益。

人类发展的一大基本特征是对于新事物——语言、数字、社会角色等——的学习。童谣通常被认为是"可以在空闲时间内做的有趣的事情"，而不是人类成长和学习的重要方式，其本身所具有的自愿性和自发性，使童谣成为一种高效的学习媒介。童谣传播不仅仅是教授性学习的辅助手段；相反，更是一种自我激励型的学习方式，是能够给儿童带来大部分学习成果的获得渠道。

第一节　童谣的动植物科学

一、由童谣认知植物

"自然界中的草木鸟兽，是儿童日常耳目所接触的东西，因之有许多儿歌是将草木鸟兽之名连缀而成的。这种连缀而成的歌词，论理上很容易失掉文艺的风趣，成为记账式的文字；但是事实上却竟大出我们的意外，不仅思想新奇，而且句调流利，这种艺术手段真令人佩服。"[①]引文所述实际上点透了一种通行的认识，儿童生活中，那些具象可感的事物容易记忆，并在念诵这类词汇时利于在头脑中形成具体画面，因此，系列花鸟鱼虫的形象在童谣中普遍存在，实际迎合了儿童广泛认知世界的好奇心以及儿童的认知规律。

童谣中记载花卉的内容，非常常见。浙江杭州童谣：

> 正月里梅花阵阵香，二月里杏花暖洋洋，三月里桃花喷喷香，四月里蔷薇竞开放，五月里石榴红如火，六月里荷花香满塘，七月里凤仙是七巧，八月里桂花满园香，九月里菊花堆得高，十月里芙蓉小阳春，十一月山茶满树开，十二月腊梅黄灿灿。（浙江杭州）

这首童谣记载随季节盛开不同品种花卉，为儿童展示了一幅一年四季的花谱："正月"开"梅花"、"二月"开"杏花"、"三月"开"桃花"……一直到"腊月"开"腊梅"，而且还形象地描绘出花的特质："梅花"的"阵阵香"、"杏花"的"暖洋洋"、"桃花"的"喷喷香"、"蔷薇"的"竞开放"……既有香味，又有颜色，还有形状。总之，在极简的篇幅里，介绍了十二种花卉及主要状貌，整体洋溢着对美好生活的向往，儿童诵来其心灵如鲜花一般怒放。

以花为叙述主角的童谣异常丰富：

> 正月里来梅花香，古人春调大家唱，十二月花名真好听，请君听我唱

---

① 朱自清：《中国歌谣》，吉林出版集团股份有限公司 2016 年版，第 138 页。

分明。二月里来杏花淡，甘罗十二为宰相，周瑜十三为都督，太公八十遇文王。三月里来桃花红，百万军中赵子龙，文武全才关云长，连环巧记是庞统。四月里来牡丹扬，辕门斩子杨六郎，百岁挂帅杨令婆，桂英破阵坐中帐。五月里来石榴红，蒙正落难爬窑洞，买臣泼水把妻休，方卿见姑拍琴筒。六月里来荷花香，磨房产子李三娘，别妻从军刘智远，箭射白兔咬脐郎。七月里来凤仙妙，鲁班起造洛阳桥，观音大士来作法，四海龙王来早朝。八月里来桂花香，莺莺小姐烧夜香，张郎月下偷交情，红娘丫头园粉场。九月里来菊花金，萧何月下追韩信，霸王乌江自刎死，杀死韩信是妇人。十月里来小阳春，潘金莲戏西门庆，王婆贪财来牵马，药死武大命归阴。十一月里来山茶开，唐僧西天取经来，悟空保驾前头走，除妖灭怪见如来。十二月里来腊梅新，巧判阴阳包文正，张龙赵虎马前行，狸猫换子断假真。

此谣是一首相对复杂的"花歌"，比起一般描绘花的童谣而言，这首童谣糅和了历史典故和神话传说，应该说这些典故和传说虽然与四季之花并无必然的联系，只为押韵之需，也可能是童谣的创作者有意将这些历史典故点缀上去，以增加童谣的历史纵深感，当然对于念诵童谣的儿童而言，在获得对自然花草认知的同时，也学习了历史传说，可谓一举两得。

无名氏编《北京儿歌》载童谣云：

说了一个一，道了一个一，甚么开花在河里？莲蓬开花在河里。说了一个二，道了一个二，甚么开花一根棍儿？韭菜开花一根棍儿。说了一个三，道了一个三，甚么开花在道边？蒺藜开花在道边。说了一个四，道了一个四，甚么开花一身刺？黄瓜开花一身刺。说了一个五，道了一个五，甚么开花一嘟噜？葡萄开花一嘟噜。说了一个六，道了一个六，甚么开花一碟肉？秫季开花一碟肉①。说了一个七，道了一个七，甚么开花赛公鸡？鸡冠子开花赛公鸡。说了一个八，道了一个八，甚么开花带喇叭？茉莉开

---

① 秫季：花名，花败结子如盘。

花带喇叭。说了一个九，道了一个九，甚么开花做烧酒？高粱开花做烧酒。说了一个十，道了一个十，甚么开花像羹匙？玉簪开花像羹匙。

此谣是比较典型的传统对口歌，层层设问，容易激发孩童思考的兴趣。此谣以"说了一个＊，道了一个＊，甚么开花＃＃＃？＆＆开花＃＃＃"的句式模式结构全篇，从一数到十，分别列举了十种花卉：莲蓬、韭菜、蒺藜、黄瓜……玉簪，分别从开花的地点（如河里、道边）、开花的形状（如一根棍、一身刺、一嘟噜、一碟肉、赛公鸡、带喇叭、羹匙）、开花的用途（如做烧酒），引导儿童识记，颇有特色。

又有如下童谣：

（1）石榴花儿的姐，茉莉花儿的郎。芙蓉花儿的帐子，绣花儿的床。兰芝花儿的枕头，芍药花儿的被，绣球花儿的褥一闹嚷嚷！叫声秋海棠来扫地，虞美人儿的姑娘走进了房。两对银花镜，梳油头桂花儿香，脸擦官粉①玉簪花儿香，嘴点朱唇②桃花瓣儿香，身穿一件大红袄，下地罗裙拖落地长。叫了声松花儿来扫地，松花扫起百合花香！茨菇叶儿尖，荷花叶儿圆，灵芝开花儿抱牡丹，水仙开花儿香一里，栀子开花儿嫂嫂望江南。

——清·[意] 韦氏《北京儿歌》

（2）隔河看见牡丹花儿开，恨不能连枝带叶折将来。水仙花的姐，丁香花的郎，芍药牡丹进绣房，槐花枕头兰菊被，腊梅花的被子闹洋洋，清早起来赛芙蓉，梳上头油桂花香，玉珍簪子秋海棠。身穿石榴红大袄，鸡冠裙子扫地长，红缎小鞋扁豆花儿样，春布裹脚牡丹花儿长。（直隶）

——《中国二十省儿歌集》（二）

（3）花儿开，花儿开。百样的花儿报上来：刁月红姐，绣球花郎，鸡冠花帐子，牡丹花床，金银花帐钩响叮当。秋香腊梅银灯照，玉纱姑娘请

---

① 官粉：擦脸的粉名。

② 嘴点朱唇：即抹点口红。

进房。上穿石榴红绫袄，下穿罗裙黄棣棠，风吹环佩叮当响，梅香丫头扶上床。芙蓉花铺盖新鏉鏉，指甲花枕头喷喷香。香喷喷，喷喷香。（四川）

——《中国二十省儿歌集》（一）

这三例一股脑嵌入了十几种花卉，并连缀成颇有趣味的小故事，运用拟人手法，将人拟花，芬芳美丽，生动形象，令人耳目一新。中国古代历来就有将花卉比喻女子的习惯，类似的诗句数不胜数：《诗经·卫风·硕人》中形容女子："手如柔荑，肤如凝脂；领如蝤蛴，齿如瓠犀；螓首蛾眉。巧笑倩兮，美目盼兮"；《诗经·周南·桃夭》："桃之夭夭，灼灼其华"；三国时期文学家曹植《杂诗》有名句："南国有佳人，容华若桃李"。像童谣这样将花卉与女子闺房里的摆设（如帐子、床、枕头、被、褥子）相联系，与深居闺房的女子活动（如扫地、梳头、擦粉、点唇、穿袄、穿裙等）相结合，使花卉具有女子的气质，女子具有了花卉的芬芳，相得益彰，不眠不休，美遍天涯。

以花卉为主题的童谣相当丰富：

（1）正月梅花香又香，二月兰花盆里装，三月桃花红十里，四月蔷薇靠短墙，五月石榴红似火，六月荷花满池塘，七月栀子头上戴，八月丹桂满枝黄，九月菊花初开放，十月芙蓉正上妆，十一月水仙供上案，十二月腊梅雪里香。

——《儿童歌谣》

（2）合唱："有个小妮长得乖，月月都来采花来。"问："正月采花采什么？"答："正月山茶满盆开。"问："二月采花采什么？"答："二月兰花盆里栽。"问："三月采花采什么？"答："三月桃花红艳艳。"问："四月采花采什么？"答："四月牡丹开满园。"问："五月采花采什么？"答："五月榴花红似火。"问："六月采花采什么？"答："六月荷花满池香。"问："七月采花采什么？"答："七月秋葵人人爱。"问："八月采花采什么？"答："八月桂花十里香。"问："九月采花采什么？"答："九月菊花初开放。"问："十月采花采什么？"答："十月芙蓉赛牡丹。"问："十一月采花采什么？"答："窗前水仙花儿开。"问："十二月采花采什么？"答："采它几枝腊梅来。"合唱：

"腊梅开了过新年，欢欢喜喜迎春天。"

（3）我说一，谁对一，什么开花在水里？你说一，我对一，菱角开花在水里。我说二，谁对二，什么开花把道沿？你说二，我对二，马兰开花把道沿。我说三，谁对三，什么开花叶叶尖？你说三，我对三，韭菜开花叶叶尖。我说四，谁对四，什么开花一身刺？你说四，我对四，黄瓜开花一身刺。我说五，谁对五，什么开花在端午？你说五，我对五，葫芦开花在端午。我说六，谁对六，什么开花一身肉？你说六，我对六，茄子开花一身肉。我说七，谁对七，什么开花把头低？你说七，我对七，葵花开花把头低。我说八，谁对八，什么开花胡子拉撒？你说八，我对八，苞米开花胡子拉撒。我说九，谁对九，什么开花家家都有？你说九，我对九，地豆开花家家有。我说十，谁对十，什么开花随簸箕？你说十，我对十，扫帚开花随簸箕。（江苏）

这三例属于一类极有趣的花事童谣，以花喻人，或以花事喻人事。例（1）跟例（2）主要依据一年四季开花的规律展开介绍，前一例做正面介绍，比如正月开梅花，二月开兰花，三月开桃花……腊月开腊梅。同时结合花卉盛开的特点，如色（桃花的红、石榴的红、丹桂的黄）、味（梅花香）；盛开的地点（兰花盆里装、蔷薇靠短墙、荷花满池塘、栀子头上戴、水仙供上案、蜡梅雪里香）等展开。后一例的句式特点就是在一问一答间完成对花卉开放的时间、状貌等特征的介绍。例（3）也是采用了问答的方式，基本句式相对复杂，为"我说＊，谁对＊，什么开花###？你说＊，我对＊，&& 开花###。"其变化体现在花卉的不同（如菱角、马兰、韭菜、黄瓜、葫芦、茄子、葵花、苞米、地豆，甚至扫帚），以及各种花卉盛开的不同特征。我们可以看到这些"花卉"的选择，谈不上名贵，唱的是最常见的各种蔬菜花，甚至它们开花的特征也不是学理性的解释，而有点随意性，带有民间性元素，"在水边""把道沿""叶叶尖""一身刺""在端午""一身肉""把头低""胡子拉撒""家家有"以及"随簸箕"，而且比喻相对直白，符合浅显易懂、好记易诵的标准。如孩子们边唱边演，可将一个百花世界演绎出来，别有一番风味。

简单的选材，而且还加上了隐喻手法的也有，如杭州江干一带流传的童谣《油菜花开黄如金》：

油菜花开黄如金，萝卜花开白如银，茄子花开满天星，蚕豆花开黑良心。

春天的田野或菜园里，油菜花、茄子花触目皆是，这首童谣总共四句，有三句唱花色，而且都用了隐喻手法：黄如金、白如银、黑良心；有一句唱花开的形态，而且也用了隐喻手法：茄子开花满天星。所以小小童谣也不可简单了事，它伴随着时间的流逝、朝代的更迭以及文化思潮的流变，依然始终保持着旺盛的生命力，不能不说童谣有其精妙之处，而现代人正在逐步接近这个秘密。

当然，除了以上列举的各地各种花卉盛开的童谣，介绍各种水果、各类蔬菜、植物的童谣也大大扩充着儿童对植物的认知范围。

《天籁集》中记载童谣《腊痢谣》云：

腊痢 ① 腊，挑粪浇荞麦。荞麦开花，腊痢当家。荞麦结子，腊痢笑死。荞麦上磨，腊痢端坐 ②。

这首童谣主要叙述的是一位被众人瞧不起的蠢人，专心致志种植荞麦的故事。笔者重点关注的是其所体现的荞麦这种农作物的生长以及走上餐桌的过程，尽管腊痢人面目丑陋，但精通种植，该种植的时候种植，该施肥的时候施肥，于是荞麦经历了开花、结子、上磨几道工序，即可被人食用。像这类将认知故事放置在一个世态炎凉的故事中，可见其精巧绝妙之处。

秋天到，百果香，孩子们开始念童谣《百果谣》：

青果两头尖，宁可买荸荠，荸荠干窄窄，宁可买甘蔗，甘蔗节打节，宁可买果桔，果桔青啊青，宁可买生姜，生姜辣牙齿，宁可买桃子，桃子一点红，宁可买蒂红 ③，蒂红麻舌头，宁可买老菱，老菱剥出象元宝，买

---

① 腊痢：土语，指那些长相丑陋、智力低下的人。
② 端坐：指坐享其成。
③ 蒂红：即柿子。

来买去买呒告①。（浙江舟山）

尽管最后"买来买去买呒告"，似乎什么都没买到，其实这首童谣把各种常见水果的外形特征以及口感都描摹得清清楚楚，如描摹水果外貌形状（青果两头尖、荸荠干窄窄、甘蔗节打节、果桔青阿青、桃子一点红、老菱剥出像元宝），描摹水果的口感（生姜辣牙齿、蒂红麻舌头），为儿童提供了一个琳琅满目的水果博览会，大大扩增了儿童对水果的认知界面。

按照月份，可以收获不同的水果，如童谣《十二月水果》所唱：

正月甘蔗节节长，二月青果两头黄，三月梅子酸汪汪，四月枇杷满街黄，五月杨梅红如火，六月莲蓬水中央，七月红菱人人爱，八月苹果动刀枪，九月栗子双开口，十月金橘满园香，十一月橙子红彤彤，十二月里黄菱肉儿脆松松。（浙江）

——《中国传统儿歌选》

月份的不同上市水果也不同，一年四季都有新鲜水果可"吃"。中国童谣与其他民族的童谣一样，绝大多数与"吃"有关，像英国的《小矮人杰克》《小杰基·昂讷的故事》《二十四只乌鸦》《在伟大的亚瑟王统治下》等儿歌，孩子们往往比较贪吃，因此，在童谣中夹杂着一些能够调动小孩子胃口的内容，容易引起他们的兴趣，许多流行的童谣总是要讲到某个东西很好吃。教育儿童认知水果蔬菜，调动"吃"这个元素，是太自然不过的了。此谣中所列举的十二种水果，大多常见，因而词语一出，就能让儿童在头脑中产生联想，口水在念诵中浸润，这种能够给儿童带来美食的联想与饱腹感的童谣自然会让儿童在认知的基础上，油然产生一种对美好生活的向往，美的追求与感觉就孕育期间了。

《中国二十省儿歌集》中收录的童谣《果子》与之相类似：

正月甘蔗节节长。二月橄榄两头黄。三月爱珠随节熟。四月枇杷圆眼黄。五月杨梅红如火。六月莲子满池塘。七月南枣树头白。八月菱角如刀枪。九月石榴正开口。十月金橘满园香。十一月焙笼焙草忙。十二月龙眼

---

① 呒告：意为没有什么。

荔枝凑成双。（江苏）

—— 《中国二十省儿歌集》（一）

不管是认知植物、动物，还是认知日常事物，童谣总在变换着各种表述方式，要么整体押韵，自然和谐，朗朗上口；要么设置问题，一问一答，激发好奇；要么数字序列，好记易诵，轻快自然；要么施以连锁，一语串珠，自然连缀，增加事物名称与识记内容；要么施加游戏元素让儿童在玩中学，在活动中学等等。总之，多元变幻，妙不可言。

浙江流传的植物游戏谣云：

一指尖尖（竹笋），二指圆圆（鸡蛋），三指打管①（蘑菇），四指捏拳（嫩蕨），五指红丝带（豇豆），六指盘龙坐（南瓜），七指一身疮（黄瓜），八指一身毛（冬瓜），九指盘龙籽（高粱），十指盖团圆（大蒜）。

这是一首十指谜语歌，既是谜语游戏，又是植物童谣，这首谜谣需要儿童来解谜，又让孩子参与游戏。这种通过解谜的方式来认识事物的方法有效地激发儿童探索的欲望。尽管这种创作可能就出自一位识字不多的普通民众之口，这首童谣作品的传播一直都是在民间流传，但是这种精心的设计、精巧的布局以及互动的有效性，不得不令人感叹。

二、由童谣认知动物

美国的何德兰曾说："许多国家的儿歌内容都涉及到虫子、鸟儿等动物，小孩子等各种各样的人，做买卖等各种各样的事。中国儿歌中经常出现的虫类有蟋蟀、知了、蜘蛛、蜗牛、萤火虫、瓢虫、蝴蝶等等；鸟类则有蝙蝠、乌鸦、喜鹊、公鸡、母鸡、鸭子、鹅等等；至于哺乳动物，出现最多的是狗、牛、马、骡子、驴、骆驼以及老鼠等等。还有的儿歌是关于蛇和青蛙的。"② 中

---

① 打管：蘑菇盖朝下一面的皱褶，学名菌褶。

② ［美］泰勒·何德兰，［英］坎贝尔·布朗士：《孩提时代：两个传教士眼中的中国儿童生活》，群言出版社 2000 年版，第 12—13 页。

国的童谣与其他民族的童谣一样存在大量的动物描写。儿童本身与动物就有天然的亲近感，幼儿一般认为生活中的各种动物都跟他们一样具有生命和情感，即"物我同一"性，也就是心理学上所谓的"儿童泛灵论"。在儿童认知世界之初，对于动物认知的强烈好奇，也使童谣的动物内容愈加丰富。

从现代心理学的角度而言，婴儿出生后三四个月，就能倾听音乐，并在听催眠曲等音乐时表现出愉悦的情绪。所以成人在跟婴儿接触过程中，"应该尽可能地跟儿童说些什么，虽然儿童这时还不懂得这些言语的意思，但是这在发展儿童心理的积极性上，是大有裨益的。"[1]传统社会或无如此精准科学的理论依据，但民众在长期的育儿实践中亦积累了很多宝贵的经验，其中包括这类看似没有实际意义的、但有一定"科学"内容的有趣童谣。先看关于鸟兽鱼虫的。

1. 小燕子

《新唐书·五行志》载童谣云：

燕燕[2]飞上天，天上女儿铺白毡[3]，毡上有千钱[4]。

《新唐书·五行志二》中《安禄山未反时童谣》[5]预示安禄山要反叛，尽掳唐朝皇宫妃女。此谣由高飞的燕子联想到天空洁白的云朵，并展开幻想的翅膀，以白云为天上女儿铺开的长毡，点缀在白毡上面。"燕燕"连语，犹与童言相类。

孩子在口齿不甚清楚时，就会奶声奶气地唱着母亲教授的"小燕子，穿花衣，年年春天来这里。"古往今来，在整个动物王国中，燕子可谓微不足道，

---

[1]　朱智贤：《儿童心理学》，人民教育出版社 1979 年版，第 108 页。

[2]　"燕燕"：就是指代安禄山的。

[3]　毡：为北方胡人卧铺之物。

[4]　千钱：钱多。暗喻"禄山"。

[5]　天宝三年和十年，安禄山先后兼任范阳、河东两镇节度使，多次被召至长安，被杨贵妃收为"养子"。天宝十四年（755 年）冬叛乱，率兵十五万攻陷洛阳，直逼潼关。次年在洛阳称帝国号燕。六月破潼关，入长安。公元 757 年为其子安庆绪所杀。天宝十年正月二十日安禄山生日，唐玄宗与杨贵妃赐衣物酒食甚厚。后三日，"召禄山入禁中，贵妃以锦绣为大襁褓，裹禄山，使宫人以彩舆舁之。上闻后宫欢笑，问其故，左右以贵妃三日洗禄儿对。上自往观之，喜，赐贵妃洗儿金银钱，复厚赐禄山，尽欢而罢。"（《资治通鉴》卷二百一十六）

论羽毛没有孔雀漂亮，论嗓音没有百灵婉转，论贡献没有啄木鸟受欢迎，但燕子却人丁兴旺，各种奥秘就在燕子的生存智慧：既不能远离人类，又不离他们太远，既与人类接近，又不受人的控制，时刻保持自己的精神独立，使人类像敬神般地敬奉它。古代视为长寿、吉祥的鸟，称它为益鸟，表示平安的意思，正所谓"燕子归来报平安"。泱泱华夏以燕入诗的名篇佳句不胜枚举，"旧时王谢堂前燕，飞入寻常百姓家"，"无可奈何花落去，似曾相识燕归来"。在古代，小燕子亦是童谣的首选题材。

《汉书·五行志中上》就有《汉成帝时燕燕童谣》云：

> 燕燕尾诞诞，张公子，时相见。木门仓琅根，燕飞来，啄皇孙，皇孙死，燕啄矢。

"诞诞"，美好貌也；"燕燕尾诞诞"，燕子张开尾巴上下翻飞多么优美。这开头一句或许是汉时民间经常传唱的真实面貌，后之有关皇室斗争的部分则很可能是文人据此而作的演绎。除此之外，还能见到这类抒唱燕子的童谣：

> 燕子燕，不要脸，不借油，不借盐，只借我个大厦住过年。

——《农村歌谣初集·儿歌》

此首童谣主要是说燕子夏去冬来借住一年之意。燕子与人类同一屋檐下而居，和平相处，受到人类的尊敬与保护。

再如这首《燕子仔》云：

> 燕子仔，尾叉叉；年年来我家，不怕冷水不怕砂；飞出四游口哑哑①，雌雄出外衔泥花。建筑新巢似人家，即此狂风亦不怕！（台山）

——朱雨尊《民间歌谣全集·叙事歌谣集》

这首童谣讲述燕子不怕冷水不怕砂、辛勤筑巢的故事，满是溢美之词。

四川一带也流传着关于小燕子的童谣：

（1）小燕子，真灵巧，飞得低，飞得高，尖尖的尾巴像剪刀。

（2）小燕子，飞得高，身上带把小剪刀，上天去剪云朵朵，下河去剪

---

① 口哑哑：鸣叫声。

水波波；剪根树枝当枕头，剪块泥巴搭窝窝。剪片树叶当被子，宝宝睡得暖和和。

——《儿歌》

例（1）主要围绕小燕子飞行灵巧以及身体形状展开描述。例（2）抓住燕子尾部像剪刀这一特点以及其衔树枝搭鸟窝的生活习性，内容亲切，语词和谐。

2. 雀、蜗牛、萤火虫、鸡、牛等常见的动物形象

《北齐书·神武帝纪下》载童谣云：

可怜①青②雀子，飞来邺城里。羽翮垂欲成，化作鹦鹉子。

此谣能够写入史书，是因为有人附会其与北齐伐魏而兴一事相关，但是单从童谣本身而言，讲述的主要是鹦鹉由幼鸟长大成形的过程。可爱的黑色小雀翩翩飞入邺城，羽翼渐渐变得丰满，终于长成了美丽的鹦鹉。

《孺子歌图》载童谣云：

水牛儿，水牛儿，先出犄角后出头儿。伱爹你妈，给你带来烧羊肉，你不吃，不给你留。在哪儿呢？在坟头儿后头呢！

水牛儿为北京方言，指雨后初晴时常见的蜗牛，旧日北京儿童心爱的玩伴。这首童谣介绍了"水牛儿"的命名系统，同时将其最主要的特性——遇到危险将头缩进背壳介绍出来，甚至还巧用引诱法，试图将水牛儿的头引出，别有一番风味。自何德兰编《孺子歌图》至今，一个世纪倏忽而过，那一声"水牛儿，水牛儿"响亮的吟诵声，依然响彻北京城的四合院胡同，童谣的生命力依然如此的鲜活。

《天籁集》中载童谣云：

（1）角角③啼，天亮哩！

（2）萤火！萤火！你来照我！

---

① 可怜：指可爱的样子。

② 青：黑色。

③ 角角：即公鸡。

以上这两首童谣都是用于教儿童学话的，虽非常简单，但取材于日常生活现象：一是晨起天亮鸡鸣；二是萤火照明，分别涉及了两种儿童生活中常见的动物形象：公鸡和萤火虫。像鸡鸣、虫爬、萤火虫照明、蝴蝶飞等都是动物世界最基本的风景，而一旦放入童谣里，就变得逼真而可爱。唱萤火虫的童谣还如冯梦龙《山歌》卷一中记载：

> 萤火虫，娘来里，爷来里，搓条麻绳缚来里。

又有：

> 火焰虫，的的飞。飞上去，飞下来。

清代无名氏编《北京儿歌》中载《火虫儿谣》：

> 火虫儿，火虫儿，你下山来：你爷、你妈给你带肝儿来。①

童谣随物联想，从萤火虫直说到搓麻绳，漫无边际之下其实有着农家生活的朴实底子。

《歌谣》周刊中此类题材居多，如：

> （1）萤火虫，夜夜红；飞在西，飞在东，快来飞到我瓶中。我的瓶，亮铮铮，到天明，放你生。②
>
> （2）萤火虫，夜夜红。飞到天上捉牙虫，飞到地下捉绿螁。③
>
> （3）蜻蜓停停，我勿捉你，我捉南山爬爬虫。④

母亲最能体会孩子心情。以上以萤火虫为母题的童谣中，很好地捕捉到了幼儿的心理特点，用以哄带劝的口气邀请萤火虫飞到小孩的瓶中与之嬉戏，并答应不囚禁它，明天就放生。纯净透明的语言，质朴单纯的思想，完美契合了拜物教的儿童的"与天物相亲"的天性，"自然之大且美"深深印在了儿童的脑海中，使其精神境界得以提升，同时也培养了儿童最初的审美情趣。

---

① 火虫儿：指萤火虫。这是夜晚看到萤火虫时唱的歌谣，没有实指之意，有祈愿萤火虫飞过来的含意。
② 《萤烛》，《歌谣》第 1 卷第 26 期。
③ 《萤烛》，《歌谣》第 2 卷第 29 期。
④ 《倾听》，《歌谣》第 1 卷第 12 期。

教育儿童认识牛的歌谣如清代无名氏编《北京儿歌》载童谣《高高山上一个牛谣》云：

高高山上一个牛，尾巴长在屁股后，四个蹄子分八瓣，脑袋长在脖子上。

此谣叙说简单明了，大人听到感到可笑乏味，没有新鲜感，但孩子们听了却觉得有趣，因为他们对世界充满了好奇，任何对认知这个世界的叙述他们都觉得有意义。正像何德兰在《孩提时代：两个传教士眼中的中国儿童生活》中所言："中国儿歌（指童谣，引者注）的再一个特点是一些歌看起来都是废话。这些歌根本没什么意义，至少我认为如此，但在孩子们中间却很流行。批评家们也许会有另外一种看法，即孩子们才是儿歌最权威的评说者。"①这些在成人眼里看似无意义的"废话"，在儿童那里却充满了趣味，反复吟唱，屡试不爽。何德兰随即还列举了一首童谣与之相仿：

山上有头老母牛，四只大脚像铁球，脚上四个脚趾头，尾巴生在屁股后，脑袋长在最前头。

此谣用形象生动的词汇描述老母牛的状貌，采用比喻的修辞手法，将老母牛的四只大脚比喻为铁球，并细致描述脚、尾巴、脑袋等部位特征，让见过没见过此动物的儿童心生想象。应该说儿童了解与感知世界的方式有很多，当然不是仅仅来自童谣，但童谣是一种相对自然而又顺畅的途径与方式，让儿童在不经意间学习到关于动物的各种知识。

《天籁集》中载童谣云：

一颗星，半个月，虾蟆水里跳过缺。我在扬州背笼儿，看见乌龟嫁女儿。鼋吹箫，鳖打鼓，一对虾蟆前头舞。

"一颗星，半个月"，空灵而不沾尘埃，姿趣横生的乌龟嫁女场面造了一个不俗的空间。虾蟆、乌龟、鼋、鳖这些儿童日常并不常见的物种在一场热闹的婚礼中，活灵活现。

①　[美]泰勒·何德兰、[英]坎贝尔·布朗士：《孩提时代：两个传教士眼中的中国儿童生活》，群言出版社 2000 年版，第 20—21 页。

关于鸟兽虫鱼的童谣极多：

（1）虫、虫、虫、虫飞，飞到南山吃露水；露水吃饱了，回头就跑了。

——清·无名氏《北京儿歌》

（2）小针锚小针，大娘摊了个小姑娘。多乍娶？腊八。谁抬轿？蚂蚱。怎么抬？跳蚤。谁使车？蝈蝈。怎么使？吱歪。谁添油？葫芦。谁掌灯？豆虫。怎么长？古用。（山东恩县）

（3）路上走，路上行，路上死个蚂蚱虫。黑头蚂蚱死的苦，白头蚂蚱守尸灵，促织哭着来吊孝，蛐子吱吱把礼行。蟏虎①吐丝搭灵棚，长虫②哭得如酒醉，芝麻虫哭的不能行，华肚娘哭的眼圈红。（河南）

（4）大花猫，叫咪咪，白兔洗菜，鹅淘米，老鼠偷食烫坏嘴。白鸽子，唱咕咕，公鸡敲锣，狗打鼓，猴子玩火烧屁股。（广东客家儿歌）

——《中国传统儿歌选》

（5）螃蟹螃蟹哥哥，你在哪里住哟？住在石岩沟哦？怎么好走路呐？横起横起梭罗③。（四川）

（6）小黄狗，汪汪叫，问问黄狗叫啥哩？对门耗子小姐出嫁啦！什么轿？大花轿。谁来抬？她二爷。谁去送？她舅舅。谁打锣？她大哥。谁打鼓？她表哥。谁打旗？她妹妹。谁打灯？请来一对萤火虫。谁吹笛儿？她小姨儿。嫁谁家？嫁给东庄张二家。张二家有个花公鸡，身披五彩头戴花，站在门口等着她。吹吹打打来得快，来到门前轿落下。谁来搀？鸡妹妹。谁请客？鸡妈妈。公鸡一见很快活，拍着翅膀咯！咯！咯！惊醒了大狸猫，睁开眼睛张张嘴，伸伸懒腰出来了，唷！谁家娶亲这热闹？原来是鸡大哥。娶了谁家小母鸡？叫我向前瞧一瞧。哎！弄错了，轿里坐个小耗子，这可是我的好点心。送亲耗子都吓跑，单撇下轿里的小耗子。狸猫向前卡住腰，啊！一口吃完了。（河南）

---

① 蟏虎：蜘蛛的一种，黑色，有白斑。

② 长虫：蛇。

③ 梭罗：滑下去。

——《中国传统儿歌选》

（7）小蚂蚱，肚皮黄，客来了，搬板凳，先装烟，后倒茶，问问小鸡杀不杀？小鸡说："嘴又尖，皮又薄，杀我不如杀个鹅。"那鹅说："腿又短，脖又长，杀我不如杀个羊。"那羊说："四个金蹄向前走，杀我不如个狗。"那狗说："看家看的喉咙哑，杀我不如杀个马。"那马说："西地东地尽我犁，杀我不如杀个驴。"那驴说："粗面细面尽我拉，杀我不如杀个鸭。"那鸭说："我的蛋，又中吃，又中看，杀我不如杀个雁。"那雁说："在那天空南北飞，杀我不如杀个猪。"那猪说："喝您的泔水，吞您的糠，拿过刀来见阎王。"大刀切的棋子块，小刀切的柳叶长，加上葱，配上姜，吃得喷喷香。（河南）

——《中国传统儿歌选》

童谣中所叙述的动物，绝大部分是与人类的生活混融在一起的动物形象，比如鸡、狗、牛、马等动物，特别是在农耕文明社会中，在人类的生活中常常具有某种具体的功能，比如，鸡起到报时的功能，狗起到守卫家园的作用，牛是人们重要的耕作工具，而马则是交通工具。因此，在传统童谣中，这类动物通常是以正面形象出现，作为主人公"神奇的助手"，起到协助主人公生产生活的作用。这类动物与人的关系十分亲切，在童谣中变现出具有忠诚、憨厚、踏实的特性，是值得赞扬的正面形象。

当然，童谣中也会谈及与人的生活相对隔离或者完全隔离开来的动物形象，如虎、豹、狼等，或者其活动范围与人类有交叉，但同时也有自己独立生存空间的动物，比如蛇、狐狸、老鼠、刺猬等。这些动物都在童谣中有较多反映，童谣与动物叙事之间存在着一种互相交融的关系，没有了动物内容的童谣，就失去了绝大多数的灵性，也仿佛失去了大部分的叙述主体，而没有依存，因此，不仅是动物的介绍需要童谣的问题，正且是童谣的存在与建立是离不开动物的问题。

当然有些童谣，关乎植物、动物、时令以及动物活动，各部分内容杂糅在一起，浑然天成。胡云翘《沪谚外编》载童谣云：

正月梅花开来直到梢，老鼠眼睛像胡椒，偷油咬物真讨厌，叮嘱家家多养猫。二月里向开杏花，耕牛最是有功劳，油车里碾豆牛用力，稻田里庳水①牛赶车。三月里桃花红喷喷，老虎凶来要吃人，凶人还有凶人制，提到铁笼里那能放虎形②。四月蔷薇开来语头多，兔子双双来做窠，月落一窠小兔子，子息多③来劳碌多。五月里向石榴开，老龙取水白漫漫，问龙住宿在何处？松江有个白龙潭。六月荷花开来梗子青，毒蛇出世草里登，要嘱家家预备竹夹剪，灭尽毒蛇不害人。七月凉风凤仙飘，客人骑马马飞跑，古来好将得好马，沙场争战立功劳。八月中秋木樨香，性情愚善是胡羊，吃奶跪在娘腹下，畜生也识孝亲娘。九月菊花开得叶头齐，花果山上猕猴真可怜，扬州婆捉去做戏法，随街傍路卖铜钱。十月芙蓉开来小春天，家家养只过年鸡，雌鸡生蛋有出息，雄鸡到天明喔喔啼。十一月水仙开来耀眼明，狗能防夜帮主人，独是生成一种欺贫重富怅皮气④，看见穷人咬不停。十二月里腊梅开，枥里猪猡拖出来，日里吃仔三顿不做啥，啥伊肉吃本应该。

此谣看似纷乱，但乱中有序，从一月至十二月，每月按照花卉盛开的规律，并选取了一种动物加以叙说，表达与传递了民众的相对集中的传统意识，比如老鼠偷粮食，耕牛做苦力，老虎吃人，兔子繁生，王龙下雨，毒蛇害人，良将好马，胡羊孝亲，猕猴玩戏法，养只过年鸡，狗能帮主人，杀猪吃肉等，通过童谣也固化了这类意识。其实这类童谣的主要目的还在于教育儿童认识每月节令与各种花卉开放及动物活动规律，同时也向儿童传递"十二生肖"的文化。

3. 十二生肖

"生肖文化"作为经久不衰的民俗文化之一，在民间有着广泛的流布空间，其中蕴含着中国人极为丰富的文化心理内涵。儿童尤其对自己的属相（生肖）

---

① 庳：汲水灌田。
② 这句话的意思是不能把老虎从铁笼里方出来。
③ 子息多：下的仔多。
④ 怅皮气：坏脾气。

寄寓了好奇和想象。作为一种民俗文化事相，生肖文化在儿童的文化心理结构中占据十分重要的地位。各地均有关于生肖的童谣与歌谣：

> 老大吱吱声（鼠），老二牵根绳（牛）；老三名头大（虎），老四钻柴亭（兔）；老五会上天（龙），老六倒路边（蛇）；老七性更犟（马），老八本姓杨（羊）；老九勿会斯文（猴），老十开天门（鸡）；老十一客来汪汪声（狗），老十二杀倒咿咿声（猪）。（浙江天台）

此谣结合十二生肖的生物特点组织全篇，既有对动物声音的描摹（老鼠发出"吱吱声"、狗见到生人的"汪汪声"、杀猪时发出的"咿咿声"）；也有对生活习性的表述（如兔子钻柴垛、龙王上天、蛇爬行在路边、公鸡天明啼叫）；有对动物性格的划分（马匹性情暴烈、猴子活泼不斯文）；甚至包括动物的排名、称谓等（老虎林中之王、羊本姓杨）。每两句换韵，活泼自然，儿童念唱不已，乐此不疲。

浙江象山一带流传的生肖童谣云：

> 第一细丁丁（鼠），第二拔根绳（牛）；第三呒头大（虎）①，第四钻柴哈（兔）；第五过东海（龙），第六困田岸（蛇）；第七跑校场（马），第八孝敬娘（羊）；第九勿象人（猴），第十报天明（鸡）；十一吃勿饱（狗），十二扣扣好（猪）。②

---

① 头大：头脑的意思。

② 宁海流传的《十二生肖歌》与之相似：老一细丁丁（鼠），老二牵根绳（牛），老三门头大（虎），老四钻柴窠（兔），老五飞上天（龙），老六倒路边（蛇），老七笃笃响（马），老八性勿强（羊），老九猢狲精（猴），老十报天明（鸡），十一厢吃饱（狗），十二连糠捣（猪）。临海也流传着一个版本：老大细（鼠），老二好力气（牛），老三名头大（虎），老四钻柴蟹（兔），老五在半天（龙），老六倒路边（蛇），老七吃名粮（马），老八本姓良（羊），老九猢狲精（猴），老十开天门（鸡），十一吃勿饱（狗），十二吃味道（猪）。涅岭也有类似的版本，颇有意思：老大叽啊叽（鼠），老二好力气（牛），老三门头大（虎），老四宿乱柴（兔），老五迫在天（龙），老六倒路边（蛇），老七吃黄粮（马），老八白洋洋（羊），老九猢狲形（猴），老十噢天明（鸡）；十一管夜后（狗），十二好上碗（猪）。以上三首十二生肖歌，尽管语词上有些许出入，但用充满童趣的语言描述了十二生肖的肉身特点和特有的生活习性，以猜谜的形式将十二生肖有序地进行排列，每两句押韵，好记易诵，富有浓郁的民间气息。

此谣每种生肖仅用了三个字就表述完整了，相对含蓄，需要成人给孩子做一些解释，但仔细琢磨还很有道理，属于需要儿童有一定常识、但稍加思考又能心领神会的深度，因而获得了猜谜后所带来的乐趣。童谣中对于十二生肖的主观认识还带有民众对于各种动物的传统认知，比如羊儿吃奶跪乳是孝敬娘，人类的好朋友狗儿永远吃不饱，老虎虽然号称林中之王，但没有头脑等等。因为儿童与动物有着天然的亲和关系，而生肖以动物为文化载体，既满足了儿童与动物之间的兴趣与好奇，同时也让儿童对中国传统的生肖文化有了更深的体认。

温州一带流传的生肖童谣云：

> 老一细（鼠），老二好力气（牛），老三门头大（虎），老四倒在草蓬底（兔），老五飞上天（龙），老六倒在大路边（蛇），老七吃皇粮（马），老八白洋洋（羊），老九会演戏（猴），老十叫天明（鸡），十一跟人走（狗），十二小尖刀给你吼（猪）。

十二生肖，又叫属相，是中国与十二地支相配以人出生年份的十二种动物，包括鼠、牛、虎、兔、龙、蛇、马、羊、猴、鸡、狗、猪。十二生肖的起源与古代人对动物崇拜有关。随着历史的发展，十二生肖逐渐融合到相生相克的民间信仰观念中，表现在婚姻、人生、命运等，每一种生肖都有丰富的传说，并以此行成了一种观念阐释系统，成为民间文化的形象哲学。民间故事传说，轩辕黄帝要选十二种动物担任宫廷卫士，猫托老鼠报名，结果老鼠忘了，从此猫见老鼠就要寻仇。原本推牛为首，老鼠偷偷爬上牛背占先机。虎和龙不服气，被封为山神和海神，排在牛的后面。兔子不服，要和龙赛跑，兔子跑到龙前面。狗不乐意，一气之下咬伤兔子，被罚倒数第一。蛇、马、羊、猴、鸡之间还经过一番较量，最后猪跑来占据末席。这种近似儿童故事的传说，远不是对问题的科学解释。当然，十二生肖文化本身也不是科学能够解释清楚的，但是通过生肖文化童谣所带给儿童确是对于这十二种普通生灵的尊崇与崇拜。

对于十二生肖中数第一的"小老鼠"一定要特殊介绍。小老鼠一向也是童谣的热门题材。钞本北京童谣就有：

　　小耗子，上灯台，偷油吃，下不来；急的老鼠两眼直呆呆。

又有：

　　小耗子，上灯台，偷油吃，下不来。叫奶奶，奶奶不来，唧溜轱辘滚
下来。

《中国历代童谣辑注》中记载的童谣与之相仿：

　　小老鼠上灯台，偷油吃下不来。叫小妮携猫来，吱扭下来了。

再有《小学生歌谣》中记载小老鼠童谣云：

　　（1）小老鼠，上灯台，偷油吃，下不来，叫小三，抱猫来。

　　（2）小老鼠，上谷穗，掉下来，没气儿，大老鼠哭，小老鼠叫，一群
河马来吊孝，咕呱咕呱好热闹。（张家口）

　　（3）娃娃乖，睡叫叫，睡起馍馍；馍馍咧？乇吃咧。毛咧？老鼠窟窿
去咧。老鼠窟窿咧？牛吃咧。牛咧？大河里喝水去咧。水咧？水上天咧。
天咧？皮风蚂叟塌咧。

又有安徽宿县小老鼠谣云：

　　小老鼠，爬缸沿。偷小瓢，量好面。请干娘，吃顿饭；干娘的肚子桄
两半。（安徽宿县）

——朱天民《各省童谣集》

《歌谣》第1卷第18号载童谣《小耗子》云：

　　小耗子，上缸沿；拿小瓢，舀白面；烙白饼，卷瓜菜；不吃不吃吃
两筷。

又有童谣云：

　　小老鼠，上案板，见猫来，打战战；猫走啦，再玩玩。

——《歌谣》第四十八号

这支有关小老鼠的童谣也很温暖：

　　耗子耗子你藏藏，藏严着罢，提防猫儿把你拿。

——《霓裳续谱·数岔·小孩语》

《儿歌》中载老鼠谣《老鼠嗅着油豆香》：

油一缸，豆一筐，老鼠嗅着油豆香；爬上缸，跳进筐，偷油偷豆两头忙；又高兴，又慌张，脚一滑，身一晃，"扑通"一声跌进缸。

《小老鼠》是世界上最优秀的童谣，在中国流传广泛，目前各地保存着不同的版本，但大同小异，最起码是以"小老鼠，上灯台，偷油吃，下不来"为始的，在中国北方可以说是妇孺皆知。这首童谣历史悠久，以前从来没有人记载这首童谣始于何时，但有一点共识，它是劳动人民的创作，而且产生于古代社会的农村。由于中国古代普通百姓家庭大都采用油灯照明，而当时采用的一般是用动物脂肪经过加热熬出的油来点燃照明，因此，才会出现老鼠上灯台偷油吃的情景。在近代由于电灯的发明，不再使用油灯了，所以大部分儿童都不会认识油灯，自然不会看见偷油的老鼠了。如何理解这首穿越了时代与历史的童谣呢？有学者把文学作品理解为抽象理念的直接图解，理解为道德教育的传声筒，认为《小老鼠》教给孩子们的既有警告，也有惩戒：小老鼠爬到灯台上去偷油喝，结果却下不来了，这是对小老鼠偷吃行为的惩罚。目的是要告诉儿童，不能偷吃，否则就要受到惩戒。

但是之所以产生童谣《小老鼠》的叙事机制，与人类对鼠身上富有的动物习性进行的仔细观察息息相关。比如人类在与老鼠共生的过程中，观察到老鼠觅食的隐蔽性，于是便很自然地和人类价值观念中的"偷"相联系。老鼠与猫是天然的仇敌，因此，"猫鼠对手"通常构成故事类型的核心母体。民间早在几千年前就流传着所谓动物的原始崇拜，鼠文化自然在人类日常生活的方方面面不加掩饰地呈现出来，鼠文化让鼠变得越来越可爱、越来越神秘。鼠文化的象征意义是灵性。老鼠嗅觉灵敏，怯弱多疑，警惕性高，钻墙越壁，奔行如飞，加上它的身体十分灵巧，能腾飞、游泳，因此具有了通灵的特点。鼠的繁殖力高，也是生命力强的象征。鼠在民间虽然口碑不佳，相貌也不讨人喜欢，还落得个"老鼠过街，人人喊打"的千古骂名，但从社会、民俗和文学的角度来看，它早已脱胎换骨，由一个无恶不作的害人精，演化成一个具有无比灵性、聪明神秘的小生灵。人们常用"比老鼠还精"来形容某人的精明机灵，鼠的机灵成为一种类的标准，可见它的机灵已经上了相当的档次，正如人们形容嗅觉灵敏就说他比狗的鼻子还灵一样。同样形容一个人行动迅速，顺势应变，我们也常说他像老鼠一样善变。总之，老鼠这种动物在人们的日常生活以及意识中是很难摆脱与越过的一种生物。

我们所关注的是《小老鼠》中塑造了一个机灵鬼怪的顽童形象，既然称其为"形象"，就是赋予了它人的态度与感情。之所以称其为"顽童"，就是因为它具有了贪吃而不畏惧登高的特性，因此自然而可爱。当然《小老鼠》生动地描绘了小老鼠偷吃时的场景，以及因遇见猫落荒而逃时的滑稽场面，都有一个并非悲剧的结局。要么是急得眼睛直呆呆；要么是没人帮助，自己滚下来；要么是见到猫，叽哩咕噜滚下来，总之结尾都是妙趣横生的喜剧性结尾。整首童谣歌词简洁、曲调生动，朗朗上口，不仅从历史中走来，还将走进历史的长河。

第二节　童谣的身体与数字科学

一、由童谣认知身体部位

由童谣认知身体部位属弄儿歌一类，《儿歌之研究》一文中曾指出：母歌最初者为抚儿使睡之歌。所谓弄儿之歌，"先就儿童本身，指点为歌；逐及身外之物"[1]。一般而言，弄儿歌较富于游戏色彩。由童谣描述身体部位，帮助儿童认知身体的各个部位，笔者认为这是引导儿童认知世界的必由之路。儿童认知世界必须从认知个人身体部位开始，只有很好地认知自身，才能依靠自身的各种器官，利用各种器官更好地认知周边的事物。从人类认知世界的规律而言，只有很好地对自身有一个认知，才能有兴趣开展更加深广的探索。"中国的许多儿歌都与人的四肢和五官有关。例如，有的是在用手指做游戏时唱的；

---

① 　周作人：《儿童文学小论》，商务印书馆 2018 年版，第 31 页。

有的是在用脚指头做游戏时唱的；有的则是在挠小孩膝盖时唱的，大人一边唱着歌，一边挠小孩的膝盖，不管挠得多么痒，小孩都得忍着不准笑；有的歌与脸和五官相关；另有的歌中，额头代表门面，五官代表其他各种事物，游戏通常是在大人挠着小孩的脖子、小孩哈哈大笑时结束。"① 由此可见，儿童认知规律是从自身向外扩展的。

《孺子歌图》载童谣云：

> 小眼儿看景致儿，小鼻子闻香气儿，小耳朵听好音儿，小嘴儿吃玫瑰儿。

上面这首童谣与人的五官有关，也即朱自清所谓"面戏歌"。大人唱此谣时，用手指依次点小儿的眼睛、鼻子、耳朵及嘴巴。在欢笑中，幼儿顺其自然记住了五官的位置及其主要功能。

《孺子歌图》载北京歌云：

> 排门儿，见人儿，闻味儿，听声儿，食饭儿，下巴壳儿，胳肢胳儿。

何德兰在《中国儿童》(*The Chinese Boy and Gird*) 里说父母或乳母唱此歌时，先以手点儿前额，次眼、鼻、耳、口、颊；至末二语，则呵儿之颈云。此谣的独到之处在于主要针对人之五官的用途加以论述，且均未出现五官名称，需要儿童通过语词的叙述加以思考最后才能知晓。同时它又伴以指点动作，可以帮助儿童理解，以及获得亲子游戏般的愉悦，实乃经典。

又有童谣云：

> 额头是门面，眼睛全看见，鼻子最敏感，耳朵听的远，嘴巴知甘甜，下巴长又尖。

这首童谣也是对人的五官功能做出了解释。母亲一边用手指依次点着小孩的额头、眼睛、鼻子、耳朵、嘴巴和下巴，一边念唱，最后用手挠小孩的脖子，重复唱后两句一遍后结束。在英国，也有一首类似的儿歌：

---

① ［美］泰勒·何德兰、［英］坎贝尔·布朗士：《孩提时代：两个传教士眼中的中国儿童生活》，群言出版社 2000 年版，第 21—22 页。

小绅士，好威仪。即使挠了你的膝，你也不觉笑嘻嘻。

也是属于一边做游戏，一边又念唱指点的儿歌。

又有童谣云：

大胖子，二瘦子，三长子，四矮子，五驼子；巴掌心，铁门坎；江家弯，疙瘩弯；挑水担，喉咙管，衣饭碗；闻香气　两条龙；听四排，上楼台；前脑殼，后脑殼，顶命囟，三栗殻。（四川）①

诵唱此歌，大人抚儿两手，边唱边指点抚摸之。此谣助其认知自身，又附带说明生活事物，是各地童谣普遍唱说的主题。

又有童谣云：

这个老了，这个小了，这个掉了臕了，这个去买草了，这个街上跑了。（山东）

据何德兰，讲他见到母亲或保姆一边挨个儿捏着小孩的手指一边唱此谣。

《孺子歌图》又有：

大拇哥，二拇弟。钟鼓楼，护国寺。小妞妞，爱听戏。

何德兰说父母等唱此歌时，执儿手指，依次数之。"大拇哥，二拇弟"者，即指拇指和食指。"钟鼓楼，护国寺"看似突兀，初看以为是出现了北京的标志性建筑，细思才恍然大悟：中指于五指中最是修长，如耸立之钟鼓楼。"护国寺"则指无名指，也即第四指；联系二者的是读音，"钟鼓楼"中的"钟"，与"中指"中的"中"可谓谐音，而"护国寺"中的"寺"与"四"谐音，因而吟诵者很容易将"钟鼓楼"与"护国寺"与中指、无名指联系起来，而并无信口胡诌之感。同时"小妞妞"就专指小指头了，五者中它个头最小，"小妞妞"中的"小"与"小拇指"中"小"属同音，因而自然相成。念诵此谣时，成人执幼儿之手，依次数之，用浅显的语言教小儿懂得了"五个手指不是一般长"的道理，这也是朱自清所谓的"手戏歌"。

----

① 头五句，喻手指。门坎，指脉门。江家弯，手腕。疙瘩弯，胁下。挑水担，肩膀。衣饭碗，指的是嘴。两条龙，指的眼睛。上楼台，是额头。顶命彐，小儿前顶跳动之处。三栗殼，是逗笑之语，大人弯起手指敲其额骨之谓。

四川儿歌《大指姆哥》：

> 大指姆哥，二指姆哥，中三娘，王夥计，么老背，不争气。

在四川地区，母亲教儿童认识五指时常唱此歌。"大指姆哥，二指拇哥"即大拇指和食指意。"中三娘，王夥计"看似突兀，但仔细分析不难发现，"中三娘"就是五指当中位于中间的手指头，"王夥计"自然而然就是无名指。"么老背，不争气"最小的不争气自然就是小指头了，五个指头中它个头最小。唱此童谣时，母亲手执幼儿双手，依次数之，用浅白的语言教幼儿认识了五个手指头，并使其明白了五个手指长短不一的道理。

又有：

> 斗，斗，飞！

此谣适合一周岁左右的小孩子，尤其是在他们的大脑支配手指能够准确地凑点在一起，同时还能分离开，并随"飞"的语音做飞起状，这种儿童在动作与童谣的语音中所获得的成就感以及愉悦感是成年人难以想象的。

还有：

> 点，点，点油眼，油眼花，一根皮条两条瓜。有钱的买着吃，没有钱的去了他。

—— [美] 何德兰《孺子歌图》

此为"足戏歌"，游戏时母亲怀抱幼儿，或与其对坐，吟唱此歌的同时，用手指依次点幼儿的双脚十个脚趾，唱一字点一下，唱到末一字时被点到的那只脚要缩回去，游戏即此于嬉笑中暂告结束。一般儿童对充满乐趣的游戏以及笑话是不避讳反复的，他们是要反复地获取其中的乐趣。因而下一轮的游戏又将开始。虽然童谣中没有明确点出"脚"这一肢体器官，但是通过这种触摸的方式，让儿童更加真切地感触到了"脚"的存在，这种感触的行为比单纯地听到"脚"的这个概念来得更加直接。

河北一带还流传着类似的"足戏歌"：

> 点，点，点墨眼，墨眼花，炒芝麻，芝麻立，胡达气，狗咬贼，你出去。（唐山）

此谣随物联想，三言句为主，两句换韵，节奏分明，甚得儿童喜爱。

钟敬文举黄朴所录汉阳的一首云：

> 点点脚，鞋不落。乌龙麦，种荞麦，荞麦开花一望白。金脚，银脚，莲蓬，骨颈。葱花，皮条。叫大哥，叫三哥，拿手来，砍小脚！

原注云：群儿伸足列坐，其一人手持条，唱一句即点一脚，至"砍小脚"一句，则该脚即拟制的为被砍，须曲着。如是反复。至剩一足时，则主游戏者以双手掩儿之目，其他各儿自躲藏，同时主游戏者唱《躲紧躲》一首。此谣属"足戏歌"。

又有童谣云：

> 这个小牛儿吃草，这个小牛儿吃料，这个小牛儿喝水儿，这个小牛儿打滚儿，这个小牛儿竟卧着，我们打他。

此谣为母亲与幼儿对坐，母亲抚儿小脚，每抚触一只脚趾，就念唱一句，于是五只脚趾就有了小牛的比喻，而且有的"吃草"，有的"吃料"，有的"喝水"，有的"打滚"，有的"竟卧着"（后两句很有深意，一般人的第四只与第五只脚趾都是弯着的，由此而引述出"打滚"和"竟卧着"的姿态，虽无从实际联系，但确有一定道理。），儿童对于这种伴以游戏的抚触童谣一般记忆犹新，而且对于身体部位的认知也是相对深刻。儿童对于认知五官名称以及作用是非常重要的一种技能，是他们开始认知世界的一个起点，只有对自身有了相对明晰的认知，才可能开始对世界的了解。尽管人们对此并不以为然，但是每一位成长中的儿童都经历了这个伟大的过程，最终实现了对周围环境的探索。

何德兰记载有童谣云：

> 牛儿吃青草，牛儿吃干草，牛儿喝水喝个饱，牛儿到处跑，牛儿贪吃干活少，牛儿要用鞭子敲。

此谣为"足戏歌"，属于长辈一边念唱童谣，一边拍儿童的光脚丫。

在《中国的儿童》一书中，何德兰说有一天看到家中保姆一边摸他女儿的膝盖，一边唱道：

一摸银元宝，二摸金元宝，三摸不能笑，笑了就变老。①

《孺子歌图》中又载童谣云：

一抓金儿，二抓银儿，三不笑，是好人儿。

这是与幼儿呵痒时哼唱的童谣，其语词并无深意，但主要是用于引逗幼儿一乐，使其获得轻松的情绪。当然也在这种抚触中感受膝盖的身体部位。

《中国二十省儿歌集》（二）载童谣《指纹歌》：

一螺巧，二螺拙，三螺拖棒柱，四螺纯弗识，五螺富，六螺穷，七螺做相公，八螺做长工，九螺骑白马，十螺坐官船。（江苏吴县）

此谣系指导儿童认知指纹花纹类别的，但是"螺"的多少与将来人生命运的发展没有直接的关系，这种联系只是一种牵强附会的随物联想，没有实际的科学根据。

温州一带流传的《十螺歌》：

一螺富，二螺卖豆腐，三螺背刀枪，四螺要吃屁，五螺骑一骑，六螺讨饭吃，七螺七，拍马屁，八螺八，塑菩萨，九螺九，做太守，十螺全，生儿做状元。（温州乐清）

温州平阳流传的《手胐谣》：

一胐富，二胐平平过，三胐磨豆腐，四胐挟猪屎，五胐背刀枪，六胐上战场，七胐骑白马，八胐坐天下，九胐圆，十胐做状元。（温州平阳）

同样是描述手指纹与命运相关联的童谣，与之上的那首的命运判断完全不同，由此也可以判定其实并无科学依据，但是童谣带给儿童的一方面是对于"螺"这种手指纹的模糊认识，另一方面也作为民众对命运的一种美好的憧憬，想来也别有趣味。

面、手、足、膝盖与呵痒类童谣基本上是"就儿童本身指点为歌"，成人于此扮演的是引导角色。这类童谣主要针对的是年幼的儿童，正处在逐渐认知

---

① ［美］泰勒·何德兰、［英］坎贝尔·布朗士：《孩提时代：两个传教士眼中的中国儿童生活》，群言出版社 2000 年版，第 24 页。

自身的阶段。有的儿童在几个月的时候就开始对于自身手、脚、头的认知，之后开始对于耳朵具备听的能力，眼睛具备看的能力，手可以去拿，腿可以去爬，大脑可以支配脚趾，手指自由活动等等这类高层次的知识的拓展。笔者仍然相信，童谣的辅助会让这个年龄段的儿童获得属于这个年龄段的知识乐趣。

二、由童谣认知数字

儿童从记事开始，就在不停地接触生活周围的数字，家长也会有意无意地开展简单的数字教育，从三个指头、三块饼干、两只鸡开始，逐渐地建立一种数字的概念。"数"是一个抽象的概念，一般情况下，儿童是不理解数的意义，童谣化成为一种非常有利的变数字为形象化、具体化事物的文学手段。由语言文字游戏见长的童谣，于游戏之际向儿童传授数目名称及顺序等知识。台湾学者廖汉臣认为：

> "数目歌"是"连锁歌"的一种形式，从一往下数的连锁起来，叙说生活事物，让孩子们学着计算。孩子幼小，智力不强，即令板着自己两手指头，也不容易一下就把一至十的数目弄清楚，这种儿歌可使孩子们轻松的学习，弄清了一至十，又各系以事物，来扩展孩子们的智识。①

所以数字歌往往可以帮助幼儿形成数字观念，又能扩充其名物知识。识数历来是婴幼儿认识数字的启蒙教育。识数指狭义的对自然数的认识，包括认识数字的符号、数字的产生、数字的含义、数字的组成、数字之间的关系以及排列规律等。在童谣中蕴含数字的知识是有目共睹的事情，但是如何解读其在儿童那里所开启的数学秘密的方法，以及产生的相应影响，则是我们探讨开始的地方。

数学知识相对于幼儿而言是枯燥而抽象的，如何让儿童在入学之前在头脑中建立一种基本的数学观念非常重要。然而在儿童生活中引入数字的概念，让

---

① 廖汉臣：《台湾儿歌》，台湾省"政府新闻处"1980 年版．第 57 页。

他们在生活中捕捉到丰富的数字资源，并且逐步刺激他们认知数字的好奇心，逐步培养儿童的创造性与学习的兴趣，能做到这一点就是大功一件。而童谣在不知不觉中就实现了一种学习，使儿童成为数字的主人。

每一首数字歌谣，不是简单地嵌入数字的歌谣，而是充分调动了丰富生活体验和知识积累，通过儿童自觉的吟唱童谣的行为，获得新知，发展智力，培养能力。有的数数谣将数字和蔬菜瓜果结合一体，如浙江童谣《对数谣》：

> 我说一，谁对一，什么菜叶扁又扁？你说一，我对一，韭菜茶叶扁又扁。我说二，谁对二，什么菜儿有香味？你说二，我对二，香菜、芹菜有香味。我说三，谁对三，什么菜叫马铃薯？你说三，我对三，土豆也叫马铃薯。我说四，谁对四，什么菜儿象个球？你说四，我对四，花菜圆圆象个球。我说五，谁对五，什么菜儿圆又长？你说五，我对五，茄子菜儿圆又长。我说六，谁对六，什么瓜儿带有刺？你说六，我对六，鲜嫩黄瓜满身刺。我说七，谁对七，什么菜儿甜又大？你说七，我对七，三伏西瓜甜又大。我说八，谁对八，什么瓜儿长又鲜？你说八，我对八，条条丝瓜长又鲜。我说九，谁对九，又脆又甜有没有？你说九，我对九，又脆又甜莲花藕。我说十，谁对十，什么红红绿绿最好食？你说十，我对十，番茄红红绿绿最好食。

这首童谣并不是特意为数数而用，数字只是起兴，其主要目的在所咏之物以及其特征上。但这首数数谣采用对歌的形式，在一问一答、一来一往中，在吟唱者那里反复强化数字的序列，再配上生活中最常见的蔬菜瓜果，将数字世界与生活世界进行对接，引领儿童在朗朗上口的吟唱训练中习得数字符号。

又有童谣《十忙忙》：

> 一忙忙，穿衣着鞋忙下床；二忙忙，早起开门扫地光；三忙忙，婆婆房里送茶汤；四忙忙，满床儿女着衣裳；五忙忙，切葱洗菜煮饭忙；六忙忙，男要抱来女要扛；七忙忙，送饭送茶又采桑；八忙忙，要为小叔汰[①]

---

① 汰：洗。

衣裳；九忙忙，砍柴吊水 ① 不能忘；十忙忙，深更半夜进磨房。（苏南）

——《江苏传统歌谣》

此谣反映了做儿媳的每天从早起忙到半夜，没有停歇的时候，揭露了封建家长制下妇女格外受苦受累的残酷现实。一至十的数字在此谣中作为起兴的重要内容，还是起到强化数字序列、加强数字识记的功效，当然此谣的最大特点是其在语言文字的游戏中，实现数字理念的蕴含，使得数字的学习变得"有味道"，儿童在顺畅和谐的伴唱中实现数字的感触与认知。

数字歌谣的念唱过程，实际上给予儿童一种数字的具体操作性，即儿童在具体的操作过程中实现对数字的识记与训练，这比理论性的讲解要丰富得多、生动得多、效果更会好得多，儿童心目中的满足感则更强，儿童从最初的不会念、不会数，到结合体验、结合认识的程度，随着念唱遍数的增加，最终达到随心所欲、自如迅速地完成数字的背诵与序列的认知。浙江绍兴流传的《数字歌》也是如此：

一品果，二栗蒲，山（三）里果，水（四）蜜桃，五香干，绿（六）豆糕，七巧果，八仙糕，酒（九）浸枣，实（十）左好。（绍兴）

此谣的优点就是随物联想，其绝不是简单地将数字与当地实物的堆砌相加，而是孕育了民众的生存智慧，以及对美好生活的向往。此谣也是将从一到十的数字作为每一小短句的起点，但巧用字，体现精致的食物与生活，比如"桃"要"蜜"，"干"要"香"，"果"要"巧"，"糕"要"仙"，不仅体现了创造者对物品的精心选择，更体现了其对生活的这种品味与质量，表现人们心理上对生活的感知观念，由此才会在童谣最后有"实在好"的赞美。

与食物相连的数数歌，也是一种创举，如下这首童谣得来更是绝妙：

一只蹄髈，两碗冷饭，三个馒头，四瓶糟烧，五个大饼，六股油条，七个粽子，八块印糕，九只艾饺，十个面包，外加三升米饭都吃槁 ②，伊

---

① 吊水：提水。

② 槁：意为完。

话肚皮还要刮心（病字头下面一个禾）（浙江）。

这首童谣的智慧就在于将吃食予以数字化，一个数字就蕴含着孩子们的一个兴奋点，不同的数字牵动着儿童一个不同的记忆源泉，因此，这不仅是数字的强化，更是一种民俗生活的回忆，其中的知识含量自然超越了简单的吃食与数字，而成为联系着深刻民俗情感的源泉。

童谣对于数字的最大意义体现在其教育的无意义性和无训诫性，其最大的优势就是将数字"本源"的信息密码置入游戏中，使儿童在玩中学、学中玩，乐此不疲。让儿童在语言的游戏与实践的游戏中自由发现数字间的大小、数序、关系以及排列规律，从而提高儿童的实践操作能力，发展其多元的数学智能，调动儿童的生活体验与资源，让他们手、脑、口同时发展。从这个角度上而言，童谣具有"创造性"的内容。如童谣《要杏胡谣》：

一弹，二圆，三兴，四经，五发醭①，要杏胡②！

这是儿童夏日常玩的游戏，一儿在地上画一圆形或方形框子，中间打上几个方格，格内写上1、2、3等数字。框子前方两角斜向划两条射线俗称"角"。框子前画一弧线，与框子前沿的空白称"河"，整个图形俗称"锅"。一小儿蹲守在锅后，众小儿将各自的杏核放在"河"边。守锅的小儿用力弹远，然后让小儿逐一弹来。弹进锅内方格中，视格内数字，守锅小儿将自己杏核如数输给对方。弹不进，或弹进河内碰出"角"外算输给守锅小儿。此谣是通过游戏培养儿童运用已有的数学知识，实际上是创造性识数最有趣的一种。儿童在童谣中不仅做了模仿性练习，还创设了具体情境，鼓励儿童顺畅地走进情境，展开想象，促使儿童实现从模仿到创造的过程。

[美] 何德兰《孺子歌图》中载童谣云：

大秃子得病，二秃子慌，三秃子请大夫，四秃子熬姜汤，五秃子抬六秃子埋，七秃子哭着走进来，八秃子问他哭甚麽，我家死了个秃乖乖，快

---

① 醭：食物表面长的白色的霉。

② 杏胡：杏核。

快儿抬快快儿埋。

此谣从一数至八，而且均与"秃子"相连，甚是风趣诙谐。应该说以别人生理上的某种缺陷作为名字的代名词的确不妥，正像何德兰作为一个外国人在清末时走进中国时所见到的那样，"中国人总是喜欢给人起外号，从最高层的达官贵人到沿街要饭的叫花子都无一例外。人们给堂堂的清朝宰相、皇帝的亲密朋友刘庸起了个外号叫'刘罗锅'。类似'斜眼王'、'跛脚张'、'秃头李'一类的外号很普遍。"但是童谣里出现的外号还是一种凑趣的成分大一些，并无恶意，尤其是向儿童传唱与传播，则更加清纯。其将数字与秃子的故事编织在一个有人得病之后的慌乱情节中，荒诞离奇，令人忍俊不止。

数数歌所带给儿童的不仅是数字知识，更重要的是一种想象力的创造，想象力比知识更重要，因为知识是有限的，而想象概乎一切，推动着进步，更是知识进化的源泉。

有一首《数字谣》似乎相对简单：

> 1字像根大扁担，2字像鸭游水塘。3字弯弯像花瓣，4字像旗插山岗。5字像钩挂秤上，6字像梨挂树上。7字像把大锄头，8字像个大葫芦。9字像个捕虫网，0字圆圆像鸡蛋。（浙江）

中国北方流行的《数字歌》与之相类似，方法一致：

> 1像铅笔细又长，2像小鸭水中漂，3像耳朵听声音，4像小旗随风飘，5像秤钩来卖菜，6像豆芽咧嘴笑，7像镰刀割青草，8像麻花拧一遭，9像勺子能吃饭，0像鸡蛋做蛋糕。（河北）

认识数字符号是识数的一个重要环节，儿童对每一个哪怕看似简单的数字都要加以区分，对于比较相近、相像的数字更要注意重点识记，如：0和6、6和9、8和3等等，那么为了记忆字形，将数字表述为："这个数字像什么？"对于识记数字有较大帮助。同时实践证明，儿童眼中的数字是活的，他们可以根据数字的字形说出它们的比喻物，在儿童那里没有自觉识记的任务，但是他们那这种变通性以及独创性都有较好表现。丰富合理的想象能够帮助儿童记忆和区分字形，完成数字识记。

《农村歌谣初集·儿歌》中载童谣云：

> 正月正拜年，二月二不觉①，三月细细过，四月好栽禾，五月受点苦，六月有登补，七月炎也炎，八月斫柴火，九月算一算，十月有戏看，十一月拾些粪，十二月买点心②。

此首童谣之所以放在数字认知的内容中，主要因为其每句的开头都是以系列数字为起始，笔者更看重的是童谣中所表达的"岁月静好"的思想。虽无从考察这首童谣创造者的性别以及创造初衷，但有一点可以明晰，创造者深居农村，文化水平不高，明显没有诗人所具有的高超表达技巧和能力，用语极简，措词浅白，但他参透了一年四季的时光流逝，"二月二不觉"，"三月细细过"；参透了生活中的磨难，"五月受点苦"、"七月炎也炎"以及生活转折的拐点；"六月有登补""十月有戏看""十二月买点心"，从而能平静而正确地面对生活中的挫折，而引导听者用最顽强的忍耐与坚强抗击的耐心战胜它们。创作者并没有诗人的那种因岁月流逝而产生的伤感，也并没有将所有的记忆和情感都寄托在光阴飞逝的忧愁，而是用岁月静好、静待花开的心态，用最平静的叙述与叙说、坚毅的耐力将岁月的每一页默默地翻好，静静地守住生活的艰辛与磨难。学者常说，童谣是用来"哄"小孩的，笔者不以为然，反而认为童谣的创作首先是满足了创作者淤积在心理的情感与情绪，尽管不是通过诗人将这种情绪反馈出来，但是其中的义理是相通的。童谣有母歌与子戏的差别，尤其是母歌，较多是居家的母亲、祖母长期的生活体验与心得凝结在童谣中，通过母子童谣的传播将这种心理体验传承下去，而最终使得这种生活的经验与心得得到渲解，生活的磨难与挫折最后归于岁月。

白寿彝《开封歌谣集》中载童谣云：

> 大槐树，开大花，十个闺女叫俺夸：大姐丑，二姐麻，三姐流嘴水，

---

① 不觉：不知不觉而过。

② 这句指要过年了。

四姐长包牙，五姐打板儿，六姐拍吧，七姐围匮，八姐擦擦，九姐烂眼儿，十姐双瞎。

此谣是讥笑十个丑姑娘的，实则故意，世间无有。但是将一至十的数字编排进故事情境中，寓识数教育于夸张的情节中，富有变化，寓教于乐，尽管这种挖苦人的说法是不值得提倡的。

将数字的简单识记作为识数的第一阶段的话，那么将数字相加、相乘，甚至相减，又适合儿童听赏念诵，自然成为数数歌的新创造。

有一首数数歌，是这样唱数的：

一只蛤蟆一张嘴，两只眼睛四条腿，扑通一声跳下水。两只蛤蟆两张嘴，四只眼睛八条腿，扑通扑通跳下水。

——《中国传统儿歌选》

这首享誉大江南北的童谣，是一首练习计数的儿歌。其蕴含的实际意义不仅在于一至十的顺序数数环节，还在于蛤蟆的嘴、眼睛和腿的数量可顺序递增，无限地唱下去，对儿童具有挑战性。这首童谣的念诵确实对培养儿童对于乘法的练习有一种极高的吸引力。反复咏叹，乐趣无穷，一般是唱到儿童实在反应计算不过来为止。想象一下那样的场景，一名儿童开动脑筋，认真思考，反复吟唱，每开始一遍，都是对乘法口诀的一次熟练与熟记的过程，寓教于乐。

数数谣不仅有数字的序列，还有乘法口诀：

一一下得一，打铁打勿歇，二二下得四，滚龙滚狮子，三三下得九，农人攀芰手，四四一十六，吃鱼又吃肉，五五二十五，后生偷苹果，六六三十六，和尚掼便勺，七七四十九，丝线绕洗帚，八八六十四，树头挂红箸，九九八十一，扫帚靠板凳。(浙江椒江)

这首童谣可以视为童谣版的乘法口诀，只是每句多了后半句，两句换韵(一句方言发音)。试比较，童谣版的乘法口诀似乎比数学课上的《乘法口诀》要来得生动活泼。

北京一带一首流甚广的童谣《一个毽踢八踢》：

一 个 毽 踢 八 踢， 马 兰 开 花 二 十 一。
二五六，二五七，二八，二九，三十一。三五六，三五七，三八，三九，四十一。
四五六，四五七，四八，四九，五十一。五五六，五五七，五八，五九，六十一。
六五六，六五七，六八，六九，七十一。七五六，七五七，七八，七九，八十一。
八五六，八五七，八八，八九，九十一。九五六，九五七，九八，九九，一百一。

—— 《北京儿歌》

谁说数字不可以这样来教呢？看这个样子，一百的数字不一定非得按部就班地从一教到一百的。这首童谣确实开创了一种叙述数字的方式，并通过反复强化的节奏取胜。

又有童谣《七个妞妞来摘果》：

一二三四五六七，七六五四三二一，七个妞妞来摘果，七个花篮手中提，七个果子摆七样：苹果、桃儿、石榴、柿子、李子、栗子、梨。

—— 《儿歌》

将数字的学习与水果的种类相连，寓学习于轻松的话题中。

除此之外我们还能看到类似的数字歌：

（1）正月正，调马灯。二月二，瓜菜洛苏全落地。三月三，荠菜开花接牡丹。四月四，蔷薇剑开花刺咾刺。五月五，黄鱼粽子做端午。六月六，晒好衣裳晒鱼肉。七月七，煎洛苏饼吃时节。八月八，蚊子还象娄门鸭①。九月九，西风索索蟹逃走。十月十，种田完毕看赛会。

—— 胡云翘《胡谚外编》

（2）大儿大，说实话；不扯谎，不乱骂。二儿二，会扯锯；锯得光，做只箱。三儿三，不好玩；没得事，好扯谈。四儿四，晓得事；不靠人，自照顾。五儿五，常习武；是好汉，打战鼓。六儿六，栽淡竹；淡竹多，笋子足。七儿七，学做笔；卖了钱，买饭吃。八儿八，喂鹅鸭；粪肥田，肉好吃。九儿九，善走路；走一天，还能够。十儿十，把布织；织一天，

———

① 娄门鸭：娄门的鸭子。这句是说蚊子八月八还嗡嗡乱飞。

几十尺。

——朱天民《各省童谣集》

（3）张打铁，李打铁，打把剪子送姐姐。姐姐留我歇，我不歇，我要回家去打铁：打铁一，苏州羊毛好插笔；打铁两，两个娃娃拍巴掌；打铁三，三根头发吊金簪；打铁四，四颗花针好挑剜；打铁五，杀猪宰羊过端午；打铁六，六六不吃阴米粥；打铁七，七粒果子甜蜜蜜；打铁八，八十岁的公公白头发；打铁九，桂花园里好饮酒；打铁十，天上落雨地下湿。打铁十一年，大河里涨水划龙船。一划划到张家楼脚下，捡个破铜钱。爹要打酒喝，崽要讨婆娘；讨个婆娘拙又拙，做双鞋子三年六个月；新穿三年，旧穿三年，丢在阴沟里酺三年，捡起来运卖得三个破铜钱。（湖南汉寿）

——《中国二十省儿歌集》（一）

自此，我们已经列举了不少的数数歌，这类童谣教会儿童识数、认数，甚至加减算法乘除，总体而言，都是为了让儿童开始萌发数字的概念。当然从萌发数的概念到对数形成完整而正确的认知，并不是一蹴而就的，需要经历一个相对漫长的过程。儿童如果只是一味地接触某些数字的堆砌，而不和其他充满吸引力的事物结合一体，他们对识数的兴趣就会大大减弱。童谣中的"数数谣"是数学和文学的有机结合体，是一种用文学的样式来表达数字概念的特殊童谣。依赖于文学的禀赋，数数谣则成为一种特别符合儿童认知水平和发展需要的数字认知资源。正如黄云生主编的《儿童文学教程》中所说："数数在儿歌中既是目的，又是手段。说是目的，指的是数字一旦和具体事物联系在一起，便由抽象或概念变为具体形象，引起幼儿兴趣，并把他们识记下来，从而达到学会数数的目的。说是手段，指的是数字也可用来组织游戏，给幼儿带来快乐，并可以将各种事物、各种知识串联、汇集起来，以达到识物启智的目的。"[①]

---

① 黄云生:《儿童文学教程》，浙江大学出版社1996年版，第63页。

第三节　童谣的农业生产科学

1. 童谣的社会实践功能

作为民间文艺的一员，童谣的创作与作家创作的文学艺术有很大不同——童谣更偏重于"实用"。童谣是一种"实用"艺术，同生产劳动与人民生活有密切联系，与人民的风俗习惯、社会斗争也紧密相关。中国童谣是一种立体的、活动的文艺，具有多功能性。总体看来，童谣在社会实践中体现了三个方面的功能。

首先是实用功能。追溯我国童蒙养正教育的历史渊源，"养"与"育"最初本属于农业性教育观的概念。在中国古代的典籍里，关于原始社会的记载并不多，而有关原始社会进行教育活动的记载就更少。据《韩非子》等古籍记载，在原始社会的早期，"人民少而禽兽众"，"食草木之实，鸟兽之肉"[1]，人们在野外恶劣的环境中群居群处，这样就决定了当时的教育活动跟生产活动一样都是以群体的形式出现的。他们面对的一切都是"野"的——野生动物、野生植物等等，就连当时的人类自身也属于"野"的状态。为了生存，人们除了采集野生植物，还进行狩猎。在这个过程中，人类经历反复的比较、选择，摒弃不利于自己生存和发展的种种恶习，这些行为规范在协调人类社会关系的过程中一经形成，便成为人们所共同遵守的行为准则，为人们的言行提供指导。伴随着对于童蒙的养成教育也主要是在集体生产劳动的实践中进行的。人们将长期积累下来的生活经验、生活智慧，浓缩在童谣里，通过口耳传播的方式传到下一代，传到更加遥远的地方，以期望对后代以及周围的人有一定的指导意义。实际上而言，童谣的智慧就在于人们选择了恰当的形式、符合时代要求的教育方式对下一代进行行为规范、生活经验的教育。

在中华民族的教育传统中，历来十分重视完善人格的诱导、启迪、教育和

---

[1]　浦卫忠：《中国古代蒙学教育》，中国城市出版社 1996 年版，第 2 页。

培养，非常重视对于受教育者的"蒙养"与"养正"教育，"养成"的本意，即培养而使之形成或成长。纵观人类进化的历程，"养"的过程即"驯、育、培"的过程；从野蛮到文明、从原始群落到学院家庭、从氏族到部落直至发展到现代人类，人们通过社会、家庭、学校等途径，教育后代遵守公认的准则或规范，经过周而复始的社会实践，在反复的训练、教育、培养的过程中，社会群体或个体由被动转化为主动，自觉养成各种行为习惯。这种一直延续下来的教育规范，也使得我国的童蒙养成教育源远流长。

童谣是在人民生活实践中生成发展起来的，可以充当人民群众劳动斗争的工具与武器。从远古时代，人类社会对于体力劳动有极强的依赖性，因而在劳动沉重而疲劳时，那种顺口畅快、风趣诙谐的童谣常常能给儿童以及成人心理上带来情绪上的放松，从而转移大脑的疲劳状态，让人暂时忘却劳累与紧张，换来精神焕发与干劲十足。童谣作为口头的技术课本，往往是劳动经验的总结，用来传授劳动知识和经验。上古歌谣《弹歌》是一首二言民歌，反映了原始社会狩猎的生活。虽然只有八个字却具体描述了弹弓制作和运用的整个过程："断竹，续竹，飞土，逐肉。"意思是：砍断竹子，用皮绳把它结成弹弓，弹出泥丸儿、石子儿，去猎取飞禽走兽。这首歌是对弹弓发明的赞颂，虽然语词极简，却描述了制作工具和打猎的全过程。恩格斯说："弓箭对于蒙昧时代，正如铁器对于野蛮时代和火器对于文明时代一样，乃是决定性的武器。"泥丸比飞箭还要原始，所以这首歌可能是非常古老的，后作为丧歌而流传下来。这是远古二言民歌的好例子，每句两个音节，句句押尾韵，节奏鲜明，排比自然，井然有序。《弹歌》用精练的语言概括了"弹"生产制造的过程和"弹"的用途，表现了劳动人民的聪明和智慧，用"弹"来猎取食物的喜悦心情。

其次是科学功能。从哲学层面上看，童谣反映了人民群众各个时代的世界观。要了解人类的原始思维，不了解童谣，以及神话传说是行不通的。从政治学层面上看，传统童谣表现人民的生活情绪的及时而真切是政治家最感兴趣的，较之于其他的民间文艺形式，童谣早早地披上封建迷信色彩与谶纬学说的暗示。古代即有采风之官，广泛采集各地童谣传播的情况，以了解社会动向，作行政上的参考。从心理学层面看，童谣反映了人民心理，记述了种种心理活动，童谣的创作与传播本身就是一种民间心理的记忆、传播、遗忘与想象的重要资料。从美学层面上看，童谣深刻地表现了人民群众的美学观点和审美趣味，从中可以窥见人民是怎样辨别美丑的，是怎样采集和提炼生活中自然形态的美的。从自然科学层面上看，童谣为农学、气象学、医学等学科提供了许多很有价值的资料。儿童可以从童谣中了解不少草木鸟兽的名称以及它们的习性，作为他们通往世界的媒介，掌握世界的重要参考。

包括童谣在内，寓言、神话传说、民间故事等民间文学介绍了不少发明工具、刻苦钻研，以及巧干的经验，甚至农谚作为农民常用的农业科技教材就更为重要了。什么时候种什么庄稼，各种庄稼如何管理、如何收割……都有教导。像"清明前后，种瓜种豆"，"晒不死的棉花，下不死的南瓜"，"九成熟十成收，十成熟九成收"等等，往往因为地理、气候等条件的不同而发生变化，但"春雨贵如油"、"瑞雪兆丰年"等是普遍起作用的。至于气象谚语总结和传授劳动人民的看天经验，对气象预报也很有用处。"早霞不出门，晚霞走千里"，是说早晨天空有红霞往往下雨，而晚上天空有红霞则是晴天的预兆。"燕子钻天蛇盘道，水缸穿裙山戴帽"，这是即将下雨的征象。"八月十五云遮月，正月十五雪打灯"，是说八月十五这一天如云彩遮住月亮的话，那么到正月十五时就会下雪。许多天气预言是人民长期实践经验的总结，对渔民下海，农民耕种、灌溉和收割等活动的安排往往有指导意义，它们是人们世代传授下来的。

第三是艺术功能。童谣是最有群众性、民族性的，正像何德兰所说："在中国，没有哪部文字作品，包括哪些经典著作，能够像儿歌（指童谣，引者注）那样妇孺皆知"①。可以说童谣是民族文化的重要基础，具有艺术欣赏价值和借鉴价值。从欣赏价值看，童谣历史悠久、流传广泛，是亿万人民普遍喜爱的文艺，广大儿童朗读者不但是童谣的直接接受者、欣赏者，更是传播者、创

---

① ［美］泰勒·何德兰、［英］坎贝尔·布朗士：《孩提时代：两个传教士眼中的中国儿童生活》，群言出版社 2000 年版，第 24 页。

造者。在群众性、普及性上，童谣是超越其他民间文学的。从艺术质量上看，笔者认为，尽管大多数作品是比较粗糙的，但也有不少吸取了成人文学的诗歌、散文等文学样式的传统手法，因而创造出那和珠圆玉润的经典作品，内容上包罗万象，精神上精进向上，艺术上日臻完美。这类珍品是人民集体加工的产物，长期在民间流传，具有不朽的艺术魅力。

2. 童谣的农业生产科学

在乡土中国，传统童谣是民众向儿童传承道德、知识和经验的重要载体，而关于生产活动的知识和经验的传递又是其中一个极为重要的组成部分。传统社会以农业为主，因此，童谣中关乎农业生产的内容非常丰富。因为面向年幼的儿童，童谣较少涉及农业生产技能方面的知识，一般多为生产活动场面的描述和生产经验的总结。

清孙之骡撰《二申野录》载明正统己巳（1449）童谣云：

　　牛儿呵莽着，黄花地里趟着。你也忙，我也忙，伸出角来七尺长。

从儿童的视角出发，描绘了一幅农耕休闲图。农家子弟自幼即常随父母下田，或玩乐或做些力所能及之事，耳目所及，多为四时农事。儿童对动物常有好奇亲近之心，所以常观其种种活动。农耕时节，牛儿在忙碌之后偶有小憩，倍显慵懒。儿童以其特有的方式叙述着这一幕幕场景，于忙中取得一点小乐子。

《天籁集》载童谣云：

　　牵牛儿上，牵牛儿下 ①，虻 ② 蜂钉，截辣一声 ③。

此谣描述农民牵牛上下耕耘田地，忽然虻蜂来叮咬牛儿，牵牛人"嗖"地一掌拍死牛虻，发出了"截辣"的声响。童谣描绘了农耕场面以及牛虻叮咬被轰的场景，语词简短，但具体形象地传达了农耕的辛苦。这是一首生活知识童谣，并无政治含义。

---

①　牵牛儿上，牵牛儿下：指牵牛去耕地。
②　虻：牛虻，叮咬牛的一种昆虫。
③　截辣一声：快速拍打牛虻发出的声音。

　　明代之前的童谣中与农耕生产内容相关的非常多，这充分体现了我国作为农业大国，农业生产在百姓生活中的地位。民众在长年累月的农业生产实践活动中，积累了很多经验，并通过口耳相传的形式传递给下一代。为了便于传授与记忆，人们往往将这些经验性内容编成通俗而易于传唱的韵语形式，也即我们通常所说的农谚，即关于农业生产的谚语，是农民在长期生产实践里总结出来的经验，是农民生产经验的概括和形象的反映，对于农业生产有一定的指导作用。如童谣记载：

　　　　杨柳青，粪如金。

——清·郑旭旦《天籁集》

　　这是一首类似农谚的童谣，大意是：春回大地，杨柳吐翠，农时将忙，这时农民惜粪如金，只要施上肥庄稼定会有好的收成。童谣中一句"杨柳青"，既交代了时间大致是万物复苏、杨柳返青的时节，农民即将开始农忙，而且首先开始的工作就是要给土地施肥。而在我国漫长的农耕社会文明中，古代农作物的产量跟现在没法比，一来完全依靠人力、畜力，效率低下，二来就是没有现在各种化学肥料的加持，更别说还有各种极端天气的影响了。即使在 20 个世纪，农村还存在捡拾畜类粪便转化为庄稼作物的肥料，起到增产增收的目的。当然也有一种说法，"庄稼一枝花，全靠粪当家"，意思是要想让庄稼长势好，必须多施肥，而施农家肥是我国劳动人民农业生产的经验总结。农家肥的种类繁多而且来源广、数量大，便于就地取材，就地使用，成本较低，对促进植物生长起到了很好的作用。在童谣中相对明确地指出了农忙的时间以及农忙之前应该做的准备，还包含了"一年之计在于春"的劳作谚语，告诫人们杨柳青青，万物复苏，人们开始农忙已经是时节了，从农肥开始，厚积薄发，只有通过人们顺应时空的勤劳工作，才能有丰厚的收获。在简短的语词中，一首童谣还蕴含了深刻的人生道理，有待儿童日后慢慢领悟与吸收。

　　通常情况下，农谚与一般的谚语不同，它基本上不包含训诫性内容，也不承载价值判断的功能，而主要偏于知识性。绝大部分农谚也考虑到儿童的心理和认知特点，饶有趣味。千百年来，农家儿童在农谚的浸润下成长，又以接力的形式将之代代相传。从这个意义上说，农谚理所应当作为童谣来理解。农业谚语有很多，从耕种到收获、归仓，有一整套谚语。如关于选种的"种子年年选，产量节节高"、"母大子肥"；关于播种的"人误地一天，地误人一年"，讲抢时间下种的必要；关于灌溉的"有钱难买五月旱，六月连阴吃饱饭"，"入冬小麦三床被，来年枕着馒头睡"，讲述的是庄稼在成长期气候的变化与粮食收成之间的关系；关于收割的"抢秋抢秋，不收就丢"，"霜降不起葱，越长心越空"，"夏至不起蒜，蒜在泥里烂"，讲收割抢时间；关于冬耕的"冬耕深一寸，害虫无处存"等等。总之，各种农谚是人民群众生产劳动的经验结晶，对于靠农业吃饭的农民而言至关重要，因此通过谚语的形式以及口耳相传的方式，将这种经验流传下来。

农谚儿歌二首：

（1）桃三①杏四梨五年，枣树开花都赚钱。

（2）七月里枣②，八月里梨，九月里柿子红了皮。

（3）蚕老一时，樱熟一晌。

例（1）说的就是各种果树结果早晚的特点，一般桃树要种植三年以后才会结果，杏树四年，梨树五年，而枣树一般当年就能结枣卖钱。枣树之所以称之为枣树，就是因为枣树的"枣"通"早"，"早"指的是枣树结果早。因而此谣科学地说明了枣树具有早花早果早期丰产的习性。例（2）主要说明的是各种常见水果成熟的时间，表面看似没有多少科技含量，但在以农业收成为主的传统社会中，果实的成熟意味收成的多少，联系着生存成本的高低，因此在人民群众的口中就会流传着这些看似简单但蕴含真知灼见的农谚。例（3）说的是樱桃成熟要及时采摘，否则就红樱委地难再收拾了，可谓"樱桃好吃果难摘"。所以，我们说樱桃有"骄娇二气"，素有"春果独一枝"的美称。

---

① 桃三：指桃树三年就结果。

② 七月里枣：枣七月成熟。

传统农业生产对大自然的倚重关系非常强烈，相对于大自然的千变万化，传统农业毫无保障，充满了风险，旱涝、病虫害等灾情对于年成而言具有最大的威胁，这一点尽人皆知。但是面对这类难以抗拒的自然界危险，为了最大限度地保全农民的收成，人类在祈求上苍的同时，就是凝结出各种有利于躲避灾害的经验以最大的影响面传播下去，为人类抗击天灾保驾护航。传统社会以农业为支撑，民众生活与土地紧密相连，建立这类与生产生活密切相关的童谣，是巩固与传播农业知识的桥梁。这类童谣非常特别，它不像其他童谣那样牵强附会着某种政治的意义，而是固定地与生产知识、生产经验相连，在传统农业文化传统方面，发挥着举足轻重的作用。今日儿童吟唱着这类凝结着祖辈朴素智慧的童谣，理应在心中萌生崇敬。

第四节　童谣的自然现象科学

在常态的自然界生活中，童谣往往描摹生活的同时，也在对生活进行着总结。在家庭教育中扮演重要角色的童谣，凝结着民众代代相传的自然界生活的经验，在感知自然世界与获取自然生活经验等方面，以"润物细无声"的方式潜移默化地影响着儿童。这类童谣占着较大份额，童谣不仅描绘社会生活，在对自然生活的描摹与表现方面也有不错的呈现，从而或显性或隐性地发挥着引导儿童积极走向自然生活的作用。而这类自然生活的描写，既包括岁时节令的记录，也包括节气时令的描述，还有生活物理常识的呈现，总之是五花八门。

一、岁时节令的记录

岁时节令也就是岁时、岁事、时节、时令等事，是人们在社会生活中约定俗成的一种集体性民俗活动。岁时节令民俗是一个地区文化与历史的缩影，透过它"可以观察到一个地区的生活习俗、宗教信仰、风土人情的方方面面，这不仅是民俗学研究的重要课题，也是构成人类学研究中的民族志的重要组成部分"①，其重要性不言而喻。岁时节令类童谣历史悠久，内容丰富，活动多样，不仅保留了许多具有地方特色的古老传统，还随着时代的变迁增加了众多新的元素。

温州童谣有《十二月谣》云：

> 正月灯，二月鸢，三月麦管做吹箫，四月清明吃米饼，五月最闹看斗龙，六月热头炎，大家晒霉毒，七月半夜牛郎会织女，八月中秋月饼独（大），九月九，九层糕送娘舅，十月黄菱赶稻熟，十一月冬节麻糍甜，年到送走镬灶佛，等着分压岁钱。

此谣讲的是温州一年中主要的岁时节令，儿童通过此类童谣了解一年中十二个月的具体特征与民俗活动，我们还要强调的是，这类民俗活动是民间生活的产物，更是依据时间、气候等的各种变化经历民众的主观组织，教于儿童，使其知晓节日习俗与禁忌事宜。

《中国二十省儿歌集》（一）中记载童谣《月月景》：

> 正月拿瓜子，二月放鹞子，三月上坟坐轿子，四月种田下秧子，五月吃粽子，六月扇扇子，七月老三拿银子，八月月饼嵌稻子，九月吃柿子，十月麻饼掷骰子，十一月吃橘子，十二月落雪子。（浙江）

此谣按照不同的月份开展不同的社会生产活动，因而呈现不同的社会图景。这类以月份为序，展示社会场景的童谣非常常见，如以下童谣：

> （1）正月要把龙灯耍，二月要把风筝扎，三月清明把柳插，四月牡丹正开花，五月龙舟下河坝，六月要把扇子拿，七月双星桥上会，八月中秋看桂花，九月重阳登高去，十月初十打糍粑，冬月天寒要烤火，腊月过年把猪杀。

> （2）正月闹花灯②，二月放风筝；三月清明节；四月杏花红；七月兰

_____

① 杨昭：《温州地区农村的岁时民俗》，《民俗研究》1993年第4期。
② 花灯：元宵节乡村中挂的彩灯。

盘会①，八月玩中秋；九月登高节②；十月晚稻熟……

这两首童谣的特点是按照月份的不同开展活动，而这种活动的安排是依时而动。正月元宵节又称"上元节""灯节"，正月十五晚上，人间点起万盏华灯，与天上明月共相辉映，以示庆祝。在童谣中不便大肆渲染灯节的辉煌美景，但是正月闹花灯的传统亦在儿童心目中留下深刻印象；民间又有呼二月二为"龙抬头"者，二月春气发动，万物复苏，故有引龙驱虫之说，小儿有借春风放风筝之说。三月是清明踏青，万物体味春天的萌动；四月开始下秧子，干农活，以及五月六月，每个月份根据天气冷暖的变化开展相应的活动，顺时而动。

清代郑旭旦《天籁集》中载童谣云：

月光堂堂③，照见汪洋④。汪洋水漫过方塘⑤。方塘莲子香。

这是一首描写风土景观的童谣。在这里月光如昼的夜晚，海水奔涌，涨潮水浸过方塘，海水浸润着方塘里的千顷荷花，荷花伴着晚风传来阵阵清香，这景象真乃一幅绝妙的风景画。这首童谣不仅给儿童描绘了一幅风景画，还向儿童传递了这样的自然科学知识——月夜风高，海上涨潮。林黛玉《咏菊》一诗有"口角噙香对月吟"句，似可用于"月光堂堂谣"，童谣言语流畅，韵脚清扬，意境优美，哪里输得诗歌？

创编者一般通过此类童谣告诉孩子们一年中十二个月的特征与主要民俗活动，使之在念赏玩味中感知中国历史悠久的民俗文化。

有童谣云：

（1）正月里正月正，七个老西去逛灯，反穿皮袄还嫌冷，河里的王老八他怎么过冬。

——清·[意] 韦氏《北京儿歌》

① 兰盘会：乡村老汉老媪们拜佛念经的一种集会。
② 登高节：农历九月九日重阳节，人多有登高的习惯。
③ 月光堂堂：月光明亮如昼的样子。
④ 汪洋：大海。《天籁集》多收江浙一带童谣，这里的汪洋似指钱塘江外大海。
⑤ 方塘：疑指海湾边上的荷塘。

(2) 年年有个三月三，王母娘娘庆寿诞，各洞神仙来上寿，蟠桃美酒会群仙。

——清·[意] 韦氏《北京儿歌》

(3) 八月十五月清清，食酒着让吕洞宾①，做官着让包文拯②，相拍③着让穆桂英。

——《中国歌谣资料》第一集《杂类歌谣》

(4) 五月灯，二月鹞。三月麦秆作吹箫。四月四，做做戏。五月五，过重午。六月六，晒霉臭。七月七，场食喜鹊啄。八月八，月饼馅芝麻。九月九，登高送娘舅。十月末，水冰骨。十一月，吃汤圆。十二月，塘糕印壮元。（温州）

童谣作为民间生活的产物，自然保留着许多具有地方特色的古老传统。人们常常将具有代表性的节日民俗变成歌谣，教与儿童，因而成为一种便捷的民俗教材。像一些传统的节日：春节、元宵节、清明节、端午节、七夕节、中秋节、重阳节、小年等等都有记载，对于传统岁时节令民俗事象具有广泛的介绍，让儿童对地方的独特节日与民俗文化均有所了解，记忆深刻。这类童谣各地均有流传，只是语词稍有变化。

二、季节、时令的变化

民众经过长年累月的农业生产活动，这类经验中关乎时令节气等关键时刻的天气状况至今有其积极意义。童谣中关乎季节、时令的童谣也很多，《天籁集》中记载童谣：

头九二九，相招不出手。三九二十七，凌丁④挂半壁。

---

① 吕洞宾：八仙之一，这句是说吕洞宾酒量大。
② 包文拯：即包公。这句是说当官要数包公有名气。
③ 相拍：战斗，打仗。
④ 凌丁：方言，即冰凌下垂挂在屋檐下。

四九三十六，才方冻得熟①。五九四十五，穷汉街头舞②。不要舞，还有春寒③四十五。

这是一首农谚，教育儿童从小认识冬天寒冷的全过程，逐渐推广开来。流传于江浙一带反映当时气候情况的气象知识。"九九歌"因各地气候不同，其内容也有所不同，比如江苏等地还流传着这样的版本：

一九二九不出手，三九四九凌上走，五九六九沿河看柳，七九河开，八九雁来，九九八十一，家里做饭地里吃。

——《中国二十省儿歌集》（二）

类似的农谚之所以变成童谣，主要是因为儿童直接感受到天气的变化，比如"一九二九不出手"，手不能伸到外面，需要揣到衣兜里，"三九四九冰上走"，是因为小孩子对于冰比较好奇，喜欢在上面玩耍。"五九六九沿河看柳"，随着天气转暖，河里的浮冰开始融化，柳树最先表现出走进春天的模样，柳枝飘拂。"七九河开，八九雁来"，七九时河里的冰完全化开，变成春水；八九时大雁从南方往北方飞，这些外界事物的主要变化都在这八十多天中发生，反映了当地气候的变化，也是用来帮助儿童认识冬天气候的，值得关注与了解。

同样《越谚》卷上载"九九消寒谣"也甚为精巧：

头九二九，相唤勿出手。三九廿七，笆头吹觱栗。四九三十六，夜眠如露宿。五九四十五，床头把唔唔。六九五十四，笆头出嫩荊。七九六十三，破絮担头摊。八九七十二，黄狗向阴地。九九八十一，犁耙一齐出。十九足，虾蟇闹嗏嗏。

民间称一年中最寒冷的一段时间为"数九天"，自冬至起，每九天为一"九"，到"九九"为止，共八十一天。这支"九九消寒谣"以儿童熟悉的生活图景与九"九"一一对应，十分形象生动，颇富有童趣。

---

① 冻得熟：指最寒冷的时候。

② 穷汉街头舞：穷人衣单为了御寒只好在街头作舞取暖。

③ 春寒：俗称"倒春寒"。

《中国二十省儿歌集》（二）载童谣《全年气候》云：

> 正月寒，二月温，正好时候三月春。煖四月，燥五月，热六月，沤七月，不冷不热是八月。九月凉，十月冷，十一腊月冻冰凌。（河南）

此谣描写了一年十二月份天气的冷暖变化，每个月份（农历）都有不同的温暖表述，或寒，或温，或春，或煖，或燥，或热，或沤，或不冷不热，或凉，或冷，或冻冰凌，冷暖自知，早做准备。

无名氏编《北京儿歌》中载童谣《一场秋风一场凉》云：

> 一场秋风一场凉，一场白露①一场霜，严霜单打独根草，蚂蚱死在草根上。

"一场秋风一场凉，一场白露一场霜"是一句有名的气象谚语，是指秋天每下一场雨就要凉一分，白露节气后终霜铺地，寒冷的冬天就要来了。白露，一般在每年的公历9月7日或8日，是一年中昼夜温差最大的时节。这时湿气加重，气温下降，水气在地面或近地面物容易凝结成白色水柱，华南地区绵雨天气开始，日照骤减，已经能够感受到夏秋季节转换。这首童谣意在帮助儿童认识时节更迭，生物生存死亡的规律——秋风过后，天气变冷，万物开始凋零，连夏天欢蹦乱跳的蚂蚱也会慢慢死去，从而增加儿童观察自然现象的能力。就像童谣《月歌》那样唱的："初一一根线，初二能看见，初三初四峨眉月，十五十六大团圆。"表现月圆月缺的自然现象。

何德兰记载童谣《风奶奶》：

> 风奶奶，东方来，骑的小驴真可爱。雨婆婆，出北国，坐的马儿还不错。雪姑姑，西方住，跨着白鹅悠忽忽。闪娘娘，南方藏，驾狗一出四方亮。

这估计是长辈随口哼唱风、雨、雪、闪几种自然现象的结果，当然风为何是奶奶，雨为何是婆婆，雪为何是姑姑，闪为何是娘娘，又为何分别从东、北、西、南四个方向过来，又各自骑着不同的坐骑呢？未必有一定之规，儿童

---

① 　白露：二十四节气之一，白露过后天气变凉，不久就要下霜。

念唱这类童谣就是初步认知自然现象的过程，同时浸润文学的理想。

《古今风谣》载元正年间童谣云：

> 阴凉阴凉过河去，日头日头过山来。

此谣根据日光移动这一现象编就，节奏极其明快，有很强的韵律感。儿童在享受韵律带来乐趣的同时，也体验到了日光照射变化等自然现象的认知。

明代冯梦龙说吴中相传小儿谣有：

> 风婆婆草里登，喝声便起身。

—— 《山歌》

在民间传统的社会中，人们相信雨为龙王所施，风为风神所司。儿童的理解能力有限，即使在今天，用科学的观点对之解释风雨等现象也是一件颇费力气的事，何况在古代。当然童谣中的解释代表了过去人们普通的一种认识，我们尚不需要用科学的理论将其否定，而应继续采用一种文学分析的方法来看待这种神奇说法：风婆婆藏身在草木间，一声吆喝便起身，天地间就有了风。笔者认为，这并非是伪科学，当人类尚不能真正解释风的产生原因时，面对好奇心强的儿童而言，这种风婆婆的说法无不也是一种很好的解释。当然从现代科学的角度来考察的话，我们宁肯相信它是一种童话的说法，在儿童那里听来想来想必还是津津有味的，对于儿童认知风这种自然现象，对其养成想象力大有裨益。

韦氏编《北京儿歌》又有我们熟悉的一支歌：

> 风来咯，雨来咯，老和尚背了鼓来咯①。

童谣在对于自然想象的解释应该说不属于我们现代所谓科学的阐释，它最终还是归功于一种富有想象力的文学解释。学者已经告诉我们了，此谣是夏日雷阵雨来时，母亲抱着孩子吟唱的童谣。风雷之声有若鼓鸣，老和尚背鼓的灵

---

① 此谣为祈雨仪式后念唱的童谣。《帝京景物略》中有记载："初雨，小儿群喜儿歌曰：'风来了，雨来了，禾场背了谷来了。'雨久，以白纸作妇人首，剪红绿衣之，以扫帚苗缚小帚，令携之，竿悬檐际，曰扫晴娘。"表达了久旱逢甘霖之后人们欣喜若狂的心情。这是这首童谣的最初记载。

感不知是否由此产生？更加令人欣慰的是，这首看似简洁又违背科学解释的童谣，由于超强丰富的想象力，和亘古恒远的三三七式节奏韵律，成为穿透历史时空的经典名句，在母子口中传唱与传承。

《中国二十省儿歌集》（一）载童谣《云》：

> 云走东，雨落空；云走北，雨没得；云走南，雨弹弹；云走西，披蓑衣。（广西）

在童谣的家族中，有一种"时序歌"，也叫时令歌，指用优美的旋律来引导儿童根据时序的变化去初步认识和了解自然现象的传统儿歌形式①。时序歌通常依照一年四季或一年十二个月的顺序，融合不同时间里出现的景物、人们从事的不同的农事活动和其他带有时序性的时间，所以儿童在唱时序歌谣的过程中，不但能认识时序，还能把上述事物或时间作为一个整体纳入自己的认知图谱。

下面这首杭州市江干区的《节气歌》则是以节气为顺序的：

> 立春梅花分外艳，雨水红杏花开鲜。惊蛰芦林闻雷报，春分蝴蝶舞花间。清明风筝放断线，谷雨嫩茶翡翠连。立夏桑籽像樱桃，小满养蚕又种田。芒种玉簪放庭前，夏至稻花如白练。小暑风催早豆熟，大暑池畔赏红莲。立秋知了催人眠，处暑葵花笑开颜。白露燕归又来雁，秋分丹桂香满园。寒露菜苗田间绿，霜降芦花飘满天。立冬报喜献三瑞，小雪水仙阵阵香。大雪寒梅迎风开，冬至瑞雪兆丰年。小寒浣子思乡归，大寒岁底庆团圆。（杭州）

节气，作为一个天文学概念，是根据昼夜的长短、中午日影的高低等，在一年的时间中定出的若干个点，每个点就是一个节气。每个月两个节气，一年共有二十四个节气。这二十四个节气的名称经过了上千年的总结演化而来，所以它在每个节气名称的两个字中都包含了极其准确的名词定位。古人最早观测到一年中的春分、秋分、夏至、冬至（二分二至），用来判断一年中两个昼夜

---

① 方卫平、王昆建主编：《儿童文学教程》，高等教育出版社2004年版，第77页。

平分的点和冷暖季节的到来。后来逐渐发展到了立春、春分、立夏、夏至、立秋、秋分、立冬、冬至八个节气。其中立春、立夏、立秋、立冬这个节气被称为"四立"，表示一年中四个季节的开始，而春、夏、秋、冬四个季节被称为四时，八个节气被称为八节（四时八节）。第二类是反映气温变化的，有小暑、大暑、处暑、小寒、大寒五个节气。第三类是反映天气现象的，有雨水、谷雨、白露、寒露、霜降、小雪、大雪。第四类是反映物候现象的，有惊蛰、清明、小满、芒种。可以看出，二十四节气表述了全年的气候和物候特征以及物候变化的规律，在长期生产和生活实践中，凝结出了"春雨惊春清谷天，夏满芒夏暑相连。秋处露秋寒霜降，冬雪雪冬小大寒"的节气规律。

福建仙游一带又有节气歌云：

清明谷雨，冻死老鼠。春分秋分，昼夜齐分。雷霆为惊蛰，下雨四十日。芒种夏至，未便出去。大暑小暑，热死老鼠。欲吃一碗元宵汤，睡来睡去天不光。（福建仙游）

这类童谣凝结了古代人民关于四季变化、气温变化、降雨与降雪时间和强度、农作物成熟和收成情况以及自然物候现象等重要概念，是人类重要的科学性专题，这种看似浅显，实则深刻的道理在童谣中反复出现，有助于儿童科学地感知二十四节气，理性地接受一年四季的季节变化以及气温、物候变化，初步了解与节气相应的各种农事活动和农作物的轮替，更有助于儿童一代又一代的接受与传承这类经验。

三、生活物理常识

童谣有从成人的角度告诉儿童自然世界的逻辑，尽管这种认识还是处于一种经验型的，不一定是所谓的科学，但这类认识已经表明了我们的先人在通往认识自然界的道路上努力探究，同时并以童谣的方式在儿童那里生根发芽。比如说地球上人类所经历的春夏秋冬四季，也包含生活物理常识。

《天籁集》载童谣《龙生龙谣》云：

龙生龙，凤生凤。麻雀生儿飞蓬蓬①。老鼠生儿打地洞。婢妾生儿做朝奉②。

此谣传递了一个重要的信息，什么物种只能生什么物种，如龙生龙，凤生凤，麻雀生麻雀，老鼠生老鼠。难能可贵的是，虽然龙跟凤本无这两种物种，但是麻雀与老鼠却是儿童日常生活中常见的动物，而且童谣将物种相继的事实逻辑表述得如此风趣而传神："麻雀生儿飞蓬蓬，老鼠生儿打地洞"，紧紧抓住麻雀能飞但飞不高，老鼠善打地洞的特性，因而用词既生动，又形象，令人过耳不忘。但是整首童谣虽无政治含义，却包含着明显的宿命与血统论的色彩，龙凤自然是自然界中物之精灵，是万物之向往，因此龙与凤生的儿自带光环，而像麻雀、老鼠之类的物种，世间凡人不说，自然无从说高洁，而人类的婢妾生的孩子只有做"朝奉"的份了，语词之间还是包含了那么一种鄙视与讽刺，当然这类思想对于儿童的从小的植入自然会带来深刻的影响。

童谣还保留了日常生产物品制作方法，并用韵语的形式加以定型。这种变传统说明书为童谣的方法也甚得幼童欢心。

《中国二十省儿歌集》（一）载童谣《豆腐说的》云：

哥哥拿我去泡起，嫂嫂拿我磨成浆，推成豆腐酸汤点，帕子包起四角方，快刀切成十字块，放在锅头炸得二面黄。人人说我豆子不值价，我在大佛面前充霸王。（贵阳）

众人都说中国的童谣是在民间妇孺的口中传播，没有多少知识含量，当笔者见到这首童谣的时候，觉得童谣中记载了重要的知识信息——豆腐以及贵阳美食"炸豆腐"的制作过程，而这种记载实际上已经非常清晰地表述了整个程序。这首童谣完全可以幻化成一种科学道理的表述：取豆子五百克泡发，然后上豆浆机将其碾磨成豆浆，倒入容器中，通过酸汤点醒使豆腐成型之后，用刀切成一厘米的小块，放入事先热好的油锅中煎至金黄，捞出待放凉后食用。豆

---

① 飞蓬蓬：蓬蓬乱飞的样子。

② 朝奉：原注"徽州（今安徽钦县）称商曰朝奉"。有的地方称富翁、土豪为朝奉；亦有称典当铺的店员为朝奉的，这里当指后者。

腐是最常见的豆制品，又称水豆腐。相传为汉朝淮南王刘安发明。豆腐是我国素食菜肴的主要原料，在先民记忆中刚开始很难吃，经过不断的改造，逐渐受到人们的欢迎，被人们誉为"植物肉"。豆腐的发明由中国而起，至唐朝末年传到日本，宋朝传入朝鲜，19世纪初才传入欧洲、非洲和北美。很早以前制作豆腐的方法全部由人力来完成，磨豆浆、过滤、压水分等很费劲，现在已经不再像童谣中所唱全由手工制作，而是由各种电器化代替，但是整个研制的过程却历史地保留了下来。

《中国二十省儿歌集》（二）载童谣云：

> 六月六，蚊虫要吃肉。七月七，蚊虫口嘴硬如铁。八月八，蚊虫像只鸭。九月九蚊虫钉捣白。十月十，蚊虫两脚壁立直。（浙江）

此谣主要叙述的是蚊子的活动轨迹，分别从其开始对人发动攻击以及最后两脚直立失去活力为止。其描述十分通俗，且超级形象，将蚊子对人的侵害程度以及其命运加以细致描述，令人过耳不忘，应该说是对物质生活进行的最有力的说明。

童谣之于儿童的认知还有色彩的观念。儿童对于色彩的兴趣很强，有许多童谣便利用这一点，将红、黄、蓝、白等字，用文艺的手段嵌入歌词中。如广东的童谣：

> 芽菜煮虾公。芽菜白，虾公红，红白相间在碗中；还有几条韭菜绿葱葱。

童谣中镶嵌色彩的说法主要来自生活，因为民间生活的丰富，以及生活中色彩的斑斓，才有了童谣中繁复色彩的表述。因此，儿童在听到这类童谣时，也是发自内心的对生活的热爱，对自然色彩的熟悉与憧憬，从而这种色彩就在儿童的心目中得到进一步的强化。当然我们说没有童谣，儿童依然可以在逐步的生活实践中获得色彩的知识，但是有了童谣，或者说有了文学的熏陶之后，色彩或者各种实物的认知都将变得轻松愉快，并逐步扩大影响。

通过以上对童谣的科学价值的讨论，并形成以下共识：一是童谣科学认知的传播领域有大众传播效应和媒体效应的范式；二是科学认知传播学科呈现碎片化现象，在效果的推广范围与适用性上呈现多学科、多角度、多变化的特点，因而其科学价值的评价问题相对庞杂；三是童谣中的认知科学与传播处于一种交叉的状态，对童谣中所感知的科学理论、方法、范式以及传播的过程是多层次的跨学科的，传播的研究为童谣的科学价值提供了新的视角、新的方法和新技术。

传统的"科普"概念，立意较低，带有浓厚的'扫盲'色彩。多年来很多人在这个概念框架下，习惯于将"科普"的任务，简单等同于具体科学知识或结论的灌输，好像只要让人知道地球绕太阳转一圈叟一年、绝对零度是达不到之类的知识。这是知识的普及，还不能说是科学的普及。科学的普及应该渗进对科学精神的普及和传播。在传统社会中，通过童谣的念诵传播生产知识，了解自然发展的规律本身就是一种科普，尽管当时这种行为未被称之为科普，只是将其作为生活生产知识的一种传授，其实这里面包含的就是科学精神。

两千多年前，孔子对其弟子说过："小子，何莫学夫《诗》？《诗》可以兴，可以观，可以群，可以怨。迩之事父，远之事君；多识于鸟兽草木之名。"① 这实际上是孔子教育学生为什么不学《诗经》呢？《诗经》可以激发情志，观察社会与自然，可以结交朋友，可以讽谏怨刺不平之事，近可以侍奉父母，远可以侍奉君王，还可以知道不少鸟兽草木的名称。现代诗歌批评所津津乐道的认识、教育、审美三大作用，在孔子的这段话里实际上都可以找到自己的位置。这是对诗歌社会作用最高的赞颂。当然诗歌之于童谣是处于文学殿堂中的两个极端，一种是冠冕堂皇地走进大雅之堂的高雅文学，另一种是始终活跃在民间的通俗文学，但是与高雅文学相通，童谣也同样具备了审美、认知和教育的能力，只是在认知、审美与教育的层面上，更接近百姓的生活，更具有人之初的意义，更具实用性。

童谣内容浅近单纯，形象具体可感，篇幅短小易记，音韵自然和谐，能够陶冶儿童性情、开启儿童心智、锻炼儿童语言能力，有利于儿童开展最初的认

---

① 《论语·阳货》。

知以及多元智能的发展。儿童由于年幼，一般是囿于生活天地，幼儿感知的事物较少，辨别力也较弱，但好奇心和求知欲却超凡，形象具体活泼生动的童谣能够直接地走进儿童的生活，帮助他们拓宽生活视野，逐渐认识自然和社会生活现象，提高思维能力与判断能力。童谣多从儿童熟悉的日常生活中取材，通过比喻、拟人、夸张、象征等艺术手法将儿童不易理解、接受以及难以记忆的知识转化为生动活泼灵动易懂的内容，从这个角度上而言，童谣充当了儿童了解世界的最初与最主要的媒介。

第五章 中国童谣韵律叙事的艺术价值

> 凡儿生半载，听觉发达，能辨别声音，闻有韵或有律之音，甚感愉悦。儿初学语，不成字句，而自有节调，及能言时，恒复述歌词，自能成诵，易于常言。盖儿歌学语，先音节而后词意，此儿歌之所由发生，其在幼稚教育上所以重要，亦正在此。
>
> ——《儿歌之研究》

童谣是婴幼儿最早接触、最易接受的一种文学样式，是最具"人之初文学"意义的文体，在整个婴幼儿文学领域中占有极其重要的位置，被誉为"婴幼儿专用的精神食粮"。人们说自从有了母爱就有了童谣，童谣传了一代又一代，在流传过程中不断地充实、更新，成为民间口头文学最重要的组成部分。如今自然也成为幼儿文学最重要的体裁样式。如果说儿童文学是文学世界园林中的一个充满着独特芳香和色彩的花圃的话，那么专供给低幼儿童吟唱的童谣，则是其中最艳丽的一朵花。我国作家郭沫若曾经动情地回忆幼年时唱童谣的情景，那种诗情画意留给他极深刻的印象："儿时和姐妹兄弟在峨眉山下望月，有时会顺口唱出这些童谣来，那时候的快乐，真是天国了！"童谣对培养婴幼儿思维与智力的发展，启迪婴幼儿的心智有其他文学样式难以替代的巨大作用。

童谣是人类最古老的艺术创作，它伴随着劳动呼声，在人类远古产生的。可以说童谣开始于没有实际意思的"哼唷"、"邪许"、"哎哦"之类的简单呼号，只有一些音乐性而没有多少文学性，后来它的内容逐渐充实。德国文学家赫尔德（1744—1803）指出："歌的本质是唱，而不是画：它的完美性存在于热情和感受的和谐的行进之中，这种行进，人们可以用旧的恰当的词语、旋律，表示它。一首歌如果缺少旋律，它就失去音调……它也就不再成其为歌。"当然，也有些是只说不唱或只唱不舞，但绝大多数童谣是离不开旋律与音调的。童谣富于音乐性，音韵好自然，朗朗上口，其句法整齐而灵活，韵律和谐，韵式多样，一般押脚韵，在句末押韵，也有押头韵的，还有押腰韵的，有句外韵和句内韵的等。总之，不管是艺术内容还是艺术形式看，童谣都是很有特色的诗，其高超的诗艺值得学习。

第一节　鲜明的音乐性是童谣的生命

从童谣的定义中预知童谣与音乐韵律之间的关系，有学者早在 20 世纪初就曾经细致地研究和论述："儿歌者，儿童歌讴之词，古言童谣。《尔雅》，'徒歌曰谣'。《说文》，谣注云，'从肉言，谓无丝竹相和之歌词也。'"[1] 在古代，童谣一般被称为"童谣"，又有地方称之为"婴儿谣"、"小儿谣"、"小儿语"、"孺子歌"等等。"儿歌是采用韵语形式、适合于低幼儿童聆听吟唱的简短的'歌谣体'诗歌。"[2] 童谣的概念可以有多种概括，但是综合起来有三点是不能脱离开的。其一，童谣是适合于婴幼儿的专属门类，童谣的主要接受对象是婴幼儿及儿童；其二，童谣的主要流传方式是口耳相授。传统童谣最初在民间是口头流传的；其三，童谣都是韵语的形式，每首童谣都是顺口易懂的短小诗歌。童谣在单纯易懂、富有情趣、重音韵节奏等多种艺术特征中，最核心的是追求韵律。朱自清在"歌谣的分类"中将"音乐"标准放在分类的第一位，"歌谣本以声为主，

---

① 周作人：《儿童文学小论》，商务印书馆 2018 年版，第 34 页。

② 方卫平、王昆建：《儿童文学教程》，高等教育出版社 2004 年版，第 71 页。

曲调自然是最重要的，所以列为第一。古来徒歌、乐歌之别，近世小曲、自来腔之别，均以音乐为衡"①。由此可见，音乐性在童谣这种文体中的重要作用。

童谣是一种韵文艺术，韵律艺术在童谣中的重要意义绝不亚于语义。即使有些童谣在语义上没有多大的意义，但是其和谐的韵律美、明朗的节奏感、铿锵的音响效果同样是吸引婴幼儿的最佳审美对象。童谣的创作不在于文字，全凭口授，其传播离不开孩子们的听赏吟唱。停留在书本上的童谣，永远得不到孩子们发自内心的喜欢；活在孩子们口头上的童谣，才能真正拥有鲜活的生命力。因此，追求韵律艺术之美是童谣最显著的审美特征。童谣的创作必须重视韵律和节奏，强调音韵和谐。其诗句中语音的强弱、长短和轻重有规律的交替构成的节奏，以及诗句的押韵都是构成童谣音韵和谐的重要因素。

童谣采用的是大众口语，在节奏与韵脚的运用上是富于变化而又有规律可循，对低幼儿童有极强的吸引力。在儿童的传唱过程中，童谣中所蕴含的语言知识、生活常识、情感宣泄、德育养成以及文化内涵就自然而然地进入到儿童的心灵。童谣的生命就在于它的韵律艺术，有了丰富变化的音乐美，童谣才能顺利地在儿童口中传播。具有韵律美的童谣对孩子们来说是一种比较有趣的语言启蒙方式。儿童天生喜欢唱歌。婴幼儿听觉发展较快，对声音异常敏感且有浓厚的兴趣和较强的识别能力。凡是婴幼儿听觉发育正常，能辨别声音，听到有韵有律的声音，都会产生由内而外的愉悦，表现在形体上是手舞足蹈，摇头晃脑。婴幼儿初学语言，不一定能理解字词的含义，但是对有节奏的字句表现特殊的兴趣，其发出的声音也不能成字句，但自有节调。《儿歌之研究》中指出：

> 凡儿生半载，听觉发达，能辨别声音，闻有韵或有律之音，甚感愉快。儿初学语，不成字句，而自有节调。及能言时，恒复述歌词，自能成诵，易于常言。盖儿童学语，先音节而后词意，此儿歌之所由发生，其在

---

①　朱自清：《中国歌谣》，吉林出版集团股份有限公司 2016 年版，第 123 页。

幼稚教育上所以重要，亦正在此。①

此论述虽简略，却极清晰地道出了幼儿身心发展的规律，并指明了童谣在这一发展过程中起到的重要作用。幼儿喜闻有韵律之音，富有音乐美的童谣恰好满足了儿童这一天性。儿童对音乐性强的韵语特别喜爱。儿童本身的接受特点和兴趣点就直接指向了有韵律、有节奏的童谣。

语音是语言的物质外壳，词语是声音和意义的结合体，在语言的运用中，要想收到好的表达效果，不仅要考虑到它的意义、内容，而且要考虑到它的声音、形式，即必须注意语音的意义，使得语言的形式能给人以美感。王力先生在《略论语言形式美》中说过：

> 在音乐理论中，有所谓"音乐的语言"；在语言形式美的理论中，也应该有所谓"语言的音乐"。音乐和语言不是一回事，但是二者之间有一个共同点：音乐的语言都是靠声音来表现，声音和谐了就美，不和谐就不美。整齐、抑扬、回环，都是为了达到和谐的美。在这一点上，语言和音乐是有着密切的关系的。②

在这里我们可以理解到，无论音乐还是语言都是通过声音来传递思想，表达感情的，而音乐需要做到和谐的旋律才能打动读者，而语言的动听悦耳更应该是声音的结果。所以"语言的音乐"自然是存在的。童谣主要是通过口耳相授的方式流传，正所谓"一儿习之，可为诸儿流布"③。由于受体裁形式、产生流播方式、接受主体的生理心理及审美趣味等因素的影响，童谣在韵律艺术上表现出独特的规律和艺术个性。童谣主要靠口头传递和听觉接收信息，语音是否和谐就直接影响到表达的效果。语音的最佳表达效果是音节的协调，又有变化，富于参差美。具体说，调配语音的主要手段有调整音节组合（如对偶、叠音词、连绵词的运用）、平仄声调的变化、押韵等。另外排比、反复、顶真、回环等也是从语音的角度增强表达效果的。

---

① 周作人：《儿童文学小论》，商务印书馆 2018 年版，第 35 页。

② 王力：《王力文集》（第十九卷），山东教育出版社 1984 年版，第 305 页。

③ （明）吕得胜：《演小儿语·序》，岳麓书社 2003 年版，第 1 页。

童谣是唱的文学，它要受音乐节奏和旋律的制约。格罗塞在《艺术的起源》中说道："每一个原始的抒情诗人，同时也是一个曲调的作者，每一首原始的诗，不仅是诗歌的作品，也是音乐的作品。"①这段话道出了歌谣与音乐的密切关系。原始诗歌的产生，与原始人的节奏和音调的感觉有着直接关系。节奏感和音调感是原始诗歌产生的中介或最直接的因素，人类原始的生产活动逐渐培养了人对于节奏和音调的特殊感受，歌谣所带来的节奏与音调的变化虽不太容易意识到，但对人的整个行为有很大的影响。

第二节　押韵塑造童谣的韵律美

中国童谣这种独特的文学样式，是由儿童口头传唱而成的，即所谓"童子歌曰童谣"。因此，富于音乐性是中国童谣极其显著的特点，而音乐性是由各种语音修辞手法表现出来的。童谣韵律艺术的一个重要表现是押韵，押韵对于童谣的创作具有重要意义，它可以使得诗句更加悠扬动听，前后呼应，形成完美的整体，增强诗句的节奏感和旋律感，更便于儿童听赏念唱。押韵的效果就是使童谣产生鲜明的节奏感，朗朗上口，获得明快舒适的听觉效果。朱介凡在《中国歌谣论》中指出，"说声韵是歌谣的神彩所在，这话绝不过分。歌谣的内容与形式，其表现在造句、结构、比兴的运用上，皆十分自由，但不管怎样自由，歌谣很少不要韵，若没有韵，歌谣就不成其为歌谣了。"②此言虽在论述歌谣之声韵，但对于童谣而言，则更加有意义。换句话说，童谣比歌谣对声韵的要求则更加强烈，那些不押韵、散文化倾向明显的童谣，很难受到儿童的青睐，也很难在孩子们中间传唱开去。

韵是诗词格律的基本要素之一。诗人在诗词中用韵，叫做押韵，指的是

---

① ［德］格罗塞：《艺术的起源》，商务印书馆 1984 年版，第 188 页。
② 朱介凡：《中国歌谣论》，中华书局 1974 年版，第 136 页。

韵文或诗词歌谣中某些句子的句首、句中或句尾用上同"韵"的字，它是增强文艺作品声音美的重要手段，是语言追求音乐性的最高表现。所谓"韵"，主要指韵母。韵母可分为韵头、韵腹和韵尾三个部分。凡韵腹相同（若有韵尾，韵尾部分也要相同）的字音，才算是同属于一韵。在北方戏曲中，韵又叫辙，押韵叫做合辙。从《诗经》到后代的诗词，差不多没有不押韵的。童谣是在中国古代诗词的滋养中孕育成熟的，几乎都押韵，无韵不童谣。

童谣押韵的效果是：首先，押韵使得同一个音在同一个位置上不断重复，这种声音的回环复沓，有助于感情的强调和意义的集中。其次，可以起到和谐语音、增强感染力的作用。第三，押韵的作品读起来顺口，听起来悦耳，能诵能唱，易背易记。因此，传统童谣中，很难找到不押韵的作品，为何古今童谣舍得在作品的音乐性上花力气呢？究其核心原因，在本质上，童谣是与吟唱与念诵直接相关的，童谣对韵律似乎有一种特殊的敏感和喜好，儿童对富有韵律感的语言形式也是倍加感兴趣，正如《童谣之研究》中所说："凡儿生半载听觉发达，能辨别声音，闻有韵或有律之音，甚感愉快。"[1] 同时又说："盖儿歌重在音节，多随韵结合，义不相贯，……儿童闻之，但就一二名物，涉想成趣，自感愉悦，不求会通，童谣难解，多以此故。"[2] 在这里说出了一个重要的道理，童谣以音节的随韵结合为主，意义往往并不相连贯，但仅就一两个名物，就能让儿童在吟诵过程中获得快乐，成人往往不解其意，究其缘由，就是在于韵律上。

童谣的押韵形式是多种多样、富于变化的，各地童谣又以方言语音来押韵，主要是句头押韵和句尾押韵，也有少量内韵的情况出现。下面将综合起来论述。

---

[1]　周作人：《儿童文学小论》，商务印书馆 2018 年版，第 35 页。

[2]　周作人：《儿童文学小论》，商务印书馆 2018 年版，第 38 页。

一、头韵

"头韵"和"内韵"属于外语格律学的概念，现引入汉语中，应用于汉语韵文的格律理论中。头韵，是押韵的一种方式，指的是文句或诗句中第一个音节的元音或辅音的重复。头韵主要是利用语言形式的手段建立语音对称，属于语音修辞的范畴。根据头韵的分布位置与组合情况不同，这里把头韵分为一韵到底、隔句相押和偶句不变韵，奇句换韵三种形式。

（一）一韵到底

一韵到底指的是一个头韵贯穿歌谣的始末，出现较多的情况是歌谣中有第一句不押头韵，其余每句都押。开头同字也可算是特殊的头韵，如下面这首童谣《乞手巧》：

乞手巧，乞容貌，乞心通，乞颜容，乞我爹娘千百岁，乞我姊妹千万年。

——《台山歌谣集》

此首通篇以"乞"字为韵，同样制造了押韵的效果。再如北京儿歌《我儿子睡觉了》：

我儿子睡觉了，我花儿困觉了，我花儿把卜了，我花儿是个乖儿子，我花儿是个哄人精。

——［美］何德兰《孺子歌图》

谣词浅显易懂，唯有"把卜"一词较为费解。常惠先生在《谈北京的歌谣》一文中对该词反复论证推敲，认为它与《儿女英雄传》里的"把卜着睡"是同一个意思，即小孩含着乳头睡觉。此谣每句均以"我"字起韵，押头韵是此首童谣的主要押韵方式，另外句中音节"花儿"形成句中韵，同时以"了"字语气词为句尾押韵，因此童谣虽短小，但一咏三叹，韵律和谐。此谣为摇篮曲，反复哼唱，碎碎念叨，简短浅显的几句话中充满了母亲对儿子的温暖甜蜜之情；在传情的同时，声调的抑扬顿挫也愉悦着赤子的心。有学者曾言摇篮曲：

"抚儿使睡之歌，以啴缓之音作为歌词，反复重言，闻者身体舒懈，自然入睡。观各国歌词意虽疏，而浅言单调，如初一范，南法兰西歌有止言睡来睡来，不著他语，而当茅舍灯下，曼声歌之，和以摇篮之声，令人睡意自生。"① 反复吟唱催眠曲，音调舒缓悠长。

头字相同，制造押韵者相对较多，如以下几例：

（1）小小鸟儿飞上天，小小鱼儿游过江，小小斧头劈大树，小小孩儿会唱歌。（广西）

（2）叮叮当，叮叮当，我是一个小铁匠。打把剪子剪花样，打把菜刀切生姜，打把镰刀好割稻，打把锄头好开荒，打把粪耙捡猪屎，打把斧头砍树桩，叮叮当，叮叮当，大家夸我好铁匠。（安徽）

（3）我的小鼓响咚咚，我说话儿它都懂；我说小鼓响三响，我的小鼓：

咚、咚、咚！哎哟哟，这不行，妹妹睡在小床中；我说小鼓别响了，小鼓说声：懂，懂，懂！（河北）

（4）初一一根线，初二到看见，初三初四峨眉月，十五十六大团圆。（江西）

（5）布谷鸟，布谷鸟，你唱的歌儿我懂了。阿爸从东栏里牵出黑毛牛，阿妈从西棚里扛出白犁耙，阿哥从南仓里背出青稞种，阿嫂从北墙里拔出豌豆芽。

布谷鸟，布谷鸟，你唱的歌儿我懂了。阿妈牵着牛，阿爸扶着犁，阿哥撒麦种，阿嫂栽豆芽。

布谷鸟，布谷鸟，你唱的歌儿我懂了。牛从地里回来了，犁耙搁在楼上了，青稞种籽露绿了，豌豆长成大树了。（西藏）

以上几例均是头韵中一韵到底的形式。例（1）从整体押韵情况下，其脚韵并不明显，每句的尾字分别为"天""江""树""歌"，反而在现代汉语中发

---

① 周作人：《儿童文学小论》，商务印书馆 2018 年版，第 36 页。

现不出其明显押韵的情况，但该谣每句均以"小小"打头，实际上是"小小"二字起韵的头韵，头韵整齐，反而产生押韵的效果。例（2）中，除首尾的各三句未在押韵范围以外，均以"打把"起头，因而产生结构规整、押韵整齐的作用。以上几例，虽非每句均出现相同的字头，但其主体部分都出现了一致的头韵，因而在童谣的内韵方面起到不可估量的作用。

（二）隔句相押

隔句相押，形象地用字母表示，就是 ABAB 式。

> 何样浅？灯盏浅。何样深？海底深。何样浅？眼孔浅。何样深？心孔深。（温州）

这首歌谣，除"海底深"一句外，其余每句开头都是 a 元音重复。再如《学习解放军》：

> 勿怕痛，学习邱少云；勿怕脏，学习黄继光；勿怕吓，学习刘文学；勿怕黑，学习张思德；勿怕难，学习刘胡兰；勿怕死，学习董存瑞。（温州）

此谣押韵形式比较特殊，头韵押的都是同字即同个音节的韵，隔句相押，奇句押"勿"字，u 韵，偶句押"学"字，ue 韵。这种押韵方式是环环相扣，节奏既整齐又富于变化。这首歌的脚韵又是两句一换，押"痛""云"；"脏""光"；"吓""学"；"黑""德"；"难""兰"；"死""瑞"字上，分别押中东、江阳、乜斜、灰堆、言前、灰堆韵。因此制造了头韵与脚韵互押的多种韵律形式。

还有一种情况就是仍属于隔句相押的范畴，但并非每句的头韵均押，而是偶句只押一个头韵，而奇句的头韵富于变化。如：

> 姆姆你真早，半夜割晚稻；晚稻未开花，我要吃黄瓜；黄瓜味太浓，我要吃橄榄；橄榄太清味，我要吃甘蔗；甘蔗都是笋，我要吃金杏；金杏满肚子，我要吃灿柿；灿柿都是核，我要吃大蒜；大蒜味太辣，我要吃江蟹；江蟹十只脚，我要吃喜鹊；喜鹊尾巴长，看见亲娘叫啊爷。（温州）

此首童谣，偶句自第四句开始，句头是同字"我"，奇句第一、三句

"姆""晚"押韵，第七、九句"橄"押韵，第十一、十三、十五句"金""灿""大"押韵，第五、十七句"黄""江"押韵，因此制造了偶句不变韵，奇句的头韵换韵的情况，自然此谣也同时借用了顶真的修辞方法，自第三句开始，奇句的开头二字为前一句末尾二字，因而产生语意连贯，错落有致，易记易诵的效果。再看以下几例：

（1）辘辘转的响，麦子拔节长。辘辘转的欢，麦子钻破天。辘辘转的快，麦子收万袋。辘辘叫嘎嘎，麦子进了家。（山东）

（2）东打铁，西打铁，打了一月又一月，爸爸叫我歇，我不歇。打到正月正，正月十五看龙灯；打到二月二，土地生长做初二；打到三月三，花红柳绿真好看；打到四月四，一个铜钱四个字；打到五月五，划起龙舟打大鼓；打到六月六，晚禾开花旱禾熟；打到七月七，大家收割齐努力；打到八月八，吃了月饼吃老鸭；打到九月九，兄弟登高乐饮酒；打到十月十，大家有饭大家吃。（广西）

以上两例是非常规整的头韵中的隔句相押。例（1）为奇句不变韵，偶句变韵，奇句只押一个头韵"辘辘"，偶句的头韵富有变化。例（2）正好相反，偶句不变韵，奇句变韵，偶句只押一个头韵"打"，奇句却富于变化。同时都是每两句换一个韵脚，既错落有致，又富于变化，回旋往复，朗朗上口，易记易诵。

（三）数字协韵

即利用数字序号起韵，根据序数的变化而换韵。尽管每一个数字为不同韵，但由于熟知的数字序号在人们心目中的地位，因此也构成了一种头韵。如《十姐妹》：

十麻雀，尾巴尖，一飞飞到后屋檐，大姐逮，二姐栓，三姐烧水，四姐钳，五姐剁，六姐煎，七姐开柜拿油盐，八姐铲，九姐端，十姐端到娘面前，要吃精的自己选，要吃肥的自己拣。（江西）

这首《十姐妹》，以十个姐妹来结构全篇，其押韵方式一般引起人们注意的是脚韵分别押在"尖""檐""栓""钳""煎""盐""铲""端""前""选""拣"之"言前辙"，而往往忽视了一至十的数字在句首的押韵作用。这样的押韵方式，不仅可以起到帮助儿童掌握数字知识的作用，还可以让整首童谣具有逻辑性，便于记忆，易于朗诵。再比如根据月份的变化来换韵的也不在少数，如以下几例：

（1）正月要把龙灯耍，二月要把风筝扎，三月清明把柳插，四月牡丹正开花，五月龙桥下河坝，六月要把扇子拿，七月双星桥上会，八月中秋看桂花，九月重阳登高去，十月初十打糍粑，冬月天寒要烤火，腊月过年把猪杀。（四川）

（2）正月十五汤圆子，二月惊蛰喂丸子，三月清明下种子，四月芒种栽秧子，五月端阳包粽子，六月天热扇扇子，七月中旬春谷子，八月十五杀鸭子，九月重阳扬谷子，十月初一穿袄子，冬月天寒杀蝗子，腊月除夕吃饺子。（四川）

（3）正月采花无花采，二月梅花斗雪开，三月桃花红似火，四月蔷薇架上开，五月石榴赛玛瑙，六月荷花满池开，七月菱角浮水面，八月风吹桂花香，九月菊花家家有，十月芙蓉赛牡丹，十一月天寒无有花，十二月水仙对席开。（江西）

（4）一月菠菜刚发青。二月出土羊角葱。三月芹菜出了土。四月韭菜嫩青青。五月黄瓜大街卖。六月茄子紫英英。七月葫芦弯似弓。八月辣椒满树红。九月大瓜面又甜。十月萝卜磁丁丁。十一月白菜家家有。十二月蒜苗水灵灵。（内蒙）

（5）正月甘蔗节节水，二月青果两头黄，三月梅子酸汪汪，四月枇杷满街黄，五月杨梅红如火，六月莲蓬水中央，七月红菱人人爱，八月苹果动刀枪，九月栗子双开口，十月金桔满园香，十一月桔子红彤彤，十二月里菱肉儿脆松松。（浙江）

以上几例童谣，主要根据月份的变化来表示生产生活的不同内容，以及自然界的变化，在这相对集中的句式结构中却蕴含着丰富而厚重的生产生活知识，不禁令人感叹。这几例童谣均是依靠月份数字的变化来换韵的，尽管每种数字之间并非严格押韵的方式，但每种数字的顺序形式在人们心目中的熟练程度，自然能够带动一种内在的旋律与记忆，因而产生一种熟悉的韵律节奏与认知结果。当然利用数字协韵不仅只是借助于月份，即使单独起韵也有先例的，如以下童谣：

（1）一颗星，两颗星，三颗四颗五颗星，六七八九十颗星。满天星，数不清，单数姐妹七颗星。七姐妹，七颗星，个个都想下凡尘。大姐爱的打渔佬，二姐爱的打柴人，三姐爱的作田汉，四姐爱的穷书生，五姐配了韩湘子，六姐招了吕洞宾，七姐下凡嫁董永，八月相逢在槐荫，九天仙女无人晓，十匹绫罗一夜成，百日夫妻百日缘，千年万古唱到今。（江西赣南一带）

（2）锣鼓一打多热火，听我唱歌十字歌：一字象扁担，二字隔条河，三字中间有条船，四字把门紧紧锁，五字盘腿坐，六字伸着脚，七字翘着腿，八字眉毛生的恶。九字堂前挂金钩，十字中间穿心过。顺唱十字我不怕，倒唱十字逼坏了我。十字头上加以撇，千家万户都到过；九字后边来小鸟，后园斑鸠叫哥哥；八字底下加刀字，分别时唱送别歌；七字高头加白字，皂荚树角洗衣服；六字底下打个×，交朋结友重才德；五字底下加口字，左边栽木梧桐树；四字底下加马字，唱的不好莫骂我；三字中间加一竖，王法如天不可惹，二字中间加人字，夫妻两人多和睦；一字中间加了字，子孙勤劳又俭朴，家和人和万事和。（江苏）

（3）一一一，一只小鸡叽叽叽。二二二，二只小狗汪汪汪。三三三，三只绵羊咩咩咩。四四四，四只老鼠吱吱吱。五五五，五只鹁鸪咕咕咕。六六六，六只青蛙阁阁阁。七七七，七只蟋蟀唧唧唧。八八八，八只小鸭呷呷呷。九九九，九只斑鸠啾啾啾。

例（1）组织"七姐妹""七颗星"成谣；例（2）是将大写的一至九的字体形态，以及成字的样式加以阐发，天然凑趣；例（3）是利用一至九加具体可感的动物昆虫编织而成，其中数字起韵的作用非常明显，转韵合理，逻辑性强。一至十之间数字无论是正数还是反数，只要是顺序序列，就能激发起人们长期"积淀"的内在韵律与后天培养出来的"数字耳朵"相契合，引起听众的情感"认知"。

总之，作为一种语音修辞格，头韵赋予语言以音韵美和节奏美并起到了渲染气氛，烘托感情，加强语言表现力等效果。头韵读起来朗朗上口、铿锵有力，听起来犹如强有力的、富有节奏的音乐。同时还可以增强口头或书面表达的实际音感，给人以声情并茂的美感。

二、中韵

句中韵又称"内韵"，由于汉语韵律中"内韵"现象较为常见，可用于民间俗语或民谣中，也常为诗句所用，是相当于句尾韵而言的，虽然位置不同，但都是为了起到前后呼应、让诗词更加和谐的作用。句中韵能增加声音的美听，有时更能在音韵的变化中见出错综婉转之美。然而，词的句中韵并不像句尾韵那样明显，常常为人所忽视。较早谈到句中韵的是宋末的沈义父，其在《乐府指迷》中说："词多有句中韵，人多不晓。不惟读之可听，而歌时最要叶韵应拍，不可以为闲字而不押"①。这个"句中韵"实质上就是我们现在说的"内韵"，在童谣中内韵出现的情况比较少，形式也比较单一，但童谣的内韵确实存在，并非巧合入韵，而且童谣内韵的研究与探讨，将童谣押韵从原来的主要探讨句尾韵的基础上扩展出来，可以说深化了童谣韵律艺术的探讨角度。童谣的内韵主要分为两种情况，一是句内押韵，一是句间押韵：

（一）句内押韵

这种方式与外语之行内韵相同，即韵文诗歌某一句内押内韵。在绕口令中出现得最多。句内押韵又有同字韵和非同字韵两种情况。

---

① 沈义父：《乐府指迷》，人民文学出版社 1981 年版，第 82 页。

1. 同字韵

即一句歌谣内有两个相同又不相邻的单字构成内韵。如温州童谣《三月三》：

> 三月三，阿王撑伞上深山。上山又下山，下山又上山。肚皮饿得咕咕响，满身大汗湿衣衫。下山跑回乡，想想真心伤。上山下山跑了三里三。

温州话里"三"和"山"同音，因此，这首童谣中的"三月三""上山又下山""下山又上山""上山下山跑了三里三"几句中押了"三""山"这两个同字韵，最后一句甚至同属于同字韵和非同字韵。在"阿王撑伞上深山""满身大汗湿衣衫""想想真心伤"中，"伞"与"山"、"汗"与"衫"、"想"与"伤"又属于非同字韵，也构成了句中韵。因此此谣既有同字韵又有非同字韵，当然还有"三""山""衫"等句尾韵相押，由此制造的押韵效果自然是音韵和谐，此起彼伏，波澜不惊。也有句中韵相对规整的，如童谣《正月正》：

> 正月正，狮子闹龙灯。二月二，家家采摘绿豆瓣。三月三，三棵芍药串牡丹。四月四，四朵彩球绣个字。五月五，五只龙船漂花鼓。六月六，家家儿童穿红绿。七月七，七个果子甜如蜜。八月八，八个西瓜赛月牙。九月九，九朵菊花泡烧酒。十月十，大囤小囤满粮食。冬月冬，十个奶奶提烘笼。腊月腊，白米稀饭煮嘎嘎①。（云南）

每一个奇句都是"ABA"的故事，A 与 A 之间形成句内同字韵，如"正""二""三""四""五""六""七""八""九""十""冬""腊"，而且在语音的往复上构成了反复咏叹的效果。同时第六、八、十、十四、十六、十八句还发生了句中韵，"三"与"丹"、"四"与"字"、"五"与"鼓"、"七"与"蜜"、"八"与"蜜"、"九"与"酒"构成了非同字韵，因而在童谣的内部实现了韵律的起伏变化与和谐动听。

2. 非同字韵

即在一句歌谣中有两个相同又不相邻的单字韵，而非同字构成的押韵，如

---

① 嘎嘎：指肉食。

前例所举，再如童谣《鼓布补》：

鼓布补，鼓破用布补，你讲鼓补布？布补鼓？（温州）

这首绕口令每句中的"鼓""布""补"同押"姑苏辙"，构成了非同字在一句中的押韵效果。再如童谣《亏也亏》：

亏也亏，生柴烧火亏妹吹，冷水洗碗亏妹洗，丈夫年小亏妹陪。

（湖南）

此谣表述童养媳的生活，既要生柴烧火，又要冷水洗碗，还要陪年幼的丈夫，四句谣道出了童养媳的悲惨生活，言简意赅，但力透纸背。从押韵的角度来看，此谣句中"亏"与"妹"同押"灰堆辙"，构成了非同字句中韵，同时，第一、二、四句的句尾"亏""吹""陪"也同押"灰堆辙"，由此，歌谣虽短，但韵律深刻，从而也加深了思想意义的表达。再如童谣《雁子合群飞上天》：

三月三，雁门关，雁子合群飞上天，雁子排成人字样，后面孤雁紧追赶。雁子雁子你过来，飞到俺家下个蛋，雁子回头看几遍，俺要赶过来，不能随便下个蛋，过关下蛋孵小雁，冬天见，冬天见！

此谣突出的特色是句内句间形成了回旋往复的抒韵效果。这首童谣中"三月三""雁子雁子你过来"几句中押了"三""雁"这两个同字韵，其他句子属于非同字韵，分别以"雁""关""天""赶""蛋""看""遍""便"这几个字间押"言前辙"，而且整首童谣呈现了句间同字韵和非同字韵的错综结合，由此，产生了回环、联珠之感。

（二）句间押韵

顾名思义，就是韵文歌谣中句与句之间押内韵。有两句或以上的歌谣，在句中相同或相近的位置用同一个字构成押韵，如：

七月半，蚊虫像石钻。八月半，蚊虫去一半。九月九，蚊虫钉捣臼。

此谣奇句第一字为数字，每句二三字均为"月半"（除第五句"九月九"之外），以及偶数句句首均为"蚊虫"，其脚韵上前四句通押"半"、"钻"，押"言前辙"，后两句换韵，押"九"与"臼"，押"油求辙"，随语义换韵，韵律自由。

再如童谣《知了尽小叫声长》：

> 四大金刚尽大站门外，观音尽小坐中堂。蓑楼尽大打勿响，铜锣尽小
> 声音亮。水牛尽大叫勿响，知了尽小叫声长。（温州）

除第一句外，其余句句都在第三字的位置用了同字"尽"构成句中韵，形成一线串珠的音韵效果，无论是在结构分布或是音节分布上都非常整齐。再比如有一首熟悉的绕口令《四和十》既包含句内押韵，又包含句间押韵，无论是句子内部，还是在句子中间，形成了混合押韵现象：

> 四是四，十是十，十四是十四，四十是四十，谁说十四是四十，就打谁
> 十四，谁说四十是十四，就打谁四十。

此谣虽脍炙人口，也分明感知到了"四"与"十"之间的拗口，但未必真正解密这首童谣押韵效果。此谣利用"四"与"十"均押"一七辙"，既押韵又拗口的特点，除第六、八句不是句内押韵之外，其他句子均出现了"四""十"的句内押韵，而整首童谣呈现句间押韵的大旋律中，因此，尽管我们不去细致地区分押韵的形式，仅仅是沉浸在句内与句间的旋律里，就依然被其产生的有规律而又有变化的音乐美所折服。类似的例子再如：

> 白石白又滑，搬来白石搭白塔。白石塔，白石搭。白石搭白塔，白塔
> 白石搭。搭好白石塔，白塔白又滑。（河北）

此谣主要的字集中在"白""滑""塔""搭"，其中后面三个字押"发花辙"。各句有含同字韵，如"白石白又滑"；也有含非同字韵，如"搭好白石塔"；还有既包含句内同字韵，又包含句内非同字韵，如"搬来白石搭白塔""白石搭白塔""白塔白石搭""白塔白又滑"；另外每一句间又构成了句间押韵，如"白"字反复押同字韵，"滑""塔""搭"押非同字韵。这仅是句中韵的效果，同时还有脚韵现象，每句均押"发花辙"，由此才构成了这首童谣回环往复的押韵现象。我们说，此类童谣不是以内容取胜，也不仅制造了急口的效果，其自然回旋的音韵效果才是这类童谣的胜利秘钥。

总之，内韵句中押韵，或句间押韵，都能起到一咏三叹，使诗律更具乐感的作用，更能形成回环、联珠之效果，倍增韵味，另外在这种反复回环的韵律

中使意义在语音对比中突显为焦点。这也较为什么众多内韵之句一方面韵律优美，同时又易记易诵的原因。

三、脚韵

脚韵，又称尾韵，顾名思义，就是指韵文句末所押的韵。清阮元《文韵说》指出："梁时恒言所谓韵者，固指押脚韵，亦谓章句重之音韵，即古人所言之宫羽，今人所言之平仄也。"朱介凡在《中国歌谣论》中说："押韵，是句子的末一字上。可以说，每首歌谣都必须有其脚韵。"[①] 可见，我们平常所说的押韵，大多指的就是押脚韵。而押韵脚是童谣普遍追求的韵律现象，按童谣的押韵方法主要可以分为两种：一种情况是一韵到底，另一种情况是句首和中间换韵。

（一）一韵到底

一韵到底指的是一首童谣从头到尾只用一个韵。一韵到底中，有句句押韵的情况。这种押韵非常规矩，容易上口，吟唱起来悦耳动听。如四川童谣中的《数蛤蟆》：

> 一个蛤蟆一张嘴，两只眼睛四条腿，"扑通"一声跳下水。两个蛤蟆两张嘴，四只眼睛八条腿，"扑通"、"扑通"跳下水。

这首脍炙人口的童谣以"嘴""腿""水"三个字为一韵，押"灰堆辙"。句句押韵的优点是容易制造顺口易懂的童谣，不足是用韵的范围不够广泛，句式变化较少，容易产生呆板句式。

此类从第一句开始一韵到底的童谣比较常见，用韵巧妙，如以下几例：

（1）巧巧过桥找嫂嫂，小小过桥找姥姥。巧巧桥上碰着小小，小小约巧巧去找姥姥，巧巧约小小去找嫂嫂，小小、巧巧同去找姥姥、嫂嫂。

---

① 朱介凡：《中国歌谣论》，中华书局 1974 年版，第 138 页。

（河南）

（2）桥东走来一条狗，桥西走来一只猴，未到桥心两碰头，彼此匆匆跑回头。猴跑几步望望狗，狗跑几步望望猴，究竟猴怕狗，还是狗怕猴？（福建）

（3）鸡啄豆圈圈漏豆，鸡不啄豆圈圈不漏豆；狗咬油篓篓漏油，狗不咬油篓篓不漏油。（河北）

（4）肩扛一匹布，手提一瓶醋，看见一只兔。放下布，摆下醋，去捉兔。跑了兔，丢了布，泼了醋。

（5）天上七颗星，地上七块冰，树上七只鹰，梁上七只钉，台上七只灯，呼噜呼噜扇灭七盏灯；嗳哨嗳哨拔脱七只钉；呀嘘呀嘘赶脱七只鹰；抽起一脚踢碎七块冰；飞过乌云盖没七颗星；一连念七遍就聪明。（江苏）

（6）东描庙，西描庙，左描庙，右描庙，调转头来描描庙。（湖南）

这是举了几例分别押非同字韵韵脚的例子，例（1）押"遥条辙"，例（2）押"油求辙"，例（3）押"油求辙"，例（4）押"姑苏辙"，例（5）押"中东辙"，例（6）押"遥条辙"，通篇一韵到底，随童谣语义押韵，规整中富于变化，异彩纷呈。

童谣一韵到底中的特殊现象是用同一个字押韵，称"一字韵"，一般用于字头歌形式。作品通篇都用同一个字作为韵脚，具有很强的韵律感。"一字韵"有三种情况，第一是用"子""头""手"等字作为句末用字，第二是儿化韵，第三是以"啦""喽""哩""了"等语气词作为句末用字。一字韵的情况总体出现较少，朗读起来朗朗上口，易于记忆。

第一，用"子""头""手"等字作为句末用字构成押韵的情况，如四川童谣《一猫子》用"子"字作为句末字，造成句句押韵的效果。

一猫子，二猫子，三猫子，放出猫子捉耗子。捉得到，吃耗子，捉不到，饿肚子。（四川）

本谣除"捉得到""捉不到"两句未用"子"字做结尾，其他均以"子"为句末用字，体现一韵到底的韵律感。再如童谣《大嫂子和大小子》：

一个大嫂子，一个大小子，大嫂子跟大小子比包饺子，看是大嫂子包的饺子好？还是大小子包的好饺子？

此谣以"大嫂子"和"大小子""包饺子"几种容易混淆的名词及事物，通篇以"子"为同字押韵字，从而构成一种相对特殊的一韵到底，天然凑趣，机智巧妙。

第二，一字韵中还有一种情况是用依靠诗句句末字"儿化"，使诗句落音相近，形成一种特殊的押韵效果。比如传统童谣《小小子儿开铺》："小小子儿开铺儿，开开铺儿两扇门儿，小桌子儿小椅子儿，乌木筷子儿小碟儿。"即为此例。再如童谣《小油鸡儿嘎嘎蛋儿》，儿化韵别有韵味：

小油鸡儿，嘎嘎蛋儿，一心要吃黄瓜菜儿；黄瓜留种儿，要吃油饼儿；油饼喷喷香，要吃片儿汤，片儿汤不烂，要吃鸡蛋，鸡蛋摊黄儿，要吃牛肠儿；牛肠儿泡油儿，要吃牛犊儿；牛犊儿瞪眼儿，要吃花卷儿；花卷儿乱哆嗦，要吃糖饽饽。（河北）

此首童谣轻松快捷地描述了各种吸引儿童目光的事物，其押韵的独特之处在于，去除儿化，各句押尾韵做法依然非常明显。加入儿化韵之后，吟唱念诵则更加自然，平添了轻松、有趣、亲切的意味。

儿化韵的语言特点可以分为几类：

（1）表现细小、喜爱、亲昵的语义色彩。比如发小儿、老伴儿、家雀儿等，发小儿指的是从小一起长大的朋友，带上儿化音更显亲切，家雀儿指的是麻雀，加儿化之后有一种人对动物的喜爱之情在里正。

（2）表示灵巧、俏皮、诙谐等语义特征，如北京童谣中的"小小子儿，坐门墩儿，哭着喊着，要媳妇儿。"这里的儿化音就充分体现了小孩的顽皮，如果去掉儿化音，那种语音的灵巧、俏皮、灵性感就全没有了。以上童谣如果改为："小小子，坐门墩，哭着喊着，要媳妇。"虽然语义表达没有受到丝毫损伤，但原来童谣中所具有的俏皮、诙谐、逗趣的味道就全没有了。其实在现实社会中不会出现男孩子坐在门墩旁，"哭着喊着"要娶媳妇的事情，一般情况下，男孩子对于自己长大后娶媳妇这件事是比较懵董的，从童谣的创作过程，大有点成人拿男孩娶媳妇这件事来逗趣，一般是成年人来念诵童谣，逗男孩子乐的。类似的童谣如："小小子儿开铺儿，开开铺儿两扇门儿，小桌子儿小椅子儿，乌木筷子小碟子儿。"（《孺子歌图》）

（3）带有轻蔑、鄙视、厌恶等感情色彩，如光棍儿、老炮儿、窑姐儿、傻帽儿等。如童谣《出了门儿谣》："出了门儿，阴了天儿，抱着肩儿，进茶馆儿，找个朋友，寻两钱儿。出茶馆儿，飞雪花儿。老天爷！竟和穷人闹着玩儿。"（《北京儿歌》）此谣原本表现的是穷人天寒地冻无事可做，到茶馆来借钱过生活。但全谣用来儿化韵，增添了对这类人的解嘲成分。

（4）表示幽默、随意等意味，如人名的儿化，三儿、四儿，对熟人的称呼，但对生人为表尊敬一般不用儿化。

（5）暗示虚化、抽象化的辅助方式和材料，如"头儿"指的是领导而不是脑袋。因此，儿化韵在童谣中应用，平添了童谣给读者的亲近感与幽默轻松之感。

儿化韵童谣且看以下几首：

（1）小曲儿，四句儿，唧煞戏儿，我吃麻糖，你吃屁儿。

——白寿彝《开封歌谣集》

（2）大月亮，明晃晃，骑住大马去烧香；大马缚到小树儿上，小马缚到柏枝儿上。庙门儿对庙门儿，里头坐个虞美人儿①，白脸蛋儿，红嘴唇儿，看见小脚儿笑死人儿。

——白寿彝《开封歌谣集》

（3）皇城根儿，一溜门儿，门口儿站着个小妞人儿。有个意思儿，白布汗衫儿蓝布裤子儿。耳朵上戴着排环坠儿，头上梳的是大抓髻儿，擦着胭儿，抹着粉儿，谁是我的小女婿儿？

——清·[意] 韦氏《北京儿歌》

例（1）谣一共五句，其中四句采用了儿化音，在"小曲儿，四句儿，唧

---

① 虞美人：原指项羽宠姬虞美人，这里指长相美貌的女子。

煞戏儿"中儿化后，表露了听戏人轻松而又惬意的心境，增加了听戏人听戏的轻快之感，"我吃麻糖，你吃屁儿"与之前的语义有一定连贯性，但也有区别，这里的儿化音是专门逗趣、斗气儿而生的。"屁儿"在这里既没污秽之感，反而平添了亲切与自然。例（2）谣中表述明亮的天，骑大马去烧香，大马拴在小树上，见小马拴在柏树枝上，正巧见到坐在庙门里的女子，尽管童谣没有直接描述其美，但从"里面坐个虞美人儿""白脸蛋儿""红嘴唇""小脚儿"等典型特征来看就是标准的美人胚子，儿化音在这里加重了诵念者的怜爱之情。从"笑死人儿"的语句中掩盖不住的是内心的激动与兴奋。例（3）一共十句，每句均用儿化音。儿化音的运用，使得整首童谣颇具轻松之感，满是对小姑娘的赞美、喜爱之情，同时也有一种调侃之意在里面。由于北京土语中儿化音特色十分鲜明，加之"儿"字又在一定距离内间隔反复，就形成了一种特殊的语趣，容易引起儿童阅读的兴趣。

第三，"一字韵"的第三种情况就是用"了""啦""喽""哩"等语气词为韵脚，此类押韵相对少见，一韵到底，别有风味。如童谣《针扎》：

针扎扎花，抱娃娃。娃娃哩？狼吃啦！狼哩？上了山啦！山哩？雪埋啦！雪哩？化成水啦！水哩？和成泥啦！泥哩？抹上墙啦！墙哩？猪钻啦！猪哩？一棒子打死啦！猪皮哩？糊了鼓啦！鼓哩？烂成粪啦！粪哩？肥了瓜啦！瓜哩？我吃啦！瓜子哩？我嗑啦！呸，呸，不害羞，俩钱买个狗舌头，碰见二舅舅，咚咚打了两拳头。（河北）

再如童谣《青秫秸》：

青秫秸，白秫秸，趴着墙头叫姐姐。姐姐姐姐干么哩？扎花哩。花呢？卖钱了。钱呢？称肉了。肉呢？老猫叼了。老猫呢？上了树了。树呢？大水冲跑了。水呢？老牛喝干了。老牛呢？耕地去了。地呢？狗熊掏了。狗熊呢？吃了个野兔撑坏了。铺的什么？铺的冰凌。盖的什么？盖的星星。枕的什么？枕的棒槌，呼噜呼噜直打鼾睡。

——吴琭《河北传统儿歌选》

以上两首童谣有异曲同工之妙，采取一问一答的形式，形成了连锁问答调。凡问句分别以"哩""呢"字押韵，凡答句分别以"啦""了"字押韵，交互换韵，错落有致，口语化强，朗朗上口。

有的童谣虽是一韵到底，但不是逐句押韵，而是隔句押韵，即每逢双句押韵，首句押韵与否具体情况而定，这种押韵方式比较常见，能够产生很好的押韵效果。如北京童谣《稀奇稀奇真稀奇》：

> 稀奇稀奇真稀奇，麻雀踩死老母鸡，蚂蚁身长三尺三，八十岁的老头儿坐在摇篮里。

这首童谣属于一韵到底中隔句押韵，押"衣期辙"，首句也入韵的例子。隔句押韵的方法限制相对较少，用词造句较为方便，比句句押韵的方法容易掌握，句式灵活，因而是用得最多的一种押韵方式。

（二）中间换韵

童谣中换韵的情况非常频繁，一般每两句换一个韵脚的情况比较多，频繁地换韵有助于记叙事态的发展变化，也便于抒发复杂的思想感情，使得用韵灵活方便，错落有致，便于吟唱。

1. 两句一换

每两句换一韵，即随韵，指的是相邻的两句歌谣用一个韵脚，再两句换韵，以此类推，句句押韵。比如北京传统童谣《丫头丫》：

> 丫头丫，打蚂蚱。蚂蚱跳，丫头笑。蚂蚱飞，丫头追。

前两句以"丫""蚱"为一韵，押"发花辙"，中间两句以"跳""笑"为一韵，押"遥条辙"，最后两句以"飞""追"为一韵，押"灰堆辙"，每两句换一韵，这种情况比较多见。还有一种换韵，换韵不是很均衡，视情况而定。比如浙江童谣《家后有棵桃》：

> 家后有棵桃，哥哥挑水妹妹浇。浇的桃儿白少少，卖了桃儿娶嫂嫂。娶的嫂嫂手段好，十天上了一个大裤腰。哥哥一见心中恼，关上房门打嫂嫂。妹妹偷向门缝里瞧，"哥哥哥哥你发癫，不打嫂嫂打床边。"

此谣通过儿童"妹妹"的视角风趣幽默地描述了男子娶妻，以及夫妻之间的情感表现，颇具有喜感。这首歌先以"桃""浇""少""嫂""好""腰""恼""瞧"八字为一韵，押"遥条辙"，后以"癫""边"为一韵，押"言前辙"。前后共用了两种韵脚，以此产生押韵变换。还有不止换一次韵的，如浙江的：

> 燕子燕，飞过天。天门关，飞过山。山头白，飞过麦。麦头摇，飞过桥。桥上姊姊打花鼓，桥下妹妹做新妇。

这首歌"燕""天"二字为一韵，"关""山"二字为一韵，前四句同押"言前辙"；"白""麦"二字为一韵，押"怀来辙"；"摇""桥"二字为一韵，押"遥条辙"；"鼓""妇"二字为一韵，押"姑苏辙"，几乎每两句为一韵，自由换韵，规整中育变化。这种例子很多，如奉天的《板凳落落谣》，也是如此：

> 板凳板凳落落，里面坐着大哥；大哥出来买菜，里面坐着奶奶；奶奶出来烧香，里面坐着姑娘；姑娘出来磕头，里面坐着孙猴；孙猴出来蹦蹦，里面坐个豆虫，豆虫出来咕拥①，咕拥！

此谣表现了儿童生活中主要的几位人物的主要活动，从押韵角度而言，每两句换韵，如"落""哥"二字为一韵，押"梭波辙"；"菜""奶"二字为一韵，押"怀来辙"；"香""娘"二字为一韵，押"江阳辙"；"头""猴"二字为一韵，押"油求辙"；"蹦""虫"二字为一韵，押"中东辙"。此谣不仅每两句换韵，而且还使用了比较典型的顶真格，奇句开头两个字是前一个偶数句的句尾二字，因而童谣借助这些词语的上递下接，贯通语气，突出事物之间的环环相扣。在童谣换韵的情况中，不断变换韵脚多用在"连锁调"的押韵上。

连锁调的特点是用顶真的修辞手法，将上句末尾的词语作为下句的开头，随韵结合。连锁调有助于克服儿同连字成句的困难。当年北大歌谣运动期间，围绕连锁调曾展开讨论。有一位戴般若先生致信歌谣运动主将常惠，称连锁歌为"堆垛文字者"，并指出：

> 其文字无组织结构可言，无中心寄托所在，以上接下，一味蔓延，有时冗烂不堪，青黄不接，即戛然终止，毫无余味可言，其例旧小说及滑稽

---

① 咕拥：向前蠕动。

记载中多见之。……窃以文艺作品，首在意义与组织，如随笔敷衍而下，信口开河，了无精义，又何贵有此等文字，文艺之信条如此，则歌谣为文艺之结晶，更何独不然。[①]

《歌谣》利用头版将以戴般若为代表的对于歌谣的误解进行逐一展示，并予以反驳与修正，从而进一步提升对歌谣艺术认识，也引起广大学者民众对童谣文体的重视。常惠的答复颇精彩，他认为：

先生不赞成"堆垛式的文学"，若仅论文艺，似是不错。但要拿"民俗学"来论"堆垛式的歌谣"，就不然了。因为俗语说得好，"文从瞎说起，诗从放屁来。"这正可以看出普通的人的心理来，本没有什么高深的思想和了不得的文学。……我以为先生与其说歌谣是"文艺之结晶"，不如说他是"民族心理的表现。"[②]

从民俗学的角度来看，此类歌谣是民族心理的一种表现，常惠还从儿童学的角度进行阐述：儿童在刚会说话时听见旁人唱歌便要学，但碍于记忆力尚不很发达，常常学了上句忘掉下句。堆垛式的童谣因为有叠字叠句体式，易于背诵，使得儿童少了许多学习的困难，正是儿童精神生活的"无上的良品"[③]。文中还顺便举了一首童谣《打火镰儿》："咱们俩玩儿，打火镰儿。火镰儿花，卖甜瓜。甜瓜苦，卖豆腐。豆腐烂，摊鸡蛋。鸡蛋，鸡蛋磕磕，里头住着哥哥。哥哥出来买菜，里头住着奶奶。奶奶出来烧香，里头住着姑娘。姑娘出来点灯，烧了鼻子，眼睛。"就像常惠所言，这首童谣乍看起来确实无意味，但详细地分析它的文词就会发现，不过几个名词，又稍换了两个动词，就成了这一大篇。但是小孩子听一两遍就能背过，而且每天念唱都不嫌烦，因为堆垛式童谣有重叠词语作体式，背诵起来较为方便，不过儿童容易建立学习的成就感。

戴般若所说的堆垛式文字，实际上惯常采用了顶真的修辞手法。"顶真是用前一句的结尾来做后一句的起头，使邻接的句子头尾蝉联儿有上递下接趣味

---

① 戴般若：《讨论》，《歌谣》1923 年第 11 号。
② 常惠：《讨论》，《歌谣》1923 年第 11 号。
③ 戴般若：《讨论》，《歌谣》1923 年第 11 号。

的一种措辞法。"陈望道先生在《修辞学发凡》中对顶真下的定位非常恰切。这种词格又称顶真、连珠、联珠、蝉联。童谣大量运用顶真修辞格，用以整齐句子结构，前后连贯，极易背诵吟唱，比如广州童谣《月光光，照地堂》：

月光光，照地堂，年卅晚，摘槟榔，槟榔香，切紫姜，紫姜辣，买胡达，胡达苦，买猪肚，猪肚肥，买牛皮，牛皮薄，买菱角，菱角尖，买马鞭，马鞭长，顶屋梁，屋梁高，买张刀，刀切菜，买箩盖，箩盖圆，买条船，船沉底，浸死呢班大懒鬼！一个浮头，一个沉底，一个躲系门角落，一个钻入床下底，中有一个随街去，卖油炸鬼！

童谣中的连锁调，歌词往往不够完整，但是句式简洁，连用谐音，节奏鲜明，韵律感极强，生动有趣，深受婴幼儿的喜爱和诵唱。这类童谣一般歌词比较冗长，明珠相连。且看以下几首顶真手法的童谣：

（1）小母鸡格格搭，爱吃老黄瓜。老黄瓜留作种，爱吃香油饼。香油饼不香，爱吃面汤。面汤不练，爱吃鸡蛋。鸡蛋有皮，爱吃牛蹄。牛蹄有毛，爱吃仙桃。仙桃有尖，爱吃牛肝。牛肝有血，爱吃老鳖。老鳖告状，告在和尚。和尚念经，念到三星。三星八卦，拔到癞蛤蟆。蛤蟆浮水，浮到老鬼。老鬼把门，把到二人。二人射箭，射到老院。老院放炮，放到大道。大道冒烟，冒到诸天。（奉天）

（2）火萤光光，飞我门头吃麦汤；麦汤烫口舌，飞去吃桑叶；桑叶还未抽，飞去吃泥鳅；泥鳅未放子，飞去吃酥柿；酥柿还未黄，飞去吃砂糖；砂糖还未圆，飞去做状元。（温州）

（3）蟋蟀弹琴，弹到朔门；朔门擂鼓，擂到乡下；乡下吹班，吹到大街；大街打钹，打爻二三粒。（温州）

（4）姆姆，你姓尼？我姓金。阿尼金？黄金。阿尼黄？草头黄。阿尼草？青草。阿尼青？万年青。阿尼万？糯米饭。阿尼糯？果老糯。阿尼果？山果。阿尼山？高山。阿尼高？年糕。阿尼年？1943年。造起飞机场，垒起高射炮，把日本打多一大堂，你看日本急勿急。手榴弹，往天上甩，甩起半天高。掉落一把刀，刀里生个额，把日本鬼子捕出杀。（温州）

例（1）例（2）属于直接顶真，即顶真部分的相同文字直接地接，前一句的末尾字是下一句开头的字，这种顶真最典型，数量也最多。例（3）先是明显的直接顶真，分别在"朔门""乡下""大街"等词上体现比较明显，同时在"弹""擂""吹""打"这几个字上也运用了顶真格，这种顶真为间接顶真，即顶真部分的相同文字之间，有其他文字间隔，这类顶真出现得较少。例（4）是一种特殊的顶真手法，"我姓金"与"阿尼金"形成了间接顶真，而"阿尼金"又与"黄金"形成了间接顶真，而且三句都是同一个"金"字顶真；接着"黄金"又与"阿尼黄"以"黄"字形成间接顶真，"阿尼黄"又与"草头黄"以"黄"字形成间接顶真，如此连环而下，直到"1943年"，简直是一环扣一环，环环相扣，气势连贯。

综合来看，童谣中的顶真在内容上也许并无意义，顶真的事物之间也并没有内在联系，纯粹是为了好上口，能押韵才选用的那些事物，但是从语音修辞上看，童谣顶真押韵效果作用非常大：

第一，结构紧密，气势连贯。顶真由于上递下接，环环相扣，所以显得结构严密，语气串珠。如童谣《烂头皮》：

> 烂头皮，批雪梨，雪梨芯好点灯，灯点亮好算账，账算错，烂头背去卖，卖半升米，供老鼠，老鼠吱吱叫，烂头长夜没磕，烂头睡不着，担去卖膏药，膏药不值钱，烂头卖黄连，黄连味太苦，烂头卖水果。水果无人要，烂头仍旧倒起磕。（温州）

这首童谣讲述的是"烂头"到处做营生，最后还是一事无成的故事。从批雪梨，到算账、卖膏药，再到卖黄连，最后到卖水果，全部失败，只能倒床上睡觉，故事一路下来，全部用了顶真的手法，环环相扣，气势连贯。

第二，调整音节，节奏和谐。由于上下文句子结构一致，音节又相等，再加上有相同词语递接，圆活自如，滚滚而下，流畅自然。既顶真又押韵，显得整齐有序。

第三，结构整齐，便于记忆。顶真一般与反复结合起来，使结构整齐一致，上下联系，达到好记易诵的效果。受口耳相传的传播方式的影响，主要以口语传播为主要流传方式的童谣，在一次咏唱中出现众多新词汇，不利于记忆，没有记忆就没有流传，没有流传就没有生命力。而经过了历史见证的童谣，充分利用顶真手法，将语素、词进行反复咏叹，同时甚至将并没有多少生活逻辑的词汇连缀在一起，也可以说是见证了一种语言的奇迹。

2. 交互换韵

这种类型的顶真在童谣中比较少见，初看上去好似没有韵的，但是仔细研究起来，却仍有韵，只不过它的押韵，不全在句末罢了。如浙江杭县童谣：

> "你姓啥?""我姓陈。""啥个陈?""陈老酒。""啥个酒?""灸疮疤。""啥个疤?""芭蕉扇。""啥个扇?""扇子。""啥个子?""子孙。""啥个孙?""孙女。""啥个女?""女婿。""啥个婿?""西瓜。""啥个瓜?""瓜酱。""啥个酱?""酱油。""啥个油?""油香。""啥个香?""香橼。""啥个橼?""元宝。""啥个宝?""宝贝。""啥个贝?""背脊。""啥个脊?""节气。""啥个气?""气杀。"

这首歌的押韵很奇特：第三句的末字（陈）和第四句的首字（陈）为韵，第四句的末字（酒）和第五句的末字（酒）为韵。第五句的末字（酒）又和第六句的首字（灸）为韵。第六句的末字（疤）与第七句的末字（芭）为韵。也就是说偶数句的末字与下一个奇数句的末字为韵，同时奇数句（除第一句外）的末字与下一个偶数句的首字为一韵，这样首末交互押韵下去，如连锁调一般，但不同于连锁调。这类童谣，大都没有意义，不过趁韵杂凑，滑稽打诨。类似的例子还有一个：

> "祭姓啥?""我姓白。""白啥个?""白牡丹。""丹啥个?""丹心轴。""轴啥个?""轴子。""子啥个?""纸灯笼。""笼啥个?""龙爪葱。""葱啥个?""智慧聪明。""慧啥个?""卫太监。""监啥个?""橄榄。""榄啥个?""蓝采和。""和啥个?""何先生。""生啥个?""生姜。""姜啥个?""姜太公。""公啥个?""贡手炉。""炉啥个?""路头。""头啥个?""头发。""发啥个?""法师。""师啥个?""司徒，司空，两条蛔虫——拔俸吃子弗伤风!"

——《吴歌甲集》

这首歌将花卉、蔬菜等日常事物，以及人们熟知的神仙、人物都集合在童谣中，显示了童谣内容的巨大包容性。从押韵的角度来衡量，也是很有意思的：第二句的末字（白）和第三句的首字（白）为韵，第三句的首字（白）和第四句的首字（白）为韵；第四句的末字（丹）和第五句的首字（丹）为韵，第五句的首字（丹）又和第六句的首字（丹）为韵；第六句的末字（轴）与第七句的首字（轴）为韵，第七句的首字（轴）与第八句的首字（轴）为韵。也就是说偶数句的末字与下一个奇数句的首字为韵，同时奇数句（除第一句外）的首字与下一个偶数句的首字为一韵，这样也形成了一种首末交互押韵的形式。

总之，童谣非常讲究押韵，不押韵的情况较少，而且押韵形式多样，换韵形式灵活，换韵自由。不仅有头韵、内韵、脚韵，连声调都能相押，一首歌中既有头韵，又有内韵、脚韵，甚至声调还有相对应的情况，从而显示了民间歌谣押韵自由灵活的特点，因此产生了歌词整齐，音调反复，将童谣内部的音乐美演绎得淋漓尽致，铿锵有味，旋律悠扬。

揭秘童谣押韵的密钥还有一种重要的理论，就是押"不同的韵辙能表现不同的'声情'"[1]，不同的韵辙之间存在着不同的"声情"表现的密码。不同的韵辙，决定了语音响亮的程度，而其响亮程度的大小高低，又决定了其情感色彩表达。比如开口度大并有鼻腔共鸣的韵音，语音色彩就洪亮浑厚；韵腹开口度小并没有鼻腔共鸣的韵音，语音色彩就比较尖细。

现代语言学的理论还证明，韵辙有宽有窄，每一韵辙中所包含字数的多少不同，宽辙包含的汉字多，窄辙包含的汉字相对少。"发花、中东、江阳、言前、人辰五辙属于宽辙，油求、灰堆、乜斜、姑苏四辙属于窄韵，遥条、怀来、波梭、一七四辙介乎二者之间。"[2] 现代语言学的理论为我们解读童谣的用韵规律提供了理论依据。"遥条"辙在童谣的韵脚中出现得比较多，因为遥条辙的韵母为"ao、iao"，其韵腹"a"的开口度最大，呼出的气流强烈充足，

---

① 刘烨：《疯狂普通话教程》，中国民族音像出版社 2002 年版，第 359 页。
② 刘烨：《疯狂普通话教程》，中国民族音像出版社 2002 年版，第 163 页。

发音响亮；另外遥条辙属于宽辙，包含的汉字多，可供童谣选择的常用汉字也多；第三，遥条辙的音韵发音特点便于儿童发音，"aɔ、iao"发音口腔呈自然张大的状态，吐字发音张口即来，对发音器官的调节能力还比较弱的儿童来说，上口容易，易诵易记。

"乜斜、姑苏、一七"等辙在童谣中使用的频率较低，主要因为它们都是窄辙，所收汉字较少，而适合童谣做韵脚使用的字则更为有限；另外，它们清细微弱的语音特色难以帮助儿歌实现"歌戏互补的可操作性"的功能。

综上所述，童谣在用韵方式上可谓匠心独运，丰富多彩，变化多端。这些多姿多彩的用韵方式，充分挖掘并运用了语言能提供的语音上明显的和潜在的艺术特点，使童谣在听觉上呈现出有规律的抑扬顿挫，也加强了歌句间的对照呼应，增强了童谣的节奏感、韵律感和表现力，使之产生了十分强烈的音乐效果和动人心魄的艺术魅力。

第三节　节奏化作童谣韵律的生命之源

德国当代著名音乐教育家奥尔夫认为：节奏是构成音乐的第一要素，是音乐的生命，是音乐的源泉。音乐构成的第一要素是节奏，而不是旋律。节奏可以脱离旋律而独立存在，可见节奏是音乐生命力的源泉。因此，优秀的童谣作品往往都是韵律和谐、节奏明快，充满了音乐性的优美文字。韵文要想有优美的旋律和吟咏的音节，使文章的语言美表现得淋漓尽致，就必须要有节奏。因为韵文是一种最集中反映社会生活的文学样式，它饱和着丰富的想象和感情，在精炼与和谐的程度与在节奏的鲜明程度上，它的语言有别于其他文学体裁。其次，节奏在情感的表达中能引起人们心理上的美感，原因之一是它直接刺激人的外在感官，引起人的音乐感觉；另一方面，它与人们长期"积淀"下来的内在情感与后天培养熏陶出来的"音乐的耳朵"相契合，引起观众的情感"认知"。

节奏是童谣韵律艺术的另一主要因素。童谣的节奏，是指语音排列次序不同而形成的有规律的抑扬顿挫。其诗句中顿的字数的划分，固然与字义有关，但更重要的还是为了音调的和谐。童谣中诗句内部的抑扬和声调的变换，加强了诗句间的对照，从而增强了作品的旋律感，使其产生更加悦耳的音乐效果。说到语言节奏，节奏之于诗，是它的外形，也是它的生命。

童谣讲究节奏的音乐效果：首先，富有节奏感使得童谣音节匀称，音律和谐，朗读时或铿锵有力，或缠绵悠长，有助于激越或绵延情感的表达。其次，节奏可以让童谣重轻音和谐，音长音顿交替更有规则，抑扬顿挫，构成语音链上回环往复的节拍，增强语言的音乐性与表现力。第三，富有节奏的童谣吟诵起来更加朗朗上口，富有节奏美，便于记忆。因此，童谣是富有节奏感的歌谣，没有节奏，就像失去了灵魂的没有感情的文字，就失去了童谣应有的音乐魅力，传达"激情"时减少甚至丧失感人的力量，不可能是好的歌谣。童谣不讲究节奏，必然会陷入无章可循的困境。一首完美的童谣，必须有节奏的修饰、加强和完善，才能使童谣本身那种动人心魄的音响显露出来，使童谣中所包含的那种丰富多彩的感情在欢乐明快、热烈火爆和恬静的叙述中凸显出来。

那么，构成节奏的基本要素是什么呢？我们认为构成节奏的基本要素就是音节和顿歇。音节是语音中最自然的结构单位。确切地说，音节是因为组合构成的最小的语音结构单位。它的构成分头、腹、尾三部分，因而音节之间具有明显可感知的界限。在汉语中一般一个汉字的读音即为一个音节。顿歇指语句或词语之间声音上的间歇，表现在言语表达中词语与词语之间，句子与句子之间，段落与段落之间的停歇与顿断，是构成语调的语音成素之意。顿歇不仅是说话者的生理需要及句子结构的需要，更主要的是为了充分表达思想感情的需要；同时，也给听话者领略和思考、理解和接受的余地，以便准确透彻地把握言语信息。在童谣中有规律地出现一定数量的音节，形成一定数量的节拍，念唱起来，诗句中极短暂的停顿，就形成了节奏。

童谣的句式结构比较自由，并不受一定格式的限制，属于自由体。主要取决于中国语言结构的特性，以及人类歌唱发音、运气、念字的基本规律和童谣生活的传统。大体上，与诗歌的文字体式相类似，童谣以三言、四言、五言、七言为基本句式，有的地方，完全参照诗的形式——五言绝句和七言绝句，而尤以七言绝句式为多。但童谣究竟与诗不同，它用不着受那许多诗词规则的约束，必须这样那样的方为合适。它尽可听凭意趣的指使，想象力的奔放，与乎内心情感的自然流露，而创造出极活泼自由的篇章。

就句数而言，童谣的句数也不固定，从三句到四十几句不等，根据语义表达的需要而定。一般每行字数固定的童谣，句数为偶数句的居多，这是由音节和结构的对称需要所决定的。总之，童谣的诗体形式相对自由。

一、二音节

吕叔湘先生说："在现代汉语的语句里，双音节是占优势的基本语音段落。正如周有光先生所说：'把单音节的补成双音节，把超过两个音节的简缩为双音节……双音节化是现代汉语的主要节奏倾向。'"[①] 这一论述解释了汉语的声音流程是均匀的、富有规律性的，而其主要节奏倾向又在双音节化。童谣的节奏，双音节化倾向非常明显，这是符合现代汉语演变规律的。

一个句子，人们在朗诵的时候不会是一个字一个字单蹦读下去的，也不可能一整个句子连续地读下来，中间没有任何停顿，而是期间根据词语的联系，每个句子都会分出不同的语言单位，这每一个小小的语言单位就是吕叔湘先生所说的"基本的语言段落"，借助歌曲的术语，就暂时称之为"节拍"。一个节拍包含的音节有多有少，一般以双音节为最多。童谣无论是三言、五言还是七言的句式，都是以双音节的顿歇为主的，比如胡木仁创作的童谣《娃娃长大了》：

> 裤衩，// 短了！// 鞋子，// 小了！// 妈妈，// 笑了！// 娃娃，// 长了！

整首童谣八句话十六个字，每句两个字，双音节为一个顿歇，两言句式利

---

① 吕叔湘：《现代汉语单双音节问题初探》，《中国语文》1953 年第 1 期。

用标点符号的划分，自成节奏，节奏短促而铿锵，有助于表达轻松喜悦的情感。歌谣中二言句子的歌谣极少，要有就是在童谣中出现，而且多半是大人们唱给孩子听的母歌。如：

　　点点，// 虫虫，// 飞！（湖北武昌）

此谣除了最后一句"飞！"是一字顿外，前两句是两字一顿，即都是两个音节之后稍作停顿，同样借助标点符号自然顿开，节奏短促而有力。唱此童谣时，抱孩子两臂，持其手指，向前，向上，向外张开，像虫儿飞行状，也大大地引导了童心境界的飞荡，同时配之以清晰明快的节拍，自然增添了轻松快乐的氛围。再如童谣：

　　腰呀，// 腰呀，// 腰呀，// 梅！（河南开封）

此谣也为儿童游戏歌，但如何动作待考。从歌谣的句式来看，同样还是双音节一顿，像歌词"腰呀"中，原本是单音节字"腰"又加上单音节字"呀"构成双音节而形成顿歇，这种方法适合现代汉语中语句基本语音段落的双音节化，即人们常常把单音节的凑成双音节，有的是在前面或后面加上没有多少意义的字，如加后缀"儿""喽""呀""子""头"，加前缀"老""啊"等，从而满足现代语言的思维模式。因此在这首童谣中就实现了这种双音节顿歇的样式。

还有二言句与三言以上句子相混杂的句式。如北平的：

　　叮儿，// 当儿，// 海螺 // 烧香。粗米，// 细米，// 放屁 // 是你。背背，// 驼驼，卖大 // 萝葡，背背，// 抱抱，// 卖大 // 扫帚。水牛，// 水牛，先出 // 犄角，后出 // 头儿。你爹，// 你妈，给你买的 // 烧肝 // 烧羊肉啊。

此谣充分显示了内容的广博丰富与自由活泼，以双音节节奏为主。当然我们在讨论双音节节奏倾向时，有一点应该明确，即所谓基本语音段落的双音节化，并不是要求写作时每一个节拍都安排两个音节，如果每个句子都固守两字一顿的话，不仅束缚思想内容表达，而且语言也会显得沉闷、呆板。事实上，一字一顿，三字一顿也是有的，但是每一个"顿歇"，每一个节拍的时值大体相当，只是音节松紧的程度不一样。正如之前举例，此谣绝大多数是两字为一顿，如"叮儿""当儿""海螺""烧香"等，即使到最末尾的部分，甚至出现了四字一顿的情况，如"给你买的""烧羊肉啊"，音节的顿歇即让童谣的整体节奏基本掌握在一定的范围内，其节拍的时值大致相当，从而保持童谣整体韵律的均齐。

二、三音节

现代汉语中，双音节、四音节的语音段落是大量的常见的，但是，如果一个句子都是双音节和四音节词语组成或充当，那就会显得非常沉闷、单调，不能有起伏的音律美感，不具备变化的参差美。三音节语言段落正好可以起到调节音律的作用。

三音节语音段落的音节组合多为"1+2"，或"2+1"，它不像四音节语音段落由"2+2"构成显得平稳、匀称。三音节的韵音段落极大地调节了双音节语音段落落音一致所带来的呆板与缺乏变化的状况。三音节语音段落是中国老百姓所熟悉、所喜欢的，童蒙读物《三字经》就是三言，自宋代编成，广泛流传，一直使用到清末民初。其中如"养不教，父之过"、"玉不琢，不成器"等句子，至今仍脍炙人口。三言歌谣以儿歌为多，如童谣《小老鼠》：

　　　小老鼠，上灯台，偷油吃，下不来，叫猫姐，抱下来。（河北武昌）

此首童谣仅十八个字，白描而已，却呈现出一个童话世界。而且不同的版本传至大江南北，如流传在张家口以北地区的《小老鼠》："小老鼠，上灯台，偷油吃，下不来，叫小三，抱猫来。"流传在晋冀鲁豫地区的版本："小老鼠，上灯台，偷油吃，下不来，叫奶奶抱，奶奶不抱，叽里咕噜滚下来。"[1]流传在

---

[1]　另外如，"猫来了，虎来了，王八羔子鼓来了。""风来了，雨来了，和尚背着鼓来了。"等童谣，这一系列的例子都是童谣中的母歌，长辈为哄睡儿童时哼唱的，值得注意的是，均是三三七句式。无论歌词如何变化，这种三三七句式制造匀节奏却留下深刻记忆。由此，我们可以得出一个结论：童谣的有趣与吸引人，不仅是在于吾言的内容，还依靠其和谐的韵律以及节奏。

北平的版本："小耗子，上灯台，偷油吃，下不来，叫奶奶，奶奶不来，叽哩咕噜下来。"（《孺子歌图》）不知道"小老鼠，上灯台"童谣流传了多少个区域，也不知道流传了多少个版本，但是其通过简单白描，刻画生动可爱贪吃的小老鼠形象却深入人心，同时其所深刻在人们心中的三音节语音段落的节奏形式更是令人难忘。三言的童谣，往往就有变句，而夹杂三言以上的句子，如流传在晋冀鲁豫地区的《小老鼠》童谣中的最后一句，"叽里咕噜滚下来"则为七言句，其节奏方式为 ×××××××｜，在节奏上实现回环有收束的效果。

一般三言句式为两拍，五言句式为三拍，七言句式为四拍，基本保持双音节顿法。再比如传统童谣《菊花开》：

板凳，//板凳，//歪歪，××，××，××｜

菊花，//菊花，//开开。××，××，××｜

开//几朵？×××｜

开//三朵。×××｜

爹//一朵，×××｜

娘//一朵，×××｜

剩下//那朵//给白鸽。×××××××｜

这首童谣节奏鲜明，音乐流畅而不失单纯，简洁工整又错落有致，音乐性极强。三言句式一般为两拍，但是有一种特殊的杂言形式就是三三七句式，其特点是每节由三句构成，每节第一、二句为三言句，第三句为七言句。三言和七言结合的形式出现较早，至少在北齐时就产生了，后来则得到广泛应用。譬如：

狐截尾，你欲除我我除你。鞑靼去，赶得官家没去处。终日想，想出一张杀人榜。

这种三言和七言结合的形式后来差不多被固定下来，形成歌谣的一种特色句式，三三七句式至少在西汉时期就出现了，到六朝时期这句式的歌谣就非常盛行，后代多有承袭，三三七句式中的三三两句可以视为一句，更具有早期人的口语习惯，所以反而较早出现了。由于句式有规律的变化，在长期的流传过程中逐渐定型，这种句式本身表现出较强的节奏，比如《小金鱼》：

小金 // 鱼，××× ｜

水里 // 游，××× ｜

快快 // 活活 // 头 // 碰头。××××××× ｜

此童谣为典型的三三七句式，句式灵活而富于变化，因而节奏轻快，制造轻松氛围。

再看张继楼的《小蚱蜢》：

小 // 蚱蜢，学 // 跳高，一跳 // 跳上 // 狗尾 // 草。腿 // 一弹，脚 // 一翘，"哪个 // 有我 // 跳的 // 高。"草 // 一摇，摔 // 一脚，头上 // 跌个 // 大青 // 包。

这首童谣描述了一位儿童形象"小蚱蜢"，具备弹跳能力，但由于骄傲却摔倒的结果，借此完成戒骄戒躁的教育目的。此童谣总共三小节，通篇采用三三七句式，产生了三次回旋的起伏变化，富有音乐美，加之内容上的幽默风趣，深得孩子们的喜爱。

三七相间的杂言众多，使其成为歌谣的主要形式之一。如童谣《十稀奇》：

一 // 稀奇，红婴 // 小姐 // 着地 // 飞，二 // 稀奇，麻雀 // 踏煞 // 老母 // 鸡，三 // 稀奇，三岁 // 弟弟 // 出牙 // 齐，四 // 稀奇，尼姑庵里 // 讨 // 女婿，五 // 稀奇，烧火 // 婆娘 // 跌勒 // 烟囱里。六 // 稀奇，六十岁 // 公公 // 困勒① // 摇篮里，七 // 稀奇，七石② // 缸 // 躖勒 // 酒杯里，八 // 稀奇，八仙桌 // 放勒 // 袋袋里，九 // 稀奇，黄牛 // 沉煞③ // 脚盆里，十 // 稀奇，瞎子 // 双双 // 去看 // 戏。(苏州吴县)

——高殿石《中国历代童谣辑注》

这首童谣所表达的内容与一般生活逻辑与常识相违背，借此制造天然意趣，令人忍俊不止。此谣为三七言句式的运用表现，整首一共二十句，每两句为一组，每组第一句为三言，分别以一至十的数字起韵，后加"稀奇"二字组成，每组第二句为七言，七言一般为四拍，一般为双音节一顿歇，但也有三音

---

① 勒："在"的意思，这句即六十岁的老公公睡在摇篮里。

② 石(dàn)：量词，十斗为一石。躖(dūn)：这里意同"蹲"。

③ 沉煞：沉进的意思。

节一顿歇，如"烟囱里""摇篮里""酒杯里""袋袋里""脚盆里"，和四音节一顿歇的情况，如"尼姑庵里"。整首童谣由三七言的形式构成，比起整齐划一的齐言诗歌，这种形式似乎更为灵活有趣。

还有这种情况，三言句的基础上加了语气词"了""啦""喽"等，但还应看作为三言句，其顿歇方式由原来的2+1或1+2，变为3+1或1+3，但顿歇的时值不变。如童谣《十样花》：

> 说了个一，道了个一，豆荚开花密又密。说了个二，道了个二，韭菜开花一根根儿。说了个三，道了个三，兰草开花在路边。说了个四，道了个四，黄瓜开花一身刺。说了个五，道了个五，石榴开花红屁股。说了个六，道了个六，鸡冠开花象狗肉。说了个七，道了个七，金桂开花香扑鼻。说了个八，道了个八，牵牛开花象喇叭。说了个九，道了个九，凤仙开花摘在手。说了个十，道了个十，高粱开花直又直。（河北）

此童谣以各种植物花的形状做比喻，这花中既有花卉品种，如"鸡冠""金桂""凤仙"，也有粮食蔬菜花"豆荚""韭菜""黄瓜""石榴""高粱花"，甚至还有路边的野花，"兰草""牵牛花"，充分显示了童谣创作与传播的民间性。单从此童谣的句式来看，每一种花的介绍均以两个四言句加一个七言句组成，而每个四言句都是3+1顿歇，其与三言句中2+1顿歇的时值是相同的，因此就必须压缩四言句中3字的顿歇时值，在朗读时加以区分。

三言句式的节奏一般是这样的，如童谣《蹊蹊跷》：

> 蹊蹊 // 跷，换把 // 刀，×××｜×××｜
>
> 刀不 // 快，切青 // 菜，×××｜×××｜
>
> 菜儿 // 青，换把 // 弓，×××｜×××｜
>
> 弓没 // 头，换个 // 牛，×××｜×××｜
>
> 牛没 // 用，换匹 // 马，×××｜×××｜
>
> 马没 // 鞍，上南 // 山，×××｜×××｜
>
> 南山 // 一窝 // 兔儿，××××｜××｜
>
> 剥了 // 皮儿 // 穿条裤儿。××××｜×××｜

——［意］韦大利：《北京儿歌》

这首童谣表现了人民生产劳动的主要内容，表达了人民生活的艰辛。此童谣主体部分虽为三音节语音段落，但基本上是以 2+1 顿歇，三音节语音段落，既可以 2+1，也可以 1+2，还可以两种顿歇方式混杂进行，这种节奏更加富有变化。如童谣《送松糕》：

> 松糕 // 松糕 // 高又高，我请 // 阿叔 // 吃松糕。松糕 // 厚，送 // 娘舅；松糕 // 薄，有 // 棱角；松糕 // 实，迎 // 大佛；松糕 // 松，送 // 舅公；松糕 // 烫，务好 // 藏；松糕 // 冷，务好 // 打；松糕 // 烂，送 // 阿大；松糕 // 燥，拜 // 镬灶；松糕 // 粉，送 // 阿婶；松糕 // 末，务好 // 端；阿叔 // 越吃 // 越口渴。（温州）

此童谣主要描述松糕的几种特征，松糕历史悠久，深受人们的喜爱。童谣中除了"松糕烫，务好藏""松糕冷，务好打""松糕末，务好端"几句是上句为 2+1 顿歇，下句为 2+1 顿歇的格式，其余的三音节语音段落都是上句为 2+1 顿歇，下句为 1+2 顿歇的格式，由此看来，整首童谣虽然都是三音节语音段落为多，但段落间的音节也显得错落有致。

三、四音节

四个语音段落也称"四言格"，四言句式也是童谣常用形式，节奏是两拍，一般两字为一拍，整齐匀称，节奏感强，语调铿锵，朗朗上口，是人们喜闻乐道的一种语言格式。我国最早的诗集《诗经》就多为四言，童蒙读物《千字文》《百家姓》也是四言。成语大多是四个字。如：

> 盲子 // 盲子，拜拜 // 堂子 ①，堂子 // 坍脱，压煞 // 盲子。（浙江吴兴）

这首童谣表现了盲人的悲惨人生境遇，通篇为四音节语音段落，而且这些四音节语音段落都为 2+2 顿歇方式，因而产生整齐划一的节奏韵律感。再如：

---

① 堂子，指无名的小庙。

月亮 // 圆圆，象个 // 盘盘，我要 // 上去，找你 // 玩玩。星星 // 晶晶，好象 // 明灯，我要 // 上去，拿你 // 照明。天河 // 长长，好象 // 长江，我要 // 上去，坐船 // 逛逛。（河南）

此童谣以表现太空中"月亮""星星""天河"三种事物，抓住其"圆圆""晶晶""长长"的特点，比喻成"盘盘""明灯""长江"三类不同的事物，并萌生了"我要上去"的宏愿，以及"玩玩""照明""逛逛"的游戏心理。全童谣通篇按照四音节语音段落形式，都为2+2顿歇，整齐划一，节奏朗朗。

纯粹四言句子的童谣不太多，必得有非四言的句子，长短参错，方显活泼。如：

屎爬牛吹灯，荧火身上点灯，点出和尚——和尚念经，念出先生，先生教学，教出他婆，他婆碾米，碾出他女，他女洗锅，洗出他哥，他哥碾场，碾出黄狼，黄狼浮水，浮出小鬼，小鬼追兔，追出他舅，他舅点瓜，点出他妈，他妈挖小蒜，挖出他老汉，他老汉掘柴，掘出一双新鞋，换了油麻糖，稀屎拉了一裤裆，给叭狗吃一后晌。（陕西长安）

此童谣分别点出儿童生活中的几位重要人物，如先生、他婆、他哥、他舅、他妈、他老汉等，并结合生产生活的具体内容组织成歌，如念书、碾米、洗锅、碾场、浮水、追兔、点瓜、挖小蒜、掘柴等，充满了农村生活气息。通篇由四音节语音段落和五音节语音段落以及其他音节语音段落结合而成，这样的结合比较常见，音节读着也非常和谐而富于变化。再如：

小棉袄儿，紧靠身儿。稳坐家中，不出门儿。吃饱了，捡粪泡儿。逢五排十，赶个集儿。闲了来，没有事儿，去到庙台儿，讲古迹儿，就便是大皇帝，不如我们庄稼人儿。（北平）

此童谣表现的情感非常有趣，以"庄稼人儿"自居的这个人，身穿紧身小棉袄，或者稳坐家中，不出门儿；或者吃饱了没事，捡粪泡儿；或者逢五逢十赶赶集；或者去庙台讲古迹，这真是皇帝老儿也羡慕的生活。往往能够抒发这种悠闲自得情感的人，不会是单纯的"庄稼人"，而应该是有一定生活基础与生活资本的人，因而才会如此悠闲。为配合表达这种情绪，通篇采用了"儿化韵"，平添了这种轻松的姿态。从节奏的角度讲，全篇以四言句为主，也穿插着个别的三言句以及六言、七言句，节奏仍然规整有力。

自然还有 3+2 顿歇的时值占有 3+1 顿歇时值的情况，如童谣《十时花》：

> 俺说俺的一，谁对俺的一，什么花开在水里？您说您的一，俺对您的一，莲蓬开花在水里。俺说俺的两，谁对俺的两，什么开花在路旁？您说您的两，俺对您的两，蒺藜开花在路旁。俺说俺的三，谁对俺的三，什么开花一头尖？您说您的三，俺对您的三，辣椒开花一头尖。俺说俺的四，谁对俺的四，什么开花一身刺？您说您的四，俺对您的四，黄瓜开花一身刺。俺说俺的五，谁对俺的五，什么开花一嘟噜？您说您的五，俺对您的五，葡萄开花一嘟噜。俺说俺的六，谁对俺的六，什么开花抱溜溜？您说您的六，俺对您的六，石榴开花抱溜溜。俺说俺的七，谁对俺的七，什么开花把头低？您说您的七，俺对您的七，茄子开花把头低？俺说俺的八，谁对俺的八，什么开花抱娃娃？您说您的八，俺对您的八，棒子开花抱娃娃。俺说俺的九，谁对俺的九，什么开花九月九？您说您的九，俺对您的九，菊花开花九月九。俺说俺的十，谁对俺的十，什么一出照满地？您说您的十，俺对您的十，太阳一出照满地。（山东）

此童谣虽很长，但儿童一般听一两遍则能诵唱，主要原因是其句式结构的一致性，都是"俺说俺的 A，谁对俺的 A，×× 开花 BBB，您说您的 A，俺对您的 A，×× 开花 BBB"的模式，从第一组句子至第十组句子期间的变化并不多，因而产生了好记易诵的效果。每组句子都又两组两个五言句加一个七言句组成，期间所不同的是，两个五言句虽有五音节语音段落组成，但其 2+3 顿歇所占时值与四音节语音段落所占时值一致，因此适当压缩"俺的 A"的时值，这样产生的节奏方式又可以带给儿童新的阅读体验。

同样是由四音节语音段落为主，掺杂着其他音节段落形式，自然形成某种程式化的节奏，也成为童谣吸引人的节奏模式，如童谣《连环谜歌》：

> 一个老鼠，两条尾巴——刀鞘；刀鞘，刀鞘，两头翘翘——船；船呵船，两头圆圆——鼓；鼓呵鼓，两头上白碴——冬瓜；冬瓜冬瓜，两头开

263

花——枕头；枕头枕头，一脚踢到旁头——簟。（温州）

此童谣正像题目所标识的那样是一首连环谜歌，第一组谜面产生的谜底重复之后，组成下一谜语的谜面，同时谜面还有一个特征，除最后一组谜面为"**一**"外，其他谜面均为"**两**"，甚是机智。从童谣的整体节奏来看，每一组基本上以两个四音节语音段落加一个二音节语音段落组成，即使这两句"船呵船""鼓呵鼓"为三音节语音段落，均为 2+1 顿歇，但其所占时值与四音节语音段落 2+2 的时值一样，而"刀鞘，刀鞘""冬瓜，冬瓜"自然也是 2+2 的顿歇形式，因此整首童谣基本上成为 2+2，2+2，2 的顿歇方式的反复运用，因此其节奏也就落音一致，而节奏感强。

现代文人创作童谣四言句同样相对较少，但也不乏经典之作，比如台湾作家谢武彰的《矮矮的鸭子》：

一排 // 鸭子，个子 // 矮矮。× × × × |

走起 // 路来，屁股 // 歪歪。× × × × |

翅膀 // 拍拍，太阳 // 晒晒。× × × × |

伸长 // 脖子，吃吃 // 青菜。× × × × |

一排 // 鸭子，个子 // 矮矮。× × × × |

走起 // 路来，屁股 // 歪歪。× × × × |

这首童谣无论从内容还是音律方面都堪称经典。作品重点描绘鸭子的外形、步态、神情、食性，表现鸭子憨态可掬，神情可爱。同时配以简洁明朗的节奏，内容和节奏完美地结合在一起。此童谣属于一韵到底，每句都是两拍，同时大量运用叠音词，并且第一节和第三节也采用了反复的手法，在反复中更突出了鸭子的憨态和趣味。童谣音韵和谐，节奏洗练，好记易诵，真是一首不可多得的优秀童谣。

四、五音节语音段落和七音节语音段落

五音节语音段落是双音节段落和单音节的组合，一般为 2+1+2 或 2+2+1

顿歇，因为它整齐而又有变化，所以常为人们运用。苗族的叙事歌，记述其民族起源的传说，就全是五言的，有一首生苗的，长达四百七十七句。五言的歌谣，在有些地区，是其主要的句子形式。比如：

　　裁缝好熨斗，鞋匠好楦头，木匠好墨斗，说话好张口，夜里好盖灯，做贼好身手。（北平）

此童谣通篇以五音节韵音段落组成，而且均是 2+1+2 顿歇方式，整齐划一，规整有序。五音节语音段落之所以吸引读者，还有一个重要的原因，就是其内部可以自由变换顿歇形式，或者 2+2+1，或者 2+1+2，自成变化形式。比如温州童谣《重五谣》：

　　吃了//重五//粽，破衣//远远//送，吃了//雄黄//酒，毒蛇//远远//游，重五//黄头//喝，疤疮//洗精//光，重重//吃//麦麦，字眼//学起//快，吃了//重五//卵，做个//生员//郎，重五//吃//大蒜，读书//做//高官。

温州称端午为"重五"，《重五谣》唱的全是端午节的习俗。整首童谣都由五音节语音段落组成，因为五音节内部顿歇变化比较大，组合变化较多，上下联句内部顿歇从 2+2+1，到 2+1+1 之间自由转换，制造内部节奏韵律的细微变化，因此，即使是通篇都是五音节语音段落，也不会觉得枯燥乏味。

七音节韵音段落是双音节、四音节语音段落和单音节的组合，一般为 2+2+2+1，或 2+2+1+2 顿歇方式，七言句也常常为人们所运用，因此是人们熟知的一种音节段落形式。七言句也是童谣主要的句式之一，至于童谣中的七言句，跟情歌、工作歌、生活歌、叙事歌中的七言句，其歌唱的情趣大有不同。人们唱山歌，无论是一人独唱，两人对唱，还是多人合唱，没有不是大大的情绪激荡，声音高昂，回肠荡气的有腔有调。而童谣呢，孩子们只不过随口打娃娃，嘻嘻哈哈的诵唱而已，孩子们如果到了四五岁以上，合群地唱起歌来，也自有其童谣的节奏。如童谣：

　　野麻雀，就地滚，打的丈夫去买粉，买上粉来她不搽，打的丈夫去买麻，买上麻来她不搓，打的丈夫去买锅，买上锅来她嫌小，打的丈夫去买枣，买上枣来她嫌红，打的丈夫去买绳，买上绳来她上吊，急的丈夫双脚

跳。（河北滦县）

此童谣表现新婚的媳妇不正经过日子，想出各种理由折磨丈夫，最后还要上吊，从而完成对这类不安分心理的嘲讽。此童谣从节奏韵律的角度而言，除"野麻雀，就地滚"这两句为三言句之外，其他均以七音节语音段落，而且采用2+2+1+2与2+2+2+1交替的顿歇方式，实现内部的节奏变化。一般的七音节语音段落都是这两种顿歇形式的交替进行，如童谣《催眠曲》：

小宝宝，快睡吧！睡着了给你一匹马。马背备上好鞍鞯，头上戴上金钗子。给你摘颗天上星，给你采回地上花。给你捉来小老鼠，尾巴拖上石磙子。铁匠给你一把刀，刀把系上红缨子。哥哥给你一支枪，枪上配上银叉子。姐姐给你白海螺，螺上镶上金边子。爸爸给你一顶帽，帽顶拴上花穗子。妈妈给你一个碗，碗里放满好吃的。犏牛供你甜奶子，香甜的酥油留给你。（藏族）

此童谣是藏族地区流传的摇篮曲，长辈哄孩子睡，同时哼唱此谣，其中蕴含着长辈愿意为小宝创设最甜美的生活，让孩子在最和谐安静的愿景中熟睡。此童谣除第一句"小宝宝，快睡吧！睡着了给你一匹马。"和最后一句"香甜的酥油留给你"为非七言句外，其他均为七言句，结构整齐，其顿歇方式为2+2+2+1或2+2+1+2，内部错落有致，声韵和谐，好记易诵。

六音节语音段落形式比较少见，如把两个三言句组合看作是六言，那就并不少了。六音节语音段落为双音节语音段落的变体，以2+2+2顿歇方式。六言成章的歌谣，如果唱的长了，就不得不需要非六言的句子来调剂，也就是说需要与其他句式的句子加以调剂，如：

小板凳，坐——坐！上头是个哥哥，哥哥起来买菜，上头是个奶奶，奶奶起来烧香，上头是个姑娘，姑娘起来磕头，上头是个皮猴，皮猴起来作揖，上头是个白鸡，白鸡起来孵蛋，上头是个大雁，大雁起来札札，上头是个蚂蚱，蚂蚱起来耸耸，上头是个豆虫，豆虫起来爬爬，上头是个娃娃，娃娃起来哄孩子，一头滚到下崖子。（安徽宿县）

——朱天民《各省童谣集》

此童谣运用连锁调，将不同的人物与不同的动作连缀起来，其主体部分的基本句式为"上头是个 AA，AA 起来 ××，上头是个 BB，BB 起来 ××"，看似此谣偏长，但丝毫不影响传诵与记忆。其主体部分为六音节语音段落，以 2+2+2 顿歇。

以上所举之例都是节拍相对固定的情况，还有节拍不固定的童谣，从句式上属于杂言句式，但是节拍上难以让人一时捕捉到，没有固定节拍。比如郑春华的《吹泡泡》：

> 吹泡泡，吹泡泡，泡泡象串紫葡萄。一颗、两颗，六颗、七颗……我的泡泡大又大，呼噜噜，满天飘。

节拍不固定的童谣较多，但是童谣创作依然追求内在节奏及韵律，所以节拍的安排需视内容而定。如《天浪飞过一只鸟》：

> 天浪飞过一只鸟，落脱三根毛，毛，毛家桥；桥，桥神土；土，土地堂；堂，糖搭饼；饼，饼古老；老，老寿星；星，新娘子；子，猪八戒；戒，家担石；石，石宝塔，塔头尖，触破天，天一天，地一地，三龙王，四土地，土地菩萨勿吃荤，两个鸭蛋圆图吞。

> ——周乐山、汤增扬《小学生歌谣》

这首童谣充分运用了顶真的修辞手法，"天浪飞过一只鸟，落脱三根毛"起兴，从第三句一直到第二十二句一直为"毛，毛家桥"××× ｜，直到第二十四句开始变为三言两拍的节奏，直到最后两句变为七言三拍的节奏。从整体来看，这首童谣分别有三言两拍、七言三拍、五言三拍的节拍，随节拍内容的不同而发生随意的变化，因而呈现节奏变化的情况，虽整首童谣未统一为一种节奏，但从内部韵律而言还是有一定规律可循的。

其实唱的人满不理会，童谣中包含了那些具体的内涵，但是儿童却往往乐此不疲。如童谣《烟子烟》：

> 烟子 // 烟，烟 // 那边，葛罗 // 伞，紫 // 罗边，三个 // 大姐 // 绣 // 花间。绣，// 绣，波螺 // 纽；波，// 波，燕子 // 窝；燕，// 燕，扯皮 // 箭；扯，// 扯，金刚 // 扯；金，// 金，李洞 // 冰；李，// 李，铁拐 // 李；铁，// 铁，打个 //

犀牛 // 来望月；望，// 望，望在 // 城楼上；城，// 城，肚皮 // 疼；肚，// 肚，毛红 // 布；毛，// 毛，大红 // 袍；袍，// 袍，请你 // 来说 // 大话。（贵州）

——《歌谣》第十号

初看此谣，内容之间没有必然的因果联系，但就儿童而言，却读来十分畅快，排除其一环扣一环的歌词，以及随着语句结尾的变化，随之而发生的韵律变动之外，最重要的就是童谣创设而留在儿童心间的一种节奏和韵律模式。此童谣韵律和谐，如"烟子烟，烟那边，葛罗伞，紫罗边，三个大姐绣花间。"分别出现了句内同字韵，句内非同字韵，句间同字韵，以及句间非同字韵，从而实现了回旋反复的韵律效果。自第六句开始，第六句首字为上一句的最后一个音节中的首字，反复一次后，再随韵加入一组音节，并押尾韵，如"绣，绣，波螺纽"，韵律和谐。此歌所形成的节奏感也让人过耳不忘，三言句为两拍，七言句为三拍，像"绣，绣""波，波""燕，燕""扯，扯"等类似的句子，同字反复，中间逗号相隔，自然形成两排，与三言句两拍的形式一致，因此整体产生两拍加两拍为一整句的节奏隔句，因此实现了 ×××××｜××××× 的节奏形式，这算一类节奏形式，通过儿童的反复咏唱，在儿童心目中产生某种记忆定式加以巩固。类似节奏的童谣如《孩子们的歌声》中之四五云：

节节 // 糕，糖 // 炒。牙排 // 锣鼓 // 抬敲；敲，// 敲，敲 // 烟囱；囱，// 囱，葱管 // 糖；糖，// 糖，糖货 // 摊，摊，// 摊，摊 // 膏药；药，// 药，岳 // 先生；生，// 生，生 // 梅毒；毒，// 毒，读 // 文章；章，// 章，掌 // 鼓板；板，// 板，板 // 鲤鱼；鱼，// 鱼，鱼 // 肚肠；肠，// 肠，长 // 竹竿；竿，// 竿，赶 // 洪水；水，// 水，数 // 番饼；饼，// 饼，烧饼 // 店；武松 // 打虎 // 跳，姆妈 // 吃些呀！（杭州）

此童谣在押韵方式上与前一首略有不同，第四句首字为上一句的最后一个音节中的末字，反复一次后，再将其作为后一句的首字，句末押韵没完成三个短句之后换韵，以此类推，依然是韵律和谐朗朗上口，其节奏形式与前一首相同，童谣主体部分是 ×××××｜××××× 的节奏形式，这首相对较长的童谣在反复演绎这种节奏，因而笔者认为这种语言的节奏一方面是让儿童记忆深刻，另一方面也使儿童产生音乐的美感。

北京童谣有一首云：

> 拍！拍！"谁呀？""张果老哇。""你怎么不进来？""怕狗咬哇。""你胳肢窝夹着什么？""破棉袄哇。""你怎么不穿上？""怕虱子咬哇。""你怎么不让你老伴儿拿拿？""我老伴儿死啦。""你怎么不哭她？""盆儿呀！罐呀！我的老蒜瓣儿呀！"

此童谣也用了连锁调，但是要简单得多，其押韵的完成只要得益于一问一答之间，而且每句答话处都用了"ao 哇""ao 啦"或者"er 呀"等作为句尾，因此，在韵律方面给人的感觉还有内在韵律的，以及内在节奏的。

总之，童谣的节奏主要靠音节和顿歇来具体体现。它们是组成童谣节奏的基本要素。汉语一个字一个音节，三言歌体三个音节为一句，四言歌体四个音节为一句，五言歌体五个音节为一句，七言歌体七个音节为一句，每句的音节是固定的。但一句话中的几个音节并不是孤立的，一般都是两个组合在一起形成的顿歇。因此，无论是双音节、三音节、四音节、五音节或是六音节、七音节，都是为音节的协调而服务的。

儿童语言的发展过程中有一种"语言结构的敏感性"。童谣具有不同的节奏、韵律，短促有力的节奏都成明朗向上的音乐感，缓慢肃静的节奏形成平淡或悲哀的音乐效果；押韵响亮的童谣令儿童乐于吟唱，而仄声下降的韵脚又有一种滑稽诙谐的效果。童谣是一种听觉艺术，它的听众是低幼儿童，其审美知识和对语言的理解能力有限，这就要求童谣要注意将生活口语与音乐美结合起来，要有音乐般的美感，体现一种大自然的天籁之音。通过音韵和节奏体现出来的韵律艺术是童谣区别于其他幼儿文学样式的最显著的特征。

心理学家认为，婴幼儿对音乐的敏感几乎是本能的、先天的，和谐的音节、韵律会引起他们的愉悦感，这也是童谣能够带给儿童最初的文学熏陶的原因。《天籁集》的编纂者郑旭旦曾经评价："自有天地以来，人物生于其间，灵机鼓动而发为音声，必有自然之节奏。是妙文固起于天地而特借万籁以传之。"① 他强调了童谣的自然属性，把童谣看成是远远高于那些"不古不今之文"的"妙文"，这就把童谣提到前所未有的文学地位。

---

① （清）郑旭旦：《天籁集》，中原书局 1929 年版，第 2 页。

第六章　中国童谣童蒙养正的教育价值

　　在我的幼年时代，学龄前的儿童教育不是交给托儿所、幼稚园，而是由母亲、祖母亲自来抚育、教养。子女众多的家庭（那时子女不多的家庭很少吧！）就加入了奶妈和仆妇。无论主仆都识字无多，不懂得什么叫"儿童教育"，但是孩子们仍然在学习。语言的学习，常识的增进，性情的陶冶，道德伦理的灌输……可以说都是从这种"口传教育"——儿歌中得到的。因此我们敢说，中国儿歌就是一部中国的儿童语意学、儿童心理学、儿童教育学、儿童伦理学、儿童文学……

——林海音《在儿歌声中长大》

人们很早就发现了童谣在儿童成长中的价值，尤其在儿童智力、道德、审美等方面的影响至关重要，便有意识地利用童谣的形式进行启蒙教育，并自觉地搜集与整理各地童谣。1922 年版的《童谣大观》"编辑概要"中云：

　　童谣又是古时家庭教育的一种，或寓道德，或启智慧，或养性情，或含滑稽；皆足以引起兴味，增益乐趣。儿童唱了，自然深印于脑筋，永远不忘。古人云："教妇初来，教子初胎。"谣谚也是这种用意。①

古人云，教育媳妇要从她初来时开始，教育孩子要从他小的时候开始，俗

---

① 　陈和祥：《童谣大观》（绘图本），新世界出版社 2007 年版，附页。

语讲的就是这个道理。虽然童谣的教育价值已经引起了古代一些学者的注意，但并没有完全将童谣的教育功能凸显出来，民间也继续以此作为"蒙以养正"的基本方式，童谣依然以这种民间口耳流传的形式传播。甚至有学者在浙江绍兴发起在全国范围内搜集各省歌谣的启事之前，从来没有人对童谣的搜集整理工作加以重视。直到民国之后，有学者专门谈到童谣对于儿童教育的重要性，认为"若在教育方面，儿歌之与蒙养利尤切近"，"幼稚教育务在顺应自然，助其发达，歌谣游戏为之主课"。但是"中国人从来没有把童谣放在他们的眼睛里，以为这只是些小孩子的信口开河，绝无注意的价值，所以童谣的命运，一直埋没了几千年，到近几年来，却稍有转机了……①"转机出现于《歌谣》周刊同仁们对童谣的广为搜集。这些被搜集起来的童谣或启迪智慧，或培育道德，或颐养性情，为儿童的教育与生活增益了不少乐趣。由此，童谣的教育意义在历史的发展中被不断强化，特别是到了晚近时期，在谋求强国复兴、振衰起弊的形势下，童谣在人们心目中的地位与日俱增。但即使如此，童谣与正统的蒙养教育始终处在截然不同的轨道上，没有实质性的合二为一。

第一节　童谣启蒙教育的发掘与甄别

中国古代很早就萌发了启蒙教育的意识。对于"童"，《辞海》中解释："未长成的，幼小的儿童。"② 有关"蒙"的解释，语词相符的释义是"蒙昧无知"，"童蒙"一词，源自《周易·蒙卦》："匪我求童蒙，童蒙求我。初筮告，再三渎，渎则不告。"这段话的意思是：教育者不会主动赐教予蒙昧的童子，而是要让儿童在自习的基础上就我而学。对于儿童的求教提问予以明确回答，但如

---

① 周作人：《读〈各省童谣集〉》（第一册），《歌谣》第 20 期，1923 年 5 月 27 日。
② 舒新城：《辞海》（合订本），中华书局 1981 年版，第 1004 页。

果童子以同样问题反复相问，则有渎为师之道，如此就不再告予他。这大概就是孔子正所谓教育思想的滥觞——"不愤不启，不悱不发。举一隅不亦三隅反，则不复也。"①《辞海》对"童蒙"一词有'童幼无知'及"愚蒙"两种解释。而二者与明清教育家对童蒙的内涵界定相符。如韩愈的《寄窦司业文》："我之获见，实自童蒙。既爱既劝，在麻之蓬。"这里的童蒙指心存蒙蔽的求知者。本研究使用"童蒙"一词，并把"童蒙"界定为人出生到 18 岁以下的"未成年人"。

而"养正"指的涵养正道。《易·蒙》："蒙以养正，圣功也。"通过《易经》我们知道，"蒙"是指事物由被盖着到被揭开的过程，因此，可以引申为"启蒙"。"正"用今天的理解就是指好的、优良的道理品质。那么，在儿童年少无知，还处于懵懂的阶段，通过他们认真的学习，并在得到良好的家庭和学校正确的引导下，培养蒙童的正道，那么长大以后就能够做出至圣之功，并成为圣人。简单地说，"蒙以养正"之意，就是在儿童的幼年阶段，通过适应正确的教材，教育、启迪儿童的智慧和心灵，使儿童的身心、道德品质都能够得到健康成长，从而为其以后的性格形成及发展打下坚实的早期基础。孔颖达疏："能以蒙昧隐默自养正道，乃成至圣之功。"对童蒙教育的重要性和地位给予了高度肯定。"教育"最早见于《孟子·尽心上》："君子有三乐，而王天下不与存焉。父母俱存，兄弟无故，一乐也；仰不愧于天，俯不怍于人，二乐也；得天下英才而教育之，三乐也。"② 在西方"教育"的定义有"引出"的意思。"童蒙养正"教育主要指我国古代乃至现代对七八岁至十五六岁儿童进行基础文化知识教学，同时也向更广泛的人类群体扩散，包含文化传播与文化保存。因此，养正的基本含义是蒙童通过自己的努力和学习，培养正知正见，从而养成良好的品性，完成自身修养的完备。

在古代的教育界，很多学者逐步认识到儿童在幼年时期是品德教育的关键

---

① 《论语·述而》。

② （战国）孟子：《孟子》，万丽华、蓝旭译，中华书局 2007 年版，第 297—298 页。

期，因而是开展德育教育的重要时机。中国古代启蒙教育思想生成虽早，但是在儿童接受启蒙教育的年龄、场所等方面呈现出甚为复杂的样貌。杜成宪师指出：

> 中国古代学校和教育有一种特有现象，即：儿童入学受教育的年龄界限不严格，甚至儿童受文化知识启蒙的起始年限也不严格。换言之，因家庭、儿童个人条件和社会所创造的教育条件的不同，古代的不少儿童还未到上学年龄就已开始在家庭中接受启蒙教育，而不少儿童即使已出外上私塾读书，其实他的年龄还处在幼儿阶段。这就造成了中国古代儿童启蒙教育阶段性特点模糊不清的情况，也造成了中国古代的启蒙教育既包含了幼儿家庭教育，也包含了学校教育的独有现象。中国古代将这一过渡阶段的儿童教育称之为"蒙学"和"蒙养"教育。①

蒙养教育②是连接幼儿家庭教育和小学教育的重要形式。作为小学教育的

---

① 杜成宪编：《中国幼儿教育史》，王伦信译，上海教育出版社1998年版，第94页。

② 根据有关文字记载，夏代的学校教育就开始有等级层次。殷墟甲骨文的发现和研究证实古籍中关于商代学校的记载是可信的。从这些记载中提到的大学小学或右学左学之分，表明商代已根据不同年龄提出不同的教学要求，实际划分了教育阶段。西周已有小学的设置。春秋战国时期官学衰废，私学兴起，民间开始出现了对儿童进行启蒙教育的机构。秦统一六国后，官学在地方仍然很普遍，识字教学继承战国的传统。不过民间已出现许多属于蒙学性质的私学，时称"乡学""村学"等，主要教识字与写字课程，逐渐扩大了文化传播的范围。汉代对儿童进行启蒙教育的机构已渐成熟，称作"书馆"，教师称"书师"规模较大，肄业学童多达"百人以上"。魏晋南北朝时期，蒙学教育的内容积累得更丰富了，涉及历史、地理等各个方面。隋唐的蒙学教育比前代有了更进一步的发展，开创了"蒙学"这一说法的先例。宋元时期统治者重视蒙学教育，曾多次下令在中央和地方设立小学，蒙学教育得到较大发展，在全国城乡设立了不少蒙学。有民间办的私学蒙学，数量较多，称作"小学""冬学""家塾""私学""蒙馆"等；还有官府办的官学蒙学，分贵胄小学和庶民小学，数量有限。儿童一般从8岁入学，有固定的蒙学教育内容、方法和教材，对明清时期的蒙学教育产生了重要影响。明朝社学即使蒙学性质的，是设在城镇和乡村地区以民间子弟为教育对象的一种地方官学，招收8—15岁的民间儿童入学。清代的义学、义塾、村学、村塾都是一种蒙学，有地方政府设立的，有地主、商人设立的，还有市民或农民集资设立的，主要教育对象为15岁以下儿童，入学的多数为城市的市民子弟和农村的农民子弟。（参阅孙培青的《中国教育史》，华东师范大学出版社2000年版和高时良的《中国古代教育史纲》，人民教育出版社2003年版。）

预备阶段，蒙养教育具有打基础和过渡性特点。

如何让儿童"乐学"，在前人那里多有论述。北宋理学家程颐就曾苦心思考这个问题。他说："教人未见意趣，必不乐学。欲且教之歌舞……略言教童子洒扫应对事长之节，令朝夕歌之，似当有助。"古人思考"乐学"时，往往会想到利用"歌舞"这样的形式可以让教学活动更显"意趣"。明代吕坤则提出："每日遇童子倦怠懒散之时，歌诗一章。"吕坤在教育子女方面亲力亲为，将深刻的道理以通俗易懂的语言揭示出来，正像上述引文中所论，语言虽然极其浅显，但一语中的。"童子倦怠懒散之时"，童子由于年幼，所以其注意力集中的时间有一定限度，因此极易困顿懒散，解决的最好办法，吕坤给出的是"歌诗一章"。过去诗不仅是用来吟诵，还是要歌咏的，而且歌诗一章就能极大地缓解童子们懒散的状态，而重新获得活力，而就在歌诗的环节中，还可以孕育最本真的道理、最和谐的乐曲，从而给童子带来快乐。凡"歌"者就与音乐有关，而"乐"字则既可以指"音乐"之"乐"，也可指"快乐"之"乐"。如此说，"歌"可以使人"乐"，似乎确有道理。正所谓"乐以和声，诗以言志，造物甄陶人类之微妙，契合于节奏疾徐抑扬之中，实质足蹈手舞于不觉"。① 清代陆世仪认为："人少小时，未有不好歌舞者。盖天籁之发，天机之动，歌舞即礼乐之渐也。圣人因其歌舞而教之以礼乐，所谓因势利导之。"② 由此来看，古人认为教学与歌诗之间是相辅相成的，但是"歌诗"基本上是用来穿插在教学中，作为辅助或者调剂作用的，也就是说，歌与诗本身所具有的教育价值往往忽略不计。童谣属歌谣的一种，尽管童谣在民间与儿童那里得到了广泛欢迎，但是童谣本身所具有的教育价值的发掘与甄别还是在后世的事了。

在前人所保留下来为数有限的童谣中，竟多与谶纬之说有密切联系，童谣之产生虽有可能如王充《论衡卷下·纪妖篇》所云："性自然，气自成"，但

---

① 李廉方：《李廉方教育文存》，人民教育出版社 2006 年版，第 147 页。

② 《思辨录辑要》卷一《小学类》。

不可否认的，这些童谣大部分出于成人之手，透过儿童传唱来达到某种政治目的。对于童谣的起源，一般有三种说法，由此我们感喟童谣与童蒙养正的关系：

一是天心说。童谣被看成是"天帝的旨意"，即上天借助儿童传递信息。因此，童谣所言，往往初不知所云，待其应验成真，才悟出童谣所蕴藏的信息，即所谓"翼星为变，荧惑作妖，童谣之言，生于天心。"天心说强调"天帝"的旨意，也可以理解为命运，或者历史发展规律。因为无人可以预测未来，故而事后，人们会通过勾连各种奇异的自然现象和人文表达去对未来进行预测。在"天心说"的支配下，人们认为，儿童尚不会思考、创作，更谈不上借童谣以抒怀。童谣中的语句令成年人颇为费解，更何况是尚处在语言初学阶段的儿童了，因而儿童念诵儿歌多重在口语与记音上。因而在童谣之于孩童的童蒙养正方面的重要功效也未得到真正的认可。

二是诗妖说。所谓"诗妖"，是将童谣看作一种征兆、前兆，带有巫术观念和色彩。与天心说相比较，诗妖说少了上天的干预和暗示，而是将童谣看作一种预兆，例如大风、雷雨等。童谣被称为诗妖，古人显然将其归为"凶兆"。《汉书·五行志》曰："言之不从，是谓不义，时则有诗妖，君亢阳而虐，臣畏刑而钳口，则怨谤之气发于歌谣，故有诗妖。"古人认为帝王暴虐，民众的怨气无以宣泄，童谣才出现，古代圣贤采集童谣考察民意，以反省国家统治策略。因而，童谣的"前兆"功能也常被当作一种工具，抑或借助童谣散播谣言、蛊惑民心，抑或利用童谣解释奇异现象、制造悬念。从这个角度而言，童谣与童蒙养正也没有实质的联系。

三是天籁说。所谓"天籁"即将童谣看作儿童真实、自然的情感表达。笔者认为天籁说的形成是在童谣的发展过程中逐渐实现的，是人们逐渐地发现了童谣在童蒙养正中的作用之后才逐步提出来的。清代学者郑旭旦在《天籁集》中曾言：

古之有心人曰："吾读书十五年而后愧吾之不识字也。"曷言乎不识字？盖以所识者止于点横波磔。而天地之妙文不在此也。夫天地之妙文不从字

起。自有天地以来，人物生于其间，灵机鼓动而发为音声，必有自然之节
奏，是妙文固起于天地而特借天籁以传之。圣人者出，恐妙文之久而散失
也，乃制字以体其音声，而为相传不朽之计。然则古圣因言有字，后人执
字以求文，其源流深浅固不待言而决矣。

在郑旭旦看来，读书认字固然是获取知识的重要途径，但是能够传承于世
的经典文章，并不是从有了文字才产生的。早在文字产生之前，人们就已经开
始口头创作，并以口头方式传承下来。古人正是为了更好地保存口传的好文章
才创造了文字。然而现代人常常选择从文字材料中寻找好文章，而且将文字看
成是经典文章创作和传承的唯一途径。事实上，虽然文字为人们表达情感和思
想，传递和保存文化提供了极大的便利，但是口传文化不会因此停止发挥作
用，其表达、传递和保存文化方面的功能也不会消失。

郑旭旦认为，那种流传于民间、流传在儿童口头上的文学是天籁一般的
"妙文"，是神来之笔。尽管郑旭旦并未真正解释童谣的起源，但却将童谣
由原来的谶谣地位直接独立出来，并将之看作是天地之间的妙文，仅此一
点，在童谣的发展史中也是非常重要的里程碑。故而，这种"灵机鼓动"、
"自然之节奏"的"妙文"，对于孩童的接受而言，一定具备童蒙养正的神圣
功效了。

然而，郑旭旦的"天籁说"也只代表了一种观点。自明代就有学者关注童
谣，吕得胜专门收集整理了《小儿语》，吕坤编纂了《续小儿语》，也算是开启
了童谣收集、整理，甚至编写童谣的先河。吕氏父子就是看中了童谣之于孩童
之间天衣无缝的关系，而且是借助对童谣的收集与编纂，实现童蒙养正的教育
目的。他们不仅发现了童谣的价值，而且重视童谣在儿童教育中的重要作用。
吕得胜在《小儿语》序中说儿童从学语开始，便以唱诵歌谣为乐，他们成群结
队，唱诵时代相传的童谣，如《盘脚盘》《东屋点灯西屋明》等。尽管这些童
谣听上去有些不知所云，但是儿童天性喜唱诵，唱诵童谣遂成为儿童学习的一
种重要途径，并且一个儿童唱诵，可以迅速传给其他孩子，童谣的作用绝对不
可低估。因此，吕得胜建议可以仿照民间童谣，编纂一些宣扬理义身心之学的

童谣，使儿童在唱诵过程中自然而然地接受传统价值观念的教育。此后，清代郑旭旦的《天籁集》、悟痴生的《广天籁集》，都是清末童谣收集整理的代表著作，人们也就越来越意识到童谣之于童蒙养正之间的重要关联。

近代学者越来越重视童谣的文化和教育价值，因此也开始了童谣的搜集和整理工作，值得一提的是两位外国人士编纂的童谣集。一本是由意大利外交官韦大列（Baron Guido Vital）搜集整理的《北京歌谣》（又译作《北京儿歌》），收录了 170 首北京地区的民间歌谣，不仅有中文记录，而且有英文翻译，并附有注解。另一本是何德兰（Lsaac Taylor Headland）搜集整理的《孺子歌图》（又译作《中国的儿歌》），收录了 152 首儿歌和童谣。这对中国近现代童谣的搜集整理和研究有着重要的推动和示范作用。

清代学者许之叙在为《天籁集》作序时曾言："古谚童谣，纯乎天籁，而细绎其义，徐味其言，自有至理存焉，不能假也。"许之叙亦言，即使是襁褓中的婴儿，也可以教之。周作人在《绍兴县教育会月刊》上发表征集儿歌的启事云：

> 作人今欲采集儿歌童话，录为一编，以存越国土风之特色，为民俗研究儿童教育之资材。即大人读之，如闻天籁，起会怀旧之思。[①]

作者将儿歌看成"天籁"，即"大人读之，如闻天籁"。在漫长的封建社会里，童谣的实质被阴阳五行学说作了极其荒谬的歪曲，童谣被各种政治力量篡改、利用，成为蛊惑人心、制造舆论的神学工具。作者较早就对研究中国童谣产生了兴趣，并明确指出童谣是儿童最早接触的口头文学，对于帮助儿童学习语言，娱乐怡情，初知人世等方面有着重要意义。

---

① 本文原载 1914 年农历正月 20 日刊行的《绍兴县教育会月刊》第 4 号。周作人是我国现代最早从事儿童文学研究的理论者之一。1911 年，他从日本留学归来在家乡绍兴任教时，就开始搜集儿歌童话，并进行研究。根据已知材料，本文是我国第一次公开征集民间儿童文学作品的重要文献，但当时缺少儿童文学的热心者，到年底，周作人只收到了一件来稿。

第二节 童谣与蒙养教育的分离与独立

细加分析，童谣的教育价值与传统的蒙养教育似乎是两个不相关的世界，各自有着独立的延伸空间。明嘉靖三十七年（1558）秋，吕得胜撰成训蒙所用的《小儿语》上下二卷，并作序云：

> 儿之有知能言也，皆有歌谣以遂其乐，群相习，代相传，不知作者所自。如梁宋间"盘脚盘""东屋点灯西屋明"之类，学焉而与童子无补，余每笑之。夫蒙以养正，有知识时，便是养正时也。是俚语者，固无害，胡为乎习哉？余不愧浅末，乃以立身要务，谐之音声，如其鄙俚，使童子乐闻而易晓焉，名曰《小儿语》，是欢呼嬉笑之间，莫非义理身心之学。①

以上引文可知童谣学习传播的基本途径与乐趣。小孩懂点事能说话之后，就会念着歌谣来玩了，小孩子们一起学习唱歌谣，代代相传，却不知作者是谁。比如梁宋年间就有"盘脚盘""东屋点灯西屋明"之类。但吕得胜认为，念诵这类童谣对小孩没有什么用处，这一点可能是由于童谣的民间性、作者的广泛性，影响了童谣进入正统文学的资历，因而引得吕得胜"每笑之"。吕氏父子"不愧浅末"，"以立身要务"，使用童谣的"音声"，为的是让孩童能够"乐闻而易晓"，在"欢呼嬉笑之间"，懂得成人的道理。正如序言所叙，由于当时民间流传一些儿歌，如"盘脚盘，盘三年。忙忙转，圆转跑。不定自家脚，只要人说好。任你会周旋，难说跌不倒。""东屋电灯西屋明，西屋无灯似有灯。灯前一寸光如罩，可恨灯台不自照"之类，他认为这些儿歌对儿童固然无害，但对品德修养以及后来的发展也没有什么好处。于是他用儿童自己的语言编写新的儿歌，希望能用来代替旧的儿歌，在他看来，儿童知识初开的时候，也正是培养道德的时候，就是在他们的游戏活动中，也要灌输一些道德伦理知识，在"欢呼嬉笑之间"学到的无不是"理义身心之学"。为此，他撰作了《小儿语》，

---

① （明）吕得胜纂：《小儿语（外八种）》，岳麓书社 2003 年版，第 1 页。

希望"一儿习之，可为诸儿流布；童而习之，可为终身体认"，[①] 从而对儿童的"品德"教育起到重要作用。

吕坤，吕得胜之子，《续小儿语》的作者，他的思想一方面受到其父的直接影响，同时也在继承其父思想的基础上集大成而形成了新的理念。他为学十分强调真心诚意的修身，与治国事业结合统一。所以从他的《续小儿语》中可以体会到他应该认识到了修身不仅对于一个人成长的现实意义，更上升到国家事业的高度来开展早期德育教育。在吕坤的教育思想中，认为教学的首在是传道，但如果学生对老师传授的道理不能理解、难以接受，那么传道这一任务就完成不了。因此，吕坤主张，给初学者讲书要从他们熟悉的身边事讲起，用浅显易懂的话语解释，那么即使是深奥的道理，儿童暂时理解不了，也不会产生适得其反的效果。同时吕坤十分重视诗歌、舞蹈对儿童品德的陶冶功能。儿童读书时间一长，容易产生疲惫，"须舒畅而后精神"，而舒畅的最好方法便是歌诗、舞蹈。他主张每当儿童"倦怠懒散之时"，便"歌诗一章"，这样可以使儿童精神振奋、兴趣盎然，从而提高其学习的积极性，增强学习效果。其实吕坤的教育理念都在其《续小儿语》中体现了。

实际而言，古人清晰地将民间童谣与蒙养教育判定为两个世界，《小儿语》序言就是最好的证明，这恰恰也是我们想要深入研究的地方，同时更有利于我们去认真甄别童谣的教育价值。

古代的蒙养教育逐步走向规范与正规，而童谣教育价值也逐步揭开神秘的面纱。发展到明代，童谣的创作与传播开始向儿童生活转型，童谣的这种游戏深受儿童喜爱的特质逐步显现其不可磨灭的教育力量。但是，童谣始终未能走向蒙养教育的殿堂，与蒙养教育保持着实质性的距离。

---

① （明）吕得胜纂：《小儿语（及其他二种）》，中华书局出版 1985 年版，第 2 页。

一、从性质与目的而言

首先蒙养教育有相对严格的教育规范与教育目标。明人霍韬在《家训》中指出，"凡人家于童子始能行能言"时，就应该教以"孝亲""悌长""尊师"之礼。如何得出这样的结论，我们想从系列蒙正教材①中得出一二。自汉迄清有不少名人学儒论述蒙正教育，其中以宋、明、清三代居多。朱熹的《白鹿洞书院揭示》中主张从小树立学习的正确方向，以"爱亲敬长"作为学、为人的出发点，自觉抵制不良社会风气的侵扰，成为"明人伦"的贤士。朱熹的《沧州精舍谕学者》指出，"志不立之病，却在贪利禄，不贪道义；要作贵人，不要作好人"，以此表示"示以学之纲"，"正其志所向"，引导学者走上学为圣贤之路。程端蒙、董铢的《朱子论定程董学则》为十岁以上儿童出就外傅应遵守的规范，乡塾、党庠通行，家教、私塾亦可仿行，这样"内外夹持，循循规矩，非僻之心，复何自入哉？"在训练学童掌握日常行为规范方面，方孝孺的《幼仪杂箴》具有重要历史地位，它从坐、立、行、寝、揖、拜、食、饮、言、动、笑、喜、怒、忧、好、恶、取、与、诵、书等 20 个方面简明扼要地归纳出做人的基本规范。在儿童教材方面，陈宏谋对吕得胜父子的《小儿语》《续小儿语》评价

---

① 据说，周朝就有史官为学童识字而编写的识字课本《史籀篇》，共 15 篇。秦朝蒙学教材影响较大的有李斯的《仓颉》、赵高的《爱历》等。后来汉朝人自己编写了识字课本，有司马相如编的《凡将篇》、李长编的《元尚篇》、蔡邕编的《劝学》、史游编的《急就篇》等，其中《急就篇》流传最广影响最大，到魏晋时还沿用。这些教材多为四字句或六字句，每句押韵，便于儿童在识字过程中记诵。魏晋南北朝时期，蒙学教材又有南梁周兴嗣编的《千字文》。《千字文》一句四字、双句押韵，讲究对仗、句法整齐，多用典故、内容丰富，曾传播到各少数民族使用，日本也曾使用。隋唐的蒙学教材开始用"开蒙""蒙求"的题名，从此开创了"蒙学"说法的先例。著名教材有唐朝的《开蒙要训》《太公家教》等。宋元时期的蒙学教材，继承和发展了前人编写蒙学教材的经验，出现分类按专题编写的现象，使我国古代蒙学教材的发展进入了新的阶段。如宋朝有著名的《百家姓》，欧阳修的《州名急就章》，朱熹编的《训蒙绝句》等；元朝有改编的《千字文》朱世杰的《算学启蒙》，祝明的《声律启蒙》等；明朝的蒙学教材有改编的《广义千字文》等；清朝使用的蒙学教材有黄周星新编的《三字经》等。（参阅孙培青的《中国教育史》，华东师范大学出版社 2000 年版和高时良的《中国古代教育史纲》，人民教育出版社 2003 年版。）

极高:"《小儿语》,天籁也;《续小儿语》,人籁也。天籁动乎天机,人籁魇乎人意,婆心益急矣。"只有从小严格要求,方能养成良好的行为习惯,这是日后能够践行仁义礼道的基础和保证。一言以蔽之,童蒙养正最为根本的目的在于使幼童养成"规矩",以为日后的学习、生活,尤其是按照既定的社会规范走向社会生活打基础、作准备。

与相对严苛的蒙养教育相较,童谣无疑就更为随性了。首先,童谣无从考察具体创作者。作为创作群体的民众,其创作初衷并非对儿童进行严格系统的蒙养教育,其生成的源头是相对复杂的,由民声而起。其次,童谣的传播没有外力的推动,完全自由。童谣的传播是在民间基础上传播,其鲜活的生命来自于其自身,完全由童谣本身所具有的魅力来吸引儿童。第三,童谣中所孕育的教育理念,不像蒙养教材中那样,由成人依照社会的要求,蕴含着教育的理论与育人的规矩。因此,童谣毕竟还是流传于民间的,活跃在儿童口头的一种处于自由状态的歌谣,相对于国家队的"蒙养教育",童谣只能算作是民间队伍、草堂班子了。但是我们并不否认,童谣中也包含着各种各类的教育素材,包含着育儿的道理,但是其教育的内容、目的和途径都与蒙养教育有着本质上的反差与区别。田涛认为:

> 就其本性而言,民谣是一种无意识的娱乐,是个体或群体在无意识状态下自发生成的韵语。纯粹的民谣,很少会预设一个功利性的目的,绝大多数的民谣不是被"创作"出来的,而是在不知不觉间从生活中浮现出来的。它的形成和流传是如此自然,毫无做作之态,在人们还无从察觉之时,它就已经浸润到我们的生活之中。①

吕得胜述及童谣时,言其"群相习,代相传,不知作者所自",说的就是这个道理。田涛指出的"毫无做作"直接指向民众自然感情的流露,包括童谣在内的民谣,当然不包括那些别有用心的政治童谣,童谣的生成、传播与算计是绝缘的。童谣创作与传播的随性包含了几个方面:一是童谣取材的自由随

----

① 田涛:《百年记忆:民谣里的中国》,山西人民出版社 2004 年版,第 4 页。

性，童谣的取材完全来自日常生活，山川草木、日月星辰、花鸟虫鱼等日常所见所闻之事均可入歌，毫无避讳，甚至不做择选，如果一定说出选择理由的话，那就是凡是贴近儿童生活的事物，凡是儿童能够理解的词汇均可入歌。二是创作者并非固定，也是自由的。儿方幼时，长辈为哄其入睡，口中随意哼唱催眠曲，"风来了，雨来了，和尚背着鼓来了。"歌词可以简短，曲调可以悠长，但节奏自然，饱蘸感情，爱的体现。所以创作者可以说是目不识丁的家庭妇女，也可以是整日面朝黄土背朝天的农民，也有可能是走街串巷的小商小贩，还有可能是充满幻想的顽童。创作者的不固定，也能带来童谣的随性特质。三是传播场景的随意性。童谣的吟唱不要求儿童必须穿戴整齐，洗心革面，毕恭毕敬地传唱，无论是在田间地头，无论是在庭院衔景，无论是在繁华都会，还是在乡间村坞，都可以随口唱出，无论是催眠曲或摇篮曲，还是游戏歌、谜语，伴随着一种游戏与嬉戏的特质。童谣的传唱无蒙养教育来得正统与严肃，但是在这种情况下，还有一个重要的出发点需要我们严正澄清，童谣并不像吕得胜说的那样"学焉而与童子无补"，相反，童谣在儿童成长过程中确实有不可替代的作用。童谣发挥的功能偏重于实用性，它可能与仕进升迁或成圣成贤的宏伟志向无关，而是着意于让儿童如何适应周遭的环境，从而更稳妥地生活。蔡特莱恩（Chatalain）在评述民间故事时曾说：

> 这些故事具有训诫的倾向性，它不是一种技术方法，而是一种基本的社会方式，它们不教人怎样做一件事，而是怎样去行动，怎样去生活。[1]

对于民间故事的评述借用到童谣身上同样有效。即使童谣中包含了某种训诫的意味，也不是从技术的层面教育人如何做，而是正面或侧面告诉人民如何更加顺畅地生活，更加顺利地适应社会环境。这个出发点就有意思了，童谣绝不是训诫的姿态，即使面对的是某种不良的现象，或者讽刺或者抱怨地，总之是委婉地叙述，让儿童通过传唱逐渐自发地明白其中的道理。事实上，童谣

---

[1]　［美］邓迪斯（Dundes，A.）编：《安哥拉民间故事·世界民俗学》，陈建宽、彭海斌译，上海文艺出版社 1990 年版，第 413—414 页。

与蒙养教材一样具备教育的潜质，一样具有深刻的教育价值，这是毋庸置疑的，但是所不同的是，童谣的教育潜质没有任何外力强加给它，必须完成某种训诫或者教育的目的，当然童谣也不会接受外力强加给它的某种训诫或教育的目的，否则一旦童谣背负了某种目的，它的传播就会变得不那么自在，童谣的传唱就不会如此鲜活。童谣的这种所谓自由自在的创作、传唱的方式，也给自身带来了一种游戏、娱乐的生命力，传承给儿童的就是一种崇尚自由的生活态度。由于这种自由的生活态度，恰恰迎合了儿童自由向生的生存状态，因而童谣与儿童在某个层面上获得了重生。

二、从施教对象而言

传统蒙养教育具有过渡性质，主要是为儿童往后正规的学习打基础，做准备。蒙养教育主要开展的地点是私塾，即学校教育。而在传统社会中，女孩难以拥有接受正规学习的机会。从《礼记·内则》勾画的童蒙教学学程中就可以看出这一点。十岁是个分界线。十岁之前，主要是在家庭中接受教育，兼男女均可接受家庭教育。十岁以后，男孩出外就师，学书记、幼仪；女孩则留在家里，学女红。古代女子不能像男子一样前往私塾读书，但仍有富家女孩子可以在家接受教育的，或由父亲、亲属教授，或专门聘请教师传授。当然古代女子教育所使用的教材，既不同于男子所使用的成人教材，又有别于蒙学读物，自成一套体系，全部集中于妇德、妇职和闺门礼仪等方面。古代蒙正教育主要任务是识字、写字及阅读等能力的训练，这些训练主要针对男孩而言，女孩则只许粗识"柴""米""鱼""肉"数百字即可，多识字，反而"无益而有损"①。传统社会普遍主张，读书做学问是男子的事，女子则应安守本分，学习礼仪女红等事才要紧。总体而言，女孩和文化知识教育几乎绝缘。

更有甚者，明代张岱《公祭祁夫人文》中说："眉公曰：丈夫有德便是才，

---

① 温璜：《温氏母训》。

女子无才便是德。此语殊为未确。"明末陈继儒说："女子通文识字，而能明大义者，固为贤德，然不可多得；其他便喜看曲本小说，挑动邪心，甚至舞文弄法，做出无丑事，反不如不识字，守拙安分之为愈已。女子无才便是德。可谓至言。"这是一种封建统治的手段，将女性的"德"与"无才"紧密联系起来，以"德"为由，剥夺女性受教育的权利，将她们至于愚昧无知的境地，从而造成了中国女性上千年间"女憧憧，妇空空"的状态。无论是未婚女子还是出嫁妇人，大都不知不识，头脑空空，懵懵懂懂，以此来确保男权中心主义的统治地位及对女性的压迫与控制。此外，还有那些同样处于社会底层，每天面朝黄土背朝天的农家子弟，由于家庭贫困而无法念书的孩童，绝大部分失去走进私塾接受教育的权利。《礼记·内则》勾画的学程为后世所沿袭。清蓝元鼎在其所编《女学·自序》中就说："夫女子之学，与丈夫不同。丈夫一生皆为学之日，故能出入经史，淹贯百家。女子之学，不过十年，则将任人家事，百务交责。"

故此，从施教对象上来讲，传统蒙养教育以年龄为界分别对待，而童谣的传唱则是另一番情形。童谣的施教对象具有普遍性，无论是男童还是女童，都有资格与权利参加童谣的传唱与传播，体现了充分的平民性。凡是有童谣唱响的地方，男孩女孩都可以接受它的熏陶。我们从母歌与儿戏两个角度来分析。母歌，即"儿未能言，母与儿戏，歌以侑之。"[1] 按照朱自清的说法，母歌中包含"抚儿使睡之歌""弄儿之歌""体物之歌""人事之歌"；"儿戏"，即"儿童自戏自歌之词，然儿童闻母歌而识之，则亦自歌之"，包含"游戏""谜语""叙事歌"。但无论哪一种歌，无外乎是歌谣传唱的双方角色的变化，传唱内容的不同以及节奏韵律的多样，无论是在何种环境中的儿童传唱童谣，都能亲身体验到童谣带给他们的快乐，都会享受这种来自长辈的真诚呵护。何德兰相信，"世界上没有哪种语言能像中国的儿歌语言那样饱含着对儿童诚挚而温柔的情感"，当父母对他的孩子说"甜似蜜，甘如饴"，或者说他的小宝贝"甜蜜蜜，醉心脾"时；当父母把孩子搂在怀里唱起各类自编的儿歌时，人们都能深切地

① 朱自清:《中国歌谣》，复旦大学出版社 2005 年版，第 131 页。

感受到中国人对孩子的感情有多深厚。何德兰说：

> 在中国，没有哪部文字作品，包括那些经典著作，能够像儿歌那样妇孺皆知。不管是识字的还是不识字的，不管是皇帝的孩子还是乞丐的孩子、城里的孩子还是乡下的孩子，他们全都能理解并传唱这些儿歌，这些儿歌在他们的心中打下相同的印记。孩子们都会嘲笑"母牛"，同情"小孤儿"，从"小老鼠"那里受到教育，在"小蜗牛"的歌声中甜甜入睡。①

　　传唱童谣的儿童，无论男孩女孩可以说都在接受它的熏陶，对于幼儿来说尤其如此。在男孩还未到达接受学校教育的年纪，与女孩一样可以自在地享受童谣带来的游戏快乐。当然，到了比较正式的启蒙教育阶段，因为传统蒙养教育对性别的区分，也会影响到童谣的传唱。进入学堂的男孩逐渐脱离了童谣传唱的环境，而将主要精力转移到学堂的学习，因而似乎缺少了传唱童谣的时间与环境，甚至他们在成长的过程中以及伴随着学习的深入，逐渐隐约对童谣产生排斥的情绪，或许会逐渐疏远与童谣的关系，但是笔者认为这只是一种形式上的分别，而男孩的好玩、好奇、好冒险的特性与童谣所表达的自由、无拘无束的精神内核是不会分离的。即使是男孩，在学习之余仍有伙伴玩耍的时间，玩耍之时伴随着各种游戏，像游戏歌、谜语等都是尚处于儿童阶段的男孩子们传唱的最佳口头歌谣。另外一点，在儿童阶段，这种学习所带来的成就感似乎永远难与儿时传唱歌谣的轻松快乐感相匹敌。所以笔者认为即使是男孩也始终未真正与童谣疏离。女孩却因为不能上学，生活环境未发生大的改变，依旧与童谣保持着亲密的关系。她们伴随着祖母或母亲等女性长辈身边，成为童谣传唱的"主力军"，不仅学来传唱，还由她们再唱给弟弟妹妹听。这种情况逐渐随着儿童的年龄增长到一定阶段才随之发生变化。儿童逐渐走出心灵的童年期，逐步接受成人社会的熏染，面临婚姻生计、求取功名或从事他业，总之，成人社会中的生活烦恼逐步侵蚀童年的生活（这其实是另外一个沉重的话题），

---

① ［美］泰勒·何德兰、［英］坎贝尔·布朗士：《孩提时代：两个传教士眼中的中国儿童生活》，群言出版社 2000 年版，第 24 页。

儿童在不知不觉中逐渐丧失自己、丧失个性，丧失自由的精神家园，塑造成温顺的、唯唯诺诺、懦弱、一脸呆滞的"死相"的人（鲁迅语）。这不能不说是中国古代社会儿童的悲哀！古代儿童念的是四书五经、子曰诗云，学的是三纲五常，一生下来就做好了参加科举的准备，甚至一辈子背上应试教育的包袱。因而走向不同的生活境遇，无论男孩女孩均逐步走出童谣所能带来的童贞般的志趣，走向所谓成年人应有的成熟与稳重。

由此，与蒙养教育相对在幼儿期后半段，童谣的接受主体是女童。不能够接受学校教育的女童，反而可以继续自由地接受童谣的滋养，当然那些走进学校接受教育的男孩子，尽管逐渐疏离了由长辈传唱童谣的环境，但他们自身所进行的游戏中依然存在各式的童谣。当然童谣既然是活跃在"儿童"口头上的艺术，随着儿童年龄的增长，按照古代社会界定"儿童"的年龄，童谣也一定会逐渐消失在非"儿童"的人群中了。当然女孩成人后主要的活动区域还是家庭，待她们养育子女之后，童谣的再一轮传播又开始了。

三、从教育内容与途径来说

传统蒙养教育重知识的系统传授，以及伦理道德的灌输，其内容上侧重于向儿童灌输为人处世之道。蒙养教育以立身为本，要求儿童自小就不越雷池半步，用朱熹的话讲就是从小"自养得小儿子，这里定已自是圣贤坯璞了"[1]，他认为幼时打下了良好的品德基础，就等于打好了圣贤的坯模，到长大成人以后，只是加工完善而已，这样就可造成圣贤之才，即"古者，小学已自暗成了，到长来，已自在圣贤坯模，只就上面加光饰。"[2]而童谣则不同，它抛却了部分成人加给儿童的条条框框，以相对率性天然的姿态装点丰富着人们的童年生活，成为严肃有余、趣味不足的传统社会生活中难得的调味剂。蒙养教育经

---

[1]　《朱子语类》卷七《小学》。

[2]　黎靖德：《朱子语类》，王星贤点校，中华书局 1986 年版，第 125 页。

学者名人的反复论证与思考，对于儿童日常生活中必须遵守的道德规范、礼仪规矩、行为细节以及日常生活习惯都有较为详尽近乎苛刻的规定。而这类规定是在迎合主流社会的道德规范与要求，具有时代的色彩，甚至几乎在每个时代都有标志性的规定，自春秋孔子又经宋朝朱熹及至清朝李毓秀，无有不尊此例而教者。

《论语·子张》曾有子游与子夏关于"教学"的辩论：子游曰：子夏之门人小子，当洒扫应对进退则可矣，抑末也。本之则无，如之何？子夏闻之曰：噫。言游过矣。君子之道，孰先传焉，孰后倦焉，譬诸草木，区以别矣。君子之道，焉可诬也。有始有卒者，其惟圣人乎！此章记叙了子游和子夏就教学方法问题展开的热烈讨论。子游评价子夏的门人做些洒水扫地、应对宾客、进退礼仪之事还可以，却不知道根本之道。子夏则认为教学应当循序渐进，先小节、后大事，就像培植草木一般，应该区别其种类，而采用不同的培植方法。

朱熹所编的《童蒙须知》，具体从穿衣戴帽、言行举止、扫洒清洁、读书写字以及各种杂事五个方面详细说明了入小学前孩子应当遵守的行为规范，涉及生活方方面面的细节。此书脚踏实地、细致入微地关注儿童生活的点滴，将生活规范与德行涵养全方位地统一起来，其所规范的种种行为背后，蕴含着儒家思想"仁恕之道"的精髓，融会贯通传统文化教育。宋代朱熹《〈大学章句〉序》："人生八岁，则自王公以下，至于庶人之子弟，皆入小学，而教之以洒扫应对进退之节，礼乐射御书数之文"，依然延续的是读书写字与杂细事宜"皆所当知"的一脉。

直至清代教育家李毓秀的《弟子规》依然采用的是"弟子规，圣人训。首孝悌，次谨信"的文义，以三字一句、两句一韵编撰而成，在清代文化中占有重要地位。当然儿童这种对子弟，须要"常低声下气，语言详缓，不可高言喧哄，浮言戏笑"等严苛规则，尤其是"父兄长上有所教督，但当低首听受，不可妄自议论。长上检责，或有过误，不可便自分解，姑且隐嘿，久却徐徐细意条陈……"，"凡行步趋跄，须是端正，不可疾走跳踯。若父母、长上有所唤召，却当疾走而前，不可舒缓。"当然让儿童逐步了解礼仪是好，但过犹不及。

童谣的无拘无束与蒙养教育的循规蹈矩恰成鲜明的对比。也正是受到这种正统教育思想的影响，童谣历来被拒之门外，被看作是俚语、俗语，而难以登上文学的大雅之堂，往往被那些学子圣贤嗤之以鼻，和排斥在正统文学与正统蒙正教育之外。吕得胜认为，童谣"是俚语者，固无害，胡为乎习哉"，其实是比较宽容的，今天我们之所以看重《小儿语》《续小儿语》，一个很重要的出发点就是吕氏父子充分认识到了童谣体在儿童广泛传唱的事实，同时也暴露了社会上对童谣的贬低认识。明万全则要求："小儿能言，必教之以眹眼，如鄙俚之言，勿语也。"[1]从这样的评论中，我们也可以略知一二，从童谣的自身发展过程中，我们可以看到，到了明代以后，童谣才逐渐地摆脱"荧惑说"的悖论，逐步剥掉他们身上的神秘面纱，回归童谣作为童谣的真实面孔。但是从对于童谣的整体评价而言，童谣的这种自身所带有的民间性与实用性历来是不被正统文学所认可，甚至完全拒之千里之外，其所带有的教育意味尚没有被全面的认识与研究。吕氏父子依照童谣的创作规律与用言方式，创编的《小儿语》依然是为了借用童谣的体例，装进蒙以养正的教育理念，实际上也非真正的童谣。但在某种教育环境下，吕氏父子的《小儿语》又被某种限度的认可了。当然吕氏父子不仅帮了蒙养教育的忙，也帮了为童谣教育价值正名的忙。童谣虽为俚语，即非正式用语，因而广泛应用于口语中，并惯用语特殊人群用以表示事物与情感的说法。但童谣的流行，是一种社会大量的推动而非个人能力所为，其实国外的儿歌与中国的童谣一样，虽难登大雅之堂，却被广泛应用于生活中。童谣的传播与蒙养教育从实质上讲是在不同的道路上并行的，童谣并不像蒙养教育那样高举教育儿童的大旗，也就是说童谣并不把教育意义高扬出来，那么我们现在还要去考察它的教育意义，实际上还是一种就是从其本身进行挖掘。

---

[1]　万全：《鞠养以慎其疾·万氏家藏育婴秘诀》(卷一)，河北科学技术出版社1986年版，第12页。

第三节　童谣与蒙养教育的交汇与重叠

童谣与蒙养教材有意无意之间也有重叠交汇之处，二者并非绝对意义上的分离，而是有距离的融合。作为孔子教学的重要内容，《诗经》被奉为儒家经典，其中的"风"来自地方，大部分是民歌，这与流传于民间的童谣有着共同的创作土壤与传播空间，特别在表现形式上也有着共通之处：字句工整，讲求韵律，读来上口，听来悦耳，方便学习，便于记忆。后世的不少童蒙作品与童谣相互借鉴，相互补充，相互融合，成为中国古代儿童幼年生活的重要精神给养。宋代《三字经》《百家姓》《千字文》《神童诗》等读物更成为全社会的通俗读物。明代吕德胜编纂的《小儿语》，其子吕坤编《续小儿语》，搜集编纂童谣成书，并认为从童年开始，就要对儿童施以正确的教育，希望达到"欢呼戏笑之间，莫非理义身心之学"的教育目的。林海音在《在儿歌声中长大》一文中说，幼年的"语言的学习""常识的增进""性情的陶冶""道德伦理的灌输"，可以说都是从这种"口传教育"——儿歌中得到的。因此她大胆地断言："中国儿歌就是一部中国的儿童语意学、儿童心理学、儿童教育学、儿童伦理学、儿童文学……"①

林海音幼年处于中国教育观念发生变化的时代，一个大家庭里孩子众多，母亲、祖母亲、奶妈和仆妇虽"识字无多"，并不懂得"什么叫'儿童教育'"，但都在亲自进行着一种教育，儿童也在经历着一种学习：语言的学习、常识的增进、性情的陶冶、伦理道德的灌输……而这些教育的主要渠道就是通过童谣。由此我们似乎可以想象传统社会对儿童施加教育和影响的实际状况，不外乎是通过家庭、女性的口耳相传，主要是童谣的传播念诵中逐渐地发挥功能。

童谣中所包含的教育内容，包括做人的道理、知识的传播、品德的养成等

① 林海音：《林海音文集·生命的风铃》，浙江文艺出版社1997年版，第3页。

等与蒙养教育的内容基本一致。尽管蒙养教育的"学又时空"中有师威的支撑，而童谣的教育影响相对松懈，比较散漫，尽管童谣与蒙养教材之间有格格不入之嫌，甚至童谣教育的价值历来没有被正统的蒙养教育所认可，但在某种层面上，童谣中仍然表达着传统蒙养教育的理念与认知。笔者认为在潜移默化的影响方面，童谣并没有跳出蒙养教育的大框架，只是其内容方面更加庞杂，形式方面更加活泼，方法方面更加灵活。

一、伦理道德教育

1. 蒙养教育

如前所述，传统蒙养教育特别重视伦理道德教育，尤其重孝道之教。孔子率先提出来孝敬父母的思想"今之孝者，是谓能养。至于犬马，皆能有养。不敬，何以别乎？"①孔子的意思是人能养活人，犬马也能养活人，人如果对父母不敬，和犬马养活人没有区别了。这里是将犬马养活人与人养活人相比，如果不孝敬的话与牲畜没有区别了。《三字经》就有"香九龄，能温席。孝于亲，所当执"等语。《弟子规》开篇即云："弟子规，圣人训。首孝悌，次谨言。"关于"孝"的教育可以说是贯穿蒙养教育的主线。

孝道不仅维系了传统社会最基本的家庭养老保障功能，保证家庭的稳定与宗法组织的基本秩序，对于整个传统社会的治理具有重要意义。传统的学校教育分为官学与私学，不管是官学还是私学，在汉代以后多是以灌输儒家传统价值观为核心，特别是"孝"的教育内容在学校教育中最为重视。从儿童启蒙教育的《三字经》《弟子规》《孝经》到宋代朱熹制定的《白鹿洞书院学规》中规定教授的"五教之目"都强化孝悌与人伦，"父子有亲，君臣有义，夫妇有别，长幼有序，朋友有信"，教育的目的就是要被教育者"明人伦"。如果说学校教育是实施蒙养教育的主流，那么童谣的传播属于家庭教育的内容，其影响也不

---

① 《论语·为政第二》。

容忽视。

　　儿童期是人们习俗化过程中的重要时期，很多习俗都是在儿童期形成并持续一生的。童谣作为一种隐喻性的民间控制，在"孝道"的习俗化过程中起着重要作用。所谓隐喻性民间控制是一种通过口头传承的象征体系对俗民进行行为控制的习惯性手段。童谣的传唱活动就是利用寓教于乐的情节，潜移默化地形象展示出来，让人们选择与甄别，从而调整自己的行为，在俗民的日常生活实践中，用童谣育儿具有普遍性，童谣通过生动的形象帮助儿童和青少年建立起区分是非、好坏、善恶、美丑、吉凶、祸福等一系列符合或违背人们愿望的观念体系，使他们在童谣的熏陶下确立个人的理想和人生目标。这样的理想和目标都是符合传统习俗的"标准化"准则。在表现"孝道"的童谣中，孝子多是善良、忠厚、勤劳的，而不孝子多是丑陋、贪婪、奸诈、懒惰的；两者的结局也往往是孝子交好运，不孝子遭恶报。通过这种强烈的对比冲突，使儿童在听赏吟唱童谣的过程中慢慢认同了"孝"，并在以后的成长过程中不断强化它，使之习俗化。

　　其一，"弃老型"。讲述抛弃衰老父辈的情节是传统童谣中常见的题材内容。汉代"以孝治国"，汉察举制又特重孝廉、秀才两科，将之列为选拔人才的重要标准。有一首童谣记录下了历史的一幕：

　　　　举秀才，不知书；察孝廉，父别居。寒素清白浊如泥，高第良将怯如鸡。①

　　童谣以充满嘲弄的口气讥讽当时察举制度的名不副实：本该满腹经纶的秀才却不识字，以孝义著称的人却与父分居；那些所谓贫寒清白之士实则龌龊如污泥，骁勇善战的高门良将其实胆小如鸡。童谣其实并不是对察举制度心存不满，而是主要针对操作过程中的弄虚作假现象。从这个角度而言，童谣与蒙养教育是相合的。在古代"家国一体"的社会结构中，对亲的"孝"被推衍到对国的"忠"。"孝子"与"忠臣"完全等同，甚至把"孝"作为选拔官吏的标准，如汉代就有"举孝廉"的制度。"孝"与"忠"的联姻，使"孝"既是一种道

_____

① 《抱朴子外篇·审举》。

德规范又成为一种政治手段。

"不孝有三，无后为大"的思想深刻影响着民众心理，因此，养儿防老的理念在童谣中多有渗透。

> 小乌小，老乌老，小乌本是老乌抱，小乌，小乌，你今长大了，老乌谁养他的老？

——民国·河北《景县志》卷六

此童谣通过反问，描述了"养儿防老"以及"孝"的家族命题。在现代社会中，随着社会服务产业的兴起，福利事业的发展，保障体制的健全，养老已呈现社会化趋势。"养儿防老"的观念似乎显得已不合时宜，但面对日趋老龄化的社会，面对不断膨胀的"丁克族"意识，我们仍应对这一观念给予足够的重视。今天的"防老"不仅是防自身之老，更重要的是防社会之老。

《孩子们的歌声》一三七载童谣《小喜雀》云：

> 小喜雀，尾巴长，娶了妻子忘了娘，老娘要吃荒烧饼①，那有闲钱补道理②；妻儿要吃黄香梨，起五更，去赶集，买了梨，去了核子削了皮，问道妻儿甜不甜？

这首童谣的意思是说妈妈要吃烧饼，儿子借口连补笊篱的钱都没有。可是媳妇要吃梨，又赶集又打皮，一再献殷勤。童谣讽刺了那些只过自己小日子，遗弃老娘的现象。童谣将男子对老娘与对媳妇的态度进行了对比，吟唱中透着一种悲凉，语词虽简洁，但讽刺了不孝之人。清代意大利韦氏编的《北京儿歌》中记载的童谣《喜雀尾巴长》与之相似："喜雀尾巴长，娶了媳妇儿不要娘，妈妈要吃窝儿薄脆，没有闲钱补笊篱③。媳妇儿要吃梨，备上驴，去赶集，买了梨，打了皮，媳妇儿媳妇儿你吃梨。"同样通过对比揭露讽刺那些不孝之子。山东流传着版本（一）为："小八狗，上南山。砍荆条，编篮篮。编了篮

---

① 荒烧饼：没有芝麻的烧饼。
② 补道理：《孩子的歌声》中解释为这种事，按照各地同行的念唱方法，应该为"补笊篱"，即理解为以没有闲钱补笊篱来搪塞母亲想吃烧饼的要求。
③ 笊篱，从水中捞蔬菜用的工具。

篮蒸馍馍，蒸了馍馍给谁吃？给爹吃，给娘吃，不给媳妇一点吃！"山东版本
（二）是："小公鸡，尾巴长，娶了媳妇忘了娘。把娘背到山沟里，把媳妇背到
炕头上，擀白饼，卷白糖，媳妇媳妇你先尝，我到山沟找咱娘，咱娘变成屎壳
郎，推小车，下宁阳，宁阳有个卖饭的，一飞飞到饭罐里。宁阳有一打火的，
一飞飞到火筒里。只要媳妇不要娘，老来下辈一个样。"河北一带流传的版本
是："小白兔，尾巴长，娶了媳妇忘了娘。爹娘想吃个烙烧饼，哎呀你这个老
东西，吃个炒饼噎死你。媳妇想吃个雪花梨，又洗梨，又削皮，小心梨核硌着
你。"此童谣形象地刻画了娶了媳妇忘了娘的男子，对比鲜明，活泼生动，寓
意深刻。北平一带流传的版本为：小麻雀，尾巴长，娶了媳妇忘了娘；把娘扔
到山沟里，把媳妇抽①到炕头上。他娘要吃焦烧饼，那有闲钱填还你②；他妻
要吃五香梨，清晨起来去赶集，一头担哩是小麦，一头担哩是黄米。到了集上
换铜钱，下集买哩五香梨。手巾包，手巾提，到家里拿起钢刀削梨皮，凉水缸
里提三提，恐怕钢刀铁锈气。双手捧起叫贤妻，叫声贤妻你吃罢，休叫梨渣噎
着你。梨渣吐到我手心里，叫我搬到烟洞里，咱娘听说不必依，不说咱娘争嘴
吃，只说咱俩好忤逆③。（朱雨尊《民间歌谣全集·规讽歌谣集》）这首童谣与
之前引用的童谣有类似的故事与思想内核，但其主要的区别在于这首童谣更加
细致地描摹了男子为媳妇卖粮买梨削梨喂梨的过程，将老娘要吃烧饼的朴素愿
望抛在脑后，则更能凸显这位不孝子的可耻。

有童谣《铁蚕豆》云：

> 铁蚕豆，大把儿抓，娶了个媳妇儿就不要妈，要妈就要叉④，要叉就
> 分家。

——清·[意]韦氏《北京儿歌》

此谣将男子不要妈的主要原因归咎于娶了媳妇。男子一结婚，感情重心转

---

① 抽：抚、搀扶之意。
② 填还你：方言，贬义词，白白浪费给你之意。
③ 忤逆：这里指夫妻感情融洽，但不孝敬长辈。
④ 要叉：这里疑指挑是非闹矛盾。

294

移到新婚的家庭这边，使母亲受到了冷落，因而产生抱怨，并把这种抱怨转嫁到儿媳身上，认为都是媳妇教唆的。所以，"儿子不孝""娶了媳妇忘了娘"即成为古话。在此谣中将儿子分家另过的主要责任也推向了儿媳，从而演变成一场婆媳之间永远都难以缓和的"战争"，有些婆婆受"多年的媳妇熬成婆"的传统观念影响，整个社会都是以挑剔的眼光来看待媳妇。

又有童谣云：

> 花喜雀，尾巴长，讨仔家婆①弗要娘。娘厂口，要动气，娘子②开口就如意。

——胡云翘《沪谚外编》

古时普遍认为一旦婆媳不和，矛盾的根源一定在媳妇身上，美人乡也一定是英雄冢，这种心态在民间就叫作"仇妻"，在江湖就叫作"仇色"。一般公婆与儿媳的关系有了缝隙，罪魁祸首就是媳妇。因而，在童谣中这类防止男孩婚后"忘"了娘的题材非常常见。

中国是倡导孝顺的国家，孝是传统道德的核心，仁爱孝悌是儒家思想的核心，是中华民族的传统美德，几千年来影响着中国家庭乃至整个社会关系的发展。孔子认为："天地之性，人为贵，人之行，莫大于孝。"意思是世界上人是最尊贵的生灵，而人所有的行动中，孝是最伟大的。儒家思想的影响是根深蒂固的，经历了多少朝代，它的核心内容都深刻地影响着中国家庭和社会，直到今天。

仁爱孝悌是被推崇的优秀传统美德之首，有童谣云：

> 小叭狗，摇铃铛，豁郎豁郎到集上。三烧饼，两油香，买个馒头顶在头上。不给爹吃，不给娘尝，单给老妈③吃了搔痒痒。（安徽宿县）

——朱天民《各省童谣集》

这里的"小叭狗"是借狗喻人，借小狗的行为来讽喻人的不孝。尽管"烧

---

① 家婆：妻子。

② 娘子：妻子。

③ 老妈：俗称妻子。

饼""油香""馒头"等食物在现代已经不算稀罕物了，但即使如此小的要求也不能满足爹娘，其核心意思还是"娶了媳妇忘了娘"。《沪谚外编》中童谣《小八狗》也突出了这个主题："小八狗，摇铃响，林郎林郎到镇上，闻得点心店里烧饼香。买一个自家吃，买一个，回家乡，不请爷来不请娘，单付老妈①吃仔搔搔痒。"

其二，"敬老型"。这类童谣讲述主人公虔诚地敬奉父母，尽心尽力地侍奉双亲，将食物等首先献给养育自己的父母，凸显生活语境中敬养双亲的伦理意义。这类属于正面引导教育儿童养成孝顺品德的童谣。

如《北京儿歌》记载童谣《小大姐》云：

> 小大姐，小二姐，你拉胡琴我打铁；挣了钱儿，腰里披，买个蒲包儿瞧干爹。干爷戴着红缨帽，干儿穿着厚底儿鞋，走一步，格登登，扎蝴蝶儿鸭蛋青。

——清·[意] 韦氏《北京儿歌》

此谣表达了各尽其力、挣钱孝敬尊长的道理。白寿彝编的《开封歌谣集》中记载的版本为："小大姐，小二姐，你拉风匣，我打铁。打喽钱儿②，给咱爹。咱爹好戴红缨帽儿，咱妈好穿高底儿靴；咯噔咯噔上楼啦，咯噔咯噔下楼啦。"这两首童谣的语词稍有差异，估计是传播的结果，其核心旨意仍为教育孩子要热爱劳动，用劳动所得孝敬爹妈。

《天籁集》中记载童谣《石榴花开叶儿青》云：

> 石榴花开叶儿青，做双花鞋望母亲。母亲耽我十个月③，那个月里不担心。

这首童谣表达了女儿在石榴花开时节看望母亲的一片孝心，从而在幼小的心灵中便种下孝敬父母的心理胚芽。这些都是正面教育儿童要孝敬父母的童谣。

---

① 老妈：妻子。

② 打喽钱：指打铁赚了钱。

③ 耽我十个月：即怀我十个月的意思。

《各省童谣集》中记载童谣《雷声响》云：

> 雷声轰轰响，杀鸡请老娘①。老娘不要吃②，拿去望个老外婆。外婆丫里头③？天角落头。那格④走上去？花花摇车摇上去；那格走落来？花花摇车摇落来。（浙江上虞）

它采用一问一答的形式，表现杀鸡做美食请母亲、看望外婆的热闹场景，一派祥和。孝道已然是深入人心的道德准则，它已经成为中国社会走向进步文明的重要组成部分，任何忤逆不孝的行为都为社会的主流价值所不容忍。从小给儿童培养孝顺、尊重父母是很有必要的，童谣中表现孝道主题的作品本不少见，为培养儿童的孝道提供了精彩的教材。

又有童谣《小鹦哥儿》云：

> 小鹦哥儿，站花朵儿，飞到树上垒下窝儿。一年二年孵下子，怀里抱出小鹦哥儿："小鹦哥儿，打食别往场嗝去⑤，喝水别往坑沿去！"小鹦哥儿不听娘嘱咐，一翅儿高，一翅儿低，一飞，飞到张三花园儿里。张三看见小鹦哥儿，喜盈盈，双手捧到笼儿里。十零儿并半月，"张三撒开笼儿，叫我跑喽吧！叫我看看老母怎死了。"张三听了小鹦哥儿，小鹦哥儿说哩孝顺话，"撒开笼儿，你跑喽吧。"一翅儿高，一翅儿低，一飞，飞到老母窝里去。扒住窝门儿看，扒住窝门儿瞧，不知老母怎死了。苍蝇rheng××，蜜蜂儿来念经；饿老鹰穿哩好白孝。咕咕mhiau哭嫂嫂。

> ——白寿彝《开封歌谣集》

此童谣叙述了一个很有趣的小鹦哥历险的故事，说明小鹦哥因不听娘的话闯下大祸，然而它一心孝敬父母的事迹感动了张三，将其放出笼来，从而教育孩子从小听大人的话，不要到处乱跑，孝敬爹娘。

---

① 老娘：母亲。

② 不要吃：不舍得吃。

③ 丫里头：在哪里。

④ 那格：怎样。

⑤ 场嗝：收打谷物的场院。

《广天籁集》中载童谣《西方路上谣》云：

　　　西方路上一只小白羊，遇着舅舅粜白粮，大斗量来小斗粜，升箩头上养爸娘①，爸娘养我长和大，我养爸娘不久长。

这首童谣意在教育儿童从小树立赡养父母之心，用拟人化的描写，加深了童谣的感染力。

在我国古代，"孝"为百善之首，历代政府都重视、提倡孝道，严惩不孝行为。父母养育子女，子女孝顺父母，是天经地义之事，尤其是在生产力水平低下的旧社会，在天高皇帝远、法律都很难管束到的角落，童谣既起到了教育引导儿童、建立"孝顺"理想的作用，同时又委婉地表达民众对于日常生活中不孝现象的愤恨与批驳。

作为民众思想情绪的物化载体，童谣真实地记录着民众的精神世界，以广泛宣扬孝道为旨归，渗透着民族民众对相关伦理内容的认知与体味。强调父母的养育之恩以凸显"孝"的人伦情感意蕴和伦理义务特质是童谣反复诉说的突出内容，也是在部分具有教育内涵的童谣中数量最突出的。其与蒙养教育的出发点属于同一轴线上的两个不同支点。

2. 俭朴勤劳教育

俭朴勤劳教育也是传统教育重要的一项内容。"勤俭的强调鲜明的体现出儒家伦理与世俗智慧的结合"②。在古代，由于社会生产力低下，以及对自然灾害控制能力有限，人只有借助勤俭才能维持生产、生活的继续。而另一方面，勤俭也是道德养成的关键，因而，勤俭成为了我国古代非常重要的美德。历代家训中尤多，教导儿童从小养成俭朴的习惯。司马光告诫其子司马康要谨守俭约之道，阐明"由俭入奢易，由奢入俭难"的古训（《训俭示康》）；陆游也说："天下之事常成于困约，而败于奢靡。"（《放翁家训》）；朱伯庐教育子弟道："黎明即起，洒扫庭除，要内外整洁。即昏便息，关锁门户，必亲自检点。一粥一

---

① 　升箩头上养爸娘：用大斗进小斗出，从中投机以取得养爸娘的余粮。
② 　陈来：《中国近世思想史研究》，商务印书馆 2003 年版，第 409 页。

饭，当思来之不易；半丝半缕，恒念物力维艰。"（《治家格言》）中国自古以农立国，农业劳作的艰辛使得民众深切体会到生活的不易。在"锄禾日当午，汗滴禾下土"的辛勤耕耘中，自然有了"谁知盘中餐，粒粒皆辛苦"的慨叹。中华民族向来以俭朴为美，也特别重视对子弟进行这方面的教育。传统童谣亦不例外，用生动具体的生活画面引导儿童，使其懂得勤俭持家的道理，如童谣《阿花牧羊》：

> 天菾瓜达藤长大长，囝儿阿花去牧羊。日旦牧羊勤工作，夜里还要做衣裳。（温州）

这首童谣就是写了一个叫阿花的孩子每天都要辛苦劳动，早上牧羊，晚上做衣裳，就如那不断生长的丝瓜一样，一刻不停，这样勤劳的孩子是被赞美和推崇的。对于民众而言，勤耕勤织，年年如此的话，则日子虽不会大富，也可称之充足。"上不欠官钱，下不欠私债"，就可安逸过日，逢年岁，一家团聚，这可以说就是人生的一大乐事。

《辰谿方言考》载童谣《三四月农事忙》：

> 三四月，农事忙，爹爹耕田妈插秧。哥种豆，姐采桑，弟弟秧瓜也很忙。王瓜大，丝瓜长，南瓜熟了好煮汤。爹一碗，妈一碗，采桑的姐姐也一碗。哥也吃，弟也吃，不做工的没得吃。

此谣是从原书中《农村无闲人》这类歌谣中选出，描写了农村三四月，农事甚忙，家庭成员都参与其中，甚至弟弟也要秧瓜苗。吟唱此谣告诉儿童，农家男女老幼无闲人，只有辛勤劳作才是快乐的道理。勤使人没有作恶的空闲和精力，我们今天也用"游手好闲""无所事事"等词来形容因懒散而为非作歹的人，同时勤又可养德养寿。因此，朱子家训有"黎明即起，洒扫庭堂"。石成金也认为"人家须要早起早睡，则事无懈误而家道兴隆"，"保暖都由勤劳得"。勤俭才能维持生活，勤俭是民众维持生活和致富的途径。

成人要想维持一家的生计，主要依赖于人的勤俭。有童谣为证：

> 曹家堡有个曹阿狗，田买九亩九分九毫九厘九，上种红菱下种藕；田塍边里排葱韭；河礁边里种杨柳；杨柳高头延匾豆。大儿子，又卖红菱又

卖藕；第二儿子卖葱韭；第三儿子打藤斗；大媳妇，赶市跑街头；第二媳妇净菜床水跑河头；第三媳妇劈柴扫地搬碗头。（浙江上虞）

——朱天民《各省童谣集》

这首童谣反映了农家不论男女老少，个人都有事情做，十分勤俭，一派热闹景象。"盖民生在勤，则勤不匮，一夫不耕，必受其饥；一妇不织，必受其寒。"清初石金成的《传家宝》中有众多论述："肯勤俭必然致富，……不勤俭难免饥寒。""昼出耕田夜绩织麻，这般才是做人家。如何懒惰闲空过，可惜光阴浪柳花。""勤谨勤谨，衣饭有准；懒惰懒惰，必定忍饿。"（俗谚）这些家训从中可以看出中国传统文化对勤俭的重视。

流传于广州一带的童谣《鸡婆婆》：

鸡婆婆（母鸡），跳上墙头屙豆花，豆花跌落油瓶下，大哥斟油过妹搭。妹话唔搭，留番织幼麻；织得幼麻织幼布，条条幼布起银花。

这是说"妹"把油省下来，是为了以后织麻织布，这种精打细算的持家精神是广大劳动人民节俭美德的深刻体现。

《农村歌谣初集·儿歌》载童谣云：

月光月，光华华，保佑爷爷。爷爷赚钱，买肉买鱼来过年。年又过得好，娶个大嫂。大嫂会管家，二嫂会绣花。日里绣个团团圆，夜里绣个牡丹花。

与之前所引童谣相似，和谐美好的家庭不外乎爷爷赚钱，哥哥娶妻，妻子贤惠，日里夜里劳作不停息。此谣对儿童的隐喻象征意义非常明显，男孩子成家立业赚钱养家，女孩子精于女红，管家绣花，日夜不息。各种身份角色的人都有该做的事，遵守该遵守的规则。

往往劝勉儿童自小要养成吃苦耐劳的童谣一般也不走正面说教的路线，更多的时候采用讽喻的方式，对懒散之人予以讥笑和嘲讽，因此，更容易引起幼童的关注，在幼小的心灵里留下印记。"奸必杀，赌必盗。"把赌钱作为赢钱的手段，其根源就是"游手游食，不作生业，闲荡无事"，这些都是不勤的表现。而结果必然是，"越赌越输，越输越穷。荒废事业"，治疗的良药就是勤，"无论大小，劳心劳力，日夜无空闲工夫，自然就不赌了。"

有童谣《葫芦紫》云：

葫芦紫，搭戏台。请小姐，看戏来。"小姐小姐怎得来？""夹个包袱哭着来；我嫌女婿不成才；又掷骰子又摸牌，日子怎的过得来！"（陕西）

——《中国二十省儿歌集》（一）

俗语说，男怕入错行，女怕嫁错郎，女子的一生就寄托在了她所嫁的男子身上，而如果这个男子"不成才"，"又掷骰子又摸牌"，不务正业的话，那么最受苦的还是女子。这首童谣以出嫁女的口吻叙述了因所嫁丈夫不成才而无颜回娘家的悲惨境遇，侧面教育儿童要远离赌博，以免带来不必要的伤害。类似题材的童谣有很多，《孩子们的歌声》中记载童谣："小板凳，足歪歪，嫁个姑爷不成材。好吃酒，好打牌，一夜到亮不回来。"语言虽简，但道理深刻。儿童念唱起来自然受教育，自小摒弃好喝酒、好打牌等不务正业的行为。

又有童谣云：

小板凳，矮又矮。养的儿子不成材。三更半夜赌博不回来。菱角刺，戳了脚。花针挑，绣针拔。问你这个杂种，赌博不赌博？（男孩唱）

——《孩子们的歌声》

此谣以长辈的口吻劝诫儿童不能走上赌博的道路，既有严正的告诫，又有儿戏般的惩戒，还有恨铁不成钢的气愤，总之都会在儿童心目中留下深刻印记。河北邯郸地区流传着一首童谣："月奶奶，明光光，开开后门洗衣裳。洗类白，浆类白，寻个女婿不成材，又喝酒又打牌，好好日子过不来。"此童谣意在规劝儿童认真对待生活，切不可贪恋喝酒和打牌，否则就没有好日子过。

《孩子的歌声》中载童谣：

赌博人，心勿清，钱输去，想翻身；好比污泥田中翻捣臼，愈翻愈陷深。（男女孩唱）

又有童谣云：

日头黄，懒汉忙。日头竖，懒汉靠屋柱。日头谢，懒汉叫夜夜。

——清·郑旭旦《天籁集》

应该说这也是一次严正的道德教育，讽刺那些懒汉游手好闲、日上高竿还不起床，白天晒太阳，夜晚串四方的情状，劝勉儿童切勿走上赌博的道路。如果说男子好吃懒做、赌博成性是不务正业，为社会所唾弃的话，那么女子不事家务即被人们所不屑。

有童谣《穷太太儿谣》云：

> 穷太太儿，抱着个肩儿，吃完了饭儿，绕了个湾儿，又买槟榔，又买烟儿。

——清·无名氏《北京儿歌》

这首童谣用来讽刺那些好吃懒做的婆娘。童谣中对这类人有简单直接地刻画，"穷太太儿"一定是穷但又享受"太太"的待遇，"抱着个肩儿"一定不是勤劳忙碌的状态，而是游手好闲、无所事事的态度。这些人每天能做的就是吃过饭，绕个弯，在消费上大手大脚，因而毕竟再次"巩固"了"穷"太太的命运。这首童谣指出这些人一定会穷困潦倒，没有好下场的。儿童吟唱此谣，加以警戒。

类似的童谣还有《香炉儿》：

> 香炉儿，瓦灯台，爷爷儿娶了个奶奶来。不梳头，不作活，嘴馋手懒竟爱喝。爷爷儿没法儿治，气的竟哆嗦，说我打你这个拙老婆。

——清·[意] 韦氏《北京儿歌》

童谣中讽刺了一位嘴馋手懒的妇人，还冠以"拙老婆"的名号。"拙老婆"在民间应该是最不可理喻的人了，用传统的观念而言，身为女子就应该相夫教子、操持家务、无私圣洁，而拙老婆则大相径庭。班昭的《女诫》中提到了三点，除"卑弱下人""承继祭祀"之外，就是"习执勤劳"："女子要做家族的贤内助，晚寝早作，不惮宿夜，不辞剧易地操持家务。在古代，主要是织布做衣裳、下厨做饭、打扫卫生、照顾家人、招待客人等"，做到这些才具备了贤能妇人的资本。我国三千多年的农业社会，不仅树立了以农为本的思想，同时也形成了男耕女织的传统，女子从小学习描花刺绣、纺纱织布、裁衣缝纫等女红活计，在江南一带尤为重视。特别是到了明清时期，社会对于女性的要求，夫家对于择妻的标准，都以"德、言、容、工"等四个方面来衡量，其中的"工"

即为女红活计。民间专门流传一首童谣《拙老婆》："说个男人本姓花，寻个拙老婆没办法。家务活儿不会干，还要天天指使他。陪送的官粉不会搽，叫她丈夫去买麻。买了麻不会搓，叫她丈夫去买锅。买了锅不会涮，叫她丈夫去买鸭。买了鸭不会喂，叫她丈夫去买柜。买了柜不会锁，砸吧砸吧烤了火。可叫拙老婆气死我！"河南还有坠子《吃嘴巧嘴拙老婆》，可想而知，女子的不勤劳在传统观念中既被人难以接受，是遭人唾弃的。童谣生动形象地验证了"和睦勤俭者家必隆，乖戾骄奢者家必败"的真理，当然它的理论来源仍然是传统道德。

3. 好客重情、以礼待人的内涵

童谣里蕴含着千丝万缕的亲情，厚重的家庭观念。无论是北方的童谣，还是南方的童谣，这类描述家庭聚会、热闹异常的童谣不胜枚举，这种对于家庭和睦、团结友爱、自力更生、以礼待人的品质教育在童谣中也有较为详细的描述。

温州童谣《磨麦》云：

　　磨麦，请客；磨米糕，请兄弟；磨米碎，请阿任；磨砻糠，请相帮。

中国人的传统就是习惯一家人都齐齐围在桌旁，开始吃饭，相互照顾，总是喜欢"扎堆"经营，热闹非凡。

《儿童歌谣》中载童谣《蚊子吹箫打锣鼓》：

　　蚊子吹箫打锣鼓，蚱蜢哥哥娶媳妇。纺织娘来吃喜酒，送来礼物三尺布。

这首童谣自始至终都在渲染一种喜庆的气氛。且不说原本婚礼就应该是人来人往，喜气洋洋的，众人都来捧场：蚊子吹箫、蚱蜢娶妻、纺织娘吃酒、送来三尺布做礼物。这种礼尚往来、人情天下、聚会热闹的情景往往可以印在儿童心中。中国人讲究礼节，重视礼尚往来，对于送礼，《传家宝》中也有详尽的说明：送人礼物要得实惠，送礼要从收礼人的角度考虑，从实用的角度出发，最终目的是要双方愉悦，增进彼此的感情。以孔子为代表的儒家强调"礼"，出于对他人的考虑，对他人礼让。这也是传统伦理文化所提倡、强调的。古人曰："让，礼之主也。"① 意思就是要求对他人恭敬、谦让、礼貌、有

---

① 《左传·襄公十三年》。

礼节，以保持人际关系的和谐。

又有童谣云：

> 乌鹊叫，客人到：有得端来哈哈笑①；得端来嘴唇翘②。

——朱天民《各省童谣集》

这首童谣表达了客人来到，热情款待的真情流露。将最好吃的、最好喝的拿出来招待客人，真诚相待，坦诚相对，于是就有了天真的表情，或者"哈哈笑"，或者"嘴唇翘"。

清代韦氏编的《北京儿歌》载童谣：

> 小小子儿，拿倒锤儿。开开怯屋子两扇门儿，八仙桌子儿漆椅子儿，足登着脚搭子儿，水满壶，洗窜子儿。四样儿菜有名景③，嫩根儿嫩韭菜，八大烩虾仁儿，烧猪烧鸭子儿。天上大娘是个道人儿，撤下荤席④摆素席儿。叫声大娘吃饱了，上南台，听大戏，芭蕉扇儿，打蚊子儿。

这首童谣是教育儿童增长待客、做佳肴、陪着长辈看戏、消遣等一系列生活知识的童谣。对于民众的实际生活，童谣的理念还是与传统道德不谋而合。在人际交往上，以和为贵是传统伦理思想的核心，家庭和睦，社会和谐。

《各省童谣集》中载童谣《小月牙》也是教女孩子学习平常的礼节：

> 小月牙，两头尖，俺娘把俺送到花果山。谁来接？哥来接。搬条板凳哥歇歇。问爹好？问娘安？问问小侄欢不欢？俺到后楼去打扮：头戴五凤冠；身穿茄花衫；八幅罗裙系腰间。叫丫环，拿红毡。问太太，过几天？太太说："天又寒，地又远，带领孩子少过天。"（安徽宿县）

这首童谣深刻地表现了一位身处大家庭中的新妇要深知各种礼仪习惯，在各项活动中都严格遵循这些礼节：（1）迎宾礼。作为远嫁到夫家的女子，娘家哥哥来接，迎宾礼越热情，越能够显示出对客人的尊敬。要先请客人落座，"搬条

---

① 有得端来：有吃的端上来。
② 嘴唇翘：即撅嘴，表示不满意。
③ 有名景：有名色，指菜肴讲究。
④ 荤席：以肉类为主菜的宴席。

板凳"让哥哥"歇歇"。迎宾礼的另外一个重要的流程就是陪侍叙谈，在迎接哥哥后，叙谈家里的情况，这不仅是封建贵族家庭才有的礼俗文化更是中华民族的传统美德。（2）关照礼。作为出嫁的女儿，见到来自娘家的亲哥哥，问候父母，问候侄子都是非常有必要，很好地履行了待客之礼，这种礼节都是显示了女子特殊的身份与性格。（3）仪表礼。无论是居家做活，还是出门回娘家，都要精致仪容、整饬衣着，"头戴五凤冠；身穿茄花衫；八幅罗裙系腰间"，精心打扮体现了对自身的尊重以及对他人的尊重，也是知理懂理的表现。（4）拜见礼。哥哥要接出嫁女回家，出嫁女不自作主张，进屋启禀太太，由太太代为决定回娘家的时日。这些礼节一方面显示了封建贵族家庭中严苛的礼俗文化，及其强烈的约束性。从这些礼节中可以了解封建王朝繁杂的礼俗文化与长幼有序的思想观念。

童谣里还蕴含着一种精神特质——教育儿童要自力更生。自童谣中开展一种教育影响，教育儿童不断的修炼自身，充实自我实力。有童谣云：

> 做人一儌一，二儌二，勿不三不四，钟起抖五合六，给人讲七讲八，只见十口九声，日久总有一日！（温州）

通过一到十的数字来阐明做人的原则：做人一就是一，二就是二，不能不三不四，摆起架子了不起似的，让人说闲话，不然总有一天要失败。这首童谣告诉人们做人要诚信守礼，实事求是，交往要谦和大方，只有不断完善自我，使自己不骄不躁才能通向成功。

童谣所传递的观念信息与朱熹的教育理念完全一致："父义母慈，兄友弟恭子孝，夫妇有恩，男女有别，子弟有学，乡闾有礼，贫穷患难，亲戚相救，婚姻死丧，邻保相助，无堕农业，无作盗贼，无学赌博，无好争讼，无以恶凌善，无以富吞贫，行者让路，耕者让畔，班白者不负戴于道路。"朱熹作为蒙养教育的代表人物，每到一地，敦厚风俗教化，积极兴学办书院，规劝当地父老遣子弟入学，并对那些不良社会风俗习惯严加禁止，这一点完全与民间百姓的道德引导相一致。蒙养教育注重对儿童进行道德规范等方面的正面教育，系统而严肃，儿童在传统蒙养教育中受到严肃的教育与影响，童谣中也同样涉及这方面的内容。从总体来说，着意于道德教育的童谣在数量上不占优势，而以正面训诫的方式开展道德教育的童谣更在少数，绝大多数道德教育童谣也绝少训诫的色彩。童谣一般采用叙事手法，在对儿童熟悉的日常生活场景进行描述的同时，暗暗寄寓劝勉之意，或者采用讽喻的方式，对不良道德现象予以嘲讽，从而实现正面引导。从这个角度而言，在对儿童施加教育影响方面，二者呈现出某种重合之势。

二、女子教育

如前所述，在中国古代社会，向来是男尊女卑的。自人类进入父系氏族社会以来，因为男性在社会生产中重要性不断加大，其在社会生活中主导地位也就渐渐确立和强化。于是两性之间自然的生理差异就被慢慢转化并扩大为具有伦理意义的社会差别。在三纲五常体系确立之后，女性在整个社会体系中就完全地沦为男性的附庸，"修身莫若敬，避强莫若顺，故曰敬顺之道，妇之大礼也"。（班昭《女诫·卑弱》）

由于女子在古代社会毫无社会地位可言，女子教育的目的也主要是学会如何成为合格的家庭主妇，满足夫权社会的需要。由于忽视女性教育，使学校教育自产生之日起便把女子排斥在大门外。从先秦到明清，中国女子所受的教育主要是家庭教育，这种家庭教育是非正规的教育，它既缺乏完整而系统的教育内容和方法，又没有固定场所和学习年限，使女子所能受到的教育非常受限制，在很大程度上阻碍了妇女才智的发挥。

女子教育也是传统蒙养教育比较特别的一个组成部分。从古代女子教育的内容来看，主要是一种生存教育，即技能教育和道德教育，其中又以道德教育为主。《仪礼·丧服·子夏传》中便要求女子有三从："未嫁从父，既嫁从夫，夫死从子。"从道德上对女性进行规范。《礼记·内则》记载得更为详细："子能食食，教以右手。能言，男用'唯'，女用'俞'。男鞶革，女鞶丝。六年，教之数与方名。七年，男女不同席，不共食。八年，出入门户，即席饮食，必后长者，始教谦让。九年，教数日。十年，出就外傅，居宿于外，学书计，衣不帛襦裤，礼帅初，朝夕学幼仪，请肄简谅……女子十年不出，姆教婉娩听从，执麻枲，治丝茧，织纴组训，学女事，以共衣服，观于祭祀，纳酒浆、笾豆、菹醢，礼相助奠。十五年而笄，二十而嫁；有故，二十三年而嫁。聘则为妻，奔则为妾。"一般来说，"德、言、工、容"四项全能的女子，是封建社会所努力塑造的典型。从这些内容可知，先秦时期女子教育的目标不是要女子懂得多少文化知识，而是要把她们培养成"贤妻良母"，对女子教育纯属"家政"。这种教育使得广大女性终身束缚于锅碗瓢盆、纺纱织布等家庭琐事中，失去了与男子享受同等教育的机会。

相当数量的传统童谣以细致生动的笔触刻画了众多女性形象，有一部分女性是给人能干的印象。如《催眠谣》以摇篮曲的方式记述了在孩子睡后母亲要干的活计，事无巨细，都装在母亲的心里：

> 汪汪困，搭搭困，大人有事干。洗板砧，切大蒜，劈柴爿，燎汤灌。

（温州）

妇女们在孩子睡后还要做的事情，包括"洗板砧""切大蒜""劈柴爿""燎汤灌"等一系列家务活，四个三言词组的表达直接明了，可想而知这些事情对于妇女们来说已经烂熟于心，是日常生活最基础的工作之一，大众百姓无不赞美她们的勤劳能干。

《各省童谣集》中载童谣《山西机子》云：

> 山西机子甚是灵，搬到山东织罗绫：冬织罗，夏织纱；又织汗巾和手帕。还织霸王一个鞭，还织蜜蜂穿花园。（直隶获鹿）

这首童谣是女子织布时所唱。夸奖了织布机，表达了织布女子的勤劳聪明。女性的日常生活大多是主持家务中馈、纺织女工、相夫教子等，其教育主要围绕着端庄贤淑、勤俭持家展开，比如《女小儿语》中提到："少年妇女，最要勤谨，比人先起，比人后寝。争着做活，让着吃饭，身懒口馋。惹人下贱"[1]，就是从勤俭持家方面反映对女子的教育。

---

[1]　（明）吕得胜：《女小儿语》（见张福清编《女诫》），中央民族大学出版社1996年版，第54页。

《广天籁集》载童谣《摇渡船谣》云：

> 摇渡船，摆大哥，大哥船上讨新妇。讨个新妇能唬咱，赶面赶得薄，切面切得细，下拉锅里团团转，盛拉碗里荷花瓣，撒拉坑里浮湍湍。爹妈欢喜，大哥叫心肝。

这首童谣描写了一个美满的家庭，其乐融融。这一切源于一个重要前提，就是新妇贤惠能干，工于家务，所以讨得公婆和丈夫欢喜。那么这种童谣所暗示的道理就是女孩子在未出嫁之前，要认真研修家务，女红各方面只有做到出类拔萃才能获得夫家的认可。明温璜编《温氏母训》又说："妇人不谙中馈，不入厨堂，不可以治家。"童谣从新妇所做的面食入手，无非是为了说明这名女子特别擅长家事，亦即符合传统女子提倡的"妇功"的要求。

韦氏编《北京儿歌》又有童谣《黄狗黄狗你看家》云：

> 黄狗黄狗你看家，我到南边采梅花；一朵梅花没采了，双双人儿到我家。我家媳妇会擀面，拿起擀面杖一大片。拿起刀，赛如线，搁在锅里团团转，盛在碗里莲花瓣。公一碗，婆一碗，两个小姑儿两半碗，案板底下藏一碗。猫儿过来舔舔碗，狗儿过来砸了碗，耗子过来钜上碗，吓的媳妇直瞪眼。媳妇儿媳妇儿在哪里睡？在炉坑睡。铺甚么？铺羊皮。盖甚么？盖狗皮。枕甚么？枕棒棰。公公拿着一落砖，婆婆拿着一溜鞭，打的媳妇一溜烟。

与之前所引童谣《广天籁集》载童谣一样，也是以"擀面"为主要描述对象，"擀面"仅是工作中的一种，借此代表女子在家中所做的各种活计。能者，或可维系家庭更稳定；不能者，命运着实堪忧。即便是深谙此道，也不能保证生活安稳；稍有差池，可能就有挨打受骂之苦。古代女子所受的教育如同所有被压迫群体的"教育"一样，是一种驯服工具。结果受教育愈多，依附男子、依附丈夫就愈严重，社会地位就愈低下。最终女人丧失了独立人格，成为了家庭的奴隶，男人的附庸。女性心甘情愿地让出了社会政治经济的舞台，成为了默默无闻的幕后人物。

四川巴县流传的童谣《星宿》与之相似：

星宿出来对打对；骑起马儿背起鞍；大马栓在梧桐树；小马栓在太和山。一对鹅，两对鹅，飞来飞去接家婆。家婆不吃油炒饭；要吃河里水鸭蛋。打在碗里团团转；打在锅里莲花瓣；公一碗，婆一碗；两个小姑吃半碗。

——朱天民《各省童谣集》

这首童谣的心理暗示也非常明显。接家婆，家庭聚餐，谁是主厨的那个人，从话语的口气上分析，一定是主妇。主妇用"河里的水鸭蛋"，"打在碗了团团转"，"打在锅里莲花瓣"，这种形容是侧面赞美主妇的厨艺精湛，而且消费市场还很广阔："公一碗"，"婆一碗"，"两个小姑吃半碗"。主妇操持家务，伺候公婆与小姑，精于家务劳动、勤劳、无私，成为女子出嫁后的主要形象特征。通过反复强化贤良的女性形象，使其成为在人们头脑中的道德评价底线。

童谣中还有教育小女孩从小要懂得梳洗打扮爱整洁的道理。如：

隔邻小姐十八岁，不晓梳头到人家①。上栉匆匆，临时请个梳头妈：前面梳个蟠龙髻，后面梳个牡丹花。任你怎样的梳法，仍然象个大冬瓜。

（广东曲江）

明人徐淑英《女诫论》中说："妇女之美，不在于容貌娇冶，在于德行端庄。"而仪容端庄是德行端庄的表现，不注重女子仪容的女性是为社会不容的。当然在民间，讽刺那些不贤良、不贤惠、不谙世事，不懂规矩的女性之童谣非常常见，同样实现劝诫众人的目的。

有童谣云：

野麻雀，就地滚，打的丈夫去买粉。买上粉来她不搽，打的丈夫去买麻。买上麻来她不搓，打的丈夫去买锅。买上锅来她嫌小，打的丈夫去买枣，买上枣来她嫌红，打的丈夫去买绳。买上绳来她上吊，急的丈夫双脚跳。（直隶滦县）

——朱天民《各省童谣集》

---

① 到人家：嫁人家。

这首童谣是形容那些不贤惠妇女的，她们总是故意挑剔，无事生非，对于别人总不满意，结果事与愿违。这类童谣各地都有，词句大同小异。童谣里面也隐藏了对故意挑剔的不贤良女子的厌弃，劝诫女孩子。

《孩子们的歌声》载童谣云：

> 亲家娘，告诉你：叫你的囡儿扫扫地，壁里角头哼鼻涕。亲家娘，告诉你：叫你的囡儿揩揩桌，只揩中央勿揩角。亲家娘，告诉你：叫你的囡儿洗洗碗，乒令乒郎敲破碗。亲家娘，告诉你：叫你的囡儿挑挑水，前门后门赶水鬼。亲家娘，告诉你：叫你的囡儿摘摘葱，坐在园里骂老公。（男女孩唱）

此谣略带夸张地描写了一位不事家务的邋遢女子形象，带有嘲讽与讥笑的味道，但透露了一个重要的信息：女子嫁到婆家如不安心做家务，会被夫家找到娘家的，也有被休妻的危险。言外之意还是要求女孩子要具有勤劳、聪慧的品质。

《各省童谣集》载童谣《巧姑娘》：

> 小板凳，腿不高；亲家母，你坐下。你姑娘，手头巧：拿西瓜皮会做袄；茄子花做纽扣；窝瓜花做袄袖；做出衣裳人人夸。一做做到明年花开发①。（吉林伊通）

此谣从标题到内容似乎句句都是在夸媳妇的巧，会做衣裳的姑娘居然拿西瓜皮做袄、茄子花做纽扣、窝瓜花做袄袖，一件衣裳要做上一年，还穿不得，这样的姑娘何来巧呢？更何况是婆婆找到亲家母的头上，数落媳妇的不是，言外之意，这不巧的责任应归咎于娘家。

《江苏传统歌谣》载童谣《媳妇没得吃》云：

> 荠菜花，烧豆腐，公一碗，婆一碗，姑娘小叔合一碗。媳妇没得吃，跑到锅里啃锅铁②，锅铁烫了嘴，跑到河里喝口水，蚂蟥来咬嘴，送把先

---

① 这句是嫌弃媳妇做活太慢。
② 锅铁：粘在铁锅上的饭巴。

生看，先生骂她馋嘴。

这首歌谣反映了在封建礼教统治下，当媳妇的艰辛，只有操劳的义务，没有享受的权利，到头来反受斥责。此童谣经成年女子向儿童传播，尽管儿童并不能切身体会到已婚女子的真实困苦，但也能感受到女子生活的感伤。从心里暗示的角度，女孩子在儿童阶段就接触到了女子的苦楚，奴隶一般的生活，感受到女子生活的不易。

《各省童谣集》中载童谣《好女儿》云：

> 一岁娇，二岁娇。三岁捡柴爷哀①烧。四岁学绩缍②，五岁学经蕉，六岁学做花。七岁做出牡丹花。八岁食爷饭。九岁食郎饭。十岁驮子转外家③。（广东大埔）

这首童谣简单描述了女孩子成长的过程。虽所述岁数并非实指，但是也相对清晰地叙说了女儿在娘家的经历。一二岁尚为父母的娇儿，到懂事开始就要帮助父母做活，女子要学习纺织刺绣等。年龄稍长就要做好出嫁的准备，嫁做人妇之后就是在夫家的岁月。此童谣冠以《好女儿》之名，因而具有超强的隐喻象征意味，好女儿就应该按照社会规矩，按照女子教育的要求，按部就班地学习女红，在"适当"的年龄出嫁。民间的女子教育就是这样开展的。

在女子教育方面，童谣与蒙养教育再度相遇，大小传统分外合拍。童谣无外乎是民间版的女子蒙养教育。如果仅此而已，童谣就是蒙养教育的传声筒。但是童谣一方面承载着教育影响儿童的责任，另一方面也是委婉表达女子心声、排解忧郁的重要途径。由于童谣的主要传唱者为女子，女子在歌谣的创作与传唱过程中增加了个人的某些成分，因而带有女子的情感与情绪，并将在家庭生活中的种种不满与委屈通过童谣传递给儿童，并在儿童心理产生一定的影响，有不少童谣委婉含蓄地叙说深居闺中的女子心声。

传统社会根深蒂固的"男尊女卑"观念在童谣中也有折射。从"牵郎郎拽

---

① 爷哀：父母。

② 缍：缉麻线。这句话的意思是学会织线做衣。

③ 这句话指背着孩子到外婆家。

弟弟"到"杜梨儿树开白花",印证了传统社会重男轻女的思想,童谣又在强调"为妇之道"。

河南新乡流传着这样一首童谣《小簸箕》:

> 小簸箕,簸一簸;我是兄弟你是哥。买点酒,咱好喝。喝醉了,打老婆。老婆死了咱怎过? 你敲鼓,我打锣,滴滴打打再娶个。

——朱天民《各省童谣集》

河北沧州一带流传类似版本的童谣:"羊粑粑蛋儿,招脚搓,你是俺兄弟,俺是你哥。打壶酒,咱俩喝,喝醉了,打老婆。打死了,怎么过? 有钱的,再说个。没钱的,敲起鼓子唱秧歌。"我国旧时重男轻女,这首童谣便是描写了这种情形。兄弟之间可以放肆地喝酒,喝醉了可以拿老婆撒气,即使打死老婆也没事,大不了再说一个,或者自己乐呵。女子的生命就这样简单地毫无存在感地被践踏。当然这类童谣大有嬉戏之说,对儿童没有更深刻的教育内涵,但其中所宣扬的一种放纵恣肆的意趣却可以给儿童留下深刻印象。

《孩子的歌声》载童谣云:

> 喜鹊子,叫得好;爹爹得元宝,妈妈生弟弟,哥哥取嫂嫂。(男女孩唱)

民间有见到喜鹊叫,好事上门的说法。此童谣开头即以喜鹊叫起兴烘托喜庆气氛,从而引出人生中的三大喜事,归结为:升官发财、喜得贵子、洞房花烛。《神童诗》(也称幼学诗)的《四喜》篇:即"久旱逢甘霖,他乡遇故知。洞房花烛夜,金榜题名时。"这"四喜"可以说是男子的四喜,无论是"他乡遇故知",还是"洞房花烛夜",还是"金榜题名时"都确凿属于男子,唯有"久旱逢甘霖"尚具有普世价值。从教育影响而言,童谣中所述的三件事会在儿童心中产生一种心理暗示,人生得意须尽欢,而得意的事都是从男子的方面获得。男子可以在男权社会中获得更多的主权与自由,而女子始终都处于附属地位,是次重要的群体。

《各省童谣集》载童谣《推手》云:

挨哪挨！载米载粟来饲鸡。饲鸡好叫更；饲狗好吠冥①；饲后生②，养老爸；饲雏儿③，他人的。（福建思明）

这首童谣是母亲和小儿合唱时的游戏歌。唱时：母子两手二十指交叉，一往一复好似舵工摇橹。末句说，女子当出嫁，不但不如男子，甚至不如鸡狗。鸡狗尚有作用，女子出嫁后就是别人家的人了，实际上渲染的是"出嫁的女子泼出去的水"之意，反映了封建社会重男轻女的恶习。这首童谣的吟唱一方面教育男孩子孝顺父母，同时也强化了一种心理暗示，女子将来是属于夫家的。

《江苏传统歌谣》中载童谣云：

蔷薇花开白沉沉，生的女儿不算人，亲娘说是"连连补"，亲爹说是"歇脚墩"，哥哥说是"赔钱货"，嫂嫂说是"是非根"。（南通县）

这首童谣反映了封建社会中男尊女卑的思想。女儿在家庭中的地位是很低的。我们且从童谣中四位"亲人"对女儿的定位来分析。"连连补"即缝缝补补的意思，这句指妈妈认为女儿只是帮助做做针线活的助手，不能发挥更大的作用；"歇脚墩"即歇脚的地方。爹爹认为女儿出嫁后，只是多了个歇脚的地方，不要有大指望；"赔钱货"指的是养育女子长大嫁人离家就不能为家庭做贡献，是赔钱货；"是非根"说在嫂嫂眼里，大姑小姨就是一个搅是非的祸根，挑唆婆媳关系。家庭中都对女儿如此定位，加之社会并没有给女子独立生存的机会，女子很难摆脱"无用"的宿命。童谣在社会中传播，即表达了女子对男尊女卑社会现象的控诉。

女子在家研修女红，出嫁后相夫教子。作为母亲的形象无外乎有两种，要么是"反母亲"型，要么是"延母亲"型。"反母亲"型是指后母专横跋扈、自私恶毒、虐待丈夫前妻子女，犹如魔鬼；"延母亲"型是指后母任劳任怨、委曲求全、充满爱心，视丈夫前妻子女为己出，犹如天使。前者是人类道德批判的标靶，后者是社会群体歌颂的模范。就其本质来说，体现的是男子主导话

---

① 吠冥：晚上叫唤，起看家作用。

② 后生：俗称男儿。

③ 雏儿：俗称女子。

语权下，女性声音的缺失。不管是恶意丑化的批判靶子，还是非人性化的道德垂范，都是一种脱离了人性而简单抽象母性的结果，魔鬼化的后母除了带有男性恶意丑化的色彩，还是男性警示女性的红素警戒线，而天使化的后母更是要求女性牺牲自我，达到无法达到的道德制高点。

清代韦氏编的《北京儿歌》载童谣《小白菜儿谣》脍炙人口，在南北方多地流传，文辞稍有差异：

小白菜儿地里黄。七八岁儿离了娘。好好儿跟着爹爹过，又怕爹爹娶后帮。养了个兄弟比我强；他吃菜，我泡汤，哭哭啼啼想亲娘。

此童谣以“小白菜儿地里黄”起兴，渲染了悲凉的气氛。这首童谣以失去亲娘的儿童口吻叙说了遭受继母虐待的痛苦心情。从这首童谣的字面意思来理解，就是一再渲染因失去亲娘的爱护而孤苦无依以及因后母的虐待产生的悲凉。仿佛这类童谣在民间十分有市场，人们悲愤的目光一下子就集中到了“后母”身上，而“后母”一时成为众矢之的。这首童谣以受害孩童的单纯视角表达其心灵上受到的伤害，以生母的亲情与后母的冷漠相对比，由此可以获得大部分民众的理解与同情，甚至产生灵魂的共鸣，所产生的后续效果是，一致认定后母都是可恨的，继子都是可怜的。因而在中国古代，甚至世界范围内民间故事中均有“后母”型的故事，如《白雪公主》等。

刘兆吉《西南采风录》中载童谣云：

老鸦子，叫聒聒，有钱莫讨后来娘，后来娘，没心肠，好衣没有把我穿，好菜没有把我尝；一天打三“道”，三天打九场，眼泪还没干，就要喊他作亲娘！（湖南益阳）

此童谣同样是声讨“后娘”的。无数民间故事还是在渲染生母的无私、圣洁、伟大，以及后母的自私、冷漠。这背后其实包含着一个巨大的女子命运密码。殊不知，女性是依附于男性的，嫡长子继承制度和“后母”的尴尬身份，决定了后母们在思考自己未来时，不可避免地希望自己的亲生子能够在丈夫那里获得更多的信任，同时希望丈夫前妻的儿子失宠，这样后母就可以在未来的家庭中享有更大的话语权。其实，母性不是抽象的，它是女性人性的一方面，母性固然是多表现出爱心，但透过单纯的母性，涉及母亲自身核心利益的时候，母性是否还能表现出爱心确实是个疑问。

传统的童蒙教育道法自然、顺应天道和人性，童谣亦尔谐趣，亦尔荒唐，与小儿的心思是相适应的。所以说，"儿歌之用，亦无非应儿童身心发达之度，以满足其喜音多语之性而已。"①童谣多为民间创作，口耳相传，它们的创作条件和传播条件决定了其在形式和内容等方面体现深厚文化积淀与内在精神的表露。童谣既可以反映民间生活的一些习俗，又能表现民间的价值观等等。通过童谣的口耳相传，将这种来自民间的意识形态、价值观念、民俗文化较顺畅地传承下去，童蒙功用得以实现。

童谣所蕴含的道德文化观念是隐性的，它既非长篇大论，也非苦口婆心，而是另辟蹊径，走了一条与学者们理性论述和世家名人的家规训诫不同的教育路线，以旁敲侧击、贴近儿童生活话语的方式，与教育效果于一片轻松散淡之中。这样看来，在儿童的歌讴之词里增添些许教训的因子与希望的成分，不但可以让儿歌与教育同时充满生机和活力，还可以事半功倍，在激发孩童的乐趣喜好之时，还能润物细无声般地在其幼小的心灵里洒下希望的种子，不知不觉间感染、熏陶孩童的思想、品格。

实际上，当大家认同童谣是一种优质的教育手段时，容易多走一步，突出其教育意义，而忽略童谣作为儿童文学的美感。童谣最大的教育价值就在于其教育目的的隐匿性。在不知不觉中，创造出一个空间，传达出一个信息，以达到润物细无声的效果。孩子们感兴趣的是童谣的韵律感与娱乐性，如果教育目的昭然若揭，就会使童谣魅力尽失，从而违背了自然教育的原则，远离了儿童。大部分优秀的童谣，只是在叙述一件事情，或是描述一个场景。教育目的只是一种附属作用，是成人在童谣之外感受到的某种教育的意义。当然，如果以一种教育的心态创作童谣、传播童谣，而且教育目的超乎明显的话，在儿童那里，就会产生一种侵略感，造成阅读者的自我防御。这就是童谣的"无为"，

---

① 周作人：《儿童文学小论》，商务印书馆 2018 年版，第 42 页。

所谓的无声胜有声。但是选择什么样的事件和场景，是自主的。可以选择积极的，也可以选择消极的、温情的，也可以选择冷漠的；可以选择纯净美丽的，也可以选择丑陋的。这种权利就是"有为"，作为成年人，我们有责任为儿童营造有道德的生活，让童谣成为孩子们的良师益友，让其开花结果。

第七章　中国童谣的价值保护与教育传承

　　大抵在儿童文学上有两种方向不同的错误：一是太教育的，即偏于教训，一是太艺术的，即偏于玄美：教育家的主张多属于前者，诗人多属于后者。其实两者都不对，因为他们不承认儿童的世界。中国现在的倾向自然多属于前派，因为诗人还不曾着手于这件事业。向来中国教育重在所谓经济，后来又中了实用主义的毒，对儿童讲一句话，眨一眨眼，都非含有意义不可，到了现在这种势力依然存在，有许多人还把儿童故事当作法句譬喻看待。

——《儿童的书》

第一节　童谣价值的认知与认同

　　童谣有比较鲜明的地域色彩，它就像一块融合了传统文化的璞玉，是广大儿童不可或缺的精神食粮。然而，随着历史的发展，由于电子时代和信息浪潮的到来，大众文化兴起，电子产品带来的声光电冲击，使童谣在儿童生活中的地位逐渐受到排挤而动摇，童谣也正日益被人们所遗忘，正在遭遇着不小的"尴尬"，面临失传的危机。电子产品自然能够给儿童带来必要的休闲与娱乐，但是电子产品不能取代儿童游戏，而成为儿童唯一感兴趣的娱乐产品，阻挠着儿童开展"阳光"下正常的游戏与活动，这种现象是令人担忧的。其实，电子产品具有对于儿童视觉、听觉、感觉等多种角度的冲击，它与童谣相对静态的传播方式还是有很大优势。在这个大背景下，童谣原本依赖的口耳相传的传播环境正在发生变化。如果儿童的主要视野被系列电子产品所吸引，他们是很难有自觉性与意志力从电子产品中转移出来的。而正当孩子沉迷于声光电所带来的强烈刺激时，那种来自童谣的文学性、理想化的传播链条是被打乱了。儿童原本有限的休闲时光就会被电子产品所占有，留给儿童开展伙伴之间游戏的时间则无形缩短，留给长辈与儿童开展互动、享受念唱童谣所带来的亲密感觉的时光就越来越少了。由此引申，这里所要探讨的不仅是电子产品与童谣之间的关系，甚至可以拓展到电子产品与儿童文学阅读的关系，可以延伸至电子产品时代儿童教育的困境问题。

童谣自有记载先秦时期始，至今都是以活在儿童口头上著称。作为儿童口头上的艺术，童谣的传播是需要借助口耳相传的传播途径来实现，就目前的情况来看，如果童谣失掉了口耳相传的途径，童谣失传就很有可能。而另一方面，童谣借助口耳的传播媒介，是"活"在口头上的艺术。童谣是由儿童之口歌讴吟唱的，是可以让儿童之口"活"起来的艺术。这就不一样了。前者是单纯地从童谣的传播途径加以强调的，而后者是从儿童教育的角度来考察，儿童无论进行哪一方面的教育都需要让儿童活起来，都需要激发儿童的积极性与活力，而童谣在这一方面就很有作为。童谣既没有机会走进庙堂，也不可能走入庙堂，但是如果失去了儿童的念唱吟诵，失去了吟唱童谣的环境，童谣的失传就在所难免。如果我们的子孙成为"失语"的一代是非常可怕的。

众所周知，儿童期是开展教育的最佳时期，童谣所适用的年龄是学龄前以及小学低年级阶段，恰逢儿童成长的关键期，是施教的黄金期，因而紧紧抓住这个儿童记忆发展的最佳时机，强化童谣认知，弘扬传统文化。21世纪的儿童，显然被这个时代层出不穷的新鲜玩意儿抓住了眼球，现在很多儿童已经不会说地方方言，家长也不跟孩子讲地方方言，家庭里没有了讲方言的环境，学校也没有推广童谣的环境，儿童逐渐就会疏远有着浓郁地方色彩的童谣，就会对蕴含了丰富传统文化的童谣加以漠视，更可怕的是会使儿童逐步淡化对童谣的认识，最终会导致童谣在下一代乃至下一代孩子那里失传。

现在稍微年长的比年轻人对家乡童谣的熟识程度要明显得多。尽管有了年份的相隔，但是对幼年时代念唱的童谣却念念不忘。我国著名作家王蒙在新中国成立 70 周年之际获得了国家荣誉称号"人民艺术家"，但是无论他走到哪里，他都声称自己的祖籍河北沧州，"我是南皮龙堂村人"。古诗云"少小离家老大回，乡音未改鬓毛衰，儿童相见不相识，笑问客从何处来。"事实上，考察他的履历，王蒙出生在北京，幼年时随父母短暂居住在沧县，之后一直生活工作在北京。但是他一踏上沧州南皮的土地，就跟当地的老百姓用家乡话交谈，还开口吟唱出那首当地耳熟能详的童谣：

> 粑粑蛋，上脚搓，你是俺兄弟，俺是你哥。打壶酒，咱俩喝。喝醉了，打老婆，打死老婆怎么办？有钱的，再说个，没钱的，背起鼓子唱秧歌。

我们知道王蒙是民俗文化大家，对民俗文化的深爱，对家乡土地的痴迷让他对家乡的童谣记忆犹新。同时也透漏了一个基本的事实，幼年时代受到影响、印象深刻的童谣给儿童的一生都带来深远的影响。

年轻的一代终究会长大，如果他们的脑海里没有留下深刻印记的话，又怎么能将中国童谣继续传唱下去呢？一种好的民间文化被遗忘是十分令人可惜的。那么如何将这种蕴含着深厚的传统文化的民间文学通过"朝霞"继续传承下去，让它发挥其应有的作用与光辉？是我们所有人应该思考的问题。如果电子产品时代的事实是不可能改变了，那么如何在现代环境下，更好地借用童谣这片阵地，对儿童施以各个层面上的教育是当前迫切需要思考与解决的问题。事实上，我们想表达的是，增进儿童对家乡童谣的了解，熟悉对中国童谣的认知，掌握与传承对中国童谣的理解，更深入地认同中华传统文化是我们刻不容缓的使命和责任。

第二节　童谣价值的开发与保护

一、童谣与儿童语言发展

首先需要澄清的是，追根溯源，童谣与儿童语言发展并没有必然的联系，它既不为儿童的语言发展而生成，也不为儿童的语言发展而传播，童谣没有如此显在的功利诉求。童谣是成人和孩子或孩子自己玩的游戏，"对于儿童来说游戏是没有原因的，他们喜欢它只因为喜欢，游戏是他们的直接需要，并没有游戏之外的缘由"①。正像儿童喜欢游戏没有理由一样，儿童喜欢童谣也是不需要理由的。儿童与童谣之间本是天衣无缝的衔接。

（一）童谣与儿童的语音感应

语音与儿童的生命息息相关。人之初尚不识字，语言世界与儿童的第一触媒不是别的，正是语音。在儿童可以驾驭文字之前，语音是儿童感知自然的重要媒介。那么，儿童对于语音为什么会情有独钟呢？换句话说，语音中有什么神奇的东西可以让儿童如此着迷呢？

俄国儿童文学作家朱可夫斯基曾有意识地注意了儿童的语音游戏，他记录并评价了这一游戏活动：儿童进行声音的实验，他们有规则地做成了像下面这种奇妙的语音式样：

科希　米尼，科希　科埃

丽巴　库希，丽巴　科埃

洛卡　库库，苏卡　科埃

丽巴　库西亚，苏卡　科埃

"这段东西对成人来说是毫无意义的，但对儿童，就像诗人一样，专注于

---

① 黄进：《游戏精神与幼儿教育》，江苏教育出版社 2006 年版，第 54 页。

规则的、撞击的节奏，专注于重音与轻音的交错。"①由朱可夫斯基的分析，我们可以看出，儿童对于语音中有规律地出现的节奏、由语音的轻重交错所形成的起伏变化有着非同寻常的兴趣。这一点我们自然联想到童谣。童谣作为一种特殊的诗歌体裁，同时兼具语言艺术与音响艺术的特质。童谣之所以被誉为"具有人之初意义"的文学，就在于它句式简短、节奏明快、韵律和谐，与儿童"与生俱来"的音感具有天然的契合。有学者言："儿歌之用，亦无非应儿童身心发展之度，以满足其喜音多语之性而已。"②儿童的天性是"喜音"，伴随着童谣的有韵律的声音，儿童会手之舞之，足之蹈之，做起有趣的语音游戏。

童谣是一个充满节奏的情绪世界，它富于音乐美，可以满足儿童特定年龄阶段身心发展的需要。"儿童是从小就喜欢音乐的。一岁左右的婴儿，听觉逐渐发达，就喜欢听有韵律有节奏的声音；幼儿初学说话时，'咿咿呀呀'往往不成字句，而自有节调。可以说幼儿学习说话是先有音调而后才有词意的；到能够说话时他们也常常喜欢复述有韵律的歌词。儿童有悦耳的音调，富于音乐性，足以引起幼儿的关注力……因而为幼儿所喜爱。"③作为有律之音，童谣中的叠音顺应了儿童学语时先音节后词意的规律，从而易于儿童记忆。

有山西童谣云：

麻子麻，上高扒，望撒了麻子的腰；麻子捡了个麻大钱，买了个麻烧饼，麻子吃，麻子看，麻子打架麻子劝；一督板，二督板，打到麻子的屁股眼。

河北童谣《麻子麻》：

麻子麻，上树爬，拿鞭子，拿板子。麻子捡一麻铰铰，麻子打架麻子劝。

---

① 转引自［美］H・加登纳：《艺术与人的发展》，兰金仁译，光明日报出版社 1988 年版，第259 页。

② 周作人：《儿童文学小论》，河北教育出版社 2002 年版，第 36 页。

③ 陈鹤琴：《儿歌》，江苏人民出版社 1956 年版，第 2 页。

湖北童谣：

　　麻子麻一颗，我是麻子的哥。麻子麻一点，我是麻子的爹。

"儿歌的旋律都充满生气，很容易记忆并使人受到鼓舞。贯穿于儿歌中的这一特点，可以说是和人的身体机能密切结合在一起的。"① 以上所列举的"麻子"谣，虽略有差别，但利用"麻子"的反复重叠而凑趣的做法，却十分有效。

有一类童谣，不管童谣本身有没有表达意义，儿童在念唱的时候，只关注或注重于童谣的语音，执著并沉迷于童谣的语音，属于语音类童谣。语音类童谣"重语音，轻语义"，童谣的意义被悬置一旁，而语音获得了绝对的主宰地位。这类童谣往往并不追求意义，只是随心所欲地把合韵的词语连缀在一起，注重语音与节奏的和谐，即所谓的"随韵结合，义不相贯"。典型的样式有"绕口令""顶真歌""摇篮曲"等。

有童谣云：

　　天浪一只鸡，掉落三根毛。毛，猫过桥，桥，桥神土，土，土地堂，堂，糖塌饼，饼，饼过张，张，张三老，老，老寿星，星，新娘子，子，猪八戒，戒，阶沿石，石，石宝塔，塔，塔尖头，头，豆腐干，干，肝白肠，肠，长生果，果，古老钱，钱②，甜如蜜，蜜，蜜腊橘，橘，橘子皮，皮，皮老虎，虎，火里逼，逼，逼到园里打小屁股。

——《礼俗》第八期

此谣语音看似"叠床架屋的堆砌"，"太冗沓"，但正是"因为其冗沓，他们（指听者，这里指儿童——笔者注）仿佛觉得这样圆转自如的声音凑合有一种说不出来的巧妙"。③ 那么，聚焦到这首童谣，其圆转自如的"巧妙"，巧在何处，妙在哪里呢？首先，首句开启了新韵脚"毛"，除首句与末句外，每组句由一句一字句和三字句构成，从"毛，猫过桥"开始……一直到"虎，火里

---

① 　日本儿童文学会编：《世界儿童文学概论》，郎樱、方克译，湖南少年儿童出版社 1989 年版，第 103 页。

② 　钱，读作钿，与甜字连接，就特别见出苏州话的谐音。

③ 　朱光潜：《朱光潜全集》，安徽教育出版社 1987 年版，第 46 页。

逼"，字数严重相称，如此大规模一致的结构形态，造成了整首童谣特有的节奏，使原本互相不联系的"一盘散沙"依赖这样一个共同的模型构成了一个玲珑可玩的"音韵沙雕"。最后以"逼，逼到园里打小尼股"为收束，以一种突然改变字数的方式煞尾，整饬中富有变化。其次，每两句一换韵，韵韵相连，一串音韵就像滚珠一般倾注而下，大珠小珠落玉盘，说不出来的巧妙！再次，除头两句外，一直使用"顶真"格，下句起词完全与二句末词相同，下句行进的方向完全由上句末词决定。顶真格作为一种"使邻接的句子头尾蝉联而又上递下接趣味的一种措辞法"（陈望道），其独特的铰式结构在"上递下接"中造成了气韵流注、连贯而下的情势。

儿童初学语时，发音常不准确或不甚清晰，尤需多加练习。绕口令式童谣最为"对症下药"。褚东郊针对于此就曾指出：

　　练习（发音）的方法，最好是将声音相类似的事物，聚在一处，使之时加辨别。但是这种办法，很容易流于枯燥无味，不能得儿童的欢迎。惟有儿歌里有许多很美妙的歌词，不仅对于练习发音非常注意；并且富有文学意味，迎合儿童心理，实在是儿童文学里不可多得的一种好材料。①

浙江杭县流传一首童谣云：

　　驼子挑了一担螺蛳，胡子骑了一匹骡子，驼子的螺蛳撞了胡子的骡子，胡子的骡子踏了驼子的螺蛳，驼子要胡子赔驼子的螺蛳，胡子又要驼子赔胡子的骡子。

这首童谣的遣词比大家熟知的《天上一颗星谣》更加美妙。全歌不过六十三字，而声音相类似的"驼子""螺蛳""胡子""骡子"四个名词，竟互用至二十次之多，并且假设一桩故事，使文字不至于呆笨，全歌的趣味更加浓厚。②

① 褚东郊：《中国儿歌的研究》，见王泉根评选：《中国现代儿童文学文论选》，广西人民出版社1989年版，第584页。
② 《吴歌甲集》载类似童谣：一个驼子，挑担螺蛳，碰着了胡子，骑着一只骡子。胡子个骡子，碰翻了驼子个螺蛳。挑螺蛳个驼子，拉牢了骑骡子个胡子。驼子去打胡子，胡子亦打驼子。亦以"驼子""骡子"等声音相近的名词组合成篇，词语与音节共相纠缠，对于吟唱的小儿既是挑战，又有莫大的吸引力与语言刺激。

由此可见，童谣声音形态中的节奏和韵律是童谣世界的精髓。童谣合辙押韵的形式与儿童语音接受图式完全相和。除摇篮曲、顶真歌对儿童的节奏韵律感具有更为显在的养成功能外，在语音类童谣里，绕口令对儿童语音发展也有着特殊的作用。绕口令，或叫拗口歌，发声相近的字、收韵相同的字组合到一块，中间给它别拗；或是同一字音，而又四声之异；或者，句子里一连串的字眼，同声异韵、同韵异声的驳杂。这样一来，说在口里，发声、送气、收声，弄得混淆不清，自然就不顺嘴了。其重要作用：一方面是使得歌谣声韵活变，富有情趣；另一方面训练儿童语言发音的能力；第三，也连带的扩展了歌谣生活的境界。

有童谣云：

壁上挂支鼓，鼓里画支虎，虎爬破了鼓，那块布来补，还是布补虎？还是布补鼓？（河北）

拗口的是"鼓""虎""布""补"四个字。"鼓"与"虎"同为舌根音，而发音部位有异。"布"与"补"同为双唇音，发音相同，但声调不同，"补"读为上声，"布"读去声。而"鼓""虎""布""补"四字，同收十模的韵。本首歌的拗结处集中于末两句。

台湾学者李季在《骈庐杂忆》中说：

童谣是小孩子们练习口才的工具，轻松、活泼、趣味、简单，无美不备。有些有意义，有些无意义。因为有韵脚，最为顺口。故儿童乐而习之，亦教育儿童们一种最好的补充教材。孩子们在三四岁时，其在大人腿子上，一面打"撩撩"，一面唱童谣，使一个沉静的家庭突然增加了不少的生气。天伦之乐，当以此为第一义。[1]

因此，我们说，要想在儿童成长关键期抓紧提高儿童的语音品质，就必须认真练习口、嘴、舌，使其转动灵活，部位准确，口腔有弹力，开合自如。而要达到上述目标，绕口令无疑为儿童语音的"腾挪翻滚"提供了极佳的"训练场"。

---

[1] 李季：《骈庐杂忆》，台湾书局 1963 年版，第 47 页。

（二）童谣与儿童的词汇积累

据儿童心理学研究表明，儿童平均在 12 个月左右说出最初的词汇，到 6 岁的时候，拥有大约 10000 个词的词汇量。为了实现这一目标，儿童每天大约要习得 5 个生词。① 而完成这一庞大工程，词汇的习得来源和习得方式是两个最为关键的要素。儿童词汇语料来源非常广泛，包括日常生活、儿童读物、影像媒介等，甚至包括不被大人关注的某种来源；习得方式也是多种多样，包括自言自语、日常会话、游戏、视听等。童谣在儿童词汇发展中最重要的功能是以一种轻松快乐的游戏方式为儿童提供了一个契合大多数儿童词汇发展规律的词汇库。

1. 童谣可以大批量地增加适合儿童生活的日常词汇

童谣如诗，省略了大量表述性过渡词汇，实现大量新鲜词汇的叠加，同时这些词汇大部分是常见词汇，童谣的产生原本就是生成于民间，传播于民间，因此，在很大程度上契合了儿童的语言经验。走进了这个词汇宝库，儿童可以拥有更多的词汇习得的语料。

有童谣云：

> 杨柳青，放风筝。杨柳黄，击棒壤②。

> ——清·史梦兰《古今风谣拾遗》卷四引《书影》

童谣的词汇系统，实词无可争议地占据了统治地位。实词又以名词和动词为主，形容词次之，其他如数量词、代词、副词较为少见。此童谣一共四句十二个字，出现了物体语词"杨柳""棒壤"，行为语词"放""击"，状态语词"青""黄"。此谣省略了代词、副词等过渡性虚词，保留下适合儿童理解与记忆的名词、动词、形容词等实词，从而在某个程度上说明了童谣的诵唱为儿童在词汇量的供给上提供了重要的语词来源。

---

① ［美］劳拉·E·贝克著：《儿童发展》（第五版）．吴颖等译，江苏教育出版社 2002 年版，第 514 页。

② 棒壤，一种玩具。据前《二月二日小儿戏具谣》，二棒壤，即北方的打拔儿。类似现代的农村传统小儿玩打嘎嘎。

语词简洁、对仗工整的童谣给儿童以实词居多，那类顶真歌一语串珠的将诸多并不相连的事物串联在一起，于是给儿童提供的新鲜语词则更加丰富[①]。

有童谣《一颗星挂油瓶》云：

> 一颗星，挂油瓶。油瓶漏，炒黑豆。黑豆香，卖生姜。生姜辣，叠宝塔。宝塔尖，戳破天。天哎天，地哎地。三拜城隍和土地。土地公公不吃荤，两个鸭子囫囵吞。

> ——清·郑旭旦《天籁集》

与民间故事相比，童谣具有更加集中大批量提供词汇的本领。与诗歌相较，童谣所呈现的词汇以更加适合儿童接受的实词为主，一般而言，实词，尤其是生活中常见的词汇是儿童从本心就渴望和有能力习得的词汇，而这类词汇的呈现基本符合大多数儿童习得词汇的规律。这类基本规律相一致的现象证明了童谣能为儿童的词汇发展提供"对位"的系统。童谣的自然诵唱与儿童词汇积累之间有水到渠成的自然联系。至儿童能说话时，常常对其吟唱童谣，小儿自然就学会了诵读。因为是性质所近，学习起来也"易于常言"。

韦氏编《北京儿歌》有：

> 门儿敲得梆梆，狗儿咬得汪汪。我说一声谁？骑着毛驴儿，扛着米，要粗的，要细的，量糠儿的，簸净儿的。

短短一首童谣，包含了名词"门""狗儿""毛驴儿""米""糠儿""净儿"；动词"敲""咬""说""骑""扛""要""量""簸"；代词"我""谁"；量词"声"；拟声词"梆梆""汪汪"；形容词"粗""细"，和问句的运用使得整首歌谣显得活泼可喜，极易调动儿童听说的兴趣。在轻快的诵吟之间，小孩儿自然而然习得了这些常用语词。

2. 童谣以游戏性能极大地增添了儿童习得词汇的乐趣，从而提升了效率

无论是母歌还是儿戏，童谣总是"腾挪"在游戏中，在游戏中生根、发芽、

[①] 以浙江乐清一地为例，据《中国民间文学集成·浙江省温州市乐清县歌谣谚语卷》所辑录的童谣共计 47 首，各类词汇总量达到 1284 个，而且这些词汇大部分是常见词汇。（参阅王瑞祥等：《童谣与儿童发展——以浙江童谣为例》，浙江大学出版社 2011 年版，第 238 页。）

成长。童谣绝大部分都有游戏动作，边游戏边诵唱，游戏之趣，伴以语言之趣，使儿童大大扩展无意记忆，比之有意记忆能更快地习得词汇；同时，游戏所制造的语言与非语言的情境，能使儿童在游戏的同时置身于具体的情境中，从而更能帮助儿童加深对词汇意义的理解，加速词义心理内化的进程。

清代韦氏编著《北京儿歌》载童谣云：

> 谁跟我顽儿，打火镰儿，火镰儿烧，卖甜瓜，甜瓜苦，卖豆腐，豆腐烂，茶鸡蛋，鸡蛋鸡蛋壳壳，里头坐着哥哥，哥哥出来买菜，里头坐着奶奶，奶奶出来烧香，烧了鼻子眼睛。

这是儿童们邀集同伴们来玩时唱的歌谣。童谣经常将不相类的事物按照意思的层递，运用拈连、回环等多种修辞手段交织在一起，有动有静在成人看来毫无意义，但在儿童看来却十分有趣。常惠就回忆说，我小的时候听见人家唱这首，一学就会了。成天唱也不嫌"贫"，而且不知道里边有多少甜甜蜜蜜。童谣活泼异常地再现了各种生活现象，在儿童那里完全可以不借助现实生活的逻辑加以联系，因而极大地增加了儿童的词汇种类与数量，同时也增进了儿童的联想能力。

（三）童谣与儿童的语感培养

何为语感？所谓语感（sense of language）就是对语言的感受能力。王尚文认为，语感是人类把握语言的主要方式，是一种思维并不直接参与作用而由无意识替代的在感觉层面进行语言活动的能力。[①] 语感具有一听就清，一说就顺，一写就通，一读就懂的功能。因此，对于正在逐步建立语言听说能力的儿童而言，逐步建立汉语语感是至关重要的。语感的好坏直接影响到儿童听说读写的能力。那么，童谣的诵唱对于儿童语感养成方面也发挥着重要作用。

1. 幼年的倾听经验有助于建立最初的语感

幼儿获得语感的来源有很多种，他可以通过听觉吸收所有能够感知的语言

---

① 王尚文：《语感论》，上海教育出版社为 2000 年版，第 35 页。

来源，比如电视媒介、电子产品，幼儿可以择选优美、舒缓的语音故事、音乐作为他们无意识的学习对象。但在童谣的传统艺术形式中，有一类童谣为摇篮曲，它的生成与传播既不受时空的限制，也不受文化高低的制约，凡有母婴的地方，摇篮曲就会生成。

人生最早听到的童谣是这种母歌，母亲唱给婴儿听。一字一句，一腔一韵，莫非出自孩子的心。一两个月的婴儿，已经有了哭笑的表情，母亲的摇篮曲是人生最初的语感教材。婴儿听得入神，受其抚慰，感到激勉，心灵上听得习惯熟练，听得舒服了，引致起生命韵律的波动，迅速进入沉静的睡眠。

清代韦氏编著的《北京儿歌》中记载童谣云：

我儿子睡觉了，我花儿困觉了，我花儿把卜①了，我花儿是个乖儿子，我花儿是个哄人精。

又有：

我一个大儿子，一个儿子，宝贝疙瘩儿，开胸顺气丸。

碎碎念叨，反复轻唱，简短浅白的几句话中满是温暖甜蜜之意。顾颉刚曾说：儿歌注重说话的练习、事物的记忆与滑稽的趣味，所以有复沓的需要。②清水又说：

妇人与儿童，都是很喜欢说重叠话的，他们能于重叠话中每句说话的强调高低都不相同，如唱歌吟诗般的道出来，煞是好听。③

其实所谓妇人喜说重叠话，有很大一部分原因是为了顺应儿童的需要。心理学上把从婴儿出生到第一个真正意义上的词产生之前的这一阶段称为"前语言阶段"，一般是从出生起到 12 个月。处于这个阶段的婴儿，虽然不能说话，但是有一定的语言直觉和语言理解能力，即已经建立起了基本的听觉语感。童

① 把卜：方言，疑指不闹之意。（参见高殿石：《中国历代童谣辑注》，山东大学出版社 1990 年版，第 375 页）又有解释：《儿女英雄传》第二十回，有"罢卜着睡"之语，或许是婴儿含奶头睡觉，叫罢卜。英文 Pap 是乳的意思，倒也相近。（参见朱介凡：《中国儿歌》，纯文学出版社 1977 年版，第 68 页。）
② 中国社会科学院科研局编：《顾颉刚集》，中国社会科学出版社 2001 年版，第 141—142 页。
③ 清水：《谈谈重叠的故事》，《民俗周刊》1928 年第 21、22 期合刊。

谣作为以听觉为感知通道的语言艺术，也是幼儿接触最早的、最多的文学形式，对幼儿具有天然的吸引力。美国心理学家詹姆士也曾说过："幼年背诵的东西，好像用火印烙在大脑上似的，就是完全记不起来，它的痕迹也永远不会消灭。因为构造上的改变一经固定在生长的脑里后，这个改变就成了常态组织的一部分，营养的代谢作用还照例维持它，因此它像伤后的瘢痕一样，会毕生存在着。"① 可见幼年的语言生活对于一个人的语感形成具有显著的影响力。

2. 儿童在玩念童谣的过程中，逐步增加语感

语感的获得一个重要的途径就是阅读，而对于刚刚来到这个世界的婴儿而言，聆听作为阅读的一种是提升对语言的心理感觉、语义的连贯性，情节是精彩程度的方式，对于幼儿而言，一开始是聆听摇篮曲，伴随着年龄增长，体物歌和人事歌，以及孩子与同伴之间的边唱边玩的游戏歌、谜语歌、叙事歌等童谣，都是儿童信手拈来、乐此不疲的"快乐语感教科书"。

幼儿初学语言，对语法规则一般不加理会，说话往往是一个词一个词蹦出来的，而且常常自作主张将这些单个的词自由组合，所以难免有时会"词不达意"。当儿童开始学习连字成句时就会遇到了语法困难，而欲攻克这一难关，童谣于此就可派上用场。

何德兰收集旧京童谣云：

> 萤火虫，小宝贝。山中来，点点飞。从黄昏，飞到黑。飞远了，累不累？歇一歇，爹妈陪。糖一把，茶一杯。来晚了，归小妹。②

通篇以轻巧的三言句式构成，且一韵到底，音调极和谐，在吟唱方面首先满足了幼童的要求。从内容架构来说，短短数句话连接成一段充满趣味的故事情节，极易引起儿童的好奇心。儿童在学习连缀句子期间，往往会就一句话喋喋不休，那正是培养语感所需要的练习。童谣可以说是再适宜不过的练习

---

① ［美］詹姆士著：《心理学原理》，唐钺译，商务印书馆1963年版，第3页。
② ［美］泰勒·何德兰、［英］坎贝尔·布朗士：《孩提时代：两个传教士眼中的中国儿童生活》，群言出版社2000年版，第9—10页。

素材。

人常说，"熟读唐诗三百首，不会作诗也会吟"，指的是获得语感的重要途径是模仿、传唱。童谣的特殊性在于，它不需要儿童具备多少文字的功底，而是在婴儿出生阶段就已经开始产生影响了。更重要的是，童谣不是用来看的，也不是用来读的，而是用来念唱的。也就是说相较于其他的文学样式，它完全借助的是收听——理解——念唱的逻辑形式，在念唱的过程中，就充分地调动了儿童收听、理解与表达等诸多能力来实现。

有童谣云：

　　点点，虫虫，飞！（湖北武昌）①

此谣尽管极其精简，但其中所含寓意却非同凡响。玩唱这首童谣，可抱儿于膝上，持其两手，以两只食指频频接触，对以"点点""虫虫"的念词，待唱到"飞"字时，则食指分开，在胸前绕一个大圈，做飞翔状。"虫虫飞"是婴儿最早听到的游戏歌，大人的歌声跟幼儿合一的动作，逗引了他玩耍的兴趣。这歌谣传承有自，各地皆有。幼儿闻此类谣，边辅之以简单易行的动作，在动作与语音相互作用下，不久就习得了这些词汇，并且一经习得终身拥有。其实，正是通过这样的游戏过程，儿童念念玩玩，玩玩唱唱，词汇的数量和质量不断得到递增，其语感也得到逐步的建构与发展。

童谣不同凡响，它是活跃在儿童"口头"上的艺术，它的出现与活动绝不仅仅是长辈念唱给婴儿听的摇篮曲，也不仅仅是长辈与儿童嬉戏时的母歌，还

---

① 河南沈丘等地流传的童谣："斗，斗，斗，斗，飞！"江苏常州流传的童谣："斗斗虫，斗斗飞，飞到高高山上去吃白米。"（见伍稼青《武进礼俗谣谚集》）江苏扬州流传的版本："虫，虫，虫，虫，飞，飞到天上喝露水，露水喝个饱，抱着小头往家跑。"（见熊海平《母歌实验谈》）据资料显示，在唱此童谣时，母亲抱儿于膝上，唱"虫虫飞"，唱得小儿大乐，每唱一句，持小儿两食指分开一次，作向上飞状。唱到末句，将小儿两手向上抱头，作跑状，这表情、动作，引得众人欢笑。清代无名氏编著的《北京儿歌》中收录童谣《虫飞谣》："虫、虫、虫、虫飞，飞到南山吃露水；露水吃饱了，回头就跑了。"亦是一首引逗孩子发笑的歌谣。开头连呼三声"虫"，引起孩童高度注意，下文的内容并不引人注目，但配以简单的动作，可以给孩童无限娱乐。

是儿童玩耍念唱的口中之物。尽管在成长期中的儿童语言表达能力还不够强，或许表达的能力还达不到复述儿童故事，但他可以尝试完成所熟知的简洁顺口、好记易诵的童谣，可以体验来自语言表达的获得感，尝试完整的表述其所记忆的语言，从而验证其逐步走向成熟的语感。尽管儿童的语感是在逐步学习模仿中建立的，但在儿童念玩童谣的过程中，是其从由聆听而习得语感到从模仿中收获语感质的飞跃。

我们反复强调的童谣是在儿童念唱的过程中实现价值的。儿童在经过多次聆听、记忆之后的童谣是要随口念唱出来，这是在识记基础上的一次较高质量的念唱，而非识记基础上的背诵。我们一直强调的"念玩"才是童谣传播的真正意义。儿童在经过了聆听、理解、选择的基础上，在通过大脑神经将其复述出来，是另外一个高级的转换过程，我们也反复强调，从听到说是不同层次的提高，更是提升儿童语感的实验与实操阶段，增加了其对语音、词汇、语感的认知与训练，对儿童语感打下了基础。

儿童在倾听、念玩童谣过程中逐步建构语感，以语音、词汇以及语感为基础，儿童自然而然地进入了习得语言的结构之中，同时还会利用这种结构来表达自我的创造。童谣作为最适合儿童的语言与文学资源，在与童谣的亲近、念唱过程中，儿童不断汲取语言的养分，从而逐渐夯实自身语言的根基。整个过程，语言的养料越丰富，养分越充足，儿童的语感宛如枝叶一般就越茂盛。而养成了良好的语感，对儿童来说，无论是语言的发展，还是精神培育，都将是终身受益的。

二、童谣与儿童认知发展

毫无疑问，人类认知世界的通道有千万条，而童谣无疑是儿童认知世界所有通道中充满乐趣而特别有效的一条。儿童在自己或与他人或念、或唱、或玩童谣的过程中，自觉不自觉地走进了一个与自我个体完全不同的陌生世界，并展开对这个世界的认知。童谣所营造的认知空间，首先是一个纷繁复杂的宇宙，是一个将动植物、器物具体物化的状态，是一个浸润了童心童趣的童话世界，是一个天文地理、民俗风情、历史文化的人文空间。因此，儿童在进入童谣之后，不仅在学习与识记的基础上完成了基础认知的工程，更重要的是在童谣的广阔天地里，逐步扩大了他们的认知，逐步走进人生的认知过程。

（一）童谣与童话世界

童话世界者，从儿童心灵观察、感受、辨识宇宙人生之谓，童谣中，属于童话世界的主题者特别多。由于这种情趣，儿童的心智与感情皆得到发展，因而对于万事万物充满了无限的爱与美。儿童心地单纯，一味天真，依他们自己的生活感受来看待这个世界。

有童谣云：

> 三岁老小①快活多，出门要唱好山歌，手里拿个金弹子，百花园里打鹦哥。打着鹦哥恼起来，芙蓉花留我吃三杯，芍药牡丹相陪坐，金雀花筛酒海棠陪。（江苏无锡）

又有童谣云：

> 牡丹花有病在房中，金银花连夜请郎中，请梅花来诊病，请桃花来写方，山茶花点火忙煮药。隔纱窗望见海棠花，鸡冠花忧来眉头皱，石榴花哭得眼睛红，茉莉花戴孝来穿白，木香花戴孝到如今。（苏州）

在童话世界里，儿童以为植物也如人一样，是有思想，有感情，会说话的。童谣所带给儿童的这种植物的认知，不仅是一种名汇的理解，还包含了情感。再看动物、器物的拟人化。

有童谣云：

> 小老鼠，上谷穗，掉下来，没有气，大老鼠哭，小老鼠叫，一群蛤蟆来吊孝，咽呱咽呱好热闹。

---

① 老小，谓小孩。老字在此词汇中，非年老之意，乃为语气助词，是老大老二、老张老李的老字之用法。常州也称孩童为"老小"，或说"小老"。此与北平称么女为"老姑娘"，有同一语趣。（见朱介凡：《中国儿歌》，纯文学出版社有限公司 1977 年出版，第 156 页。）

——河北《景县志》卷六

在儿童心目中,"老鼠过街"本是"人人喊打"的事,但在童话世界里,老鼠也成为儿童的朋友。小老鼠、蛤蟆都是生活中最常见的动物,这些动物一旦放入童谣里,就变得逼真而可爱,就有了特别的趣味,低幼儿童听过便可牢记于心,并产生深远影响。

又有童谣云:

> 上鼓楼台,下鼓楼台,张家妈妈倒茶来。茶也香,酒也香,十八个骆驼驮衣裳,驮不动,叫麻螂,麻蛐麻螂喷口水,喷到小姐花裤腿。小姐小姐你别恼,明天后天车来到,什么车?红轱辘轿车白马拉。里面坐着俏人家,灰鼠皮袄银鼠褂,对子荷包小针扎。趴着车辕问阿哥,阿哥阿哥你上哪?我到南边瞧亲家,瞧完亲家到我家。我家没别的,达子饽饽和奶茶,许你吃,不许你拿,烫你小狗儿的大门牙。(北平)

此童谣起兴高朗,"茶香""酒香",见人情殷勤热诚。十八个骆驼驮衣裳,可以想见生活富足。骆驼结队而行,乃北平城乡所常见的事物。骆驼驮不动,转而向小昆虫求救,未免不合逻辑,但在儿童心目中,不但完全可以领会,而且可见童心诚恳的情思。麻螂喷口水,引出小姐的出现,有奇峰突转之感。儿童"趴着"车辕问阿哥,足见儿童问阿哥的急切心情。最后"我家没别的,达饽子饽饽和奶茶,许你吃,不许你拿,烫你小狗儿的大门牙"一句,既有诚挚热情的表现,又有嘲谑的成分,自然而俏皮。

童谣中岂止花草、昆虫、鸡鸭进入了童话世界。宇宙万事万物都是孩童心目中可亲可近的朋友。朱自清语,将自然界中的草木鸟兽,自然是儿童日常耳目经常接触的事物,将其连缀而成的歌词,事实上往往"大出我们的意外","不仅思想新奇",而且"句调流利",而令人佩服。[①] 由这种"艺术手段"创设的童谣世界为儿童开启了一扇通往自然宇宙世界的大门。

---

① 朱自清:《中国歌谣》,吉林出版集团股份有限公司 2016 年版,第 138 页。

（二）童谣与人生孺慕之情

儿童，需其父母兄妹、叔伯、姑舅、诸姨与爷爷奶奶、外公外婆们的保育、提携、抚爱，才得以逐渐长大，而以无限爱心拥抱这个世界，准备投身社会。从摇篮时期开始，儿童最先认识的自然是妈妈，而后及于家人戚友。两三岁年纪，即已对人伦关系有了自然的体认，父慈子孝，兄友弟恭恩怀德之情。我们说，人作为一种社会动物，自出生开始就走进了一个无法逃脱的关系网络中，而人也只有在这一关系网络中，在人与人的社会交往中才能得以成为人，才能获得并发展其人性、社会性。童谣在其中起的作用主要是儿童在唱玩童谣的过程中，能够逐步把握人的存在关系性本质，为其社会性发展提供必要的源泉与基础。童谣中"弄儿歌""抚儿歌"所营造的温暖和感人的氛围，使得人类最美好、最深刻的亲子关系得到了文学化、游戏化的表现。

有童谣云：

（1）小板凳，你莫歪，让我爹爹坐下来。我替爹爹挝挝背，爹爹叫我好乖乖，我敬爹爹一杯茶，爹爹赏个玉蝦蟆。（湖南长沙）

（2）小板床，四柱腿，我跟奶奶说个嘴，奶奶嫌我吵的嘴，我跟奶奶做碗汤，爹吃一碗，娘吃一碗，剩下一点，给小三吃了罢。（河北束鹿）

（3）摇摇摇，要到石头桥，石头桥，一树小樱桃。小樱桃，长的好，红裙披绿袄，小樱桃，你是谁？我是你的小宝宝①。（陕西长安）

（4）小雀小雀毛儿乍②，公公犁地媳妇耙，小女婿打珂拉③。走路的，别笑话，俺是亲爹三。

——河北《大名县志》卷二十二

祖孙间、亲子间，情趣如见。亲子交往是儿童社会活动的核心内容，对其终生发展起着至关重要的作用。以上童谣中所渲染的正是亲子之爱——长辈在吟唱类似童谣时，寄托的正是这种最为柔软的亲情。童谣之于亲子间的歌谣，

---

① 全歌重点落于末句。
② 乍，多毛状。
③ 珂拉，即土块。

除了强化儿童对亲子关系的认知以外，通过亲子游戏营造"亲子依恋"的情感。所谓亲子依恋，是在父母和孩子之间形成的一种双向情感联系。亲子依恋基于先天的血缘关系，又在后天的生活活动和精神活动中得到发展。

河南百泉流传有童谣云：

> 我哩乖，我哩姣，不吃麻糖买糖糕。我的亲，我的人，摇钱树，聚宝盆，金銮殿，午朝门。

亲子情谊，呼声可闻。最后四句，述说望子成龙的心愿，言之简切。当然亲子之爱是甜蜜的，但亲子之苦却是可怜的。孤儿哭亲，泣血椎心，是人生最痛切的哀伤之情，中国童谣即以"小白菜"为此方面的典型代表作。

如童谣《小白菜儿谣》云：

> 小白菜儿地里黄。七八岁儿离了娘，好好儿跟着爹爹过，又怕爹爹娶后娘。养了个兄弟比我强；他吃菜，我泡汤①，哭哭啼啼想亲娘。②

——清·无名氏《北京儿歌》

这首童谣叙说了遭受继母虐待之孩童的痛苦心情。"儿子与后娘"是亲子关系中的一种特殊关系。《中国儿歌集》收录了一首叫作《小孤儿》的童谣，它讲述的故事很让人同情：

> 七岁我就没了娘，就像失水的花儿枯又黄。爹爹娶后娘，生了小弟把我忘。小弟吃肉我吃糠，叫声"亲娘"好心伤。

正如泰勒·何德兰在《保姆与儿歌》一文中说："这样的儿歌确实会培养起孩子们的怜悯心和同情心，使他们体贴和善待苦难中的人们。"③

---

① 泡汤，即喝汤之意。

② 一般"小白菜谣"，开头几句还是要这种唱法："小白菜哟，遍地黄哟。三岁两岁哟，死了娘哟。只好跟着爸爸过哟，又怕爸爸讨后娘啊。讨个后娘三年整啊，生个弟弟比我强哟。弟弟吃的白米饭啦，我是吃的大粗糠啦，弟弟穿的绫罗缎啦，我是穿的破破烂哟，弟弟跟着爸爸睡哟，把我丢在床沿外哟。噫哟，唉哟！想起我娘哭一场哟。（湖北武昌）"每一短句后增加"哟"的语气词，句向哀伤哭号，如闻其声，唱诵起来，平添了凄婉回环的腔调。

③ ［美］泰勒·何德兰、［英］坎贝尔·布朗士：《孩提时代：两个传教士眼中的中国儿童生活》，群言出版社 2000 年版，第 18 页。

与亲子关系紧密相连的是亲属关系。家庭生活是儿童世界中最为熟悉的世界，而这个世界是儿童逐步了解与熟知的世界，个中的亲密关系是儿童耳濡目染的。

有童谣云：

> 杜梨儿树哗喇喇，我家大姐嫁人家。借个剪子铰红布，借个骡子送媳妇，一送送到北京城，哥哥嫂子都来迎。哥哥穿件大绿袄，嫂子穿件大绿裙，大绿裙上一对儿鹅，嘻嘻哈哈渡大河；大河对过儿媳妇多，不纺纱来尽唱歌，一天唱不到半斤米，不够婆婆喂小鹅。小鹅儿下个蛋，吃一半，留一半，留给孩子当顿饭。（北平）

儿童唱这样的童谣，对亲属关系的认知和体会就进一步地被固化，这也可能是增进儿童社会性能力形成发展的重要因素。

又有童谣云：

> 阿花咪咪，今朝初一。买斤地栗①，望望大姨，大姨长，大姨短，大姨头上套只碗。（浙江嘉兴）

阿花指猫，所以发出"咪咪"的叫声，也带有起兴之意。买斤地栗，去看望大姨，与大姨拉话，聊家常，"大姨头上套只碗"有抒情与戏谑之意，表现儿童与长辈之间无身份隔阂、亲密无间的情谊。

儿童对亲属关系尤为敏感。母亲的娘家，在父亲，是岳婿；在孩子们那里，是最可爱的外婆家。在各地童谣里常常听到疏离"舅妈"或"嫂子"这类嫁入本家的外姓女子的篇章，其中所包含的伦理意义我们在前章中已经论及总结，总之，在童谣中，几乎所有涉及"舅妈"或"嫂子"的都是被否定、被批判、被丑化的对象。

有童谣云：

> （1）亮花虫，打灯笼，我在舅爷门前过，舅爷问我是那个？我是你的亲外甥。舅爷请我屋里坐，叫舅母把鸡杀，舅母娘就把眼睛眨，舅爷说把

---

① 地栗，即荸荠。

肉煮，舅母娘就把眼睛鼓。舅爷死了那个哭？一对亲外甥哭。舅母娘死了那个哭？一对黄狗咬上门。（湖北武昌）

（2）豆芽菜，蓬蓬生，姥姥爱外孙，老爷哈哈笑，舅母很痛心。（绥远、晋北）

（3）摇摇船，摇到外婆家，外婆叫我堂前坐，舅母叫我灶窝蹲，一碗饭，冷冰冰，一双筷，水淋淋，一盆小菜但有两三根，再问舅母讨三根，一根门闩打出门。（江苏川沙）

河南说法，有"三亲"——舅父、姑母、姨母，"三不亲"——舅母、姑父、姨夫。血缘关系无可勉强。外婆家本是天堂，只因太宠爱小外孙了，才强调了舅母的歧视。中国亲情文化中特有的"内外有别现象"——舅妈来自外姓，对舅舅本家的亲属似乎天生排斥，两者之间似乎天然具有排外性。

纵观社会交往、孺慕人情的童谣，涉及面广，覆盖时段长，这些童谣并非专为儿童创作，成人色彩较为强烈。儿童在吟唱这类童谣，无形中增加了儿童对社会生活、人情人性的认知与思考，并逐步增加形成爱憎分明的情感，为其认识多元的人事结构，体味多重的情感体验提供了直接的蓝本。

（三）童谣与文化民俗

民俗文化，又称为传统文化，是指民间民众的风俗生活文化的统称。也泛指一个国家、民族、地区中集居的民众所创造、共享、传承的风俗生活习惯，指一个民族或社会群体在长期的共同生产实践和社会生活中逐渐形成并世代相传的一种较为稳定的文化事象。它既是一个民族（地域）固有的传统文化的特质所在，又是这个民族（地域）创造、发展其文化环境的根基。丹纳在《艺术哲学》中曾经说过："一个民族永远留着它乡土的痕迹。"[1]童谣因其产生年代的久远，以及创作主体的群众性、民间性与浓厚的地方特色，加之由一代代人口耳相传的流传方式，很自然地成为传承民俗文化的重要载体。充分挖掘与开发

---

[1]　[法] 丹纳：《艺术哲学》，人民文学出版社 2007 年版，第 23—24 页。

童谣本身所蕴含的文化民俗事象，就是审视民族（地域）文化的根基。儿童吟唱童谣的过程，就是与传统文化进行一次亲密接触的经历，理解与认知文化风俗，感知中国丰富的文化心理内涵。

在物质生活民俗中，对于服饰、饮食、居住、出行、器物等方面的民俗，作为人类生活中一种很普遍的社会文化现象，通过童谣这一特殊的途径加以保存。儿童在吟唱此类童谣的过程中，自然而然地接触到一份珍贵的世相记录。不同时代有不同的着装风格与品位，受时代流行风潮的影响，大多也在童谣中有所显现。

《广天籁集》载童谣云：

> 红鞋子，绿靿拔，新堵田岸滑。走一步，滑一滑，退一步，拔一拔。

此童谣描绘了爱美女子穿新鞋走路的窘状。穿精心缝制的新鞋子走在新修的田埂上，土质松软，道路湿滑，因而不得不一步一提鞋。童谣用戏谑的语气写生活的小事，突出了时代服饰特征。

"爱见她"式童谣中表现心目中美女的模样，同时也刻画了美女的标准服饰，如在眼前。有童谣云：

> 三叶三，两叶两，三叶底下跑竹马，散开鞭，跑开马，一跑跑到丈人家，大姨出来栓大马，小姨出来栓小马，大马栓在梧桐树，小马栓在石榴花。掉下鞭子没处挂，挂到丈母门头下，大马吃黑豆，小马吃芝麻，隔着门簾看见她。通红舌头雪白牙，青丝头发黑黝黝，两鬓还插海棠花，耳戴金耳环，手戴戒指忽喇喇，高底鞋，鏊梅花，左梳头，右插花，俊死她来爱死我，典房卖地娶过她。（山西晋城）

"看见她"类童谣一般以男子经历了一番热情的接待之后，偶然间见到了心目中的"她"，并对其容貌、衣着、体态进行精细的描述，集中表现了当时人们服饰打扮的特点，并体现了民间的审美观念。

此外，我们知道在"民以食为天"的中国，饮食民俗是物质生活中最为重要的内容。饮食不仅能满足人们的生理需求，也在一定程度上迎合了人们对精神生活的需求，童谣中就包含了丰富的饮食民俗。

韦氏编《北京儿歌》有童谣云：

> 丫头丫，会看家。偷老米，换芝麻。芝麻细，油渣蜜，枣儿糕，热火烧，撑的丫头叫姥姥。

此童谣勾画了一个馋嘴丫头，偷了自家老米去换零食，最后因吃得太多，撑得难受。童谣里介绍了几种可以解馋的食物：油渣蜜、枣儿糕、热火烧，而这些美食正是在经济条件还不宽裕的情况下，老百姓渴望的食物。而这些食物承载了民族的记忆，也让走过那个年代的人牵肠挂肚。

《孺子歌图》又有：

> 豌豆糕，点红点儿，瞎子吃了睁开眼儿，瘸子吃了丢下拐，秃子吃了生小辫儿，聋子吃了听得见，姥姥吃了不掉牙。

此童谣极尽夸张之能事，重点宣传带红点的"豌豆糕"的好处，语言轻松诙谐，令儿童喜欢。

"食"与儿童的关系应该是最密切的，小儿贪食亦是天性，因而在童谣中多有食物出现，满足小儿旺盛的食欲。同样的，关于"食"的童谣以时代为界，前后呈现截然不同的民俗风貌。

温州童谣又有：

> 正月汤圆闹元宵，二月撑腰糕，三月囡子颜色俏，四月四喜糕，五月粽子芦箬包，六月冷水激面麻油浇，七月芝麻巧果两头翘，八月陷肉纸儿包，九月重阳吃栗糕，十月油炸芙蓉糕，十一月绿丝嵌秘糕，十二月八菜粥糯米烧。

这是一首温州月令点心谣，其内容包含了温州一带饮食习俗，像正月元宵吃汤圆，五月端午包粽子，七夕节家家户户做巧果，八月中秋送纸儿包（月饼）等，带有浓郁的地域色彩。任何人都会对儿时贪吃的美食有一种特殊的记忆，这种记忆不会随着人的阅历的增加以及势态的变迁而发生转移。因此，儿时的味道，是一生的挂念。童谣中宣扬与铺陈的味道就是让人难以忘却的民俗味道。

关于居住与出行的往日生活习俗，在童谣中亦多有涉及。

韦氏编《北京儿歌》则有：

> 咚咚咚，坐轿儿，一坐坐到二庙儿。二庙东，二庙西，里头坐着个肥
> 公鸡，哏哏哏儿，上草垛。

此谣为一首游戏的母歌。哼唱此谣，大人将小儿置于膝上，仿照抬轿之势来回晃悠。童谣中多有象声词，甚是活泼可喜。此谣不仅集中表述了中国古代有坐轿子出行的现象，还突出了"庙"这样在古代文化中出现几率较高的文化场所。末句中"肥公鸡，哏哏哏儿，上草垛"实为儿童逗趣之语，因而制造谐趣。

大多数孩子栖居在生之养之的故乡，脚下的土地是他们生命和生活的背景和依托，从认识自己的故乡开始，或者从了解自己故乡的衣食住行开始，培养他们对故乡的热爱与依恋，对儿童的认知发展和情感发展都具有非凡的意义，是儿童认知发展的不可多得的资源。

三、童谣与儿童游戏发展

儿童身心的发育，思想、行为的发展，学习、环境适应能力的成长，情绪的激励与平衡，道德观念陶冶以及其实践的努力，游戏生活都占了很重要的地位。这在心理学、伦理学、社会学与教育学上，已有许多定论。自婴儿到小学，小小大大的孩子，在他们的学习里，传袭了许多游戏的活动，从而有其自我扩展的过程；也在实际游戏动作里，孩子们自己创新了许多游戏的题材和各样的做法。取材范围的广泛，方式的多样，趣味的深厚，而且，不需特别应用什么器材，随时随地就可以一边唱一边做的玩起来。更值得注意的是，儿童游戏必然地与日常生活有十分紧密的联系。

（一）童谣与亲子活动

心理学认为，活动是人在与周围现实积极的相互作用中有目的地影响客体以满足自身需求的过程。关于儿童的活动与知识的获得，瑞士著名儿童心理学家让·皮亚杰在《皮亚杰的理论》（1970）一书中提出了儿童任何知识的构建

都要通过儿童的操作活动来获得，活动在儿童的智力和认知发展中起着重要作用的观点。认为动作是连接主体与客体的桥梁和中介，一切知识是主体与客体相互作用的产物，认识的形成主要是一种活动的内化作用。皮亚杰十分强调动作在儿童的认知发展中起着重要的作用，认为"认知结构是逐步建构起来的，它发生的重点是主客体相互作用的唯一一个可能的联接点——活动（动作），而不是知觉。"

亲子游戏是家庭内父母与孩子之间，以亲子感情为基础，以婴幼儿与家长互动游戏为核心内容，全方位开发孩子的运动、语言、认知、情感、创造、社会交往等多种能力，帮助孩子初步完成"自然人"向"社会人"过渡而进行的一种活动。亲子游戏是以亲缘关系为主要维系基础，以家长和儿童共同游戏为形式的一种活动。实践证明，亲子游戏不但密切了亲子关系，而且促进了孩子的健康发展。

而童谣作为亲子活动不可或缺的一部分，它与亲子活动间有着密不可分的关系。当孩子呱呱落地来到这个世界的时候，作为孩子的亲人（尤其是母亲），总会通过各种方式与新生命开展交流。而通俗、简单、生动、悦耳、有趣的童谣便会在母亲的口中哼出，亲子活动随即展开。随着孩子月龄的不断增加，孩子肢体的能力以及意识的能力也逐步提高，于是就可以在大人的看护下，开展亲子之间的活动。这种交流是不需要任何特殊的器具来辅助的，就简单而自然地产生。

有童谣云：

点点窝窝，牛屎巴锅，张家吃酒，李家唱歌，唱出屁来，吓死公哥。（贵州）

唱此童谣时，长辈以食指点婴儿掌心，无形中增加亲子间的亲近感和亲密性。唱词虽无豪华铺张之词，全是日常生活用语，甚至还有"牛屎""屁"等词语，但并无污秽之感，全是逗趣之语，平添生活气息。

又有童谣云：

肩背来背的毛贼贼，一遭遭，二遭遭，肩背上的背的个羊羔羔。（察

哈尔）

唱此童谣时，母亲背小孩儿，手拍弄之。其中"毛贼贼"为反语示溺爱，"羊羔羔"等于说小乖乖。这一切都是在亲自交流互动中自然开展的游戏，儿童听此童谣，平添娱乐温馨。

北京周边流传的童谣：

拉大锯，扯大锯，姥姥家，唱大戏，接姑娘，请女婿，小外孙儿也要去。没有好的给你吃：白米干饭炸里肌，撑得没地方儿拉屎去。

大人和小儿对坐，双手拉住前后俯仰，作两人拉锯状。这类简单的亲子游戏主要以手部带动腰部为主，可以锻炼儿童手部感知能力以及与他人合作的能力。末句"撑得没地方儿拉屎去"，充满谐趣，以众人哄笑为结束。

童谣没有十分考究的语言格式，也没有文字形式，没有曲谱，是在儿童中流传的口头文学[①]。童谣的诞生和流传与亲子活动，尤其是母子活动有着特殊的关系。可以说，对于大多数人来说，童谣都是从母亲的口中，是从亲子互动中获知的。研究表明，儿童成长过程中，尤其是低龄幼儿，在亲子活动中，亲人们往往随口吟唱童谣来与孩子一起互动，从而促进孩子的表达能力，提高孩子的交往能力，加深亲子之间的情感，让孩子在轻松、自然、主动的氛围中逐渐养成良好的行为习惯。

（二）童谣与伙伴活动

伴随着儿童年龄的增长，伙伴逐渐代替成人成为儿童生活中主要的交往对象，伙伴活动也慢慢成为儿童生活的重要内容。游戏，是儿童与伙伴活动的重要形式，也是儿童更乐于与伙伴而不是成人交往互动的重要因素。绝大部分童谣都是可以辅之以活动的。朱介凡曾说，童谣"绝大部分，都是有游戏动作，大人们知其歌词，而于相连带的游戏动作情形，不甚了了"。[②] 有的纯然的游

---

① 潘月芳：《童谣对孩子发展的启蒙教育作用》，《科教论丛》2009 年第 2 期。

② 朱介凡：《中国儿歌》，（台北）纯文学出版社有限公司 1977 年版，第 173 页。

戏歌隐含了游戏的玩法、规则，即使那些蕴含着强烈节奏的童谣也配以活泼动感的游戏。童谣与伙伴游戏并非截然分开的两个个体，而是浑然的绝佳状态。童谣决然不是与伙伴活动相互不搭界的独立个体，而是交相呼应的纠缠提升的合体。伙伴活动不是要辅之以童谣的问题，童谣不是要不要开展伙伴活动的问题，而是童谣就是为伙伴活动而生的产物，自古童谣就与伙伴活动产生最具关联性的联系。

早在《北齐书》中说，"童戏者好衣两手持绳拂地，而却上跳，且唱曰高末"，此言即近世之跳绳也。又有《旧唐书》记载："元和小儿谣云，打麦打麦三三三，乃转身曰，舞了也。"《明诗综》记载了正统中京师群儿一边念念有词："正月里狼来咬猪未"，一儿应曰："未也"，直到应曰"来矣"，众儿皆散的游戏。游戏中伴之以童谣。这都是在古书中留存下来的儿童游戏。

"钟敬文说：'儿童仿学人事的游戏，在中国比较普通的，如摇船、进城门等，类多附有此歌。摇船的，如：摇大船，摆渡过。大哥船上讨新妇。讨个新妇会打面，打个面来细娟娟。下拉锅里团团转；捞拉锅里荷花片；吃拉嘴里香窜窜；撒拉坑里乌深深。乡下人弗晓得，捞起来，晒晒干；拿转去，骗骗小团团'辑者原注云：凡儿歌言摇船者，均系手接手推挽若摇船之状时所唱。进城门的戏法，各地很有不同，但其所唱的歌谣，似乎多一种互相问答的形式。云南昆明的一种，已见前。这类儿歌大约最多。"[①]云南童谣《城门》：

> 城门，城门，有多高？八十二丈高。三千兵马可容过？有钱尽管过，无钱要大刀。什么刀？春秋刀。什么春？草春。什么草？铁线草。什么铁？锅铁。什么锅？两口锅。什么两？称两。什么称？观音称。什么官？凿木官。什么凿？鸡屎两大撮。什么鸡？红公大献鸡。什么红？山红。什么山？太华山。什么太？波老太。什么波？吃饭钵。什么吃？北门望着莲花池。打鼓，打鼓，进城门！

> 城门洞，有多高？八十八丈高。可容小兵小马走？有钱只管走，无钱

---

① 朱自清：《中国歌谣》，吉林出版集团股份有限公司 2016 年版，第 143—144 页。

挨顿刀。什吗刀？金银刀。什吗把？葫芦把。苗子搬家怕不怕？不怕！①

这是两首有动作的、仿效成人进城的游戏歌，众人牵成一串，且演且歌，朱自清的《中国歌谣》认为这也可以说是戏剧的起源。云南昆明地方的儿童，常聚集十多个同伴，分为甲乙两队：甲队儿童两手高举，作城门状，乙队儿童鱼贯而前，与甲队为首者和城门上的人问答，到最后一句，众人同声大呼"打鼓打鼓进城门"，依次奔进城门。

此外，简单的拍手游戏儿童也能玩出花样。如山东歌谣《拍巴掌》：

拍巴掌，拍到正月正，家家户户挂红灯。拍巴掌，拍到二月二，家家人家搬女儿。拍巴掌，拍到三月三，处处采似牡丹。拍巴掌，拍到四月四，一个铜子四个字。拍巴掌，拍到五月五，家家户户晒红肉。拍巴掌，拍到六月六，碗大饽饽一包肉。拍巴掌，拍到七月七，一个西瓜朝上吃。你一口，我一口，这个西瓜真不丑。你一脚，我一脚，这个西瓜吃不着。

拍手原本是件单调的事儿，但配合这变化多端的、考验儿童记忆力的歌谣，简单的拍手游戏就变得趣味盎然起来。

童谣之于游戏有着相当重要的作用，"今北方尤有拉大锯、翻饼烙饼、碾磨、点牛眼、敦老米等戏，皆有歌佐之。越中虽有相当游戏，但失其词，故易散失，且令戏者少有兴会矣"。② 可见，游戏需要童谣来助兴。没有童谣相佐的游戏会少了些许趣味，游戏也就因此流传不开，进而散失。对于儿童来说，童谣和游戏相伴，快乐就会翻倍。这份翻倍的快乐，恰恰为儿童带来了认识他们世界的手段，如《城门》里儿童对答时的"春秋刀""铁线草""锅""称""莲花池"等，都是儿童认知世界的初始表现。此外，儿戏也为儿童交往提供了最好的媒介。在游戏的过程中，他们一边享受着游戏带来的乐趣，又通过童谣的对答获得了人与人之间交往的成就感。"游戏底实质，无论怎样赞美，几于赞美不尽的。身体底精力和熟练借此增进，视觉和运动借此增加，想象借此每日

---

① 张四维：《城门》，《歌谣》周刊 1923 年 10 月 7 日。
② 周作人：《儿童文学小论》，商务印书馆 2018 年版，第 37—38 页。

得着新的滋养料，且得与各类动物相周旋，关于自然界的智识也借此增多；许多经验借此获得，却用不着费丝毫力气；因为和日常生活器具（用具，自然物，武器，工具）相接触，获着人生所需的许多技能"。①

游戏歌连带着各式各样的游戏，在儿童们中间传播嬉戏。游戏伙伴可以从一个人扩展到几个人，游戏极大地增进了儿童之间的合作意识，培养儿童语言表达的能力。

流传于北京等地的游戏歌：

> 一更鼓里天儿耶，猫儿拿耗子，天长哩，夜晚哩，耗子大爷起晚哩。耗子大爷在家没有？耗子大爷还没起哪。二更鼓里天儿耶，猫儿拿耗子，天长哩，夜晚哩，耗子大爷起晚哩。耗子大爷在家没有？耗子大爷穿衣服哪。三更鼓里天儿耶，猫儿拿耗子，天长哩，夜晚哩，耗子大爷起晚哩。耗子大爷在家没有？耗子大爷漱口哪。四更鼓里天儿耶，猫儿拿耗子，天长哩，夜晚哩，耗子大爷起晚哩。耗子大爷在家没有？耗子大爷洗脸哪。五更鼓里天儿耶，猫儿拿耗子，天长哩，夜晚哩，耗子大爷起晚哩。耗子大爷在家没有？耗子大爷喝茶哪。六更鼓里天儿耶，猫儿拿耗子，天长哩，夜晚哩，耗子大爷起晚哩。耗子大爷在家没有？耗子大爷吃点心哪。七更鼓里天儿耶，猫儿拿耗子，天长哩，夜晚哩，耗子大爷起晚哩。耗子大爷在家没有？耗子大爷吃饭哪。八更鼓旦天儿耶，猫儿拿耗子，天长哩，夜晚哩，耗子大爷起晚哩。耗子大爷在家没有？耗子大爷剔牙哪。九更鼓里天儿耶，猫儿拿耗子，天长哩，夜晚哩，耗子大爷起晚哩。耗子大爷在家没有？耗子大爷抽烟哪。十更鼓里天儿耶，猫儿拿耗子，天长哩，夜晚哩，耗子大爷起晚哩。耗子大爷在家没有？耗子大爷上街绕弯儿去哪。（北京）

——雪如《北平歌谣续集》

唱此童谣时，群儿牵手围成圆圈，圈外一人作猫，圈内一人作鼠。圆圈人

---

① ［德］高五柏：《儿童心理学》，陈大齐译，商务印书馆1984年版，第105页。

齐唱此歌，向前徐行。唱到末句，老鼠往圈外奔跑，猫跟踪追之。这个游戏名叫《猫儿拿耗子》。此谣虽长，但大致情节相类，只是在个别词汇上有变化。十更天的手法，老鼠称之为大爷，其生活排场与人相似，极具情趣的描绘。此谣生动，伙伴游戏间不但合作意识、语言能力得到锻炼，同时收获了友谊，比其他各种电子游戏来得自然、生动，而且有意义。

第三节　童谣的教育传承与创新

正是由于中国童谣在传承上有缺失、来自教育和社会各方面的职责缺失、青年教师对民间童谣的理解不足以及教学经验的缺乏，再加上儿童本身对方言的不理解，在一定程度上给中国童谣的传承带来了一定的困难，中国童谣的保护和传承面临着从未有过的尴尬，因此要认真面对。作为一种传统文化，最具有延续性的，是来自于家庭的世袭传承；作为一种儿童文学，最具有教育性的，是来自学校的教育；作为一种传播媒介，最具有传播性，是来自于社会媒体的各个渠道。对于童谣的保护和传承，也应该是一个有步骤、有目的地采取"三位一体"的系统工程，即"搜集与整理合力"、动态和静态的传承、优化教育教学实施，以此有效地实现中国童谣在儿童们中间永久性的保护传承。

一、搜集和研究的合力

童谣自古在民间流传，有大批的童谣散落在民间，有一部分古代童谣分散在不同类型的历史典籍中，它是文化软实力的体现，这是一笔亟待挖掘的宝贵财富。在中国学界，历史上曾经有一次震动较大的歌谣搜集经历，为我们留下了珍贵的经验。1918 年至 1920 年前后，在北大歌谣运动中开启了对民间歌谣的整体搜集与研究工作，不仅在学界引起较大影响，同时也为后世的歌谣研究开启了很好的典范。①1920 年 12 月至 1923 年 12 月，北大歌谣采集运动迎来了高潮，歌谣征集活动不仅在北大内部产生了较大的冲击波，甚至在社会上也逐渐形成了采集、整理和研究歌谣的浓厚风气。《文学旬刊》《东方月刊》《妇女杂志》《北京晨报》《学艺》《努力》等报刊都刊发各地采集的歌谣以及研究歌谣的论文。总体来看，从 1918 年 2 月萌生至 1936 年 6 月落幕的北大歌谣征集运动取得了不俗的成绩。以歌谣搜集的数量而言，共搜集了一万六千多首，这个成绩是相当显著的，是近代以来中国各地歌谣文献采集的重要成果。同时歌谣研究会对其中 2600 多首进行了较为科学的整理，发表在《歌谣》周刊上，成为后世学术研究的重要资源，在中国学术史上具有不容忽视的意义和价值。再者，歌谣征集运动的开展，促使社会上形成了采集歌谣的浓厚氛围，也逐步形成了一种社会思潮，社会上的采集工作也没有终止，歌谣采集的成果层出不穷，这次具有先锋意义的运动其价值值得肯定。这次运动取得成功的原因，一是在于歌谣运动的领导者刘半农与胡适等人很好地借助了北京大学这个平台。作为新文化运动的中心，北大在社会上具有较大的号召力，以北大名义向全社会发出征集歌谣的号召，较好地激发了社会的大量参与，这是歌谣采集运动能取得成绩的重要前提。因为歌谣广泛地分布在各地，如果不借助社会各阶层的力量，采集就很难具有普遍性，效果自然会大打折扣。二是成立歌谣研究会和创办《歌谣》周刊。歌谣研究会的成立，不但使歌谣采集运动有一个稳定的

---

① 从 1918 年 2 月至 1920 年 12 月，是北大歌谣采集运动的萌生期，可谓歌谣采集运动的第一阶段。学界普遍认为北大歌谣采集与整理运动的兴起起源于刘半农和沈尹默之间一次偶然的谈话：这已是九年以前的事了。那天大雪之后，我与尹默在北河沿闲走着，我忽然说："歌谣中也有很好的文章，我们何妨征集一下呢？"尹默说："你这个意思很好。你去拟个办法，我们请蔡先生用北大的名义征集就是了。"第二天我将章程拟好，蔡先生看了一看，随即批交文牍印刷五千份，分寄各省官厅学校。中国征集歌谣的事业，就从此开场了。（《语丝》，1927 年第 127 期，原名为《海外民歌序》）刘半农、沈尹默征集歌谣的倡议很快就得到蔡元培的积极支持，1918 年 2 月 1 日的《北京大学日刊》上，刊登了一则《校长启事》：本校拟征集全国近世歌谣，除将简章登载日刊，敬请诸君帮助搜集材料。所有内地报馆学会及杂志社等，亦祈各就所知，将其名目地址函交法科刘复君，以便邮寄简章，请其登载。此颂公绥。（《北京大学日刊》1948 年 2 月 1 日，第 1 版）

组织领导力量，而且能够快速地发展成员，发动、凝聚各地歌谣采集的力量，整合社会多方面的力量投入到歌谣采集运动中来。特别是《歌谣》周刊的创办，对歌谣采集运动的成功发挥了不可替代的重要作用。其成为展示采集成果的重要平台，有效地激发了广大民众参与到采集运动，扩大采集队伍与宣传影响。

但是我们也应该看到，尽管北大歌谣运动留给我们的影响依然久远，但是采集工作也存在明显不足。首先，从采集的绝对数量来看，相比于中国歌谣的总量来说，一万六千多首的采集量在分量上是相对较小的。其次，征集运动缺乏有效的采集方法，始终处于无组织的松散状态，个人化、随机性与随意性太强，持续性与稳定性不够。征集运动开始时，曾提出三种采集方法：一、利用官方的力量；二、个人的搜集；三、委托中小学教员向学生搜集。可此后多年的采集实践证明，官方的力量始终未能得到有效的借用，这与歌谣研究会缺乏行政权力直接有关。另外，中小学师生因为观念、意识问题，同时也缺乏教育部门的支持，始终没有参与进来，当然也就没什么值得注意的成绩。十五年中还是依靠个人的力量在搜集。魏建功曾指出这种情况：

　　　　我们唯一的来源实在是大学同学的兴趣合作，所以投送《歌谣》最多的河北、山东、江苏，乃是当时大学同学人数较多的几省。[1]

因此，个人采集又往往凭借个人兴趣在业余时间进行，采集的范围也有限，采集的兴趣能持续多久也不一定，因此歌谣采集很难保持稳定的水平。

面对这样一次 20 世纪初叶在全国范围内开展的为期十五年的歌谣采集运动，面对这样一种具有某种先锋性质的开创意义的运动，面对今生现世童谣发展所面临的新问题与挑战，我们今天的童谣采集工作应该从哪些方面开展纵深的采集与整理，都将是一件严峻而棘手的问题。

中国童谣因地域不同，受方言的影响又具有不同的文化状貌。童谣作为民间口头文学与非物质物化遗产，由于其内容与现代生活的差距，以及地方方言在民

---

[1]　魏建功：《歌谣采集十五年的回顾》，《歌谣》周刊 1937 年 4 月 3 日。

间运用较少，当代社会大众文化的激进传播，使得童谣的传承已经受到濒临消失的危险。因此，对中国童谣进行抢救式挖掘，重点从这样两个方面着手努力。

1. 从民间、典籍中搜集整理传统童谣

首先看民间搜集。各地童谣都与各地方言的变化紧密相连，由于童谣以方言的传唱为主，口耳相传的方式在民间流传，因而一直以来，民间是其主要活动的范围，并且只要有儿童传唱的地方，都会有新的童谣的产生和传播，因而大批的童谣散落在民间。对于民间童谣的搜集与整理，虽然是一件费时费力的事，但更是利在千秋、功在万代的伟业，将现有散落在各地难以寻觅的童谣进行系统的收集和整理，不仅是对民间文化的保护，更是为孩子们的童年阅读提供丰富的营养。在民间进行童谣的抢救式搜集，其作用还体现在，现代的搜集是对现代流传在民间童谣的搜集，是对童谣宝库的一种充实与补充，如果不抓紧进行"抢救"式搜集的话，那么对新近产生的童谣将会是一种文化的遗失。从另一个层面，当代童谣的搜集整理能很好地反映当今民间生活以及文化内容，便于开展深入的民俗分析。

此外，由于各地童谣由不同方言的影响，因而大体划分童谣的区域加以研究也是有道理的，比如北京童谣、浙江童谣、温州童谣等，既可以展开不同区域之间童谣的搜集整理，又可以对不同区域之间童谣的类似版本加以比较研究。因此，这既是一项综合工程，又可以是不同区域的精品工程。当然童谣的搜集整理还可以与方言的流变规律相联系，因而可以产生童谣与方言研究的交叉分析研究，形成新的研究领域。

当前全面搜集传统童谣不仅任务紧迫，而且一定要讲究方式方法与策略。首先，要明确搜集的范围。根据不同的省份或者方言大致划分的区域展开搜集。要在搜集范围内开展深入细致的寻访，对所在的城乡每一个角落都不能疏忽，因为在城市的繁华地带是找不到传统童谣的蛛丝马迹的，往往是那些高楼背后的普通街巷及家庭中，还有乡村中原始古朴的房屋旁才会有所发现，有所收获。其次，是明确采访对象。传统童谣既然是民间文化，我们采访的主要对象应该是中下层民众，特别是老人，只有这样我们才能搜集到"原汁原味"的传统童谣。由于中国幅员辽阔，开展如此广泛的田野调查仅仅依靠研究人员与学者是远远不够的，因此，借助高校在全国各地的影响力，借助不同地区的研究学者来共同完成这项艰巨而有意义的任务，才有可能在学理上、范围上实现范围最大包容、深度上的最大开掘。第三，充分调动广大人民群众积极参与到采集整理的工作中，甚至是资源配合采集工作，这也是非常必要的。当然研究学者的介入是总体全面把握采集的走向，全面可观掌握采集文本的质量的重要因素，没有研究学者所开展的学理性的研究，采集还是停留在各地童谣汇总的浅层次方面。第四，要明确搜集的方法，所谓的"搜集"并不是简单意义上的原版照搬的收录，我们在采录的过程中极其有必要在尽可能多地保持童谣原本面貌的情况下对其进行整理。

如果说在现代开展田野调查是对现代依然活跃的童谣之搜集工作的话，那么对古代典籍中散见的童谣进行分类整理就是对历史上曾经热闹传播的童谣的研究。在两千多年的历史长河中，"荧惑说"始终缠绕着童谣，充溢着传统童谣大半的生存空间。反映儿童生活的童谣多集中于清代儿歌集，却并不能说明此前就未经传唱。最早出现的童谣出现在《列子·仲尼篇》："立我蒸民，莫匪尔极。不识不知，顺帝之则。"再看《史记·晋世家》："恭太子更葬矣。后十四年，晋亦不昌，昌乃在兄。"[1]这首童谣是借助于迷信故事煽动民众，借以传诵于儿童之口的。由此可见，童谣的历史可以追溯到先秦时期，而且在历史典籍、地方文献中隐藏。我们几乎可以肯定的是，宋明之前，相当数量的童谣因着传统儿童教育理念的"挤兑"，虽生机盎然地活过，却在不经意间逐渐被淹没在了岁月沧桑中，成了永远无法打捞的"沧海遗珠"。明清两代，传统儿童观和儿童教育观发生扭转，遂有部分有心人兴起了搜集整理童谣之意，这才使我们有了一睹传统童谣活泼生机的可能。

当然我们也清楚，童谣并不是随便从儿童嘴里唱出就能应着气运的神奇法

---

[1]　此谣又见名人杨慎撰：《古今风谣》，题作《晋惠公时童谣》。这首童谣是以晋献公死后，晋国大夫杀死奚齐，迎夷吾还晋，说明晋国的昌盛不在夷吾的后代，而在其兄重耳。

力，所谓儿童的先见之明不过是成人精神筹划的产物，有时它又是成人后见之明的化身。这也就是"荧惑说"出现的情景比较特殊罢了。在更多的时间里，童谣还是表达民众政治意愿的工具，或歌功颂德，或宣泄幽愤，或发出怨气，或传递民声。总之，无论童谣的功用有多么深刻而复杂，童谣自产生之日，就活跃在儿童之口，就因各种偶然的机缘，走进了历史典籍的记载。因而，对古代童谣的搜集与分期整理基础上，从民俗学、谶纬学、政治历史学、民间文学等几个角度进行较为细致的探讨，并且将历史典籍中的童谣与民间童谣加以关联性比对研究，把民间文学与士大夫文学联系起来，从而对童谣进行多方位的考察。由此看来，在当代开启童谣采集工程是势在必行的，同时开展科学的采集又是给当代学者提出的更高要求。

2. 构建童谣研究的科学体系

迄今为止，涉足童谣理论研究或有志于童谣理论研究的人为数并不多，能够深入研究并有所建树的专家学者更是屈指可数。童谣研究队伍的势单力薄、单兵作战，导致童谣的研究体系尚未建立。缺乏必要的支撑，这也是导致童谣缺乏社会关注的重要因素。

关于童谣研究体系的构建，单靠在田野调查的基础上加以归类整理是远远不够的。童谣所载的歌词内容是一种被认为理想化和凝固了的社会内容，由于童谣的内容涵盖了人类生活的方方面面，有反映地方民俗风情的，也有展现地方历史文化的，更有体现当地人的心理状态、思维方式、精神特质和价值取向的，因而，童谣涉及的不仅仅是民间文学这个层面，还涉及民俗学、语言学、历史学、社会学等多个学科，研究的广度和深度都是无法估量的，童谣研究体系的建立确实需要融合各学科的力量，离不开政府部门的大力支持。

童谣研究体系的建立，光有童谣研究是不够的，还应该自觉地将童谣研究转化为童谣学研究，童谣艺术研究也要有自觉的学科意识。这就要求开展童谣研究的学者要在童谣学、艺术学等相关学科学术史的全面回顾、梳理和反思的基础上，以问题为导向，从一个具体的童谣研究个案上升到抽象的理论思考。

对童谣的研究，相关研究要对艺术所处的民俗情景及其艺术化的生活进行条分缕析的阐释，不仅对艺术本体进行艺术学的专业化描写，而且还要深挖艺术背后所蕴藏的文化内涵以及艺术主体的人文精神与气质特征，从而找出童谣艺术与社会之间的有机联系，总结童谣艺术何以被世代传承以及如何得以世代传承的规律。

二、三位一体相结合的传承

童谣的传承，即童谣的传授与继承，强调的是童谣在时间上传衍的连续性。对于童谣的传承，我们提出"社会、学校和家庭"三位一体的联动方式，即充分调动三方力量，形成"社会——学校——家庭"互动机制，积极有效地开展童谣的传承与传播，实现多媒介、多载体、多途径的保存与宣传，扩大与巩固童谣在民间，尤其在儿童心目中的地位。应该说儿童是童谣天然拥有者和传播者，是童谣传承的第一人，失去了绝大部分青少年传承者与受众，童谣在传承和发展过程中就会出现严重的断层现象。因此，围绕儿童的家庭、学校和社会在保护和传承童谣的工作中发挥着重要的作用。

（一）家庭教育是培育儿童传唱童谣的最初育房

无论是在传统社会中还是在现代社会里，家庭教育都是儿童走向社会、走向成熟的第一所学校，家庭教育的健全决定了儿童心理的健全、知识的全面，更好地促进儿童的身心全方位发展。童谣本身就是儿童教育生活中必不可少的一个组成部分。经过前面的系统分析，我们发现不论是在训练儿童动作、语言及思维能力等方面，还是在传递知识、道德、经验及情感等方面，童谣确实有不容低估的作用。更为重要的是，童谣切合儿童身心发展的需要，为其提供了广阔的娱乐天地，成为完美童年生活不可或缺的一环。如果说正规的传统儿童教育是"重教轻养"的话，童谣走的刚好是相反的路线，即"重养轻教"，或者是"养"中有"教"，其着力点首先是放在对儿童精神生活的滋养上。在童谣强大教育功能的反衬下，尤觉其在儿童教育领域长时期遭受冷落是十分不合情理的。

　　开展家庭教育，就不能让孩子们的耳朵收不到童谣的声音，更不能让孩子们的嘴巴不开展童谣的传唱。即在人之初就开始影响儿童的耳朵，让他们时时听到韵语的声音，从摇篮曲开始，到体物歌，再到各级各类的童谣。而这些童谣既可以是从老一辈那里听来熟记的，又可以是从专门的童谣集中学来的，还可以从现代传媒媒介中学习来的，总之在长辈这里是耳熟能详了，在儿童这里就是要耳濡目染，让他们感受童谣的社会性和亲切感，从而逐步从内心体认与接受地方民间童谣。

　　随着儿童年龄的增长，他们认识世界的能力以及知识面都在逐步提升，童谣的传播从家长讲给孩子听，发展到儿童在家长的带领下伴读，甚至在嬉戏玩耍的过程中，实现自由诵唱。在时代的变迁中，民间童谣中的一部分内容已经脱离了现在孩子成长的环境，在一定程度上制约了它在儿童中的流传。因此，家长也可以在适当的时候穿插有着特殊意味的童谣。每逢传统佳节，家长应向孩子们介绍旧时当地人是如何过节的，旧时人是如何克服天寒地冻、物资匮乏的困难，不忘亲情、友情，将各种年俗节日过得有滋有味的。通过童谣的宣讲，让孩子们不忘传统、享受传统。《各省童谣集》中记载童谣《过年》："二十三，祭灶天①。二十四，写对字②。二十五，做豆腐。二十六，割年肉。二十七，杀年鸡。二十八，蒸枣花③。二十九，搋香斗④。三十儿，耗油儿。初一儿，磕头儿⑤。初二儿，顶牛儿⑥。（直隶滦县）"这是描写北方阴历年节时候风俗的，春节前后每天干什么都有一个传统的安排，旧时年节有这种祭灶王、贴对联、蒸枣糕、磕头儿等不同的风俗，可以让与孩子们在享受天伦的同时，帮助孩子们增进对传统节日的认识。儿童在家长的带领下吟唱这样的童谣，浸

---

① 祭灶天：腊月二十三晚为祭灶神之日，又名小年。

② 对字：即对联。

③ 枣花：用白面和枣蒸成各种形状的枣糕俗叫枣花。

④ 搋香斗：贴糊之意。香斗：指香炉，将香炉贴糊好，放上沙土插香用。

⑤ 磕头：贺年行磕头礼。

⑥ 顶牛：赌博名，类似推牌九。

润在中华传统文化风俗的空气里，逐步建构与填充其文化心理结构，为其精神成长和终身发展打下坚实而恒久的基础。

家庭是承载中国文化的根基，如果我们的孩子们能在家中轻松愉快地学说童谣，传诵童谣，充分享受其中的娱乐感受，并自然而然地了解民间文化，引导他们向更丰富的学习活动发展就水到渠成了。

(二) 学校可以是童谣传承的升级版

学校是对学生影响最为直接的地方，学校应注重引导学生从思想上正确认识到抢救和保护童谣和其他濒危民间文化的重要性。学校是实施儿童教育的主阵地，学校对于童谣教育与传承方面有不可推卸的责任和义务。如何将童谣教育很好地与当前的素质教育相结合，将童谣作为一种开展素质教育的重要素材；将童谣教育与品德教育、传统文化教育相结合，使具备丰富文化内涵的童谣在新时代发挥新的价值与光芒；将童谣教育与课堂教育、课下实践相结合，让童谣不仅光明正大地走进学校教育，而且是科学地参与学校教育。

要想实现童谣教育与学校教育的完美对接，首先要解决教育者的思路与意识的问题。教师的传统文化素养是极其有限的，特别是对年轻教师要采取多种方式进行培训：聘请专家定期讲座，外出参观学习、小班培训，形式多样的培训活动在于提升教师传统文化的素养，增强教师学习传统文化的自觉性。在开展教育者的教育培训过程中，加入童谣教育的内容，让小学以及幼儿园的老师们先于同学们，深刻认识童谣在传统文化的传承、语言说话的锻炼、音乐意识的培养、德育塑造的价值等方面的作用。其次，深入探讨和积极引入在"科学"引导儿童喜欢童谣、传唱童谣的方法与策略，集中科研力量，研发一套行之有效的方案。比如，主旨主题班会，对民间文化艺术的重要性及其抢救和保护的相关问题进行讨论，在美术、音乐课堂上可通过文字、图片、影响的形式向学生介绍当地相关的民间文化艺术，再如邀请当地的民俗表演的剧团到学校演出，让民间文艺演出在校园里登台亮相。第三，将童谣的教育传承与校园文化建设相结合。弘扬传统优秀文化是校园文化建设的重要内容，例如，校园的围墙上有孩子们喜欢的民间童谣的图画作品，墙壁上是朗朗上口的民间童谣书法作品，每个楼道、教室都彰显着地方传统文化的特色。还可以选取语言精妙、韵律和谐的当地童谣，尤其是富有动感、参与度强的游戏歌，组织编排并搬上舞台，这样可以极大地调动儿童收看、收听、吟诵童谣，以及参与游戏等。这种来自视觉、听觉等多种感觉的调动形式，加之现代声光电的包装，其冲击效果应该是巨大而深远的。

　　而童谣作为幼儿最天然最亲近的语言学习材料，幼儿园在童谣的传承方面更是大有用武之地。童谣与幼儿阶段的儿童连接更加紧密。因而在幼儿的"课堂"上，如何巧妙地引入童谣教学，如何将童谣中所蕴含的丰富的历史、文化、人文知识，所包蕴的语言、数字等知识，很好地嵌入幼儿的教学中，这不仅是童谣教学的问题了，更是如何行之有效地开展幼儿教育的新课题了。首先，童谣与语言课程相结合。在教学活动中，以童谣为桥梁，使幼儿在语言、认知能力方面得到发展。其次，童谣与音乐表演、美术活动相结合。让传统童谣在吟唱的基础上，融入音乐与美术的元素，使之焕发新的艺术光芒。第三，童谣与幼儿游戏活动相联系，将游戏歌引入儿童的活动中，使之在活动的同时享受来自童谣所赋予的游戏形式以及快乐。总之，一切活动的目的是让幼儿充分地吸收童谣的滋养，实现童谣传承与学校教育的完美融合。

（三）社会形成合力，促进童谣传唱的氛围

　　许多商业繁荣的地方，把文化作为一种产业来发展确实能够带来巨大的经济效益，而处于相对弱势地位的传统文化的继承发展举步维艰。童谣在某些地方濒临失传的危险，社会应该也必须担负起保护和发展优秀传统文化的责任，以其掌握的资源为这些优秀文化的传承服务。

1. 积极开展民间童谣的传承和创新活动

　　政府作为社会资源的主要掌控者，应高度重视和全力支持童谣的传承与创新，调动地方文化力量，创设有利于童谣传播的环境。比如，可以拨款支持童谣传人的培养以及文化活动，可以给予他们物质和精神上的鼓励与支持。还可

以划拨转向经费用于学校开展传统童谣的传唱活动，支持童谣与校本课程建设行动。再比如适时开展童谣创新创作主题竞赛活动，组织各学校积极参与。还可以开展文明童谣与传统童谣的传唱活动，把老师同学们搜集、整理、传唱的成绩亮出来等。

2. 拓宽媒体宣传渠道，加大对童谣的宣传力度

童谣的单纯凭借口耳相传的传播模式已经不适应现代的传播环境了，因此，可以利用广播电台、电视节目、网络平台增设民间童谣的传唱、解读的板块，还可以将活跃在听觉上的童谣改编成视频的形式，边唱诵，边收看，创新生动活泼的形式，增加童谣传播教育的影响面，号召社会上的各方力量加大童谣的视频播放及下载和保护。在地方电视台的少儿节目增设传唱地方童谣的节目，加深儿童对地方童谣的熟知程度。

总之，在家庭、学校、社会三方多层面的共同努力下，才能将童谣这种集语言、知识、趣味于一身的语短意深的文化遗产很好地加以继承，并发扬光大。

三、童谣研究和保护的反思

各级政府、新闻媒体、商业团体作为强大的社会群体，也许在非物质文化遗产保护和传承方面具有强大的资源优势、经济实力、专业的技术支持，为童谣更好地保护和传承作出了不容置疑的贡献。但是应该认识到，政府的行政力量再强，行政手段再过硬，也不应该成为非物质文化遗产传承的主体，它的责任应该是保护，保护文化的生存环境和载体，而不是传承。比较理想的做法是：一方面要利用行政手段优势，在政策法规及经济等层面的引导下，积极宣传童谣等这类非遗文化的重要性，进行知识的普及与训练，提升民众自身的保护意识，提高参与保护工作者的文化修养和专业素养，懂得文化保护的深层价值及意义；要为传承工作提供必需的资金和物力，切实保障和改善传承的条件，制定必要的激励机制。这就要求参与保护工作的领导者和组织者充分调动民间社团及学术组织、新闻媒体、商业团体等各方面的积极性，通过他们的宣传使民众的参与更科学更有效；同时另一方面应该重视童谣的地域特色，认识到这些文化的产生与发展是在特定的环境中完成的，保护好其赖以生存的文化土壤，而不是完成了意识形态的指令就完成了童谣的保护与传承。避免外行领导内行的做法，才有可能避免文化精髓的流失。

文化学者和专家、新闻媒体更应该在保护工作中起到指导作用。具备足够学识和学术素养的学者与专家，才有可能做到指导的正确性和有效性，才有可能实现科学准确的保护。新闻媒体应该充分利用自身的技术资源和传播功能优势，选出和介绍童谣的各种形式、内容等，丰富童谣传播的形式与方法。地方文化机构，如博物馆、图书馆、文化馆应向民众提供丰富的童谣文化知识的相关资料信息，增加民众了解和接触童谣的机会，从而在更大范围更深层次完成传播和渗透。

新中国成立以来，随着国家意识形态在民间文化生活中的不断渗透与强化，对民间文艺不间断的整饬，革命歌曲成为大众的主流。改革开放之后，在多元文化的冲击下，地方文化日益边缘化，港台流行歌曲、英文歌曲、日本动漫歌曲等深得儿童与青少年的青睐。而承载了传统文化的童谣在儿童心中的地位日渐式微，甚至触及到传统童谣的生存与接续。在传统文化保护的视野下来观察传统童谣，发现其确实存在某种生存于传承的困境：（1）传统童谣的题材多半来源于"古早"或者20世纪的乡村生活，对于当代越来越缺少乡村生活体验的儿童而言，在接受方面确实存在生活上的差距；（2）由于绝大多数童谣是建立在地方方言基础上的，在现代普及普通话的现实面前，儿童已经不再熟练掌握地方方言，因而在吟唱方言童谣方面产生接受瓶颈；（3）与画面与音乐相结合的动画相比，尽管童谣唱诵融合了语言与游戏的趣味，但在吸引力方面尚不具备与现代传媒相抗衡的优势。

可喜的是，当下童谣在传播方面的发展也出现了一些变化。一些传统的童谣在传播过程中，也尝试与动画、动漫接轨，如《闹元宵》《新正如意》等喜庆热闹的童谣以MTV的形式展现。传统童谣传播是通过语音符号把审美对象传达给受众，并形成内在的情感张力和审美想象。童谣传播可以和电视媒介结合形成电视童谣传播，即通过电视媒介向观众，尤其是儿童传播优秀的童谣作品。电视童谣传播强调童谣的本体地位，注重通过电视媒介进行表现和传播。在传播过程中，电视童谣可以复制图像，还原色彩，记录声音，三位一体地再现审美对象的声、光、电，最大限度地呈现审美对象的"原生态"，在表现手法上有着不可比拟的多样性和优越性。

同时，以画面语言为主的电视媒介具有强烈的直观性和形象性，能够直观地将情景、形象还原在观众面前，更容易将观众带入到具体的审美情境与审美空间中，更顺畅地完成审美教育过程。电视童谣不是将童谣简单地再现到屏幕上，而是在深刻领会童谣蕴含的美育价值基础上，利用电视手段加以表现，营造属于童谣的特殊意境，实现全新的电视童谣创作过程。优秀的电视童谣作品，其音乐、画面以及朗诵，往往较为考究，注意表现童谣原作的丰富内涵与自然和谐之美，能够很好地传递正能量。

（一）音画结合精神愉悦

电视童谣以音、诗、画为主要表现手段，以天、地、人为表现对象，传达世间真、善、美的艺术美感。电视童谣是一种儿童的"语言游戏"[1]，将语言当作游戏的对象，通过语言这一强大符号载体，展现人类生活的动态画面，使之拥有强劲的内在传播力。电视童谣将游戏精神作为存在的前提与美学品格，把童谣诗性的语言艺术和电视丰富的声画艺术有机融合在一起，通过视听表达，使儿童在听赏吟诵电视童谣作品时获得审美愉悦。与单纯以文字描摹形象的传统童谣传播方式相比，电视童谣是"诗、音、画"的交响，其表现手段更加丰富，画面所塑造的形象更加具体，视听效果更具冲击力。因此，电视童谣已然成为儿童审美生活中一项非常重要的内容。

---

[1] 所谓"语言游戏"，实际上是把语言比作游戏的比喻。维特根斯坦在《哲学研究》第7节中指出，"我将把由语言和动作交织成的语言组成的整体成为'语言游戏'。"全书中，他始终将语言和游戏作比来揭示语言用法之多样性和实践性。"语言游戏"强调了语言活动的意义，主张不要把语言看作鼓励静止的描述符号，而要看做体现生活的动态人类活动。

优秀的电视童谣往往让受众在欣赏过程中充满了畅快愉悦。受众在阅读接受后，除获得故事情节所赋予的"快乐感受"外，还融合了丰富的情感与细腻的体验。鲁迅十分强调儿童读物既要"有益"，又要"有趣"，"趣"指的就是趣味。电视童谣之所以能感动人，主要是源于童谣所具备的游戏精神。陈伯吹说："一般说来：新奇，活动，惊险，美丽的色彩，亲密的友谊，热闹的场面，有节奏的声调，有趣味的重复，成功而又快乐的结局等，都是幼童文学作品中酝酿兴趣的酵母。"①电视童谣之所以能够极大地吸引受众，归根结底就源于音画结合所带来的畅快愉悦，这是电视童谣通向成功的关键钥匙。

（二）示范吸引，自然和谐

心理学家认为，婴幼儿对音乐的敏感几乎是本能的、先天的。和谐的音节、韵律会引起他们的愉悦感，这也是电视童谣能够给儿童带来音乐熏陶的主要原因。电视童谣之所以能受到越来越多人的喜爱，除了源于童谣中丰富的内容，还来自于其中蕴含的音乐美。电视童谣的音乐美不仅源于童谣本身的音乐特质，还蕴含于声韵和谐的经典诵读，以及富有节奏感的辅助音乐等，几者紧密结合，融为一体。电视童谣通过听觉，刺激感官，带给受众自然和谐的审美体验，从而引发高层次的审美愉悦。

从现实角度讲，电视童谣是极具童谣的精神愉悦与音乐美感的。糅合了画面形象、音乐音响、文字吟诵等元素的电视童谣，恰好符合了苏轼对诗歌审美的判断：诗中有画，画中有诗。电视童谣所赋予的声画是以诗性的审美本质和意境为内质，这也体现了电视童谣传播与传统童谣传播在艺术审美上的不同。

（三）文化积淀，立德树人

电视童谣是民间智慧和民间文化的集中体现，折射出历史文化的积淀。电视童谣中所蕴含的内容，既有时令更迭的追述，也有童言无忌的嬉戏；既有劳

---

① 郑光中：《幼儿文学 ABC》，四川少年儿童出版社 1988 年版，第 6 页。

动生活之赞美，也有真挚友情的歌颂；既有民族生活的忧患，更有人间美丽的诉求，容天下能容之事，包地上能包之理。正所谓"天地人、音诗画，真善美"，无所不包。所以，电视童谣根据艺术的需要，以独特的方式使作品自然而然的散发出哲理意义，升华出美感，这就是电视童谣的价值内涵。

电视童谣涉及人类精神层面的各个领域，勤俭、善良、友爱、诚信、知礼、讲礼都是童谣永恒的价值追求。这些貌似正经严肃的道德教化经电视童谣的艺术重铸，转化为直接可感的艺术形象。优秀的电视童谣作品以独创的符号涵涉了哲学文本的永久变异。电视童谣承载着中华民族朴素的价值判断：诚信友爱、勤劳坚毅、同情弱者、惩恶扬善。这是电视童谣感人的精神气质，更是电视童谣对生命意识的肯定。

电视童谣的传播实现了传承历史与提升人格的双重功效。其一，电视童谣的传播给读者带来一种历史的纵深感。电视童谣的表现目的非常明确，既传承着祖国悠久、厚重的历史文化，又能以特定的历史引发今人的思考。电视童谣在对历史的观照中展现了深沉的历史情韵和抚今忆昔的广阔胸襟。因此，电视童谣可以被看作是中华传统文化激情的投射，拓宽了传统文化的原始意义，为文化传承奉献了源源不断的创造性动力。其二，电视童谣作品引发儿童传唱，让儿童从中了解知识，体味人生，丰富价值内涵，激励梦想。电视童谣宣扬的真情"随风潜入夜，润物细无声"，如一缕清风，一泓清泉唤醒真、善、美。其中蕴藏着的自尊、自强、自信的民族精神，成为激励儿童自小追求梦想的原动力。

习近平总书记 2016 年 9 月 9 日在看望北京市八一学校师生时的讲话中说："基础教育是立德树人的事业，要旗帜鲜明加强思想政治教育、品德教育，加强社会主义核心价值观教育，引导学生自尊自信自立自强。"优秀的电视童谣是弘扬传统文化、传承正能量的重要途径，更是对儿童进行品德教育的重要途径。传统童谣经过现代电视传播艺术的重铸、开掘、转化为形象化、可操作、易接受的智慧之花，将童谣中所孕育的精神、伦理、生命的内涵表达为清晰、朴素的价值呈现。电视童谣逐渐成为一种既能体现文化传统，又有充分现实内涵的艺术形式，不断闪耀着夺目的艺术魅力。

第八章　中国童谣价值的历史演进研究

现在研究童谣的人大约可以分作三派，从三个不同的方面着眼。其一是民俗学的，认定歌谣是民族心理的表现，含蓄着许多古代制度仪式的遗迹，我们可以从这里边得到考证的资料。其二是教育的，既然知道歌吟是儿童的一种天然的需要，便顺应这个要求供给他们整理的适用的材料，能够收到更好的效果。其三是文艺的，"晓得俗歌里有许多可以供我们取法的风格与方法"，把那些特别有文学意味的"风诗"选录出来，"供大家的赏玩，供诗人的吟咏取材"。这三派的观点尽有不同，方法也迥异——前者是全收的，后二者是选择的——但是各有用处，又都凭了清明的理性及深厚的趣味去主持评判，所以一样的可以信赖尊重的。

——《读〈童谣大观〉》

童谣是儿童文学的源头之一，是幼儿最早接触的文学样式。民间口头传唱的童谣，具有浓郁的民歌风格，符合儿童心理，适合儿童吟唱。春秋战国时期的《左传》《战国策》等典籍中，已有关于童谣的零星记录，但是这类童谣的实质并不是为儿童创作的，而是成人曲折、含蓄地表达忧愤或某种社会理想的载体，有些常被认为带有某种预言性。汉代认为童谣起源于"荧惑降为童儿，歌谣游戏，吉凶之应，随其众告"。[1] 这种童谣观体现儒家"天人感应"思想，

---

[1]　周作人：《儿童文学小论》，商务印书馆 2018 年版，第 3—4 页。

在后来的一千多年间被民众广泛接受与传播。《儿歌之研究》中记载：

> 《晋书·天文志》，"凡五星盈缩失位，其精降于地为人，荧惑降为童儿，歌谣游戏，吉凶之应，随其众告。"又《魏书·崔浩传》，"太史奏荧惑在匏瓜星中，一夜忽然亡失，不知所在，或谓下入危亡之国，将为童谣妖言。"《晋书·五行志》且记事以实之。（以荧惑为童谣主者，盖望文生义，名学所谓"丐词"也。）自来书史纪录童谣者，率本此意，多列诸五行妖异之中。盖中国视童谣，不以为孺子之歌，而以为鬼神凭托，出乩卜之言，其来远矣。①

作者对中国童谣有一个相对明确的评价，即中国童谣非"孺子之歌"，而是"鬼神凭托""乩卜之言"。因此，散落在历史典籍中所谓的童谣，都有后人意会的某种政治意味与用意。直至 15 至 16 世纪，中国文人对童谣的观念开始突破上述束缚，一些典籍中收录了清新活泼的游戏童谣，吕得胜的《小儿语》《女小儿语》（1558）和吕坤的《续小儿语》《演小儿语》（1593）陆续出现，其中吕坤所辑的《演小儿语》被称为我国首部个人搜集的童谣集。此后，采集民间童谣的风气日长，陆续出现的童谣集有郑旭旦编《天籁集》（1662），收浙江儿歌四十八首；悟痴生编《广天籁集》（1872），收浙江儿歌二十三首；范寅编《越谚》（1882）②，意大利人韦大利（Vital）编《北京儿歌》（1896），美国人何德兰（Isaac Yaylor Headland）（1859—1942）编《孺子歌图》（Chinese Mother Goose Rhymes）（1900），均收民间童谣，因而开启了文人有意识地、有选择地搜集童谣之路。各种童谣集有不同的选择观，也预示着百年中国童谣观的发展变化。

---

① 周作人：《儿童文学小论》，商务印书馆 2018 年版，第 34 页。
② 《越谚》，清代范寅著，是记录当时越地（绍兴）方言的作品。作者花数年时间，"爰据勾践旧都之区"，革心搜集越地乡言俚语，民歌童谣，"信今传古之语所口习耳熟者"。他对搜集到的乡言俚语，求古训，找出典，考本字，辨俗字，"使言之于口者，悉达之于笔，淹雅者通今，谫陋者博古"。

第一节 《天籁集》《广天籁集》: 搜集原始童谣, 借歌抒发愤世之怀

我国较早的两部童谣集即《天籁集》《广天籁集》, 其编者注意从民间现实生活中采录童谣的文艺实践是值得肯定的。这两本册子所辑的多是江浙一带的乡里歌谣, 合计有七十一首。可以这样说, 在《天籁集》之前, 尚不存在如此大规模地搜集乡里歌谣的凡例。即使我们之前所论述的吕坤的《演小儿语》, 其编辑的目的是"借小儿原语而演之", "教子婴孩", "童蒙养正"是其核心用意, 改编的成分较重。按照学者的分析, 《演小儿语》共四十六首, 其中绝大多数都经过了辑者的修改, 能保留"小儿之旧语", 或者删改较少的歌谣只有有限的几首。如第九首: "鹦哥乐, 檐前挂, 为甚过潼关, 终日不说话。"第二五首: "讨小狗, 要好的。我家狗大却生痴, 不咬贼, 只咬鸡。"第三八首: "孩儿哭, 哭恁痛。那个打你, 我与对命, 宁可打我我不嗔, 你打我儿我怎禁。"以及第四一首: "老王卖瓜, 腊腊巴巴。不怕担子重, 只要脊梁硬。"[①] 大约著者想要讲那"理义身心之学", 而对于这些儿童诗之美却无意地起了欣赏, 因而抄下原诗而加上附会的教训, 因而成书。《天籁集》与《广天籁集》二册最为人称道的是在民间歌谣的基础上精心搜集整理, 这些童谣广泛采集于民间, 辑出则不加任何修改, 将童谣的原始风貌如实地展现在读者面前。尽管书中设有前评、夹评以及后评, 在一定程度上阻碍了顺畅的阅读与思考, 但这些评论基本上是一种赞誉与好评, 对深刻地认识与解读童谣在章去、句法、字法等方面的特点有一定帮助。

这二册集子在当时也是引起了广泛的评说。"天籁者声之最先者也, 在物发育天, 在人根于性, 莺唤晴, 鸠啼雨, 虫吟秋, 水激石, 树当风, 数者皆是也。儿童歌笑, 任天而动, 自然合节, 故其情为真情, 其理为至理, "(戴山老

[①] 王泉根编:《周作人与儿童文学》, 浙江少年儿童出版社 1985 年版, 第 144—145 页。

叟）把儿童歌笑夸大为真情至理，带有很强的唯心主义色彩，显然不对，但作者看到童谣自然合节，感情稚真，应该说还是合乎实际的。"读此二集，乃觉耳畔犹有余音，甚矣其足以感人也。人生自少年至壮而老，不知费几许笔墨，始得一二句入情入理之言；在小儿全不假思索，呜呼！天也，吾浅之乎视之矣。"（粥粥子）成人终日而思矣尚不得一二句入情入理的语句，而在小儿却能不假思索，出口成章，因此要对童谣这一事物重新加以审视，而不可浅视之。"博闻强识者类不及乎此，以其无成书可稽，然小儿学语时，亦有师傅，绝不差谬一字，亦奇矣哉，殆天授之耳。"（弇山外史）为儿童在学习念唱儿歌不差谬字称奇，无以解释，则推向"天授"，有唯心主义的倾向，但世人对于二册的高度评价却可见一斑。

一、《天籁集》《广天籁集》的内容分类

这二册集子所辑童谣不仅涉及家庭生活背景、儿女情思，还有一类随韵粘和，顺口无意义的"天籁谣"，序中评价"实在首首都是绝妙好辞"，"不愧他的集名天籁二字"①。《天籁集序》将集中所辑童谣，用研究文学的方法将其归纳为以下四类：

> 一，藏有生活背景的——这一类集中最多也最好，小儿女见闻所及的，自然不出于家庭亲戚之间，然而在旧礼教旧习惯底下的家庭亲戚，也尽有许多痛苦，许多问题；大人们因种种关系，不便说出，而小儿女们心到嘴到，却毫无顾忌地直喊出来，使人听了，浑身松爽。②

这一类童谣，《天籁集》三则"情萍儿，紫背儿"便是。

再如第十四则：

> 蔷薇花儿朵朵开。大娘吃酒二娘筛。三娘摆出果子碗碟儿来。四娘

---

① 郑旭旦：《天籁集》（影印本），中原书局1929年版，第1页。
② 郑旭旦：《天籁集》（影印本），中原书局1929年版，第2—3页。

骂我此五娘耶狗奴才。我又不是挨来的，我又不是走来的，我是花花轿儿抬来的。十锭盒，十锭银，十个梅香来接亲；哥哥抱上轿，嫂嫂送到城隍庙。

传统童谣在描摹生活的同时，也是在对生活进行着总结。作为家庭教育和社会教化的工具，童谣凝结着民众代代相传的生活经验和人生态度，在品格塑造等方面，以"润物细无声"的方式潜移默化地影响着儿童。小儿女们所见所闻未出家庭的藩篱，因而关乎生活背景的传统童谣，内容还是非常丰富的。从家庭内部的各种情感纠结，到行为习惯的变化都有所涉及。从"历史的系统"来说，宋明之前的童谣基本是把儿童等同于成人的，比较抽象。而在此后，童谣则更加具象，突出了传唱主体的特征和地位，"文本"的内容也紧贴儿童的生活。

二，关于婚姻问题的——这一类数量也很多，但最有含蓄趣味的要算下面一首，就举他做例：

十七

黄狗黄狗你看家，我在园中採红花。一朵红花採不了，双双媒人到我家。我家女儿年纪小，不会伏侍大人家。爹阿爹！不要忧！娘阿娘，不要愁！看我明朝梳个好光头。前面梳了蟠龙髻，后逛来到看花楼。看花楼上好饮酒，他弹琵琶我拍手。

此谣既有小女儿的口气，也有女儿家人的声音。小女儿园中采花，自然成长在娘家，待到媒人登门，爹娘自谦年纪小不会服侍大人。小女儿劝爹娘不要愁，小女儿梳得好妆头。小女儿天真无邪，清灵地看待嫁人的婚姻大事，并不忧愁，也不哀怨。梳个蟠龙髻，走上看花楼，与"他"饮酒赋诗，琴瑟和鸣。整首童谣既包含有小女儿乐观豁达的心境，也有对个人婚姻的美好憧憬。因而当属典型的婚姻主题的童谣。

三，只取讥骂态度的——这一类只不过因他人身体行为有欠缺的地方，信口讥骂，别无深意，例如：

广集六

腊痢腊，偷鸡杀，偷只鸡来甏里杀。刀又钝，鸡又叫，吓得腊痢家婆哈哈笑。

此谣开篇就点出"腊痢"，是对有"秃头"或"腊痢头"生理缺陷之人的一种讽刺。美国的何德兰就谈道，中国人总是喜欢给人起外号，而"任何生理上的缺陷或心理上的怪癖都可能会使人得到一个外号"，比如"刘罗锅""斜眼王""跛脚张""秃头李"等。此谣外号一出，整个故事的叙述都是对人物的讽刺与嘲笑。

四，随口凑合毫无意义的——这一类既无意义，自亦无文学的价值可言；但我人平日说话作文，大都先有所为，而后方有所谓，若无所为时，决不能有所谓，独有这一种歌谣，并无所为而竟有所谓；盖其动机只在于要唱，并没想到要唱些什么也。所以以前三类有意义的还只算人籁，这一类无意义的才算真正的天籁呢！例如：

本集廿一

一颗星，挂油瓶。油瓶漏，炒黑豆，黑豆香，卖生姜。生姜辣，叠宝塔。宝塔尖，戳破天。天呀天，地呀地。三拜城隍老土地。土地公公不吃荤，两个鸭子囫囵吞。

《天籁集》与《广天籁集》将这类信手拈来、随韵而生的童谣归类为"随口凑合毫无意义的"一类，其动机只在于"唱"，并没想到要"唱些什么"，如果前三类是"人籁"的话，这一类才算"真正的天籁"。这个定位与评价是比较准确的。不是只有有意义的童谣作品才是上乘的，作者注意与关注到有这样一类很难归结出意义的童谣，但在儿童那里却耳熟能详，因而，往往是一种人为很难实现的境界，只能用"天籁"来称谓了。辑者不仅将在民间广为流传的童谣收集起来，定名为《天籁集》，而且还特意关注这类"随口凑合毫无意义"的童谣，从而对于童谣的认识与评价上，将这类似乎无所谓的童谣提升到应有的高度加以评价，应该说是有首创之功。多年后，有学者在很多场合所提倡的"无意思之意思"童谣的思想应该可以找到渊源了。

《天籁集》《广天籁集》所辑童谣之分类列表

	第一类：藏有生活背景的	第二类：关于婚姻问题的	第三类：讥骂态度的	第四类：随口凑合毫无意义的
《天籁集》	一则；三则；十一则；十三则；十四则；十五则；十八则；三十则；三十四则；三十五则；三十八则；四十一则；四十三则；四十五则；四十八则	二则；四则；五则；六则；七则；八则；九则；十则；十二则；十六则；十七则	二十则；二十六则；三十二则；三十三则	十九则；二十一则；二十二则；二十三则；二十四则；二十五则；二十七则；二十八则；二十九则；三十一则；三十七则；三十九则；四十则；四十二则；四十四则；四十七则
合计	15	11	4	16
《广天籁集》	五则；十四则；十五则；十六则；十七则；十八则；二十则；二十三则	三则	六则；八则；二十一则	一则；二则；四则；七则；九则；十则；十一则；十二则；十三则；十九则；二十二则
合计	8	1	3	12

注：《天籁集》三十六则与四十六则缺，故未能统计在内。

二、《天籁集》夹评与后评

笔者还观察到，《天籁集》附载有《天籁集醒语》17则，每首童谣前后都有"拖泥带水极酸腐"的评语及按语，歌词中间有夹评，也有人这样评价，"这些极酸腐的东西"，放在"极清灵极活泼的妙文后面"，反而可以"相映成趣"，"增加风味"。至于每首中间，尚有许多夹评，都是金圣叹式的妙——"妙""奇""奇妙""趣""极趣""媚""精细""活现""摹神""如画""奇突至此"等语。不能说这些夹评全无意义，个别的夹评还是很中肯的，能够直击痛处。如第一则：

此古来第一奇文①，章法，句法，字法，无一不奇。然亦只是鱼肉请客家常说话耳。不意如此着想落笔，真绝世奇文。

墙头上，一株草。风吹两边倒。活现如此诗之兴体"今日有客来，舍子好。"舍子方言字也即何之义"鲫鱼好，"鲫鱼肚里紧愀愀，趣"为舍子，不杀牛?"陡然翻起牛说道：奇"耕田犁地都是我。为舍子，不杀牛?"马说道："接客送客都是我。为舍子，不杀羊?"羊说道："角儿弯弯朝北斗。扯淡得妙为舍子，不杀狗?"狗说道："看家守舍都是我。为舍子，不杀猪?"猪说道："没得说。"说到没得说奇妙截然五段亦整齐亦变化章法之妙如此没得说，一把剪刀戳出血。奇突至此②

引文所选既有前评，又有夹评，但后评遗失。如前评所述，用"古来第一奇文"评价此童谣，当然过犹不及。童谣尽管有悠久的历史，始创之功，但此首童谣是否具有"第一奇文"的美誉，估计是过誉了。当然前评中还是对此首童谣从章法、句法、字法等三个方面所具之奇妙特色加以肯定，尽管童谣中只不过涉及的是鱼肉请客等家常话而已，但在起意落笔、起承转合等方面具有辑者认为的"绝世奇文"的特征。

夹评中精细地点出了此首童谣的奇妙之处。开头处"墙头上，一株草，风水两边倒"起兴，无实际意义，夹评认为此处有诗歌的体式。下面叙述有客要来，拿什么做饭好呢？出现"舍子"，夹评中加以解释。鲫鱼被点，肚里紧愀愀，运用了拟人手法，因而点评为"趣"。待有了"牛说道"亦为拟人手法，点评为"奇"，相对准确。但在"角儿弯弯朝北斗"一句时，点评为"扯淡得妙"，应为画蛇添足。最后评点为："截然五段亦整齐亦变化章法之妙"。应该说，整体而言，夹评还是在合适的点上进行了相对精准的解释与提升，对于读者更好地理解童谣的各方面意义与价值有一定帮助，但也出现了一部分夹评有画蛇添足以及过誉的现象，甚至不够准确、方向错误的问题。但在《天籁集》《广天

---

① 加重号为著者所加。

② 郑旭旦：《天籁集》（影印本），中原书局1929年版，第1—2页。

籲集》之后，童谣集则不再做这些过度的工作了。无论是传唱的歌谣，还是搜集的童谣集，一般没有辑者再精细地摇旗呐喊了。

当然，每首童谣后面都应该存有后评，但现存的只有十七则，而后评较前评，其八股气尤重，辑者常借评歌抒愤世恤民之怀。这在其他童谣集中是没有的。如第三则童谣：

> 青萍儿，紫背儿，精细娘叫我，织带儿。媚带儿带儿几丈长？三丈长。摇曳生姿把娘看：卖弄写尽女儿"好女儿"。如脱于口把爷看："一枝花。"奇妙把哥哥看："赔钱货。"奇妙把嫂嫂看："活冤家。"奇妙奇妙"我又不吃哥哥饭，我又不穿嫂嫂衣。"此又不应有嫁时二试思之开娘盒儿搽娘粉，开娘箱儿着娘衣。香媚之极！

> 人所自负于天下者，惟才与能。有才与能而见用于世则喜。有才能而不见用于世则悲。见用于世而为称道则又喜。见用于世而不世所称道则又悲。岂惟悲焉，而又继之以怒。于是感愤杂来，终身无复自得之日矣。抑思天生我才，必非无用。世之毁誉，何足重轻。若必誉为幸而毁为不幸也，安所得百千知己而为之驰誉于四方哉？即以织女带之好女儿言之，非不才且能也；乃一家之中，父母之言如此，兄嫂之言如彼。又况推而远之哉？虽此女无藉于兄嫂而倚母为重，然岂不辜其始之向兄嫂以示美之意乎？吾愿世之君子，慎勿轻自表见，舍己从人；至于所如不合，然后退而倚道德为重也，亦无及矣！①

由此后评可观一二。原本此谣属社会生活童谣，表现姑嫂之间关系，带有普遍的意义。一般是传唱在市井巷里，表现普通百姓生活百味的。后评的确高深，上升到人生意义，尤其是最后落在小女儿因为有才有能，而过度炫耀，因而招来了哥哥嫂嫂的忌恨，渗透出慎勿轻自表现、舍己从人的道家思想。我们说从一种本真的生活写照上升到不悲不喜、不怒不嗔的保守哲理上，现在看来，这里不仅是画蛇添足的问题，更有背道而驰的谬误。当然我们不是过分渴

---

① 郑旭旦：《天籁集》（影印本），中原书局 1929 年版，第 3—5 页。

求，而是冷静地评价罢了。

《天籁集》中前评做为引子，一般具备引出童谣叙述的作用，而后评大多由辑者展开评论，而这些评论绝大部分是一种愤世嫉俗的哀叹和于世不公的愤慨，与之前评价的"天籁"般的童谣观有较大分歧。

四

长者定应先嫁，而反迟。此中竟有老大之苦。然天下似此者多矣，奈何！奈何！

石榴花。花簇簇。细三个姐儿同床宿。如画那个姐儿长？中间姐儿长。如画留下中间姐儿伴爷娘。奇情伴得爷娘头发白，三对橱，四对箱，着此二句委曲有致嫁与山村田舍郎。黄瓜菉豆当干粮。一封书，上覆爷。一对书，上覆娘。一封破书上覆媒婆老花娘。长竹枪，枪枪起，枪凸媒婆脚板底。短竹枪，枪枪出，枪折媒婆背脊骨。句句怨毒到二十四分秒不可言吾读此不禁涕泗横流也。天下才思敏捷者，知名于人世最早，而收功于一己偏迟；迟犹幸也，又多至于无成，而愤懑终老。夫至既老，而回首年来，万千荼毒，皆其自取，有不恨功名为速死之媒者哉？向使同类并处，无所见长；何至错误一生，青眉转而白发？固知天壤间缺陷颇多，当不知泪盈几斗也。

举此例意在将童谣之前评与后评的整体面貌加以综合考察。封建社会农村女子被父母包办婚姻，被媒婆欺哄，致使婚姻很不称心如意。"石榴花"谣本意为反映了受封建礼教束缚的农村女子婚姻的苦衷，表达了对欺骗自己的巧嘴媒婆的无比愤慨。前评借"长者定应先嫁"，年幼者后嫁的婚姻规律作为引子，阐述若违反此律则产生人间悲苦的道理。后评则以这首儿女哭嫁为主题的童谣为基础，阐发虽才思敏捷但一事无成，终老一生的感叹。应该此评说是差之毫厘谬以千里也。

尽管《天籁集》与《广天籁集》中童谣搜集目的尚不明确，最起码与后世的绍兴儿歌搜集以及五四歌谣运动的童谣搜集的目的是迥然不同的。尽管二册集子夹杂着对童谣的过誉，以及太多的对世态炎凉的感叹，但它们毕竟为后世留下了七十余首享誉江浙一带的乡里歌谣，其编者注重从民间现实生活中挖掘采录原汁原味的文艺实践是令人敬佩的。

第二节　《孺子歌图》：图文并茂、中西合璧，开启学术考察的新界面

时至20世纪，在大变动的思想潮流中，儿童观与童谣观也在暗潮涌动，何德兰的《孺子歌图》的综合呈现，图文并茂，异彩纷呈，开启了童谣学术考察的新视野。《孺子歌图》是由美国传教士何德兰搜集编译，并由纽约黎威乐公司（Fleming H. Revell Company）于1900年出版的，至今已有百余年的历史。其中收录了近一百五十二首童谣，主题涵盖：昆虫、动物、鸟类、大人、孩子、食物等，有许多仍是家喻户晓、耳熟能详。此书中英双语排版，语言精练、用词浅易、讲究押韵、富有趣味性、生活性、音乐性和艺术性。《孺子歌图》不仅重视译文翻译的质量和可读性，而且在封面、标题、序言、插画到字体、排版，事无巨细、独具匠心，对研究北京童谣以及传统儿童游戏有重要的参考价值。

一、《孺子歌图》之童谣标题

中国童谣一般是没有标题的，即使有标题也是后人所加，童谣标题的标注形式有几种：1.以童谣发生地点标识童谣，如"颍川儿歌"记载发生在今河南许昌一带的童谣，"邺城童子谣"记载的是发生在今河北临漳西南地的童谣；2.以童谣发生时间来标识童谣，如"始皇时童谣"记或秦王朝横征暴敛、民不聊生的内容，"汉初小儿歌"记载汉时初期的小儿歌。3.时间与地点合二为一标示童谣，如"秦始皇时长水县童谣"记载的是秦始皇时期长水县的童谣，如"汉末江淮间童谣"记载汉朝末期江淮一带的童谣。前三类童谣标题明朝以及明朝以前非常普遍。4.不做任何区分，仅以"谣"或"童谣"来标示。这种方

式自元朝出现，以后有一定沿用。比如，元代徐大焯的《烬余录》中记载童谣："喜则喜，得入手；愁则愁，不长久；怯则怯，我两个厮守；怕则怕，金甲神来厮斗。"① 这首童谣的标题就以"童谣"来记载的。5.清朝以后，现在比较通行的方法，就是将童谣的第一句，或开头的几个字作为童谣的标题，没有单独为童谣起名字，不对童谣内容做任何的提示与评点。

标题的标记方法体现了一个时间发展的线索，元代之前童谣尽管在民间儿童口头传播，但是能经历时代的冲刷保留下来的都是在各种历史典籍中，也就是说元代之前的童谣只有在史书的记载中才被有幸流传下来。到了我国首部个人搜集的童谣集——吕坤的《演小儿语》这里，每首童谣却没有标题，而仅是四言、六言、杂言作为简单区分。至郑旭旦编辑的《天籁集》、悟痴生编辑的《广天籁集》所辑童谣也都是没有标题的，用一、二、三的序号作为区分。到了《歌谣》周刊中所辑的歌谣就出现了广泛的标题现象，标志着民间流传歌谣走进文本流传进程。而这种标记的方式基本上采取的是第一句或头几个字的简洁标志方式。由这个线索来看，元代之前童谣的记载是在经书典籍中完成的，约定俗成的标记模式就是用时间与地点的方式来记载。到了"歌谣运动"广泛搜集童谣以来，为了收集统计的需要，以标题的形式加以简要区分，从而显示童谣再一次从口头传播走向文本记载，而这不是单纯的形式改变，而是歌谣研究的需要。

其实标题是多用于书面语，而在广泛的口语传播空间中，标题没有太大意义。但何德兰不仅精选了合辙押韵的童谣，还为每一首童谣凝练了标题。比如童谣：

---

① 这首童谣原注不详，疑指金与北宋联合灭辽事。因元人所录谨存此。

北宋末年，宋朝廷闻知金人兴起，辽势大衰，编决定联金灭辽，欲借金人的势力收复燕、云失地。宣和四年（1122 年）八月，宋派刘延庆为统帅，再度出兵伐辽。辽将郭药师降宋，萧太后也纳表投降。宋以郭药师为向导开进燕京。宋军入城后，纪律松弛，饮酒劫财，萧太后乘夜偷袭，里应外合，宋全军溃败。城外刘延庆领大军与少数辽兵对峙，不敢前进。后不久金兵进占燕京，郭药师降金。

这首童谣似以此历史背景为基础，首句意思是：值得高兴的是，宋军得以占领燕京。第二句是：所忧愁的是占不长久。第三句式：由于宋、辽两军对峙，互相害怕，同守燕京城下。第四句是：所害怕的是金兵（金甲神）来厮斗。宋、辽双方都不是敌手。

太阳出来一点红，师傅骑马我骑龙；师傅骑马沿街走，我骑蛟龙水上游。

清代无名氏编的《北京儿歌》中，标题即为"太阳出来一点红谣"，而在《孺子歌图》中收录，冠以"MY TEACHER AND I"，即"师傅与我"，甚合童谣的主题。

再如童谣：

踢灯棍儿，打灯花儿，爷爷儿寻了个后奶奶．腿又斜，嘴又歪，气得爷爷儿竟发呆。

无名氏的《北京儿歌》中就是"剔灯棍儿谣"，但在《孺子歌图》中收录，冠以"UNFORTUNATE"，即"不幸"之意，具有点睛之意。

又如童谣：

小小子儿开铺儿，开开铺儿两扇门儿，小桌子儿小椅子儿，乌木筷子儿小碟子儿。

无名氏编《北京儿歌》中，就是"小小子儿开铺儿谣"，但在《孺子歌图》中，标示为"THE SMALL STORE KEEPER"，意为"小店主"。

另外，童谣：

一抓金儿，二抓银儿，三抓不笑，是好人儿。

此谣流传甚广，耳熟能详。在无名氏编的《北京儿歌》中即标为"一抓金儿谣"，在《孺子歌图》中标"GRAB THE KNEE"，意为"抓膝盖"。

一般童谣语词跳跃欢快，传唱起来多被欢快的节奏与愉悦的语词所陶醉，《孺子歌图》中系列标题的选用，大多起到了现代标题的作用——揭示（暗示）文章主旨的目的。系列标题不仅揭示了童谣的主题走向，更显示了何德兰深谙中华传统文化，熟知传统情感的线索，或许标题的凝练正是开启翻译的智慧之门。

《孺子歌图》中童谣的标题主要有以下几种主要功能。

1. 标注主要描述的对象

如童谣：

　　天河打斜，吃瓜吃茄，天河劈岔，要裤要褂，天河吊角，要裤要袄。①

　　本首童谣主要以"天河"的不同状貌作为贯穿童谣的线索，因而童谣命名为"MILKY WAY"，翻译为"天河"。

　　再如童谣：

　　虫虫虫虫飞，飞到南山吃露水，露水吃饱了，回头就跑了。②

　　此童谣主要表述一种昆虫吃露水的行动，因而凝练出的标题为"LADY-BUG"，翻译为"瓢虫"，十分精确。

　　又如童谣：

　　黑老婆儿满地滚，嗔着他男人不买粉。买了粉他不搽，嗔着他男人不买麻。买了麻他不打，嗔着他男人不买马。买了马他不喂，嗔着他男人不买柜。买了柜他不盛，嗔着他男人不买绳，买了绳他上吊，吓了他男人一大跳。③

　　河北与之有类似的童谣《野麻雀》，这类童谣是形容那些不贤惠的妇女总是故意挑剔，无事生非，对于别人总不满意，结果事与愿违。这类童谣各地都有，语句大同小异。《孺子歌图》中冠以"THE SHREW"，译为"泼妇"，甚合童谣之意。

　　2. 突出童谣的吟诵主题

　　如童谣：

　　小宝贝冰糖加梅桂，小宝贝桂花加小枣。④

　　标题为"SWEETER THAN SUGAR"，意思是"比蜜甜"。或许在儿童的念唱中，意会不到童谣本身所包含的长辈对于儿童所寄予的关怀与爱护，以及含在嘴里怕化了的深刻表达，反而容易因为出现了"冰糖""梅桂""桂花""小枣"等美食，将视角引向了另一个令人垂涎的世界。因此标题"甜如蜜"的凝练以及对童谣遴选的深刻用意就体现出来了。

---

① ［美］何德兰编：《孺子歌图》，徐晓东译，浙江人民美术出版社 2017 年版，第 28 页。
② ［美］何德兰编：《孺子歌图》，徐晓东译，浙江人民美术出版社 2017 年版，第 31 页。
③ ［美］何德兰编：《孺子歌图》，徐晓东译，浙江人民美术出版社 2017 年版，第 119 页。
④ ［美］何德兰编：《孺子歌图》，徐晓东译，浙江人民美术出版社 2017 年版，第 7 页。

又如童谣：

花红柳绿线儿，又买针儿，又买线儿，又买王妈妈裤腿带儿。①

此谣字面上表示既有黄红柳绿的各色线，又有针、线，还有裤腿带，只字未提是一个女孩想要买的物品，但标题提示为"A LITTLE GIRL'S WANTS"，翻译为"一个女孩的欲望"，相对明确地标示出童谣所唱内容——女孩的欲望就是从女红开始的。

3. 谜底型标题，即标题标示了谜语歌的谜底

如童谣：

老张老张，头顶破筐，剪刀两把，筷子四双。②

标题标示为"OLD CHANG, THE CRAB"，翻译为"螃蟹老张"，意为叫老张的螃蟹。童谣中的确以"老张老张"开头，后面三句分别描述螃蟹的身体特征，因而取此标题，以示区分，分外醒目。

再如童谣：

面粽子脸，梅花脚，坐着倒比站着高。③

此谣贯以"A RIDDLE"的标题，翻译为"谜语"，尽管标题没有标示出谜底，但是左面配了一幅小图，图画小孩与小狗，同样给予了暗示。

遴选类似的谜语谣还有：

有鼻子有眼不喘气，上不了天，下不了地。④

此谣凝练的标题为"WHAT IS IT？"翻译为"这是什么？"左下方所配小图，分明是两小儿放风筝图，因而也算是给出了谜底。

4. 游戏类型标题，即直接标示游戏类型。

如童谣：

排门儿，见人儿，闻味儿，听声儿，食饭儿，下扒壳儿，胳肢胳

---

① ［美］何德兰编：《孺子歌图》，徐晓东译，浙江人民美术出版社2017年版，第20页。
② ［美］何德兰编：《孺子歌图》，徐晓东译，浙江人民美术出版社2017年版，第37页。
③ ［美］何德兰编：《孺子歌图》，徐晓东译，浙江人民美术出版社2017年版，第58页。
④ ［美］何德兰编：《孺子歌图》，徐晓东译，浙江人民美术出版社2017年版，第73页。

儿。①

此谣朱自清认定为"弄儿之歌",就五官而生,因称之为"面戏歌",《孺子歌图》中标记为"FACE GAME"。

再如童谣:

> 三马吃草三马吃料,两人打架,老太太说罢罢罢,小孩儿在屋里嘎拉嘎拉。②

此谣应为长辈与小儿对坐,并抚之以十指,并念唱此谣,因此,标题为"TEN FINGERS",意为"十指歌"。

由于童谣一般语词活泼俏皮,往往将较为深广的含义蕴含于幽默风趣的语词中,因而儿童在念唱童谣时往往快乐于语词中,或者忽略了内核的东西。该书中童谣标题的提炼与设置起到了很好的提示作用,并凝练了童谣的主题,因而提纲挈领,尤其是对外国儿童在理解中国童谣的深刻含义方面起到了重要的深化作用。

二、《孺子歌图》之内容分类

《孺子歌图》的编者——何德兰身为外国传教士,但对中国儿童以及儿童生活颇有研究,通过研读何德兰的序言,从其简单的语言话语中,我们极其深刻地感受到了在19世纪90年代,作为一个西方人,他的谦虚,他对中国的尊重、喜爱,他真挚的友爱、善良和柔软。此书可以看作是一份重要的向世界展示当时中国儿童生活的一份历史资料。这里面既包含长辈对晚辈的慈爱(抚儿使睡之歌、弄儿之歌),也有成人教育儿童认知世界、感知人事的广阔(体物之歌、人事之歌),也包含反映中国儿童生活的深刻(游戏歌、谜语、叙事歌),因而我们还是可以断定,此书是一份时代珍贵的历史档案,生动地记载下祖辈

---

① [美]何德兰编:《孺子歌图》,徐晓东译,浙江人民美术出版社2017年版,第111页。

② [美]何德兰编:《孺子歌图》,徐晓东译,浙江人民美术出版社2017年版,第110页。

童年的经典生活。

　　按常理关于儿歌的分类方法，大要分为前后两级：母歌与儿戏。母歌又可以分为"抚儿使睡之歌"①"弄儿之歌"②"体物之歌"③"人世之歌"④，儿戏又可分为"游戏"⑤"谜语"⑥"叙事歌"⑦。按照此简洁易行的分类方法对《孺子歌图》所搜集的 140 首北京童谣展开分类，分类结果如下。

《孺子歌图》所辑童谣之内容分类汇总表⑧

母歌				儿戏		
抚儿使睡之歌	弄儿之歌	体物之歌	人世之歌	游戏	谜语	叙事歌
一则；十则；十六则；二十则；六十七则；八十四则；一百一十八则；一百一十九则	三十五则；七十六则；九十九则；一百零二则；一百一十六则；	三则；四则；六则；八则；十九则；二十二则；二十五则；二十九则；三十一则；	二则；五则；七则；九则；十二则；十七则；二十一则；四十三则；四十六则；	十四则；四十九则；五十八则；五十九则；六十则；八十则；一百则；一百零三则；	二十八则；五十一则；六十五则；七十二则；一百三十七则	十一则；十三则；十五则；十八则；二十三则；二十四则；二十六则；二十七则；三十则；三十二则；三十四则；

① "抚儿使睡之歌"，指的是以啴缓之音作为歌词，反复重言，闻者身体舒懈，自然入睡。
② "弄儿之歌"，先就儿童本身指点为歌，渐及于身外之物。
③ "体物之歌"，率就天然物象，即兴赋情。
④ "人事之歌"，原本世情而特多诡谲之趣。
⑤ "游戏"，儿童游戏，有歌以先之或和之者，与前弄儿之歌相似，但一为能动，一为所动为差耳。
⑥ "谜语"，古所谓"隐"，断竹续竹之谣，殆为最古。
⑦ "叙事歌"，有根于历史者，如史传所载之童谣。次有传说之歌，以神话世说为本，特中国素少山花，则此类自鲜。又次为人事之歌，其数最多，举凡人世情事，大抵具有，特化为单纯，故于童心不相背戾，如婚姻之事，在儿童歌谣游戏中，数见不鲜，而词致朴直，妙在自然。（以上解释参见朱自清：《中国歌谣》，吉林出版集团股份有限公司 2016 年版，第 131—135 页。）
⑧ "人事之歌"与"叙事歌"容易混淆，周作人谈到"此类虽初为母歌，及儿童能言，渐亦歌之，则流为儿戏之歌"，即这类歌初为长辈与儿童之间的歌谣，待儿童自己能唱时，就变成了叙事歌。因而在内容划分的时候，容易混淆。
弄儿之歌"与"游戏"歌之间也有类似的情况，初为长辈与儿童之间开展的游戏活动，从指点儿童本身开始，渐及于身外之物。但是随着幼儿能力的增长，这些歌也可以发生在儿童之间，正如周作人所言，游戏"与前弄儿之歌相似，但一为能动，一为所动为差耳"。因而容易混淆。弄儿之歌与游戏的重要区别在于弄儿之歌需要在长辈的带动下帮助幼儿完成，而游戏则不同，可以由儿童自由完成。

母歌				儿戏		
抚儿使睡之歌	弄儿之歌	体物之歌	人世之歌	游戏	谜语	叙事歌
	一百一十七则；一百二十七则；一百四十则	三十三则；三十六则；四十七则；六十六则；七十三则；七十五则；九十则；九十三则；九十六则；一百一十四则	四十八则；五十则；五十二则；五十六则；六十二则；六十三则；六十四则；六十八则；七十则；七十七则；八十一则；八十三则；八十八则；八十九则；九十四则；一百零一则；一百零六则；一百零八则；一百三十二则	一百零四则；一百零五则；一百一十三则；一百二十一则；一百二十二则；一百二十三则；一百二十八则；一百三十则；一百三十一则；一百三十三则；一百三十四则；一百三十九则		三十七则；三十八则；三十九则；四十则；四十一则；四十二则；四十四则；四十五则；五十三则；五十四则；五十七则；六十一则；六十九则；七十一则；七十四则；七十八则；七十九则；八十二则；八十五则；八十六则；八十七则；九十一则；九十二则；九十五则；九十七则；九十八则；一百零七则；一百零九则；一百一则；一百一十一则；一百一十二则；一百一十五则；一百二十则；一百二十四则；一百二十五则；一百二十六则；一百二十九则；一百三十五则；一百三十六则；一百三十八则

（一）《孺子歌图》展现中国父母对儿童的柔情

明清朝时期，父子关系的标准范式应该是"父严子孝"的。父在子那里享受绝对的支配权，拥有绝对的权威，而子在父那里要绝对的孝顺，没有言语表达的权利。有学者曾说，"以前的人对于儿童多不能正当理解，不是将他当作缩小的成人，拿'圣经贤传'尽量地灌下去，便是将他看作不完全的小人，说小孩懂得什么，一笔抹杀，不去理他。近来才知道儿童在生理上，虽然和大人有点不同，但他仍是完全的个人，有他自己内外两面的生活。儿童期的二十几年的生活，一面固然是成人生活的预备，但一面也自有独立的意义与价值"。[①]因此，中国古代儿童过早地肩负起品德提升的责任、读圣人书的使命和学一技

[①] 周作人：《儿童的文学》，《新青年》月刊第 8 卷第 4 号。

之长的宿命，不敢说孩子们会被各种圣经贤传压得喘不过气来，总也会走上一条不那么自由的路。拿这样的儿童观去教育儿童，结果只有使儿童在不知不觉中逐渐丧失自己、丧失个性、丧失自由的精神家园，塑造成温顺的、唯唯诺诺、懦弱、一脸呆滞的"死相"的人（鲁迅语）。这也许是近一长段时间，中国式父子关系给世界的一种思维定式。而人们一以贯之的中国古代父子关系表述，以及太过成人化的教育模式，却在何德兰搜集的童谣中得以解构，通过这些童谣拨开了笼罩在中国父子关系的层层迷雾，展现出父子至真、至善、至纯的情感交流。

第一则童谣《比蜜甜》云：

小宝贝冰糖加梅桂，小贝宝桂花加小枣。[①]

童谣中"小宝贝""小贝宝"都是用来称呼幼儿的，充满了喜爱、甜蜜之情。"小宝贝"与"小贝宝"的亲密度还不够，要用冰糖加梅桂、桂花加小枣来加盟。原本"冰糖""梅桂""桂花""小枣"算不上名贵食材，但高糖量的词语叠加似乎仍不能表达长辈对幼儿的宠爱。童谣书写位于页面的左上角，右上角配了一幅老妇人怀抱幼儿，幼儿眼望母亲的图片（见图1）。在这幅图片中，幼儿身体丰腴、稚气十足，被锦衣包裹得严严实实，而且出现在正中的位置，预示幼儿得到了长辈的关爱与重视，而且幼儿的各方面需求也得到了尊重。

第十则《比蜜甜》云：

我一个大儿子，一个儿子，宝贝疙瘩儿，开胸顺气丸。[②]

笔者还是将此首童谣归结为抚儿使睡之歌，总之是长辈哄晚辈时所唱，同时语词简洁，无实际意义，幼儿会在舒缓的念唱中恬然入睡。幼儿此时倘不能理解语词之意，但依然能够感知到长辈对于他的浓情蜜意。此谣所配图片为一位年轻的父亲将乳儿高高托起的画面[③]（见图2）。画面中青年男子身穿官服，

---

① ［美］何德兰编：《孺子歌图》，徐晓东译，浙江人民美术出版社2017年版，第7页。

② ［美］何德兰编：《孺子歌图》，徐晓东译，浙江人民美术出版社2017年版，第16页。

③ 此画还出现在何德兰的《孩提时代：两个传教士眼中的中国儿童生活》第13页，取名为《慈父之爱》。

背对读者，居右；幼儿被抱起，正面向前。父亲理应是叱咤风云、一言九鼎的官场人士，有事业，有威严，口中所念："我一个大儿子，一个儿子，宝贝疙瘩儿，开胸顺气丸。"男子一改中国思维定式中的严父形象而变成对宠儿表达恩情的慈父形象。何德兰说："有人认为中国人不喜欢儿童，持这种观点的人肯定对中国的儿歌非常无知。我敢打赌，世界上没有哪种语言能像中国的儿歌语言那样包含着对儿童诚挚而温柔的情感。……当你听到做父母的说他的孩子'甜似蜜，甘如饴'，或者说他的小宝贝'甜蜜蜜，醉心脾'时；当你看到父亲、母亲或那些把自己所照看的孩子当儿女一样对待的保姆把孩子搂在怀里，说'我的小心肝！我的小宝贝'的时候，你就会知道中国人对孩子的感情有多深。"①

图1 《甜如蜜》

图2 《比蜜甜》

从生物学的角度看，每种动物都有舐犊天性，作为以感性来立身处世的中国人更是如此。中国的父子关系是建立在这种稳固的情感基础上，而对子女的

---

① ［美］泰勒·何德兰、［英］坎贝尔·布朗士：《孩提时代：两个传教士眼中的中国儿童生活》，群言出版社2000年版，第13—14页。

教育则是父亲处理这种关系的立足点，因而更是得到社会的广泛关注与重视。伦理、血缘两种情感的交融使家长从多方面限定羁缚子女，让子女在他们营构的温室或牢笼里成长，而且更多通过家长制主导下的父亲去执行。《三字经》云："养不教，父之过"，强调的就是父亲对于孩子的行为常要担负道德上和法律上连坐的责任。在这种压力下，以儒家思想为根本的东方文化，教育儿童又突出一个"严"字，称为"严于家教"。正如吕得胜在《小儿语》中说："儿小任性娇惯，大来负了亲心。费尽千辛万苦，分明养个仇人。"[①] 在中国古代是以"长者本位"为主导的家长制社会，"幼者本位"往往是西方先进的教育方式。但是当我们透过这种表面存在的社会现象研究儒家文化对儿童教育方法方式时，会发现中国更注重儿童的存在与发展。

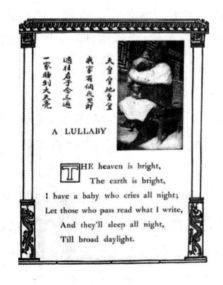

图 3　《摇篮曲》

图 4　《小胖子儿》

　　如果说第十则中表现的是官宦家庭中慈父之爱的话，那么在平民百姓家的父子关系也是"甜蜜"的。第二十童谣《摇篮曲》云："天皇皇地皇皇，我家

---

① （明）吕得胜、（明）吕坤：《小儿语·续》，辽宁师范大学出版社 2017 年版，第 10 页。

有个夜哭郎。过往君子念三遍，一家睡到大天亮。"① 右上角所配图片（见图3）与《慈父之爱》的大体方位一致，一位身着棉袍的中年男子怀抱乳儿，幼儿自也是被棉衣包裹。巧合的是，两幅图都是父亲高举婴儿的图片，而非母亲哄儿。在中国家庭中，哄儿的责任一般落在母亲或者保姆等女性上，这里重点展示的就是父亲与幼儿之间的情感交流，父亲的伟岸与柔情交织在一起，混杂在生活的情感中。

《孺子歌图》中搜集的最经典的哄睡歌为第十六则《宝宝在睡觉》：

> 我儿子睡觉了，我花儿困觉了，我花儿把卜了，我花儿是个乖儿子，我花儿是个哄人精。②

此谣押了句前韵，每句均以"我花儿"开头，第一句除外，逐一描述代表儿子的"我花儿"的特点，或者"睡觉了"，或者"困觉了"，或者"把卜了"，或者"是个乖儿子"，或者"是个哄人精"。语词浅显，韵律自由，节奏舒缓，情感饱满，易于催眠。

第十七则《小胖子儿》也为类似童谣：

> 小胖子真有趣儿，你可爱死个人儿。小胖小子儿胖达达，你是谁家的爱娃娃？买美人儿买美人儿，买到家里做个看家人儿。有人儿没人儿，不用锁门儿。③

本页所配图片为幼儿与母亲的合影（见图4）。幼儿与母亲都身着盛装，幼儿头戴虎头帽，身体苗壮，天庭饱满，面带微笑，一幅被爱包裹着的幸福，再回想一下谣中所唱："小胖子真有趣儿，你可爱死个人儿。小胖小子儿胖达达，你是谁家的爱娃娃……"充满着长辈对晚辈无限爱意。一个生命的诞生给家庭带来了无限的欢乐，欢乐的程度往往取决于几个因素，"其中最重要的是孩子的性别、他之前孩子的数目和性别以及这个家庭的经济情

---

① ［美］何德兰编：《孺子歌图》，徐晓东译，浙江人民美术出版社2017年版，第29页。

② ［美］何德兰编：《孺子歌图》，徐晓东译，浙江人民美术出版社2017年版，第23页。

③ ［美］何德兰编：《孺子歌图》，徐晓东译，浙江人民美术出版社2017年版，第24—25页。

况"① 言外之意，在中国人的传统意识里，一般比较喜欢生男孩，尤其是对于父亲，拥有了男孩的意义非同一般。《孝经·开宗明义》云："夫孝，德之本也，教之所由生也。"②孝，从古至今一直被视为道德根本、人伦至理，是中华民族的传统美德。"不孝有三，无后为大"作为一种对中国传统孝道的解释，流传甚广、影响深远。"不孝有三，无后为大"出自《孟子·离娄上》，最早是东汉经学家赵岐在《孟子章句》一书中注解到："于礼有不孝者三，谓阿意曲从，陷亲不义，一不孝也；家贫亲老，不为禄仕，二不孝也；不娶无子，绝先祖祀，三不孝也。"③ 明确指出了不孝顺父母的三种行为，分别是：阿意曲从，陷亲不义；家贫亲老，不为禄仕；不娶无子，绝先祖祀，并且认为"不娶无子，绝先祖祀"即不娶妻生子，以致无人来延续家族血脉和承担祭祀之责是最大的不孝。由于在古代，只有男性才被视为是家族血脉的延续者，也只有男性才能承担祭祀之责。因此，我们回到家庭环境中，父亲怀抱自己儿子的背后是深层的儒家文化。何德兰的《孩提时代》第26页，引用了一张《父与子》（见图5）的图片来说明其中深刻的含义。图片中的青年父亲，跷着二郎腿，一脸宽慰的笑容，怀抱着的乳儿坐在父亲的腿上，乳儿自然放肆岔开的双腿来判断，其性别一定是男性。加之图片的名称为《父与子》，就更能验证这个信息。有了儿子的父亲，就意味着有了传宗接代和延续血脉的人，最起码不用背负不孝的罪名，因而父亲脸上洋溢的微笑别有意味。

（二）《孺子歌图》刻画中国儿童天真无邪的儿童游戏

绝大多数童谣都伴以游戏，但是游戏的规则往往被遗漏。何德兰说："中国孩子们的游戏尤其有趣，这是一座迄今为止还没有被人发现的宝藏。"《孺子歌图》中记载的游戏非常丰富，长辈与幼儿开展"弄儿之歌"与儿童之间的"游

① ［美］泰勒·何德兰、［英］坎贝尔·布朗士：《孩提时代：两个传教士眼中的中国儿童生活》，群言出版社2000年版，第29页。
② 于江山：《孝经》，中国纺织出版社2015年版，第3页。
③ 李学勤：《十三经注疏——孟子注疏》，北京大学出版社1999年版，第210页。

戏"均属此类。尽管何德兰没有用文字直接记载游戏规则，但通过研读童谣的意味，以及观察所配图画，二者相加则能进行一种相对准确的判断。

第四十九则《我的师傅和我》：

> 太阳出来一点红，师傅骑马我骑龙。师傅骑马沿街走，我骑蛟龙水上游。①

此谣为幼儿的游戏歌。页面的右上角配有两个男孩子骑着长枪的画面（见图6），预示着此谣为孩子们一边跨在长枪上，想象着如骑马骑龙游街等活动，一边吟唱歌谣。无论游戏内容，还是歌谣语词，在成人觉得索然无味，但孩子们却乐此不疲。

图5 《父与子》

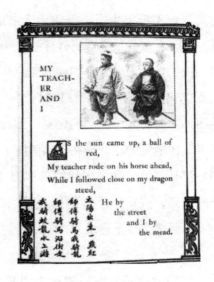

图6 《我的师傅和我》

第八十则《橄老米》谣：

> 橄橄橄老米，开了锅煮老米，你不吃我喂你。②

单凭语词分析似乎不能准确判断其为游戏歌，以及游戏的规则。朱自清的

---

① ［美］何德兰编：《孺子歌图》，徐晓东译，浙江人民美术出版社2017年版，第57页。
② ［美］何德兰编：《孺子歌图》，徐晓东译，浙江人民美术出版社2017年版，第90页。

《中国歌谣》中提及："今北方犹有'拉大锯''翻饼烙饼''碾磨''糊狗肉''点牛眼''敦老米'等戏，皆有歌佐之。越中虽有相当游戏，但失其词，故易散失，且令戏者少有兴会矣。"[1]此谣右上角所配图片很好解释了童谣的游戏意义（见图 7）。一般"敦老米"的游戏由两人来完成，两幼儿背靠背站着，双臂相互钩在一起，其中一儿弯腰借用臂力与腰腿力将对方背起，这样一边你背我，我背你，交替进行，一边伴以《敦老米》的歌谣。

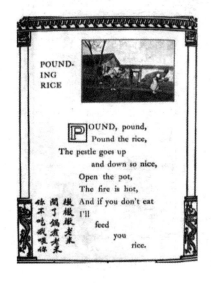

图 7　《敦老米》

图 8　《翻饼烙饼》

　　第一百二十八则童谣《翻饼烙饼》云："翻饼烙饼，油查（读扎，取油炸之意）馅饼，激溜轱辘一个。"[2]此谣所配游戏为二儿背靠背双手紧握，童谣每唱到"激溜轱辘一个"时，二儿将胳膊扬起，同向转身，头从胳膊下钻过（见图 8）。此谓"翻饼烙饼"之游戏。"糊狗肉"的游戏在《孺子歌图》中也有记载。第一百三十则谣《糊狗肉》云："糊糊糊狗肉，大锅里香，二锅里臭，请王妈妈来吃猪肉。"[3]页面上所配图简单明了地记载了游戏活动：孩子们聚拢蹲

①　朱自清：《中国歌谣》，吉林出版集团股份有限公司 2015 年版，第 133 页。
②　[美] 何德兰编：《孺子歌图》，徐晓东译，浙江人民美术出版社 2017 年版，第 141 页。
③　[美] 何德兰编：《孺子歌图》，徐晓东译，浙江人民美术出版社 2017 年版，第 144 页。

成一圈，把手都伸到一起，连起来做成一口锅。圈外左右两边各站一男孩，左边的代表客人王妈妈，右边的将手放在圈内一男孩的头上（见图9）。《孩提时代》中又详细描述游戏过程：右边的男孩一边围着圆圈走，一边唱道："烤狗肉，烤狗肉，一锅香来一锅臭。王妈妈，往前走，请您来尝头一口。"然后他邀请王妈妈来和他们一起吃狗肉。主人和客人之间进行了一场这样的对话：

图9 《糊狗肉》

图10 《卖花人》

"走路太辛苦，""我给您把车雇。""我受不了车的颠。""我派轿子来把您搬。""我不习惯轿子摇。""我给您把驴来找。""骑驴我不会。""我来把您背。""我没衣服穿。""我帮您打扮。""我头上少发簪。""我来给您办。""我脚上的鞋已坏。""我来给您买。"①

这种对话可以想多长就多长，这取决于孩子们脑子的机灵程度。王妈妈的借口有时非常滑稽可笑。不过，主人最后还是把她请来参加他们的狗肉宴了。有外国人曾写道，"中国人不怎么喜欢运动"，也有外国人认为"他们的运动不

---

① ［美］泰勒·何德兰、［英］坎贝尔·布朗士：《孩提时代：两个传教士眼中的中国儿童生活》，群言出版社2000年版，第56—57页。

用做太多的活动，不用相互配合，也用不着分庭抗礼去争夺冠军"，但事实证明，中国的孩子有他们自己游戏方式，同样寻找合作带来的游戏快乐。

第一百零三则童谣《卖花人》：

买花来，买花来，你不买花，花就坏。①

此谣初看感知不出游戏的味道。但是在页面的最上角作者又配以一幅儿童游戏的场景图，七八个孩子站做一排，后面孩子拉着前面孩子的衣襟，有一个头稍高的孩子，面对着他们，游戏时应一边念念有词，一边又有假设的故事情节。类似现代儿童游戏"老鹰捉小鸡"，但看游戏的情景又有不同（见图10）。故此只能判断此谣为游戏歌，但具体活动规则不得而知。此外一百零四则《做花瓶》也为游戏歌，歌中唱道："套来套去套水井，又过来了座花瓶。"②据《孩提时代》中记载，此谣佐以"钻花瓶"游戏。小女孩们分成三人一组，三个人组成一个三角形，每个人都用自己的左手握着另一个人的右手，三双手在中间交叉相连。然后，其中的两个小孩把胳膊转到第三个小孩的脑后，第三个小孩就被转到了中间——掉进井里了，她又从两条胳膊中间穿钻过来，这样就到了那两个小孩的对面，和她们交换了位置。第二个和第三个小孩以同样的方式钻过去，如果她们想玩，就可以一直这样钻下去。一边钻，一边唱童谣。

第一百二十一则童谣《转动磨机》如下：

大狗上京了，小狗跑了，鸡蛋砸了，油撒了，你是碾子我是磨。③

初看此谣，很难与游戏歌相连，但页面上所配之两幅小图很好地解读了游戏的程序（见图11）。两小儿对握，其中一小儿右手拉对方左手过头放置在左肩上，同时对方的右手拉小儿的左手过头也放置在左肩上，形成交叉勾连之势。游戏开始时，交换进行。一边唱童谣佐之。此游戏看似简单，但对于儿童身体的柔韧性练习以及团队合作的磨合大有裨益。

甚至第一百二十二则童谣《排燕窝》也可以明确判定为游戏歌：

①　[美] 何德兰编：《孺子歌图》，徐晓东译，浙江人民美术出版社 2017 年版，第 112 页。
②　[美] 何德兰编：《孺子歌图》，徐晓东译，浙江人民美术出版社 2017 年版，第 112 页。
③　[美] 何德兰编：《孺子歌图》，徐晓东译，浙江人民美术出版社 2017 年版，第 132 页。

排排排燕窝，排出钱来买饽饽。①

此谣甚短，但音韵和谐，节奏感强，所配游戏活动也相对简单，估计有一堆沙子或者沙土即可完成。小儿一边念唱童谣，一边完成童谣动作，而且游戏没有程式化的动作，随韵而来，别有意趣。

第一百三十四则游戏歌《攻城》如下：

雉鸡翎，抱马城，马城开，丫头小子送马来。②

同样判定此谣为游戏歌是源于上面所配儿童游戏图（见图12）。图中所绘园中空场，两边分别有一对儿童手拉手，中间有一位男孩做冲击状，双方孩子都严阵以待。此为京城儿童"跑马城"游戏。同样的图片运用在了何德兰介绍男孩子们的游戏一节，原文为：两队人马"面对面地排成两排，同排的孩子都相互紧紧地拉着手"，然后，其中一边有个孩子唱道："头上插羽毛，快往城外逃。人惊马儿叫，城破门楼焦。"接着，一个孩子用尽全力向对方的人墙上冲去，如果他冲破了对方的人墙，他就把被他冲破的那个地方相连的那两个孩子带回自己一方，如果没有冲破，他自己就要被留在对方队伍。然后轮到下一个孩子唱，对方也再换一个孩子发起冲击。这样轮流进宫，直到一方被打败。因而这样的一场游戏下来，孩子们的体能都会得到很好的锻炼。"这个事实就给了那种认为中国人不喜欢剧烈运动的观点有力的一击。"③

第一百三十九则童谣《瞎子的头巾》云：

喊得喊，喀得喀，你追我，我追他。④

此谣也为游戏歌，一般人都想不到。页面上所配之图很好地解释了游戏的情形（见图13）。一小儿用手绢将眼蒙住，充当盲人，其他小儿轻手蹑脚躲避，类似"捉迷藏"的"盲人"游戏。

---

① ［美］何德兰编：《孺子歌图》，徐晓东译，浙江人民美术出版社2017年版，第133页。

② ［美］何德兰编：《孺子歌图》，徐晓东译，浙江人民美术出版社2017年版，第149页。

③ ［美］泰勒·何德兰、［英］坎贝尔·布朗士：《孩提时代：两个传教士眼中的中国儿童生活》，群演出版社2000年版，第47页。

④ ［美］何德兰编：《孺子歌图》，徐晓东译，浙江人民美术出版社2017年版，第156页。

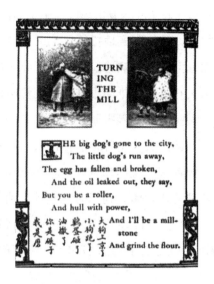

图 11　《转动磨机》

图 12　《攻城》

据何德兰所说，光在北京这一座城市就收集到了至少 75 种不同的游戏，而且中国的中原地区和南方地区的孩子们玩的游戏与北方大不相同，一方面是气候的原因，一方面是人们性格不同所致，当然也与地理条件、生活条件、工作工种等的影响有关。由此《孺子歌图》文图配合，准确如实地记录了北京城的部分经典游戏与童谣，这不免也是它的一份隐性的贡献。

三、《孺子歌图》之艺术装帧

《孺子歌图》给每页加边框、为每首童谣搭配应景儿的老北京照片，还增加童谣曲谱、美术艺术排版等，这些用心设计的排版内容能帮助读者更好地理解北京童谣的内容

图 13　《瞎子的头巾》

和形式，既有利于译文的"传情达意"，又营造了良好的交际语境。《孺子歌图》展现的是中国在晚清时期以及更早的生活状态，较为真实地描绘了当时中国儿童的游戏生活，尽管看似简陋，缺少艺术性，但并不影响他们寻找属于儿童的身心愉悦，而不乏智慧。这种中英对照、图文并茂的安排使中外读者能体味朗朗上口的童趣韵语。其为每一首童谣配了当时应景儿的摄影照片，堪称"中国最早采用摄影插图的出版物"。摄影照片真实地还原了晚晴北京官宦人家和平常百姓的精神面貌、衣着服饰和生活场景。作者带领我们穿越时空，领略晚清宫廷或百姓家孩童的日常生活情境，让读者真真切切体会到当时儿童的生活场景与状貌。朱自清评价此集，"原文与译文并列。有许多照相，序里说是特地为这书预备的。书印得极美，纸上有浅色画，也是特地为这书和下一书用的。书又名《孺子歌图》。序中有译，见《歌谣》二十一号。周作人说这书的译文'多比原文明了优美'"。①

翻译中国的童谣又不失特色应该是相当困难的。何德兰自己说：

> 第三个困难比前两个更为棘手，即如何把这些儿歌翻译得既有韵律，又富于节奏，同时还朗朗上口。我毫不怀疑我的读者会轻易地发现我前几年出版的《中国儿歌集》在翻译方面有些瑕疵。对于我来说，发现瑕疵比修正瑕疵要容易得多。因为这些儿歌中所用的许多字词或说法，往往根本就没有相对应的书面表达方式，有的即使有书面表达方式，也像英语中的一些俚语一样，在字典里又找不到。②

从何德兰的话中我们可以想象得到，想原汁原味地翻译有深厚中国民风民俗的口头文学的难度，正像他自己所说，首先要正确地弄明白童谣所表达的意思，又要准确地找到合适的词汇加以翻译，同时还要体现童谣特有的韵律美，难度之高可以想象。更重要的是，正是由于何德兰对中国儿童生活的熟悉，对中国的尊重与喜爱，才会让他下大力气做好这件事。

---

① 朱自清：《朱自清全集》（第八卷），时代文艺出版社 2000 年版，第 3152 页。
② [美] 泰勒·何德兰、[英] 坎贝尔·布朗士：《孩提时代：两个传教士眼中的中国儿童生活》，群言出版社 2000 年版，第 12 页。

　　《孺子歌图》所收录的中文童谣字体为书法体——手写体小字楷体。按照我国传统书籍汉字书写习惯，采用直排方式：即字序自上而下、行序自右而左，以行断句，其义自见。译文英文排版则采用现代书籍常用排版方式——横排，横排的字序自左而右，行序是自上而下，同时根据意群、音韵等元素，行与行的设定灵活多变。苏东坡曾言："大字难于结密而无间，小字难于宽绰而有余"[①]。

　　《孺子歌图》的排版独具匠心，每首童谣无论长短都给出了英译文，并且还附上了反映当时儿童生活嬉戏的精彩照片，每一页的文字和照片都排版在特定的边框里面，边框为故宫建筑琉璃瓦庑殿[②]立面图样：庑殿式顶，檐下为仿木结构的椽、檩、头栱。檐两边由两根柱子支撑，柱子上下各饰有一大一小两条蟠龙——柱底升龙作昂首腾跃状，柱顶坐龙前爪作环抱状，后爪分撅海水，龙身环曲，威风凛然。两段戗脊类似其他庑殿顶，饰有陶质兽样装饰，极具故宫古建筑特色。[③]《孺子歌图》中所采用的边框为单檐庑殿顶，一般是用于礼仪盛典及宗教建筑的偏殿或门堂等处，以示庄严肃穆。这样一个方方正正、古色古香的庑殿立面图边框，将每首童谣的原文、译文、照片圈于其中——有屋、有人、有故事，意喻《孺子歌图》讲述的是真实的老北京日常生活的点滴，这些关乎中国儿童生活的具体场景确确实实是发生在北京百姓的屋檐下，无形之中增添了所引所译童谣的归属感，给读者最生动、直观的诠释。从另一个角度，还能窥视出何德兰编纂童谣的严肃初衷，他尽量摒弃外国传教士在看待中国童谣时容易出现的某种偏见，庄严肃穆的庑殿边框也能反馈一种严肃认真的

---

①　上海书画出版社、华东师范大学古籍整理研究室：《历代书法论文选》，上海书画出版社2006年版，第381页。

②　中国古代建筑屋顶可分为以下几种形式：硬山、悬山、攒尖、歇山、庑殿等五种。古建筑屋顶除功能外，还是等级的象征。古建筑屋顶等级划分：第一位：重檐庑殿顶。重要的佛殿、皇宫的主殿，象征尊贵。第二位：重檐歇山顶。常见于宫殿、园林、坛庙式建筑。第三位：单檐庑殿顶。重要的建筑。第四位：单檐歇山顶。重要的建筑。第五位：悬山顶。民居、神厨、神库。第六位：硬山顶。民居。第七位：卷棚顶。民间建筑。无等级：攒尖顶。亭台楼阁。

③　孙丽、何德兰：《〈孺子歌图〉的副文本研究》，《安徽文学》2018年第12期。

态度，他是精心选择与采集北京童谣，并加以翻译、插画、书法等装饰，可以想见，这本《孺子歌图》带有了多么深刻的意味与用意。

何德兰深谙北京儿童生活，以及儿童哺育的模式，也熟知与体味到中国式父母哺育儿童的方式方法，其特殊的呈现形式在中国童谣搜集史上是一个特例。《孺子歌图》采用中西合璧的设计，仿佛是一扇通往神秘东方之国的名片。何德兰在序言里明确指出：对《孺子歌图》所收录的中文童谣的翻译，在尽可能再现原作的基础上，主要关注以英语为母语的儿童的喜好，运用口语对话的语式，追求文辞圆润自然，翻译目标为小读者所喜闻乐见的中文童谣。通过童谣的写实功能，以清末中国儿童的生活经历为原型，用童谣语言来反映当时中国儿童内心或眼中的世界，向英语国家的儿童介绍中国儿童的生活和所思所想所行，同时起到向世界弘扬中国文化的历史作用。他在《孩提时代：两个传教士眼中的中国儿童生活》自序中也提到：

> 细心观察各种情形，就会发现中国儿童游戏和娱乐的方式是很多的，并且同其他国家的儿童有不少相通之处，他们玩的许多玩具与西方的儿童玩具惊人地相似。从山东和北京的情况来看，中国保姆们都会哼数不清的儿歌。作为《中国儿歌集》一书的姊妹篇，作者力图找出东西方家庭生活中那些同样感人的东西。如果我的工作能让天涯相隔的人们从中看到亲切、博爱和友善，那么，这本小书也就达到我的目的了。①

《孺子歌图》的编纂也不是默默无闻。发表在 1914 年的《儿歌之研究》中，就采用了何德兰的例子，在提及"北京有十指五官及足五趾之歌"时，即举荐参见美国何德兰编译的《孺子歌图》；此外，朱自清的《中国歌谣》中随处可见在此书中的举例，如在论证"童蒙书的歌谣化"时引用了《孺子歌图》第四一页的童谣："老鸦落在一棵树，张开口来就招呼：'老王，老王，山后有个大绵羊。你把它宰了，你吃肉，我吃肠。'"；在论述童谣分类中"弄儿之歌"

---

① ［美］泰勒·何德兰、［英］坎贝尔·布朗士：《孩提时代：两个传教士眼中的中国儿童生活》，群言出版社 2000 年版，第 2 页。

时也有"见美国何德兰编译《孺子歌图》"的字样；在阐述"儿歌""其他类型"的歌谣时，专门引用了何德兰《孺子歌图》的序言："他所搜集的中国儿歌中，有许多事情是与英美的相通的；他举出的是以下九种题材：一、昆虫；二、动物；三、鸟；四、人；五、儿童；六、食物；七、身体各部分；八、动作，如拍、拧、呵痒等；九、职业、买卖、事务。"；在阐述"游戏歌与谜语"之"面戏歌"时，转引了童谣"排门儿"谣。由此，朱自清不仅是对《孺子歌图》中所辑童谣的简单转引，更是对其进行了精深的分析。这部编著在朱自清等专门致力于歌谣研究的学者那里还是具备相当的分量与地位的。然而这样的童谣集长期以来却湮没在活跃异常的主流文学之中，当然这与其出版的时代背景有关联。该书出版是恰逢清朝末年，列强来华，社会政局动荡不安，文化心理中除了饱含"师夷长技"的自强心理，不免还有一种内忧自卑的情绪。当时学术界也多青睐"西学东渐"，较少有人注意"中学西传"。然而这一切并未影响西方传教士了解中国、译介汉学的兴趣。他们希望通过搜罗挖掘中华国内各地的风土民谣，达到对中国更为直接深切的了解，从而实现传教需要。《孺子歌图》的编译者何德兰便是其中一位。根据马祖毅和任荣珍编著的《汉籍外译史》记载："美国传教士何德兰译《中国童谣》①，何德兰光绪十四年（1888）来华，任北京汇文书院文科和神科教习，对中国美术颇有研究。"② 何德兰留华，曾"亲眼目睹了清朝的全部最后岁月"，他编撰了大量有关晚清宫廷、儿童、百姓的著作，以一个外国传教士的独特视角，审视中国晚清宫廷，多角度记录和再现中国儿童生活的方方面面，具有很高的历史研究价值。同时译者也在序中言明这些童谣儿歌的搜罗编译是"希望从中能展现中国家庭生活的新阶段和启发西方对东方儿童怀有某种怜悯和同情"，向西方世界尤其是西方儿童介绍中国文化、介绍中国儿童童年的所见所闻所思。笔者认为通过《孺子歌图》在童谣这一民俗领域的翻译活动，我们可以清晰地得以考察国内学术界长期忽略的一个历史侧面。

---

① 《汉籍外译史》将《孺子歌图》说成《中国童谣》，不知何故。

② 马祖毅、任荣珍：《汉籍外译史》，湖北教育出版社 2003 年版，第 361 页。

第三节　朱自清《中国歌谣》：为歌谣正名，
　　　　为中国"歌谣学"奠基

　　中国民间歌谣的研究始于 20 世纪 20 年代左右。1918 年 2 月 1 日在《北京大学日刊》(第 61 号) 上发表了蔡元培的《北京大学征集全国近世歌谣简章》，向全国展开征集歌谣的工作，参与搜集工作的有胡适、刘复、刘经庵等教授。时至五四时期，音乐界学者提出"国乐"建设，他们从民间流行歌谣、或从国乐改进、或从音乐史学角度对民间歌谣进行采集整理和研究。1917 年还专门成立了歌谣研究会，创立了《歌谣》周刊。这些都发生在朱自清于北大求学时期。他就读于北大，包括预科共四年时间（1916—1920），正值北大轰轰烈烈的歌谣运动阶段，他闻听了北大师生大量搜求歌谣的声音，实际上深受感染与鼓舞。

　　朱自清在登上清华大学的讲台首开"歌谣"课程的前后，受到"歌谣运动"的基本主张与做法的影响。

　　朱自清的早期成就主要表现在散文和诗，曾编过《新潮》，创办过《诗》，1927 年写下了散文名篇《荷塘月色》。此后他确定了"国学是我的职业，文学是我的娱乐"，毅然放弃文学创作，走上了学术之路，以中国新文学史、古代文学批评和歌谣研究为方向。他抓住"诗言志""比兴""诗教""正变"几个核心主题，搜集整理资料，辑录而成《古逸歌谣集说》①《诗名著笺》②《古诗十九首释》③。朱自清一面撰写《中国新文学研究纲要》和《中国文学史讲稿提要》，一面于 1929 年春在《大公报·文学周刊》上连续两期发表了《中国近世

---

①　《古逸歌谣集说》是作者从我国先秦的古代歌谣中选择了比较有名的，并把古人和时人对它的笺注和解释集中到一起，而编成的教授"古今诗选"这门课的讲义之一。

②　《诗名著笺》是《诗经》中若干名篇的笺注和解释，主要是从《国风》中选的。

③　《古诗十九首释》是作者自己对我国最早的五言诗——汉代的《古诗十九首》中九首的分析和解释。最初发表在 1941 年的《国文月刊》。

歌谣叙录》①，同年暑假后开设了"歌谣"课程。这一时期还有以民俗为主轴的歌谣与俗曲研究，因而形成了从音乐学、语言学、民俗学等角度不同学科对民间歌谣的关注。在歌谣研究方面，最初的讲稿，大约就是后来《中国歌谣》某章的雏形，但朱自清研究歌谣的最早成就，确是发表在1929年4月29日、5月6日《大公报》之《文学副刊》第六十八、六十九期上的《中国近世歌谣叙录》，分两期续完。

据朱自清的《中国近世歌谣叙录》介绍，在1929年之前这方面的专著由胡怀琛的《中国民歌研究》和董作宾的《中国歌谣通论》两种。后者未见，前者1925年由商务印书馆初版，但比较简单。《中国近世歌谣叙录》综合了近年来以北京大学，中山大学及各书坊所印的《近世歌谣集》及关于歌谣的刊物，作为其研究的深厚基础。文中所录：1.歌谣总集分为粤风（在《函海》中，四卷）、粤风（钟敬文重编，朴社印）、粤讴、情歌、客音情歌集、情歌唱答、粤东之风、翁源歌谣、罾歌、广州儿歌甲集、潮州歌集、歌集、潮州歌谣集（邱玉麟编）、潮州歌谣集（曹羲之编）、广东民间文艺集、耕者之歌、闽歌甲集、闽歌集、福州歌谣集、台湾之歌谣、台湾情歌集、瑶歌、吴歌甲集、吴歌乙集、武进谣谚集、江阴船歌、民间十种曲、杭州的歌谣、民谣集、越谚、增广越谚类编、绍兴歌谣、西调、霓裳续谱、北京的歌谣、中国的儿歌、北京俚曲等共六十种。所录歌谣集，精确记录了著者与出版社，但未做大幅展开论述。2.歌谣论著涵盖了《中国民歌研究》（胡怀琛）、《歌谣与妇女》（刘经庵）、《歌谣论集》（钟敬文）、《中国歌谣通论》（董作宾）、《谜史》（钱南扬）等歌谣专书、民间文艺专书、文学与艺术批评著作、笔记、儿童文学著作、自为类、期刊类，共计三十七种；3.关于歌谣的期刊由于列举未免太烦，因而记录下刊名共计八种。这份文件很显然是朱自清为准备课程所编集的资料集，由朱自清开设"歌谣"课程的讲义《歌谣发凡》后更名为《中国歌谣》，《中国歌谣》是朱自清正式的课程讲义，现收于《朱自清全集》第六卷。

---

① 周作人：《中国近世歌谣叙录》，《大公报·文学周刊》1929年4月29日、1929年5月6日。

　　1929 年，朱自清被聘为清华大学教授，开设了"歌谣"选修课，因在当时保守的中国文学系里属"首开"之课，"在学程表上显得突出新鲜，很能引起学生的兴味"①。课程前后持续了大约三年。尽管当时授课用的讲义《歌谣发凡》中经铅印本《中国歌谣》的增补，在二十年后才正式出版，但其对歌谣含义的理论梳理仍给人留下了深刻印象。有的视其为中国"歌谣学"的奠基之作 ②，有的则称之为"民间文学课程的发端"③。

　　朱自清在文学研究的领域里涉及很广，给我们留下的最重要的歌谣研究遗产，就是《中国歌谣》一书。这部书的工作的确是他人没有做过的，在朱自清之前，虽有王国维的《宋元戏曲考》、郭绍虞的《中国文学史纲要・韵文先发生之痕迹》和《中国文学演进之趋势》，论及歌谣的起源，虽有胡怀琛撰《中国民歌研究》(1935)、钟敬文编《歌谣论集》(1928)，但相比之下，胡著没有朱著来得深刻精深，钟编没有朱著来得系统全面。还要指出的是，朱自清的"通乎古今"，并不是古今并重，而是广泛地吸收了北大歌谣征集处以来搜集并在报刊上发表的各地区、各民族的近世歌谣，显示了歌谣研究的现代性。朱自清在清华园对"中国歌谣"课程的讲授，实际上以实际行动兼容了歌谣研究提出的"文艺"和"艺术"的目的，并体现出从民歌到国学的最终走向。根据浦江清的评价，朱自清讲授并写成的《中国歌谣》已经是一部有系统的著作，"材料通乎古今，也汲取外国学者的理论"；在知识的广博和用心的细密上，"别人没有这样做过"。④ 其实朱自清写作《中国歌谣》，其最大的意义与价值在于将民歌升为或融进了国学，在古今中西及官民交错的近代条件下，构建了一门承上启下的学问——"民歌国学"。《中国歌谣》的叙事研究特点在于，他既全面梳理和批判地继承了此前本土学者的种种理论学说，也吸收了外国现代民歌研究的成果和理论，眼光开阔，充

---

① 　浦江清：《中国歌谣》，复旦大学出版社 2006 年版，第 213—214 页。
② 　朱介凡：《中国歌谣论》，中华书局（第二版）1983 年版，第 52 页。
③ 　贺学军：《中国民俗学年刊》，上海文艺出版社 1999 年版，第 79 页。
④ 　浦江清：《中国歌谣》，复旦大学出版社 2006 年版，第 202 页。

分显示了著者对民歌研究的开阔视野与深刻的理论功底。关于歌谣的历史、分类等歌谣理论问题上，朱自清广泛评述和吸收了前人（包括同时代人）的研究成果，如胡适的比较研究法和"母题"说，顾颉刚等关于歌谣分类和儿歌研究，魏建功和钟敬文关于仪式歌的研究等，朱氏并非简单地罗列观点，而是将当前所开展的有价值的歌谣研究成果在经过一番甄别之后进行陈列，以供读者涉猎。《中国歌谣》在选取歌谣加以论述时，基本上是站位在《歌谣》周刊等相对权威的歌谣例证上，同时也进行了全面的梳理与论述，因而，朱自清的研究具有了少有的学术前沿的意义。朱自清所进行的是一种综合研究，也正是在他人分题研究的基础上，进行了综合的研究和系统的整理。可惜的是，他的论述已经过去 70 多年了，民间文学界和诗界却好像还没有做出超过他的论述。朱氏的《中国歌谣》和他把歌谣研究引进到大学课堂教学，对歌谣学研究作出了很大的贡献，并为民间文学走上新文学高雅的学术研究殿堂提供支持，在学理上做出了精深的探讨，从而也初步实现了由民歌到国学的一个过渡。

《中国歌谣》内容包括：一，"歌谣释名"；二，"歌谣的起源与发展"；三，"歌谣的历史"；四，"歌谣的分类"；五，"歌谣的结构"；六，"歌谣的修辞"。

1. 歌谣释名

"歌谣的释名"一章的突出贡献在于对歌谣的正名，朱自清为歌谣的释名，是在"歌谣与乐""歌谣的字义""歌谣的广义与狭义""'自然民谣'与'假作民谣'""民歌歌词与歌谣"的细致比较与辨析中完成的。他重点在于梳理中国歌谣的种种传统说法，通过对历代文献的排比考察，进而作出相对合理的结论。比如在"歌谣的广义和狭义"部分里，他总结中国历来对歌谣有两种不确定的弊端："一是合乐与徒歌不分，二是民间歌谣与个人诗歌不分"，关于第一点，他论述"《诗经》所录，全为乐歌"，"所有的只是第二种混淆"，并通过考察认定，所谓"歌"，是指合乐的乐歌，所谓"谣"即"徒歌"，包括可歌的（比如山歌）和可诵的（比如童谣）两类。朱自清认为，传统的歌谣文献，或注重于其音乐性，比如《诗经》，乐府；或仅取其艳辞，比如《玉台新咏》；或将歌谣视为"古诗之一体"，比如《古今风谣》，《古谣谚》等，但其要害在于"单纯的个人作品与民间之流传作品相混"。在朱自清看来，应该剔除"单纯的个人作品"，而仅指"民间流传之作品"。因此，他对于歌谣的民间性有了重要区分，从而对其之后所开展的系列论述的展开范围有了明晰的界定，厘清了理路基准。同时我们还可以看到，现代歌谣研究是应歌谣运动而产生的，其中包含了明显的"外国的影响"，在朱自清看来，"参考些外国的材料"，是"有益"的。关于歌谣的正面界说，他也主要根据几种国外的意见，加以辨析与探究。比如引入了 Frank Kidson 的《英国民歌论》、Louise Pound 的《诗的起源与叙事歌》，对于当时的一些歌谣论述时常会混淆界定，因而混入一些个性的作品，从而为之后的探讨划定了严明的界限。

2. 歌谣的起源与发展

"歌谣的起源与发展"一章的主要价值在于厘清歌谣的起源与发展过程。朱自清首推国外关于歌谣起源的学说，引用了 R.Adelaide Witham 女士在《英吉利苏格兰民间叙事歌选粹》（*Representative English and Scottish Popular Ballads*，1909）中关于起源问题的四种学说，重点区分"一个人"的创造与长期演进的区别。论述"中国关于歌谣起源的学说"得出重要结论："歌谣是最古的诗；论诗之起源，便是论歌谣的起源"[1]。关于韵文先于散文以及原始歌谣的要素问题，他细致研读了郭绍虞的《韵文先发生之痕迹》与《中国文学演进之趋势》，列举了各种关于歌谣起源的传说，其中包括荧惑说、怨谤说、《子夜歌》传说、河南传说、淮南传说、江南传说、两粤传说，但这些传说，"大抵是关于某种歌谣或某地歌谣的"，"以歌谣全体为对象的"，却还没有，怕也不能有。

与探讨歌谣起源有重要关联的就是歌谣里的"第一身与歌谣的作者"问题，朱自清认定："歌谣原是流行民间的，它不能有个性；第三身、第一身，只是形式上的变换，其不应表现个性是一样……至于歌谣的起源，我以为是不能以此作准的"。中国歌谣大部分也无作者，总还有"官作民歌"，或下等文人或鬻歌

---

[1] 朱自清：《中国歌谣》，吉林出版集团股份有限公司 2016 年版，第 14 页。

的人为赚钱而做，但这些有作者的歌谣，加上那些传说，仍不够建立起个人创造说的推理。

对于歌谣的传布转变与制作的提法是全然体现了一种研究方法与研究视野的开拓。芬兰学派，简称芬兰法，即用最新的科学民俗学的方法，来研究歌谣的传布与转变。这个方法是"用在同一母题的材料上"，研究同一母题的变形以及变形的比较，从变形中找出原形，判定变形是各自造成的还是同出一源。仅就此还不够，还得加上地理的研判。"将临近的地域的材料放在一块儿，发现其详略、增减、复沓、转换的经过。尽管此研究方法最近才介绍到中国，但早在董作宾的《看见她》的研究与此有"暗合"。有人研究四十五首《看见她》的结果，结论："原来歌谣的行踪，是紧跟着水陆交通的孔道，尤其是水便于陆。在北可以说黄河流域为一系，也就是北方官话的领土；在南可以说长江流域为一系，也就是南方官话的领土；并且我们看了歌谣的传布，也可以得到政治区划和语言交通的关系。北方比如秦晋、直鲁豫，南方如湘鄂（两湖），苏皖赣，各因语言交通的关系而成自然的形势。"①至于由于民俗的改变、方音的改变，或因时代的不同，地方的不同，人的不同，都容易产生传讹。歌谣究竟与"别种文学一样"，是在不断的创造中。

朱自清专门论述了"歌谣所受的影响"，即"歌谣在演进中间，接受别的相近的东西的影响，换一句话，也可说这些东西的歌谣化"。他总结了有"诗的歌谣化""佛经的歌谣化""童蒙书的歌谣化""曲的歌谣化""历史的歌谣化""传说的歌谣化""戏剧的歌谣化"七种情况。同时关于歌谣的摹拟，又细分为"追记""依托""构造""改作"和"摹拟"五种类型，其中具体的论述还有待商榷，但这些命题确是具有学术潜力与研究眼光的。朱自清对所提出的命题给予了初步的阐释，其中在"童蒙书的歌谣化"中，提出：童蒙书《三字经》《百家姓》《神童书》、"四书"等，这种歌谣多是儿歌，以摘引书句为主，或系趁韵而成，或系嘲笑塾师，大抵是连贯的，也有不大连贯的。在论述的同时选用了表面以

———————
① 朱自清：《中国歌谣》，吉林出版集团股份有限公司 2016 年版，第 30 页。

今诵古实际却对古今圣贤大为不敬的新民谣：

> "大学之道"，先生掼倒；"在明明德"，先生出脱；"在新民"，先生扛出门；"在止于至善"，先生埋泥潭。（《民谣集》）

本来，民谣这样一唱，已经把圣贤的书唱得没了个庄严；作者如此一引，则又使这样的"没庄严"跑到高等学府的课堂里广泛传播。不过由此一来，却也将现代学人同封建"故纸"的牵连得到了必要的消解。

3. 歌谣的历史与分类

在叙说"歌谣的历史与分类"方面突出的贡献是，从"古歌谣与近世歌谣"、"诗经中的歌谣"、"乐府中的歌谣"、"南北朝乐歌中的歌谣"（包括"吴声歌曲""西曲歌"、北歌""舞曲""杂曲"）、"山歌"（包括"《竹枝词》""五代至宋的《吴歌》""粤歌""西南民族的歌谣"）、"小唱"（包括"小调的渊源""五代俚曲""莲花乐""明清小曲"）、"徒歌"（包括"关于政治的""关于社会的""关于地理的""关于传说的""嘲谑的""诀术的""游戏歌"）、"海外的中国民歌"加以分类阐述。在分类方面，从"分类标准"，"Kidson 的民歌分类法"以及"民歌的其他分类法"展开论述，是在中国整体的架构里（以山歌为类型），不仅从古到今贯串了历代民歌的纵向演进，由南到北分述了地方民歌的横向区别（以吴歌和粤歌为例），而且还平等并置地把少数民族（以西南为主）的歌谣事例列入其中。值得指出的是，《中国歌谣》在以治学的方式对歌谣进行研究分析的同时，严肃地提出了对精英采集的"文本写本"与民间传唱之"歌谣真相"的区别。在这一点上，朱自清赞同顾颉刚的观点，并重申了进行这种区别的重要性。实际上，作者反复强调的是开展第一首资料搜集的必要性，这一核心观点与歌谣研究会的"歌谣性质并无限制……不必先由寄稿者加以甄择"的观点一致。因为如果没有完整直接的材料，所有的歌谣研究都只是空谈。

4. 歌谣的结构

"歌谣的结构"一章里重点论述的是"歌谣的重叠"，并提出了"歌谣以重叠为生命"，没有重叠，就没有歌谣。朱自清就重叠问题列举了几种观点。

（1）清水先生在《谈谈重叠的故事》中说："妇人与儿童，都是很喜欢说重叠话的，他们能于重叠话中每句说话的强调高低都不相同，如唱歌吟诗般的道出来，煞是好听。"（《民俗》廿一、廿二期合刊）[1] 清水先生从歌谣的受众群体——妇女与儿童的接受角度分析，他们喜欢听说重叠话，进而印证歌谣也是需要重叠的；

（2）顾颉刚先生在《论诗经所录全为乐歌》（上）里说："对山歌因问作答，非复沓不可。……儿歌注重于说话的练习、事物的记忆与滑稽的趣味，所以也有复沓的需要。"（《北京大学研究所国学门周刊》十）[2] 顾颉刚先生点出以山歌中问答歌为例，必须要进行重复，加之儿歌的主要受众——儿童出于语言、识记、趣味等原因，也需要重叠；

（3）钟敬文所收集的《峑歌》说："这种歌每首都有两章以上的复叠的，全部几乎没有例外。……这种歌的回环复沓，不是一个人自己的迭唱，而是两人以上的和唱，我有想到对歌合唱，是原人或文化半开的民族所必有的风俗，如树上的疍民。山居的客人，现在都盛行这种风气，而造成了许多章段重复的歌谣。"（《民间文艺丛话》一四五页）[3] 钟敬文指出歌谣几乎全部都是重章叠句，没有例外，而造成这种现象产生的原因主要是原人或文化半开的民族的自有风俗。Grimm 在论英吉利苏格兰歌谣时，也谈及此现象，主要原因"重章易于记忆，且极便民众参加歌唱"。由此得出结论，重章叠句在歌谣中是极其普遍的现象，是歌谣最主要的结构形式。

就重叠的格式，他从"无意义的重叠"与"重章叠句""和声""回文""接麻""叠字"六种结构分而论述，其中重章叠句又分为"复沓格""递进式""问答式""对比式""铺陈式"五类，每一种结构分类不但转抄来自诗经以来的历代民歌作品，而且征引民国时期《歌谣》周刊等采集登载所谓近世歌谣，比如引用诗三百篇中《鄘风·桑中》以声的关系，为重叠而重叠的复沓格；《邶风·击鼓》中重叠的表现；《诗·周南·关雎》印证重叠对于歌的关系是怎样的密切；征引吴歌《碰碰门》为问答式的例证，《歌谣》八"蒲龙子车"为递

---

① 朱自清：《中国歌谣》，吉林出版集团股份有限公司 2016 年版，第 159 页。

② 朱自清：《中国歌谣》，吉林出版集团股份有限公司 2016 年版，第 159 页。

③ 朱自清：《中国歌谣》，吉林出版集团股份有限公司 2016 年版，第 159 页。

进式童谣例证；《歌谣》三十"腰呀，腰呀，腰呀，梅。"为"无意义的重叠"。因此每一种结构分类都广征博引，论据确凿，言之成理，论证严丝合缝，论点清晰，学理性强。

《中国歌谣》从"歌谣释名"开篇，一直讲到"起源"，"历史"，"分类"和"结构"，"修辞"等各个篇章，它以民众的歌唱为对象，用国学的传统做背景，采纳了民国以来"歌谣运动"的若干材料，同时也兼顾到了西方的相关理论和国内同人的诸多新说；可以说是晚清以来歌谣研究由"运动"到"国学"的集大成之作。《中国歌谣》和他把歌谣研究引进到大学课堂教学，对歌谣学研究做出了很大的贡献。尽管在他的眼里，民国时期的歌谣研究不过才刚刚起步，《中国歌谣》一书也只是民国歌谣的初步小结，其在创作中对民间文学的运用还不够自觉，但不管怎样，朱自清的这种用学术研究的视野来审视民间文学的历史，用学理的方法对民谣进行的深刻而广博的阐述，应该说起学术贡献与史学价值是不可小觑的。

童谣在中国的历史可谓久矣。按照《列子》中记载《康衢童谣》的年代，或者西周末年宣王（前 827—前 782）时童谣"檿弧箕服，实亡周国"计算，童谣也有近三千年的历史。而与童谣久远的历史相比，对童谣加以系统研究的历史却并不久远。直到民国以前，童谣都未引起学界足够的重视。当然历史上也不乏对童谣的议论之声，但大多是只言片语式的，且几乎全部集中于对童谣神秘隐喻意义的考量，距离拨开"妖言"迷雾，就童谣价值、教育的探究甚为遥远。

在传统学者的眼里，童谣是鄙俚而难登大雅之堂的，"学焉而与童子无补"[1]。这种论调甚至到了 20 世纪 20 年代还不绝于耳。有一位前清进士曾说，"可惜蔡孑民也是翰林院出身，如今真领着一般青年人胡闹起来了！放着先王的大经大法不讲，竟把孩子们胡喷出来的什么'风来啦！雨来啦！王八背着鼓来啦'一类的东西，在国立大学中，专门研究起来了！"[2] 童谣在传统文人眼里

① （清）吕得胜等：《小儿语（外八种）》，岳麓书院 2003 年版，第 1 页。
② 卫景周：《歌谣在诗中的地位》，钟敬文：《歌谣论集》，北新书局 1928 年版，第 185—186 页。

实在低劣，甚至难以启齿，流传于民间的童谣先是身披迷信的妖言，后又深陷于俚俗的泥淖，其尴尬的地位可见一斑。

　　直到吕坤父子开天下先，搜集整理改编童谣《演小儿语》（1593），以作教育之资；郑旭旦编《天籁集》（1662）以及悟痴生编《广天籁集》（1872），原汁原味地搜集童谣，尊重民间创作，将童谣视作"天籁"；范寅编《越谚》、韦大利编《北京儿歌》、何德兰《孺子歌图》逐步走上文人有意识、有选择地自主搜集童谣之路。自北大歌谣运动始，童谣逐渐引起了学者的普遍关注。在这之前，《儿歌之研究》于1914年1月刊于《绍兴县教育月刊》。这是较早研究童谣的一篇文章，尽管当时未引起什么反响，但自歌谣运动发起以后，作为歌谣中极为重要的一部分，童谣也随之进入了学者们的研究视野。

参考文献

1.（明）吕得胜等：《小儿语》（外八种），岳麓书社 2003 年版。

2.（清）杜文澜：《古谣谚》，中华书局 1958 年版。

3.（清）郑旭旦：《天籁集》，（清）悟痴生编：《广天籁集》、朱天民编：《各省童谣集》第一集），上海文艺出版社 1990 年版。

4.陈和祥：《童谣大观》（重印本），新世界出版社 2007 年版。

5.周作人：《童谣研究手稿》，福建教育出版社 2004 年版。

6.赵景深：《古代儿歌资料》，少年儿童出版社 1963 年版。

7.雷群明、王龙娣：《中国古代童谣赏析》，湖南文艺出版社 1988 年版。

8.雷群明、王龙娣：《中国古代童谣》，上海文艺出版社 2003 年版。

9.钟敬文：《歌谣论集》，上海文艺出版社 1989 年版。

10.王泉根编：《中国现代儿童文学文论选》，广西人民出版社 1989 年版。

11.黄云生：《儿童文学教程》，浙江大学出版社 1996 年版。

12.黄诏年：《孩子们的歌声》（重印本），国立中山大学语言历史学研究所 1928 年版。

13.娄子匡：《绍兴歌谣》，国立中山大学语言历史学研究所 1928 年版。

14.山东省立民众教育馆出版部：《山东歌谣集》（第一册）），山东省立民众教育馆出版部 1930 年版。

15.娄子匡：《越歌百曲》，上海儿童书局 1931 年版。

16.洪亮：《浙江歌谣》（第一集），上海女子书店 1932 年版。

17.朱雨尊：《民间歌谣全集》，世界书局 1933 年版。

18.马克谈：《儿童歌谣》，商务印书馆 1934 年版。

19.柳一青：《儿童歌谣》，上海华书店 1948 年版。

20.中国民间文艺研究会资料室主编、北京大学中文系瞿秋白文学会编：《中国歌谣资料》，作家出版社 1959 年版。

21. 程英：《中国近代反帝反封建历史歌谣选》，中华书局 1962 年版。

22. 赵景深、车锡伦、何志康：《中国儿歌资料》，少年儿童出版社 1963 年版。

23. 朱介凡：《中国儿歌》，台北纯文学出版社有限公司 1977 年版。

24. 中国民间文艺研究会、中国社会科学院、文学研究所各民族民间文学组：《中国歌谣选》（第一集：近代歌谣），上海文艺出版社 1978 年版。

25. 陈鹤琴：《儿歌》，江苏人民出版社 1956 年版。

26. 蒋风：《儿歌浅谈》，四川人民出版社 1979 年版。

27. 廖汉臣：《台湾儿歌》，台湾省政府新闻处 1980 年版。

28. 张紫晨：《歌谣小史》，福建人民出版社 1981 年版。

29. 谭达先：《民间童谣散论》，广东人民出版社 1959 年版。

30. 朱介凡：《中国歌谣论》，台湾中华书局 1984 年版。

31. 高殿石：《中国历代童谣辑注》，山东大学出版社 1990 年版。

32. 顾颉刚等辑，王煦华整理：《吴歌·吴歌小史》，江苏古籍出版社 1999 年版。

33. 衣俊卿：《回归生活世界的文化哲学》，黑龙江人民出版社 2000 年版。

34. 田涛：《百年记忆：民谣里的中国》，山西人民出版社 2004 年版。

35. 朱自清：《中国歌谣》，复旦大学出版社 2005 年版。

36. 钟敬文：《民俗学概论》，上海文艺出版社 1998 年版。

37. 钟敬文：《民间文学概论》，上海文艺出版社 1980 年版。

38. 苑利：《二十世纪中国民俗学经典·史诗歌谣卷》，社会科学文献出版社 2002 年版。

39. 魏寿镛、周侯予：《儿童文学概论》，商务印书馆 1923 年版。

40. 周作人：《自己的园地》，上海北新书局 1929 年版。

41. 叶圣陶等：《我和儿童文学》，少年儿童出版社 1980 年版。

42. 蒋风：《儿童文学原理》，安徽教育出版社 1998 年版。

43. 黄云生：《儿童文学概论》，上海文艺出版社 2001 年版。

44. 周作人：《儿童文学小论》，商务印书馆 2018 年版。

45. 杜成宪、邓明言：《教育史学》，人民教育出版社 2004 年版。

46. 周青青：《中国民歌》，人民音乐出版社 1993 年版。

47. 毕桪：《民间文学概论》，民族出版社 2004 年版。

48. 陈鼎如、赖征海：《古代民谣注析》，江西人民出版社 1985 年版。

49. 刘晓东：《儿童文学与儿童教育》，教育科学出版社 2006 年版。

50. 段宝林：《中国民间文艺学》，文化艺术出版社 2006 年版。

51. 皮亚杰：《儿童心理学》，商务印书馆 1986 年版。

52. 傅光明编选：《周作人散文》（中国二十世纪散文精品），太白文艺出版社 2005 年版。

53. [俄]巴赫金：《巴赫金全集》，河北教育出版社 1998 年版。

54. [法]卢梭：《爱弥儿》，李平沤译，商务印书馆 1978 年版。

55. 张圣瑜：《儿童文学研究》，商务印书馆 1928 年版。

56. 郑蕙苢：《温州童谣研究》，浙江大学出版社 2011 年版。

57. 张梦倩：《中国传统童谣研究——在教育世界的边缘》，山西教育出版社 2012 年版。

58. 王瑞祥等：《童谣与儿童发展——以浙江童谣为例》，浙江大学出版社 2011 年版。

59. 吕肖奂：《中国古代民谣研究》，巴蜀书社 2006 年版。

60. 钟敬文：《歌谣中的觉醒意识》，北京师范大学出版社 1952 年版。

61. 天鹰：《中国古代歌谣散论》，古典文学出版社 1957 年版。

62. [美] 泰勒·何德兰、[英] 坎贝尔·布朗士：《孩提时代——两个传教士眼中的中国儿童生活》，群言出版社 2000 年版。

63. 陈鼎如、赖征海编：《古代民谣注析》，江西人民出版社 1985 年版。

64. 刘晓东：《儿童精神哲学》，南京师范大学出版社 1999 年版。

65. 刘晓东：《儿童文化与儿童教育》，教育科学出版社 2006 年版。

66. 刘绪源：《儿童文学的三大母题》，上海少年儿童出版社 1995 年版。

67. 谢贵安：《中国谣谚文化》，华中理工大学出版社 1994 年版。

68. 周作人：《知堂书话》，岳麓书社 1986 年版。

69. 尹世霖：《中国儿歌一千首》，明天出版社 1988 年版。

70. 何素月：《先秦两汉童谣研究》，高雄复文图书出版社 1998 年版。

71.《中国二十省儿歌集》（一）（二）（重印本），东方文化书局 1971 年版。

72. [美] 何德兰编：《孺子歌图》，徐晓东译，浙江人民美术出版社 2017 年版。

73. 王泉根编：《周作人与儿童文学》，浙江少年儿童出版社 1985 年版。

74. [印] 泰戈尔著：《回忆录·附我的童年》，冰心译，人民出版社 1988 年版。

75. [印] 泰戈尔著：《泰戈尔论文学》，倪培耕译，上海译文出版社 1988 年版。

76. 朱自强：《中国儿童文学与现代化进程》，浙江少年儿童出版社 2000 年版。

77. 方卫平：《儿童文学的审美走向》，中国文史出版社 2007 年版。

78. 山曼：《山东民间歌谣》，明天出版社 1990 年版。

79. 吴珹：《河北传统儿歌选》，河北人民出版社 1984 年版。

80. 吴珹、吴玲：《燕赵童谣文化》，当代中国出版社 2007 年版。

81. 施立学：《中华童谣》，辽宁少年儿童出版社 2000 年版。

82. 赵晓阳：《旧京歌谣》，北京图书馆出版社 2006 年版。

83. 王力：《现代诗律学》，中国人民大学出版社 2004 年版。

84. 丁世良、赵放：《中国地方志民俗资料汇编》第 1 册，国家图书馆出版社 2014 年版。

85. 沈亚丹：《寂静之音：汉语诗歌的音乐形式及其历史变迁》，上海人民出版社 2007 年版。

86. 吴其南：《儿童文学》，华东师范大学出版社 2011 年版。

87. 陈顺馨：《中国当代文学的叙事与性别》，北京大学出版社 1999 年版。

88.郑桂珍、邱晓露：《女性与家庭》，上海教育出版社 2003 年版。

89.乌丙安：《中国民俗学》，辽宁大学出版社 1990 年版。

90.周玉波：《老民谣老童谣老情歌》，江苏古籍出版社 2001 年版。

91.李利芳：《中国发生期儿童文学理论本土化进程研究》，中国社会科学出版社 2007 年版。

92.陈望道：《修辞学发凡》，世纪出版集团 2001 年版。

93.王金禾：《论儿歌的押韵艺术》，《浙江树人大学学报》2008 年第 4 期。

94.严恩萱：《浅谈民间歌谣的韵律》，《赣南师范学院学报》1989 年第 2 期。

95.秦艳琼：《童谣综述——从文艺学到教育学》，南京师范大学硕士学位论文 2008 年。

96.陈华：《大众文化与民间文化关系中的童谣研究——以校园"新童谣"为例》，西北民族大学硕士学位论文 2008 年。

97.谭霖：《民俗学视角下马山童谣的研究》，河南大学硕士学位论文 2012 年。

98.周永芬：《中国童谣的音乐形式》，温州大学硕士学位论文 2013 年。

99.蒋美霞：《童谣中的游戏精神》，《文教资料》2012 年第 1 期。

100.李晖：《闽南童谣的多元文化价值及其当代传承》，《福建论坛》2012 年第 12 期。

101.胡君靖：《儿歌研究的若干问题》，《鄂州大学学报》1998 年第 1 期。

102.杨向奎：《歌谣中的姑嫂》，《歌谣》周刊 1936 年 2 月 6 日。

103.陈泳超：《周作人的儿童文学研究》，《求是学刊》2000 年第 6 期。

104.傅建明、汪波：《基于童谣的生命教育研究》，《湖南师范大学教育科学学报》2011 年第 1 期。

105.涂明求：《论中国古代儿童文学的存在——以童谣为中心兼与朱自强先生商榷》，《学术界》2012 年第 6 期。

106.褚东郊：《中国儿歌的研究》，《小说月报》1926 年。

107.陈碧娥：《李贽"童心说"的美学内涵》，《渝州大学学报》2001 年第 18 期。

108.尹瑄英：《"童心说"及其对艺术创作的影响》，中国美术学院硕士学位论文 2009 年。

109.黄进：《游戏精神与幼儿教育》，南京师范大学教科院博士学位论文 2001 年。

110.饶琴：《另类童谣的描写和调查分析》，暨南大学汉语言文字学硕士学位论文 2006 年。

111.余春瑛：《教育主义：童谣本体功能的背离》，南京师范大学教科院硕士论文 2004 年。

112.曾爱娥：《童言童语童心童趣》，华中师范大学语言学硕士论文 2005 年。

113.周书云：《民间儿歌特征研究》，湘潭大学硕士学位论文 2003 年。

114.杨盼盼：《〈歌谣〉周刊中的歌谣研究》，山西大学硕士学位论文 2017 年。

115.田智祥：《"游戏说"再认识》，《湖北教育学院学报》2003 年第 20 期。

116.黄中：《歌谣与妇女问题》，《国立劳动大学月刊》1930 年第 1 期。

117.蝉：《歌谣的由来与妇女问题的发生》，《新妇女》1945 年第 1 期。

118.北京大学歌谣研究会：《歌谣》（第 1 号—第 97 号） 1922—1925 年。

119.周作人：《童谣研究稿本》，《鲁迅研究月刊》2000 年第 9 期。

120.杜成宪：《从儿童歌谣游戏和绘画透视中国传统儿童观》，《教育史研究》2001 年第 2 期。

121.王瑾：《中国古代童谣论》，《杭州教育学院学报》2000 年第 1 期。

122.边霞：《儿童文化与成人文化》，《学前教育研究》2001 年第 3 期。

123.杜传坤：《论周作人的儿童文学观》，《山东师范大学学报》2005 年第 5 期。

124.黄淮东：《论周作人的民间童话、儿歌与儿童教育观》，《广西大学学报》2002 年第 8 期。

125.李利芳：《儿歌研究的多元走向——我国 20 世纪前期儿童文学理论研究综述》，《湖南科技学院学报》2007 年第 2 期。

126.闫雪莹：《百年中国古代歌谣研究述略》，《东北师大学报》2008 年第 4 期。

后　记

历时两年多，书稿终于完成。课题结项在即，整个过程有几件事需要记录。

2017年正月初四，这一天我记忆犹新，因为第二天上午我家第二个孩子就光临这个世界。临产的前一天驱车去学校，坚持着做一些扫尾的工作。当时正值寒假，办公室的暖气不是很给力，但我并不在意。时间嘀嗒而过，直到11点腿有些木了。我反复审定申报书，打印装订后锁门离开。说来好像有点悲凉，但又冥冥中预示着一种鸿运。

2017年6月24日，这一天是教育部社科基金课题发榜的日子，也是我博士论文开题的前一夜。十一点多钟同事转来一个截图，说是课题中了，紧张的心一下子被惊喜打动。那个时刻可以用"范进中举"的心情来形容，欣喜若狂地难以平复激动的心情。我的导师常彬教授一直在课题研究方面有很深的造诣，她同时要求学生们一定以课题研究为依托，开展学术研究。在她的直接带领下，积极申报课题成为我科研工作的一部分。教育部人文社科基金项目的获批，是我在读博期间获得的第一桶金，是对我科研工作的一次巨大鼓励，更是常老师长期悉心指导的结果。我把这个消息向老师汇报，让老师也感受这份喜悦。

2019年6月9日，这一天是我在河北大学博士论文答辩的日子。结果虽然无甚悬念，但过程却十分波折。在我将博士毕业的所有环节都完成之后，我想起了那个尘封已久的曾经给我巨大信心与动力的课题。博士论文的写作耗时之长，耗费精力之多难以想象，但作为一位踏上了科研快车道的学者而言，争分夺秒地开展课题研究工作势在必行。就在这一天，我收拾心情，考虑那本在心目中酝酿了许久的书稿。

2020 年 8 月 12 日，这一天我做完书稿最后一章的校对，向一位一直鼓励、支持、关注我成长的老师汇报，老师秒回："太厉害了！祝贺！"但此时的我没有任务完成的轻松，只有一种默默的回想。科研是需要耐得住寂寞的，要有把椅子坐穿的决心与毅力。科研更需要的是兴趣与标准，有了兴趣就不会认为坐冷板凳是耗费时光；有了标准就会在科研的道路上愈加有韧劲；有了韧劲，就不会觉得每天与文献打交道是无聊与乏味的事。窗外每天都会迎来日出，送走夕阳，每天都有万物的生长，鸟儿的啼鸣，科研工作实际上是在专业的领域里，不断地体验攀登的艰辛与收获的快乐，内里自然也是美好的。

民俗学大师刘玉凯教授曾经教导我们说，对待手中的文献要有刨根问底的耐力，挖掘文献，就要将文献挖到底，功夫做到位，要有"走自己的路，让别人无路可走"的精神。我觉得这种精神就是一种刻苦钻研、永无止境的精神，更是科研人员必备的内在动力。如今手中的书稿虽有三十余万字，参阅了《古谣谚》（杜文澜）、《天籁集》（郑旭旦）、《广天籁集》（悟痴生）、《越谚》（范寅）、《童谣大观》（陈和祥）、《孩子们的歌声》（黄诏年）、《绍兴歌谣》（娄子匡）、《古代儿歌资料》（赵景深）、《中国儿歌》（朱介凡）、《中国历代童谣辑注》（高殿石）等大量的童谣集，涉猎了《童谣研究手稿》（周作人）、《中国歌谣》（朱自清）、《中国古代童谣》（雷群明、王龙娣）、《中国歌谣论》（朱介凡）、《民俗学概论》（钟敬文）、《周作人与儿童文学》（王泉根）等歌谣专论，但与将文献挖到底的目标还有很大差距。掩卷回想时，感觉面对"童谣"这座巨大宝库，笔者仅仅刚开了个头，做抛砖引玉之用吧。

实践证明一切。蓄势待发，仅以此书作为攀登更高目标的阶梯。

2020 年 8 月 13 日

责任编辑：孙兴民　邓文华

封面设计：徐　晖

责任校对：张　彦

图书在版编目（CIP）数据

中国童谣的价值谱系研究／韩丽梅 著 . — 北京：人民出版社，2021.8

ISBN 978 - 7 - 01 - 023665 - 0

I. ①中… 　II. ①韩… 　III. ①儿歌－诗歌研究－中国　 IV. ① I207.8

中国版本图书馆 CIP 数据核字（2021）第 165057 号

中国童谣的价值谱系研究

ZHONG GUO TONGYAO DE JIAZHI PUXI YANJIU

韩丽梅　著

人民出版社 出版发行

（100706　北京市东城区隆福寺街 99 号）

保定市北方胶印有限公司印刷　新华书店经销

2021 年 8 月第 1 版　2021 年 8 月北京第 1 次印刷

开本：710 毫米 ×1000 毫米 1/16　印张：26.75

字数：420 千字

ISBN 978 - 7 - 01 - 023665 - 0　定价：88.00 元

邮购地址 100706　北京市东城区隆福寺街 99 号

人民东方图书销售中心　电话（010）65250042　65289539